격정시대

하

김학철 문학 전집 제2권

격정시대

하

보리

일러두기

1. '김학철 문학 전집'은 김학철이 남과 북, 그리고 중국에서 쓴 글을 모두 모아 보리출판사에서 전집으로 다시 펴내는 것입니다.

2. 작가가 살았던 광복 초기 서울, 북녘과 중국에서 쓰이던 말, 비표준어들을 원전에 따라 그대로 표기했습니다. 현행 한글 맞춤법과 다른 부분이 있지만 우리말이 지역과 시대에 따라 다양하게 쓰이는 모습을 볼 수 있도록 했습니다.

   예) 고르롭다, 낙자없다, 내리꼰지다, 때벗이, 말째다, 맥살, 생일빠낙, 권연(궐련), 말라꽹이(말라갱이), 안해 (아내), 엉뎅이(엉덩이), 우습강스럽다(우스꽝스럽다), 장졸임(장조림), 쪼각(조각), 녜(네), 반가와서(반가워서)

3. 독자들이 읽기 쉽도록 한글 맞춤법에 따라 고친 것도 있습니다.
   - ㉠ 한자말은 두음법칙을 적용했습니다.

     예) 란리→난리, 래일→내일, 력사→역사

     단, 인명 표기와 고유명사는 두음법칙을 적용하지 않고 원전을 따랐습니다.

     예) 이→리, 유→류, 임→림, 안→린
   - ㉡ 사이시옷, 된소리 따위도 적용했습니다.

     예) 바줄→밧줄, 혼자말→혼잣말, 배군→배꾼, 잠간→잠깐, 되였다→되었다
   - ㉢ 외국에서 들어온 말은 외래어 표기법을 따랐습니다.

     예) 그로뜨끼→크로폿킨, 뽀트→보트, 라지오→라디오, 뻐스→버스, 샴팡→샴페인, 씨비리→시베리아,

     단, 중국 고유 인명과 지명은 외래어 표기법을 따르지 않고 원전에 나오는 대로 표기했습니다.

     예) 모택동(마오쩌둥), 장개석(장제스), 북경(베이징), 연안(옌안), 태항산(타이항산)

1939년 10월 10일 조선의용대 창립 1주년 계림체류 장병들의 기념사진.《격정시대》의 주인공
들은 동아시아의 평화와 자유를 위하여 청춘과 생명을 바쳐 싸웠다.

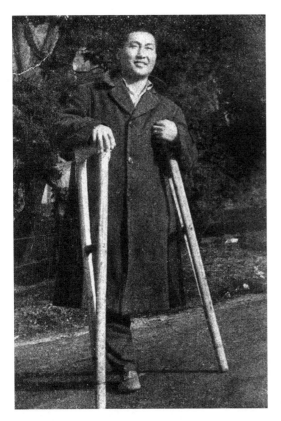

1945년 일본투항으로 나가사키 감옥에서
석방된 김학철.

김학철은 청춘을 조국에게 바친 전우들을 위하여 《격정시대》를 써내려 갔다. 지금까지 출판된 《격정시대》판
본들.

김학철의 가장 친밀한 전우들인 박효삼과 김학무. 김학철은 비록 한쪽 다리를 잃고 조국에 돌아 왔지만 김학무는 이국 전장터에 묻혔다.

조선의용대 전사가 "조선의 독립을 이룩하자"는 구호를 쓰고 있다.

호가장 전투 격전지에 세워진 '호가장전투기념비'와 '김학철항일문학비'.

호가장 마을 김학철과 조선의용대 전우들이 주둔했던 현지 농민의 집. 지금은 조선의용대 기념관으로 활용한다.

1941년부터 1945년 일본이 투항하는 날까지 김학철이 옥살이를 한 나가사키형무소.

반세기 후 부인 김혜원과 함께
다시 찾은 일본 나가사키.

추천사

혁명적 낙관주의자 김학철

신경림 시인

김학철 선생은 정통 사회주의자이고 인류가 가야 할 길은 사회주의라는 생각을 한 번도 버린 적 없다. 끝내 권력과 타협하지 않고 자신의 길을 꿋꿋이 걸어간 사람이다.

내가 이런 김학철 선생의 작품을 처음 읽은 것은 1948년 〈담뱃국〉이라는 소설이었다. 김학철 선생은 사회주의자이지만 그가 쓴 소설에서는 인간의 여러 가지 모습, 사람 사는 기쁨이 고스란히 담겨 있었다. 그 뒤 그 작품에 대해 서평을 쓴 인연으로 연변에서 김학철 선생을 여러 차례 만나게 되었다. 내가 본 김학철은 정직하고 겸손한 사람이었다. 또 소설 쓰는 것을 매우 즐겨했다.

김학철 선생의 글은 한국 문학을 매우 풍부하게 만드는 중요한 한국 문학의 한 갈래라고 본다. 그가 쓴 글들이 〈김학철 문학 전집〉으로 나온다니 참으로 기쁘다. 혁명적 낙관주의자 김학철 선생을 다시 만나게 되었다.

〈김학철 문학 전집〉 발간을 축하하며

오무라 마스오 와세다 대학 명예교수

한국의 보리출판사에서 〈김학철 문학 전집〉 전 12권이 출판된다고 합니다. 정말 반갑습니다.

김학철은 불요불굴의 사회주의자였습니다. 그가 평생 지향한 것은, 그의 말을 빌리면 '인간의 얼굴을 한 사회주의'였습니다. 그것은 어려움 속에서도 마음은 넉넉했던 팔로군 생활에서 나온 것입니다. 그에게는 인간의 얼굴을 하지 않은 사회주의는 있을 수 없고, 사회주의가 되려면 인간적이어야만 하는 것이었지요.

2001년, 김학철의 유해는 태어난 고향인 원산에 닿도록 두만강에 띄워 보내졌습니다. 원산에 닿은 유해는 한국에 와서 〈김학철 문학 전집〉으로 태어났고, 동해를 건너 일본으로 가서 〈김학철 선집〉이 되었습니다. 이제 더 나아가 태평양, 대서양, 인도양을 건너 전 세계로 펴져 나갈 것입니다.

김학철 선생을 기리며

이종찬 우당교육문화재단 이사장

김학철 선생이란 어른의 성함을 처음 들은 것은 1980년대이다. 내가 국회에서 선배로 모신 송지영 선생이 "김학철이란 분이 계시는데 그분이야말로 진정한 휴머니스트이고 오염되지 않은 순수한 공산주의자이시지. 그분은 한 번도 지조를 꺾지 않으셨고 올곧은 그대로 삶을 사셨다."고 소개했다.

최후의 독립군 분대장 김학철 선생은 일찍부터 독립운동에 가담해 태항산에서 일본군과 전투 중 총격을 당해 다리를 다치고 일본군에 붙잡혔다. 일본에 협조했다면 치료라도 제대로 받았을 테지만, 그것도 거부하여 평생 다리 하나가 없는 불구가 된 채 일본 감옥에서 해방을 맞이했다.

김학철 선생은 전 생애를 레지스탕스로 일관하셨다. 그분이 누리고 바라는 삶은 간단하다. 필수품으로 원고지와 펜, 그리고 간단한 옷가지, 누울 자리만 있으면 그것으로 족했을 것이다. 왜 우리는 마하트마 간디를 찾아야 하나? 우리의 스승은 바로 김학철 선생인데!

이제라도 김학철 선생의 작품을 모아 전집을 낸다고 하니 매우 반갑다. 김학철 선생의 해학과 유머가 있는 여유로운 필체를 독자들도 함께 느끼길 바란다.

혁혁한 투사, 진솔한 문인 김학철

조정래 소설가

김학철이 없었다면 우리의 굴욕적인 식민지사의 한 부분은 어찌 되었을까. 그 굴욕이 한결 비참하고 수치스럽지 않았을까. 우리의 독립투쟁사 말기에 '조선의용대(군)'라는 다섯 글자가 박혀 있다. 그런데 그 독립군이 어떻게 결성되고, 어디서, 어떻게 싸웠는지 실체적인 명확한 기록이 없었다. 그 역사 망실의 위기를 막아낸 사람이 바로 김학철이다.

김학철은 바로 조선의용군의《최후의 분대장》으로 싸우다가 왼쪽다리에 총상을 입었고, 치료를 받지 못해 상처가 썩어 들어가다가, 일본의 나가사키형무소까지 끌려가 결국 절단당하고 말았다.

그 후 그는 불편하기 짝이 없는 '외다리 인생'을 살아 내면서 총 대신 펜을 들고 문인의 삶을 개척했다. 그리고 소설을 창작하기 시작했다. 그의 고결한 영혼 속에서 탄생한 진솔한 작품이 바로《격정시대》이다. 그는 그 소설을 통해 작가의 진정한 소임이 무엇인지를 보여 주었다. 작가는 민족사에 기여하고, 인류사를 보존해 가는 존재다.

이제 그분의 모든 작품들이 전집으로 묶여 우리 문학사에 크게 자리 잡으며 많은 독자들을 만나게 되었다. 기쁘고 보람스러운 일이다. 선생께서도 특유의 잔잔한 미소를 지으실 것이다.

한국판에 부쳐

〈김학철 문학 전집〉이 드디어 고국에서 출판된다. 김학철은 이 땅의 자유와 독립을 위하여 피 흘리며 싸웠고 다리 한쪽을 이국땅인 일본의 나가사키형무소 무연고 묘지에 파묻었다. 그리고 평생을 쌍지팡이(목발)에 의지해 살아야 했다. 그러나 그는 행복했다. 그의 피 흘림이 고국의 독립과 자유를, 동아시아의 평화를 가져왔고 고국의 번영과 민주주의 실현을 보았다. 그러나 아픔도 안고 갔다. 고국의 분단이, 고향 동포의 배고픔과 신음 소리가 그를 평생 괴롭혔다. 그 땅에도 자유와 민주를 실현하기 위하여, 권력에 아부하는 타락한 좌익 위선자들과는 달리 일생을 몸과 붓으로 독재 권력과 싸우며 고군분투했다. 그의 호소와 날카로운 비판이 이 〈김학철 문학 전집〉에 고스란히 스며 있다.

김학철은 《격정시대》에서 어린 시절 본 충격적인 사건을 신나게 서술하였다. 20세기 초 고향 원산대파업이다. 그 당시 어린 김학철이 이해할 수 없는 것은 조선 부두 노동자들의 대파업에, 원산항에 정박한 일본 선박들이 일제히 고동을 울리며 성원을 하는 것이다. 이것이 인류의 공동체 의식이, 세계 각국의 노동자들이 같은 정의의 가치를 공유함을 어린 김학철은 알 리가 없었다.

그러나 훗날 김학철은 평생을 이 공통된 정의의 가치관을 위하여 피흘려 싸웠다. 그 흔적은 중국 대륙의 치열한 항일 전장에, 일본 감옥에, 조선 반도 남과 북에 어려 있다. 그것은 조선 민족의, 일본 민족의, 중국 민족의, 동아시아 모든 민족의 자유와 독립과 민주주의 권리를 위하여, 모든 피압박 민중과 약자의 권리를 위하여, 정의와 자유를 갈망하는 투사들과 함께 파쇼와 전제주의를 향해 싸우고 피 흘리며 돌진하였다. 그의 사상과 작품은 그 어느 한 민족의 것이 아니고 자유와 정의를 위한 모든 분들께 속한다. 이것이 한국에서 〈김학철 문학 전집〉 출판이 가지는 의미라고 본다.

이번 출판을 위하여 여러 한국 학자, 지성인들이 심혈을 경주하였다. 보리출판사와 유문숙 대표님, 윤구병, 신경림, 김경택, 김영현 등 선생님들과 편집인 여러분께, 또한 수년간 지원을 아끼지 않은 한국문화예술위원회에 감사드린다. 그리고 그동안 김학철 작품을 한국에서 출판한 창작과비평사, 실천문학사, 문학과지성사, 풀빛출판사 등 출판부문 여러 선생님들께 다시 한번 충심으로 감사드린다.

우리 세대가 만든 분열과 아픔의 벽을 넘어 동아시아 여러 민족의 정상적인 교류와 공동 번영을 위하여 〈김학철 문학 전집〉 한국판 출판이 기여하기 바란다.

마지막으로 이 〈김학철 문학 전집〉 한국판을 치열한 항일 전장에서 희생된 김학철의 친근한 전우들인 석정, 김학무, 마덕산 등 수십 명 전사자들께 삼가 드린다.

김해양

2022년 8월 중국 연길에서

저자의 말

이족 침략자의 철제 밑에 짓밟히는 민족 앞에는 대개 세 가지 운명이 선택을 기다리고 있는 법이다. 그 하나는 꼬리를 치고 나서서 앞잡이 노릇을 하는 것이고 또 하나는 나 잡아 잡수 하고 가만히 엎드려 있는 것이다. 그리고 마지막 하나는 분연히 떨쳐 일어나 반항을 하는 것이다.

지난날 우리 민족의 머리 위에 암담한 비운이 낮추 드리웠을 때 감연히 무기를 들고 일떠섰던 혈성 남녀들의 걸은 길에는 파란곡절이 중첩하였다. 그러하기에 일본이 무조건 항복을 하니까 어느 한 전사는 "승리란…… 이제 알구 보니…… 참혹의 별칭 같은 거였구나!"하고 외치기까지 하였지.

우리 민족의 자랑스러운 아들딸들이 걸어온 발자취를 망각의 흐름 모래 속에 묻혀 버리지 않게 하려고 나는 총 아닌 붓을 들고 또 한바탕 분투를 해야 하였다. 일찍이 태항산의 험준한 벼랑길을 톺아 오르고 또 미끄러져 내리며 나는 꿈에도 생각을 못 하였다. 나중에 내가 살아남아 가지고 전우들의 피흘린 역사를 기록하게 되리라고는.

그런데 막상 일을 시작하고 보니 당시 조선의용군에서 나의 직위가 낮았던 탓으로 아는 면이 넓지 못한 데다가 근거로 삼을 만한 자료마저 거의 다 전화 속에서 재로 화해 버린 까닭에 곤란은 그야말로 중중첩첩하였다. 태항산 풀 우거진 땅속에 영원히 잠들어 있는 전우들에 대한 가실 줄이 없는 애틋한 동지애가 아니었던들 집필을 끝까지 견지하였을

지 마침 모를 일이다.

더 말할 것도 없이 《격정시대》는 소설의 형식을 빌려서 엮어 놓은 전기문학이다. 그러므로 모종의 정치적 원인으로 조성되었던 역사의 공백을 능히 메울 수 있으리라고 자신을 하는 바이다.

운명의 신은 나로 하여금 호가장 전투를 마지막으로 싸우는 태항산을 떠나게 만들었다. 그래서 자연 '친히 겪은 것을 충실히 재현'한다는 종지에 따라 《격정시대》도 중도에서 끝 아닌 끝을 맺게 된 것이다. 아쉽고 섭섭하고 허전하다 못하여 감질이 날 지경이기는 하나 별도리 없는 일이다. 하긴 반드시 승리적으로 끝이 나야만 한다는 철칙도 이 세상에는 없다. 진실한 역사의 기록은 왕왕 읽는 사람을 맥살나게 만드는 수도 있다는 것을 우리는 알고 있는 터이다.

자랑할 만한 역사를 갖지 못한 민족은 불행한 민족이다. 그런 의미에서 우리 민족은 다행하다 할 것이다. 세상에 떳떳이 내놓을 자신의 역사를 갖고 있으니까.

조선의용군의 골간을 이룬 것은 조선 적의 중앙육군군관학교(황포군관학교) 출신들이었다. 그러므로 조선의용군의 역사는 중국 혁명의 역사와 갈라놓을 수 없는 맥락으로 이어져 있다. 그리고 서술 가운데 여러 번 '태극기'가 나오는데 그것은 당시 당지의 역사적 사실이 바로 그러하였기에 인위적인 변경을 삼가하였다. 무릇 왜곡되거나 날조된 역사는 몇 참을 못 가 곧 들통이 난다는 것을 우리는 너무나 잘 알고 있는 터이다.

김학철

1986년 정월

37

해관에서 재치 있게 몸을 빼친 찰스 신 — 신영호 씨의 호화판 생은 아주 순조로왔다. 여송연과 샴페인이 항시 그와 더불어 있었다. 경마 장과 포구장 그리고 하이알라이의 출입이 주요한 생활 내용으로 되어 적잖은 액수의 돈을 때로는 따기도 하고 또 때로는 잃기도 하였다. '메트로폴리스'와 '파라다이스'와 '오리엔탈'의 댄서 아가씨들이 그윽한 돈 내를 맡고 드러난 웃음과 은근한 추파로 밤낮없이 그를 에워쌌다. 꽃향기에 끌리는 나비들처럼. 민족은 해 무엇 하며 나라는 해 무엇 하랴. 신영호 씨는 이 세상이 요대로 조금도 변치 말고 천년을 가고 또 만년을 가 주기를 바랐다. 그리고 상해의 공공 조계와 프랑스 조계가 길이 보존되어 주기를 바랐다. 신영호 씨의 아랫배가 차차 게사니알 모양으로 불러 오름을 따라 집지기 불독의 살진 두 볼도 중태처럼 점점 늘어졌다.

이날 신영호 씨가 늦잠을 자고 일어나 늦조반을 막 먹고 났을 때 전화벨이 울렸다. 수화기를 벗겨 드니 들려오는 것은 곱고 달콤한 여자의 목소리다.

"아, 여보세요. 여기는 광화생명보험입니다. 신 선생님을 찾습니다. 아, 네. 안녕하십니까? 저, 오늘 오전 10시쯤 저희 회사의 담당 의사가 선생님의 검진을 나가겠습니다. 그 시각에 선생님께서 어디 출입하지 마시구 댁에 계셔 주셨으면 고맙겠습니다."

"10시?"

"네네, 10시. 10시 정각에 꼭 당도하도록 하겠습니다. 그럼 안녕히 계십시오."

신영호 씨는 만일의 경우를 생각하여 자그마치 일금 5만 원야의 생명보험을 들었던 것이다.

'이왕이면 여의사나 보내지. 당초에 영업을 할 줄들 모른단 말이야. 고객의 심리두 파악 못 하구 무슨 영업을 한담. 나 같으면 남자 가입자한테는 젊은 여의사를 보내구 그리고 여자 가입자한테는 젊은 남자 의사를 보내겠다.'

이와 같은 잡생각을 하며 신영호 씨는 소파에 비스듬히 기대앉아 영문자 신문 〈노스 차이나 데일리 뉴스〉 즉 〈자림서보〉를 펼쳐 들었다. 〈자림서보〉는 영제국주의가 상해에서 발간하는 신문이다.

10시 정각에 깜장빛 승용차 한 대가 신영호 씨 댁 화단 옆에 와 멎어서더니 뒷좌석의 문이 열리며 곧 사람 둘이 내리는데 그중 하나는 의사인 듯 양복 위에 하얀 가운을 덧입은 말라깽이고 또 하나는 깜장빛 가방을 든 나이 새파랗게 젊은 사람인데 의사의 조수쯤 되는 모양이었다. 운전석에는 운전사가 그리고 조수석에는 애송이 청년 하나가 각각 앉았는데 그들은 차에서 내리지 않고 서로 무어라고 지껄이고 있다. 현관 옆 하늘색 뺑끼칠을 한 개집에서 사슬에 매인 불독이 못마땅한 상통으로 내다보며 목구멍 속으로 '우우' 소리를 내기는 하였으나 일어나오지는 아니하였다.

주인의 분부가 미리 있었던 모양으로 초인종을 누르기가 바쁘게 긴 머리태를 엉뎅이 위까지 드리운 젊은 하녀가 나와 문을 열고 찾아온 뜻도 묻지 않고 곧바로 손님들을 안으로 청해 들였다. 객실에 인도된 손님들이 주인과 한훤수작을 하는 중에 고대 그 하녀가 차반에 커피 석 잔을 받쳐 들고 들어오더니 주객 세 사람 앞에 각각 한 잔씩을 놓은 뒤에 목례를 하고 조용히 물러나갔다.

커피를 마시고 나서 의사가 주인을 보고 "선생님, 앉은 자리에서 웃옷만 좀 헤치시지요." 말한 다음 곧 조수를 향하여 "청진기." 하고 손을 내밀었다.

조수가 가방을 열고 청진기를 꺼내는 동안에 신영호 씨는 입고 있던 줄무늬가 간 파자마의 앞섶을 헤치고 진찰을 받을 준비로 소파에 편안히 기대았다. 신영호 씨가 태평한 마음으로 무심히 바라보니 젊은 조수가 가방 속에서 꺼내 가지고 의사에게 건네는 것이 천만뜻밖에도 청진기가 아니고 권총이다. 신영호 씨는 자신의 눈을 의심하였다. 그러나 곧 빗보지 않은 것을 깨달았다. 너무도 놀라와 어찌할 바를 몰라 하는 중에 의사가 권총을 받아서 테이블 위에 놓는데 총구가 곧바로 자신을 향하였다. 여직껏 중국인으로만 알았던 의사가 예사 언성으로 말을 묻는데 그 말은 틀림없는 조선말이다. 신영호 씨가 속으로 '아차, 속았구나!' 외쳤으나 이미 때는 늦어 성복 후의 약방문이었다.

가짜 의사가 뚱딴지같이 "신 선생, 지금 댁에 현금이 얼마나 있습니까?" 하고 말을 묻는데 그 말씨만은 강도답지 않게 깍듯한 존경어다.

신영호 씨가 그 말을 알아들어도 뜻이 얼른 머릿속으로 들어와 주지를 않아서 "녜?" 하고 어리뻥하여 되물으니 가짜 의사는 "신 선생, 진 정하십시오. 흥분하면 신상에 해롭습니다." 하고 권총을 제 앞으로 한 치가량 당겨 놓았다.

"현재 댁에 현금이 얼마나 있느냐구 물었습니다."

"아, 녜. 현금…… 현금 말씀입니까? 현금은 집에다 둔 게 하나두 없 습니다. 녜, 하나두 없습니다."

"그런 줄 알았습니다. 그럼 수표책을 꺼내실까요."

신영호 씨는 억이 막히는지 말을 못 하고 두 눈이 멀뚱멀뚱하여 가 운 입은 강도의 얼굴을 처다보기만 하였다.

"화기은행의 수표책……. 시간이 촉박하니 좀 빨리 서두르십시오."

"그렇지만……."

가짜 의사의 기색이 갑자기 험악해졌다. 잽싸게 테이블 위의 권총을 집어 들어 실린더를 열었다. 그 말 없는 엄포에 신영호 씨가 굴복하였 다. 얼굴빛이 노래져 가지고 한동안 아무 소리 못 하고 앉았다가 다 죽 어 가는 사람의 목소리로 "그럼 위층에 올라가 가져오겠습니다." 하고 말하며 바로 일어서려고 하는 것을 가짜 의사가 눈을 부라리며 "올라 가긴 어딜 올라가?" 하고 꾸짖어서 도로 주저앉혔다.

"네가 위층을 올라간다구 해 놓구 공부국(조계의 경찰서)에다 알릴 생 각이냐?"

"아닙니다. 아닙니다."

"그럼 여기 앉아서 하녀를 불러다 말해라."

가짜 의사는 팔을 늘여 테이블 위의 신문 — 주인이 보다 만 〈자림서 보〉를 집어다 권총을 덮어 놓았다. 신영호 씨가 꿀꺽 소리 못 하고 소 파 옆 앞상에 놓인 요령을 집어 들어 두어 번 흔들었다. 요령 소리를

24

듣고 하녀가 지체 없이 문을 열고 들어왔다.

"부르셨습니까, 나리?"

"응, 너 아씨한테 올라가 화기은행의 수표책을 꺼내 달래서 가져오나."

"네, 나리."

하녀는 아무 눈치도 채지 못하고 고개만 한번 까댁이고 문을 도로 닫고 물러나갔다. 고수머리 가짜 조수가 신영호 씨 눈앞에서 똑똑히 보라는 듯이 또 한 자루의 권총을 가방에서 꺼내서 제 양복 호주머니에 넣었다. 그리고 권연 한 가치를 피워 물고 한가롭게 소파 등받이에 벌렁 나가 누웠다. 이윽고 하녀가 수표책을 들고 들어와 주인 앞에 놓으면서 "아씨께서 조 목사님 댁에 마작을 놀러 가시잖겠느냐구 여쭤 보라십니다." 하고 품하니 신영호 씨는 귀찮은 듯이 "이따 이따." 하고 손을 내저었다. 두 권총 강도가 아닌 보살 하고 지켜보는 앞에서 눈치 채지 않게 하느라고 신영호 씨는 땀을 뺐다.

하녀가 나간 뒤에 신영호가 울며 겨자 먹기로 수표책을 펼쳐 놓고 가짜 의사가 가운 호주머니에서 뽑아 주는 만년필을 받아 쥐었다. 그리고 충실한 개가 애원하는 눈으로 불량스러운 주인을 쳐다보듯이 가짜 의사의 입을 바라보았다. 그 입에서 떨어지는 숫자가 제 인생의 운명을 결정할 것이기 때문이다.

"5만 원."

신영호 씨는 어깻죽지가 도끼에 콱 찍혀 떨어져 나가는 것 같은 모진 아픔을 느꼈다. 그러나 곧 또 한편으로는 모가지가 찍혀 떨어지지 않은 게 다행이다, 하는 안도감 같은 것도 없지는 않았다. 33만 원에 비하면 5만 원은 필경 어깻죽지 하나 폭밖에 아니 되었다.

"그렇지만 모두 정기예금이 돼 놔서……." 하고 신영호 씨는 낭끝에서 마지막으로 한번 버티어 보았다.

"정기예금이라두 기일 전에 헐 수 있잖은가……. 이자만 손해를 본다면."

"그렇지만……."

"그놈의 '그렇지만' 이제 좀 그만해!"

가짜 의사의 말이 힘진데 눌리어 신영호 씨는 손톱여물을 썰면서도 시키는 대로 숫자를 적어 넣고 또 서명까지 하였다. 가짜 의사가 받아서 한번 보고 고수머리에게 건네주며 턱을 한번 추썩였다. 고수머리는 수표를 받아 쥐자 곧 방문을 가볍게 여닫으며 복도로 나와 현관을 거쳐서 밖으로 나왔다. 화단 옆에는 발동을 끄지 않고 털털거리는 자동차가 그냥 서 있었다. 고수머리는 운전사 옆에 앉아 있는 애숭이에게 열려 있는 차창으로 수표를 건네주며 "조심." 하고 당부하였다.

애숭이가 수표를 받아서 액면도 보지 않고 가로 한 번 접고 또 세로 한 번 접어서 호주머니에 간직을 하기가 바쁘게 자동차가 떠났다. 고수머리가 되짚어 들어와 보니 가짜 의사와 주인은 닭 소 보듯 덤덤히 마주 앉아 있었다. 고수머리가 원래 자리에 막 앉았을 때에 전화벨이 울렸다. 주인이 앞상 위의 전화기와 가짜 의사를 반반씩 갈라보았다. 가짜 의사가 고갯짓으로 허락하였다. 주인이 떨리는 손으로 수화기를 집어 들었다. 눈으로는 가짜 의사를 보면서 눈에 보이지 않는 상대방과 통화를 하였다.

"네, 제가 신영호올시다. 아, 네. 조 목사님이십니까. 네네. 지금 마침 타관 손님들이 와 계셔서……. 네, 아니…… 조 목사님은 잘 모르실 분들입니다. 아니, 오실 것 없습니다. 이따 오후에 제가 뵈러 갑지요.

26

네, 집사람하구 같이 가겠습니다. 물론입지요. 네, 그럼 다시 대하겠습니다."

'조 목사님은 잘 모르실 타관 손님들'이 지켜보는 앞에서 조심스러운 전화가 끝이 나니 객실 안은 또다시 잠잠해졌다. 이윽고 가짜 의사가 입을 열었다.

"신 선생, 당신이 사로니카호에서 한 짓을 속으로 한번 생각해 보십시오. 헤로인이 인체에 어떤 해독을 끼친다는 걸 당신두 잘 알고 있을 거요. 만성의 청산가리나 마찬가지란 걸…… 당신은 아마 우리보다도 더 잘 알 게요. 그런데도 당신은 저 하나 호의호식을 하겠다구, 그런 무서운 독물을 중국 민중의 머리 위에 마구 뿌렸단 말이요. 뿌리는 걸 도왔단 말이요. 그 죄로 말하면 죽어 마땅하지만 여러 가지 생각하는 바가 있어서 이번 한 번은 용서를 하니 그런 줄이나 아시오. 그리구 의당 전 재산을 몰수해 고생을 톡톡히 시켜야 할 것이지만 십분 참구 사정을 두니 고마운 줄이나 아시오. 일후 우리에게…… 그럴 리는 만만 없겠지만, 만약시 조금이라도 불측한 맘을 먹는다면 그때는 제 목숨을 제가 재촉하는 결과를 가져오게 될 테니까 알아서 하시오."

이와 같이 준열히 토죄를 하고 또 무시무시하게 으름장까지 놓았다.

신영호 씨는 두 강도가 엄포로 권총을 들먹이기는 하나 죽일 의사까지는 없다는 것을 알게 되자 송구한 마음이 적이 가라앉는 한편 5만 원이란 거금을 떼우게 된 것이 새삼스레 아깝고 분해서 가슴이 쓰리고 치가 떨렸다. 이때 또 어디서 전화가 걸려 왔다. 신영호 씨가 조건반사적으로 따르르따르르 우는 전화기와 가짜 의사를 번갈아 보는데 생각지 않은 고수머리가 벌떡 일어나와 수화기를 집어 들었다. 기다리는 전화가 걸려 온 걸로 아는 눈치였다. 고수머리는 "아, 나요." 하다가 "응?" 하고 놀라 얼른 한 손으로 송화기를 막고 가짜 의사를 돌아보았다.

"아닌데?"

"아니라구? 그럼?"

가짜 의사가 긴장하여 잽싸게 권총을 움켜쥐며 되물었다. 그리고 금세 뛰어 일어날 듯이 윗몸을 앞으로 기울였다.

"영어야…… 당초에 못 듣던 목소리."

가짜 의사가 곧 주인에게 명령하였다.

"당신이 받으시오."

고수머리가 수화기를 주인에게 건네었다. 가짜 의사는 얼른 테이블을 에돌아 신영호 씨 곁에 붙어 서서 귀를 기울이고 수화기에서 흘러나오는 말소리를 엿들었다. 고수머리의 권총이 수화기를 받아 쥔 신영호 씨의 옆구리를 바싹 겨누었다.

"헬로우, 미스터 신을 찾습니다. 여기는 화기은행 지배인실, 저는 존앤더슨입니다. 아, 네. 안녕하십니까. 저 한 가지 좀 여쭤 볼 말씀이 있어서요. 네, 그 저…… 정기예금을 헐어서 중국 화폐루 5만 원을 지출해 달라구 수표를 떼셨는데, 매우 드문 일이기에 지배인님의 몸을 받아…… 한번 확인을 해 볼까 해서 그러는 겁니다. 우리의 통화는 현재 녹음이 되고 있습니다."

신영호 씨가 얼굴이 해쓱하여 선뜻 대답을 못 하고 가짜 의사를 흘끔 돌아보니 가짜 의사는 매몰차게 턱을 한번 추썩였다.

"아, 네. 틀림이 없습니다. 급한 용도가 좀 있어서 부득이 그렇게 하잖을 수 없습니다. 귀 은행의 주도세밀한 봉사성에 감사를 드립니다."

이야말로 울며 겨자 먹기고, 벙어리 냉가슴 앓기였다. 신영호 씨의 말소리가 떨려 나오는 것도 무리는 아니었다.

"그럼 그대로 지출해두 괜찮겠습니까? 상당한 액수의 이자를 밑지게 되실 텐데요."

깐깐한 양코배기 은행원이 일을 분명히 하느라고 다시 한번 따져 물어서 신영호 씨는 터져 나오려는 통곡을 꿀꺽 삼키고 "네, 그대루 해주십시오. 수고하십니다. 굿바이." 가장 신사답게 말하고 아수한 수화기를 도로 내려놓았다.

초조한 기대 가운데 장중한 뻐꾹종이 쉬지 않고 초를 저며서 분침이 두 번째 숫자를 넘어설 즈음에 전화벨이 또 울리니 전화기 옆에 붙어서 대기하던 고수머리가 데격 수화기를 집어 들었다.

"아, 나요."

분명한 서선장 — 애숭이 청년의 목소리가 수화기 속에서 짧게 한마디 "나루는 건넜음." 알리고 곧 전화를 끊어 버렸다. 고수머리와 가짜의사가 서로 눈짓한 뒤 가짜 의사가 주인을 향하여 "신 선생, 수고스럽지만 우리를 좀 바래다주셔야겠습니다. 외출복을 갈아입으시지요." 하고 예의 바르게 명령하였다.

신영호 씨가 마지못해 옆방에 들어가 옷을 갈아입는 동안 고수머리는 권총을 호주머니에 넣고 사잇문 설주에 기대서서 넌지시 감시하였다. 군동작이란 털끝만큼도 있을 수가 없었다.

신영호 씨가 죽지 못해 자가용 크라이슬러에 올라앉아 핸들을 잡는데 바로 옆자리에는 고수머리가 가방을 무릎 위에 놓고 앉고 그리고 뒷좌석에는 가짜 의사가 오른손을 호주머니에 지르고 앉았다. 차가 막떠날 때 위층 창문으로 내다보고 주인아씨가 무어라고 소리를 쳤으나 차바퀴는 그대로 구르기 시작하였다.

"서가회루 갑시다."

고수머리가 앞 유리창으로 걷잡을 수 없이 안겨 오는 아스팔트 길을 바라보며 지나가는 말처럼 한마디하였다.

차머리가 서쪽으로 커브를 꺾어 돌아 서가회를 향하였다. 신영호 씨는 이런 고급차를 장만할 당시, 저를 해치는 원쑤의 도적놈들을 태우고 시키는 대로 굽석굽석 상해 거리를 몰고 다닐 줄은 꿈에도 몰랐다. 생각하면 할수록 분통이 터질 노릇이었다. 순찰 중의 순경이나 십자거리에서 교통을 정리하는 교통순경이 눈에 뜨일 적마다 급정거를 하고 잽싸게 뛰어내리며 '강도! 사람 살리우! 강도, 강도!' 소리를 지르고 싶은 충동에 온몸이 화끈 달아올랐다. 그러나 당장 뒤통수에 깜장콩알이 박힐까 봐 감히 엄두를 내지 못하였다. 이날 따라 그 흔한 가두 검신도 한번 없었다. 개똥도 약에 쓰려면 없다더니!

서가회를 언뜻 지나 한동안 더 달리니 큰길도 현저히 행인이 드물어졌다. 큰길에서 벗어나서 들길을 잡아들어 5분 더 달렸을 때 고수머리가 차를 세우라고 하였다. 차가 멎어서자 가짜 의사와 고수머리는 다짜고짜로 달려들어 가방 속에 미리 준비해 가지고 온 밧줄로 신영호 씨를 뒷결박을 지었다. 그리고 수건을 꺼내어 아갈잡이까지 단단히 한 뒤 좌석 밑에다 딩굴려 놓았다. 그런 연후에 가짜 의사가 조용조용한 말소리로 "신 선생, 미안하지만 넉넉잡구 한 두어 시간만 좀 이렇게 누워 계시우. 우리가 들어가는 길로 곧 댁에다 전화를 걸어서 알리리다. 가급적으루 빠른 시간 내에 와 찾도록 해 드릴 테니 맘 놓구 기다리시우. 너무 참혹한 대접을 했다구 우릴 원망을랑 마시우. 우리두 이러구 싶어서 이러는 건 아니니." 이와 같이 타일렀다.

두 괴한 — 윤대성과 리정호는 식언을 하지 않았다. 늦은 점심때가 채 못 되어서 신영호 씨는 가족과 경찰의 구원을 받아 자유로운 몸으로 되었다.

　이보다 앞서 선장이는 신영호 씨네 화단 옆에서 발동을 끄지 않은 자동차에 앉아 긴장히 대기하다가 리정호가 내다 주는 수표를 받아 쥐자 곧 화기은행으로 차를 달렸다. 그가 탄 차를 모는 것은 장준광이라는 갓 스물에 나는 조선 청년으로서 공공 조계 모리스자동차 수리소의 견습공인데 리춘근에게 포섭이 되어 이번 행동에 가담을 하였다. 장준광은 평양 사람으로 오목눈에 옥니박이인데 천생 타고난 모험가였다. 그는 자원하여 외국 사람이 수리해 달라고 갖다 맡긴 승용차를 주인 몰래 몰고 나와 사로니카행동에서 중요한 일익을 담당한 것이었다.

　일이 안 될 때라서인지 순조롭게 달리던 자동차가 화기은행을 지척에 두고 갑자기 발동이 꺼져 버렸다. 핸들을 잡은 장준광과 수표가 든 호주머니를 손바닥으로 덮어 누른 선장이가 놀란 눈으로 서로 돌아보았다. 분초를 다투는 고비판이었다. 윤대성과 리정호는 신영호를 붙들고 앉아서 전화가 걸려 오기만을 기다리고 있었다. 장준광이 다급하여 앞이마에 땀을 흘리며 액셀을 밟아 보고 또 열심히 이것저것을 놀려 보는 것을 내버려 두고 선장이는 차문을 덜컥 열고 길 위에 뛰어내렸다. 화기은행을 향하고 오금에서 바람이 나게 걸어갔다. 왼손으로는 수표가 든 호주머니를 누르고 오른손에다는 돈뭉치를 받아 챙길 거뿐한 인조혁 들가방을 들고.

　으리으리한 회전문을 밀어 열고 들어서니 한쪽 옆에 머리에 터번을 두르고 허리에 특대호 리볼버 — 자동권총을 찬 인도 수위가 서 있었다. 모두 영문으로 표식을 한 창구들을 눈으로 더듬었다. 해당 창구를 찾아가 짐짓 태연한 채 수표를 들이미니 안에 앉아 있던 양코배기 은행원이 받아 들고 한번 번드쳐 보더니 무슨 미심한 점이 있는 모양으로 고개를 갸우뚱하였다. 이를 보자 선장이의 가슴속에서는 곧 쌍다듬이질이 시작되었다.

'저 자식이 무슨 낌새를 채었나?'

양코배기 은행원은 새파란 눈을 들어 미심쩍게 선장이를 한번 가늠해 보더니 제법 부드러운 바리톤으로 "웨이트 어 미니트 플리즈(잠깐만 좀 기다려 주십시오)." 말하고 곧 수표를 손에 쥔 채 의자에서 일어나더니 안쪽으로 걸어갔다. 선장이의 귓가에서 약삭바른 악마가 속삭였다.

'어서 내빼라!'

꼴을 보아하니 수표에 미심한 점이 있는 것만은 대개 틀림이 없는 모양이었다.

'뛸까 말까?'

속으로 자저하며 회전문 쪽을 슬며시 돌아보니 인물이 그럴듯하게 생긴 인도 수위가 마주 바라보고 심심해 웃는 웃음을 싱긋 웃었다. 마음을 진정하고 조금만 더 참아 보기로 하였다. 양코배기 은행원이 지배인실로 들어가는 것이 바라보였다. 지배인실은 칸막이 전면이 판유리로 되었으므로 안에서도 밖이 환히 내다보이고 또 밖에서도 안이 환히 들여다보였다. 양코배기 은행원이 이도 역시 미국인인 지배인 앞에다 문제의 수표를 내놓았다. 그리고 몇 마디 말을 주고받는 모양이더니 바로 지배인 책상 위에 놓인 전화의 수화기를 집어 들고 다이얼을 돌리기 시작하였다.

선장이는 간이 콩알만 해졌다. 뛰자니 그렇고 안 뛰자니 그렇고……. 어찌할 바를 몰라 왼새끼를 꼬았다. 공부국의 순찰차가 금세

들이닥치는 것만 같았다. 그러나 운명을 하늘에 맡기고 견뎌 배겼다. 이윽고 양코배기 은행원이 한 손에 수표를 쥔 채 돌아오는데 그 평화로운 기색을 한번 보자 선장이는 숨이 후 나왔다. 고빗사위는 이젠 넘어섰다는 것을 육감으로 깨달았다.

선장이가 꿈에도 다루어 본 적이 없는 엄청난 액수의 지전 뭉치를 한 가방 그들먹이 담아 들고 제정신 없이 회전문을 나와 2단으로 된 넓은 층계를 내려섰다. 막 인력거를 부르려고 하는데 마침맞게 장준광의 애써 고친 자동차가 들이닥쳤다. 장준광이 이마의 땀을 손등으로 닦으며 차창 안에서 히쭉 웃는데 승냥이 이빨 같은 송곳니의 덧니가 눈부시게 드러났다.

이날 저녁 애인리 42호에서는 간소 경축연이 베풀어졌다. 연회에 참석한 사람은 모두 원래의 그 식구 — 김혜숙과 송일엽, 전보경과 서선장 그리고 이모 — 다섯이었다. 이브닝드레스를 입은 데다가 귀엣고리까지 달아 화려하게 성장을 한 송일엽이 손바닥으로 샴페인의 병 밑을 탁 쳐서 코르크 마개를 뽑는데 총소리 같은 요란한 소리가 났다. 다리가 높고 아구리가 번 유리잔 다섯에다 골막골막 따라 놓고 송일엽이 선참으로 잔 하나를 집어 들고 좌중을 돌아보며 "사로니카행동의 승리를 축하하여." 하고 멋스럽게 건배할 것을 청하여 일시에 잔을 들어 서로 맞부딪치고 잔들을 말리었다.

명절 기분의 경축연이 파한 뒤에 송일엽은 바로 일터로 나가고 이모는 뒷설겆이를 해 놓고 자기 방으로 들어가고 그리고 김혜숙, 전보경 즉 올케, 시누이와 서선장이 세 사람은 김혜숙이 거처하는 큰방에서 한담들 하였다. 주요한 화제는 더 말할 것도 없이 낮에 있은 모험활동에 관한 것이었다(생명보험회사의 여직원을 사칭하고 맨 먼저 찰스 신에게 전화를 건 것은 김혜숙이었다).

전보경이 선장이를 보고 웃으면서 "미스터 서두 인젠 당당한 일원이 되셨네요." 하고 칭찬을 하여 선장이가 "글쎄올시다…… 이제 겨우 견습생으로나 채용이 된 셈이겠지요." 하고 웃음의 소리로 겸사하니 김혜숙은 상글상글 웃으면서 "훌륭한 역군인데…… 견습생은 다 무어예요." 하고 기특한 듯이 선장이의 등을 도닥거렸다.

"그때 내가 지레 겁을 먹구 도망질을 쳤더라면…… 모든 계획이 다 십년공부 나무아미타불이 되는 건데, 아마두 하늘이 굽어살폈는가 봅니다."

"용케 견뎠에요. 수표를 가지구 지배인실에 들어가 전화를 거는 데…… 누군들 도망칠 생각이 안 났겠어요."

"미스 전 말이 맞아요. 웬만한 담력으룬 거기 그대루 서 있기 어렵지요. 어렵다마다."

"너무 그렇게 좋게만 해석하지 마십시오. 계면쩍어 몸 둘 바를 모르겠습니다."

이야기가 윤대성과 리정호에게로 번져서 선장이가 "지금쯤은 배에들 올랐을까요?" 하고 물으니 김혜숙은 "아마 그렇겠지요." 하고 가볍게 대답하였다. 기차로 가는 것은 북정거장을 거쳐야 하므로 안전하지 못하다고 리춘근은 두 사람의 회정 노선을 배편으로 잡아 주었다. 그들은 이미 면모가 드러난 까닭에 하루라도 상해에 더 머무르는 것은 불긴하였다.

"이젠 강녕별장두 좀 개변이 되겠지요?"

"글쎄요. 공작비가 워낙 딸리는 형편이라서 거기까지 혜택이 미치겠는지는 마침 모르겠는걸요. 우리 여긴 일선이라구 이만한 생활 대우가 있지만 내지에서는 한 달 생활비가 일률적으로 12원이랍니다."

"우리 조직이 그 지경 구차합니까?"

"그렇잖으면 왜 목숨들을 걸구 이런 모험을 하겠습니까."

전보경이 옆에서 두 사람의 주고받는 말을 가만히 듣고 있다가 나중에 "미스터 서, 이젠 고만 올라가잖겠어요?" 하고 몸을 일으켜서 선장이도 따라 일어나며 김혜숙에게 "해피 드림(좋은 꿈 꾸시기를)." 자는 인사하고 전보경을 따라 3층으로 올라왔다.

"나한테 좀 들르잖으실래요? 졸리세요?"

"아니요."

선장이가 군말 없이 끄는 대로 따라 들어갔다. 용연향의 향기 같은 그윽한 향기가 알릴 듯 말 듯 풍기는 방 안은 간소하고도 안온하였다. 송일엽의 거실이 모란이 성개한 화초밭처럼 농염한데 비하여 전보경의 규방은 코스모스들이 바람에 설레는 뜰같이 담담하였다.

둘이 같이 앨범을 들여다보며 하나는 설명을 하고 하나는 듣는 중에 전보경이 느닷없이 "우리 언제 기념사진 하나 안 찍으실래요? 공원에 가서." 하고 말을 내어 선장이가 무심코 "좋겠지요. 날씨 좋은 때 우리 다 같이 가 한번 찍두룩 하시지요." 하고 찬성하는데 전보경이 대꾸가 없어서 그 얼굴을 쳐다보니 덜 좋아하는 기색이 역연하다. 그래 얼른 싹싹하게 말을 고치어 "둘이 한번 가 찍으십시다." 하고 비위를 맞춰주었다. 선장이도 어느 틈에 세고에 숙달한 사내 꼬부랑이가 되었다.

전보경과 선장이는 서로 사귄 뒤 이날 밤 처음으로 갈라질 때 웃으며 악수를 나누었다. 여자의 손의 매끈매끈한 감촉이 선장이가 잠이 들 때까지 그저 남아 있었다. 불을 끄고 곤히 자는 중에 무엇이 가슴에 와 얹히는 것 같아서 안쪽으로 돌아누우려니까 얹힌 것이 돌아눕지 못하게 그러당겼다. 잠에 취해 거슴츠레한 눈을 떠 보니 '아, 이게 웬일이냐?' 희미한 속에 헬끔한 여자의 얼굴이 드러나지 않는가! 깜짝 놀라 잠이 다 달아났다. 선장이가 부지런히 몸을 일으키려 하니 여자는 일어나지 못하게 힘주어 누르면서 "어 풀(바보)." 하고 킥 웃었다.

선장이가 경황하여 제 몸을 다시 한번 살펴보니 '어렵쇼!' 어느 틈에 좁은 침대에 몹시 배좁게 둘이 누웠다는 기성사실이 드러났다. 송일엽의 입과 몸에서 풍기는 냄새와 담배 냄새, 향수 냄새와 분 냄새 그리고 여자 냄새…….. 강렬한 냄새의 칵테일이 선장이를 콱 질식시켰다.

두 사람의 시곗바늘이 멎어섰다. 두 사람을 실은 지구도 자전을 멈추었다…….

38

서선장이가 소속한 단체라느니보다는 정당의 상해 특구 선전부장 성재수는 광주학생사건 때 서울서 동맹휴학을 선동, 조직하고 또 경찰에 폭행을 가했다는 혐의로 지명수배를 받게 되자 이곳저곳으로 피신해 돌아다니다가 마침내 중국으로 망명을 한 사람이다. 광주학생사건 당시 그는 세브란스 의학전문학교에 재학 중이었는데 그의 부친은 역시 서울 수송동에서 '전치의원'이라는 병원을 경영하는 개업의였다.

선장이도 리춘근의 소개로 성재수를 알게 되어 공사, 사사로 수차 만나 본 적이 있는데 마랑 거리 그의 아파트에를 가면 서울서 발간되는 〈조선일보〉, 〈동아일보〉, 〈중앙일보〉, 〈매일신보〉 따위의 조선문 신문은 물론이려니와 〈경성일보〉 같은 일문 신문도 얻어 볼 수가 있었다. 그리고 잡지들도 〈개벽〉, 〈조광〉, 〈삼천리〉, 〈여성조선〉, 〈조선문단〉 같은 성인 독물 외에 〈어린이〉, 〈별나라〉 같은 아동 독물까지 다 구비되어 있었다. 그러한 국내의 신문 잡지들에서 요점이나 필요한 부분을 발췌하여 중앙에 올려 보내는 것이 그의 주요한 임무의 하나였다.

이날 성재수가 국내로 들여보낼 편지 몇 통을 쓰는데 밤이 이윽해서야 겨우 끝이 났다. 너무 오래 앉아 있은 까닭에 허리가 뻑적지근하였다. 바람도 쏘일 겸 우체통에 저레 갖다 넣으려고 아파트를 나섰다. 행인이 거의 그치다시피 한 거리를 시원한 밤바람을 쏘이며, 가로수의 낙엽을 밟으며 호젓이 혼자 거니는 멋에 발 가는 대로 걷다나니 시간이 꽤 간 모양이었다. 집으로 돌아오는데 거의 다 와서 무심코 보니 골목 어귀에 시커먼 자동차 한 대가 서 있었다. 공연히 섬찍한 생각이 앞서서 골목으로 들어가지 않고 그대로 지나쳤다. 멀찌감치 어둑시그레한 집 그늘에 가 붙어 서서 동정을 살폈다. 자신이 들어 있는 아파트의 현관문이 열린 것이 바라보였다.

'저 문이 왜 저렇게 열렸을까?'

도난 방지로 문단속을 잘하기로 소문이 난 상해 사람들이다. 대낮에도 언제나 꼭꼭 잠그고 사는 문이 이 밤중에 무슨 변고가 없다면 저렇게 허수히 열어 놓았을 리가 만무하다. 열려 있는 문 뒤에 사람의 그림자가 어른거렸다. 더욱 놀라운 것은 2층 자기 방에 불이 켜져 있는 것이다. 그리고 창문에 검은 그림자가 어른거리는 것이다. 누가 자신을 잡으러 왔다는 것을 선뜻 짐작하고 수궁(도마뱀붙이)처럼 집 그늘에 더 바싹 달라붙었다. 일본 경찰의 월경 행동임이 대개 틀림없어 보였다. 일본 놈들은 전에도 여러 번 자동차를 몰고 비법적으로 프랑스 조계에 침입하여 이렇게 조선 혁명자들을 납치해 간 적이 있었다. 사후에 알고 프랑스 식민주의 당국이 항의를 하면 일본제국주의는 그런 일이 절대로 없다고 딱 잡아떼게 마련이었다.

빈방을 들이덮쳤다가 허탕을 짚은 두 놈이 도로 나오는 것을 2층에서 내비치는 불빛에 보니 침대보를 벗겨서 압수한 서류들을 대충 뭉뚱그려 싸 들었다. 문 뒤에 숨어 섰던 두 놈도 마저 나와 네 놈이 바쁜 걸음으로 앞서거니 뒤서거니 골목 어귀에 대기시켜 놓은 자동차를 타러 나왔다. 문등 밑을 지날 때 그중 한 놈의 얼굴을 성재수가 눈결에 알아보고 가슴이 철렁 내려앉았다.

'아니, 저건 임규룡이가 아닌가!'

임규룡이는 조직의 연락원이다.

'그럴 리가 없는데…… 내가 빗보았나?'

'아니, 아니. 틀림없는 임규룡이야!'

성재수가 무슨 갈래판을 몰라서 잠시 어리뻥할 즈음에 그 시커먼 자동차는 우르릉 엔진 소리와 함께 배기가스를 뒤로 내뿜고 쏜살로 달아나 버렸다. 성재수가 그늘에서 나와서 부지런히 집 안에를 들어와 보니 불한당 놈들이 온갖 군데를 들뒤진 뒤끝이라 방 안은 문자 그대로의 불난장판이었다. 상해 태생인 주인집 마누라가 와들와들 떨면서 "후시샹(호 선생), 자오양라(큰일 났어요) 자오양라!" 하고 울음 반 지껄이며 뱅글뱅글 돌아갔다. 주인집에서는 성재수를 복건 사람 호 선생으로만 알고 있었다.

이튿날 오전 중으로 성재수는 포석 거리에 있는 포석리라는 아파트 단지로 거처를 옮겼다. 그리고 즉시 리춘근을 찾아서 되어진 일을 알리고 또 같이 대책을 의논하였다.

"세상에 이런 일두 그래, 있을 수 있습니까?"

"보기는 분명히 보셨겠지요?"

"슬프게두…… 틀림이 없습니다." 하고 성재수가 서글프게 머리를 설레설레 저으니 리춘근은 한동안 말이 없다가 "열 길 물속은 알아두 한 길 사람 속을 모른다더니……." 하고 혼잣말처럼 중얼거렸다.

"어떻게 했으면 좋을까요?"

"조직이 덩굴걷이가 되기 전에 얼른 손을 써야지요."

"어떻게?"

"한번 더 확인을 해 보구 뚜렷한 증거가 있으면…… 할 수 있습니까, 없애 치웁시다."

당일 밤으로 서선장이는 김혜숙과 함께 임규룡이의 거처를 감시하고 또 그 뒤를 밟을 임무를 맡았다.

임규룡이는 라파예트 거리 북단의 자물쇠, 칼, 가위, 대접쇠, 문장부 따위 자질구레한 철물을 파는 가겟방 2층에 방 한 칸을 세 들어 있었다. 그 길 건너 비슥맞은편에 연속그림책을 세놓는 가게 하나가 있어서 그 가게에 들어가 앉으면 한 책에 2전씩 세를 내고 10전이면 네댓 시간은 어렵지 않게 소일을 할 수가 있었다. 그러나 줄창 거기 들어앉아 있을 수는 없는 일일 뿐더러 중년의 여성인 김혜숙은 더구나 안 될 일이었다. 그래서 선장이가 한나절을 지켜본 뒤에 김혜숙이 교대를 해 주러 왔을 때 둘이 의논하고 철물전 역시 비슥맞은편에 있는 잡화점 2층에 방 한 칸을 세 들기로 하였다('빈방 있음'이라는 패찰이 나붙어 있었다).

5원 50전 방세부터 선셈해 주어 주인을 안심시켜 놓고 방 안에 들어가 보니 책상 하나, 걸상 하나도 없는 알뜰한 빈방이다. 세간붙이가 하나도 없이 맨몸으로 세 든 사람을 주인이 수상히 여길 것도 염려가 되려니와 그보다도 우선 급한 것은 창문턱이 앉은키보다 높아서 맨마룻

바닥에 앉아서는 맞은편을 바라볼 수가 없는 것이었다. 선장이가 방구석에 나동그라져 있는 모지랑비를 집어다가 시험조로 한번 깔고 앉아 보니 거미줄이 얼기설기한 처마와 푸른 하늘과 흰 구름이 바라보일 뿐이었다. 선장이가 "대공감시소나 천문대를 꾸렸으면 꼭 알맞겠군요." 하고 웃음의 소리를 하며 일어서니 김혜숙도 "내처 서서 지키는 수두 없구." 하고 당혹해하는 웃음을 웃었다.

"난 괜찮습니다. 미세스 전이 문제지."

"내 내려가 주인한테 핑계하구 걸상 하나 빌어 봅시다. 그러구 세간붙이가 없는 까닭두 해석을 해야지요, 괜히 의심 사잖게."

"어떻게 뭐라구 해석을 하실 작정입니까?"

"상주에서 동생네가 이사를 오겠는데…… 미리 집을 좀 잡아 달래서 그러는 거라구, 얼렁뚱땅해 놓지요 뭐."

"대단히 구차스럽군요."

"모루 가나 기어 가나 서울만 가면 그만이지요."

다행히도 빌어 온 것이 사개가 느슨해져서 찌걱거리기는 해도 긴 걸상이어서 두 사람이 같이 앉을 수가 있었다. 걸상을 창문 밑에다 바싹 가까이 갖다 놓고 유리창에다 바른 종이가 찢어진 데로 내다보면 상대편에게 들키지 않고도 감시의 목적에 달할 수가 있었다.

"그동안 아무 동정이 없던가요?"

"꼴이 아마 늦잠을 자는 모양입니다. 그렇잖구야 이게 어느 땝니까……."

말을 하다 말고 선장이가 잠망경을 들여다보듯이 눈을 유리창에다 붙인 채 "저, 저…… 나오네요!" 하고 낮게 소리쳤다. "어디?" 하고 김혜숙이 얼른 눈을 유리창에 갖다 붙이고 내다보니 자줏빛 줄무늬가 비낀 넥타이를 맨 임규룡이가 철물전 앞에 나섰다. 길 아래켠을 향하여 손짓하며 "왕바오처!" 인력거를 부르는 소리가 잡화점 2층에까지 똑똑히 들려왔다. 선장이가 후닥닥 뛰어 일어나며 "여기 기세요……. 내 얼른 따라가 보게." 말하고 김혜숙이 미처 무슨 말을 할 사이도 없이 부지런히 방문을 열어젖뜨리며 나와서 통통 통통 아래층으로 뛰어 내려왔다.

서투른 미행꾼 서선장이가 곧 인력거 한 채를 잡아타고 그 뒤를 따랐으나 얼마 못 따라가 닭 쫓던 개 먼 산 바라보는 꼴이 되어 버렸다. 혼잡한 거리에서 눈 깜박할 사이에 임규룡이를 잃어버린 것이다.

선장이가 파김치가 되어 가지고 들어오는 것을 보고 김혜숙이 적이 웃으며 "고만 일에 죽지가 부러질 것 무어 있에요, 사내대장부가." 하고 친근하게 어깨를 툭 쳤다. 그리고 "여기는 내게 맡기구 어서 돌아가 식사나 하세요, 이모가 기다릴 텐데. 그리구 맘 놓구 푹 쉬세요. 이따 올 때는 저레 저녁식사를 하구 오세요. 이런 일이 그렇게 쉽게 하루 이틀에 성공이 될 줄 아세요? '만만디'루 할 작정하구 조급해 마세요." 하고 싹싹하게 어루만져 주어서 선장이는 빠졌던 맥을 다시 추었다.

'한 번 실수는 병가의 상사지.'

예로부터 있어 온 속담을 제게 좋게 둘러맞추고 다시 싱싱하게 살아서 밥을 먹으러 갔다.

석후에 선장이가 다시 와 김혜숙과 교대하여 임규룡이가 돌아오기를 계속 기다리는데 창문에 그림자가 비칠까 봐 불도 켜지 못하고 어둑컴컴한 방 안에서 혼자 갑갑한 것을 참아 가며 끈덕지게 기다렸다. 시간을 몰라 궁금하여 손목시계를 들여다볼 때만 잠깐잠깐 전등을 켜 보군 하였다. 이런 일을 하려면 야광시계가 있어야 하겠다고 생각하고, 또 혁명이란 통쾌하고 장렬한 것인 줄 알았더니 '제기, 이런 구차한 짓을 해야 하다니!' 하고 쓴입도 다시었다.

10시가 지났는데도 임규룡이가 들어오지 아니하여 내가 혹시 데면데면하여 돌아오는 것을 보지 못하지나 않았나 하는 의심까지 들었으나 돌아왔으면 방에 불이 켜졌을 텐데 창문은 그저 새카만 대로 있으니 그렇지도 않은 모양이었다. 11시가 거의 다 되어서야 임규룡이 탄 인력거가 이미 빈지를 닫아건 철물전 앞에 와 멎어섰다. 잠시 후에 2층에 불이 켜지고 또 창문에 사람의 그림자가 어른거리는 것이 보였다. 가게 문이 열렸을 때는 바로 가게로 드나들고 가게 문이 닫혔을 때는 뒷문으로 돌아다니는 모양이었다. 선장이는 임규룡이가 자려고 불을 끄는 것까지 다 지켜본 뒤에야 비로소 발소리를 죽여 가며 아래층으로 내려와 호젓한 밤거리에 나섰다. 이것으로 오늘 일은 끝이 난 것이다.

안날 임규룡이가 늦잠 자던 걸 요량하고 선장이가 이튿날 아침에는 늦잠도리를 하였다. 10시 정각에 자전거방에 가 자전거 한 대를 세내어 타고 라파예트 거리 잡화점으로 왔다. 자전거를 가게 앞에 세워 놓고 2층으로 올라와 유리창에 바른 종이 틈으로 내다보는데 불과 십 분이 채 못 되어 철물전 2층의 유리창이 열리며 곧 자리옷 입은 임규룡이의 빗지 않은 머리가 푸시시한 부석부석한 얼굴이 드러났다.

'하마트면 들킬 뻔하잖았나!'

선장이가 목을 쏙 옴츠러뜨리며 못내 다행히 여겼다. 임규룡이는 창문을 열어 놓더니 창턱에서 아령을 집어 들고 팔굽혀펴기로부터 시작하여 법식대로 아령 운동을 하는 것이었다. 선장이는 속으로 비웃기를 '저 자식 뒷덜미에 사잣밥을 걸머지구두…… 잘 논다, 망할 자식! 한백 살 살구 싶은가베?' 선장이는 처음부터 임규룡이를 반역자로 낙인

찍고 있었다. 당초에 리춘근이 확증을 얻을 때까지 경선히 손을 쓰지 못한다고 경계하던 것부터가 벌써 맞갖잖았다.

'그만했으면 다 알아봤지 또 무슨 놈의 확증이 필요하담!'

선장이는 조직의 지시라 마지못해 구차한 노릇을 하고 있는 것이었다. 아령 운동이 끝난 뒤에도 한 반 시간 좋이 지나서야 임규룡이는 가겟방으로 해서 밖에를 나오더니 곧 인력거를 불렀다. 인력거가 떠나는 것을 보고 선장이가 부리나케 아래층으로 뛰어내려와 자전거를 잡아타고 그 뒤를 따랐다. 임규룡이는 여반 거리 — 하비 거리 모퉁이에 있는 양식점, 화미찬청 앞에서 인력거를 내리더니 바로 안으로 들어갔다. 선장이는 먼발치에서 자전거를 내렸다. 안에 들어간 사람이 실컷 먹고 마시고 할 동안 우두커니 서서 옷차림이 말쑥한 사람들이 들락날락하는 출입문만 바라보았다. 싱겁기도 하고 한심스럽기도 하였다.

이윽고 임규룡이가 출입문으로 나오는 것이 바라보여서 선장이는 슬쩍 외면을 하였다. 임규룡이는 인력거를 부르지 않고 그냥 걸어서 하비 거리의 전찻길을 건너더니 포도를 따라 슬렁슬렁 서쪽으로 걸어갔다. 선장이가 혹시나 뒤를 돌아다볼까 봐 모자를 푹 눌러쓰고 자전거를 밀고 청처짐하게 그 뒤를 따랐다.

임규룡이는 파리영화관 앞에서 걸음을 멈추더니 곧 권연 한 가치를 피워 물고 영화 광고를 들여다보는 체하였다. 미구에 연회색 스프링코트를 입은 남자 하나가 다가와 담뱃불을 비는데 그것이 선장이 눈에는 — 그렇게 생각을 해 그런지 — 매우 수상스러워 보였다. 담뱃불을 붙이며 서로 몇 마디 말을 주고받는 것 같더니 이내 그 스프링코트 입은 남자는 인력거를 불러 타고 어데론가 가 버리고 임규룡이는 영화관을 쑥 들어가 버렸다. 선장이는 밖에 서서 영화가 시작되고 또 영화가 끝나는 것을 멀거니 기다릴 수밖에 없었다.

이런 맥살 나는 숨바꼭질이 날마다 되풀이되던 중, 어느 날 선장이는 캐테이영화관 앞에서 임규룡이가 바로 며칠 전에 파리영화관 앞에서 하던 것과 똑같은 방식으로 담뱃불 붙이기를 동일한 남자와 하는 장면을 목격하게 되었다. 선장이는 아연 긴장해났다. 이 — 뒤에 무엇이 숨어 있음 직한 — 발견은 즉시 김혜숙을 통해 리춘근에게 회보되었다.

"바싹 따르시오." 하는 리춘근의 지시가 없더라도 선장이는 힘이 절로 솟구쳐서 상투가 국수버섯 솟듯 할 지경이었다. 그리하여 의심스러운 두 인물이 세 번째(선장이 목격한 것만) 짧은 접촉을 대세계오락장 앞에서 하고 곧 갈라져서 임규룡이는 안으로 들어가고 스프링코트 입은 자는 인력거를 잡아타고 동쪽 — 황포강 쪽을 향하고 갈 때 선장이는 서슴없이 임규룡이를 내깔리고 스프링코트 입은 자의 뒤를 밟았다. '도대체 네가 무얼 해 먹구 사는 놈이냐?' 하는 생각에서였다.

인력거는 얼마 동안 달리다가 외로 꺾이어 황포강을 오른편에 끼고 북으로 올라갔다. 외백도교를 건너자 곧 동쪽으로 꺾어 들더니 얼마 아니 가서 붉은 벽돌로 지은 3층 건물 — 일본 총영사관 앞에 멎어섰다. 스프링코트 입은 자가 청사 안으로 들어가는 것을 확인한 뒤에 선장이는 에베레스트의 정상이라도 정복을 한 것 같은 만족한 기분으로 자전거를 돌려세웠다.

임규룡이가 일본 경찰의 끄나불과 내통한 것이 의심할 나위 없는 사실임을 안 뒤에 리춘근은 곧 남경에다 전보를 쳐서 행동대원 하나를 청해다가 함께 일을 의논하는데 김혜숙과 서선장도 자연 동석하게 되었다. 선장이가 보니 그 응원 온 대원은 다른 누구가 아니고 바로 오셀로였다. 변심한 여자에게 작별인사로 맥주병 벼락을 안겼다는 그 오셀로였다. 이 오셀로도 셰익스피어의 오셀로처럼 살갗이 좀 가무스름하였다. 그렇지만 셰익스피어의 오셀로 장군처럼 위엄스럽게 생기지는 못하였다. 그저 쑬쑬한 보통 사람이었다.

"어떻게 해치우는 게 좋겠습니까?" 하고 리춘근이 운을 떼고 좌중을 둘러보는데 아무도 선뜻 입을 열지 아니하여 리춘근은 다시 "밤에 길거리에서 제끼는 게 하나 있을 게구, 그렇잖으면 대낮에 집 안에서 제끼는 게 하나 있을 게구……. 어디 말씀들 좀 해 보십시오." 하고 좋은 의견들을 내놓기를 조이었다.

"아무리 어두운 밤이라두 가로등이 환한데 길거리에서 총질이 나면…… 글쎄, 어떨까요. 너무 왁자하지 않겠습니까?" 하고 김혜숙이 신중한 태도를 보이는데 성질이 괄괄한 오셀로는 솔직히 "교외루 꾀어내는 수는 없겠습니까? 좀 멀직이." 하고 자신의 생각을 말하였다.

리춘근이 고개를 한편으로 기울이며 "글쎄요……. 미스 송이 한번 또 팔을 걷구 나서 주기나 하면 어떻겠는지……." 하고 김혜숙을 쳐다보니 김혜숙은 "그자가 그렇게 데면데면하게 미끼를 물까요? 시내라면 또 몰라두." 하고 미심스러워하였다. "그것두 그렇군요." 하고 리춘근이 고개를 끄덕일 때 선장이가 당돌하게 "까짓거 그 자식 늦잠 자는 걸 들이덮쳐서 요정 내 치우지요, 뭐." 하고 자신의 소견을 말하니 좌중의 눈길이 모두 선장이에게로 쏠렸다. 세 사람의 귀에 다 선장이의 말이 좀 무모하게 들렸던 것이다.

한동안 말들이 없다가 리춘근이 "바루 아래층이 가겟방인데…… 총소리는 어떡허구요?" 하고 묻는 데는 선장이도 대답이 막혀 말을 못 하고 눈만 끔벅끔벅하였다. 김혜숙이 혼잣말로 "설이라면 좋겠는데……." 하고 중얼거리니 오셀로가 "그건 어째서요?" 하고 좋을 까닭을 물었다.

리춘근이 대신하는 대답으로 "설에는 딱총 소리가 요란하니까요. 그렇지만 시각이 급한데 설까지 미룰 수는 없는 일이구……." 하는 것을 듣고 선장이 얼른 그 말을 받아서 "꼭 설에만 딱총을 터뜨립니까? 무슨 경사가 나두 터뜨리구, 상사가 나두 터뜨리구…… 아무 때나 터뜨리잖습니까?" 하고 말하니 리춘근은 깨도가 되는 듯 "딴은 좋은 생각입니다." 하고 낯색이 밝아지며 김혜숙을 돌아보았다.

"그럼 길 건넛집에서 딱총을 터뜨려서 총소릴 엄폐하는 방법을 써 보시지요. 줄딱총을 창문 밖에 드리우구 때맞춰 터뜨리면 되잖겠습니까. 주인집에다는 집들이하는데 벽사를 한다구 미리 말해 놓구."

"좋겠지요……. 사람들의 이목을 딴 데루 돌리는 수단두 될 테니까요."

"그게 좋겠습니다. 그렇게 하시지요."

"찬성합니다."

이리하여 오셀로와 선장이는 아침에 임규룡이가 자리에서 일어나기 전에 가겟방으로 해 올라가서 딱총 소리 나는 걸 신호로 해치운 뒤에 뒷문으로 빠져나오기로 함, 리춘근과 김혜숙은 맞은편 잡화점 2층에서 호흡을 맞추어 줄딱총을 터뜨리기로 함, 이와 같이 의논이 일치되었다.

"그 자식 오늘 저녁 마지막 밥숟갈을 놓게 됐군."

"글쎄……. 저승에서두 밥이야 먹이겠지, 노상 굶기기야 할라구."

선장이와 오셀로가 이와 같이 실없는 말을 주고받으며 걸상에서 일어나는데 리춘근도 따라 일어나며 "그럼 딱총은 미세스 전께서 맡아 준비해 주시겠습니까?" 하고 말하니 김혜숙은 "네, 염려 마세요." 하고 선선히 자담하였다.

이튿날 이른 아침때가 지나서 가게 문들이 모두 열리고 오가는 사람들과 차량들이 붐비어 밤 동안 고자누룩하던 거리가 활기를 되찾았을 무렵이다. 벌건색 딱총을 한 타래 가슴에 안은 김혜숙과 색안경을 쓴 리춘근이 잡화점으로 들어와서 2층으로 올라가기 전에 먼저 집주인과 밤잔 인사를 나눈 끝에 벽사를 하려고 딱총을 좀 터뜨리겠으니 그리 알아 달라고 미리 양해를 구하였다.

"어서 좋도록 하십시오, 어서 좋도록 하십시오." 하는 대머리 주인의 말을 듣고 두 사람은 바로 2층으로 올라왔다. 우선 창문부터 열어 놓았다. 그리고 리춘근이 손에 들고 온 두어 자 길이의 참대 막대기에다 줄딱총 끈을 비끄러매었다. 흔히들 하는 것처럼 창문 밖에 드리우고 터뜨릴 작정이다. 리춘근이 라이터를 꺼내 들었다. 준비가 다 되었다. 김혜숙이 약정한 대로 열린 창문으로 얼굴을 드러내고 오른손으로 머리를 몇 번 쓰다듬었다.

오셀로가 피우다 만 권연을 길바닥에 내던지고 구둣발로 꽉 밟아 뭉개었다. 그리고 손등으로 입술을 닦으며 선장이를 돌아보았다. 행동이 개시되었다. '개잡이행동'이. 백주에 남의 집에 뛰어들어 살인을 하려는 선장이의 가슴속에서는 쌍다듬이질이 시작되었다. 지형지물에 밝은 선장이가 앞을 서고 오셀로가 그 뒤를 바싹 따라 철물전 안으로 들어갔다. 앞을 선 선장이가 스무남은 살 된 중머리 사환에게 고개를 끄덕하고 천장을 손가락질하며 "림 간사를 좀 뵈러 왔는데요." 하고 찾아온 뜻을 말하였다. 임규룡이는 적십자회의 림 간사로 행세하였다.

"네, 올라가 보십시오."

중머리 사환이 그만하면 꽤 친절하다고 할 만한 태도로 얼른 한옆으로 비켜서서 길을 틔웠다.

"계실까요?"

"아마 아직 기침 전일 겝니다."

두 사람은 좁은 층층대를 하나는 앞서고 하나는 뒤서서 천천히 점잖게 올라왔다. 길 건너 2층에서 딱총 터뜨릴 시간의 여유를 주느라고 임규룡이의 방문 앞에서 잠시 발들을 멈추었다가 슬그머니 문을 밀어 열고 방 안에 들어섰다. 방 안에는 채 가시지 않은 술 냄새와 담배 냄새가 서리었다. 임규룡이가 침대 위에서 개잠을 자다가 수상스러운 인기척을 잠결에 감지하고 경각심 높게 눈을 떠 보았다. 정체 모를 괴한들이 들어와 선 것을 보자 잽싸게 베개 밑에다 손을 디밀었다.

"꼼짝 말아!"

낮게 꾸짖으며 선장이가 권총을 그 이마빼기에 들이대는 것과 동시에 오셀로가 그자의 베개 밑에서 케이스에 든 권총을 끄집어내었다.

"너 이 민족반역자, 동지를 팔아먹구…… 죽어 마땅하단 걸 아는가?"

오셀로가 날카롭게 토죄를 하니 자리옷 바람의 임규룡이는 덮었던 이불을 젖히고 침대 위에 일어앉아 사시나무 떨듯 하였다. 죽을상이 되어 가지고 절절히 발명을 하였다.

"저는 죄지은 일 없습니다. 이건 오햅니다. 무서운 오햅니다. 혁명 동지에 대해…… 이게 그래, 무슨 일입니까?"

"아닌 밤중에 왜놈들을 끌구 와서 마랑 거리 아지트를 들이덮친 창귀가 어느 놈이냐?"

"전 모릅니다. 듣느니 처음입니다."

"왜놈의 끄나불하구 '파리'에서 만나서 쑥덕거리구 '캐테이'에서 만나서 쑥덕거리구 또 '대세계'에서 만나서 쑥덕거리구……. 이런 것들은 다 무어냐?"

"모르겠습니다. 그런 것들이 다 무언지, 전 전혀 모르는 일입니다."

오셀로가 토죄를 하는 동안 선장이는 속이 달아 목구멍에서 단내가 날 지경이었다.

'딱총 소리가 나야 총을 쏘지!'

'이젠 빼두 박두 못하게 됐는데…… 이 원쑤 년의 딱총 소리는 왜 아니 날까!'

이때 잡화점 2층에서는 리춘근과 김혜숙이 얼굴빛들이 노래져 가지고 단솥 안의 개미처럼 어찌할 바를 몰랐다. 왼새끼를 꼬았다. 손톱여물을 썰었다. 태평 믿은 줄딱총이 누기가 챘는지 암만 애를 써도 불이 붙어 주지를 않는 것이다!

'이를 어쩌면 좋단 말이!'

죽을상이 된 김혜숙이 열려 있는 창문으로 건너다보니 철물전 2층 유리창 안에 오셀로의 얼굴이 나타나서 고갯짓을 하였다. 딱총 소리를 재촉하는 것이다.

'딱총 소리 얼른요! 딱총 소리 얼른요!'

김혜숙은 절망적으로 고개를 가로흔들어 보였다. 젊은 동지들을 죽을 고비에 몰아넣은 책임을 자각하자 가슴이 메었다.

오셀로는 유리창 너머로 김혜숙의 부정적 신호를 확인하고 순간 가슴이 덜컹 내려앉았으나 곧 다시 기운을 내고 손에 잡히는 대로 창턱 위에 엇놓인 아령 한 짝을 거머쥐었다. 눈결에 이것을 본 선장이가 임규룡이 대갈빼기에 더 바싹 권총을 들이대고 "돌아앉아! 죽구 싶니? 냉큼 돌아앉아!" 하고 야무지게 명령하였다.

죽고 싶은 생각이 꼬물도 없는 임규룡이가 마지못해 뭉기적뭉기적벽을 향하고 돌아앉기가 무섭게 오셀로의 아령 쥔 손이 퍼뜩하였다. 무거운 아령이 돌아앉은 놈의 뒤통수를 힘껏 짓쫏는 소리(해골이 바사지는 소리가 마치 잘 익은 수박 덩이가 터지는 것같이 옹골졌다). 동시에 터져 나오는 외마디 비명. 폭 고꾸라진 놈의 피투성이 된 대갈통을 오셀로의 아령은 두 번 세 번 거듭 짓쫏어 아주 마사 놓았다. 선장이는 온몸에 소름이 좍 끼쳤다. 코를 거스르는 피비린내에 왈칵 걷잡을 수 없이 구역질이 났다…….

선장이가 정신을 수습하고 보니 오셀로는 방구석 세면대 앞에 서서 피 묻은 손을 씻고 있었다. 그리고 벽에 걸린 거울을 들여다보며 물수건으로 얼굴에 튕긴 핏자국을 닦고 또 상의의 앞자락을 문질렀다.

선장이가 다시 정신을 수습하고 보니 오셀로는 임규룡이가 벗어 건 양복 호주머니를 뒤지고 있었다. 지갑을 꺼내고 또 무슨 종이쪽지들을 꺼내서 제 호주머니에 집어넣었다.

"자, 이젠 다 됐소!" 하는 소리를 듣고도 선장이가 잠시 어리뻥해 서 있으니까 오셀로는 "빨리!" 하고 선장이의 팔죽지를 잡아끌었다.

층층대를 내려와 뒷문으로 빠졌다. 밖에를 나오니 선장이는 막혔던 숨이 후 나왔다. 인력거들을 불러 탔다. 선장이는 그저 앞서가는 오셀로가 가는 대로 따라갔다. 전에는 별로 대수로와 보이지 않던 오셀로가 이때 선장이 눈앞에서 갑자기 천하장사 림꺽정이로 변하였다.

'나 따위는 당초에 어림두 없구나!'

선장이는 속으로 시원시원히 고패를 뺐었다. 오셀로를 선배로 모시는 것을 무비의 영광이라고 생각하였다.

나중에 열어 보니 임규룡이의 지갑 속에는 신분에 어울리지 않는 거금 ― 100여 원 돈이 들어 있었다. 그리고 종이쪽지에도 그의 배반을 여실히 보여 주는 것들이 적혀 있었다.

밤에 김혜숙이 선장이에게 미안해 죽으려고 하는 것을 선장이가 "그럴 수도 있지요 뭐, 별말씀을 다 하십니다. 딱총 소리가 안 난 덕에…… 천금을 주구두 사지 못할 귀중한 체험을 쌓은걸요." 하고 상냥하게 말하니 전보경이 옆에 앉았다가 "미스터 서가 내 눈에는 곧 메리메의 돈 호세 같아 보이네요." 하고 웃어서 선장이는 "그런 찬사는 들을 사람이 따루 있습니다. 이담에 오셀로를 만나시거든 실컷 하십시오." 하고 마주 웃었다.

39

송일엽이 소리 없이 일어나 그림자처럼 내려간 뒤에 선장이는 침대를 독차지하고 편안히 누워서 고대 있은 일을 되새겨 보고 놀라움을 금치 못하였다. 너무나 뜻밖의 일이었다. 도저히 상상할 수 없는 일이었다. 그러나 실지로 — 꿈이 아닌 생시에 — 있었던 일이었다. 무슨 귀중한 것을 잃은 것 같은 섭섭하고 아쉬운 생각이 드는 한편 포근하고 흐뭇한 느낌도 바이없지는 아니하였다.

아침에 일어나 옷을 주워 입고 소세를 하고(3층 베란다에 수도전이 있었다) 아래층에 내려가 사람들과 얼굴을 마주 대할 일이 난감하였다. 더구나 송일엽과 한 식탁에 마주 앉을 일이 난감하였다. 안날 낮에 강도질을 한 것은 양심에 거리끼는 것이 하나도 없었다. 아니, 도리어 떳떳하고 자랑스러웠다. 그러나 어두운 밤중에 돌발적으로 생긴 일에는 수치감과 가책을 느꼈다. 도덕적 타락과 심지어는, 범죄감까지를 느꼈다. 그러나 아무리 난처해도 어차피 한번은 넘어야 할 고비였다.

김혜숙과 전보경을 대할 때 선장이는 자격지심이 들어서 공연히 얼굴이 붉어졌다. 전보경이 가까이 와 얼굴을 들여다보며 안날 있은 모험활동의 노고를 위로하는 뜻으로 "눈이 다 부석부석하시네요." 하고 따뜻하게 말하는 것을 선장이는 도적이 제 발자국에 놀라 아무 대꾸도 못 하고 그저 어색한 웃음으로 얼버무렸다. 김혜숙도 "난생처음 그런 경난을 했는데 신경이 쓰이잖구요. 왜 고단하잖겠어요." 하고 다정한 말로 위로해 주는데 선장이는 더욱 난당하여 땅속으로 꺼져 들어가고 싶은 마음밖에 없었다.

이윽고 층층대에서 슬리퍼를 끌며 내려오는 소리가 났다.

20초…… 15초…… 10초…… 5초…… 1초…… 영. 선장이가 타임을 거꾸로 세며 마음을 조이는 중에 연분홍색 화장 옷을 입은 송일엽이 액틀 속의 미인도처럼 문얼굴 속에 나타났다. 입에 물었던 권연을 뱅어같이 희고 가냘픈 두 손가락으로 떼어 들고 빨간 입술 사이로 흰 이를 드러내 보이며 신비로운 웃음을 상끗 웃고 "굿모닝 젠틀맨(신사)!" 선장이에게 아침 인사를 하였다. 그리고 태연하게 식탁 앞에 와 앉으며 전보경을 보고 "게으름병이 걸렸나. 왜 이렇게 고단한지 몰라 요새는." 하고 걸상 등받이에 한 팔을 걸어 늘어뜨리고 반몸을 비틀고 앉았다.

그 자약한 태도에 선장이는 속으로 경탄을 금치 못하였다. 그리고 인제 어려운 고비는 넘었구나, 하는 안도감에 한시름이 덜리는 듯 어깨가 거뜬해졌다.

그럭저럭 해가 바뀌어 봄이 일찍 찾아드는 강남의 들판에서 아지랑이들이 가물가물 피어오를 무렵 생각지 않은 일거리 하나가 또 생겨서 선장이가 신떨음을 해 보게 되었다. 어느 날 송일엽이 밖에서 돌아오는 길로 발에다 하이힐을 신고 손에다 핸드백을 든 채 급한 걸음으로 김혜숙의 방으로 들어왔다. 방 안에서는 짙은 구두약 냄새가 풍기었다.

"언니, 미스터 리랑 의논할 일이 한 가지 생겼소."

김혜숙이 닦던 구두 한 짝을 왼손에 꿰들고 또 오른손에 구둣솔을 쥔 채 허리를 펴고 일어났다.

"무슨 일인데?"

"왜, 그 있잖우…… 오빠랑 배꾼이랑을 고문했다는, 고등계 주임 놈 말이요. 무라다라나 하는 경부 놈……."

"응, 그래서?"

자기 동생과 양씨동이를 혹독하게 고문했다는 원쑤 놈의 이름을 듣자 김혜숙의 눈에는 금세 시퍼런 불이 켜졌다. '배꾼'이란 양씨동이의 별명이다.

"그 자식이 자꾸 치근거리지 뭐요."

김혜숙은 손을 이마에 대고 하늘에 감사를 드리고 싶었다.

"일엽아, 오빠 원쑤를 갚아 주자. 동지들의 원쑤를 갚아 주자. 꼭 갚아 주자."

무라다는 이때 상해 일본 총영사관 경찰서의 고등계 주임이었다. 상해에서 붙잡힌 조선 혁명자들에게 야만적인 고문을 가한 것으로 공을 세워 경부보에서 쉽사리 경부로 승진을 한 자였다. 그 후 제2차 세계대전 때 '리옹의 망나니'라는 별명으로 세상에 소문을 놓은 게슈타포의 바비와 같은 부류의 악마였다.

한 사날 지나서다. 황포탄 모터보트 세놓는 곳에 봄바람에 흥들이 난 듯싶은 남녀 네 사람 일행이 와서 소정의 보증금을 들여놓고 모터보트 한 척을 세내어 타고 봄물이 치런치런한 황포강에서 뱃놀이를 즐겼다. 일행은 나이 근 마흔 된 장년 남자 하나와 애숭이 청년 둘 그리고 사치한 양장 차림을 한 젊은 여자 하나인데 그중에서 키잡이를 하는 것은 색안경을 쓴 장년 남자였다. 그들이 탄 모터보트는 여느 모터보트들처럼 흐름에 따라 아래로 내려가지 않고 거슬러 위로 올라갔다. 주가나루를 썩 지나 올라가서야 속도를 푹 줄여서 차차로 배를 세우며 타수석에 앉은 두 사람이 말을 주고받았다.

"미스터 장, 이제 한번 잡아보겠습니까?"

"네."

"차를 모는 것과 뭐 별루 다를 게 없으니까…… 요령만 알면, 곧 익숙해질 겝니다."

"글쎄요. 어디 한번 잡아 보십시다."

리춘근과 장준광은 곧 자리를 바꿔 앉았다. 그 바람에 모터보트가 크게 뒤뚱거렸다.

"우리두 좀 배워야지요."

뒷좌석에 앉은 송일엽이 한마디 말참례하고 곧 옆에 앉은 선장이를 돌아보며 "그렇지요, 미스터 서?" 하고 동의를 구하여 선장이는 말없이 고개만 한번 끄덕하였다.

"물론 물론."

리춘근이 뒤를 돌아보고 안심을 시킨 뒤에 다시 장준광을 향하여 "자, 그럼." 하고 떠날 것을 명하였다.

자동차 수리공 장준광은 기계붙이를 다루는 데는 남다른 재능을 가지고 있었다. 얼마 오래지 않아 곧 손에 선 모터보트를 제 수족같이 자유자재로 부리었다. 서선장이도 배질에 이골이 난 배꾼의 아들인 만큼

잠재적인 적응력을 가지고 있어서인지 크게 어려울 게 없었으나 송일엽만은 마음뿐이지 손발이 제대로 말을 들어 주지 않아서 애를 먹었다. 송일엽이 모는 모터보트는 넓은 물길이 좁다는 듯이 갈지자형으로 빗꺾으며 달려서 여러 번 충돌 사고를 일으킬 뻔하였다. 지나가는 배들을 들이받을 뻔한 것이다. 한 발동선에서는 화가 난 기관사가 선창으로 고개를 내밀고 입이 걸게 욕을 하였다.

"눈깔이 멀었니? 이 화냥년!"

한동안이 지난 뒤에 선장이 웃으면서 "술에 취했나, 이 모터보트가?" 하고 놀려 주는데 눈치 없는 장준광이 멋도 모르고 "아니, 파업자들의 데모야. 지그재그 행진." 하고 맞받아 비웃었다. 조금 전에 들은 '화냥년' 소리에 비위가 거슬렸던 송일엽이 성을 발끈 내며 "남은 속이 상해 죽겠다는데 옆에서들 그렇게 시까스르기요?" 하고 눈이 상큼해지니 옆에 앉은 리춘근이 부드럽게 웃으면서 "허허, 미스 송이 그렇게 유머를 이해 못 하는 막대긴 줄은 여적 몰랐었는걸." 하고 한술을 더 떴다.

장관의 뱃놀이를 마치고 강안에 올라와 리춘근은 바로 황포탄에서 작별하고 셋이 함께 2층버스를 타고 오다가 장준광은 정안 사거리 초입에서 내리고 송일엽과 선장이만 혁달 거리까지 왔다.

집에 돌아와서 선장이가 곧바로 3층으로 올라가려고 한즉 2층 꺾임목에서 송일엽이 그의 팔죽지를 잡아끌었다.

"잠깐 들렀다 가세요."

송일엽이 핸드백을 화장대 위에 놓고 가 창문을 열어 놓고 나서 권연 한 가치를 피워 물었다. 걸상에 앉지 않고 침대에 와 걸터앉으며 물었다.

"어떻게 생각하세요, 이번 일을?"

"어떻게 생각하다니요?"

"무라다 말이예요."

선장이는 아무 대꾸도 하지 않았다. 그저 잠자코 있었다.

"왜 말이 없지요?"

"무슨 말을 할 게 있습니까?"

"내가 무라다하구 같이 자는 데 대해서 말이예요."

선장이는 슬그머니 부아가 났다.

"동의하세요?"

선장이는 슬쩍 외면을 하였다.

"고만둘까요? 이번 일?"

"난 고만 올라가 보겠습니다." 하고 선장이가 걸상에서 벌떡 일어서
니 송일엽은 얼른 도로 붙들어 앉히며 "화났어요?" 하고 선장이의 얼
굴을 가까이 들여다보았다.

"이담에 나 같은 여자 말구, 순결한 아가씨 한 분 골라서…… 같이
잘 사세요."

선장이가 말없이 발등만 내려다보고 있으니까 송일엽은 손에 들었
던 권연을 창문 밖에다 내던지고 곧 선장이의 등을 꽉 그러당겨다 가
슴에 붙이며 "거짓말이야, 거짓말이야. 내가 미친년이지…… 거짓말
이 아니구." 하고 울음 반 웃음 반 지껄이는 것이었다.

무라다 경부는 마누라가 아이들을 데리고 일본 시즈오카로 친정 나
들이를 간 동안에 새암바리 마누라의 질곡에서 벗어나 난봉을 부리는
데, 늦게 배운 도적이 날 새는 줄 모른다고 인물이 출중한 데다가 사내

를 놀리는 수단이 좋은 메트로폴리스의 프란시스 — 송일엽에게 홀딱 반하여 고걸 그저 한입에 꿀딱 집어삼켜도 시원찮을 지경이었다. 그래서 공공 조계 에드워드 거리에 있는 맨션(호텔식 아파트)에 욕실과 객실이 딸린 방 하나를 얻어 놓고 프란시스와 단둘이 밀회하는 장소로 삼을 생각을 하였다. 말하자면 상해판 하렘 같은 것을 하나 꾸며 놓고 거드럭거려 볼 생각이었던 것이다.

"마누라님이 이런 걸 아시면 아마 기가 차실걸요."

프란시스 즉 송일엽이 무라다 경부의 무릎에 앉아 짐짓 이렇게 버르집으니 무라다 경부는 눈이 가늘어져 가지고 송일엽의 아랫배를 더 꽉 그러안으며 "그깟 년 무어라구 주둥이만 한번 놀려 보지…… 내 대번에 요정을 내 놓잖나!" 하고 흰목을 쓰는 것이었다.

"고만두세요. 나리두, 다 알았에요."

"어어, 내가 거짓말하는 줄 아나베."

"마누라님 앞에선 꼼짝을 못 하시며 무얼 그러세요. 엄처시하라구 다들 흉을 보는데."

무라다 경부의 장인은 시즈오카의 갑부였으므로 그 딸에게도 거액의 지참금이 딸려 왔다. 무라다가 그 덕을 보는 것은 더 말할 것도 없는 일이다. 안해가 곧 재록신이었던 것이다.

"두구 보지 내가 허튼소리 하나. 이제 또 쨍쨍거리기만 하라지, 당장에 들그서내구 프란시스를 대루 들여앉히잖나."

"네네, 태산같이 믿는 척하구 기다리겠습니다."

송일엽이 엇조로 대답하며 무라다 경부의 가슴에 실그러지니 무라다는 인중이 닷 발이나 늘어져 가지고 그러안은 여자의 귀밑에다 게걸든 놈처럼 입을 들이맞추는 것이었다.

"내일 우리 황포강에 나가 뱃놀이해요."

"좋지, 좋지……. 마침 또 일요일인데."

"모터보트를 몰구 전속으루 물살을 한번 헤갈라 봤으면 통쾌하겠어
요. 그렇지만 나리는 모터보트를 몰 줄 모르시죠?"

"천만에 천만에, 내가 요코하마에 있을 때 한 이태 수상경찰에 근무를
해 놔서 기계배를 부리는 데는 솜씨가 무던한걸. 제 자랑이 아니야."

"믿습니다, 믿어요 나리. 그 무던한 솜씨를 한번 좀 보여 주세요."

"보여 주지, 보여 주지…… 보여 주다마다."

"자동차루 드라이브하는 것과 어때요?"

"거기다 비해? 저우 낫지."

"아이 좋아! 그럼 우리 꼭 가요."

"가지, 가지." 하고 무라다는 당치않은 데로 손을 디밀며 "요것이 하
자는 걸 내가 왜 안 하겠어." 하고 콩 본 당나귀같이 흥흥하는 것이었
다. 송일엽이 무릎 위에서 홀제 반몸 돌아앉아 목에 매달리며 기관포
같이 급한 키스의 세례로 경부 나리를 막히게 해 주었다.

"인제 꼭이에요."

"꼭, 꼭……."

"그럼 우리 손가락을 걸어요."

"걸지 걸어…… 자."

껍질이 악어같이 꺼끌꺼끌한 악마도 제가 좋아하는 여자 앞에서는
강아지 뱃바닥같이 말랑말랑해지는 모양이었다.

말랑말랑해진 무라다 경부가 주말의 밤을 흐뭇하게 지내었다. 안이
고 밖이고 다 천금값이 가는 봄밤이었다. 송일엽은 '빼앗으려면 먼저
주어야 한다'는 이치를 누구보다도 밝히 아는 여자였다. 미끼 안 꿴 민

낚시에는 멍텅구리 가재 따위만이 걸리는 법이었다.

샐녘에 송일엽이 살그머니 일어나 무라다의 숨소리에 잠시 귀를 기울여 본 뒤 자리옷 바람으로 복도에 나서며 곧 아래층으로 내려왔다. 맨션의 숙직원은 그녀가 2층의 전화를 놓아두고 아래층의 전화를 사용하는 까닭을 몰랐다. 그렇지만 팁을 후히 주는 고객의 괴상한 성미는 무조건 친절하게 받아들여야 한다는 것이 그들의 신조였으므로 그는 여공불급하게 웃음을 지으며 묻는 것이었다.

"무엇을 도와드릴깝쇼, 마담?"

늦은 아침때가 훨씬 지나서 사복 차림을 한 무라다 경부와 그 정부 프란시스가 황포탄으로 나왔다. 모터보트를 세내어 타고 계류선창을 떠나는데 타수석에 같이 앉은 송일엽이 "위쪽으루." 하고 이미 하류로 향한 뱃머리를 돌리라고 하니 무라다 경부는 "왜?" 하고 괴이쩍게 여기는 눈치를 보였다.

"그저…… 가 보구 싶어서요."

"거기 무에 볼 게 있다구."

"싫으세요?"

"아니, 싫기야 뭐……. 가지, 그럼."

모터보트는 요란하게 엔진 소리를 울리며 크게 커브를 꺾어서 상류를 향하였다. 흐린 물결이 넘실넘실하는 황포강은 크고 작은 세계 각국의 신박들로 붐비었다. 차차로 속력을 내기 시작하여 배와 배 사이를 누비듯이 달리는 모터보트 위에서 송일엽이 연송 무라다를 치살렸다.

"아이, 정말 보통이 아니시네요."

"이십 대 청년 같으시네요. 참말이예요."

그러다가 호들갑스레 "어머!" 하고 새된 소리를 지르며 비범한 키잡이 솜씨를 자랑하려고 뻐무는 무라다에게 찰싹 가 달라붙었다가 "아이, 아슬아슬해. 난 꼭 부딪치는 줄만 알았에요." 하고 요사를 떨며 따로 떨어져 앉기도 하였다.

그 맛에 무라다는 나이에 어울리지 않게 신바람이 나 가지고 보트를 재주껏 몰아대어 주가나루를 언뜻 지나 용화를 바라보고 치달았다. 여기까지만 와도 벌써 강을 오르내리는 배들이 뜨음해져서 뱃길이 마냥 넓어 거치는 것이 없었다. 앞길에 사주 ─ 모래가 쌓여서 이루어진, 폭이 좁고 길이가 긴 섬 ─ 하나가 나섰다. 그 섬그늘에서 모터보트 한 척이 나타나 가지고 완완한 속도로 마주 오는 것이 바라보였다.

"이런 호젓한 데를 찾아다니는 게 우리만이 아니군." 하고 무라다가 웃어서 송일엽은 "누가 아니래. 오호호!" 따라 웃으며 무라다의 허벅다리를 한번 꼬집어 주었다. 이렇게 꼬집히면 금시로 온몸의 뼈가 녹아서 흐물흐물해지는 사내들도 이 세상에는 더러 있는 모양이었다.

완완히 내려오는 보트와 전속으로 치닫는 보트의 거리가 삽시간에 줄어들었다. 얼굴을 서로 알아볼 만큼 가까와졌다. 내려오는 보트에도 역시 탄 사람은 둘이었으나 남녀 한 쌍이 아니고 둘이 다 남자였다. 애숭이 총각들이었다.

송일엽이 별안간 "어머, 내 모자!" 하고 새된 소리를 지르고 잇달아서 "나리, 내 모자…… 모자 날아났에요!" 하고 호들갑을 떨었다. 무라다가 놀라서 "무엇이?" 하고 보트의 속력을 푹 줄이는데 송일엽은 윗몸을 비틀고 손으로 가리켜 보이며 "저것 좀 보세요. 물 위로 동동 떠내려간다니까요." 하고 안달하고 또 "너무 속력을 내니까 그렇지요." 하고 당찮은 원망을 내놓았다.

"얼른 배를 멈추세요, 얼른요! 저거 저거……."

떠내려가는 모자를 건지려고 무라다 경부가 흐르는 물 위에 크게 반원을 그리며 뱃머리를 돌려세웠다. 배를 살랑살랑 저속으로 몰아서 하얀 깃 하나가 비써 꽂혀 있는 모자 가까이로 다가갔다. 그 모양이 흡사 물에 내려앉은 새를 맨손으로 붙들러 가는 것과도 같았다. 그동안에 내려오는 보트가 들이닿았다. 좌측에서는 건축자재를 만재한, 끌리는 배를 끄는 허술한 발동선 한 척이 허덕거리며 거슬러 올라오고 있었다.

송일엽이 물결 따라 너울거리는 모자를 건지려고 윗몸을 뱃전에 걸고 팔을 늘이었다. 무라다 경부는 그 동작에 맞추어 배를 조절하느라고 주의를 모두 거기다 돌린 까닭에 내려오는 보트의 키잡이 옆에 앉은 청년이 권총을 빼 드는 것을 보지 못하였다. 다음 순간 마른 나뭇가지가 부러지는 것 같은 총성 한 방이 울리는 것과 동시에 무라다 경부가 타륜을 잡은 채 앞으로 폭 고꾸라졌다. 면바로 대갈통에 명중되는 바람에 비명 한번 질러 볼 사이도 없었다. 좌측을 통과하는 발동선에서는 제 기계 소리 때문에 총소리를 듣지 못한 모양이었다. 설사 들었더라도 결과는 매한가지로 못 본 체하고 그냥 지나쳐 버렸을 것이다. 시끄러운 일에 참섭되는 것을 꺼리어 이때의 상해 사람들은 고함 소리에 쫓기는 도적이 눈앞에 닥들여도 얼른 한옆으로 비켜서기가 일쑤였으니까.

강 복판에서 두 보트의 뱃전이 맞닿자 송일엽은 건지는 체하던 모자를 내버려 두고 얼른 이쪽으로 보트를 옮겨 탔다. 그 바람에 보트가 금세 뒤집힐 것처럼 크게 한번 뒤뚝하였다. 타륜을 잡은 장준광이 "아예 수장까지 지내 주지." 하고 보트를 가재걸음을 시키다가 반원을 그리며 되돌아와 가지고 무라다가 대가리에서 피를 쏟으며 나가 너부러진 보트의 뱃전을 뱃머리로 콱 들이받았다. 들이박힌 보트가 허깨비처럼 휘뚝 뒤집히니 무라다의 시체는 물속에 가라앉지 않을래야 않을 수가 없었을 것이다. 수장을 지내 주는 데 성공을 한 장준광이 승냥이의 이빨 같은 덧니를 드러내며 씩 웃고 "자, 떠납시다!" 하고 액셀을 꽉 밟으니 세 사람을 태운 보트는 급작스레 요란한 엔진 소리를 울리며 분마의 기세로 내닫기 시작하였다.

선장이가 창백해진 얼굴로 뒷좌석을 돌아보고 거센 바람에 머리카락이 마구 헝클어져 나붓기는 송일엽에게 "옷에 어디 피가 튀지 않았나 좀 살펴보시지요." 하고 주의를 주니, 선장이와는 반대로 얼굴이 상기한 송일엽이 짓궂은 추파를 보내며 "녜녜." 대답하고 투피스의 위아래 갈피를 이리 뒤척 저리 뒤척 살펴보는 것이었다.

40

진주 고향에서 이모에게 부쳐 온 소포를 찾아가라는 통지서가 우정총국에서 와서, 몸 가벼운 선장이가 대신 가 찾아오기로 하였다. 우정총국은 소주 거리 — 북사천 거리 길모퉁이에 있었다. 선장이가 전차를 타고 남경 거리 선시백화점 조금 못미처까지 왔을 때 정류소도 아닌데 전차가 불시에 멎어서더니 운전사와 차장이 앞뒤에서 다 같이 "파업입니다. 여러분 하차해 주십시오.", "전차 운행이 정지됐으니 다들 내려 주십시오. 파업입니다." 하고 외치는 것이었다.

'파업'이란 소리가 원산과 서울에서 많이 들어 본 까닭에 선장이 귀에 설지는 않았으나 신기하기는 하였다. 선장이도 다른 승객들과 함께 전차에서 내려 보니 남경 거리를 오고 가던 그 많은 전차들이 하나의 예외도 없이 모두 멎어서서(흡사 변전소가 일대 정전 사고를 일으키기라도 한 것 같았다) 앞뒤 승강구로 손님들을 게워 내고 있었다. 전차만 선 줄 알았더니 버스도 섰다. 단층버스, 2층버스가 여기저기 우뚝우뚝 서 있는 광경은 참으로 볼만하였다.

세상이 삽시에 변하여 그 흔하던 인력거가 아연 세가 났다. 전에는 인력거꾼들이 손님을 끄느라고 서로 싸움질을 하던 것이 이제 와서는 일변하여 손님들이 서로 인력거를 타겠다고 다툼질을 하게 되었다.

선장이가 시계를 들여다보니 10시가 조금 지났다. 10시 정각을 기하여 공공 조계 혹은 전 시내의 전차, 버스 종업원들이 일제히 파업을 단행한 모양이었다. 공공 조계의 전차회사와 버스회사는 다 영국 자본가들이 경영하는 것이고 또 프랑스 조계의 전차, 버스 회사들은 다 프랑스 자본가들이 경영을 하는 것이다. 그러므로 이런 파업은 필연적으로 반제국주의 성질을 띠게 되지만 선장이로서는 그런 이허까지는 알 턱이 없었다. 할 수 없이 터덜터덜 걸어가는데 다리를 건너며 보니 석탄을 씻은 물같이 새까만 구정물이 흐르는 소주하는 수없이 많은 발동선과 정크 그리고 전마선들로 혼잡을 이루었다. 일 년 열두 달 법석을 치지 않는 때가 없는 소주하의 의연한 풍물시다.

사람이 버걱버걱하도록 많은 우정국 안에를 들어서니 맨 먼저 눈에 뜨이는 것이 외환율을 적어 놓은 게시판인데 미국 달러는 중국 화폐 원(元)의 3.3배이고 일본 엔(円)은 중국 화폐 원과 1대 1로 맞바꾸게 되어 있었다. 급기야 소포를 찾고 보니 속에 든 것이 핫이불인지 누비이불인지 무게는 그리 나가지 않는 것이 부피가 커서 드다루기가 말째였다. 머리에 이었으면 제일 간편하기는 하겠으나 중인소시에 그럴 수는 없고 해서 그대로 한아름을 안고 밖으로 나왔다. 그러나 여느 때 같으면 서로 앞을 다투어 손님을 끌 인력거가 하나도 없다.

'그놈의 파업이 무섭긴 무섭구나, 온 상해 바닥에 그 흔턴 인력거가 동이 나는 걸 보니.'

할 수 없이 주체궂은 소포 보따리를 안아 보기도 하고 또 들어 보기도 하며 걸었다. 이르는 곳마다에 빈 전차들과 버스들이 내버려 둔 흉갓집 모양 괴괴히 멎어서 있었다. 선장이가 전차, 버스 종업원들의 파업 때문에 애매하게 얼을 입어 소포 보따리와 씨름을 하며 걷는 중에 "미스터 서!" 하고 부르는 소리가 나며 곧 인력거 한 채가 옆에 와 멎어섰다. 보니 마랑 거리에서 밤중에 액화를 면하고 다음 날 부랴부랴 포석 거리로 아지트를 옮겨 버린 선전부장 성재수다. 성재수는 긴말 묻지 않고 얼른 인력거에서 뛰어내리며 "자." 하고 선장이더러 대신 인력거에 오르라고 권하는 것이었다.

"아니, 어서 그냥 타구 가십시오. 난 천천히 이렇게 걸어가겠습니다."

"소똥구리처럼 그게 뭡니까, 저보다 더 큰 보따리를 안구. 남들이 웃습니다. 어서 오르십시오. 난 인제 다 왔습니다."

선장이가 호사스레 인력거에 앉아 가며 고대 성재수가 하던 말을 '소똥구리?' 속으로 되뇌어 보고 싱긋 웃었다.

선장이가 이모 앞에 소포 보따리를 털썩 내려놓으며 "주체궂어서 혼났습니다." 하고 공치사하니 이모는 웃으면서 "그럴 줄 알구 내 지금 스키야키(왜전골)를 장만하는 중이여." 하고 위로하여 말하며 로스트 — 기름이 사이사이 낀 소고기 — 가 담긴 길둥근 접시를 가리켜 보였다.

"이런 누비이불인지 핫이불인지는 무엇 하러 부쳐 온다지요?"

"맘씨 고운 우리 올케가 이 시누이 생각을 해 부쳐 오는 건데 어찌 고맙지 않을 거라구."

밤에 선장이가 오래간만에 포석 거리로 성재수를 보러 왔다.

"아까는 대단히 미안하게 됐습니다."

"천만에 천만에…… 어서 앉으십시오."

권하는 의자에 앉으며 선장이가 "파리한 돼지 두부 앗는 날이라더니, 오늘이야말루 인력거꾼들의 생일빠낙입다." 하고 웃으니 성재수는 "이 통에 좀 벌어먹으라지요, 인간 이하의 생활들을 하구 있는데." 하고 마주 웃었다.

"인력거 삯이 껑충, 갑절루 뛰어올랐습디다."

"그럴 테지요."

"이번 파업은 그들네 노조에서 조직한 거겠지요?"

"물론. 그렇지만 핵심적 지도 역량은 공산당이겠지요…… 중국공산당."

"혜, 그렇습니까, 그래요?"

"공산주의자들은 민중을 발동하는 것을 주요한 투쟁 수단으로 삼으니까요."

선장이는 입에다 무슨 잘 깨물어지지 않는 덩어리를 문 것처럼 입술만 우물거리고 말을 아니 하였다. 민중을 발동한다는 말이 마치 먼 화성에서 보내 온 전문과도 같이 불가해하여서였다.

"그에 반해 민족주의자들은 개인 테러를 숭상하니까…… 이것이 분기점일밖에요. 현재 우리 조직 내에서두 이런 두 갈래 서루 다른 주장이 맞서구 있습니다."

"어느 편이 옳다구 미스터 성은 생각하십니까, 그 둘 중에?"

"미스터 서는 어느 편이 옳다구 생각합니까?"

"글쎄요…… 잘 모르니까 묻는 게 아닙니까?"

"오늘 그들의 힘을 봤지요? 온 시내를 마비 상태에 빠뜨리는."

선장이는 눈도 깜박 안 하고 성재수의 입만 바라보았다.

"개인 테러루 일본 놈 몇 놈 소멸한다구 해서 그놈들의 지반이 흔들리지는 않을 겝니다."

선장이는 여적 자신의 해 온 일이 옳다구 확신을 하는 까닭에 성재수의 말이 귓속으로 잘 들어오지를 않을 뿐더러 도리어 거부감까지 생겼다. 자신이 붙좇는 리춘근이나 김혜숙에게서는 이런 말을 들어 본 적이 없었다. 강녕별장의 지도원 조경산이나 가장 믿고 따른 양씨동이에게서도 역시 들어 본 적이 없었다. 개인 테러는 극소수의 가장 고상하고 가장 용감한 애국자들만이 해낼 수 있는 신성한 사명이라고 선장이는 믿어 의심하지 않았다.

"그렇다면 윤봉길 의사의 업적을 부정하신단 말이 아닙니까?"

선장이 입에서 말이 부프게 나오니 성재수는 한동안 말이 없이 선장이의 얼굴을 물끄러미 바라보다가 한결 부드럽게 "그런 뜻이 아닙니다." 하고 고개를 가로흔들었다.

"그럼 무슨 뜻입니까?"

"이 이야기는 두었다 이담에 우리 다시 하기루 합시다. 모처럼 만났는데 오늘은 다른 이야기나 합시다."

선장이도 자신이 너무 좀 당돌한 것 같은 생각이 들어서 그만 눙치고 뒤로 물러앉고 말았다.

한 주일가량 지나서다. 두 사람이 다시 만났을 때 성재수는 이런 이야기 저런 이야기 하던 끝에 문득 생각난 듯이 일어나가 책장 안을 한참 뒤지더니 책 두 권을 꺼내 들고 돌아왔다.

"이런 책을 한번 읽어 보잖겠습니까?"

"그게 무엇 하는 책입니까?"

성재수가 대답 대신에 들고 온 책 두 권을 책상 위에 벌여 놓았다. 손때 묻은 낡은 책들이다. 한 책은 한문으로 《변증법적 유물론》 또 한 책에는 《유물사관》이라고 역시 한문으로 찍혀 있는데 둘이 다 일본 도쿄에서 간행된 것이었다.

"재미있습니까?"

"재미가 있다마다…… 한번 읽어 보십시오. 재미를 들이면 아마 침식을 잊게 될 겝니다."

"그 정돕니까? 한번 읽어 보겠습니다."

선장이가 재미가 있다는 바람에 혹해서 달라붙었다. 지식욕이 워낙 강한지라 두 주일 동안 두문불출하다시피 하고 파고들어 읽었다. 그리고 마지막 장을 덮고 나서 침대에 번듯이 나가 누워 천장을 쳐다보며 놀라움을 금치 못하였다.

'알고 보니 세상은 이런 거였구나!'

선장이는 자신이 여적 흐리멍텅한 혼돈세계에서 헤맨 것만 같았다. 저라는 것이 무엇인지도 모르고 또 제가 어데로 가고 있는지도 모르고 그저 맹탕 남의 정신으로 살아온 것만 같았다. 원산에 있는 매부 한정희를 방불케 하는 성재수의 청수한 얼굴과 심오한 철리를 간직하고 있는 듯싶은 넓은 이마가 새삼스레 눈앞에 떠올랐다. 그러자 그를 존경하는 마음이 온 가슴을 차지하였다. 리춘근과 김혜숙에게서 받은 강렬한 인상이 무색해지리만큼 보다 강렬한 것을 선장이는 성재수에게서 느꼈다.

선장이가 포석 거리로 다 읽은 책들을 돌려주러 갔을 때 두 사람은 의미가 특별한 굳은 악수를 나누었다. 동지적인 감정이 북받쳐 오르는 것을 느꼈다. 성재수는 선장이의 몽매를 깨우쳐 준 계몽 스승이었다.

"그럼 이번엔 이 책 한번 읽어 보시지요."

성재수가 꺼내다 주는 책은 《국가와 혁명》이었다.

"잘 모를 게 있으면 따루 메모를 해 가지구 와 가르침을 받겠습니다."

"그런 소리 말구, 그런 소리 말구."

"정말입니다."

"같이 토론하구 같이 연구하십시다."

《프랑스 내전》, 《철학의 빈곤》, 《가족, 사유재산, 국가의 기원》……

이런 책들을 읽어 나가는 동안에 선장이는 크게 변하고 성장하였다.

어느 날 식탁에 둘러앉아 식사를 하다가 전보경이 새삼스레 "미스터 서가 요즘 갑자기 어른스러워지셨네요. 아니, 참말이예요. 아주 노성해지셨어요." 하고 경이의 눈을 크게 뜨니 김혜숙도 선장이의 얼굴을 다시 살펴보고 "아닌 게 아니라 많이 달라졌네요." 하고 수긍하는데 옆에서 이모가 "장가갈 때가 되면 다 그런 법이여." 하고 뚱딴지같이 동을 달아서 다들 웃음집을 터뜨리는데 선장이도 따라 웃었다. 송일엽이 이모를 쳐다보며 "이모, 중신할미 노릇 하실라우?" 하고 빈정거리니 이모는 "하라면 하지, 못 할 것 무어 있어?" 하고 되받았다.

"어떤 색싯감? 코찡쩡이, 얼금뱅이?"

"네까짓 건 근처에 와 서지두 못할 걸 얻어 주겠다, 내가 중신을 서면."

김혜숙이 손에 든 숟가락으로 국그릇의 전을 울렸다.

"이젠 입씨름 고만들 해요, 국이 싹 식는데."

일요일 날 전보경이 2층에 사는, 신문사에 다니는 사람의 두 살짜리 아들을 안고 아래층으로 내려왔다. 등개질을 하며 어르는데 어린아이

68

는 낯을 가리지 않고 두 손으로 전보경의 가슴이며 얼굴을 어루만지며 캐득캐득 웃었다. 선장이가 식은 차로 목을 축이고 있는데 전보경이 가까이 와서 "이 애기 이쁘지요." 하고 어린애의 얼굴을 앞으로 내밀어서 선장이가 "정말 이쁘게 생겼군요. 라파엘의 애기천사 같으네요." 하고 어린애의 토실토실한 뺨을 만져 보니 어린애는 싫다고 전보경의 젖가슴에 얼굴을 폭 파묻었다.

"어허, 난 싫다는군."

"낯을 가려서 그래요. 늘 안아 주는 사람에겐 안 그래요."

이모가 월계꽃이 곱게 핀 화분에다 물을 주다가 "아가씨가 애기 생각이 나 저러지." 하고 웃는데 무슨 까닭인지 전보경의 얼굴빛이 붉어지는 듯하였다. 이모는 아랑곳없이 "며칠 안 남았수, 잠깐이지. 그때 가선 밤낮 안구 둥갤 걸 가지구……." 하고 혼잣말로 지껄였다. 전보경이 계면스러워하는 것을 보고 눈치 빠른 선장이가 짐짓 "아, 참. 내 이 정신 좀 봐!" 하고 무슨 일이 갑자기 생각난 듯이 핑계하고 복도로 나오는데 이모의 말소리가 "언제 온댔지, 그 신랑감이?" 등 뒤에서 분명히 들렸다. 선장이는 무슨 일이 있구나 생각하고 급히 3층으로 올라왔다. 전보경의 혼담이 있는 것만은 대개 틀림이 없는 모양이라고 어림짐작하였다.

'당연하지, 나이가 있는데……. 그렇지만 그 신랑감이란 대체 어떤 인물일까?'

선장이는 공연히 서운하기도 하고 궁금하기도 하고 또 부럽기도 하고 샘이 나기도 하는 한편 한시름이 덜리는 것 같은 안도감도 없지가 않았다.

'싱겁구 주제넘은 놈!'

선장이가 자기 자신을 비웃고 보다 둔 책을 다시 집어 들었다. 책 속에서는 바야흐로 파리코뮌의 노동자들이 페르 라세즈 묘지에서 적들과 처절한 혈전을 벌이고 있었다.

"금붕어 사시오, 금붕어를 사시오!"

외치는 소리가 열어 놓은 창문으로 귀가 따갑게 날아들어 오는 어느 날 김혜숙이 잠깐 좀 내려오라고 해 선장이가 보던 책을 펼친 대로 엎어 놓고 내려가 보니 김혜숙의 방에 양복을 쭉 뺀, 신수가 환한 손님 한 분이 와 앉아 있었다. 그 손님이 선장이가 방 안에 들어서는 것을 보자 얼른 안락의자에서 일어나며 웃는 얼굴로 손을 내밀었다.

"이거 오래간만입니다."

"아, 네. 참 오래간만입니다."

선장이가 좀 당황해하며 손을 마주 잡았다. 위엄스러운 헌병 대위의 정복을 양복으로 갈아입은 까닭에 지난해 가을 남경 금릉여사에서 사이드카로 강녕별장까지 자신을 데려다주던 반해량을 선뜻 알아보지 못하였던 것이다. 김혜숙 옆에 전보경이 살눈썹 밑에다 미소를 감추며 고개를 다소곳하고 앉았는 것을 보는 순간 선장이는 '아, 신랑감!' 깨닫고 잇달아서 '응, 훌륭한 배필이야!' 기분 좋게 수긍하였다.

"서 동무가 대활약을 한다는 소식은 남경서두 다 듣구 있습니다."

자리 잡아 앉은 뒤에 반해량이 이렇게 칭찬을 주는 바람에 선장이는 얼른 "천만의 말씀을 다 하십니다. 변변치 못해 부끄럽습니다." 겸사로 대답하며 얼굴을 붉혔다. 김혜숙이 웃으며 반해량을 향하여 "미스터 서가 표범의 넋을 지닌 사람이에요." 하고 과찬을 하는 바람에 선장이의 얼굴은 더욱 붉어졌다.

저녁식사는 새 손님을 맞아서 경사로운 분위기 속에 벌어졌다. 전보경은 알릴 듯 말 듯 은근한 행복에 휘감겼고 그리고 송일엽은 대수로와하지 않는 오연한 태도로 손님과 술잔을 맞부딪쳤다. 송일엽이 백작부인같이 활달하고 거침새 없는 데 비하여 전보경은 과년이 찬 규수같이 삼가하고 또 조심스러웠다. 송일엽이 반해량 대위의 갖다 대 주는 라이터 불에 권연을 붙여 물고 "미스터 반." 하고 부르니 헌병 대위는 얼른 "네." 하고 공순한 태도를 보였다. 송일엽은 술기운으로 눈가장이 불그스레하였다. 그녀는 요 며칠 음주를 삼가해야 함에도 불구하고 타고난 승벽으로 평소나 다름없이 마셨던 것이다.

"그러니까 이전의 걸프렌드들은 다 버리신 걸루 되나요?"

"네? 무슨 뜻인지 잘……."

"이전의 여자 친구들하구는 인제 아주 손을 끊으셨느냔 말씀이예요."

"그런 무슨 친구라는 게…… 없습니다. 그러니 뭐 손을 끊구 안 끊구……."

"고만두세요! 다 알았에요."

"아니, 정말 없습니다."

"미스 전이 들으면 울까 봐 그러세요?"

"아니, 천만에!"

반 대위가 불의의 습격을 받고 쩔쩔매는 것을 보고 전보경은 고개를 폭 숙였다. 김혜숙이 웃는 얼굴로 얼른 나서서 능란하게 국면을 수습하였다. 먼저 송일엽을 보고 "너 술 취했구나. 어서 올라가 좀 누워라." 말을 이른 다음 반해량을 향하여 "선생님, 어찌 알지 마십시오. 저 애 성질이 본시 저 모양이랍니다." 그리고 이모를 보고 "커피는요?" 하고 재촉하였다.

전보경이 합당한 자리를 만나서 시집을 잘 가게 되는데 송일엽은 공연히 심사가 나는 모양이었다.

석후에 다시 김혜숙의 방에 모여 앉아 이야기들을 하다가 이야기가 시국 문제로 번져 나가니 반 대위가 단연 말자루를 잡았다.

"지금 호남, 강서, 복건 일대에선 연일 치열한 전투가 벌어지구 있습니다. 공산당의 혁명 근거지들을 토벌하는 작전을 대대적으루 전개하는 중입니다. 사상자가 엄청납니다. 현재 장개석의 주요한 적은 일본 침략자가 아니구…… 중국공산당입니다. 그러니 우리에겐 대단히 불리한 국면이 조성된 셈이지요. 우리의 원쑤는 일본제국주의지 중국공산당이 아니잖습니까. 그런데두 장개석이는 왜놈들 좋아할 일만 자꾸 하구 있단 말입니다. 이런 답답한 노릇이 또 어디 있겠습니까?"

"그렇다면 전국의 유지인사들이 일떠나 가지구 애국 충정으루 장개석이를 설복을 하면 어떨까요? 그러지 말라구."

선장이의 생각이 유치한 데 놀란 반해량이 부정적으로 고개를 외쳤다.

"그게 어디 되기나 할 소립니까!"

"그럼 비상수단을 써서…… 죽여 치우면 되잖겠습니까?"

반해량 대위는 하도 어이가 없어 머리를 절레절레 흔들었다.

"말이 쉽지! 죽여 치우기가 어디 그리 쉽습니까? 아무두 얼씬 근접을 못 하게 하는데."

"제 목숨 하나 내바칠 각오를 하면 되잖습니까. 살아 나올 걸 고려한다면 어렵겠지만."

"당찮은 소리! 그리구 또 장개석이 하나를 해치운다구 해결이 될 일두 아닌데. 한 당, 한 정부의 노선과 정책이 그 모양인데…… 됩니까?"

"그럼 우린 어떡해야 합니까?"

"우리야 목표가 언제나 뚜렷하잖습니까? 전력을 다해 왜놈들을 족쳐야지요."

"이제 고만 영화 구경들이나 가십시다. 아홉 시가 거의 다 돼 갑니다." 하고 김혜숙이 제의하는 바람에 두 사람 사이의 정론은 흐지부지되어 버렸다.

이때 상해의 일류 영화관 즉 봉절 영화관에서는 관객이 주로 서양 사람이었으므로 그들의 생활습관에 맞춰 늦저녁들을 먹고 오라고 상영 시간이 모두 9시 15분으로 되어 있었다.

"어서들 가십시오, 난 좀 사양할랍니다." 하고 선장이 먼저 일어서니 김혜숙이 "왜요?" 하고 붙들 뿐 아니라 전보경도 "우리 다 같이 가세요. 게리 쿠퍼가 주연한 영화예요. 안 보면 안 돼요." 하고 진심으로 끌었다. 선장이 미국에서 가장 유명한 영화배우 게리 쿠퍼를 남성미가 있는 것으로 하여 좋아하는 것을 전보경은 잘 아는 터였다. 전보경은 성정이 부드럽고 싹싹하고 또 다정한 여자였다.

"싫습니다. 어서들 다녀오십시오. 시간 늦겠습니다."

헌병 대위도 같이 가자고 권유하였으나 선장이 끝내 말을 듣지 아니하여 할 수 없이 벗어 걸었던 중절모를 떼어 내렸다.

선장이 2층에 올라와 송일엽의 방문을 가볍게 두드렸다. 송일엽은 요 이틀 달마다 겪는 생리적인 원인으로 일을 나가지 않고 있었다. 이럴 때면 그녀는 공연히 신경질을 내군 하는 것이었다.

"컴 인(들어오세요)."

선장이 들어와 보니 송일엽은 옷을 입은 채로 침대에 길게 누워 있었다.

"왜 같이 안 가셨지요?"

"날 그렇게 눈치코치 없는 인간인 줄 알았습니까? 남의 좋은 일에 괜히 가로거칠 게 무엇니까?"

"인제 아주 어른이 다 되셨네요."

"언제는 어린아이던가요."

"그러면이요. 젖비린내두 채 가시지 않았던데."

"사람 칭찬이 너무 좀 과하잖습니까?"

"과하긴 뭐가 과해요!"

선장이가 한동안 입을 다물고 있다가 혼잣말처럼 "미스 전하구 갈라질 일을 생각하니…… 어쩐지 좀 허우룩하군요." 하고 중얼거리니 "허우룩할 것두 쨌지!" 송일엽의 목소리가 새되어졌다. 선장이는 또 입을 다물었다. 그저 가만히 앉아만 있었다.

"내 이 이마 좀 짚어 봐요, 뜨거운가 안 뜨거운가."

선장이가 순순히 짚어 보고 나서 "아니 별반……." 하고 말하니 송일엽은 "그럼 발을 좀 만져 봐요 찬가 안 찬가." 하고 턱으로 발을 가리켰다.

"정상입니다."

"그럼 내 이 심장에다 손을 좀 대 봐요, 뛰나 안 뛰나."

"뜁니다."

"뜁니다? 아주 안 뛰면 죽은 사람이게. 빨리 뛰나 안 뛰나 그걸 보란 말이예요."

"글쎄, 좀 빠른가……."

"좀 빠른가가 무어예요. 막 쌍다듬이질을 하는데."

"그 정도까지야……."

"난 몰라!"

송일엽은 심심해 죽을 지경인 것이다. 선장이도 그것을 잘 알고 있었다. 그래서 그녀가 하라는 대로 해 비위를 맞춰 주는 것이었다. 20세기의 논개는 좀 샘바르고 또 좀 변덕스러웠다. 그러나 사랑스러운 여자임에는 틀림이 없었다. 열정적이고 용감하고 그리고 애국심이 강한 여자임에는 틀림이 없었다.

전보경이 8월에 영화발행공사를 사직하고 9월에 남경에 가 반해량 대위와 식을 올리기로 내정이 된 지 불과 10일 후에 선장이가 보다 먼저 급급히 상해를 떠나야 할 일이 생겼다. 어느 날 밤 저녁에 리춘근이 불시에 모리스자동차 수리소의 장준광을 데리고 애인리 42호로 김혜숙과 서선장이를 보러 왔다. 김혜숙이 혼자 트럼프로 점을 치다가 얼른 일어나 손님들을 맞으며 급한 말로 "웬일이세요?" 하고 리춘근을 보고 물으니 리춘근은 "미스터 서는요?" 하고 되묻는 것으로 대답을 대신하였다.

"아마 책을 보구 있을 겝니다. 요새는 책 때문에 다른 건 다 돌볼 겨를이 없는걸요."

"좀 부르십시오."

네 사람이 자리 잡아 앉은 뒤에 리춘근이 비로소 "기실은……." 하고 입을 열었다.

"내달 초에 홍구 일본 신사에서 지신밟기가 한바탕 벌어질 모양인데, 이 기회에 우리두 인사를 한번 좀 톡톡히 드리는 게 어떨까 해…… 그걸 의논해 보려구 이렇게 부랴부랴 달려왔습니다."

선장이가 대번에 "전적으루 찬성합니다!" 하고 호응해 나서서 김혜숙이 적이 웃으며 선장이를 한번 돌아본 뒤 리춘근을 향하여 "구체적인 방안을 한번 제시하시지요." 하고 청하였다.

"그자들이 한창 춤판일 때 폭탄 벼락을 콱 안겨 주었으면 이 속이 좀 후련해질 것 같은데, 그러자면 미리미리 준비할 것들이 좀 있어서 그럽니다. 첫째 남경에다 청병을 할 것인가 안 할 것인가……."

리춘근이 말하는 중간에 선장이 "청병 필요 없습니다. 필요 없습니다. 우리 둘이서만두 넉넉합니다." 하고 옆에 앉은 장준광과 자신을 번갈아 가리켰다. 리춘근이 의향을 묻는 눈치로 장준광을 쳐다보니 장준광은 말없이 한번 싱긋하는 것으로 수긍하는 뜻을 보였다.

"그럼 우선 한 가지는 결정이 난 걸루 치구 그다음 문제는……." 하고 리춘근이 말하는 중간에 전보경이 쟁반에다 맥주병이며 컵이며 맥주과자며를 담아 들고 들어왔다. 리춘근은 하던 말을 중동무이하고 곧 전보경을 보고 웃으며 "설마 이걸루 약혼 턱을 때울 작정은 아니시겠지요?" 하고 조롱을 하였다.

리춘근이 말하는 지신밟기란 일본 사람들의 '가구라'로서 신전에 가무를 봉납하는 의식의 하나였다. 이것이 있을 때는 언제나 경건한 — 또는 경건하지 아니한 — 남녀노소 참배자들로 붐비어 신사의 안팎이 들썽들썽하게 마련이었다. 그러나 피압박 민족에 속하는 리춘근들의 편에서 보면 남의 나라를 강점한 날강도의 무리가 제 세상같이 놀아대는 꼬락서니를 눈꼴이 틀려 가만히 보고만 있을 수가 없는 노릇이었다. 그러니 이들이 대성황을 이룬 지신밟기를 '어디 좀 죽어 봐라, 이놈들!' 피바다를 만들어 주고 싶은 충동을 느끼는 것을 가히 이해할 만한 일이었다.

김혜숙은 모의 이튿날 곧 남경행 열차에 몸을 실었다. 위험한 연락 공작은 여성이 — 특히는 인물이 잘난 여성이 — 담당하는 것이 보다 안전하였다. 그리하여 닷새 후에 돌아올 때 김혜숙의 여행가방 속에는 갈 때는 가지고 가지 않았던 손전등 하나가 늘었다. 겉보기에는 보통 손전등과 하등 다를 게 없는 것이었으나 기실은 특제의 폭탄이었다.

김혜숙이 돌아온 날 밤에 리춘근은 장준광과 선장이에게 '지신밟기 행동'의 구체적 지도를 하였다.

"행동 후에 우리가 모일 장소는 남상 역전. 늦든 이르든 먼저 오든 나중 오든, 거기서 기다리는 걸 원칙으루 합시다. 그리구 이건……" 하고 리춘근은 손가방 속에서 돈뭉치 둘을 꺼내 놓는데 각각 100원 — 1원 짜리 100장씩이었다.

"비상금입니다. 만일의 경우를 고려해 제각기 몸에 지니는 게 좋겠습니다. 그리구 행동을 하는 데 들어선 첫째가 용감성이겠지만 그래두 임기응변하는 기지가 없으면…… 일을 잡기가 쉽구 또 필요 없는 희생을 내기가 쉽습니다. 이 점을 특히 명심들 해 주십시오. 무리를 하지 말란 말입니다. 형편 보아 가며 적당히 하란 말입니다. 변통성 없이 죽을 둥 살 둥 곧은박이루만 내밀지 말란 말입니다. 우리의 목숨은 두었다 쓸데가 아직 많구두 많습니다."

연후에 리춘근은 손전등형 폭탄의 사용법을 떠먹듯이 일러 준 뒤 "그럼 모레 저녁 여덟 시." 말하고 두 사람과 굳은 악수를 나누는 것이었다.

선장이는 윤봉길이 다 된 것 같아 자리에 누워서도 몸이 구름 위에 둥실 떠 있는 것만 같았다. 무릅쓸 위험은 쏙 빼 버리고 통쾌한 결과만을 음미하였다. 그리고 장준광이라는 뜻이 같고 맘이 맞는 동지를 가진 것이 자랑스러워 가슴이 마냥 부풀었다. 어떻게 보면 곰의 새끼 같은 인상을 주는 말수 적고 수수한 장준광은 선장이에게 있어서 곧 또 하나의 양씨동이었다.

선장이가 이날 저녁 7시 반에 만나기로 약속한 장소 — 황포탄에 와 기다리는데 8시가 다 되도록 장준광이 나타나 주지를 아니하여 이 사람이 큰일을 그르친다며 속을 지글지글 끓이는 중에 바라는 승용차는 아니 오고 왕청 같은 사이드카 한 대가 곤두박질쳐 달려오더니 눈앞에 와 삑, 급정거를 하였다.

"대체 어떻게 된 거요?"

"우선 올라타우!"

선장이를 태운 사이드카는 외백도교를 건너서며 곧 외로 꺾어 돌아 우정총국 앞까지 와 가지고 다시 북사천 거리로 꺾어 돌더니 홍구공원을 향하고 꼿꼿이 치달았다.

"개러지에 시운전할 차는 아무 때구 없어 본 적이 없소. 그런데 하필이면 오늘…… 한 대두 남은 게 없잖구 뭐요. 참 신통두 하지. 그래, 할 수 있소? 아무게나 하나 잡아타구 왔지! 이나마 있었으니 망정이지, 그렇잖았더면 어떡할 뻔했소? 넨장, 시집가는 날 등창이 난다더니!"

사람이 좀 늘씬한 장준광도 어지간히 안달이 났던 모양이었다.

홍구공원 조금 못 미쳐 왼손 편 갑북으로 통하는 길모퉁이에 일본 육전대의 4층으로 된 양회벽 병영 청사가 웅크리고 있고 그 비슥맞은 편 전찻길 건너에 일본 신사의 산문 — 도리이가 한문 글자의 열 개 (開) 자처럼 두 다리를 벌리고 말없이 껑충 서 있다. 도리이에서 가까운 길가 포도 옆댕이에 장준광이 사이드카를 슬그머니 갖다 세웠다. 신사의 안팎은 사람으로 들끓고 있었다. 왜나막신 끄는 소리에 귀가 따가울 지경이었다.

신사의 경내에서는 사죽성이 유양한 가운데 가구라춤이 바야흐로 벌어지고 있었다. 귀신더러 보라는 춤인지 사람더러 보라는 춤인지 아니면 이승과 저승이 다 함께 보라는 춤인지 아무튼 한번 볼만은 한 춤이었다. 그러나 발동을 끄지 않은 사이드카의 핸들을 틀어쥐고 신경 섬유가 팽팽하게 켕겨 가지고 대기하는 장준광과 잽싸게 손가방을 열고 특제의 손전등을 꺼내는 선장이는 애당초에 그런 춤 따위는 염두에 둘 여유가 없었다. 무대 위에서 그냥 너울너울 춤을 추는 게 아니고 지랄발광 네굽질을 다하며 딩군대도 이들 두 모험가는 한눈팔 겨를이 없었을 것이다. 이제 1분이면 벌집이 터진 것 같은 대소동이 일어날 것을 생각하니 선장이는 심장이 곧 튀어나올 것처럼 두근거렸다. 깎아지른 듯한 바위너설을 단숨에 타려는 때와 같은 긴장감이 온몸을 죄었다.

선장이가 여나문 발자국 앞으로 나가 가지고 사람들이 가장 많이 붐비는 곳을 눈어림한 뒤 재빨리 손전등의 마구리를 탈았다. 그리고 냅다 뿌렸다. 폭탄이 손에서 날아나는 순간 입에서 절로 "아차!" 소리가 새어 나왔다. 인화전을 뽑지 않은 것이다. 너무 급히 서두르는 통에 가장 요긴한 것을 — 리춘근이 차근차근 일러 주던 바로 고것을 — 깜박 까먹은 것이다. 포물선을 그리며 날아간 폭탄은 제가 터질 대신에 어느 놈의 대갈통을 들이맞힌 모양으로 그놈은 금세 죽어가는 것처럼 새된 비명을 질렀다. 일은 다 글렀다!

선장이가 급히 몸을 돌쳐 대기 중의 사이드카로 달려왔다. 등 뒤에서는 뭇사람의 울부짖는 소리에 아우성까지 뒤섞이어 악마구리 끓듯 하였다. 경황한 구경꾼들이 우왕좌왕하며 서로 짓밟고 짓밟히고 하는 판이다. 거룩한 지신밟기가 삽시에 난장판으로 변해 버린 것이다. 선장이가 측차에 올라타기가 무섭게 사이드카가 왈칵 내닫는 바람에 선장이는 등받이가 벌렁 한번 자빠졌다가 일어앉았다. 사이드카가 맹속력으로 전찻길을 엇비슷이 가로지르는데 일본 육전대 청사 정문에 섰던 위병이 "도마레, 우츠조(서라, 쏜다)!" 고함을 치며 격발기를 절거덕하였다.

사이드카는 번개같이 대통로를 건너서며 곧 육전대 청사를 왼손 편으로 끼고 에돌아서 갑북 방향으로 내달았다. 뒷문에 섰던 위병이 또 "도마레, 우츠조!" 소리치며 격발기를 절거덕하는 것을 선장이가 스치는 결에 선손을 썼다. 연거퍼 두 방 권총탄을 안겨 준 것이다. 어디를 맞았는지 위병 놈은 엉덩방아를 찧으며 주저앉더니 곧 다시 떨궜던 총을 집어 들고 앉은 자세로 사격을 하였다. 그러나 어두운 밤에 하는 눈깔 먼 총질은 폭발음을 감상하는 딱총 폭밖에 안 되었다. 육전대의 무장한 사이드카들이 긴급동원하여 발동을 거는 소리가 요란스레 나면서 곧 꼬리를 물고 내달아 오는데 헤드라이트의 광망이 번득번득하는 것이 어마하였다.

"진여루 곧장 나갈까?"

"아니, 갑북으루! 큰길은 재미적어."

장준광과 서선장이가 두꺼운 공기의 막을 헤가르며 짧게 한마디씩 말을 주고받았다. 세찬 바람이 정면으로 안겨 와서 숨들이 콱콱 막혔다. 장준광은 앞만 보고 죽어라 하고 사이드카를 몰아대고 선장이는 손아귀에 땀이 나도록 권총을 틀어쥐고 자꾸 뒤를 돌아다보았다. 뒤쫓는 사이드카와 뒤쫓기는 사이드카의 아슬아슬한 경주가 벌어졌다.

앞길에 북정거장에서 강만정거장으로 뻗어 나간 기찻길이 가로놓였는데 그 건늠길목이 바로 코앞이었다. 마침 강만 쪽에서 시꺼먼 화물열차 한 편이 달려오는 것이 바라보였다. 장준광이 모는 사이드카가 질풍같이 건늠길목에 들어서서 앞바퀴를 들며 철길 둑으로 치달았다. 뒤에서는 이리 떼 같은 사이드카들이 폭음을 울리며 뒤쫓아오고 또 오른쪽에서는 화물열차가 귀청을 째는 듯한 새된 기적을 울리며 달려왔다. 이런 만분 화급한 고비판에 도망치는 사이드카가 철길 위에서 갑자기 덜컹 멎어섰다. 하느님이 눈깔이 멀었는지 사이드카가 눈깔이 멀었는지 아니면 두 놈의 눈깔이 멀었는지.

"아, 이 간나새끼가 미치잖았나!"

다급해난 장준광이 욕질을 하며 급히 서둘러 꺼진 발동을 다시 걸어 보려 하였으나 감감무소식 — 철길 위에 떡 버티고 선 사이드카는 꿈쩍도 아니 하였다. 화물열차의 앞등 불빛에 장준광과 선장이는 눈이 부셨다. 이것을 보자 선두로 달리던 육전대 사이드카가 측차에 건 기관총으로 위협사격을 가해 왔다. 총알들이 날카롭게 머리 위를 날아지나가며 쌩쌩 소리를 내었다.

"내버려 두구 그냥 뛸까?"

"뛰자!"

장준광과 선장이가 찜부럭을 부리는 사이드카에서 동시에 양쪽으로 뛰어내렸다. 선장이의 발뒤꿈치를 스치다시피 하며 들이닥친 기관차가 사이드카를 들이받았다. 그러고는 급정거 타력으로 쭈그렁 망태기가 되어 버린 사이드카를 레일 위로 십여 미터나 밀고 나갔다. 그러자 이번에는 일본 육전대의 사이드카가 헤드라이트를 번득거리며 풍우같이 몰려들었다. 도망치는 두 모험가와 일본 육전대 사이에는 만리장성이 아닌 열차의 담벽이 턱 가로막혔다. 하느님도 눈깔이 멀지 않으셨고 또 헌털뱅이 사이드카도 눈깔이 아주 멀지는 않았다.

천우신조로 목숨들을 건진 장준광과 선장이가 머리에 별을 이고 또 극성스러운 모기에게 사정없이 뜯기며 길을 잃고 논틀밭틀로 밤새껏 걷다 보니 동틀 무렵에 왼손 편으로 어지간히 큰 주막거리 하나가 나섰다.

"우선 저기 가 무얼 좀 얻어먹구 나서 다시 봅시다. 허기증이 나 걸음이 안 걸리오."

"갑시다, 나두 목이 딱 말라…… 죽을 것 같소."

주막거리 초입에 백 년 묵은 느티나무 한 그루가 웅장하게 가지를 펴고 섰는데 그 우중충한 그늘에 국민당 군대의 보초병 둘이 각각 총을 짚고 서 있었다. 복초다. 수상스러운 두 도망꾼을 발견하자 곧 그중의 하나가 위협적인 언성으로 "서라!" 하고 소리쳤다. 섰다. 보초병들은 제잡담하고 대들어서 몸수색부터 하였다.

"야, 이것 봐라. 돈뭉치가 하나씩 나오잖나!"

두 보초병은 서로 눈짓한 뒤에 얼른 한 뭉치씩 제 호주머니에 넣었다. 식전 마수걸이부터 횡재수가 터진 것이다. 또 뒤지니 이번에는 권총이 한 자루씩 나온다.

'허, 멀쩡한 토비 놈들이 아닌가!'

두 보초병은 운수불길한 두 토비 혐의자를 불문곡직하고 따귀 한 대씩을 후려갈기는데 섣달그믐께 흰떡 치는 소리들이 났다. 초다듬이질부터 해 놓고 나서 "걸어라!" 저의 상관한테로 끌고 갔다. 얻어맞은 뺨이 얼얼한 장준광과 선장이는 끌려가며 서로 돌아보고 어처구니없는 웃음을 웃었다. 소한테 물려도 유분수지!

"보고, 소대장님!"

"들어와라."

소위급 영장을 단 새파랗게 젊은 장교가 붙들려 들어오는 두 토비 혐의자를 날카로운 눈으로 훑어보았다. 그러나 그 입에서는 곧 "아, 이게 누구요?" 하고 반가운 외침이 튀어나왔다. 선장이가 어리둥절하여 다시 살펴보니 천만뜻밖에도 그 장교는 "아, 이게 웬일입니까?" 서울 보성고보 시절의 선배 — 광주학생사건 때의 영웅 — 김봉구였다. 장준광과 두 보초병의 얼굴에 괴상히 여기는 기색들이 나타나는 가운데 김봉구와 서선장이는 열렬히 손을 마주 잡고 흔드는 것이었다.

41

　남경성 웅장한 성벽 밑을 감돌아 흐르는 진회하는 남대문인 중화문의 바로 턱밑을 스치고 또 그 이름도 그윽한 막수로를 옆에 끼고 돌아가 마침내는 양자강으로 흘러들어 버린다. 그 진회하를 북으로 건너 부옇게 먼지 앉은 중화문 안에 들어선 뒤 왼손 편 — 서북쪽으로 십 분 더 걷노라면 성벽 가까이에 그리 높지 않은 언덕 하나가 두드러졌는데 그 이름을 화로강(花露岡)이라고 하였다. 그 화로강 위에 규모가 볼 만한 절 하나가 자리 잡고 있으니 화강석을 다듬어서 만든 산문 문미에 새겨져 있기를 — 이연선림(怡然禪林). 그 산문을 드나드는 사람들 중에 중도 아니고 불목하니도 아니고 또 어리석은 선남선녀도 아닌 팔팔한 젊은 사람이 자주 눈에 뜨이는데 그들은 겉보기에만도 참선이나 염불하고는 인연이 먼 것이 환히 알리는 속인들이었다.

　이연선림의 경내에 들어서서 중들과 선남선녀들이 부처 앞에 분향하는 그리 향기롭지 못한 매캐한 향내를 맡으며 동향한 중문을 들어서면, 바로 눈앞에 규모가 어지간한 누관 하나가 나서는데 그 누관의 아래위층은 모두 어뜩비뜩한 속인들이 거처하는 별세상이었다. 그 가운데는 지난해 상해에 내려가 생명보험회사의 의사로 가장하고 찰스 신 — 신영호 씨에게서 거금 5만 원을 교묘하게 우려낸 말라꽹이 윤대성과 가짜 조수 노릇을 하던 고수머리 리정호도 들어 있고 또 라파예트 거리 철물전 2층에서 아령으로 변절자 임규룡이의 대가리를 까죽인 오셀로 즉 마점산이도 들어 있었다. 이 마점산이는 동료들이 항일 장군 마점산이와 동성동명이 재미가 적으니 이름을 가는 것이 좋겠다고 권고할 때 단호히 거절하기를 "이 마점산이더러 갈라지 말구 어서 가 그 마점산이더러 갈라구 해라." 하고 왼고개를 쳤던 호걸남아이다. 그리고 강녕별장의 지도원 조경산과 보조원 노릇하던 양씨동이도 다 이곳 사람 — 통칭 화로강패였다.

북평이나 천진, 상해나 남경 또는 광주나 홍콩 등지의 반일에 뜻을 둔 조선 청년들을 포섭하면 먼저 남경 시내 호가화원에 있는 초대소에 데려다 묵이면서 이모저모로 살펴보고 뜯어보고 한다. 그런 연후에 체로 쳐서 버릴 것은 버리고 쓸 만한 것을 모아서 몰래 갖다 두는 데가 바로 이 화로강이었다. 그중에는 극소수의 여성들도 있었는데 이들은 다 일본 놈이라면 이를 가는 열혈의 애국 청년들 — 고귀한 민족의 얼들이었다.

권속을 거느린 지도자급 인물들과 반해량 대위 같은 특수한 임무가 있고 또 고정된 수입이 있는 사람들은 화로강 근처의 민가들에 집을 잡고 있었다. 이밖에 중앙육군군관학교와 중앙대학, 금릉대학 기숙사에서 (재학생의 신분으로) 숙식하는 축들도 있고 또 외지에 나가 (현역군인의 신분으로) 부대를 거느리는 축들도 있었다.

화로강에서는 해마다 3월 1일에는 모임을 가지고 '3·1절'을 쇠고 또 8월 29일 — 나라가 망한 날에는 점심 한 끼씩을 굶어서 주린 창자로 망국의 아픔을 되새겨 보군 하였다. 그리고 희생자가 났을 때는 모두

들 모여 가지고,

산에 나는 까마귀야

시체 보고 울지 말아…….

구슬픈 노래를 불러 나랏일에 목숨 바친 전우들을 애도하였다.

이날 배꾼 양씨동이와 오셀로 마점산이가 오래간만에 어울려 막수호로 보트놀이를 나갔다가 우스운 꼴을 당하였다. 둘이서 보트를 타고 기분이 좋아 넓은 호수가 좁다고 돌아다니는 중에 역시 둘이 타고 한 사람이 노를 저을 보트 하나와 호심에서 맞다들었다.

씨동이는 배꾼 출신이라 아이 적부터 힘든 노 젓기에 지쳐 인젠 아예 신물이 난다며 노에다 손도 대기를 싫어하므로 그냥 편안히 앉아 가고, 노 젓기를 좋아하는 오셀로가 땀을 흘리며 열심히 노를 젓는데 이물에 앉았는 씨동이가 슬렁슬렁 부채질을 하며 "내가 머슴 하나 잘 두었군." 하고 놀리니 오셀로는 이마에 땀이 번지르르해 가지고 "좋두룩 해석해라, 이 기생충아!" 대꾸하고 마주 웃었다.

맞다든 보트에 탄 것은 수수한 양복을 입은 장년들인데 고물을 향하고 이물에 앉은 남자는 목에다 카메라를 걸었다. 그 보트가 슬그머니 뱃머리를 돌리더니 씨동이들의 보트와 나란히 저어 가며 카메라를 건 남자가 건너다보고 씨동이에게 말을 걸었다.

"조선분들이시죠?"

분명한 조선말이다. 씨동이가 경각성을 높이며 "부스(아니오), 부스!" 아니라는 뜻으로 고개를 가로흔드니 그 말을 묻던 남자는 싱글싱글 웃으면서 "혹시 양씨동 씨가 아니십니까?" 하고 물으며 대뜸 카메라를 들어 씨동이에게 핀트를 맞추었다.

씨동이가 얼른 부채로 얼굴을 가리는데 낌새 빠른 오셀로가 한 짝 노로 물을 콱 튕겨 주어 카메라 든 놈은 "아, 퉤!" 물초가 되어 버렸다.

그 카메라로 무례하게 씨동이에게 핀트를 맞추다가 물벼락을 맞은 자는 남경 일본 영사관의 이소다라는 특무였다. 남경에 본거를 둔 조선 망명자의 활동에 대처하려고 조선총독부에서 특별히 초빙해 온 놈인데 조선말을 해도 이만저만 잘하지 않았다. 그자가 씨동이의 대답을 듣고 싱글싱글 웃은 데는 까닭이 있었다. 씨동이가 정말로 조선말을 모르는 중국 사람이라면 의당 "선머(뭐라구요)?" 하고 되물었어야 할 것이기 때문이다.

씨동이도 어마지두에 그런 어리석은 대답을 해 놓고 곧 잘못을 깨닫기는 하였으나 한번 나간 말은 사마로도 따라잡지를 못하는 법이라, 할 수 없는 일이었다(이때부터 '부스부스'가 씨동이의 묵은 별명 '배꾼'을 대체하게 된 것도 자연적인 추세라 할 것이다).

씨동이와 오셀로가 돌아오는 길에 분개하여 서로 지껄였다.

"그 자식 내 사진을 찍어다간 무얼 하려구…… 망할 자식! 매부 삼으려나?"

"무얼 하긴 무얼 해. 중국 정부에다 사진을 들이대구 형사범인 아무개가 남경에 숨어 있으니 당장 인도하라구 교섭을 할 작정이지."

"내가 왜 형사범이야? 정치범이지."

"그놈들이야 어디 그런가. 될 수만 있으면 형사범을 들씌우는 판인데. 놈들에게 걸리면 치안유지법 위반두 은전이야. 난 애당초에 그런 것은 바라지두 않아. 붙잡히기만 하면 살인강도루 모가지 뎅경은 벌어 놓은 거니까."

치안유지법이란 일본제국주의가 주로 공산당을 탄압하기 위하여 만든 악법이다.

"까짓것 살인이면 어떻구 강도면 어떻구."

씨동이와 오셀로가 화로강에 돌아와 고대 막수호에서 겪은 일을 이야기하니 듣는 사람들이 모두 박장대소를 하였다.

"그놈 썩은 토마토나 있었더면…… 보기 좋게 한번 답새겨 주는걸."

"아, 가래침이라두 칵 좀 뱉어 주지 못해?"

"어느 하가에 그런 궁리가 다 돌았겠니…… '부스부스' 하는 놈이."

"가슴이 후둑후둑 뛰어 어쩔 바를 몰랐을 테지, 보나 안 보나."

"가만있으려니까 이것들이 누굴 아주 파깡치를 만들잖나."

"분개할 것 무어 있어? 옳은 평가면 그대루 받아들이는 게지."

"이것들이 정말……."

"정말 어째?"

와하하 집이 떠나갈 듯한 웃음소리…….

일본제국주의에게 공연히 트집을 잡히어 던테를 만날까 봐 남경에서는 일본 영사관 놈들을 일체 건드리지 말라고 장개석이가 엄명을 한 까닭에 남경에 있는 조선 반일 조직들에서도 뇌꼴스러운 것을 꿀꺽 참고 감히 어쩌지를 못하는 형편이었다.

"나 같으면 일본제국주의를 타도하라구 구호나 드립다 외쳤겠다."

"암, 천하 대장군이시니까 물론 그러셨겠지."

"이게 누굴 시까스르잖나!"

"오셀로가 이번에두 하긴 재치있게 했어, 그만하면."

"물론이지, 내야 언제나……."

"또 제 몸을 추시는군, 한마디했더니."

"아니, 그런데 왜 아직두 호르래기 소리가 안 날까?"

"참……."

아닌 게 아니라 출출들 하였다. 점심때가 훨씬 기운 것이다. 여느 때 같으면 벌써 식사가 다 끝이 나서 제각기 제 볼일을 보기 시작한 지도 오랬을 터였다.

"이건 사람 굶겨 죽일 작정인가?"

"이 저울쟁이가 또 어디 가 해찰을 하는 건 아니야?"

"모르지 또……."

'저울쟁이'란 오랜 독립운동가 장건상의 아들 장주연이의 별명이다. 그는 화로강의 현임 식당 관리원으로서 장사치들에게 속지 않으려고 늘 제 저울 하나를 따로 가지고 다니며 장을 보아 오기 때문에 저울쟁이라는 별명이 붙은 것이었다. 저울쟁이 장주연이는 장사치들하고 1전, 2전을 가지고 아옹다옹 다투는 깐깐스러운 좁쌀이었다. 열렬한 애국자인 저의 아버지와는 성품이 팔팔결 다른 말하자면 불초자제였다. 그런데 그 저울쟁이가 — 취사원을 데리고 나가 장을 보아 와야 할 관리원이 — 온다 간다 말이 없이 어데론가 사라져 버려 취사원이 점심밥을 지을 거리가 없는 것이다.

"설마한들 이 자식이 또 부자묘에 가 드러누운 건 아닐 테지?"

"십분 가능하지."

부자묘는 남경의 유명한 유곽 거리다. 합법적 화류 병균의 온상이다. 코가 썩어 떨어지는 것도 헤아리지 않는 용사들이 출입을 하는 곳이다. 공자가 어찌 알았으랴, 자신을 받드는 사당이 이렇게 지저분해질 줄을.

언젠가 화로강의 서너 사람이 이른 아침에 긴한 볼일이 있어 급히 어디를 가다가 부자묘 앞을 지나는데 마침 눈이 부석부석한 웬 남자 하나가 유곽 거리에서 인력거를 타고 나오다가 화로강 사람들을 보자 몸을 피할 수 없는 인력거 위에서 얼른 외면을 하였다. 하지만 눈이 밝은 화로강패 젊은이들이 그 얼굴을 못 알아볼 리가 없었다.

"저거 저울쟁이가 아니야?"

"저 자식 그게 썩어 떨어지지 않는 게 원쑤 같은 모양이지."

"저 모가지 비튼 꼴 좀 봐라."

듣거라 하고 큰소리로 지껄여 대는 것을 인력거 위의 저울쟁이가 다 들은 까닭에 그 후 한동안은 면구스러워 그 몇몇 사람들과는 될 수 있는 한 얼굴을 마주 대하지 않으려고 애를 썼다.

관리원의 돌연한 실종으로 이날 화로강에서는 호떡으로 점심 한때 끼니들을 에웠다. 그러나 저녁때가 되어도 한번 없어진 관리원은 다시 나타나 주지를 아니하였다. 화로강 사람들이 괴이쩍게 생각하고 술렁거리기 시작하자 지도부에서 곧 수사에 나섰는데 이틀 후에 어이없는 회보가 헌병 대위 반해량을 통하여 들어왔다.

"장주연은 남경 일본 영사관에 제 발로 걸어들어 가 자수하여 현재 영사관 구내에서 보호를 받고 있음."

변절자의 부친은 이때 마침 항주에 가 있어서 이 소식을 듣지 못하였지만 변절자의 고종에 다니는 누이동생 장옥연은 의외의 소식에 놀라고 또 수치스러워 오열로 혼자 자꾸 어깨를 들먹였다(후일 장옥연은 태항산에서 항일 전쟁의 승리를 맞이하였다. 그리고 그 부친은 일본 경찰의 끄나불로 전락한 친아들 장주연의 밀고로 일본 경찰에 체포되어 5년 동안 징역살이를 하였다).

화로강패 젊은이들이 이를 갈았으나 아무 소용이 없었다. 손때 묻은 자가용 저울까지 가지고 자수를 한 장주연이는 영사관 구내에서 아무

탈 없이 편안히 살고 있었다.

밤에 연회가 있어서 11시가 지나서야 반해량 대위는 화로강 근처에 있는 집으로 돌아왔다. 한겻지고 좁은 길거리에는 벌써 행인이 그치고 개 새끼 한 마리 얼씬거리는 것이 없었다.

달빛이 희미한 가운데 집으로 들어가는 골목 어귀까지 거의 다 왔을 즈음에 뒤에서 불시에 헤드라이트의 눈부신 광망을 내쏘며 승용차 한 대가 달려왔다. 자신의 뚜렷한 그림자가 길바닥에 길게 드러누워 뻗어 나가는 것을 보며 반해량은 좁은 길에서 자동차를 피하려고 얼른 길 가 뉘 집 담장 밑으로 외어섰다. 자동차가 반해량을 담장에다 바싹 밀어붙이듯이 하여 멎어서는 결에 앞뒤 좌석의 문이 동시에 덜컥 열리니 반해량은 자동차와 담장과 두 문짝 사이에 갇힌 형국이 되어 버렸다(이때는 승용차의 앞뒤 문이 흔히는 마주 났다). 옴치고 뛸 데가 없어진 반해량이 낌새 빠르게 권총을 빼 드는 것과 거의 동시에 뒷좌석에서 무지스러운 팔뚝 하나가 쑥 나오더니 대뜸 반해량의 멱살을 움켜쥐고 낚아채었다. 자동차 안으로 끌어들일 작정이다.

'납치!'

순간에 깨닫고 반해량이 두 발을 뻗디디며 손에 든 권총의 방아쇠를 당기니 괴괴한 밤거리에 총성이 두드러지게 요란하였다. 쥐도 새도 모르게 붙잡아 가려던 것이 의외로 왁자해질 모양이라 납치범들은 문문치 않은 헌병 대위를 내깔리고 곧 차를 몰아 뺑소니를 쳐 버렸다.

반해량이 권총을 손에 쥔 채 달빛 희미한 길거리에 서서 생각해 보았다.

'나를 납치하려는 놈은 일본 놈밖에 없을 테구…… 또 내가 이 골목 안에 산다는 것을 아는 놈은 장주연이밖에 없을 테구……. 죽일 놈

같으니!'

그러나 해괴한 일은 그것만으로 그치지 아니하였다.

며칠 후, 선향 묶음을 손에 든 양복쟁이 하나가 목에다 카메라를 건 양복쟁이 하나와 동반하여 화로강의 이연선림을 찾아왔다. 격식대로 부처 앞에 분향하고 합장배례 하고 그리고 인도하는 중에게 미리 정 갈한 봉투에 넣어 가지고 온 얼마의 돈을 시주하였다. 예불을 끝낸 뒤 에 경내를 돌아본다고 핑계하고 마당에 내려서며 바로 제 집 드나들 듯 서슴없이 중대문 안에를 들어섰다. 늘 다녀 본 것이라도 한 것처 럼 익숙하고 수월스러웠다. 마침 안마당에서 권연을 꼬나물고 뒷짐을 지고 철학자 연하게 어정거리던 오셀로 마점산과 눈길이 마주치는 순 간 목에 카메라를 건 자가 잘각 셔터를 눌렀다. 참으로 날랜 동작이었 다. 실로 눈 깜박할 사이였다. 오셀로가 정신을 수습하고 다시 보니 아, 이런. 막수로에서 물초를 만들어 준 바로 그놈이 아닌가! 어리무던하 게 사진 한 장을 찍힌 오셀로가 분이 나서 누관을 향하여 고함을 냅다 질렀다.

"왜놈이 왔다, 왜놈!"

2층 중간쯤의 창문으로 수염이 텁수룩한 얼굴 하나가 내려다보며 심상한 말투로 "뭐가 왔어?", "왜놈, 왜놈! 왜놈이 사진 찍으러 왔어!" 소리를 치니 누관의 아래위층이 불시에 벌집이 터진 것처럼 소란스러 워졌다. 문들을 열어젖뜨리는 소리. 쿵쿵 쿵쿵 층층대를 뛰어내려 오는 소리. 와이셔츠 바람으로 뛰어나오는 사람에 잠뱅이 바람으로 달려 나 오는 사람에, 개중에는 턱과 뺨에다 솜뭉치 같은 비누 거품을 단 채 손 에다 면도칼을 들고 뛰어나오는 사람까지 있었다. 잠깐 동안에 사오십 명 사람이 불법침입 아닌 불법침입을 한 두 왜놈을 겹겹이 둘러쌌다.

"왜들 이러시오?"

카메라를 목에 건 자가 에워싼 사람들을 둘러보며 비양스럽게 물었다. 믿는 구석이 있는 태도다. 외교특권이란 호신부가 그와 더불어 있었기 때문이다.

"이제 그 필름을 이리 내시오!"

말라깽이 윤대성이, 두 눈썹을 일으켜 세우고 달려들려는 양씨동이와 오셀로를 한옆으로 밀어내고 앞으로 한 발자국 썩 나서서 한 손을 내밀며 이렇게 말하였다. 그러자 비양조로 "그건 왜?" 하고 묻는 것을 윤대성이 "그건 왜? 이 자식이 뻔뻔스럽구나. 그건 왜?" 하고 뇌며 에워싼 사람들에게 눈짓한 뒤 다시 그자를 향하고 명령조로 "내가 이제부터 하나에서 열까지 셀 테니…… 그 안에 네 손으루 그 필름을 뽑아서 빛을 보여라." 말한 다음에 "법은 멀구 주먹은 가깝다는 말을 너두 잘 알 테지?" 하고 으름장까지 놓고 나서 "자, 그럼 하나……." 하고 세기 시작하였다.

위압감에 눌리어 그자가 더는 뻗서지 못하고 일껏 찍은 필름을 무효로 만드는 것을 지켜본 뒤에 수령 격인 윤대성이 수십 명 사람을 거느리고 산문까지 따라 나가 두 놈을 곱게 배송하였다. 화로강패 젊은 이들이 산문 앞에 무더기로 모여 서서 뒤통수를 치고 돌아서는 두 왜놈을 바라보며 앙천대소를 하는 것을 이연선림의 중들이 무슨 일인가 해서 빼꼼빼꼼 내다보았다.

"저울쟁이란 놈이 우리 속내를 싹 다 일러바친 모양이군."

"그야 더 말할 것 있나."

"그렇지만 소용 있나…… 화로강을 송두리채 떠가지는 못할 거구."

"옥연이가 가엾게 된걸."

"가엾긴 뭐가 가엾어? 오래빈 오래비구 누이는 누이지."

"암, 처남은 처남이구 매부는 매부지."

"이건 누굴 시까스르는 겐가?"

"여게 친구, 괜스레 너무 신경과민증에 걸리지 말라구."

이와 같이 씩둑꺽둑 지껄이며 화로강패가 도로 걸히어 들어왔다.

화로강패 젊은 축들의 이야깃거리로 되는 장옥연이는 철도 채 나기 전에 어머니를 여의었다. 그 아버지 장건상은 자식 남매에게 정신적인 구속을 주지 않으려고 속현을 하지 않았다. 부녀가 화로강 근처에서 셋방살이를 하며(아들은 이연선림에서 다른 청년들과 같이 기거를 하였으므로) 그 딸의 성장하는 모습을 눈앞에 보는 것을 장건상은 낙으로 삼았다. 옥연이는 언제나 얼굴빛이 창백한 가냘프디가냘픈 소녀였다. 지금은 고중 2학년 — 방년 18세의 다 큰 처녀였지만 큰 나무 그늘에서 자란 한 송이 들꽃같이 연약하고 처초한 그 풍정은 보기에 애련하기만 하였다. 이런 딸을 남경에다 두고 간 까닭에 장건상은 부득이한 공무로 서너 달 항주에 머무는 동안 딸 보고 싶은 마음이 정히 간절하였다.

장건상이 일이 겨우 다 끝이 나서 남경으로 돌아오게 되었는데 불편하게도 상해까지 와 가지고 다시 기차를 갈아타야 하였다. 상해 북정거장에 내려 가지고 남경열차가 떠날 때를 대합실에 나가 기다리려고 개찰구를 향하고 오는데, 홈의 콘크리트 기둥 뒤에 붙어 서서 옆에 섰는 일본 영사관 경찰서 사복형사들에게 자신을 손가락질해 보이는 사람이 있다는 것을 그는 감감히 몰랐다. 더구나 그 손가락질을 해 보이는 자가 제 친아들일 줄이야 그가 어찌 알았으랴!

웬 낯선 장년 남자 둘이 앞을 막아서며 "장건상 선생이 아니십니까?" 하고 알은체를 하는데 장건상은 공연히 섬쩍하여 선뜻 대답을 못

하였다. 그 두 사람이 날랜 동작으로 양옆에 와 바투 붙어 서며 "볼일이 있으니 우리하구 좀 같이 가십시다." 말할 때에야 비로소 장건상은 자신이 벗어날 수 없는 무서운 그물에 걸린 것을 깨달았다. 순간 장건상의 보이지 않는 눈앞에 피뜩 떠오르는 것은 해당화가 비에 젖어 무게를 못 이기는 듯 가련해 보이는 딸 옥연이의 모습이었다.

'저것이 장차 누구를 믿구 산단 말이.'

통곡을 해도 시원찮을 장건상의 심정이었다.

저울쟁이 장주연이는 형사들에게 잡혀가는 아버지의 뒷모습을 멀찌감치에서 덤덤히 바라보고 있었다. 이 추물, 이 민족의 치욕, 이 개짐승은 천도가 무심하여 그 후 아무 징벌도 받지 않았다. 도의적인 징벌도 받지 않았다. 도의적인 징벌이란 인간에게만 적용되는 것이니까 그에게는 적용되지를 않는 것이다.

그러잖아도 오빠가 자수를 하고 또 밀고를 하였다는 수치감에 지지눌려 이 세상을 살 생각이 없던 옥연이가 설상가상으로 또 아버지까지 체포되었다는 마른하늘의 벼락 같은 소식에 접하였다. 옥연이는 옆덫에 치인 비둘기처럼 몸부림쳤다. 너무 어마해 열여덟 살 처녀로서는 도저히 당해 내기가 어려운 타격이었다.

옥연이가 저녁도 지어 먹지 않고 골똘히 생각에 잠겼다가 마당에 땅거미가 기어들 무렵 정신없이 일어나 집을 나와 가지고 어둑어둑한 골목길을 그림자처럼 걸어갔다. 중화문으로 향하였다. 그 중화문을 나서면 바로 진회하다. 수백수천 년 기나긴 세월을 밤낮을 쉬지 않고 흘러내리는 진회하의 무심한 물줄기가 가엾은 처녀에게 오라고 손길을 치는 것이다.

'죽어 버리자. 깨끗이 죽어 버리자. 죽으면 만사가 끝이다. 근심 걱정

다 잊어버리고…… 고이고이 잠들자. 엄마가 기다리는 곳으로……

어서 가자. 엄마가 기다리는 곳으로…… 어서 가자.'

인적이 끊어진 진회하의 어두운 강둑에 올라서서 한참 강물을 굽어

보다가 옥연이는 허리를 구푸리고 손으로 더듬어서 돌을 주워 모았다.

여남은 개 주워 모아 치마폭에 싸안고 허리를 펴니 어지간히 묵직하다.

'자, 인제 인간세상의 모든 번뇌와도 영별이다.'

옥연이가 막 물속으로 뛰어들려는 찰나에 난데없이 웬 남자의 억센

손이 나타나 팔죽지를 꽉 잡았다.

"옥연이, 미쳤어? 이게 무슨 짓이야?"

귀에 익은 목소리다.

"놓아주세요! 제발 좀 놓아주세요!"

옥연이는 말소리가 여직 울리는 사람 같았다. 남자는 두말 않고 곧

손으로 옥연이의 치마폭 거머쥔 손목을 꽉 눌러 싸안았던 돌들을 와

르르 풀어 놓았다.

고수머리 리정호 — 사로니카행동 때의 가짜 조수가 몸부림치는 옥

연이의 손목을 잡아끌고 강둑을 내려왔다.

이 밤따라 서쪽 하늘에서는 개밥바라기가 유난히 반짝였다.

42

장준광과 서선장이가 난생처음 군대 음식이라는 것을 먹어 보았다.

아침밥들을 얻어먹은 것이다. 먹으면서 고대 있은 일을 생각하고 서로

마주 보고 빙그레 웃었다. 일껏 잡아들인 토비 혐의자가 저의 상관의

친지인 것을 알자 뒤가 켕긴 두 보초병이 서로 눈짓하고 상 위에 내놓은 증거물 — 두 자루의 권총 옆에다 마수걸이로 횡재하였던 지전뭉치들을 슬그머니 도로 내놓던 양이 우스워서였다.

식사가 끝난 뒤에 김봉구의 말이, 자세한 것은 나중에 듣기로 하고 우선 밤길에 삐친 끝에 잠들이나 한숨 자라며 민가의 뒷방 하나를 치워 주었다. 두 사람은 갖다주는 군대담요 두 장을 둘이 어울려 한 장 깔고 한 장 덮고 동여 가도 모르도록 잠 한숨을 곤하게 자고 한낮 때가 다 되어서야 일어들 났다. 개울에 나가 미역들을 감고 들어와 점심 한 끼를 또 얻어먹은 뒤에 비로소 김봉구가 두 사람을 자기 방으로 데리고 왔다.

"자, 인제 이야기 좀 들읍시다."

"네, 이야기하겠습니다. 그렇지만…… 남상 역전에서 지금 우리가 오기를 기다릴 사람이 있으니, 이걸 어떡허면 좋겠습니까?"

"누구요, 그 사람이?"

"우리 선배…… 이번 일을 지도한 선뱁니다. 일이 끝나면 거기서 만나자구 미리 약정을 했었거든요."

"그럼 어떡헌다? 우리 분대장 하나를 보내 볼까?"

"얼굴두 모르구 허턱 가선 어떡허겠습니까?"

"그것두 그래."

김봉구는 좋은 방도가 얼른 떠오르지 않아 고개를 비틀었다. 이것을 보고 장준광이 "혼자 가 알리면…… 안 될까요?" 하고 말하니 "참 그것두 좋겠군요." 김봉구가 선뜻 동의하여 선장이는 떨어지고 장준광만 먼저 가기로 작정이 되었다.

장준광이 김봉구의 분부를 받은 분대장을 따라 길거리로 나왔다. 분대장이 남상 방향으로 가는 트럭 한 대를 손들어 세워 가지고 조수석에 앉은 사람을 불러내더니 그 자리에 대신 장준광을 올려 태웠다.

"이분을 남상 역전까지 잘 모시라구. 알겠나?" 하고 운전사에게 뒤까지 누르는 것이었다.

"네네. 염려 맙시오, 분대장님."

운전사는 공연히 무엇에 잘못 걸릴까 봐 쩔쩔매었다. 장준광은 자신에게 자리를 앗긴 사람이 입이 뾰죽해 가지고 적재함으로 기어오르는 것을 보고 미안해서 제가 올라가겠다고 하니까 운전사가 혼동하듯이 손을 홰홰 내저으며 "안 됩니다, 안 됩니다. 그냥 앉아 계십시오." 하고 위태로운 듯이 돌아선 분대장을 곁눈질해 보았다.

한편 김봉구 소위는 선장이의 이야기로 이번 일의 자초지종을 알고 또 지난 몇 해 동안의 소경력까지 다 안 뒤에 빙그레 웃으면서 "그러구 보니 우리가 그동안 걸은 길은 서루 달랐어두 지향하는 바는 하나였구려." 말하고 잇달아서 김봉구는 자신의 소경력을 선장이에게 이야기해 들리는 것이었다.

"난 그해 서울서 출학을 맞은 뒤 황포군관학교엘 들어가 볼 생각으루 곧장 중국으로 건너왔소. 내가 떠나기 전에 우리 사촌형하구 둘이 관훈동으로 김영하 씨를 보러 갔다가 우리가 만나잖았소? 그때 동무는 아직 어린 1학년생이더구먼. 그래, 중국엘 들어와선 운이 좋았지. 우연히 귀인 한 분을 만나서 비교적 순리롭게 중앙군교에 입학을 하게 됐소. 원래의 지망은 포병과였으나 그것이 어째 뜻대루 잘돼 주질 않아 결국은 보병과를 다녔소. 본디는 광주 황포에 있던 학교가 그때는 이미 남경으루 옮겨 와서 교명두 중앙육군군관학교로 간 뒤였소."

"그리구 지난해 봄에는 상해에서 윤봉길이 폭탄 사건을 일으키는 바람에 왜놈이 중앙군교에 있는 조선 학생들을 반일의 화근이라구 중국 정부에다 항의를 하며 당장 다 쫓아내지 않으면 후과가 좋지 못할 거라구 을러방망이를 했지 뭐요. 그래 우리 조선 학생들은 한날한시에 몽땅 출학 처분을 받았지요. 하지만 그건 다 장개석이의 얼렁수였소. 왜놈들 보라구 하는 수작이었단 말이요. 그래서 우리는 명의상으로만 일단 출학을 당했다가 이튿날 전원 다시 등록을 하는데 이름은 모두 중국식으루 갈구 그리구 본적은 모두 료녕, 길림, 흑룡강 따위루 갈아 버렸소. 그래서 지금 내 본적은 료녕으루 돼 있구 또 이름은 호철명이라구 하오. 조선에도 호씨가 있는지는 모르겠지만 아무튼 그렇게 돼 있소. 그리구 지난달에 졸업을 할 때 우리 이 사단의 연대장 한 분이 나를 지명해 달라구 해 나 하나만 여기를 오게 됐는데…… 이제 온 지가 달포밖에 안 되오. 그 연대장은 방효삼이라는 조선분이요. 좀 이따 나하구 같이 가 인사를 합시다. 우리의 선배요, 인격자요."

"중국 군대에 조선분들이 많습니까?"

"아마 적잖을 거요."

"그분들두 다 우리처럼 일본을 반대합니까?"

"그야 물론. 일본을 반대한다는 점에서만은 다들 신통하게 일치하니까. 그렇지만 독립을 전취한 뒤에 어떻게 하는가 하는 문제에 들어선 제가끔이요. 그러구 일본을 반대하는 방법 문제에 있어서두 주장들이 어긋나구."

이때 긴 가죽 멜끈으로 모젤권총을 엇멘 앳된 병정 하나가 들어와 김봉구 소위에게 거수경례를 붙이고 "연대장께서 손님을 모시구 오라십니다." 하고 전갈하여 봉구는 "자, 일어나시오. 가 봅시다. 내 아까 보고를 했더랬소." 하고 선장이를 재촉하여 데리고 밖으로 나왔다.

김봉구 소위 즉 호철명 소위가 거느린 것은 연대 본부 직속의 경위소대였으므로 중대, 대대를 거치는 절차를 밟지 않고 직접 연대장을 만날 수 있었다. 선장이는 높은 분께 뵈러 간다는 바람에 마음이 좀 송구하였으나 '에라, 모르겠다. 어떻게 되겠지' 운명을 하늘에 맡기는 심정으루 그냥 따라나섰다.

선장이 생각에 연대장실이라고 하면 대단할 것으로 알았는데 실상은 그렇지가 않았다. 그저 보통 민가의 그리 크지도 않은 방 한 칸에 행군 침대 하나, 각탁 하나, 걸상 너덧 개 그리고 멜가방 모양의 휴대전화기 하나…… 그뿐이었다. 연대장인 방효삼 대좌도 금줄 두 줄에 중성 셋이 달린 영장을 달기는 하였으나 그저 보통 사람이었다. 키도 그리 크지 않고 소리도 그리 우렁우렁하지 않고 또 눈도 그림이나 연극에서 보는 장수들처럼 그렇게 가로 쭉 찢어지지 않았다. 연대장이 김봉구 소위의 거수경례는 앉은 채 고개 한번 끄덕하는 것으로 받았으나 뒤따라 들어온 서선장이를 — 낯선 애숭이 손님 — 보고는 얼른 일어서 예바르게 맞이하였다. 그리고 말씨도 선장이가 송구스러우리만큼 깍듯하였다.

"방효삼이라구 합니다. 호 소위에게서 말씀을 들었습니다. 어서 앉으십시오."

그리고 호 소위 — 김봉구를 돌아보고 "두 분이라더니 어째 한 분이요?" 하고 물었다.

"한 분은 남상으루 연락을 갔습니다."

"아, 그래요." 하고 방효삼은 다시 선장이를 향하고 "상해에선 제2차

윤봉길 사건이라구 지금 난리가 났습니다. 홍구 갑북 일대가 발끈 뒤집혀 가지고 일본 군경들이 가을 중 쏘대듯 한답니다. 당분간은 조심해야겠습니다." 말하고 잇달아서 "폭탄이 터졌더라면 더 좋았을 것인데 그렇게 되지 못해 좀 유감스럽습니다. 그렇지만 조선 민족의 기개는 훌륭히 떨쳤으니까 역시 장쾌합니다. 감사합니다." 말하고 새삼스레 선장이의 손을 굳게 잡는 것이었다.

선장이는 자신이 동지들 속에 있다는 미더운 느낌에 가슴이 마냥 벅찼다.

저녁 전에 장준광이 돌아오는데 리춘근도 따라왔다. 리춘근이 남상역전에서 오지 않는 사람을 기다리느라고 어찌나 속을 끓였던지 하루 사이에 얼굴이 눈에 띄게 깠다. 그래서 선장이의 무사한 모습을 보고는 그저 "천만다행입니다. 천만다행입니다." 하고 굳게 잡은 손을 자꾸 흔들 뿐이었다.

세 모험가는 이날 저녁 연대장실에서 김봉구 소위까지 다섯이서 함께 식사를 하고 눌러앉아 이야기장을 벌였다. 동지들 사이에는 상하부도 없고 또 구면 초면도 없었다. 일본제국주의에 대한 한결같은 적개심만이 들끓었다. 방효삼이 석상에서 한, 북벌전쟁 시기의 일화 하나가 선장이 기억 속에 오래도록 남았다.

"당시 나는 한낱 소대장에 불과했는데 전투 중에 중대장이 중상을 입어 순차에 따라 내가 중대장의 대리를 보게 됐습니다. 한데 그때 마침 우리 대대는 독립 대대였는데…… 우세한 적에게 포위를 당해 형세가 매우 긴박했습니다. 다행히두 우리가 점령하고 있는 고지의 지형이 어지간히 험준했기에 망정이지 그렇지만 않았더라면 전멸을 당하든가 풍비박산이 되든가…… 어떻게 됐을 겁니다. 그런데 한

밤중에 사병 하나가 바위너럭에서 꼬부리구 자다가 잠결에 옆에 벗어 놓았던 철갑모를 건드렸지 뭡니까. 당시 아직 철갑모는 희귀한 것이었습니다. 전 대대에 너덧 개두 있으나 마나 했으니까요. 이 철갑모가 괴괴한 밤중에 바위너럭을 이리 부딪구 저리 부딪구 하면서 아래까지 굴러 내려가는데 그 소리가 어찌나 요란스럽구 또 괴상스럽던지 나두 그때 눈을 좀 붙였다가 깜짝 놀라 깨났습니다. 깨나기는 했지만 그게 대체 무슨 소린지를 알 수가 있어야지요. 창졸간에 판단을 내릴 수가 없더란 말입니다. 뚱딴지같은 철갑모의 장난일 줄이야 누가 알았겠습니까. 한데 그 괴상야릇한 소리가 하나의 기적을 창조했습니다. 산밑에 둔을 치구 있던 적병이 그 소리에 놀라 와, 도망들을 치기 시작한 겁니다. 아마 우리가 밤중에 무슨 위력이 대단한 최신식 무기를 앞세우고 돌격을 해 오는 줄 알았던 모양입니다. 거짓말 같은 사실이지요. 한 사병이 잠결에 건드린 철갑모가 우리 대대 전원을 구해 낼 줄을 누가 알았겠습니까.”

이야기를 하는 사람이나 듣는 사람이 다 같이 거뜬한 웃음을 웃는 바람에 운치 없이 딱딱하던 연대장실에는 화기로운 분위기가 넘쳐났다. 간밤에 상해에서 일본 놈의 지신밟기를 망태기를 쳐 놓은 것이 못내 통쾌하여 기분들이 들떴기 때문이다. 격앙한 민족감정에 도취가 되어 을지문덕 장군의 이야기며 리순신 장군의 이야기며 안중근 의사, 윤봉길 의사의 이야기를 받고차기로 하던 끝에 선장이 웃으면서 “서울서는 어느 공중변소에를 가나 다 ‘리완용식당’이라구 씌어 있습니다.” 하고 말하니 좌석은 또 한바탕 웃음판이 되는데,

“나라를 팔아먹은 놈인데 당연하지요.”

“두구두구 욕먹을 일을 글쎄 왜 했겠습니까!”

"수치스럽지."

"개만두 못한 놈, 잘코사니요."

입입이 한마디씩 욕을 하였다.

자리를 파하고 자러 들어올 때 리춘근이 "방 대좌가 틀이 없는 분이구면요." 하고 첫인상이 좋은 것을 말하니 김봉구는 "수수한 분이지요. 직업군인으루선 드문 성격이지요." 하고 자기 상관의 덕성을 칭송해 말하였다.

이튿날 아침 후에 리춘근은 두 모험가를 데리고 연대장에게 가 작별인사를 하고 김봉구 소위가 주선해 주는 군용트럭에 편승하여 남상 역전에 와 내렸는데 한 두어 시간 잘 기다려야 남경행 열차를 탈 수 있었다. 역전에 2층으로 된 찻집 하나가 있어서 거기로 들어가 앉아 기다리기로 하였다.

아직 오전이라서 그런지 손님은 별로 없었다. 2층 창문가에 자리 잡고 앉아 손바닥만 한 역전 광장을 내려다보며 맛이 그럴듯한 계화소병이라는 호떡을 곁들여 차들을 마시는 중에 손에 해금을 든, 반백이 넘은 중늙은이 하나가 딸 같아 보이는 십팔구 세가량의 덜 밉지 않은 계집아이 하나를 데리고 앞에 와 문안을 드렸다. 노래를 시켜 달라는 것이다. 리춘근이 두 동행을 돌아보며 웃고 나서 심심파적으로 "좋소, 아무거나 하나 하시오." 하고 받아 주었다. 손님이 부를 노래를 지정해 주지 않으니까 그들 부녀는 잠시 눈짓으로 의논한 뒤에 아버지는 바로 해금을 켜고 딸은 곧 세련된 목소리로 노래를 불렀다.

장준광과 선장이가 노래의 사의를 몰라 말 귀에 염불 격으로 눈이 멀뚱멀뚱해 앉았는 것을 보고 리춘근이 "맹강녀가 만리장성 쌓으러 간 남편을 그리는 노래." 하고 귀띔해 주었다. 장준광이 고개를 끄덕이며

"어, 중국식 솔베이지의 노래." 하고 중얼거리는 것을 듣고 선장이는 속으로 깜짝 놀랐다. 한낱 자동차 수리공에 불과한 곰의 새끼 같은 장준광이의 입에서 그런 고상한 '고전음악'이 튀어나올 줄은 참말 몰랐던 것이다. 장준광이 종교음악, 고전음악을 존숭하는 경건한 천주교도의 가정에서 자라났다는 것을 선장이가 알 턱이 없었다.

아버지의 해금에 맞추어 부르는 딸의 노랫소리는 가가호호로 돌아다니며 문전걸식을 하는 거나 별반 다를 게 없는 처량한 신세가 반영이 되어서인지 듣기에 퍽 애연하였다. 그러나 한참 듣는 동안에 선장이는 무슨 까닭인지 피뜩 당나라 시인 두목의,

노래를 파는 여자가

망국의 한을 모르고.

라는 구가 머릿속에 떠올랐다.

노래가 끝난 뒤에 리춘근이 손이 크게 은전 두 잎을 건네니 불쌍한 부녀는 고마와 머리를 여러 번 수그렸다.

열차 안은 빈자리가 적지 않았으나 셋이 한데 앉다 보니 장준광 하나만 차창가에 낯 모르는 사람과 마주 대하고 앉고 리춘근과 선장이는 통로 쪽으로 앉았다. 차에 오르기 전에 리춘근이 미리 두 동행에게 차칸에서 조선말을 하면 주위의 이목을 끌기 쉬우니 될 수 있으면 좀 삼가하는 것이 좋겠다고 주의시킨 까닭에 셋이 다 덤덤히 앉아 벙어리 여행을 하였다.

소주정거장에서 열차가 5분을 머무는 동안에 장준광 맞은편에 앉은 나이 지긋한 남자가 차창 밖에다 돈 3전을 내밀고 송화단 한 알을 샀

다. 그 남자가 송화단의 껍데기를 찬찬히 벗기기 시작하였다. 다 벗겨 가지고 입으로 가져가기 전에 인사성으로 앞에 앉은 장준광에게 내밀며 "칭(드세요)." 하였다. 허례라면 허례이고 인습이라면 인습이고 아무튼 어디서나 흔히 보는 장면이다. 그러나 성미가 좀 데설궂은 장준광은 달리 받아들였다.

'이 자식 봐라, 제가 처먹으려구 다랍게 한 알 사 가지군……. 나를 놀리는 셈인가?'

괘씸한 생각이 왈칵 난 장준광이 사양 않고 손을 내밀어 코앞에 들이민 송화단을 "셰셰(고맙습니다)." 하고 덥썩 받아 가지고 쑵쑵하니 다 먹어 버렸다.

수고스럽게 껍데기까지 말끔히 까 바친 오리알 임자는 하도 어처구니가 없어 장준광의 먹는 입을 멀거니 바라보기만 하였다. 이것을 보고 리춘근은 입만 실룩했지만 선장이가 터져 나오는 웃음을 참느라고 애를 쓰다가 마침내는 배를 부둥키고 승강구로 뛰어나왔다. 사람 없는 승강구에서 미친 사람처럼 눈물을 흘려 가며 혼자 자꾸 웃었다.

무석역에서 이면 없는 장준광에게 오리알을 떼인 오리알 임자가 한풀이 죽어 가지고 내린 뒤에 세 사람은 자리들을 옮겨 앉으며 서로 쳐다보고 새삼스레 웃음보를 터뜨렸다. 남이야 보거나 말거나. 웃음 끝에 선장이가 "소리개가 병아리 채가는 솜씨더군." 하고 놀려 주니 장준광은 "그 자식 이번에 아주 버릇이 떨어졌을 게야. 보지, 앞으른 다시 그따위 지정머릴 못 하잖나." 하고 속이 편하게 대꾸하였다.

"자, 인제 우리두 요기를 좀 합시다. 뭐가 좋을까? 송화단이 좋을까?"

웃음의 소리를 하며 리춘근이 차창 밖에다 머리를 내밀구 찐만두 장수를 불렀다.

세 사람이 화평문정거장에 와 내렸을 때는 이미 11시가 가까왔다. 역전에서 인력거들을 잡아타고 꼿꼿이 화로강으로 향하는데 문안에 들어서서 얼마 아니 와 가지고 중간을 달리던 장준광이 탄 인력거가 돌연 총소리 같은 야무진 소리를 내며 펑크를 하였다. 사람이 타고 가는 인력거가 펑크를 한다는 것은 극히 드문 일이었다. 장준광이 "이런 제기!" 두덜거리고 길복판에 떡 서 버린 인력거에서 내리며 맞갖잖이 혀를 끌끌 찼다.

밤이 이슥한 때라 거리에는 빈 인력거 지나다니는 것이 아무리 둘러보아야 눈에 뜨이지 않았다. 앞서 가던 리춘근의 인력거도 서고 뒤따라오던 선장이의 인력거도 멎었다.

"어떡헌다?"

리춘근이 돌아보고 걱정하니 장준광은 "할 수 있습니까, 빈 인력거를 만날 때까지 닫지요. 어서 먼저 떠나십시오." 말하고 곧 선장이가 탄 인력거 옆에 와 붙어 서며 닫을 차비를 하였다.

선장이가 고자누룩한 밤거리를 달리는 인력거에 앉아 두 주먹 불끈 쥐고 따라오는 장준광을 내려다보며 놀려 주었다.

"왜 그렇게 타는 것마다 고장이 잘 나? 네 바퀴짜리를 타두 고장이 나구 세 바퀴짜리를 타두 고장이 나구. 두 바퀴짜리까지 고장이 나니…… 무슨 살이라두 낀 게 아니야?"

'사로니카행동'에서는 자동차가 고장이 나고 '지신밟기행동'에서는 사이드카가 고장이 나고 또 오늘은 인력거가 고장이 난 것을 선장이는 염두에 두고 말하는 것이었다.

"그러게 수리공 아니야? 고장이 안 나면 어떻게 벌어먹어?"

장준광은 배포 유하게 일변 달리며 일변 이렇게 대꾸하였다.

"내 별명 하나 지어 주까?"

"아무려나…… 무어라구?"

"미국에 석유왕, 강철왕이 있는 거 알지?"

"그래서?"

"고장왕이 어때? 고장이 잘 난다는 고장왕."

"좋겠지. 아무 왕이구 왕 자만 붙으면 의견 없어."

"왕에 게걸이 들리셨군."

장준광은 씩 웃고 대꾸를 아니 하였다. 그냥 닫기만 하였다.

중로에서 장준광에게 빈 인력거 한 채를 잡아태워 가지고 남경성의 복판을 북쪽 끝에서 남쪽 끝까지 꼿꼿이 꿰뚫고 내려오다가 별빛에 우중충한 중화문을 지척에 바라보며 오른손 편으로 꺾어 들어 좁은 길을 한참 오니 민틋한 언덕길이 나서는데 거기가 곧 화로강 기슭이었다. 올리막길에 인력거꾼이 힘들어하는 것을 보고 리춘근이 인력거의 발판을 굴렸다.

"세우시오."

찻삯을 치러 주어 인력거꾼들을 돌려보낸 뒤에 리춘근을 선두로 일행은 이연선림을 바라고 올라왔다. 장준광과 선장이는 초행이었다. 비록 화로강에 관한 전기적인 이야기는 귀에 젖게 들었어도. 오밤중에 어둑컴컴한 산문을 쾅쾅 두드리니 두드리는 사람이 놀랄 만큼 소리가 굉장히 울리어 근처 민가의 개들이 큰일 난 것같이 짖어 대었다. 단잠에서 깨어난 불목하니가 볼에 밤을 물고 나와 문을 열어 주는 것을 리춘근이 "이거 미안하우." 하며 은전 한 잎을 그 손에 쥐어 주니 불목하니는 덜 깬 잠이 갑자기 깨어서 "천만에 천만에." 허둥지둥 밝은 인사성을 보였다.

화로강패의 도중 일을 맡아보는 윤대성과 강녕별장에서 지도원으로 일하다가 돌아온 조경산은 뜰아래채에 따로 기거를 하고 있었다. 화로강패의 속내를 익히 아는 리춘근이 안중문을 들어서는 길로 곧장 뜰아래채에 와 문을 두드렸다. 윤대성과 조경산은 잠귀들이 밝은 모양으로 문을 세 번까지 두드리지 않아서 벌써 "누구요?" 물으며 일어나 전등을 켜고 "잠깐만." 하고 문을 열어 주었다.

　"아, 인제들 오십니까? 어서들 들어와 앉으십시오. 자자……."

　윤대성은 세 모험가가 들이닥칠 것을 미리 알고 있는 것 같았다. 선장이가 속내의 바람의 조경산과 오래간만에 만난 인사를 나누는데 윤대성은 리춘근을 보고 "저녁들을 잡숴야지요. 잠깐만 좀 기다려 주십시오. 내 얼른 가 이르구 오리다." 말하여 곧 밖으로 나가려는 것을 리춘근이 "아니, 아니. 먹구 왔습니다. 이게 어느 땝니까, 자정이 다 돼 가는데. 정말입니다." 하고 윤대성을 도로 붙들어 앉혔다.

　먼 길을 온 세 사람은 우선 자는 게 급하므로 지체 없이 객실에 안내되었다. 윤대성의 거실과 벽 하나를 사이에 둔 바로 옆방이 객실인데 들어가 보니 간소한 죽제품 침대 세 개가 덩그렇게 놓였을 뿐 실내장식이라고는 아무것도 없었다. 선장이가 속으로 '아하, 이게 바루 며칠 전에 김혜숙이 와 묵다 간 방이구나' 생각하니 공연히 애인리 42호가 그리워났다.

　세 사람은 침대 하나씩을 차지하고 드러눕는 길로 곧 잠들이 들어 아침에 기상을 알리는 호르래기 소리를 들은 것은 리춘근 하나뿐이었다. 소세들을 마치기가 급하게 객실에 화로강패들이 꾸역꾸역 들어왔다. 리춘근은 일을 의논하러 윤대성의 방에 가 있어서 객실에는 장준광과 선장이만 있었다. 선장이는 강녕별장에서 사귄 까닭에 아는 얼굴도 적지 않지만 장준광은 거의 다 초면이었다. 양씨동이가 싱글싱글 웃으며 선장이의 어깨를 툭 치고 "신문에서 다 봤다." 하고 말하여 선장이가 "신문에 났습니까?" 하고 반색하였다.

"하지만 일껏 폭탄까지 만들어다가, 왜놈의 대가리 하나 겨우 깨 놓구 말다니…… 그게 어디 될 말이냐?"

선장이는 열적어 머리를 긁적긁적 긁었다. 오셀로가 싱글거리며 나서서 "그럴 바엔 차라리 망치를 하나 꽁무니에 차구 가 답새우지. 그까짓 폭탄을 해 무얼 해? 거치장스럽게!" 하고 빈정거려서 객실 안은 온통 웃음판이 되었다.

"그러구 저 군두 그렇지, 사이드카는 타구 뛸 게지 놓구 뛸 게 무어람."

"글쎄나 말이지."

"사로니카행동 때두 아마 고장을 냈다지, 자동차를."

"멀쩡한 고장집 아니야?"

중구난방으로 놀려 주는 중에 선장이가 상글거리며 "아니, 고장왕." 하고 시정을 해 주니 고장집이라던 사람이 귀가 솔깃해서 "무엇이? 고장왕?" 재차 물었다. 선장이가 간밤에 화평문 안에서 공교롭게도 중간을 달리던 장준광이의 인력거가 펑크 나던 전말을 이야기했더니 화로 강패는 집이 떠나갈 듯 또 한바탕 웃어 대었다. 그러는 동안에 동지적인 우정은 차차로 두터워 가는 것이었다.

43

남경에서 돌아온 리춘근이 애인리 42호에 와 김혜숙에게 '지신밟기행동'의 전말을 이야기하는데 자연 전보경과 송일엽도 동석을 하게 되었다. 이야기를 다 듣고 나서 김혜숙이 "아무튼 무사들 해 다행입니다." 하고 안도의 숨을 내쉬는데 리춘근이 "천만다행으루 방 대좌가 거느린 부대에 걸렸기에 망정이지…… 그렇잖았더면 일이 상당히 시끄럽게 될 뻔했습니다." 하고 말하니 전보경이 옆에 앉았다가 상쾌히 여기는 빛을 얼굴에 나타내며 "미스터 서가 워낙 인복이 있다니까요." 하고 좋아하였다.

"그런데 지도부의 의향을 알아보니까, 둘을 다 이번 새 학기에 여느 청년들이랑 함께 중앙군교에 입교를 시킬 작정인갑디다. 그렇게 되면 인제 상해루는 다시 못 오게 될 텐데……."

리춘근이 말을 하는 중간에 송일엽이 옆에서 "본인이 그걸 원한답니까?" 하고 물었다. 리춘근이 괴이쩍어 송일엽에게로 얼굴을 돌리며 "원하고 안 하구가 왜 있겠습니까? 조직의 결정인데." 하고 말하니 송일엽은 다시 말이 없이 입술만 자그시 깨물었다.

"섭섭은 하지마는 어떡허겠습니까, 할 수 없지요. 전면을 보구 또 장래를 봐야지요."

리춘근의 말끝에 김혜숙이 "그럼 옷이랑 이부자리랑 다 보내야 하지 않겠습니까? 책이랑……." 하고 말하니 리춘근이 "그래서 미세스 전께서 수고를 좀 해 주십사구 말씀드리려던 참입니다." 하고 말하는데 입을 다물고 있던 송일엽이 불쑥 "내가 갖다주구 오겠습니다." 하고 자원해 나섰다. 김혜숙이 "네가 거긴 무엇 하러 간단 말이냐?" 하고 불긴하다는 뜻을 보이니 송일엽은 대번에 발끈 성을 내며 "왜 난 못 가오? 언니가 도맡아 놓구 다녀야 하는 데요, 거기는?" 하고 되받았다.

리춘근과 전보경이 말없이 지켜보는 가운데 김혜숙이 송일엽의 얼굴을 한참 동안 물끄러미 보다가 푹 누그러진 말소리로 "아무려나, 그럼 네가 갖다주구 오너라." 하고 양보를 하였다. 김혜숙은 이때야 비로소 송일엽과 선장이의 사이가 심상찮다는 것을 깨달은 것이었다. 리춘근과 전보경도 야릇한 것을 감득하고 송일엽의 썰물처럼 핏기를 거두었다가 밀물처럼 다시 핏기가 돌기 시작하는 얼굴을 쳐다보았다.

송일엽은 자기 방에 올라와 문을 닫아걸고 침대 위에 길게 누워 불붙일 것을 잊어버린 권연 한 가치를 두 손가락 사이에 끼워 든 채 골똘히 생각에 잠기었다.

송일엽은 방년 십팔구 세 때부터 댄서로 일하면서 이날 이때까지 오륙 년 동안에 좋든 싫든 관계를 맺은 남자가 열 손가락을 거의 다 꼽을 만하였다. 그러나 속에서 우러나오는 정을 준 남자는 단 하나밖에 없었다. 그게 바로 여섯 번째인가 일곱 번째에 만난, 동생뻘밖에 안 되는 애숭이 — 서선장이었다.

송일엽의 첫사랑은 기괴하게도 몸을 버릴 대로 다 버린 뒤에 비로소 찾아들었다. 그러나 첫 시작부터 이것은 열매를 맺지 못할 허황한 꿈이라는 것을 그녀는 잘 알고 있었다. 뿐만 아니라 세상을 모르는 철부지를 그르쳐 준다는 가책까지 느꼈다. 가책을 느끼면서도 상사말처럼 날치는 마음을 도저히 제어할 수 없는 것이 그녀의 고뇌였다. 그러던 차에 갑자기 선장이와 갈라질 것을 생각하니 속이 얼얼해나는 게 사람이 곧 미쳐날 것만 같았다. 그녀의 이성은 리춘근의 말을 옳게 받아들였다. 언니의 말도 그르지 않다는 것을 긍정하였다. 그러나 다 아무 소용이 없었다. 거세찬 감정의 분류는 억제의 둑을 끊고 걷잡을 수 없이 내뻗기만 하는 것이었다.

부랴부랴 이부자리를 뜯어서 고쳐 꾸민다, 옷들을 빨아서 풀 먹여

다린다, 서너 여자가 한 이틀 부산을 피운 끝에 준비가 다 되어 내일 밤차로 떠난다는 날 다저녁때다. 송일엽이 급작스레 마음이 변했는지 아래층에 내려오자 댓바람으로 "언니가 가세요, 난 안 가겠에요." 하고 말하여 김혜숙은 "갑자가 또 웬 변덕이냐? 그렇게 가겠다구 머리악을 쓰던 아이가." 하고 나무라는 구기로 말하였다.

"차일시피일시…… 모르세요? 지난밤에 여러 가지루 생각해 본 끝에 안 가기루 했에요. 그 대신에…….'

"그 대신에 무어?"

"아니, 고만두세요. 내가 따루 편지를 써서…… 옷갈피에 끼워 놓을 테요."

김혜숙이 타이르는 어투로 "이애, 너 정말 어쩌자구 그러니…… 지각없이?" 하고 말하니 송일엽은 대번에 빨끈 성을 내면서 "언니가 무얼 안다구 그러시오!" 한마디 쏘아붙이고 두 손으로 얼굴을 싸쥐며 복도로 뛰어나왔다. 걷잡을 수 없이 왈칵 쏟아지는 눈물을 닦지도 않고 자기 방으로 뛰어올라와 경대 앞에 섰다. 경대보를 벗겨 내고 경대를 들여다보며 서서 울었다. 두 뺨으로 흘러내리는 두 줄기의 눈물이 투명한 구슬같이 아래턱에 맺혔다가 방울져 떨어지며 또닥또닥 신코를 적시었다.

무더운 날씨도 소나기가 한줄금 쏟아지고 나면 한결 시원해지는 법이다. 그와 마찬가지였다. 한바탕 실컷 울고 나니 송일엽의 마음도 한결 개운해졌다. 물수건으로 얼굴을 닦았다. 그리고 화장대의 서랍을 열었다. 깨끗이 빨아 다린 손수건에다 연지를 짙게 바른 입술로 꼭 입을 맞추어 새빨간 입술 모양을 찍은 뒤에 그 손수건에다 선장이하고 둘이서 서로 머리 빗겨 주기를 하던 손때 먹은 빗을 쌌다. 그리고 나를 잊어버리고 열심히 공부하시고 또 내내 건강하시라는 사연의 짧은 편지 한 장을 썼다. 다 써 놓고 새삼스레 설움이 북받쳐 또 한바탕 울었다. 끝이 없는 여자의 설움이었다.

  남경 화로강 이연선림 후원에서는 씨름판이 벌어져 와자지껄하였다. 그러나 선장이는 한바탕 뛰어들어 볼 자신이 없어서 그저 서서 구경만 하였다. 배꾼 양씨동이와 오셸로 마점산이 단연 세서 우승은 그 둘이 다 확률이 높았다.
  "두 곰 새끼 힘자랑하는 꼴 보구 섰지 말구 우린 고만 들어가자구."
  "아니, 조금만 더 보구."
  "힘하구 지능은 반비례하는 법이라니."
  "어떻게?"
  "힘이 센 놈일수록 대가리는 깡통이거든."
  "임자처럼 그렇게 그늘의 밀짚 같아야만 골속에 위대한 사상이 들었겠구먼."
  "하필 나를 말밥에 얹을 게 무어람."
  "임자가 먼저 말을 냈으니까 말이지."
  "이봐, 위대한 사상가. 성냥 한 개비만 좀 빌자구."
  "사람 툭툭 치지 않으면 말 못 하나?"
  "어, 지렁이두 밟으면 꿈틀한다?"
  "그런 소릴 듣구두 가만있어? 한 대 콱 쥐어박지 못하구."
  "그럴 힘이 어디 있어야지? 아하하!"
  "위대한 사상은 두었다 무엇 하나? 그 사상으루 한번 냅다 갈기지."
  씨름판을 뒷전으로 종작없이 지껄여대는 소리를 선장이가 웃으며 듣고 섰는 중에 '대추씨'라는 별명으로 불리는 키가 작달막한 경상도 친구 하나가 와서 "이봐 서 씨, 윤대성 동무가 찾으니 얼른 좀 가 보라구." 하고 전갈하였다.

"무슨 일인데?"

"무슨 일인진 나두 몰라. 가 보면 알 것 아니야."

"반실이, 심부름 하나두 똑똑히 못 하구!"

"뭐야?" 하고 대추씨가 붙들려고 손을 내미는데 선장이가 날쌔게 몸을 빼치어 달아나니 대추씨는 돌멩이 하나를 집어서 달아나는 선장이 등 뒤에다 던졌다.

뜰아래채 윤대성의 방에는 하늘색 치파오를 입은 김혜숙이 앉아 있었다.

"아, 어떻게 이렇게 오셨습니까?" 하고 선장이가 일변 놀라며 일변 반색하니 김혜숙은 웃으면서 "세간붙이를 다 팽개치구 그렇게 달아나는 법두 있어요?" 하고 웃음의 소리 한마디를 하고 걸상에서 일어났다.

"객실루 가십시다."

빈 객실에는 역시 빈 침대 위에 선장이의 트렁크며 유포로 싼 이불 보퉁이며가 놓여 있었다. 먼저 들어와 침대에 걸터앉아 선장이가 맞은 편 침대에 와 앉기를 기다리며 김혜숙이 새판으로 다정하게 물었다.

"그래, 여기서 지내는 게 어떠세요?"

"와작와작해 좋습니다. 사는 것 같습니다."

"처음이라 아무래도 좀 생소하지요?"

"아니, 하나두."

"그렇다면 다행입니다." 하고 흔연히 웃고 김혜숙은 다시 "미스터 장의 물건들은 워낙 가져올 것두 별루 없는 모양입디다만 그보다두 사이드카를 훔쳐 타구 나간 게 발각이 나구 또 사이드카를 철로 길에 버리구 뛴 것까지 다 드러나 지명수배를 받는 까닭에 아무것두 꺼내 오지를 못했습니다. 그러나 이제 윤대성 씨의 말을 들으니 조직에서 다 해결해 주기루 했다니까 아무튼 잘됐습니다." 하고 근심이 하나가 덜리는 듯 입가에 미소를 지었다.

오후 반나절을 선장이는 김혜숙과 막수호에 나가 보트놀이 하는 것으로 보내었다. 상해를 갓 왔을 때 김혜숙을 따라 거리 구경을 다니던 일을 생각하니 어쩐지 선장이는 격세지감 같은 것을 느꼈다. 불과 일 년이 남짓한 동안에 얼마나 많은 경난을 하였는가!

노를 저어 호심으로 들어가다가 선장이는 숙자 아주머니하고 강에 나가 보트놀이 하던 일이 피뜩 떠올라 저도 모르게 얼굴에 웃음기를 띠었다.

"왜, 무슨 좋은 일이 있어요? 나두 같이 좀 좋아해 봅시다."

김혜숙이 이물 쪽으로 등을 두고 앉아 마주 보며 이렇게 물어서 선장이는 "아니, 아무것두 아닙니다." 하고 얼버무렸다.

"까닭없이 괜히 싱글벙글한단 말이예요?"

"아니, 그저…… 저, 전에 서울 있을 때……."

"서울 있을 때, 뭐요?"

"우리 숙자 아주머니…… 내가 언제 얘기했지요? 숙자 아주머니하구 한강에 나가 보트놀이 하던 일이 생각났에요."

"무슨 재미나는 일이 있었던가요?"

"재미나는 일이라기보다, 우스운 꼴을 봤에요."

"무슨 우스운 꼴?"

"남자하구 여자하구 둘이서 물에 뛰어들어 정사하는 걸 봤지 뭡니까."

"어, 저런…… 정사하는 걸?"

"네, 긴 띠루 허리를 마주 동이구 같이 뛰어들었는데 어떻게 된 셈인지 남자만 가라앉구 여자는 떠서…… 여자는 살았지 뭡니까. 여자가 기생이예요, 젊은……. 그리구 남자는 거덜이 난 오입쟁이구."

"호호, 죽기가 싫으니까 띠를 끌렀던 게지요. 저만 살겠다구."

"아마 그렇겠지요. 애초부터 억지 정사였던갑디다."

"억지 정사!"

두 사람은 구속 없는 웃음소리를 내어 웃었다. 웃음이 가라앉은 뒤에 김혜숙이 문득 생각난 듯이 "오, 참. 짐 속에 일엽이 편지가 들었을 겝니다. 옷갈피에 끼워 넣은 것 같던데요." 하고 말하는데 선장이는 자격지심으로 얼굴이 화끈하였다. 김혜숙은 선장이의 얼굴이 벌개지는 것을 보고도 못 본 체 고개를 돌리어 여름 막수호의 아름다운 경색을 바라보았다.

귀로에 중화문 안에서 무장한 경찰이 압송하는 트럭 한 대와 마주 쳤다. 압송되는 십여 명 사람은 개개 다 피골이 상접한, 몸에 걸친 것이 남루한 마약중독자들이었다. 살아서 쓸데없는 인간들이 게다가 도적질까지 자꾸 하여 사회질서만 문란하게 한다고 우화대로 죽이러 가는 길이었다. 남경서는 가끔 이런 청소 작업을 하는데 청소를 당하는 것은 신통하게 모두 좀도적 아편쟁이들이었다. 국민당 정부의 관료들 중에도 아편중독자가 적지 않건만 그런 것들은 털끝도 못 건드린다고 남경 백성들은 비웃었다.

"있는 놈은 고스란히 놔두구 없는 놈만 내다 죽이는 게 옳습니까?" 하고 선장이가 분개해 말하니 김혜숙은 "이 세상에 불합리한 일이…… 어디 그뿐인가요?" 하고 되묻는 것으로 대답을 대신하였다.

밤에 하관정거장까지 선장이가 배웅을 나가 가지고 대합실 밖에 가서 김혜숙과 낮에 못다 한 이야기를 나누었다.

"가을에 미스 전까지 남경을 오구 보면…… 애인리 집이 좀 적적해지겠습니다."

"그러잖아두 이모가 이불을 시치면서 자꾸 뇌던걸요, 다 가구 나면 적적해 어떻게 살겠느냐구."

"세상은 고르지 못합니다. 이연선림은 너무 왁작왁작해 걱정인데."

"사노라면 또 무슨 변화가 있겠지요."

자동차 한 대가 헤드라이트로 역사를 대낮같이 비추며 달려오는 바람에 두 사람은 눈이 부시어 잠시들 고개를 외었다.

"난 학교엘 들어가 한번 가 볼 수도 없구…… 방학이란 게 없다잖아요, 일반학교와 달라서."

"3년두 잠깐이예요……. 두구 보세요."

"오셀로두 이번에 같이 들어가게 됐습니다."

"우리의 군사 인재가 속속 배출되겠네요." 말하고 김혜숙이 상글상글하였다.

"반해량 대위가 납치당할 뻔한 이야기 들으셨지요?"

"들었어요."

"미스 전이 몹시 놀랐겠습니다."

"말 안 했어요. 괜히 놀랠 것 무어 있어요."

"그렇지요, 맞습니다."

"인제 차 떠날 시간이 됐나 봐요." 하고 김혜숙이 현관등 불빛에 손목시계를 들여다보았다.

"고만 들어가시지요."

선장이가 홈에서 움직이는 열차를 따라 걸으며 열어 놓은 차창으로 김혜숙과 작별인사를 나누면서 종시 송일엽에게 안부 전해 달라는 말은 목에 걸려 못 하고 말았다.

8월 달에 접어들면서 이연선림의 식구가 부쩍 늘어 수용능력을 초과하여 넘쳐나는 부분은 부득이 호가화원 초대소에 갈라 들여야 하였다. 상해, 광주, 북평, 무한, 남경 등지의 각 대학에 재학 중인 조선 학생들이 여름방학을 계기로 학업들을 중단하고 조직의 지령에 따라 남경으로 집결을 한 것이다. 지도부에서 국민당 정부와 수차 교섭한 결과 중앙육군군관학교에다 조선 학생만으로 편성된 독립 중대 하나를 내오기로 하였던 것이다.

화로강패까지 합하여 백수십 명 청년을 이연선림 후원 우거진 나무 그늘에 집합시켜 놓고 지도부 성원인 김청산이 면려하는 의미의 연설을 하였다. 김청산은 황포군관학교 제4기 졸업생으로서 한때는 반일 테러 조직인 의열단의 주요한 지도 성원으로 활약한 바 있다(의열단은 그 후 발전적인 해소를 하였다).

"우리 조국 강토에서 일본 침략자를 몰아내는 것이 우리의 목적이 구 또 사명입니다. 일본 침략자를 몰아내는 데 가장 유효한 방법은 무장투쟁입니다. 상대방이 말루 해서 듣지 않을 때는 두드리는 수밖에 없습니다. 두드리자면 힘이 있어야 합니다. 그러니 우리는 우선 힘부터 길러야 하겠습니다. 대학에서 학업을 닦는 것은 물론 중요합니다. 그러나 무장투쟁에 필요한 지식을 배우는 것이 현 단계에서는 더 중요합니다. 전쟁의 과학을 모르면 발톱까지 무장한 강대한 적과 맞설 수 없습니다. 황포군관학교는 창립 당시부터 우리 조선 청년들하구는 인연이 있습니다. 우리의 수많은 군사 인재를 육성해 냈습니다……."

나무 그늘에 앉아 연설을 들으며 선장이는 김청산이 소문에 듣던 것처럼 그렇게 무서운 사나이가 아니라고 생각하였다. 어느 병원의 원장이나 학교의 교장이라면 꼭 알맞을 인품이었다.

김청산은 권총과 폭탄으로 모든 문제를 해결하는 테러 조직을 영도한 사람이다. 일본제국주의가 그 목에다 현상금을 건 사람이다. 그렇다면 남달리 표한한 점이 엿보여야 할 터인데 전연 그렇지를 않았다. 점잖고 온화스럽고 더 나아가서는 인자해 보이기까지 하였다. 경상남도 밀양이 고향이라는데 경상도 사투리도 거의 남아 있지 않았다. 군복을 입은 방효삼 대좌도 그렇고 사복 차림을 한 김청산도 그렇고 다수수한 보통 사람인 것이 도리어 선장이에게 깊은 감명을 주었다. 그리고 그 연설도 미리 준비해 온 연설문을 들여다보며 '하였습니다', '되었습니다' 조로 내리읽는 것이 아니라 그저 생각나는 대로 간단명료하게 서술하는 것이었다. 웅변적으로 억양을 붙여 선동도 하지 않고 또 어려운 술어를 써서 정치 색채를 짙게 하지도 않았다.

"우리 민족의 미래를 양어깨에 짊어졌다는 자각하에 조국광복에 필요한 군사과학을 열심히 배우구 익히기를 바랍니다."

연설이 끝나니 백수십 명 젊은 청중이 일시에 박수를 쳤다. 선장이도 남에게 뒤지지 않고 열렬히 박수를 쳤다. 그러나 그 박수 소리도 무슨 우레와 같은 박수 소리도 아니고 또 무슨 오래도록 그칠 줄 모르는 박수 소리도 아니었다. 자발적인 보통 박수 소리였다.

화로강에 식구가 갑자기 늘어나 누가 누군지 분간을 못 하고 엄벙덤벙하는 중에 선장이가 새 친구 하나를 사귀었다. 사귀려고 사귄 것이 아니라 일이 그렇게 되어서 그럭저럭 사귀었다. 광주 중산대학에서 올라

온 친구로 고향은 경상북도 달성, 이름은 리태성. 키가 구척같이 큰 심상찮은 괴물이었다. 리태성은 통성명도 하기 전에 먼저 선장이에게 말을 걸어왔는데 그 말인즉 "노형, 그 만년필 좀 봅시다." 선장이는 무슨 영문인지 몰라 두말없이 만년필을 선뜻 뽑아 주었다. 그리고 속으로,

'내 만년필이 신기해 한번 구경하자는 건가? 그럴 리 없는데, 그저 보통 만년필인데…….'

'빌어서 무얼 좀 쓰겠다는 말인가?'

'혹시 내 것하구 똑같은 만년필을 잃어버리구…… 수상해서 수탐을 하는 거나 아닌가?'

별생각을 다 하였다.

리태성(그의 이름은 나중에 알았지, 이때는 통성명을 안 해 아직 몰랐다)은 선장이의 만년필을 건네받더니 곧 저쪽에 있는 공용 책상 앞으로 가 가지고 걸상이 없으니까 선 채로 — 방아깨비처럼 긴 허리를 구푸리고 — 두 팔꿈치로 책상을 짚고 남의 만년필을 제멋대로 — 임자의 허락도 받지 않고 — 분해를 하기 시작하였다. 즉 뜯어보기 시작한 것이다. 선장이는 기구멍이 막혀 먼발치에서 구경만 하였다. '저놈이 미치잖았나?' 의심하며 그 하는 양을 지켜만 보았다.

리태성은 손에다 지저분하게 잉크칠을 해 가며 선장이의 만년필을 속속들이 다 뜯어서 완전 분해를 해 놓고 무엇을 연구하는 모양으로 고개를 이리 기울였다, 저리 기울였다 하였다. 한참 동안을 그렇게 들여다보더니 실망한 듯 단념한 듯 각을 뜯어 놓은 만년필을 도로 들이맞추기 시작하였다. 도로 다 들이맞춘 다음 제 손톱에다 대고 몇 번 그어 보더니 아주 만족한 모양으로 잉크가 가득 묻은 손을 바지에 썩썩 문질렀다. 그리고 곧 선장이에게 만년필을 돌려주러 왔다. 와서는 한

다는 소리가 "내 이제 다 검사해 봤는데…… 아무 이상이 없소, 이 만년필." 선장이는 공연히 한번 뜯긴 만년필을 도로 받아 꽂으며 속으로 '별난 놈 다 보겠다. 남의 멀쩡한 만년필을 갖다가 뜯어보구, 아무 이상 없소는 다 무어야!' 욕을 하였다.

그런데 나중에 알고 보니 그 괴물 리태성은 만년필에 대하여 특이한 흥취를 가지고 있는 작자였다. 무릇 그 눈에 띄는 범위 안의 만년필이기만 하면 누구의 것이나를 막론하고 한번 갖다 분해를 해 보아야만 직성이 풀리는 성미였다. 아무리 새로 산 고급 만년필이라도 — 파커나 워터맨이라도 — 그에게 한번 내맡겨서 속시원히 뜯어보게 하지 않고는 다들 배겨 내지를 못하였다. 노끈으루 매서 밤낮 목에다 걸고 다니기나 하면 모를까. 자는 동안에 임자에게서 무단히 갖다가 실컷 뜯어보고 도로 맞추어 가지고 이튿날 돌려주는 게 그의 습성이었으니까. 그리고 또 거기에는 반드시 다음과 같은 감정이 하나씩 붙는 법이었으니까. "아무 이상 없소." 또는 "병집이 있는 걸 내가 고쳐 놓았으니까 이젠 잘 써질게요." 그런 까닭에 그의 손이나 옷자락에는 항시 잉크 자국이 가실 날이 없었다. 하여 그것들은 그의 '명승고적'이 되다시피 하였다.

화로강에서는 8월 29일 — 나라가 망한 날에 점심 한 끼씩을 굶어서 주린 창자로 망국의 아픔을 되새겨 보았다. 그리고 바로 그 이튿날 백 수십 명의 씩씩한 젊은이들이 줄을 지어 목적하는 학교로 향하였다. 이때 중국에서 군관학교나 경찰학교 같은 특수한 성질의 학교가 아닌 일반학교에는 교복, 교모라는 것이 없었다. 그래서 줄을 지어 가는 이들의 옷차림도 각양각색으로 그 대부분이 양복에 넥타이를 매고 머리를 길렀으나 개중에는 따과에 헝겊신을 신고 중절모를 쓴 축들도 있었다.

함경도, 평안도로부터 경상도, 전라도에 이르기까지 조선 팔도의 사투리가 다 들리는가 하면 추운 고장 북간도와 머나먼 태평양 건너 미국에서 온 치들도 있었다. 연령도 이십 전후에서 이십칠팔 세까지 다 같지 않았고 또 생김생김이나 차림차림이 다 다른 만큼 성질도 제각각이었다. 그러나 선장이가 보는 바에 한 가지 공통점은 다들 긍지심과 자부심이 대단히 강한 것이었다. 다들 '내' 없으면 조선 독립은 바라지도 말라는 식의 과대망상에 걸려 있는 것 같았다. 바꾸어 말하면 개개 다 개인영웅주의에 도취되어 있다고 해도 과언이 아닐 정도였다.

날창 꽂은 총을 든 위병들과 칼을 찬 위병장이 지켜 섰는 철문을 통해 넓은 교정에를 들어서니 대기하고 있던 이발병들이 손에 손에 바리캉을 들고 대들었다. 머리칼 소탕 작전이 벌어졌다. 그리하여 삽시간에 백수십 명 개인영웅주의 용사들을 일률적으로 중대가리를 만들어 놓았다. 있던 머리가 갑자기 없어지고 보니 조금 전까지도 각기 특색이 있던 얼굴들이 갑자기 판에 박아 낸 듯 똑같아져 누가 누군지 분간을 하기가 어려웠다. 선득선득한 머리를 쓰다듬으며 서로 돌아보고 어이없는 웃음을 웃는 중에 서로 마주 보고 볼기짝을 두드리며 파안대소하는 축들도 있었다.

머리 깎는 수선이 끝난 뒤에 잇달아 군복들을 갈아입는데 선장이에게 차례진 군복하고 군모는 얼추 몸에 맞았으나 군화만은 배같이 큰 것이 차례져 웃음거리가 되었다. 군복 왼쪽 가슴에 한문자로 쓴 이름표들을 붙인 연후에야 비로소 선장이의 이름이 배 선(船) 자 긴 장(長) 자 선장인 것을 알고,

"그 이름 참 멋이 있구면."

"아호 아니요?"

"아호? 아호가 뭐야?"

"아호가 별호지 뭐야."

"자는 아니구?"

"이 무식쟁이!"

"해군학교를 갈 사람이 잘못 왔구먼."

"아무튼 이름 하나는 멋이 있소, 누가 지었는지."

씩둑꺽둑 지껄여대기까지 하였다.

각반을 치고 혁대를 띠고 나서니 서투르기는 해도 확실히 거뜬은 하였다. 그러나 또 달 것이 있었다. 배울 학 자를 찍은 영장과 날 생 자를 찍은 영장을 깃에다 갈라 달고 또 하나 이름표 위에다 다는 것이 있었으니 그것은 곧 교장 장개석의 초상을 돋을새김한 휘장(배지)이었다. 이 특급 상장(원쑤에 해당) 각하의 초상 휘장은 입학하는 그 시각부터 졸업하고 교문을 나서는 그 시각까지 잠시도 학생들의 몸에서 떨어져서는 아니 되는 무슨 혹이나 사마귀 같은 것이었다.

9월 1일에 장 교장의 훈유를 듣고 나면 그때부터 6개월 동안의 예비과가 정식으로 시작되는데 학원들의 말에 따르면 예비과에서는 일요일에도 외출이 허가되지 않으므로 실상은 허울 좋은 징역살이나 다름이 없다는 것이었다. 신입생들에게 학교의 이런 속내를 이야기해 들리는 학원이란 어떤 부류에 속하는 종족들인가.

학원이란 전에 이 학교를 졸업한 자가 재입하거나 또는 부대를 거느린 경험이 있는 장교가 재입한 경우에 주는 칭호로서 일반 학생들이 급료 12원씩을 지급받는 데 비하여 그들은 8원이 더 많은 20원씩을 지급받는 특수 계급이었다. 깃에다 다는 영장도 '학생' 두 글자가 아니고 '학원' 두 글자였다. 선장이와 동시에 입교를 한 청년들 중에도 그 20원짜리 학원이 여럿이 있었다.

44

개교일이다. 신입생 전원이 대강당에 모여 수령이시자 교장이신 장개석 특급 상장 각하의 훈유를 받는 시각이 왔다. 강당에 들어갈 때는 무기를 휴대하지 못하는 게 교칙이었으므로 운동장에다 중대별로 무더기무더기 모여총을 해 놓고 그리고 중대마다 위병 하나씩을 세운 뒤에 질서정연하게 입장들 하였다. 일매지게 까만 장화를 신고 흰 장갑을 낀 50인조 군악대가 비상문으로 숙연히 입장하여 군악대장의 지휘봉을 바라보며 긴장하여 대기하는 중에 번쩍번쩍 금판대기에 큼직큼직한 대성 세 알이 박힌 영장을 단 장개석 교장이, 까만 중산복을 입고 보온병을 엇멘 시종관 하나를 뒤딸리고 천천히 걸어서 입장을 하였다.

군악대장의 지휘봉이 한번 쳐들리자 격동적이면서도 멋거리진 환영곡이 장내에 울려 퍼졌다. 코밑에다 히틀러식으로 채플린 수염을 기른 장개석 교장은 강파르고 후리후리하고, 뒤따르는 시종관은 작달막하고 여위었다. 붉은색의 주번 수를 엇멘 주번 대대장 중 대좌가 자못 긴장하여 "차렷!" 구령을 길게 불러 전원이 일시에 차렷 자세를 취하니 연단에 올라선 장 교장은 가장 우아하게(은혜가 매우 두텁게) 손짓을 하며 '쉬엇'에다 친절하게도 청할 '청' 자 한 자를 덧붙이는 것이었다.

환영곡이 그치고 훈유가 시작되니 연단 뒤쪽 한옆에 꼭두각시처럼 몸을 곧추고 서 있던 시종관이 앞으로 나와 유리컵에다 보온병의 물을 따라 연탁 위에 올려놓는데, 보니 말간 맹물이다. 장 교장은 담배도 안 피우고 술도 차도 다 안 마시는 까닭에 생전 어디를 가나 맹물 대접밖에 못 받게 되어 있었다. 그리고 반백을 바라보는 나이건만 떼어 버리기가 아까와 그러는지 절강성 동부의 사투리를 고스란히 간직하고 있어서 선장이는 무어라고 하는지 말을 절반도 채 못 알아들었다. 입버릇으로 말끝마다 "쩌거(이것), 쩌거." 소리를 하는 것이 귀에 거슬리기도 하고 우습강스럽기도 하였다.

이날, 훈유하는 교장 각하의 입을 조절하는 제동기가 고장이 났던지 마라톤식 훈유가 끝이 없이 길어져서 무려 근 세 시간에 달하는 바람에 적잖은 사람들이 생리적인 곤란에 부딪치게 되었다. 선장이 바로 뒤에 있는 여해암이라는 화로강패 친구도 그중의 하나였다. 수령이시자 교장이신 장개석 특급 상장 각하께서 강당을 뜨시기 전에는 아무도 자리를 뜨지 못하는 것이 교칙이었으므로 그는 참다 참다 못하여 — 방광이 파열 직전의 상태에 놓여 있었으므로 — 마침내 결심을 채택하고 과감한 조치를 취하였다. 즉 허리에 찬 빨병을 앞으로 끌어당겨 마개를 빼고 거기다 배설을 하기로 한 것이다. 그 결과 위에서는 숙연히 훈유를 삼가 듣고 아래에서는 수채가 거침새 없이 폐수를 방출하였다. 이때부터 공석에서는 그를 전과 같이 여해암이라고 불렀지만 사석에서는 다들 '오줌대장'이라고 불렀다.

학교 당국에서 여러 방면으로 고려해 본 결과 예비과만은 조선 학생들을 단독으로 편성하지 않고 여러 중대에 풍기어 편입시켰다가 예비과가 끝나는 대로 다시 집중시켜 독립 중대를 편성하기로 한 까닭에 백수십 명 조선 학생들은 매개 중대에 십여 명씩 갈리어 편입이 되었다. 선장이는 제1대대 제2중대에 편입이 되어서 섬서치, 사천치, 강소치, 광동치, 호남치, 호북치…… 별의별 치들과 다 사귀게 되었다. 그렇게 하니까 말을 배우고 생활습관에 익숙해지는 데 좋은 점이 확실히 많았다.

그런 중에 선장이를 놀래는 일이 하나 생겼다. 섬서 사투리가 좀 심한 학생 하나가 동급생인 광동 학생을 찾아와 무슨 일을 의논하는데 피차에 말이 통하지를 않아 동문서답에 요령부득…… 옆에서 보는 사람이 다 속이 답답할 지경이었다. 그럴 즈음에 광동 중산대학에서 전학을 해 온 로민이라는 조선 학생이 불쑥 나서서 제가 통역을 해 주겠다고 자청을 하였다. 그 결과 남북 쌍방은 순조롭게 의사소통이 되어 매우 만족해하였다.

'한 조선 사람이 두 중국 사람 사이에 말의 다리를 놓아 주다니!'

선장이는 경탄을 한 나머지 그 몸이 갈대같이 호리호리한 로민이를 높이 우러러보았다. 로민이는 평안남도 진남포가 고향이라고 하였다.

갓 입교를 해 가지고 가장 난감한 것은 뭐니 뭐니 해도 완전군장을 하고 구보를 하는 것이었다. 완전군장이란 무기 탄약 외에 배낭, 잡낭, 빨병 따위를 한 벌 전부 갖추는 것을 말한다. 선장이는 생후 처음 완전군장을 하고 일어설 때 어찌나 무겁던지 '이건 내 잔등에 낙타란 놈이 와 업히잖았나?' 하는 의심이 들 지경이었다.

그런데도 학교 당국은 이것만으로는 부족한지 또 달리기까지 하라니 이거야말로 죽어나는 노릇이다. 게다가 억하심정으로 선장이를 제3열에다 세우기까지 하여 중대가 조련장을 구보로 돌 때는 의례 바깥 테두리를 돌아야 하는 까닭에 더욱더 죽을 지경이었다. 그러나 그것만이면 오히려 또 괜찮게. 전 중대 150명 불쌍한 신입생들이 완전군장에 지지눌리며 숨이 턱에 닿아 닿고 있을 즈음 그 몹쓸 놈의 중대장은 사정없이 급정거까지 시켰다. "꿇엇!"

선장이가 이러한 고비판에서 허덕이고 있던 어느 날의 일이다. 제2열의 어떤 동급생 친구 하나가 홀지에 선장이에게로 얼굴을 돌리고 소곤소곤 "이 맹추야, 나처럼 이렇게 좀 못 해?" 하고 제 허리를 돌려 대 보이는 것이었다.

선장이가 정신을 수습하고 자세히 본즉 어, 이런! 그 친구가 허리에 찬 것은 빈 칼집……. 칼은 어데로 갔는지 보이지를 않았다. 딴은 그렇게 하면 무게가 상당 근수 덜릴 것만은 사실이다. 이렇게 속으로 탄복을 하며 선장이는 그 친구를 다시 한번 살펴보았다. 작달막한 키에 빼빼 여윈 말라깽이인데 홀쭉한 얼굴에는 병색이 끼어 있다. 선장이는 대번에 의심하기를 '저 자식, 아편쟁이가 아닌가?' 하지만 그건 그렇다 손 치고 그 작자의 말하는 본새가 어찌 그리 고약한가, 초면 인사에 댓바람으로 맹추니 뭐니. 선장이도 본시 자존심이 누구만 못지않게 강한 사람이다. 이게 만약 다른 경우라면 벌써 따귀를 떤 지도 옛날이다.

그러나 보아하니 그 작자가 비록 말본새는 그렇게 고약해도 자신의 처지를 동정해 주는 것만은 틀림이 없었다. 그래서 선장이는 시의에 맞지 않는 자존심을 잠깐 떼 놓고 소곤소곤 물었다.

"그럼 칼은 어디다 치우구?"

"자리 밑에다 치우지 어디다 치워? 맹추 같으니!"

"그랬다가 혹시…… 내무검사 때 들춰나면 어떡허구?"

"들추긴 누가 들춰? 맹추 같으니!"

보아하니 그 작자가 노상 입에 달고 있는 '맹추' 두 글자는 말하자면 '노형', '친애하는' 따위의 대명사인 모양으로 조금도 개의할 필요는 없는 성싶었다.

나중에 다른 친구에게 조용히 물어보았더니 그는 시내 중앙대학에서 전학을 해 온 작자라는데 이름은 문정이라고 하고 고향은 간도 훈춘이라고 하였다. 중앙대학 기숙사에서 화로강 이연선림을 거치지 않고 곧바로 왔던 까닭에 선장이와는 초면인 셈이었다. 그러나 아무튼 보통내기가 아닌 괴짜임에는 틀림이 없었다.

선장이가 얼마 오래지 않아 곧 괴상한 현상 하나를 발견하였는데 그것은 즉 이 학교에서는 각 중대의 자명종들이 밤중만 되면 도보경주를 한다는 것이었다. 하룻밤 사이에 한 시간이나 시간 반쯤 빨리 가는 것은 예상사로서 조금도 신기할 게 없는 일이었다. 이 학교를 운영하는 것으로 출세를 한, 모질기로 이름난 딱장대 교장 — 장개석으로서도 그것만은 어찌할 도리가 없었다. 자다가 밤중에 자리에서 일어나 군복을 주워 입고 두 시간 동안 위병을 선다는 것은 그렇잖아도 잠이 늘 부족한 장래 장교들에게 있어서는 고역이나 진배가 없었다. 그래서 그들은 지구의 자전 법칙을 무시하고 시곗바늘을 마구 앞당겨 돌려 놓고는 부랴부랴 달려가 교대할 사람을 두드려 깨우는 것이었다.

그러나 낮에 위병을 서는 것은 이와 사정이 전연 달랐다. 특히 사람의 출입이 잦지 않은 후측문에서 혼자 위병을 서는 것은 누구나 즐겨 하는 일이었다. 모두들 그 번이 제게 돌아오지 않을까 봐 왼새끼를 꼬는 판이었다. 낮에 거기서 위병을 서게 되면 그 딱 하기 싫은 교련을 면할 뿐 아니라 가외로 생기는 덤이 있었다. 교칙을 위반하고 수업시간에 학교를 빠져나갔던 동창생들이 몰래 돌아올 때는 다들 자진하여 통행세를 바치는 것이다. 즉 권연 한 갑 또는 땅콩사탕 한 봉지를 코아래 진상하는 것이다.

어느 날 선장이가 간밤에 두 시간 동안 위병근무를 한 까닭에 교실에 들어와 앉기가 바쁘게 자꾸 졸음이 와 어쩔 도리가 없었다. 그는 이날 처음 교관 선생의 무미건조한 강의도 브람스의 자장가와 마찬가지 효력을 낼 수 있다는 신기한 사실을 발견하였다. 선장이가 바야흐로 꿈나라 골 어귀에 다달았을 즈음에 별안간 교실 안의 사람들이 와닥닥 모두 일어섰다. 선장이는 잠결에 피뜩 생각하기를 '공습! 지진인가?' 그러나 그가 밖으로 뛰어나가려고 미처 몸을 일으키기도 전에 교관 선생의 상가로운 음성이 들려왔다. "다들 앉으시오." 하니까 죽 일어섰던 학생들은 다 아무 일도 없었던 것처럼 도로 착석을 하였다. 그리고 다시 수업이 계속되는 것이었다. 그 바람에 선장이는 더욱더 어리둥절해났다.

'이게 대체 어떻게 된 놈의 감투끈이야?'

선장이가 궁금증을 누르고 있다가 휴식시간에 속으로 어학의 천재라고 우러러보는 로민을 찾아가 어찌 된 영문을 물어본즉 해사한 얼굴에 눈귀가 처진 로민은 상글거리며 선장이의 몽을 열어 주는 것이었다.

"누구 입에서든 '교장'소리만 나오면 모두 차렷을 해야 해. 그게 이 학교의 교칙이야. 아까 그 교관두 강의에서 군사전략가들을 꼽다가 교장 두 글자를 거들었어."

'그런 놈의 판국이었구나!'

선장이는 비로소 영문을 알고 어이없는 웃음을 웃었다. 중대 지도원이 교칙을 설명하던 날 선장이는 마침 취사 감독을 나가서 그 교칙에 대한 설명을 듣지 못하였던 것이다. 취사 감독이란 학생들이 돌림차례로 내려가 취사병들을 감독하는 것을 말하는 것이다.

선장이가 이슬람교도는 아니지만서도 웬일인지 어릴 적부터 돼지고기를 그리 즐기지 않았다느니보다는 아주 안 먹었다. 아마도 그것은 그가 어려서 어머니를 따라 시골에 사는 일갓집에를 다니러 갔다가 처음 본 돼지우리가 몹시 불결하던 것에 연원이 있는 것 같았다. 그러나 운명은 그로 하여금 그런 아무 과학적인 근거도 없는 좋지 못한 습관 ― 편식을 억지로나마 고치게 하였다.

선장이는 손무, 클라우제비츠의 후예 ― 군사전략가 ― 가 되어 볼 포부를 품고 이 군관학교에를 들어온 첫날부터 매우 해결하기 어려운 난제에 부닥쳤다. 이 별스러운 학교에서는 하루 세때 식사가 거의 끼니마다 돼지고기 반찬뿐이어서 전연 선택의 여지라는 게 없었다. 어쩌다가 생선이나 닭알 반찬이 나올 때면 그것은 곧 선장이의 생일빠낙으로 되었다. 그러나 대부분의 식사 시간에는 불쌍하게도 그는 반찬 없는 밥 ― 맨밥을 먹어야만 하였다. 기막힌 팔자지!

두 주일을 그렇게 견지한 끝에 그는 마침내 더는 이렇게 살 수 없다는 결론에 도달하였다. 날마다 계속되는 맹훈련에 체력이 끝장난 것이다. 그래서 목숨을 부지하기 위하여 그는 결연히 또 단호히 비장한 결심을 내렸다.

'에라, 한번 먹어 보자! 설마 죽기야 할라구?'

식사 때 가장 용감하게 돼지고기 한 점을 집어 들고 결심이 동요될까 봐 눈을 꼭 감고 입안에다 넣었다. 씹을 엄두까지는 나지가 않아 그대로 꿀떡 삼켰다.

'아이, 소름끼쳐! 징그러운 송충이라도 먹는 것 같구나…….'

선장이가 바야흐로 돼지고기를 적수로 고군분투하고 있을 즈음 저와 거의 비슷한 처지에서 허덕이고 있는 또 하나의 괴물을 그는 발견하였다. 그것은 다른 누구가 아니고 곧 장준광이었다. 천주교 신자 즉 천주학쟁이인 그는 매번 식사 때마다 먼저 경건하게 앞가슴에다 십자를 긋고 또 입속으로 무슨 '주님이여…… 성찬을 베푸셔서…… 성부 성자 성령의 이름으로…… 아멘' 이따위 아무도 알아듣지 못할 주문 같은 것을 중얼중얼 외우군 하였다.

그런데 문제는 그 시간이 착실히 걸리는 신성한 의례가 끝이 나고 보면 시세가 글러지는 것이었다. 원래 이 학교의 교칙이 그에게는 극히 불리하게 되어 있었다. 매번 식사 때 중대장이 식당에를 들어서면 주번 대위가 "차렷!"을 부른다. 그다음에 "앉아!" 그러나 '앉아'만 가지고는 식사를 못 한다. "시작!" 구령이 떨어져야만 비로소 젓가락과 밥공기를 집어 들 수가 있다.

그런데 이들 장래의 군사전략가들은 모두 다 연부역강하므로 식욕이 여간만 왕성하지들 않았다. 좋든 그르든 반찬 명색이기만 하면 다들 마파람에 게 눈 감추듯 해치웠다. 그런 까닭에 그 십자를 긋는다, 기도를 올린다, 주문을 외운다 하는 얼간이가 눈을 뜨고 젓가락을 집어 들었을 때는 이미 반찬 소탕전이 종장에 다달아 남은 반찬이 보잘것없고 변변치 못한 패잔병 꼴이 되어 있군 하였다. 그래서 그도 하는 수 없이 선장이처럼 무료하게 반찬 없는 맨밥을 먹어야 하였다. 비록 돼지고기는 없어서 못 먹는 축이었지만서도.

동병상련으로 선장이는 자연히 그를 동정하게 되었다. 그러면서도 또 한편 속으로는 정말 어리석은 작자라고 비웃기도 하였다. 천주학이 골수에 박힌 장준광도 나중에는 정 안 되겠던지 역시 선장이처럼 용감하게 전비를 뉘우치고 — 그 신성한 종교의례를 구정물 통에 처넣고 — 옳은 길에 들어섰다. 그는 식성이 좋아 무어나 잘 먹고 또 많이 먹었다.

이 밖에도 제2중대에는 괴짜가 얼마든지 있었다. 화로강패의 윤지평이라는 친구도 그중의 하나였다. 선장이는 영광스럽게도 얼마 오래지 않아 곧 그 윤 모의 벽창호적 본성도 알아 모시게 되었다.

한번은 그의 발목이 무슨 탈이 났는지 조금 달아도 퉁퉁 부어오르며 몹시 아팠다. 그래서 그는 주번 대위에게 완전군장을 하고 달리는 조련을 면제해 달라고 병가 요청을 하였다. 그러나 주번 대위는 그가 꾀병을 하는 것으로 의심하고 허가를 하지 않았다. 할 수 없이 그는 안간힘을 써 가며 끝까지 다 달렸는데 그 빌미로 발목이 호박처럼 부어오르며 들쑤셔나 밤에 한잠도 잠을 이루지 못하였다(군의소에서는 일요일을 제외한 매일 낮 휴식시간에만 학생들의 병을 보아주었다).

그런데 옹이에 마디로 이튿날 오전에 또 위병근무가 돌아와서 하는 수 없이 그는 절뚝거리며 중대 본부 문 앞에 가 위병을 섰다. 사단은 여기서 발단이 되었다. 안날 그의 병가 요청을 들어주지 않은 그 주번 대위가 마침 중대 본부로 들어갔던 것이다. 그러나 윤지평이는 위병의 직분으로 의당히 해야 할 차렷도 경례도 다 안 하고 숫제 고개를 외치고 못 본 체하였다. 무안을 당한 주번 대위가 대번에 눈알을 곤두세우고 "왜 상관을 보구두 경례를 안 하는가?" 하고 서슬스럽게 힐문을 하였다. 그러나 윤지평이는 여전히 먼산 바라보기를 하며 시들푸직한 대답을 하였다.

"당신은 그럴…… 자격이 없다구."

분이 꼭대기까지 치민 주번 대위가 손을 뻗쳐 그의 멱살을 들려 한즉 윤지평이는 얼른 두 발자국 뒤로 물러서서 총 끝에 꽂은 날창을 곧추 들이대며 단호한 어조로 을러메었다.

"덤빌래? 한 발자국만 더 들어서 보지…… 아주 요정을 내 버릴 테니!"

군대에서 이런 엄청난 소행이 허용이 될 리가 만무하다. 학교 당국은 당지 당연하게 영창 2주일의 처분을 그에게 내렸다. 그러나 구경은 교육기관인 만큼 그리고 또 처벌을 받는 자가 조선 사람인 것을 감안하여 갖다 가두기 전에 부대조건 하나를 붙여 주었다.

"개전의 조짐이 현저할 때 앞당겨 해제한다."

그런데 어찌 알았으리, 이 우둔쟁이가 한 주일이 지나기 바쁘게 영창 안에서 중대장에게 청원서를 낼 줄을. 글체 말체 섞어작으로 된 그 청원서에는 삐뚤삐뚤한 글씨로 대략 다음과 같이 적혀 있었다.

…… 소생은 영어 생활 한 주일에 발목 아픈 병이 한결 차도가 있습니다. 하오나 근치를 하자면 2주일이란 기한은 너무 좀 촉박한 느낌이 없지 않습니다. 하오니 중대장께서 기한을 2주일만 더 연장해 주신다면 감지덕지 결초보은을 하겠나이다. 운운…….

중대장은 이 청원서 명색의 쪽지를 보고는 천둥같이 화가 나서 즉각 교무처에 보고하는 한편 무장 인원을 급파하여 그 대역무도한 청원자를 끌어내 왔다. 중대장은 수염이 텁수룩하여 끌려 나온 자를 중대 전체 성원 앞에 세워 놓고 한바탕 야단을 친 뒤에 복대할 것을 명하였다 (영창 안에 갇혀 있기를 좋아하는 놈을 그대로 가두어 두면 그놈을 우대하는 것으로 되므로).

그럭저럭 겨울이 되어 양자강 남안에 위치한 남경성에도 첫눈이 내렸다. 북국의 자디잔 싸락눈이 살풍경스레 눈보라가 되어 휘몰아치는 데 비하면 남국의 차분한 함박눈은 포근하고 안온하여 이름 못 할 정취를 자아냈다.

기상나팔 소리에 놀라 깬 선장이가 기계적으로 벌떡 일어나 부지런히 내무를 정돈한 뒤 각반 치고 칼 차고 탄대 두르고 총 들고 아래층으로 뛰어내려오니 각 소대는 벌써 줄들을 서는 중이었다. 먼저 내려온, 눈이 부석부석한 장준광이 선장이를 보자 턱을 한번 추썩이고 저의 깃걸개를 가리켜 보였다. 선장이가 알아차리고 걸지 않은 깃걸개를 얼른 걸고 제자리를 찾아들어가 섰다.

제2중대 중대장 왕 소좌는 호남 사람으로 몸이 강파르고 얼굴도 강파른 데다가 성미 또한 강파른 직업군인이었다. 3개 소대가 첫눈이 얇게 내려 깔린 조련장에 정렬하기를 기다려 가지고 주번 대위의 보고를 받은 뒤 왕 소좌는 두어 발자국 앞으로 나서더니 뚱딴지같은 명령을 내리는 것이었다.

"양광 학생들은 다 앞으루 나서라!"

얼굴빛들이 가무스름한 팔구 명의 광동치와 광서치들이 영문을 몰라 좀 어리둥절해하며 대열 앞에 나섰다. 선장이는 광동 군벌 진제당과 광서 군벌 리종인이 본교의 장 교장과 맞서는 적대세력인 것을 잘 알고 있는 터라 속으로 은근히 조바심을 하였다.

'원쑤의 씨알머리라구 다 없애 치우려는 거나 아니야?'

상상력이 남달리 왕성한 선장이가 집단적으로 총살하는 장면을 머릿속에 그려 보며 조마조마해 마음을 조이는 중에 중대장이 손으로 땅바닥에 엷게 깔린 눈을 가리켜 보이며 "다들 봐, 이게 눈이라는 거야." 하고 양광치들에게 말하는 것이었다.

"여기선 추울 때 비가 안 오구 이런 게 와. 다들 처음 보지? 이담에 눈 속에서 쌈을 하게 될지두 모르니까 미리 낯들을 익혀 둬야 해. 알겠나?"

'나이 스무 살을 먹도록 눈 구경을 못 한 인간들도 이 세상에는 있었구나!' 생각하고 선장이는 적이 놀랐다. 그리고 감탄하기를 '세상은 넓구나!' 일렬횡대로 늘어서서 중대장의 교육을 받은 아열대 생장의 멍청이들이 제각기 허리를 구푸리고 땅바닥에 엷게 깔린, 추울 때 온다는 고체의 비 — 눈을 관찰하기 시작하였다. 개중에는 혀끝으로 맛을 보는 어리보기까지 있으니 더욱 가관이다.

'가련한 인생들! 저 꼴 저 모양이니 스키, 스케이트 타는 재미란 통 모르고들 살았을 테지? 아미타불!'

눈을 관찰하는 양광치들보다 그치들을 관찰하는 선장이가 더 재미있었다.

이날 저녁 자습시간에 중대장이 주번 대위를 대동하고 교실 즉 소강당에 들어왔다. 주번 대위가 학생들에게 자습을 잠시 중단하라고 말한 뒤 선뜻 강단에 올라섰다. 중대장은 자습시간에 교실에 들어오는 일이 거의 없었으므로 갑자기 무슨 일인가 해서 150쌍의 눈이 모두 중대장의 입을 바라보았다.

"내일 본 중대는 눈길 행군 연습을 한다. 왕복 20킬로의 노정인데, 점심때까지 돌아와야 한다. 그러니 아침식사를 어떻게 할 것인가…… 종공론해 작정하자. 의견들을 말하라."

생활 면에서 교내 민주주의를 최대한으로 발양한다는 것을 표방하는 학교인 만큼 이런 문제도 제기가 되는 것이다. 학교에서는 아침에 흔히 흰죽에 꽈배기를 먹었다. 그렇지 않았다면 이런 문제가 애당초에 제기되지도 않았을 것이다. 먼 길을 가는데 밥을 먹어야 한다는 주장과 아침에 누가 딱딱한 밥을 먹는다더냐 그대로 죽을 먹자는 주장이

맞서 중대장은 거수로 가부를 묻게 되었다. 그 결과 죽을 먹자는 편이 압도적으로 많아 중대장은 "다수결루 결정한다. 내일 아침은 평일대루, 죽을 먹기루 한다." 간단명료하게 일을 마무리었다.

이튿날은 쾌청으로 아침부터 해가 났다. 예정대로 길에 오른 대오가 한 시간쯤 걸으니 벌써 눈이 질질 녹기 시작하였다. 질펀한 길이 어찌나 미끄럽던지 다들 빙상 교예, 빙상 발레의 동작을 하며 걷다나니 정제해야 할 대열은 크게 문란해졌다. 기침에 재채기로, 배 속에서는 또 배 속대로 '다수결로 먹은' 죽이 걷잡을 수 없이 꺼져 내려가 허기증들이 나기 시작하였다. 간신히 목적지에 득달하였다. 그러나 회정에 올랐을 때는 대열이 썩은 새끼줄 끊어지듯 토막토막 끊어졌다. 흡사 전장에서 호되게 얻어맞아 기진맥진한 패잔병들이 무질서하게 떼를 지어 패퇴하는 것 같았다. 끈덕진 허기증과 얄미울 정도로 매끄러운 눈길의 협공을 받으며 선장이는 하나의 진리 비슷한 것을 깨달았다.

'군량이 떨어지면 군대가 흩어지는 걸 수습하지 못한다더니 과연 그렇겠구나!'

중대장과 주번 대위와 각 소대장, 부소대장들이 속이 달아 국면을 수습해 보려고 갖은 애를 다 썼으나 헛수고였다. 무거운 무장을 한 학생들은 허덕거리고 비틀거리고, 무장을 하지 않아 몸이 가벼운 장교들은 올리닫고 내리닫으며 격려하고 질책하고 타이르고 또 호령을 하였다. 선장이는 더 걸을 맥이 없어 숫제 메었던 총을 내려서 짚고 길섶에 박힌 시꺼먼 돌 위에 걸터앉았다. 토막 난 대오를 수습하느라고 앞으로 달려갔던 주번 대위가 찔찔 미끄러지며 되돌아오다가 선장이를 발견하고 먼발치에서 꾸짖듯이 소리쳤다.

"서선장, 무얼 하구 있어!"

선장이가 그렇잖아도 심중의 불만을 터뜨릴 계제가 없어하던 차에 그런 같잖은 소리를 들으니 밸이 왈칵 나 눈이 뒤집힐 지경이 되었다. 그래서 제잡담하고 총에다 실탄을 재워 들고 잡아먹을 듯이 노려보며 "죽여 치우겠다!" 맵짜게 한마디를 쏘아붙였다.

크게 놀란 주번 대위는 박은 듯이 서서 저를 겨냥한 총구멍을 어린 듯이 바라보았다. 이때 뒤에 오던 소대장 하나가 얼른 쫓아와 선장이 손에서 총을 빼앗아 내며 "미쳤나? 사람두……." 부드럽게 달래고 다시 "이젠 고만 일어서라구, 내 붙들어 주께…… 자." 하고 선장이의 총을 들고 다른 한 손으로는 선장이를 붙들어 주며 천천히 같이 걸었다.

뜨거워났던 머리가 식은 뒤 선장이는 속으로 '젠장, 영창 몇 주일은 톡톡히 벌어 놨구나' 하고 쓴입을 다시었다.

그러나 의외롭게도 아무 후탈이 없었다. 중대 본부에서는 아무 일도 없은 듯이 과정표대로 중대를 착착 밀고 나갔다. 선장이 당자가 다 '내가 꿈을 꾸지 않았나?' 의심을 할 지경으로 뒤가 괴괴하고 무사하고 또 태평스러웠다.

부대를 거느려 본 경험이 있는 선배 동급생 — 학원 하나가 웃으며 그 오묘를 선장이에게 해석해 주었다.

"군대를 통솔하는 법이 원래 그래여. 정작 큰일은 쉬쉬하구…… 작은 일은 끄집어내 왁작 떠드는 법이여. 그래야 교육이 목적을 달할 수 있으니까. 그러구 이번 눈길 행군에서 망태기를 친 것두 구기본 하면 중대 본부에 책임이 있거든. 갓 들어와 아무 경험두 없는 학생들에게 교내 민주주의가 당한가! 이번 일에선 중대장이 교조주의를 했다니까. 그날 아침은 무조건 행정명령으루 밥을 먹였어야지. 그래서 더구나 쉬쉬하는 거야…… 알았어?"

45

2월 말에 '조선 학생 독립 중대' — 대외적인 명칭은 제1대대 제4중대 — 가 편성이 되었다. 이 중대에는 중좌 중대장과 대위 소대장 하나, 소위 부소대장 하나 그리고 특무장, 서기, 나팔수, 이발병, 취사병 따위를 제외하고는 모두가 조선 사람이었다. 그러니까 중대 지도원과 2명의 소대장과 약간 명의 견습관 및 4명의 교관이 조선 사람이었던 것이다.

중대 지도원 주시민은 중앙대학 졸업생이고 대위 소대장 리익선은 중앙군교 제10기 보병과 졸업생, 그리고 대위 소대장 최경수는 중앙군교 제9기 포병과 졸업생이었다. 견습관들은 각각 중앙군교 제10기와 제11기의 보병과, 기병과, 포병과 및 공병과를 나왔다.

교관 김두봉은 1919년의 '3 · 1운동'이 진압되자 중국으로 망명을 한 노혁명가로서 조선 역사를 가르쳤다.

교관 한빙은 러시아 태생으로 본명은 한미하일, 블라디보스토크에서 중학생 때에 10월혁명을 맞이하였으며 1920년대 중기에는 국제공산당의 파견을 받고 조선에 나와 지하조직 공작을 하였다. 후에 적에게 체포되어 7년 동안 징역을 살고 난 뒤 부득이 중국으로 망명을 하였는데 학교에서는 정치경제학을 담당하였다. 그러나 실상은 세계 공산주의 운동사를 가르쳤다.

교관 석정은 경상남도 밀양 사람으로 청년 시절에 조선총독을 암살하려다가 변절자의 밀고로 몸에 지닌 폭탄이 들추어나 7년 동안 감옥살이를 한 이로서 학교에서는 조선 독립 운동사를 담당하였다(본명 윤세주).

교관 왕웅(가명)은 평안도 사투리가 남아 있는 분으로 군함은 대좌였다. '1·28' 당시 중국 조병창에서 사업하며 김구 선생의 부탁을 받고 보온병형 폭탄을 제조하여 윤봉길 의사에게 제공함으로써 그 유명한 홍구공원 폭탄 사건을 일으키게 하였다. 일본 유학을 한 한족 여자를 소실로 두었으며 후에 소장으로 승진을 하였다.

조선 학생 독립 중대가 편성된 뒤부터는 다행하게도 조선 학생들은 삼민주의 따위의 군더더기는 아니 배워도 되었다. 그러나 손자병법의 '지피지기면 백전불태'라든가 '싸우지 않고 적병을 굴복시키는 것이 상수 중의 상수이니라' 따위는 역시 배웠다. 그 밖에도 또 '보병조전', '사격교범', '야간근무', '방공', '축성', '폭파' 따위의 여러 가지 과목도 배워야 하였는데 그런 것들은 다 전에나 마찬가지로 중국인 교관들이 가르쳤다.

3월 첫 일요일에 반년 동안 바깥 구경을 못 해 몸살이 날 지경이던 선장이가 백수십 명 동급생들과 함께 풀려났다. 떼떼이 교문을 나서는데 누군가가 호들갑스럽게 "에, 그놈의 예비과 지긋지긋두 하다!" 하고 익살을 부려 명랑한 웃음이 전후좌우에서 터져 나왔다. 다들 동감인 것이다.

선장이와 장준광 그리고 오셀로와 양씨동이가 반해량 대위의 신접살이를 한번 보러 가자는데 의논이 맞아 곧장 화로강으로 몰려왔다. 반해량 대위는 지난해 가을 전보경과 결혼을 하였는데 이들은 그동안 줄곧 학교 안에 갇혀 있는 까닭에 오늘에야 비로소 뒤늦은 첫 방문을 하게 되는 것이었다. 이들 중의 최연소자는 서선장이고 최연장자는 양씨동이었지만 다 같은 군복 차림을 하고 나서니 나이의 차이가 그렇게 눈에 뜨이게 두드러지지는 않았다.

"무슨 선물을 좀 사 가지구 가야잖을까?"

"암, 사 가야지."

"뭐가 좋을까?"

"아, 술이면 됐지 또 뭐 있어?"

"예끼, 순 저 처먹을 것만 생각하구!"

"그러지 말구 우리 털실을 사 가자구…… 애기 옷 떠 입히라구."

"아직 낳기두 전에 애기 옷은 다 뭐야."

"그러게 말이지, 뱄는지 안 뱄는지두 모르면서."

"가물에 도랑친단 말 몰라?"

"그래, 밴 걸루 가정하구 찬성!"

반년 동안을 갇혀 있은 덕분에 받은 급료를 써먹을 기회가 없어 이들은 호주머니에 저절로 모아진 돈들이 좀 있었다.

선물 꾸레미를 든 선장이를 선두로 네 사람이 새살림하는 집마당 안에를 들어서니 벌써 무엇을 튀기는지 부엌에서 풍겨 나오는 기름내가 야단스러웠다. 오늘 손님들이 들이밀릴 것을 미리 짐작하고 그 준비를 하는 모양이었다.

"오셀로가 면바루 얻어만났군." 하고 씨동이가 웃으니 오셀로는 "그러게 나만 따라다니라니까. 난 도랑에 든 소띠가 돼 먹을 복을 타구났다구." 하고 익살을 부렸다.

평복을 입고 면도질을 말쑥이 한 반해량이 만면의 웃음으로 후배 손님들을 맞아들였다.

"자자, 어서들 앉으십시오. 집이 좁아 놔서…… 한 분은 이리루 앉으실까." 그리고 부엌 편을 향하여 명토 없이 "손님들이 오셨는데." 하고 소리하니 "네네, 인제 들어갑니다." 소리를 앞세우고 새색시 전보경이 사잇문으로 들어왔다. 만수산 풍경을 수놓은 에이프런에다 손을 닦으며 웃음이 가득한 얼굴로 면면이 인사를 하는데 특히 선장이를 보고 다정한 말로 "군복이 정말 어울리시네요. 아니, 참말이예요." 하고 좋아하는 것이었다. 선장이가 생각지 않은 칭찬을 받고 점직하여 잠시 얼굴을 붉혔다가 곧 마음을 다잡아 가라앉히고 짓궂은 웃음을 상글상글 웃으며 "저, 이건 애기 옷 떠 입힐 겁니다." 하고 선물 꾸레미를 깍듯이 두 손으로 내바치니 전보경은 얼굴이 금세 홍당무가 되었다. 이것을 보고 함께 온 세 총각이 손뼉들을 치며 크게 웃는데 새서방인 반해량까지 허허 따라 웃었다.

전보경의 뒤를 따라 들어온 역시 에이프런을 두른 여학생이 어색한 태로 애기 옷 떠 입히라는 선물을 받아 든 새색시 옆으로 나서더니 가볍게 고개 한 번을 숙여 도거리로 인사를 하였다. 창백한 얼굴과 가냘픈 몸매가 조금도 변치 않은 장옥연이었다. 오셀로가 느닷없이 반해량을 돌아보고 "리정호 안 왔댔습니까? 왔다 갔습니까? 그 친구 무엇 하느라구 아직두 안 와?" 하고 큰소리로 말하여 총각들이 또 한바탕 웃어 대니 장옥연은 고개를 푹 숙이고 족제비가 굴속으로 사라지듯 눈 깜박할 사이에 다시 부엌으로 사라져 버렸다. 장옥연이 고중 졸업할 날도 인제 서너 달밖에 남지 않았다.

한동안이 지나 술이 나오고 또 안주가 나와 좌석이 우꾼하고 들썩해졌을 때 선장이가 학교 식당에서 처음으로 돼지고기 한 점을 송충이 집어삼키듯 하였다는 이야기를 하여 모두들 웃음보를 터뜨리는 중에 들락날락하며 시중을 들던 전보경이 "어머, 돼지고기를요? 일대 진보시네요. 전에는 통 못 드셨는데." 하고 또 선장이를 칭찬하였다. 언제나 선장이를 좋게 말하는 것은 그녀의 후천적인 버릇이었다.

술기운이 어지간히 든 오셀로가 전보경을 돌아보고 "아, 그렇게 눈치 없이 남의 총각을 자꾸 좋게 말하면 새서방이 좋아합니까? 그러구 또 이왕 좋게 말할 바엔 선장이 하나만 가지구 그러지 말구 우리두 좀 좋다구 하세요. 괜히 사람 샘나잖게." 하고 말하여 방 안에 웃음판이 벌어지는데 저민 반야를 접시에 담아 들고 들어왔던 장옥연이까지 고개를 옆으로 돌리고 웃었다. 반야란 남경의 특산으로써 절인 오리를 판대기처럼 납작하게 눌러 만든 것이다. 웃음판이 가라앉기를 기다려 가지고 선장이가 또 장준광이 천주학의 종교의식 때문에 반찬을 얻어 먹지 못하고 끼니마다 맨밥만 먹었다는 이야기를 흉내를 내어 가며 하니 반해량은 젓가락을 놓고 허리를 잡고 전보경은 배를 그러안고 부엌으로 뛰어들어갔다.

떠들썩하게 웃고 지껄이는 중에 불청객이 자래로 손님 하나가 또 왔다. 선장이가 돌아보니 고수머리 리정호다. 옥연이를 찾아갔다가 처소에 없으니까 간 곳을 물어서 알았는지 아니면 어림짐작으로 짚었는지 아무튼 여기를 장대고 온 모양이었다.

반해량이 얼른 일어나 "자자, 어서 이리 와 앉으십시오." 리정호에게 걸상을 권하는데 오셀로가 손에 젓가락을 든 채 리정호를 쳐다보며 "여게 고수머리, 먼저 부엌에 가 인사부터 치르구 오게. 직녀성이 상사병으로 다 죽어 가네." 하고 놀려 주었다. 리정호가 지지 않고 "난 누구처럼 맥주병 찜질을 할 줄 모르니 안심하라구." 웃으며 대꾸한 뒤 주인이 권하는 자리에 와 앉으려다 말고 "신혼을 축하합니다." 뒤늦은 인사를 새삼스럽게 하였다.

씨동이가 술잔을 내려놓고 리정호를 쳐다보며 "임자두 꽤 쑥일세. 인제 신랑 신부가 다 헐어서 중고품들이 됐는데 신혼 축하는 다 무언가." 하고 탄하여 술좌석은 또 한바탕 웃음판으로 변하였다.

기분들이 좋아 먹고 마시고 웃고 지껄이는 중에 전보경이 술을 마시는 시늉만 하는 선장이에게 넌지시 눈짓하여 선장이가 알아차리고 슬그머니 일어나 밖으로 따라 나왔다. 마당 귀퉁이에 서 있는, 잎도 꽃도 아직 피지 않은 라일락 밑에 둘이 마주 섰다. 불과 반년 동안에 전보경이 깔끔한 새색시로 변하였는가 하면 선장이도 표표한 청년 장교의 모습이 자리 잡혀 가고 있었다.

"저, 내가 떠나올 때 미스 송이 갖다드리라는 스웨터를 맡아 가지구 왔에요. 그렇지만 생전 어디 사람을 만날 수가 있어야지요. 괜히 한 겨울 가방 속에서 묵혔지 뭐예요. 오늘 찾아가세요."

전보경이 신비스러운 미소를 머금고 하는 말을 듣고 선장이는 대번에 또 얼굴을 붉히었다. 고개를 숙이고 군화 신은 발로 애매한 땅바닥만 득득 긁다가(늙은 말이 마죽 생각이 날 때 이렇게 한다) 한참 만에 겨우 목구멍에서 끌어당기는 소리로 "미스 전이……." 하다가 얼른 다시 "미세스 반이 좀 더 맡아 두십시오." 하고 사정하였다.

"그건 왜요?"

"남들이 보는데 어떻게 가지구 들어갑니까?"

전보경이 잠시 생각해 보다가 "좋아요, 그럼." 승낙하고 다시 혼잣말처럼 "미스 송은 불행한 여자예요." 한마디를 덧붙였다. 그리고 가볍게 한숨을 지었다. 선장이가 짐짓 말머리를 돌렸다.

"미세스 전이랑 이모랑 다 무고하신가요?"

"호젓하게들 지내지요. 별일 없에요."

"언니!"

부엌문을 열고 장옥연이 박꽃처럼 흰 얼굴을 내밀었다.

"왜?"

"얼른 이거 좀 와 봐 줘요. 다 눌어붙으면 난 몰라!"

전보경이 웃으며 선장이에게 눈인사하고 부지런히 부엌으로 달려갔다.

"이런 바보!"

부엌에서 탄내와 함께 전보경의 웃음기 띤 말소리가 들려왔다.

이날 하루가 예비과에서 해방이 된 학생들에게 있어서는 환락의 명절로 되었다.

장준광도 다른 학생들과 마찬가지로 과외 독서를 많이 하였다. 특히 좌익 서적에 대하여 농후한 흥취를 가지고 있었다. 선장이도 상해에서 선전부장 성재수의 지도로 마르크스주의 사상에 눈뜬 뒤부터는 틈만 있으면 파고들었다. 독립 중대를 내오기 전에는 중국 학생들의 눈을 꺼리어 반년 동안을 부득이 외면을 하고 살아야 하였지만 독립 중대가 편성이 된 뒤로는 다 같은 교내라도 상대적인 자주성이 보장되어 있었으므로 슬금슬금 눈치 보아 가며 마르크스레닌주의 서적들을 연구할 수가 있었다.

어느 날 장준광이 선장이를 소강당에서 불러내어 종합체조대 옆으로 끌고 갔다.

"무슨 일이야?"

"한 가지 좀 의논할 게 있어서……."

"무슨?"

입교하기 전까지는 피차간 많이 '했소'나 '했습니다'를 썼지만 동창생들이 된 뒤로는 말의 층하가 어느새 흐지부지되어서 나이가 엇비슷한 사이에서는 흔히 반말들을 쓰게 되었다.

"나하구 한청이하구 그 밖에 또 한 사람 이렇게 셋이서 독서회 꾸릴 공론을 했는데, 동무는 어떤가…… 한번 동참해 볼 의향이 없는가?"

선장이가 그 독서회의 성질과 진행하는 방법을 물어본즉 장준광은 곧《철학의 빈곤》,《반뒤링론》으로부터《국가와 혁명》,《공산주의에서의 좌익소아병》에 이르기까지 예닐곱 가지의 마르크스레닌주의 서적들을 열거한 뒤 그것들을 차례로 읽어 내려갈 작정이라고 하였다. 그리고 시간으로 말하면 밤마다 소등 후에 몰래 저장실에들 모여 가지고 시간 반씩 읽을 작정이라는 것이었다.

"난 고만두겠어."

선장이는 단마디로 그의 권유를 거절해 버렸다.

'벌써부터 수면 시간의 수지가 맞지를 않아 적자투성이로 고생을 하는 판인데 또 수면 시간을 줄여?'

그들의 독서회가 그 후에 어떻게 되었는지 선장이는 구태여 알아보려고도 하지 않았다.

몇 달이 지나서다. 어떡하다 휴식시간에 장준광을 만났을 때 선장이가 문득 생각이 나 "책 한 권 빌어 볼 수 없겠느냐."고 말을 건넸더니 장준광은 쾌히 승낙하고 곧 가서《반뒤링론》한 권을 갖다주었다. 부대조건도 아주 간단했다.

1. 책을 깨끗이 거둘 것.

2. 아무도 보이지 말 것.

밤에 선장이가 그《반뒤링론》을 읽으려고 펼쳐 보니 페이지마다 빽빽이 그어 놓은 색연필의 울긋불긋한 빛깔이 현란하게 눈에 띄었다. 파고들어 연구를 착실히 한 모양이었다. 그런데 뜻밖에도 선장이는 곧 놀라운 사실 하나를 발견하고 울도 웃도 못하게 되었다. 그 헤아릴 수 없이 많은 빨간 금, 파란 금들이 그어진 데는 신통하게도 모두 서술 과정이나 예증 따위 하등 중요할 게 없는 곳이었다. 그리고 의식적으로 기피하기라도 한 듯이 긴요한 대목은 고스란히 처녀지로 남겨 두었다. 하느님 맙소사!

선장이가 언어학자로 우러러보는 로민은 몸이 약한 게 탈이었다. 한번은 그가 무슨 병이 나 학교 병원에 입원을 하였기에 일요일 날 선장이가 장준광서껀 문병을 갔다. 환자가 많지 않아 그런지 또는 무슨 다른 원인이 있어 그런지 아무튼 작은 병실 하나를 혼자 쓰는데 밝고 선선한 병실이 정갈하고 아늑하기가 곧 국제호텔의 객실과 같았다(딱딱한 병영 생활을 하는 데 습관이 된 선장이들의 눈에 그렇게 비친 것이다).

깨끗한 환자복을 입고 그리고 발에다는 슬리퍼를 꿰고 신선처럼 침대에 걸터앉았는 로민을 보고 장준광이 강한 호기심을 가지고 물었다.

"그저 하루 종일 그렇게 침대에 누워 딩굴딩굴하면 되는 거야?"

"그럼 또 뭐 있어, 환자가?"

로민이 쓴웃음을 웃었다.

"야, 거참 팔자가 늘어졌구나."

"왜, 부러워?"

"허허, 아닌 게 아니라 좀 부럽기두 한걸. 난 그놈의 교련이 딱 하기 싫어 죽겠는데…… 여기 들어와 딩굴딩굴 놀구먹으면 얼마나 좋겠어, 넨장."

"그럼 나하구 바꿀까?"

"바꾸자!"

우스갯소리로 문병을 마치고 돌아 나올 때 장준광이 선장이를 돌아

보고 웃으며 "나두 한번 해 보까?" 하고 말하였다.

"무얼?"

"입원 말이야."

선장이가 차붓소같이 튼튼한 장준광을 한번 훑어보고 나서 싱글싱글 웃으며 "해 봐라, 해 봐." 짐짓 부추겼다.

이튿날 낮 휴식시간에 장준광이 정말로 행동하였다. 일직 당번이 등기부를 들고 "또 누구 없어, 병 볼 사람?" 하고 둘러볼 때 "나두 하나 적으라구." 장준광이 혁대를 고쳐 띠며 신청을 하였다.

"장준광이라…… 그다음, 또 누구 없어?"

"그럼 자, 줄 서. 앞으로 갓!"

장준광이 짧은 대열의 꽁무니를 어슬렁어슬렁 따라갔다. 이런 대열은 상관을 만나면 바로 걷고 상관을 만나지 않으면 되는대로 걷게 마련이다.

장준광을 진찰한 군의는 나이 근 마흔 되는 소좌로서 로이드안경을 썼는데 일본 유학생이었다.

"어디가 아픈가?"

"머리가 무겁구 배가 더뿌룩하구 또……."

"또 어디?"

"어깨두 뻐근하구……."

"잠은 잘 자나?"

"잠두 잘 못 잡니다."

"식욕은?"

"식욕두 별루 없습니다."

의사가 속으로 '이 녀석이 이러다가 월경통이 심하다구 하잖을라나?' 의심을 할 정도로 장준광은 아픈 데를 닥치는 대로 쥐어쳤다.

"그래? 그럼 앞섶을 헤치라구."

군의가 청진기를 귀에 걸고 한참 여기저기 대어 본 뒤 처방전에다 몇 글자 끄적거려 가지고 건네며 "자, 우선 약을 써 봐." 말하고 곧 문 쪽을 향하여 "또 누구?" 하고 다음 환자를 불렀다.

장준광이 앞섶을 여미고 처방전을 받아 쥐고 일어서며 입원을 안 시키느냐고 물어보고 싶었으나 사람이 너무 좀 치뜰어 보일 것 같아 그만두고 그대로 물러나왔다. 투약구에 처방전을 들이밀고 복도에 놓인 장의자에 앉아 기다렸다.

'그놈의 군의가 대관절 무슨 약을 주려나?'

약제사가 차례대로 이름을 불러서는 약을 내주고 이름을 불러서는 약을 내주고 하였다.

"장준광!"

부르는 소리를 듣고 장준광이 얼른 일어나 투약구 앞으로 다가서니 젊은 중사 약제사가 아가리가 벌고 밑이 빤 유리컵에 피마자기름이 반 컵은 착실히 담긴 것을 내밀어 주며 "선 자리에서 마셔요!" 지시를 하였다. 울며 겨자 먹기도 유분수지! 입원을 좀 해 보려고 꾀병을 하다가 선 자리에서 피마자기름 반 컵을 들이키고 장준광은 버릇이 뚝 떨어졌다.

한번은 어느 장난꾼이 남의 군모에다 몰래 자라 한 마리를 그린 것이 발단이 되어 중대 안에 갑자기 '자라 바람'이 불기 시작하였다. 까닭 없이 제 군모에 자라 선물을 받은 피해자가 가만있을 리 없다. 그는 예상왕래로 이자까지 듬뿍 붙여 두 마리를 갚아 주었다. 이것을 본 다른 군들도 다 손바닥이 근질근질해지기 시작하였다. 그리하여 불과 며칠 안 되어 온 중대 안에 세상에도 괴이한 자라 바람이 휘몰아치게 되었는데 개중에는 저명한 만화가 장락평, 화군무도 무색할 만한 걸작까지 나타났다. 즉 한 명의 자라 장교가 한 소대의 자라 병사를 앞에 세워 놓고 '어깨총!' 구령을 부르는 것이다.

선장이 군모에도 두 개 반의 자라가 그려졌는데 그것은 뻥끼쟁이 출신인 정장파란 작자가 도적질해 그리다가 들켜 선장이에게 쥐어박히는 통에 다 그리지 못하여 '미완성의 명화'로 남게 된 것이었다.

일요일의 외출은 구속스러운 병영생활을 하는 군관학교 학생들에게 있어서는 설 명절이나 진배없었다. 그래서 개중에는 일요일이 갓 지난 월요일이나 화요일부터 벌써 다음 일요일을 고대고대 기다리는 축까지 있는 형편이었다.

매번 외출 때마다 의전례 한 차례씩 검사가 진행되는데 그것은 면도질을 했는가, 깃걸개는 걸었는가, 영장과 휘장은 바로 달았는가, 손톱은 깎았는가, 단추는 떨어진 게 없는가 따위를 장교들이 낱낱이 살펴보는 것이다. 그런데 이날 의외의 지장이 생겨 온 중대 학생들은 또 한 번 가슴이 달랑달랑하게들 되었다. 검사를 하던 주번 대위가 한 학생의 군모를 벗겨 들고 찬찬히 들여다보다가 놀라서 "아니, 이게 뭐야?" 하고 소리를 지른 것이다.

주번 대위가 지른 소리를 계기로 하여 전 중대 팔구 명의 장교가(중대장과 지도원까지) 총동원된 일장의 검사 선풍이 일어났다. 그 결과 거의 모든 사람의 군모에서 자라가 발견이 되었을 뿐만 아니라 그 불후의 걸작 ─ 자라 장교 지휘하의 자라 병사들까지 들추어 났다.

중대장은 전 중대 성원 앞에서 부아통을 터뜨렸다.

"군인의 인격을 모욕해두 유분수지…… 이건 본교의 면면한 혁명 전통을 모독하는 행위다!"

이렇게 허두를 떼어 놓고 한바탕 내리엮은 다음 중대장은 면도칼처럼 날카로운 눈초리로 3개 소대를 차례로 훑어보고 나서 어떠한 항변도 불허하는 어조로 명령하였다.

"선코를 뗀 게 누구야? 썩 앞으루 나서!"

그러나 전 중대 백수십 명, 군인의 인격을 모욕한 죄인들 중에서 감히 앞으로 한 발자국 나서는 놈은 아무리 기다려도 없었다. 괴괴한 정적⋯⋯.

"없는가? 없다면 좋아. 금후 본 중대는 한 달 동안⋯⋯ 외출을 금한다!"

보이지 않는 동요가 대오 속을 맥랑처럼 물결쳐 나갔다. 중대장이 놓은 그 한마디의 으름장은 학생들에게 비길 데 없이 큰 실망을 갖다 안겨 주었다.

'거리에 나가 한잔하기두 이젠 다 틀렸다. 뱃놀이두 다 틀리구 영화 구경두 다 틀렸다⋯⋯. 어쩌면 좋단 말이!'

이러한 고비판에 홀지에 순도자 하나가 나타나서 앞으로 두어 걸음 썩 나섰다. 150여 쌍의 눈길이 일시에 그에게로 쏠렸다. 그런데 사람들을 놀래운 것은 그가 전연 엉뚱한 사람 즉 '작은아씨'라는 별명으로 불리는 강진세였다는 사실이다. 그가 '자라 바람'에 감염이 되지 않은 극소수 얌전이들 중의 하나임은 누구나 다 잘 아는 터였다.

중대장은 잘 믿어지지가 않는 듯이 가냘픈 새색시같이 생긴 강진세를 정수리로부터 발끝까지 한번 찬찬히 훑어보았다. 그리고 물었다.

"그대가 선코를 뗐단 말인가?"

"네, 그렇습니다."

대답하는 목소리가 비록 작기는 해도 똑똑하고 옹골찼다.

"음." 하고 중대장이 다시 한번 강진세를 훑어보고 막 입을 열려던 차에 불쑥 또 한 녀석이 대열 밖으로 나섰다.

"중대장께 보고드립니다! 선코는 제가 뗐습니다. 저 군은 작은아씨라 이런 장난은 못 합니다!"

보아하니 진짜 '수악'이 자수를 하는 모양이었다.

중대장은 짐작이 가는 모양으로 노기가 금세 푹 풀려 강진세 쪽으로 다시 얼굴을 돌리고 "그럼 왜 안담을 해 나섰지?" 하고 물었다.

"어차피 책임질 사람이 하나 나와야 하겠기에 그랬습니다. 외출이 금지되면…… 모두들 크게 낙심합니다."

중대장의 얼굴에 알릴 듯 말 듯 한 웃음이 스쳐 지났다.

"그대는 그만 물러가두 좋아."

순탄하게 이렇게 말한 다음 중대장은 다시 수악을 향하여 율기를 하고 "일후에 다시 이런 못된 장난을 하면 그때는 가차가 없어. 알았지? 좋아, 그럼 물러가." 사면받은 수악은 곧 표준 동작으로 멋지게 경례를 붙이고 군화의 뒤꿈치를 딱 소리가 나게 부딪치며 뒤로 돌아섰다. 그리고 익살맞게 동급생들에게 혓바닥을 한번 날름해 보이고 기분 좋게 복대를 하였다. 이어 중대장이 중대 전원에게 물었다.

"다들 알았는가?"

중대장의 입에서 말이 미처 떨어지기가 바쁘게 성수가 난 150개의 입에서 우렁찬 음향이 터져 나왔다.

"알았습니다!"

중대장이 눈짓을 하자 주번 대위가 선뜻 한 걸음 앞으로 나서서 외출을 선포하는데 해산하기 전에 먼저 '본교의 면면한 혁명 전통'을 가슴속에 아로새기기 위하여 교가를 부르라는 것이었다. 그리하여 전 중대는 일제히 목청을 돋우어 가지고 씩씩하게 불렀다.

노한 물결 팽배한데
당의 깃발 휘날린다
이는 혁명의 황포.

비록 휴일이라 할지라도 외출을 한 학생들은 반드시 게양대에서 기를 내리기 전에 돌아와야 하였다. 그런데 이날은 어찌 된 일인지 저녁 식사 시간이 다 되도록 중대에 사람 하나가 모자랐다. 점검을 해 본 결과 그 모자라는 하나가 박문이라는 게 드러났다. 박문은 황해도 해주 사람으로 광동 중산대학에서 전학을 해 온 술고래 겸 담배 귀신이었다.

식사 시간에 다들 "시작!"을 하였을 때에야 비로소 박문은 비트적거리며 식당 안으로 들어왔다. 눈치 빠른 주번 대위가 그 꼴을 보자 손에 들었던 젓가락과 밥공기를 얼른 내려놓고 일어나가 낮은 소리로 꾸짖듯(중대장을 기탄하여) 서라고 하였으나 군인으로서 상관 앞에 섰을 때 의당 한데 모아야 할 두 다리는 모으지를 않았다. 주번 대위는 그 군기에 어긋나는 꼬락서니를 보고 더욱 성이 나 매몰차게 꾸짖었다.

"왜 차렷을 안 해? 차렷!"

그러나 지각을 한 주정뱅이는 차렷을 할 대신에 도리어 우습강스러운 동작으로 상대편의 다리를 가리키며 대꾸질을 하는 것이었다.

"당신, 당신은 왜 차렷을 안 하지? 당신부터 먼저…… 차렷!"

이것을 보고 밥을 먹던 학생들은 웃음을 참느라고 다들 죽을 지경이었다. 중대장만 없었더라면 의심할 바 없이 식당이 떠나가라고들 웃어대었을 것이다.

주번 대위가 부아통이 터져 박문더러 당장 밖에 나가 두 시간 동안 벌을 서되 잠시도 쉬지 말고 계속 차렷을 외치라고 명령하였다. 그리고 손목시계를 내밀어 보이며 "지금 5시 15분이니까, 7시 15분까지…… 계속 외쳐야 해! 알았나? 목청껏 외쳐!"

그리하여 식당 안의 사람들은 창문 밖에서 박문 주정뱅이가 목청이 떨어지라고 계속 외쳐 대는 차렷 소리를 권주가 아닌 '권식가'로 들으며 그 한 끼의 저녁밥들을 다 먹어야 하였다.

전보경이 결혼한 뒤 일 년 반 만에 첫딸을 낳아 그 이름을 짓는데 남편 반해량의 동의하에 선장이더러 딸의 이름을 지어 달라고 하였다. 선장이를 처녀 때부터 언제나 변함없이 좋게 보아 온 것도 있거니와 선장이의 문학적 소양을 높이 평가해서였다. 선장이가 매우 영광스럽게 생각하는 한편 또 책임이 무거운 것을 느끼고 여러 날 두고두고 머리를 짠 끝에 남녘 남 자 베풀 시 자 '남시'라고 지어 주었다.

선장이가 예비과 때 하루는 지리 교관이 수업을 하는데 괘도를 칠판에 걸어 놓고 교편으로 조선을 가리키며 "이 조선은 역대로 우리의 소국이었는데 갑오전쟁 이후 일본제국주의에게 빼앗겼다. 그러니 우리는 국력을 길러 가지고 이를 되찾아야 한다." 이런 소리를 하였다. 조선 학생들이 크게 귀 거슬리게 듣고 막 항의를 하려던 차에 앞줄에 앉았던 절강 학생 하나가 얼른 일어나 교단 앞으로 나가더니 교관에게 나직나직이 무어라고 말을 하였다. 교관은 고개를 끄덕끄덕하다가 곧바로 교실 안을 둘러보았다.

"이제 한 말은 잘못된 것이니 정식으루 취소한다." 하고 탄솔하게 고패를 숙였다. 이 중대에 조선 학생들이 있다는 것을 모른 모양이었다.

그때부터 선장이가 그 진가 성 가진 학생하고 가깝게 지내었다. 호

감을 가진 것이다. 절강 소흥이 고향이라는데 사람이 여간만 소명하지가 않았다. 서로 맘이 맞아 일요일 날 둘이 같이 거리에 나가 사진을 찍고 사진에다 '국제전우'라는 제사를 써넣기도 하였다. 그런 연유로 선장이는 그에게서 월왕 구천의 이야기며 월나라의 애국 미녀 서시의 이야기를 들을 기회를 가졌다. 그런 이야기를 매우 흥미 있게 또 감명 깊게 듣는 중에 선장이는 조선 사람이 애국 기생 논개를 자랑으로 여기듯이 그들 월나라 사람들 즉 현재의 절강성 사람들은 서시를 자랑으로 여긴다는 것을 알게 되었다.

귓속에 남아 있는 옛이야기와 이런저런 생각이 얼기설기한 중에 선장이가 애기의 이름을 남경에서 태어난 서시 — 남시라고 지을 궁리가 떠오른 것이었다. '남시' 두 글자를 반해량 부부가 다 좋아하는 바람에(전보경은 손뼉을 치며 좋아하였다) 선장이는 어깨의 짐을 부린 것같이 거뜬한 중에 코도 좀 우뚝해질라 하였다.

공격하는 보병 부대가 적전 200미터에까지 박근을 하면 이내 진용을 '산병반군'으로 변환하고 기관총조와 소총조가 엇갈아 엄호하여 전진하다가 일제히 수류탄을 투척하고, 그것이 작렬하는 틈을 타 적진에 돌입하여 백병전을 벌인다.

이러한 산병반군을 제4중대는 이날 옹근 한나절 반복적으로 연습을 하였다. 연습이 다 끝난 뒤에 전 중대 3개 소대가 강화 대형 즉 한쪽이 트인 입구자형으로 정렬하여 중대장의 강평을 들었다. 중대장 량 중좌는 눈치가 빠르고 입이 바르기로 교내에 이름이 났다. 그의 입버릇은 "어딜 보지?"와 "가련한 백성!"인데 그 음성 또한 날카롭기가 비길 데 없었다. 그러한 그가 이날 강평을 하다 말고 갑자기 한 팔을 총열처럼 뻗쳐서 제3소대의 한 학생을 가리키며 날카롭게 소리쳐 묻는 것이었다.

"어딜 보지?"

그 지적받은 학생은 중대장의 강평을 귀담아듣지 않고 한눈을 팔고 있었던 것이다.

"이리 나와!"

중대장은 우선 이렇게 분부하고 그 학생이 앞에 와 서기를 기다려 가지고 다시 물었다.

"이름이 뭐여?"

주번 대위 당 소대장은 성질이 몹시 급한 광동 사람인데 그 학생이 우물쭈물하는 것을 보고 화가 나, 중대장의 입에서 "가련한 백성!"이 튀어나오기 전에 먼저 앞질러 냉큼 대답을 하라고 독촉을 하였다.

한눈판 학생은 그제야 겨우 입이 떨어져 가까스로 '문정' 두 자를 입에서 짜내었다. 중대장은 두 눈을 가늘게 쪼프리고 문정을 아래위로 한번 훑어보더니 시험조로 묻기를 "산병반군은 어떤 때 쓰는 거지?" 그러나 한동안 좋이 기다려도 대답이 아니 나왔다. 아니 나오는 게 아니라 못 나오는 것이다.

"옹근 한나절 연습을 했는데, 정신은 다 어디다 팔구…… 가련한 백성!"

일이 난처하게 된 '가련한 백성'은 하릴없이 낯간지러운 대답을 하였다.

"전쟁할 때 쓰는 겁니다."

이쪽에서 중대장이 미처 부아통을 터뜨리기 전에 저쪽에서 먼저 주번 대위의 부아통이 터졌다. 그는 얼굴이 새빨개져 가지고 — 자기 소대 소속의 문정이 엉뚱한 대답을 하여 소대장인 그를 중인소시에 망신을 시켰으므로 — 한마디를 비꼬아 쏘아붙였다.

"밥 먹을 때 쓰는 겁니다!"

이날부터 졸업을 하는 그날까지 전 중대 백수십 명 장래 전략가들은 모두 문정이 덕분에 어려운 고비들을 안연히 넘겼다. 그가 전형으로 지목이 된 까닭에 무슨 일이 있을 때면 중대장이 의레 그의 탈만을 잡았기 때문이다. 그러니까 말하자면 다른 학생들은 문정이의 그늘에서 태평성대를 누린 셈이었다.

처음부터 중대에서는 별명이 성행하였는데 그중에는 '말코', '낙타발', '가물치', '대추씨', '대구', '흑선풍' 따위가 있었다. 그런데 이런 것들은 각기 그 생김생김에 따라 지은 것으로 그리 멋거리지지 못한, 말하자면 좀 저급에 속한다는 것들이었다. 이와는 달리 점잖은 좌석에 내놓아도 부끄러울 것 없는 상당히 예술적인 것들도 적지 않았는바 그중의 몇 가지를 골라 보면 다음과 같다.

늘 세도의 그릇됨을 개탄한다고 해서 '우국지사', 성품이 워낙 경건하고 또 설교하기를 좋아한다고 해서 '목사', '심심산천의 백도라지'를 멋들어지게 부른다고 해서 '도라지' 등등…….

이러한 별명 총중에 새 별명 하나가 더 늘었으니 그는 곧 문정이의 '전쟁할 때'였다.

남시의 첫돌이 마침 토요일이라 하루 물리어 일요일에 돌잔치를 차리겠으니 꼭 참석해 달라고 전보경이 미리 초대를 한 까닭에 이날 선장이가 씨동이와 장준광 그리고 마점산이 오셀로와 함께 반해량네 집으로 갔다.

중화문 안에서 서쪽으로 꺾이는 길모퉁이에 구경꾼 여남은이 둘러서서 구경들 하는 중에 젊은 놈 두 놈이 맞붙어 쌈질을 하는데 두 놈이

다 적수를 금세 요정 낼 듯이 벼르면서도 주먹 놀음은 아니 하고 그저 자꾸 팔소매만 걷어 올리고들 있었다. 걸음을 멈추고 구경들 하다가 성미 겁겁한 오셀로가 "이놈들아, 쌈을 할라면 하구 말라면 말 게지, 소매만 자꾸 걷어붙이는 건 무어냐?" 하고 참견해 나섰다.

정작 주먹 놀음은 안 하고 팔소매를 걷어 올리는 것으로 전투 의욕이 있다는 것만 보이고는 말로 구경꾼들의 여론을 제게 유리하게 끌어당기는 게 남경 지방의 공식화된 쌈질 격식이었다. 물고 뽑은 듯한 군관학교 학생들이 관전을 하다가 그중의 하나가 큰소리로 꾸짖으며 탄해 나서니 두 놈은 어리뺑하여 붙은 쌈을 흐지부지 그만두고 서로 흘끗흘끗 뒤돌아보며 동서로 갈라져 갔다. 구경꾼들도 뒷맛이 싱거운 듯 뿔뿔이 흩어졌다. 네 사람은 한바탕 껄껄 웃고 다시 화로강을 향하여 걸으며 씩둑꺽둑 지껄였다.

"자식들, 겁이 많아…… 죽어두 선손은 못 건다니까."

"일종의 의식이야, 팔소매 걷어붙이는."

"체면을 보전하는 수단이겠지, 아마."

"싸우지 않고 적병을 굴복시키는 게 상수 중의 상수이니라, 왜들 모르는가?"

"아하하! 알구 보니 팔소매 걷어붙이는 의식두…… 손자병법에서 나온 거였구나!"

골목 안에를 들어서며 바라보니 반해량네 집 앞에 옷단장을 곱게 한 돌쟁이 — 남시를 안고 웬 남자 하나가 서 있었다. 반해량은 아니다. 선장이가 '저게 누굴까?' 생각하는 중에 양씨동이가 별안간 앞으로 내달으며 "김평산!" 하고 소리를 쳤다.

'아, 감옥에 갔던 김평산이 돌아왔구나!'

선장이가 선뜻 짐작하고 부지런히 뒤쫓아 가는데 벌써 씨동이는 애기 안은 김평산을 얼싸안았다. 두 장정 사이에 끼인 애기가 놀라 울음을 터뜨리는 것을 선장이가 얼른 대들어 빼앗아 안고 "우리 남시 이쁘지……. 울지 마, 우리 남시 이쁘지." 어르며 둥개질을 하였다.

씨동이가 먼저 "서선장." 하고 선장이를 가리키고 다시 "김평산." 하고 김평산을 가리켜서 선장이는 애기를 안은 채 손을 내밀어 악수를 하였다.

"말씀은 많이 들었습니다. 정말 반갑습니다."

"나두 이번에 누님한테 이야기를 다 들었습니다. 이렇게 만나게 돼참 반갑습니다."

선장이가 보니 김평산은 상고머리를 깎았는데 얼굴은 김혜숙과 전형이 비슷하나 살빛은 약간 철색이 났다(일본 감옥에서는 수용자가 만기 출옥을 하기 두어 달 전부터 머리를 기르게 하고 또 내보낼 때는 보기 흉하지 않게 상고머리를 깎아서 내보냈다).

김평산이 장준광, 오셀로 두 사람과도 인사를 마친 뒤에 씨동이가 새삼스레 "고생이 많았지?" 하고 위로해 물으니 김평산은 "그저 그렇지 뭐." 가볍게 대답하고 "그래, 졸업이 언제야?" 하고 되물었다.

"인제 꼭 한 달 남았어…… 내달이야."

김평산이 서글픈 웃음을 웃으며 "나두 그때 뛰었더라면…… 이번에 같이 졸업을 하는 건데." 말하고 길게 한숨을 지었다.

철창 속에다 다섯 해의 청춘을 묻어 버리고 나온 한 조선의 애국자가 선장이 바로 눈앞에 서 있었다.

46

호철명 소위 즉 김봉구가 날이 어두운 뒤에 불을 켜 놓고 이날의 일보를 쓰고 있을 때 앞에 놓인 휴대용 전화기의 벨이 울려서 김봉구는 만년필을 들지 않은 손으로 수화기를 벗겨 들었다.

"호 소위요?"

연대장의 목소리다.

"네, 그렇습니다."

"의논할 일이 한 가지 있는데…… 지금 좀 왔다 갈 수 없을까? 아, 그럼 기다리겠소."

김봉구가 연대장실에 들어가 거수경례를 하니 방효삼 대좌는 "어서 여기 와 좀 앉으시오." 하고 바로 앞에 놓인 걸상을 가리켰다.

방효삼의 기색이 심상찮은 것을 보고 김봉구는 공연히 좀 떨떠름하였다.

"임자를 보잔 건 다름이 아니라……."

예사 음성으로 이렇게 허두를 떼 놓고 방 대좌는 다시 목소리를 푹 낮추어 가지고 말을 잇는 것이었다.

"우리 부대가…… 우리 사단이 말이요, 강서 방면으루 이동이 될 기미가 보이는데……."

김봉구는 아연 긴장해서 눈도 깜박 않고 방 대좌의 얼굴만 쳐다보았다.

"홍군 근거지들에 대한 포위 소탕 작전이 이번까지 모두 다섯 번쨘데, 만약시 이번에두 또 그전처럼 실패를 한다면 국민당 정부의 지정이 흔들릴 염려두 바이없지가 않으니까…… 이번은 아마 끝장을 보려는 모양이요. 현재 무려 50만에 가까운 대병력을 투입하는 판이요. 그래서 우리까지 이번에 휩쓸려 들게 되는 모양인데……. 어떻게 했으면 좋겠소, 임자 생각엔?"

"우리가 공산당을 치러 간단 말입니까?"

"그러니까 말이지……."

김봉구는 너무 엄청나 더 말을 못 하고 그저 덤덤히 앉아 있기만 하였다. 방효삼도 한동안 입을 다물고 있다가 다시 차근차근 일깨워 주듯이 말을 하는 것이었다.

"일본 강도는…… 우리 원쑤는, 저 동쪽에 있단 말이요. 그런데 우리가 서쪽에를, 그 반대쪽에를 가서는 무엇 하오? 공산당이 우리하구 무슨 원쑤졌소? 그래서 난 이번에 아예 일선에서 물러날 생각이요."

"물러나시다니…… 어떻게 말씀입니까?"

"건강을 이유루 내세워 가지구…… 후방에 떨어져 있게 해 달라구 사단장에게 말해 볼 생각이요. 항공서 같은 데를 보내 주든지, 조병창엘 보내 주든지, 아니면 군관학교에 교관으루 배치를 해 주든지, 사단장이 군교 때의 선배라서 말을 하기는 좋소. 또 그런 걸 주선할 만한 힘두 있는 이구. 그리구 내 이런 고충두 어느 정도 이해를 해 줄 만한 이요. 그런데 문제는 임자의 거취를 어떻게 하느냐 하는 거요. 내가 부대를 거느리지 않게 되면 나를 따라다니기두 어렵겠구……."

김봉구는 끈 떨어진 뒤웅박 같은 허전함을 느꼈다. 하늘같이 믿어 온 방효삼의 그늘을 떠날 일을 생각하니 앞길이 막막하였다. 방효삼이 김봉구의 수색 띤 얼굴을 물끄러미 보다가 "그럼 당분간 화로강에라두 좀 가 있어 보까?" 하고 위로하는 어투로 물었다. 남경의 화로강은 중국에 망명한 조선 혁명가들의 집결처다.

입을 한일자로 꾹 다물고 있던 김봉구가 "그럴 바엔 차라리…… 그래두 부대를 따라갔다가, 전쟁터에서 기회 보아 홍군 편으루 넘어가 버리는 게 어떻겠습니까?" 하고 되물었다. 그 얼굴에 나타난 결연한 빛을 보고 방 대좌는 한동안 말이 없다가 "글쎄…… 일이 그렇게 여의할까?" 하고 고개를 비틀었다.

"모험을 안 하구 되는 일이 있습니까, 이 세상에?"

"피차에 좀 더 생각해 보구…… 내일 우리 다시 만나 이야기합시다."

방 대좌가 먼저 일어나 따라 일어나는 김봉구의 어깨에 한 손을 얹으며 "돌아가 한번 심사숙고해 보시오. 난 사단장을 좀 가 만나 봐야겠소." 말하고 방 대좌는 곧 근무병을 불러 가지고 말에다 안장을 지우라고 분부하였다.

김봉구는 밤에 통 잠을 이루지 못하였다. 그는 리순신 장군이 읊은 절귀 '나랏일을 걱정하여 잠 못 이루는 밤, 찬 달빛이 활과 칼을 비추도다'의 경지를 몸소 겪는 것만 같았다. 혁명 근거지에 대한 동경은 벌써 오래전부터 마르크스주의자 김봉구의 온 마음을 차지하고 있었다. 단지 그럴 계제가 없어 행동을 못 하던 혁명 근거지로의 탈출이었다. 그렇다면 이번이야말로 천재일우의 좋은 기회가 아닐 건가. 그러나 또 한편으로는 "일이 그렇게 여의할까?" 하고 미타히 여기던 방 대좌의 말이 귓전을 감돌기도 하였다. 그렇지만 군모에 커다란 붉은 별을 달 것을 생각하니 가슴이 울렁거려 죽든 살든 한번 해 보지 않고서는 못 견딜 것만 같았다. 김봉구가 마침내 마음을 질정하였다.

'해 보자! 하면 되는 법이다!'

방효삼 대좌가 연대장의 직을 내놓고 중앙군교 광동분교에 전술 교관으로 부임하게 되었을 때 김봉구 소위와 둘이서 조용히 저녁 한때를 같이 나누었다. 간소한 석별연이었다.

"홍군에는 우리 사람두 적잖으니까 가기만 하면 문제는 없겠지만, 일선에서 넘어간다는 게 아무래두 좀……." 하고 방효삼은 말끝을 흐리었다. 종시 마음이 안 놓이는 모양이었다.

김봉구는 머리를 지수굿하고 그저 들음만 하고 있었다.

"그러구 생활두 간고하기가 뭐 이만저만이 아니라는데……."

김봉구가 슬그머니 말머리를 돌렸다.

"거기 김무정이란 분이 계신다지요?"

"있지. 그가 운남강무당 출신이루 우리 선배였는데…… 철저한 공산주의자였소. 거기 있는 조선 사람들 중에서는 아마 영위 노릇을 할 게요."

"저는 이제 아주 결심을 내렸습니다. 만난을 무릅쓰구라두 그분들을 꼭 한번 가 만나 뵈어야겠습니다."

한동안 잠잠한 끝에 방효삼이 입을 열었다.

"새 연대장에게 동무의 뒤를 잘 보아주라고 부탁했으니까…… 그 점은 맘 놓으시오."

후임 연대장은 바로 본 연대의 중좌 부연대장으로서 방 대좌의 군교 때 후배였다.

"고맙습니다."

"섭섭은 하지만…… 또 만날 날이 있겠지."

석별의 정을 못 이기는 김봉구의 마음은 가을하고 난 목화밭처럼 쓸쓸하였다.

방효삼이 떠나간 뒤 불과 한 주일이 채 못 되어 과연 부대가 주둔지를 철거하는데, 전 사단이 연대별로 앞서거니 뒤서거니 행군을 하여 양자강가의 보산까지 나와 가지고 거기서 역시 연대별로 정박 중인 기선들에 올랐다. 방효삼의 예측이 양자강을 소상해 강서 구강에 가 내리지 않으면 바닷길을 남하해 복건 하문쯤에 가 내릴 거라더니 과연 그 예측한 대로 군대를 만재한 기선들은 동으로 흐르는 강물을 서쪽으로 서쪽으로 꼬리를 물고 거슬러 올라가기 시작하였다. 때는 이미 철 이른 강남의 살구꽃들이 망울지기 시작한 3월 초, 남경 중앙군교에서는 제1대대 제4중대 — 조선 학생 독립 중대 — 가 막 편성이 되었을 무렵이었다.

구강에서 배를 내린 김봉구가 부대를 따라 강서성 남부의 영풍이라는 생소한 고장에 도착하였을 때는 이미 성개한 평지꽃 사이에 분주한 벌들이 싸대고 한가한 나비들이 넘노닐고 있었다. 부대는 일로에 광창, 영도, 홍국 등 방면에서 홍군에게 얻어맞고 밀려 나오는 부상병들 사이를 비집다시피 하며 행군을 해야 하였다. 자포자기한 부상병들은 한 절반 토비로 변하여 군율을 무서워하지 않고 제멋대로들 행동하였다. 죽어나는 게 백성이었다. 연로의 백성들은 그 해를 받고도 어디 가 호소해 볼 데가 없었다.

김봉구가 영솔하는 것은 연대 본부 직속의 경위 소대였으므로 연대 본부 가까이에 있는 어느 민가에 거처를 정하였는데 그 민가의 규모란 김봉구가 생전 듣도 보도 못한 굉장한 것이었다. 돌로 언저리를 둘러쌓은 못 하나를 앞에 둔 그 집은 회색 벽돌로 지은 재래식 와가로서 칸수가 무려 100칸이 넘었다. 한집안 증조손 4대가 다 한지붕 밑에 와글와글 모여 사는데 그 숱한 4촌, 5촌, 7촌, 8촌의 집들이 다 미궁 같은 복도로 가로세로 연결이 되어 있어서 테 밖의 사람이 멋모르고 집

안에를 들어섰다가는 대번에 길을 잃고 어리뻥하게 마련이었다.

김봉구가 사람이 직실해 보이는 주인 — 40객 중년 남자에게 물어본즉 그의 말이 자기 집안의 고조인가 증조인가가 청나라 때 무슨 거인인가 진사인가였다는 것이다. 대문 앞에 아직도 서 있는 무슨 깃대 같기도 하고 돛대 같기도 한 것이 바로 그때의 유물이라는 것이다.

"그래, 여기두 공산당이 왔었소?"

"네, 들락날락했지요."

"들락날락했다……. 그래, 공산당이 어떻습디까?"

"글쎄요." 하고 주인은 김봉구의 눈치를 살피며 뒤를 사렸다. 말을 묻는 것이 국민당 군대의 장교인데 조심을 하는 것도 무리가 아니었다. 겁이 아니 날 리 없었다.

"괜찮소. 염려 말구 아는 대루 이야기하우."

김봉구가 부드러운 말로 그 마음을 풀어 주었다.

"우리네야 그저 땅이나 파먹구 사는 게…… 별일 없었지요."

"이 집안사람은 다들 무사했던 모양이구려?"

"웬걸요, 큰댁에서는 뽕이 빠진 걸입죠."

"뽕이 빠져? 그건 어째서?"

"큰댁이야 대지주가 아닙니까……. 공산당이 대지주하구는 앙숙이에요."

"그럼 댁은 뭐요? 댁두 그 한집안이 아니요?"

"웬걸요. 집안은 한집안이라두, 우리네는 거의 다 큰댁의 땅을 얻어부치는 작인들인걸요."

"그럼 제 땅 가진 사람은 하나두 없소, 그 겨레붙이 중에?"

"왜요, 땅마지기나 가진 사람두 더러 있습지요. 그렇지만 어디 변변들 합니까. 그런 건 공산당이 건드리지두 않아요."

"그럼 다 같은 한집안이라두…… 잘사는 집이 있구 못사는 집이 있
다는 말이구려?"

"그야 물론 그렇습지요. 다 제각기 타구난 팔자인걸요."

김봉구는 속이 답답해 더 데리고 이야기할 맥이 없었다. 자신의 고
된 운명을 하늘이 지어 준 천명으로 알고 순순히 받아들이고 있는 그
농민을 눈앞에 보기가 마음 괴로와서였다.

"자, 이 권연이나 한 대 피우시우." 하고 김봉구가 권연갑을 꺼내어
한 가치 뽑아 주니 그 농민 숙명론자는 "천만에, 천만에!" 하고 손을 홱
홱 내젓고 "어서 나리나 피웁쇼. 저희야 이게 있는뎁쇼." 하고 목덜미
에 꽂았던 곰방대를 뽑아내었다. 곰방대에는 담배쌈지가 제창 매달려
있었다.

"그들네 군대가 지금 있는 데가 예서 얼마나 되우? 머우?"

"글쎄요…… 광창에두 있구 용강에두 있고 백운산 근처에두 있구
다 있다는데, 저희야 잘 모릅지요."

"아무튼 그리 멀지는 않겠구려."

"멀잖을 뿐입니까. 마파람이 불 때는 대포알 터지는 소리가 다 들리
는 걸입쇼."

김봉구는 인제 자신이 혁명 근거지 가까이까지 와 있다는 새로운 감
각에 몸속의 시위가 팽팽히 켕기는 것을 느꼈다.

전선에서는 부상병과 함께 전사자들의 시체가 육속 후송이 되어 오
는데 북위 27도 — 광동이 가까운 곳이라서 그런지 이제 겨우 춘분이
지났는데도 날씨가 어쩌나 더운지 이른 아침에 맞아 죽은 시체가 늦
은 아침때만 되면 벌써 시취를 풍기는데 그 입과 코와 눈에 심악스러

운 청파리 떼가 한창때 뽕나무에 오디 열리듯 하여 보는 사람의 몸에 소름이 끼치었다.

김봉구가 실전에 참가해 보기는 이번이 생후 처음이라 피투성이 된 부상병과 밀랍을 부어 만든 탈 모양 해쓱하게 핏기 거둔 시체의 얼굴을 눈앞에 볼 때 자연 송구한 마음이 없지 않았다. 군관학교에서 연습 때 '적'을 포위, 섬멸하던 것과는 너무나 차이가 있었던 것이다. 그 대부분이 근로인민의 자제들인 국민당 군대의 병사들이 다치고 병신 되고 죽고 하는 것이 모두 자신들의 이익을 위해서가 아니라 그와 정반대라는 것을 김봉구는 잘 알고 있는 까닭에 그들을 보기가 어지간히 민망하였다.

이날 사단 참모장 위 소장이 연대에 내려와 전원 육칠십 명의 장교를 서늘한 숲속에 모아 놓고 훈유를 하였다. 김봉구는 제일 낮은 계급 — 소위 소대장이었으므로 명색 없이 한쪽 옆대기에 가 붙어 앉아 들었다. 위 참모장은 키가 작달막하고 얼굴이 가무잡잡한 안휘 사람으로 역시 황포 출신인데 말하자면 을급 반공 분자쯤 되는 인물이었다. 말주변도 좀 있는 축이었다.

"빨갱이하구 어우르는 데 있어 우리가 언제나 꺼리는 것이 바로 그 자들의 유격전술이요. 빈대 새끼들처럼 낮에는 어느 구석에 가 들어 박혔는지두 모르게 들어박혔다가 밤에 사람이 고단해 잠을 좀 잘라 하면 살금살금 기어 나와 물어떼는데 이거야말루 사람이 죽을 지경이란 말이요. 포위 소탕 작전을 벌인다는 게 말하자면 주먹으로 바람을 치는 거나 마찬가지지…… 무슨 반응이 있어 줘야지, 그저 밤낮 허탕만 치다 만단 말이요. 그런데 이자들이 이번에 무슨 귀신이 씌었는지 우리하구 맞서서 진지전을 벌이겠다는구먼. 이게 그래 하늘이 우리를 굽어살핀 게 아니구 무어요. 버마재비가 수레바퀴를 막아 보겠다는 수작이지. 그러니 이번에 놈들의 소굴을 쑥대밭을 만드는 건 땅 짚구 헤엄치기요. 하하, 어느 분이 그런 꾀를 내셨는지 그 분이야말루 우리 당국에 유공한 공신이요."

위 참모장은 자신이 가장 재미나는 말을 한 것처럼 흥이 나 콧방울을 벌름거리며 웃었다. 근청하던 장교들 속에서 박수 소리가 일어났다.

"그러니 여러분, 이번 기회에 우리는 수령님의 은덕에 보답을 하기 위해 있는 힘을 다합시다. 이상!"

장교들은 일제히 기립하여 다시 한번 박수를 보내었다.

참모장의 훈유가 있은 뒤 사흘째 되는 날 김봉구의 소속한 부대는 불시에 주둔지를 철거하고 동남 방향으로 전비 행군을 시작하였다. 전비 행군을 한다는 것은 곧 수시로 적과 맞다들 염려가 있음을 의미하는 것이다.

석마라는 그리 높지 않은 산밑의 그리 크지 않은 촌락까지 와 가지고 부대는 행군을 멈추고 설영을 하였다. 김봉구가 집 그늘에서 통신병들이 전화줄 늘이는 것을 보고 섰는데 산밑의 소로길로 패잔병을 방불케 하는 한 소부대가 질서 없이 내려왔다. 적에게 몹시 얻어맞은 꼴이다. 군모를 어다다 잃어버렸는지 맨머릿바람으로 오는 놈에 총도 없이 맨몸으로 절뚝거리며 걸어오는 놈에 곁부축을 받으며 겨우 발을 떼어 놓는 놈에…… 별의별 놈이 다 있는 가운데 혼자서 소총 서너 자루를 양어깨에 갈라 메고 입에다 권연을 꼬나물고 저의 집 마당 안을 돌아다니듯이 예사롭게 걸어오는 놈도 있었다. 꼴을 보아하니 김봉구네 부대는 그것들을 교대해 주러 온 모양이었다.

그 무질서한 소부대가 마을 안에 들어오더니 대오를 영솔하는 젊은 장교가 뒤를 돌아보고 "각 분대 분대장, 여기서 잠시 쉬어 간다!" 소리 친 뒤 곧 군모를 벗고 손수건을 꺼내더니 이마의 땀을 닦았다.

그 장교의 목소리가 어쩐지 귀에 익어 김봉구가 다시 보니 과연 아는 사람이다.

"여, 구소림!"

김봉구의 부르는 소리를 듣고 그 장교는 한 손에 군모를 들고 또 한 손에는 손수건을 든 채 김봉구를 돌아보다가 "아, 호철명!" 알아보고 얼른 군모를 다시 쓰고 손수건을 호주머니에 밀어 넣으며 쫓아와 김봉구의 손을 열렬히 잡아 흔들었다. 신장 1미터 80의 전봇대 같은 구소림 소위는 강서 남창 사람으로 김봉구의 중앙군교 동창이었다.

"너희냐, 우리를 교대해 주러 온 게?"

"아마 그런가 보다."

"이게 글쎄 무슨 놈의 지랄이냐…… 동족상쟁!"

"왜?"

"왜? 망태기판이야 망태기판!"

"몹시 얻어맞았니?"

"좀 봐라, 저 꼴들." 하고 구소림 소위는 손을 들어 제각기 그늘을 찾아 들어가 가로세로 드러누운 기진맥진한 부하들을 가리켜 보였다.

"그러나 아무튼 네가 무사한 것만은 다행이다."

"무사 안 하면 어떡해? 난 벌써 약혼했어. 약혼을 했단 말이야. 결혼 두 하기 전에 저승 행차를 하면…… 꼴 참 좋겠다, 제기."

"이쁘냐?"

"뭐가? 아." 하고 깨닫고 구소림은 싱긋 웃고 "쏠쏠하지. 너는?" 하고 되물었다.

"나? 난 아직 없다. 너 하나 소개해다구."

"거짓말! 정말이냐?"

"내가 언제 너하구 거짓말하던?"

"하나 있긴 있다. 내 사촌 누이동생인데…… 만창에서 지금 소학교 선생 노릇 한다. 가만 좀 있거라. 사진이 내 여기 어디 있을 텐데." 하고 성미 빠른 구소림 소위는 부산히 군복 호주머니를 뒤져 수첩 하나를 꺼내더니 그 갈피에서 2촌짜리 사진 한 장을 꺼내 주었다.

"어떠냐, 미인이지? 스물한 살이다. 구혜원. 어떻냐?"

김봉구가 받아서 들여다보니 사진 속에는 치파오를 입은 단발 미인 하나가 좀 부자연스레 미소를 짓고 있었다.

"네 꺼두 좀 보자."

"내 꺼 말이야, 가만있거라."

이번 것도 역시 치파오를 입고 단발을 하였는데 자색은 먼저 것만 좀 못하였다.

"어떠냐?"

"응, 그럴듯하다."

사랑에 어두운 구소림의 눈에는 저의 사촌 누이동생만 퍽 못한 약혼녀의 얼굴이 20세기의 서시 양귀비로 보이는 모양이라 김봉구는 구태여 바른말을 하지 않고 적당히 얼버무렸다. 구소림은 좋아서 더운 날씨도 잊어버리고 싱글싱글 웃으며 "시 상회 회장의 막내딸이다. 5단위 숫자의 지참금이 딸린 아가씨다. 경쟁자가 어찌나 많은지…… 넨장, 애먹었다." 하고 자랑을 늘어놓았다.

알고 보니 구소림의 염전 사상은 즉 그가 전쟁을 싫어하는 까닭은 제가 전장 귀신이 되면 5단위 숫자의 지참금이 다른 놈의 차지가 될까 봐서였다.

"너 여기서 하룻밤 묵어가라. 오래간만에 만났는데, 같이 한잔해야지."

"안 되여, 안 되여. 우린 해 있어서 등전까지 가야 해. 남창 우리 집 주소를 적어 주께, 거기다 편지해라. 나한테 꼭 전한다. 섭섭하지만 이담에 다시 만나자. 내 우리 사촌 누이동생에게 네 이야기를 하마. 그 애가 나한텐 절대루 복종한다. 그러구 너 조심해라. 장교인 것만 알면 그놈들 소총, 기관총 몰방을 퍼붓는다. 우리 연대에서두 벌써 여럿이 죽었어. 너 왕수전이 알지? 산동 놈 말이야. 그 애두 바로 요 나달 전에 죽었다. 개죽음 아니냐? 조심해."

구소림이 저의 패잔병 쉼직한 대오를 다시 불러 모아 데리고 등전 방향으로 떠나가는 것을 길가에 서서 점도록 바라보다가 김봉구는 머리를 설레설레 젓고 돌아서며 "사촌 매부?" 한마디 뇌고 씩 웃었다.

이삼일 지나서 칠팔 마장, 팔구 마장씩 앞에 나가 있는 각 중대는 벌써 홍군과의 접촉에서 사상자가 나고 또 노획물들도 있었으나 연대 본부에 딸린 경위 소대는 불의에 대처할 준비만 갖추었지 정작 홍군은 그림자도 구경을 못 하였다. 김봉구가 5만분의 1 지도를 펼쳐 놓고 골똘히 들여다보며 아무리 연구를 하여도 혁명 근거지로의 탈출이란 막연하기만 하였다.

연대 본부의 뢰가 성 가진 호남 사람 중위 부관 하나가 무슨 말을 이르러 왔다가 살금살금 잠자리 잡는 걸음걸이로 등 뒤까지 와 가지고 갑자기 어깨를 탁 치며 "이 사람이 갑자기 작전참모가 되려는가!" 하고 웃었다.

"아, 뢰 형. 어서 앉으라구."

뢰 부관이 김봉구의 끌어당겨 주는 걸상에 턱 와 걸터앉자 단바람에 푸념을 하였다.

"이거 제기, 어디 해 먹겠나. 두메산골에 들어와서 재미 붙일 게 무어 하나나 있어야지. 계집이란 것두 상판대기 반반한 건 하나두 없구. 넨장할."

"그래 여태 사크(콘돔)를 하나두 못 팔아먹었어?" 하고 김봉구가 웃으니 뢰 부관은 권연갑에서 권연 두 가치를 꺼내어 한 가치를 김봉구를 주며 "하나두 못 팔아먹기야 왜…… 더러는 팔아먹었지." 하고 마주 웃었다. 그리고 "불." 하니 김봉구는 성냥을 그어서 "자." 하고 먼저 뢰 부관에게 대 주었다.

뢰 부관은 군관학교 때 김봉구의 2년 선배였다. 그는 전형적인 국민당 군대의 장교로 언제나 멜가방 속에 화류병 예방으로 사크를 서너 다스씩 준비해 가지고 다녔다. 그의 말에 따르면 이 넓은 중국 땅의 어드메를 가나 배갈, 땅콩, 갈보 이 세 가지는 꼭 있다는 것이었다. 따라서 술과 노름과 오입질은 사실상 그들의 생활 내용의 팔구십 퍼센트를 차지하고 있었다. 그들에게 있어서 전쟁이란 벼슬이 오르기 위한, 돈을 벌기 위한 한낱 수단에 불과하였다. 정의의 전쟁이니, 비정의의 전쟁이니 하는 따위는 애당초부터 생각도 해 본 적이 없었다. 춘추시대의 전쟁관을 그들은 고스란히 계승하고 있었다(거금 2천여 년 전에 공자가 말하기를 "춘추시대에는 의로운 전쟁이 없었다."고 하였다).

"이봐 호 씨, 내 하나 소개해 주까?"

"그만두어. 난 지도 들여다보는 재미가 제일이야."

"저런 사람 좀 보아. 그런 고행승적 수업은 빨갱이들이나 하는 거라니. 인간 일생이 얼마나 된다구 그렇게 고지식쟁이 노릇을 하나, 사람두……." 하다가 뢰 부관은 갑자기 목소리를 줄여 가지고 귓속말하듯

"최고두 오입질을 하다가 부인에게 들켜서 손이야 발이야 빈 게 한두 번이 아니래여." 하고 싱글싱글 웃었다.

최고란 장개석을 지칭하는 것이고 또 부인이란 송미령을 지칭하는 것이었다.

"그래서 임자두 그 본을 따는 건가?"

"아, 우리야 그분의 제잔데 어떻게 그 본을 안 따나?"

"그래, 그분이 너더러 작전지도 대신에 사크를 짊어지구 다니라던?"

"응, 그러더라. 왜?"

두 사람은 서로 마주 보며 한바탕 웃어 대었다.

"이봐, 부상병들 노나주라는 위문품이 한 차 왔다. 소고기통졸임, 과일통졸임이 가뜩하더라. 이따 어둡거든 슬그머니 와 좀 갖다 먹어라. 그걸 일러 주러 왔다."

"고마워. 그렇지만 부상병들 노나주라는 걸 내가 어떻게……."

김봉구가 말하는 중간에 뢰 부관이 벌떡 일어서며 "임마, 우리는 중앙군의 장교야! 구세군 예수쟁이가 아니야. 총을 팽개치구 마작쪽을 걸머메구 도망질치는 놈들을, 개콧구멍같이…… 위문은 다 무어야." 말하고 밖으로 나가다가 고개를 돌이키고 "이따 올 때 저레 잡낭(즈크로 만든 멜가방)을 두어 개 메구 오나." 하고 말을 일렀다. 하긴 김봉구도 화선에서 도망쳐 나오는 놈들이 총과 탄약을 버리고 전대에 담은 마작쪽만 걸머멘 것을 본 일이 있었다.

뢰 부관은 학교를 나온 지 불과 이태 남짓한 동안에 벌써 부관 노릇에 미립이 났다. 전형적인 중앙군의 장교로 되었다.

뢰 부관이 돌아간 뒤에 김봉구는 다시 지도를 들여다보다가 방 대좌의 하던 말이 생각나 저도 모르게 고개를 끄덕끄덕하였다. 그때 방 대좌는 "탈출이 그렇게 여의할까?" 하고 고개를 비틀었다. 김봉구는 속으로 '방 대좌의 말이 과연 옳았구나!' 하고 탄복을 하였다.

어떻게 하면 화선에를 좀 나가 볼 수 있을까, 하고 김봉구는 여러 가지로 궁리해 보았으나 도무지 좋은 꾀가 머리에 떠올라 주지를 않았다. 겹겹이 늘어진 적아의 경계선을 뚫고 허턱대고 남쪽으로 남쪽으로 내뺄 수는 없는 일이었다. 그렇게까지 동경하는 혁명 근거지가 엎어지면 코가 닿을 만한 거리에 있었다. 그렇건만 갈 수가 없으니 정말 지척이 천 리로 안타깝기 짝이 없었다.

김봉구가 하루하루를 초조하게 보내는 중에 뜻밖에 사건 하나가 생겼다. 김봉구 수하에서 제일 똑똑한 랑가 성 가진 분대장이 다저녁때 어딘가 모르게 좀 수상스러운 데가 있는 행인 하나를 검문하다가 종내 의심이 풀리지가 않아 소대 본부까지 연행을 하였다. 김봉구가 보니 그 연행되어 온 사람은 서른 전후의 허름한 농민 차림을 한, 보따리 하나를 손에 든 말라쟁이인데 등 밀려 들어와 장교 앞에 서자 촌닭 관청에 잡아다 놓은 것 모양 어리둥절해하였다.

김봉구가 분대장을 시켜 걸상 하나를 들어다가 그 사람을 앉힌 뒤에 으르딱딱거리지 않고 "겁내지 말구 차근차근 묻는 말이나 대답을 하시오. 대체 어디 사는 무엇 하는 사람인데, 어디를 가는 길이요?" 온언순사로 말을 물었다. 그제야 그 사람은 마음이 좀 가라앉는 듯 떠듬떠듬 묻는 말에 대답을 하였다.

"네, 나리. 저는 저 낙안…… 낙안 아시지요? 네, 그 낙안에 사는 농군입니다요. 엊저녁에 큰삼촌의 통부를 받구 지금 부랴부랴 초상 치르러 가는 길입니다요……. 네, 나리."

말하며 그 농민은 죄송스러운 듯이 걸상에 앉은 채 허리를 굽석굽석

하였다.

"그 삼촌네가 어디 사는데?"

"네, 나리. 저 황파에서 농사를 짓습지요."

"황파? 아니 황파라면…… 적구가 아닌가!"

"글쎄올시다. 저희야 그런 걸 뭐 압니까? 아무 데나 일갓집이면……
서루 오가는 겁지요……. 네, 나리."

"음. 그래, 당신 성이 뭐요?"

"저 말입니까? 네, 저는 랑가올시다. 우리 거기는 랑가가 많습지
요…… 네, 나리."

김봉구와 랑 분대장이 한번 마주 보고 다 같이 빙그레 웃었다. 모르
고 일가를 잡아들인 것이 우스워서였다.

"그 보따리를 끄르시오. 뭐가 들었나 좀 봅시다."

"네네, 고대 분대장님께서 다 뒤져 보셨는뎁쇼……. 네, 나리……."

끌러 놓은 보따리에는 초상 치르는 데 쓸 것인 듯싶은 백포 한 필과
길에서 요기할 미싯가루를 담은 조꼬만 자루 하나 그리고 갈아입을
옷 한 벌과 헝겊신 한 켤레가 들어 있을 뿐, 의심쩍은 것은 아무것도
없었다.

김봉구가 랑 분대장을 보고 "다 뒤져 봤다구?" 하고 물으니 성질이
깐진 랑 분대장은 "네, 한번 뒤져 보긴 했습니다만……." 하고 대답은
하면서도 의심이 다 풀리지는 않는 얼굴이었다. 김봉구가 다시 그 농
민에게 "몸에 지닌 것두 한번 다 좀 내놔 보시오." 하고 명령하니 "네,
나리." 대답하고 농민은 곧 왼쪽 호주머니에서 때 묻은 무명 수건 하
나를 꺼내 놓고 또 오른쪽 호주머니에서 성냥 한 갑과 중국은행권 오
륙 원에다 은전 몇 잎, 동전 몇 잎을 함께 꺼내 놓았다. 그리고 목덜미

에서 담배쌈지가 매달린 곰방대를 뽑아 내놓았다. 수건은 농민이 훌훌 털어 보이고 담배쌈지는 분대장이 겉으로 한번 주물러 보고 또 아가리를 열고 손가락으로 속을 샅샅이 휘적거려 보았다.

헛물을 켠 분대장이 소대장을 쳐다보니 그 소대장 역시 덤덤히 말이 없다. 한동안 서로 마주 보기만 하다가 김봉구가 "그 보따리 도루 싸시오. 그러구 이것두 다 도루 집어넣으시오." 말하고 책장을 덮으려다가 문득 생각이 나 "아, 잠깐. 그 성냥갑 좀 봅시다." 하고 손을 내미니 "네? 아, 성냥갑……. 네, 나리. 예 있습니다." 하고 성냥갑을 건네는 농민의 손이 알릴 듯 말 듯 떨리었다. 얼굴빛이 변하는 것도 김봉구는 보았으나 농민의 등 뒤에 서 있는 분대장은 보지 못하였다.

김봉구는 대번에 '이 성냥갑에 무슨 곡절이 붙었구나!' 육감적으로 느꼈다. 김봉구가 성냥갑을 받아서 속을 뽑아 가지고 책상 위에 폭 엎으니 오소소 쏟아지는 성냥개비 속에서 똘똘 만 종이쪽지 하나가 드러났다. 김봉구가 얼른 그 쪽지를 집어서 조심스레 살살 펴 본즉 거기에는 만년필 글씨로 깨알같이 박아 쓴 글자가 빼곡하였다. 분대장이 눈이 휘둥그래 지켜보는 가운데 김봉구가 쪽지에 적힌 사연을 찬찬히 읽어 보니 바로 책상 너머에 앉았는 농민 — 혹은 농민 복색을 차린 사람 — 이 입이 백이라도 공산당의 연락원이 아니라고 잡아떼지 못할 증거가 드러났다.

김봉구가 쪽지를 손에 쥔 채 '삼촌의 통부를 받고 가는 길'이라던 사람을 똑바로 쳐다보니 그 사람은 이때까지 어리숙한 체하던 것과는 딴판으로 뒤에 섰는 분대장을 돌아보고 "여보, 나 목이 마르니 물이나 좀 떠다 주우. 시장해서 저레 미싯가루두 좀 먹어야겠소." 뻔뻔스러울 정도로 수월스레 심부름을 시켰다. 분대장이 억이 막혀 벌린 입을 다물지 못하는 것을 한번 보고 김봉구가 다시 그 공산당 연락원에게 "이젠 이실직고하는 게 좋잖을까?" 하고 달래는 어투로 말하니 그 사람은 대뜸 "다 알구서 무얼 또 물어? 난 인젠 할 말 다 했으니 더 묻지 마우." 하고 매몰차게 거절하였다. 김봉구가 엄포로 권총을 빼어 책상 위에 탁 놓으니 연락원은 콧방귀를 뀌고 고개를 외쳤다. 아무 때고 적에게 붙들리기만 하면 꼭 죽을 것을 각오한 사람이 아니고는 도저히 보일 수 없는 오기였다.

김봉구와 분대장은 어이없는 눈으로 서로 마주 볼 뿐. 이때 "소대장님, 저녁식사를 가져와두 좋겠습니까?" 취사병이 문 앞에 와 차렷 자세를 하고 품하여 김봉구는 "응." 대답하고 곧 분대장더러 "저 사람두 데리구 가 저녁을 먹이두룩. 그러구 감시는 엄밀히 하되 소문을 절대루 내지 말두룩. 이건 중대사니까 좀 이따 내가 연대장께 직접 가 보고해 지시를 물어 가지고 처리를 할 테니까. 알겠나? 인격을 모욕하거나 손찌검을 하는 따위의 일이 없두룩. 알겠나?" 하고 신칙하니 분대장은 윗몸을 꼿꼿이 세우고 "녜, 알겠습니다!" 대답한 뒤 다시 연락원을 보고 "자, 갑시다. 어서 일어서시오." 제법 부드럽게 가시 없는 말씨로 재촉을 하였다.

김봉구는 생각하는 바가 있어 저녁을 미리 든든히 먹었다. 다 먹고 나서 멜가방에다 필요한 물건들을 꼴딱 챙긴 뒤에 권총을 검사해 보고 또 손전등을 시험적으로 켰다 껐다 해 보았다. 그런 연후에 통신병을 불러서 백성 집에 가 마치 하나를 좀 빌려 오라고 시켰다. 열아홉 살 먹은 통신병이 득돌같이 가 마치를 빌려 가지고 와서 "어디다 못을 박으실라는지…… 제가 박아 드리겠습니다, 소대장님." 하는 것을 김봉구는 "아니, 거기 놔두구 나가 있거라. 이따 박을 때 다시 너를 부르

176

마.”하고 말하여 통신병을 물리었다.

김봉구가 방 안을 한번 둘러본 뒤 밖에 나와 등 뒤의 문을 꼭 닫고 시적시적 걸어서 연대 본부로 향하였다. 큰 농가(마을에서 내로라하는 부농의 집)에 자리 잡은 연대 본부에 들어와서 김봉구는 곧바로 연대장실을 찾아들어가지 않고 가는 길에 첫머리에 있는 부관실에를 들러 뢰 부관과 둘이서 말 살에 쇠 살에 한바탕 이야기장을 벌였다.

늘어지게 앉았다가 바깥이 아주 캄캄해진 뒤에 갑자기 생각난 듯이 “이거 내가 임자 심심풀이해 주다가 공사를 그르치겠네. 가 봐야지.” 하고 일어서니 잡소리하는 흥이 미진한 뢰 부관은 “사람두…… 급할 게 무어 있어? 어서 더 앉아 놀다 가라구.” 하고 가지 못하게 붙들었다. 김봉구가 뿌리치고 나오면서 “나랏일이 급한 때 언제 잡담할 새가 다 있어!” 하고 거짓으로 꾸짖으니 뢰 부관은 “잡소리는 제가 여태 늘어 놓구…… 누구더러 잡소릴 한대?” 하고 웃으며 “어서 꺼져라, 꼴두 보기 싫다!” 하고 손을 내저었다.

김봉구가 처소에 돌아오는 길로 곧 행군할 때처럼 멜가방을 엇메고 빌려 온 마치를 겉으로 보이지 않게 허리춤에 지른 다음 손전등을 들고 일어서서 통신병을 불렀다.

“가서 랑 분대장더러 범인을 곧 데리구 오라구 해.”

“네!”

랑 분대장이 지체 없이 결박 지운 범인을 앞세우고 들어왔다. 김봉구가 짐짓 위엄을 부리며 엄한 목소리로 “단단히 묶었나?” 하고 따지 듯이 물으니 랑 분대장은 덩달아 꼿꼿해지며 “네, 단단히 묶었습니다!” 하고 복창하듯 대답하였다.

“그럼 떠나자.”

김봉구가 일부러 신비스럽게 행선지를 밝히지 않고 범인과 분대장을 앞세우고 밖에를 나와서는 "왼쪽으루." 연대 본부로 가지 않고 반대편 — 동구길로 향하였다.

밤하늘이 서쪽 절반은 구름에 가리어 시커멓고 동쪽 절반만 별이 총총하였다. 동구 밖 물웅뎅이에서는 철머구리 우는 소리가 요란스러우면서도 또 그윽하였다. 세 사람은 묵묵히 걸었다. 어둠을 두려워하는 것은 인류가 원시사회 이전의 유인원 시기부터 이어받은 천성이다. 어두운 밤길을 향방도 모르고 남의 의지에 따라 걸을 때 누군들 무시무시한 느낌이 없으랴. 그러나 군대에서는 오직 복종만이 있어야 하므로 부하 된 사람은 상관에게 향방을 물어볼 권리가 없다. 범인이야 당연하게 저를 죽이러 가는 줄 알았을 터이지만 소대장의 의도를 모르는 분대장은 '대체 연대장에게서 무슨 명령을 받았기에 이 양반이 이러는 건가?' 속으로 어지간히 궁금하였다.

동구에 서 있는 우중충한 느티나무 밑에서 어둠 속에 몸을 숨긴 보초가 격발기를 절커덕 소리내며 "군호!" 하고 꾸짖듯이 물었다.

"청룡."

김봉구가 나직이 대답하니 보초는 갑자기 죽은 듯이 말이 없어 어둠에 싸인 사위는 또다시 괴괴해졌다.

경계선 하나는 무난히 통과하였다. 얼마 아니 가서 곧 소로길로 잡아들었다. 분대장은 긴장하여 앞세운 범인의 포승줄을 더욱 단단히 틀어쥐고 걸었다. 그 분대장의 바로 뒤를 김봉구가 따라갔다. 서너 마장쯤 왔을 때 김봉구가 허리춤에 질렀던 마치를 슬그머니 빼 드는 결로 앞에서 걸어가는 랑 분대장의 군모 쓴 뒤통수를 힘껏 내리깠다. 날벼락을 맞은 랑 분대장 — 중앙군의 중사 — 는 '악' 소리도 못 지르고 그

자리에 푹 고꾸라졌다. 그 손아귀에 단단히 틀어쥐었던 포승줄이 저절로 놓여졌다.

김봉구가 얼른 마치를 내던지고 웬 영문을 몰라 어리둥절해 서 있는 연락원에게로, 길바닥에 너부러진 송장을 에돌아 다가가며 "동무, 그 포승줄 끄릅시다." 격동적으로 말하니 묶이어서 죽으러 가는 줄만 알았던 연락원은 억이 막혀 그저 멀거니 서 있기만 하였다. 김봉구가 단단히 묶은 포승줄을 끌러 버린 뒤에 손전등으로 송장을 비추며 그 어깨에 엇멘 모젤권총의 멜빵을 재빨리 벗겨 내어 팔목을 주무르고 서 있는 연락원에게 "옜소." 하고 갑채로 건네주었다.

"자, 인제 갑시다. 나두 혁명 근거지를 찾아가는 사람이요. 어서 앞장을 서시오. 국민당 군대의 경계선을 넘는 건 내가 담당하리다. 그 외는 다 동무가 맡으시오."

이리하여 두 사람, 신문을 하던 사람과 신문을 받던 사람은 이날 밤의 군호 ― '청룡' 두 글자를 내대고 세 겹의 경계선을 별 말썽 없이 통과하여 한밤중이 채 되기 전에 국민당의 통치 구역을 벗어났다.

자욱길도 변변치 않은 나뭇길이건만 앞선 사람은 발씨가 익어서 그런지 별로 힘들지 않게 걸었으나 처음 이렇게 꼬불꼬불하고 비탈진 길을 더구나 캄캄한 밤중에 걸어 보는 김봉구는 땀을 뺐다.

"힘드시지요?"

"아닌 게 아니라 좀 뻐근하우."

"조금만 더 견디십시오. 인제 조 등성이까지만 올라서면…… 다리를 뻗구 편안히 누워 쉬실 수가 있습니다."

"걸음이 어찌나 빠른지 난 따라가기가 힘이 드우."

"그럼 이젠 서두를 게 없으니, 천천히 걸으십시다."

그 사람의 말대로 등성이에 올라서니 편편한 풀밭 하나가 나서는데 한 소대 50명 사람이 한꺼번에 다 드러누워도 넉넉할 만큼 널직하였다. 김봉구가 좋아서 "아, 이거 일등 침대 맞잡이구려!" 하고 엉덩방아를 찧으며 주저앉으니 그 사람도 따라 앉아 다리를 뻗으면서 "어서 좀 누워 쉬십시오." 하고 권하였다.

김봉구가 엉뎅이에 드리운 멜가방을 앞으로 끌어당기고 큰대자로 번듯이 나가 누워서 "동무두 어서 누우시오. 랑 동무랬지요?" 하고 물으니 그 사람이 눕지 않고 그대로 앉아서 "제 성은 진갑니다. 진시황이란 진 자, 진갑니다." 하고 웃었다.

"아까는 랑가라더니?"

"그거야 아무렇게나 쥐어친 겁지요."

"난 또 정말 랑씨라구. 하하! 그런데 왜 눕지 않소? 어서 편히 좀 눕구려."

"저는 보초를 설 테니 어서 한숨 주무십시오. 둘이 다 잠이 들면…… 만일의 경우에 어떡허겠습니까?"

"자기야 어떻게 자겠소. 좀 쉬어 가지구 또 떠나야지."

"날이 밝을 때까지는 여기서 기다리셔야 합니다."

"그건 또 어째서?"

"제가 근거지를 떠난 지가 여러 날 되는 까닭에 오늘 밤 군호를 몰라서…… 우리 편 경계선을 밤에는 못 넘어 들어갑니다. 그러니 구태여 위험을 무릅쓸 며리야 있습니까?"

"딴은 그렇겠소."

인하여 두 사람은 ― 하나는 누워서 하나는 앉아서 ― 이야기를 나누었다.

"근거지에 조선 사람이 있는 걸 진 동무 혹시 못 보셨소?"

"조선 사람 말입니까? 있지요. 우선 저의 상급부터가 조선분인걸요."

김봉구가 누가 잡아 일으키는 것처럼 벌떡 일어나 앉았다.

"그가 성명이 무어요?"

"정씨라지요. 갑을병정의 정 자 정씨랍니다."

"김씨가 아니구 정씨요?"

"네, 정씨 틀림없습니다."

"김씨 성 가진 이는 없소, 거기?"

"왜요. 서금서 언젠가 한번 무슨 대회 때 연설하는 걸 들은 적이 있는데…… 그분두 조선분이랍디다. 김 무어라던가?"

"김무정이라구 하잖습디까?"

"맞습니다, 맞습니다. 김무정…… 틀림없습니다. 김무정이랍디다."

김봉구가 진 동무의 손을 덥석 잡고 감개무량하여 외치듯이 말하였다.

"고맙소. 진 동무, 고맙소! 내가 지금 바루 그 이름…… 그 김무정을 찾아가는 길이요!"

47

서선장이가 중앙군관학교를 졸업하자 곧 대부분의 동급생들과 마찬가지로 국민당 군대의 소위로 임관이 되었다. 며칠 후에 선장이가 배속된 곳은 상해에서 서쪽으로 불과 십여 킬로밖에 안 떨어진, 대장이라는 곳에 주둔하고 있는 부대였다. 대장은 바로 3년 전인 1933년 여름에 선장이와 장준광이 상해 홍구 일본 신사에서 폭탄 사건을 일으키고 도망치다가 방효삼 대좌가 영솔하는 부대에 억류될 뻔했던 곳이다.

사단 참모장 곽 소장이 참모부에 제출된 서선장이의 임명장과 이력서를 한동안 뒤적거려 보고 나서 앞에 들어와 공손히 서 있는 신가 성가진 소좌 참모에게 "어디, 사람을 한번 불러 보까?" 하고 말하여 "네, 곧 불러들이겠습니다." 선장이는 의외롭게 또 이례적으로 참모장실에 불리어 들어오게 되었다. 사단 참모장이 새로 부임한 위관 — 대위, 중위, 소위 따위를 직접 불러 본다는 것은 매우 드문 일이었다.

신 참모에게 인도되어 들어온 선장이의 거수경례를 대범하게 받고 난 곽 참모장이 첫밭에 묻기를 "일본말을 잘한다지?" 이력서에서 알고 묻는 말이었다. 선장이가 의외의 물음에 당황하여 저도 모르게 얼굴이 붉어지며 "네……. 좀 압니다." 겸사로 대답하니 곽 참모장은 입가에 미소를 지으며 "그대네 사람은 다들 일본말을 잘하지?" 하고 신 참모와 선장이의 얼굴을 번갈아 보았다.

"네, 그렇습니다."

"잘됐어. 참모부에 마침 통역관이 부족하던 차에." 하고 다시 "신 참모." 하고 불렀다.

"네."

"신 참모 관할하에 두도록."

"네, 알겠습니다."

대답하고 신 참모는 곧 선장이를 돌아보고 "서 참모, 나를 따라오라." 하고 명령하였다.

무릇 참모부에 소속된 장교는 그 군함의 고저와 직무 여하를 막론하고 다 참모로 되는 것이 법이었다. 그래서 곽 참모장의 말 한마디로 선장이가 대번에 통역관의 직무를 맡은 소위 참모로 된 것이었으나 선장이는 다급해났다.

"참모장께 여쭙겠습니다."

"무언데?"

곽 참모장이 책상 위의 권연갑을 집어 들며 상가롭게 선장이의 얼굴을 쳐다보았다.

"저는 하부에 내려가 부대를 거느리기가 소원입니다."

참모장이 성냥을 그어 권연에다 불을 붙였다.

"그건 낭만주의라는 거야. 군교를 갓 나온 햇내기들에게 흔히 있는 몽상이야. 머리를 식힐 필요가 있어."

대수롭잖게 말하고 곽 참모장은 다시 신 참모를 향하여 "데리구 나가 잘 교육하도록." 하고 명령하였다. 신 참모는 여공불급하게 "네." 받들어 모시고 곧 선장이를 향하여 "따라오라." 하고 명령하였다.

선장이가 꼼짝 못 하고 팔자에 없는 서 참모로 되었다. 곽 참모장의 말마따나 햇내기의 몽상은 산산쪼각이 나 버린 것이다.

신 참모는 마흔이 이마 위에 와 닿은 하남 사람으로 얼굴이 약간 얽었으나 맘씨는 무던한 사람이었다. 세속적인 살림꾼 같은 인상을 주는 사람이었다. 본래는 평한선 신양역의 조역이었는데 어떻게 굴러 굴러 군대에 들어와 가지고 한때 치중대를 거느리다가 또 어떻게 어떻게 해서 참모부에 올라와 한몫을 보는 사람이었다. 그와 그의 안해는 슬하에 일남 일녀를 두었는데 딸은 신양 큰집에서 할머니와 같이 살며 초중에를 다니고, 또 아버지의 모습을 닮은 데가 하나도 없는 서너 살짜리 아들아이는 데리고 있었다. 딸은 여름, 겨울 방학 때만 와 한 달 포씩 묵어가군 하였다.

신 참모가 선장이를 자기 사무실에 데리고 들어와 걸상을 권해 앉힌 뒤에 딱딱한 군대풍이 아니고 눅직한 민간풍으로 "서 군." 하고 불러 놓고 잇달아서 사유를 설명해 들리는 것이었다.

"지금이 전시는 아니라지만서두 우리는 현재 일본 군대와 대치를 하다시피 하구 있소. 상해 북사천 거리 일본 육전대와 우리의 전초 선은 까딱하면 이마받이를 할 만큼 가까운 거리에 놓여 있소. 그런 데 적을 알아야 막기두 하고 물리치기도 하지. 일본말, 일본글을 모 르구 일본 놈하구 맞선다는 건 소경 놀음, 귀머거리 놀음을 하는 거 나 마찬가지요. 그러니 서 군의 역할이 얼마나 중요한지를 한번 생 각해 보오. 참모장 말씀대루 괜한 생각 말구 맡겨지는 일이나 충실 히 하오. 그래야 전도가 있을 테니. 알겠소?"

"네, 잘 알았습니다."

"그러구 미리 한마디 귀띔해 줄 건……." 하고 신 참모는 갑자기 목 소리를 줄이어 속삭이듯이 "사령부의 여자들…… 예컨대 타이피스트 나 교환수 따위 또는 간호원 따위의 이런 여자들은 일체 건드릴 생각 을 말구, 아예 모르는 체하구 지내시오." 하고 당부하지 않아도 좋을 당부를 하여 선장이는 그저 무턱대고 "네, 잘 알았습니다." 대답을 하 였다. 신 참모는 선장이의 대답이 건성인 것 같아서 마음이 안 놓이는 모양으로 "이건 물론 내 노파심이겠지만…… 혹시 그러다가 말썽이라 두 생기면 재미가 적을까 봐 미리 일러두는 거요. 알겠소? 여자는 얼 마든지 있으니까 구태여 손을 데기 쉬운 걸 건드릴 게 없단 말이요, 내 말은……." 하고 중언부언하였다.

"말썽이 생기다니요……. 다들 임자 있는 여자란 말씀입니까? 그렇 다면야 무어 당부하실 것두 없습지요, 누가 언감생심 남의 부인을 건드리겠습니까."

"그런 게 아니여."

"그런 게 아니라면 무업니까?"

"하, 그 사람…… 말귀가 어둡구먼그래."

"제가요?"

"그래여."

자신더러 말귀가 어둡다고 하는 말을 처음 들어 보는 선장이가 좀 얼떨떨하여 얼굴만 물끄러미 쳐다보았다. 신 참모는 답답한 듯이 "이 봐요. 내 말을 그래, 아직두 못 알아듣겠어?" 하고 입을 선장이 귀에 갖다 대다시피 하고 소근거리는 것이었다.

"유부녀는 아니지만서두 다른…… 사령부의 높은 양반들하구…….
알겠소, 인제?"

선장이가 비로소 깨도가 되는 것 같아 "아, 네. 잘 알았습니다, 이젠."
하고 고개를 크게 끄덕였다.

신 참모는 선장이의 인물이 송일엽의 말마따나 '핸섬'한 것을 보고 마음이 안 놓여 미리 예방주사를 놓은 것이었다. 젊은 여자들에게는 번쩍번쩍한 대성이 박힌 영장보다도 젊고 말쑥한 미남자가 더 빨아당 기는 힘이 있다는 것을 경험에 의하여 신 참모는 잘 알고 있는 터였다.

선장이가 신 참모(다들 그를 신 주임이라고 불렀다)의 안배로 곽 참모장의 키꺽다리 대위 부관하고 한방을 같이 쓰게 되었다. 그 부관은 성 원자 원가 성을 가진 호북 사람으로 사람이 소탈하여 신참인 선장이를 하대하지 않았을 뿐더러 얼마 오래지 않아 곧 선장이와 너나들이까지 하게 되었다.

"원 형두 원세개네 일가요?"

선장이가 웃으며 물어보니 "아니야, 아니야. 아무 상관두 없어." 하고 도리머리를 흔들었다.

"그래두 같은 원씨가 아니요?"

"원씨는 같은 원씨라두 원세개는 하남 원씨구 우리는 호북 원씨야. 아주 달라."

"그래, 원 형은 원세개를…… 좋은 사람으루 보우, 나쁜 사람으로 보우?"

"그걸 몰라서 묻나?"

"난 또 같은 원씨라구 좋게 말할 줄 알았지."

"다들 나처럼만 대공무사하라구 해."

원 부관이 흰목을 쓰며 선장이의 어깨를 툭 쳤다.

"나 갓 왔을 때 신 주임이 사령부의 아가씨들은 애당초부터 거들떠볼 생각도 말라구 단단히 신칙합디다. 그래서 난 지금두 그 아가씨들이 저 20미터 밖에만 지나가두 속이 떨려 한참씩 서서 진정을 해야 하우."

"에끼!" 하고 원 부관이 고개를 뒤로 젖히고 천장을 쳐다보며 하하 웃어서 선장이도 한바탕 따라 웃었다. 웃음을 거둔 뒤에 원 부관이 싱글거리며 사령부의 내막을 들추어내었다.

"신 주임이 그러는 데는 까닭이 있어. 전에 한번 혼이 났거든."

"무슨 혼이 어떻게 났단 말이요?"

"임자 오기 전에 여기 대위 참모 하나가 있었는데…… 바루 그 침대야, 그 친구 쓰던 침대. 그 작자가 속은 텅 비었어도 허울만은 잘 썼거든. 멋이 있지. 한데 이치가 언감생심 우리 그 타이피스트를 건드렸네그려. 어방없는 놈이지. 그 기집애는 바루 곽 참모장의 요거야." 하고 원 부관이 새끼손가락 하나를 내들어 보였다.

"그게 무슨 뜻이요?"

"아, 요것두 몰라?" 하고 원 부관은 뻗친 새끼손가락을 내흔들어 보였다.

"딸?"

원 부관이 고개를 가로흔들었다.

"그럼 조카딸? 며느리?"

"에끼, 이 풋병아리! 첩두 몰라? 첩…… 소첩."

"아, 첩!"

"사령부의 기집애들은 거의 다 그러그러한 분들의 요거야." 하고 원 부관은 또 한 번 첩의 대명사로 쓰이는 상징물 — 새끼손가락을 내보이고 나서 다시 말을 이었다.

"그러니 얼마나 경제적이야. 따루 살림 차리느라구 돈을 들일 것두 없이 국가 돈으로 제창…… 히히! 한데 그것들의 정조대를 감독할 책임을 진 게 바루 신 주임이거든. 그것들의 정조대가 뒷구멍으루 열리면 신 주임의 모가지가 간댕간댕하는 판이야. 그래서 임자의 얼굴을 보구 마음이 안 놓여 미리미리 신칙을 해 둔 거여."

"하하! 그런 판국이었구먼."

"이젠 알았지."

"잘 알았소. 그런데 그 대위 참모는 어떻게 됐소?"

"어떻게 될 것 있어? 대번에 쫓겨났지. 지금 저 488연대에 쫓겨 내려가 중대장 노릇을 하구 있어."

"아니…… 중대에 내려가 대오를 거느리는 게 그래, 쫓겨 내려가는 거요?"

"그럼 그게 임자 생각엔 승진 같습나? 영전 같습나?"

"원 형의 말대루 하면 그럼, 일선에서 멀어질수록 승진이겠구려?"

"더 말할 것 있나. 위원장이 그래, 대장 거리에 있어 남경에 있어?"

위원장이란 군사위원회 위원장 장개석을 말하는 것이다.

"난 그래두 아래 내려가 대오를 거느리구 싶은걸."

"유치원생!" 하고 원 부관은 삿대질하며 선장이를 비웃었다.

그러나 아무튼 선장이는 원 부관을 통하여 많은 것을 배웠다. 견식을 넓혔다. 세상을 알았다.

이날 선장이가 책상 위에 상해에서 발간되는 일문 신문 〈상해신문〉을 펼쳐 놓고 요점을 발췌하고 있을 때 원 부관이 바쁜 걸음으로 무엇을 가지러 들어왔다가 나가는 길에 선장이 귓전에 대고 "난쟁이가 온대여." 하고 속삭여서 선장이도 덩달아 가는 목소리로 "난쟁이가 와? 어떤 난쟁이가?" 하고 물었다.

"진난쟁이가 온대여."

"진난쟁이? 진난쟁이가 누구야?"

원 부관은 얕보듯이 입을 실쭉하고 "진난쟁이두 몰라?" 하고 게먹었다. 선장이가 만년필을 손에 쥔 채 뻔히 쳐다보기만 하니까 원 부관은 곧 다시 "진성이를 몰라, 진성이? 군관학교 때 못 봤어?" 하고 깨우쳐 주듯이 말하였다.

"오, 진성이…… 진성이야 봤지. 여러 번 봤지. 그가 여기를 온다는 거요?"

"응. 내일 오전에 왔다가, 당일치기루 돌아갈 모양이야."

"무엇 하러 온다는 거요?"

"무엇 하러는 무슨 무엇 하러야, 시찰 오지."

"그럼 원 형 또 곤두박질칠 일이 났구려."

"나는 곤두박질치구…… 임자는?"

"나야 무어 하우? 한낱 소위 참모쯤이야, 깨알같이 어느 구석에 가 처박혔는지두 모를 판인데."

"그늘의 개 팔자 아니야?"

"아마 그런가 보우."

원 부관이 다시 간특스럽도록 가는 목소리로 "이봐, 뉴스가 하나 있어." 하고 눈웃음을 쳐 선장이는 "뉴스? 어떤?" 하고 귀가 솔깃해졌다.

"톱뉴스."

"글쎄, 어떤 톱뉴스?"

"사령부의 기집애들을 내일 새벽 몽땅 상해루 들여보낸다는 거요…… 하루 휴가."

"갑자기 그건 또 왜?"

"진난쟁이가 군복 입은 여자를 제일 싫어한다는구면. 파마하구 뾰족구두 신구 군복 입은 여자만 보면 대번에 오만상을 한다지 뭐야. 별 놈의 병두 다 많지. 제 딴에는 요망스럽다는 거겠지 아마. 그래서 눈앞에 그런 게 얼씬 못 하게 내일 하루 몽땅 시내루 피접을 보낸대여."

"그거 잘됐군. 원 형더러 데리구 다니기까지 하랬으면 더욱 좋았을걸."

"누가 아니래여."

원 부관은 너털웃음을 웃고 부지런히 볼일을 보러 나갔다.

점심때 선장이가 방에 돌아와 군복을 벗어 걸고 침대에 누워 잠 한숨 자 볼까 하는 참에 원 부관이 큼직한 수박 한 덩이를 안고 들어왔다.

"어서 일어나, 수박이나 좀 먹자구. 목이 컬컬해 죽겠는데."

선장이가 침대에 일어나 앉으며 "점심은?" 하고 물으니 원 부관은

"먹었어." 대답하며 수박을 책상 위에 털렁 내려놓았다.

"칼 있지?"

"아."

수박을 타 가지고 한바탕 먹고 난 뒤 길게 숨을 한번 몰아쉬고 "일복을 타구났나, 쥐뿔두 생기는 것은 없이…… 넨장." 하고 원 부관이 푸념을 하였다.

"무척 바빴던 모양이구려."

"부관 노릇은 아예 해 먹을 게 아니야."

선장이가 물수건으로 손을 닦으며 "좋기야 참모장 노릇이 더 좋겠지." 하고 웃음의 소리를 하니 원 부관은 수박물 묻은 손을 선장이 물수건에다 덧붙이기로 닦으면서 "나더러 하라면 못 할 줄 알아? 참모장은 고만두구 사단장을 하래두 하겠다." 하고 흰소리를 쳤다.

"하기야 한 20년 근사를 모으면…… 될 수두 있겠지."

"20년? 사람 성말라 죽으라구!"

"그럼 내일 진난쟁이가 오거든 말해 보구려. 당장 좀 어떻게 해 달라구…… 하루가 새롭다구."

"그래 보까."

실없는 말을 지껄이는 동안에 원 부관의 찌뿌드드하던 기분이 한결 개운해졌다. 그는 워낙 좀 변덕스럽고 또 수다스러운 편이었다.

"488연대로부터 시작해 여섯 개 연대에 싹 다 기별을 해 주었다, 뒷길루…… 넨장할 것."

"무얼 말이요?"

"오후에 사령부에서 점검을 내려가니 그리들 알라구."

"점검은 왜 또 불시에?"

"난쟁이가 오면 수행원들이 중대에 내려가 예고 없이 점검을 해 볼 확률이 높으니까…… 미리미리 밝혀 두자는 게지. 뒤가 언제나 칩칩들 하니깐 두루."

"뒤가 칩칩하다니…… 무슨 뜻이요?"

"각 중대의 급양병력이 언제나 차가 난단 말이여."

"급양병력이 차가 나…… 그건 어째서?"

"그건 어째서?" 하고 한 번 뇌고 원 부관은 "그래야 먹을알이 있지, 이 멍텅구리!" 하고 다 닦은 물수건을 선장이에게 콱 던졌다.

"급양병력이 차가 나야 먹을알이 있다? 도무지 모를 소린데."

"이봐, 가령 한 중대의 급양병력을 100명이라구 하자. 그럼 군수처에 내려보내는 급양두 100명분이겠지?"

"그야 물론 그렇겠지."

"그럼 먹을알이 무어 있어, 딱 들어맞는데?"

선장이가 그 말의 뜻을 해득 못 하고 눈만 깜박깜박하는 것을 보고 원 부관은 제물에 "가령 급양병력 명단에는 100명으루 돼 있는데, 실급양 인원은 90명이라면…… 어떻게 되겠나?" 하고 힌트를 주었다.

"열 명분이 남겠지."

"열 명분이 남지? 그게 바루 먹을알이야! 인제 알겠나?"

선장이가 기가 차서 한동안 벌린 입을 다물지 못하였다.

"그럼 우리 사단의 실급양 인원은 모두 얼마나 되는 거요?"

원 부관은 싱글싱글 웃으며 손가락으로 천장을 가리켰다.

"그건 저 위에 계신 하느님밖에 모른다구. 전사자가 나두 열이면 두셋밖에 보고를 안 하니까 급양병력 명단에는 언제나 유령인구가 가뜩하지. '죽은 넋'이 가뜩하단 말이야."

"그럼 점검 때 들통이 나면 어떡허우?"

"그러게 내가 뒷길루 기별을 해 주었다잖아, 점검을 내려간다구."

"아무리 기별을 해 준대두 없는 사람이야 어디서 나우, 갑자기?"

"저런 멍텅구리! 꾸어 오지도 못해?"

"꾸어 오다니…… 어디서?"

"한 대대가 네 개 중대씩인데, 그 네 개 중대를 한꺼번에 다 점검한다는 수야 없겠지? 그러니까 각 중대가 뒷구멍으루 엇갈아 사람을 빌려 오구 빌려주구 하면 될 것 아니야. 명단에 오른 만큼 인원수를 채워 놓기만 하면 되는 거니까. 그러게 내가 미리 뒷길루 기별을 안 해 주면, 영낙없이 그것들은 앉은벼락을 맞아. 군법회의가 가래지. 그렇지만 초록은 동색이 아닌가. 서루 도와주지 않으면 이 세상을 살아나가기가 고되거든. 아무도 월급만 바라구는 못 살아, 사람이 들피가 진다구. 이게 바루 인간세상이라는 거야……. 알았나, 풋병아리? 장 위원장은 당당히 300만 대군을 거느린다구 뽐을 내지만, 속내를 아는 사람이 보면 웃음거리여."

1936년도 그럭저럭 마지막 달에 접어들어 대장 거리의 가로수들이 볼품없이 앙상하게 가지만 남았다. 눈 같지도 않은 눈이 첫눈이랍시고 한번 내리기는 하였으나 한낮이 채 못 되어 자취 없이 다 사라져 버려 땅거죽이 약간 눅눅할 뿐이었다.

선장이가 새로 맞춘, 술가리에 남색 테를 두른 카키색 외투를 입고 나서니 제가 보기에도 멋이 찔찔 흐르는 것 같았다. 처음 입어 보는 것이다. 위관은 외투에 남색 테를 두르고 좌관은 노랑 테를 그리고 장령은 빨간 테를 각각 두르는 것이 군의 규정이었다. 남색 테가 노랑 테로 바뀌재도 어렵지만 노랑 테가 빨간 테로 바뀌기는 더욱 힘이 들었다.

그래서 원 부관이 선장이에게 "저 신 주임 좀 보라구. 한뉘 노랑 테를 벗어나지 못한다니까. 빨간 테는 아예 사주팔자에두 없나 봐." 하고 비웃은 적이 있었다. 그때 선장이가 "남의 걱정은 고만하구 원 형이나 어서어서 노랑 테를 좀 둘러 보구려." 하고 빈정거렸더니 원 부관은 대번에 미간을 찡그리며 "내야 벌써 둘렀어야 할 건데…… 그 깍쟁이가 생전 어디 급을 올려 줘야 말이지." 하고 참모장을 원망하였다.

선장이는 대장 거리에 부임한 뒤로 애인리 42호를 한번 찾아볼 마음이 긴하였으나 지난 3년 동안에 가까스로 가라앉혔을 송일엽의 마음을 또다시 흔들어 놓을까 저어하여 감히 찾아볼 엄두를 내지 못하였다. 그래서 상해 서남쪽에 위치한, 청포에 주둔하는 부대에 소대장으로 복무하는 장준광에게서 둘이 같이 애인리 42호를 한번 방문하자고 편지가 온 것도 완곡히 사절을 하였다.

이러한 어느 날 사령부의 상층들이 갑자기 얼굴가죽이 꽛꽛들 해 가지고 빙하기를 만난 맘모스처럼 술렁술렁들 하였다. 원 부관이 주막집 강아지처럼 들이뛰고 내뛰고 하는 것을 보면 또 무슨 심상찮은 일이 난 것이 분명하였다. 선장이가 슬그머니 복도에 나와 섰다가 참모장실에서 손에다 전보발신지를 들고 정신없이 달려 나오는 원 부관의 어깨를 툭 쳤다.

"대체 무슨 일이요?"

원 부관이 무춤하고 재빨리 앞뒤를 한번 둘러보더니 "서안에서 장학량이가 반란을 일으켰어. 장 위원장을 잡아 죽였어. 말조심해!" 귀띔해 주고 부리나케 현관으로 달려 나갔다.

선장이는 너무나 엄청난 소식에 어안이 벙벙하여 장승같이 복도 한가운데 서 있기만 하였다.

"아저씨!"

등 뒤에서 부르는 소리가 나길래 선장이가 돌아보니 신 주임의 네 살짜리 아들아이가 반갑다고 두 팔을 벌리고 달아오고 있었다. 아이가 워낙 소명하여 누구에게나 귀염을 받는 까닭에 무서운 것이 없어 '한 인물입'의 패찰이 나붙고 위병이 서 있는 군사 요지에도 무상출입을 하였다.

"천천히…… 넘어진다!"

선장이가 두 팔을 벌려 어린아이를 반짝 안아 들었다. 아이는 코 묻은 손으로 선장이의 군복 깃에 달린 영장을 만지작거렸다. 거기에는 작은 별이 하나 박혔을 뿐이다.

"애기 밥 먹었소?"

"응."

"누나 편지 왔소?"

"아니."

"편지가 안 왔다구?"

"그때 왔소."

"그때 언제?"

"그때 그때, 다섯 밤 열 밤……."

아이가 열 손가락을 쥐었다 폈다 해 보였다. 선장이가 웃으며 또 물었다.

"엄마 집에 있소?"

"집에 있소."

"집에서 무어 하우?"

"엄마? 엄마 아빠하구 쌈했소. 밥두 안 먹구 드러누웠소."

이때 마침 아이의 아버지 신 주임이 현관으로 들어오다가 보고 "아, 저 녀석 또 들어왔니? 그렇게 들어오면 안 된다구 말을 일렀건만……." 하고 선장이 품에 안긴 아들을 나무랐다.

밤에 원 부관이 군복을 벗지 않고 구두도 신은 채로 침대에 엇비스듬히 누워서 권연을 피우며 맞은편 침대에 걸터앉았는 선장이에게 사건의 전말을 들은 대로 이야기해 들렸다.

"장 위원장을 그놈들이 잡아 가두기만 했지 죽이진 않았대여. 고놈의 진난쟁이두 억류됐다는구먼. 지하실 맥주 상자들 틈에 숨어 있는 걸 끌어냈다나 봐. 새빠진 놈이지. 양호성이하구 배가 맞아 둘이 같이 꾸몄다는 거야, 이번 음모를. 그러나 아무튼 어벌이 큰 놈이야 장학량이란 놈이."

"그 사람들이 대관절 무엇 때문에 그런 엄청난 짓을 했다는 거요?"

"공산당을 치지 말구 일본 놈을 치자는 거지."

"공산당을 치지 말구 일본 놈을 치자구? 응, 난 또……."

"공산당하구 기맥을 통했나 봐."

"원 형은 그럼 어떻게 생각하우, 그들의 주장을?"

"주장이야 솔직히 말해 장학량이의 주장이 옳지. 그렇지만 우리 위원장이 잘 말을 들을까? 어려울걸 아마."

"하지만 잡아 갇히었으니 어떡허우? 말을 안 들으면 비상수단을 쓰잖을까?"

"모르지, 사태가 장차 어떻게 벌어질지…… 온 나라가 들썽들썽하는 판인데."

원 부관은 덧붙여서 "사태가 어떻게 벌어지거나 내 알 배때기 있나……. 될 대루 되라지, 넨장." 하고 누운 채 머리맡에 놓인 재떨이에다 꽁초를 눌러 껐다.

"이러다가 또 반란을 평정한다구…… 야단법석이나 하지 않을까?"

"넨장할, 또 고래 싸움에 새우 등이 터져?"

"골머리가 아프구려."

"누가 아니래여."

"그렇지만 최고가 볼모루 잡혔는데…… 함부루 무력행사야 못 하겠지."

"독을 보아 쥐를 모신다, 그 말인가?"

"그렇지."

"글쎄…… 하응흠이란 도둑놈이 어떤 맘을 먹을지 그 심보에…….."

원 부관의 염려는 바이 근거가 없지 않았다.

이날 오후 사단장이 불시에 사령부 성원들을 회의실에 모아 놓고 자못 긴장한 얼굴로 "본 사단은 내일 오전 중으루 주둔지를 철거하구 서북 방향으루 이동한다. 새루 편성한 후방부만 뒤에 남는다. 여러분은 참모장의 지휘하에 어김없이 행동해 주기를 바란다. 이상!" 짧은 훈유를 마친 뒤에 사단장은 뒤에 섰는 참모장을 돌아보았다. 그리고 한옆으로 비켜섰다.

참모장이 곧 앞으로 나와 미리 작성한 계획서를 펼쳐 놓고 사람들을 전후좌우로 장기쪽 옮겨 놓듯 하는데 원 부관과 선장이는 사령부를 따라가고 신 주임(신 참모)은 후방부에 떨어지게 되었다.

'일본 육전대를 바루 코앞에 놓아두구 수천 리 떨어진 서안으루 장학량이를 치러 가? 미쳤나!'

선장이는 어이없는 중에 또 한편으로는 속이 달았다. 남의 나라의 수치스러운 내전에 가담할 수는 없는 일이었다. 그러나 부대가 열여덟 시간 안으로 정도에 오르는 것은 움직일 수 없는 사실이다! 선장이가 갑자기 어수선해진 사령부를 벗어나 대장 거리 중간에 있는 우전분국으로 달려왔다. 남경 화로강 이연선림 윤대성 앞으로 전보 한 통을 쳤다. 그리고 돌아와 부리나케 소관 문서들을 정리하여 신 주임에게 넘겨준 뒤 제 방에 돌아와 길 떠날 차비를 하였다. 대장 거리에서의 마지막 저녁식사가 끝난 뒤 원 부관하고 둘이서 잠시 한담하였다.

"보산 나가 배를 타고 한구까지 거슬러 올라갈 작정인가?"

"아니, 아니."

"아니라구…… 그럼?"

"장강구루 빠져서 바닷길루 연운항까지 갈 모양이야. 거기서 다시 용해선을 이용하게 되겠지, 아마."

"벌써 폭격을 시작했다며?"

"주로 비행장들에 대해서만."

"그러다가 저편에서 괘씸하다구 볼모를 해치우면 어떡허지?"

"해치우면 하웅흠이 그 도둑놈이 좋아할 판이지. 최고가 돼 보구 싶어 몸살을 하는 놈이."

"복잡하구려."

"현대판《삼국연의》야. 그렇지만 부인이 오라버님하구 같이 서안을 갔다니까…… 오래잖아 무슨 소식이 있을 테지."

원 부관이 말하는 부인이란 송미령을 지칭하는 것이고 오라버님이란 장개석의 처남 송자문을 지칭하는 것이다.

이튿날 오후 서너 시경에 벌써 선장이를 태운 기선은 황해 넓은 바다를 북으로 북으로 물결을 헤가르고 있었다. 추진기가 휘저어 놓은 물면이 부글부글 끓으며 넓고 긴 띠처럼 늘어지는데 그 위에다 검은 연기를 낮추 나붓기며 달리는 기선을 짓궂은 갈매기 떼가 무슨 구경 거리나 난 것처럼 와자지껄하며 따라왔다. 뱃전 난간에 기대서서, 쌀 쌀한 바닷바람에 불리며 저물어 가는 황해의 초겨울 경색을 바라보는 선장이의 마음은 어수선산란하였다. 전혀 무의미할 뿐 아니라 유해하 기까지 한 전쟁에 까닭 없이 휘말려 드는 것을 생각하니 기가 막히는 데다가 전보가 바로 들어갔는지 어쨌는지를 몰라 더구나 속이 지글지 글 끓었다.

'특무기관에서 깔아 버린 거나 아닐까?'

'왜 하필이면 육로를 가지 않구 해로를 가노!'

'혹시 화로강에 무슨 변고가 생겼나?'

별의별 억측을 다 하였다. 나중에는 의심생암귀(疑心生暗鬼)라는 말 이 생각나 쓴웃음을 웃었다. 맨 의심스러운 것 천지였다. 불길한 예감 을 떨어 버리려는 듯이 도리머리를 치고 이미 세운 외투 깃을 다시 한 번 세웠다. 고향 원산 앞바다의 물이 맑고 투명한 데 비하면 황해의 물 은 어쩐지 좀 맑지 못하고 흐리었다. 느닷없는 향수가 선장이의 몸속 으로 스며들었다. 고국에 두고 온 가까운 사람들의 모습이 주마등같이 눈앞을 스쳐 지나갔다. 어머니, 아버지, 누나, 쌍년이, 한선희, 숙자 아 주머니, 김영하 선생님 그리고 순박한 어멈의 실눈과 빈대코⋯⋯. 원 산에서 있은 일은 전생에 있었던 일같이 아득하였다. 그리고 서울에서 있은 일은 달나라, 별나라에서 있었던 일같이 묘망하였다.

"서 참모."

달콤하고도 차분차분한 목소리가 귓가에서 울리어 선장이가 꿈에 서 깬 사람같이 현실로 돌아왔다. 고개를 돌이켜 보니 루주를 짙게 바 른 젊은 여자의 상글거리는 얼굴이 숨결이 느껴질 만큼 가까이에 있었다(진주알 같은 이빨이 드러나는 그 입술은 이슬에 젖은 핏빛의 장미꽃 이파리처럼 농염하였다).

사단장의 새끼손가락이다! 쉰세 살 먹은 사단장의 스물세 살 먹은 소첩이다!

선장이는 당황하여 저도 모르게 얼굴을 붉혔다.

"무얼 하구 계세요, 서 참모? 대장 거리에 두구 온 연인 생각을 하시나요?"

'누가 보면 어쩌려구 이 여자가 이럴까!'

선장이는 등시포착을 당한 사잇서방인 것처럼 어쩔 바를 몰랐다.

"미남자, 우리 언제 한번 조용히 좀 만날까요? 할 말이 있에요. 정말이예요. 싫으세요?"

여자의 능갈친 태도에 선장이 가슴속에서는 두방망이질이 더욱 빨라졌다.

"저, 실례지만 볼일이 좀 있어서…… 가 봐야겠습니다. 안녕히."

인사말 같지도 않은 인사말을 남기고 선장이가 도망치듯 자리를 피하였다.

"졸장부! 목석!"

뒤에서 종알거리는 소리가 들렸다.

'뉘 목이 달아나는 걸 보려구…… 망할 년!'

아침 안개가 자욱한 연운항은 군대를 만재한 대소 선박들로 붐비었다. 선장이가 사령부 인원들과 함께 뭍에 올랐을 때는 이미 한낮이 가까왔다. 원 부관은 머리에 쓴 군모가 비뚤어져 채양이 귀 위에 와 있는 것도 모르고 이리 닫고 저리 닫고 하였다. 거리거리 골목골목이 마치 설밑의 장거리처럼 분잡스러웠다. 서안에서 수천 리 떨어진 용해선의

동단이 이럴진대는 서주나 정주, 낙양쯤은 어떠하랴 하는 생각이 들었다. 온전한 정신을 가진 선장이의 눈으로 보면 참으로 개지랄 같은 전쟁 소동이었다.

곽 참모장이 죄송해 쩔쩔매는 철도역장과 수송대장을 앞에 불러다 세워 놓고 거행불민하다고 야단을 쳤다.

"이게 무언가 엉? 명령을 받았으면 미리미리 준비가 있었어야지. 이게 무언가 엉? 내일 해안으루 정주에 득달을 해야 한다는 건 알구들 있었을 테지. 그런데 이게 무언가? 어디 대답들 좀 해 보라구. 이게 무언가 엉?"

참모장이 화가 나 "이게 무언가 엉?"을 아무리 곱씹어도 또 수송대장과 철도역장이 아무리 쩔쩔매며 진땀을 흘려도…… 없는 차바곤은 역시 없었다.

예정대로 떠나지 못하게 된 사단은 부득이 설영을 할밖에 없었다. 이른 저녁때에야 설영하는 수선이 일단 끝이 났다. 선장이가 하루 종일 메고 있던 멜가방을 벗어서 정해진 처소의 녹슬고 찌그러진 못에다 걸어 놓고 잠깐 좀 누워 쉬려고 하는 차에 원 부관이 급한 걸음으로 쫓아 들어왔다.

"서 소위, 육 참모가 부르네. 가 보게."

육 참모는 신 주임의 대리를 보는 노랑 테 ― 소좌였다.

"어, 서 소위."

"네."

"상부에서 그대를 즉시 후방부루 돌리라는 전보가 왔으니, 지체 말구 곧 행장을 수습하두룩."

"네, 어느 후방부루 말입니까?"

"어느 후방부는 어느 후방부야, 대장 거리 우리 후방부지. 가거든 신 주임의 지휘를 받두룩."

"네, 알았습니다."

선장이가 처소에 돌아와 못에 걸었던 멜가방을 떼어 내리니 원 부관이 눈이 휘둥그래졌다.

"대체 어떻게 된 일이야?"

"나두 모르우, 어떻게 된 일인지."

선장이가 바른대로 말해 주지 않았다.

"그거 참 괴상한 일이로군."

"괴상할 것두 쨌소."

"아니야, 심상찮아."

"심상찮긴 뭐가 심상찮다구 그러우, 괜히……. 이런 일두 있구 저런 일두 있지."

"그 손에 든 건 무어야?"

"통행증. 타구 온 배를 도루 타구 가라는구려."

선장이가 대장 거리를 떠났다가 엿새 만에 대장 거리로 되돌아왔다. 누구보다도 선장이를 반겨 맞은 것은 신 주임의 아들이었다. 아저씨가 왔다고 손뼉을 치며 좋아 날뛰는 것을 보다가 선장이는 까닭 없이 코가 찡해나는 것을 느꼈다.

정주까지 이동했던 부대도 장개석이가 놓여나 남경으로 귀환을 하는 바람에 한 달 후에 회군하여 원래의 상태로 복귀되었다. 그동안에 해가 바뀌어 1937년 — 중국 인민이 영원히 잊지 못할 재난의 해가 되었다.

7월 7일 노구교에서 중일 양군이 충돌하였다는 소식은 태평스러운 꿈속에 잠겼던 대장 거리를 한번 뒤흔들어 놓았다. 일본 육전대를 지척에 두고도 5년 전 — 1932년 1월 28일의 아픔을 언제 잊었는지도 모르게 잊었던 사람들, 그러한 사람들의 뇌리에 또다시 위협적인 존재 — 일본 침략자란 개념이 침침칠야의 번개같이 날카롭게 선명하게 비쳐 들었다. 그러나 사령부의 상층들은 사태의 엄중함에 비추어 불안은 해하면서도 또 한편으로는 '설마 여기까지야? 설마 여기까지야?' 하는 요행을 바라는 마음과 자기 안위로 그날그날을 흐리멍텅하게 보내었다.

'노구교 사변은 양자강 건너, 황하 건너 까마득한 곳에서 생긴 일이 아닌가. 걱정이 반찬이면 상발이 무너진다지. 사날좋게 열두 폭 치마를 입을 것 무어 있어. 제 코나 닦으면 고만이지. 공산당의 호소문? 그런 건 다 그자들의 민심을 요동시키는 상투 수단이야.'

이리하여 손톱 곪기는 것도 모르고 염통 곪기는 줄은 더구나 모르고 그 식이 장식으로 그저 벼슬이 오를 궁리, 천량을 모을 궁리만 하고들 있었다. 썩은 늪같이 침체된 생활이었다.

8월 9일, 상해 서교에 위치한 홍교 군용비행장에 일본군 장교 한 놈과 병사 한 놈이 군용차를 몰고 돌입하는 사건이 발생하였다. 더 말할 것도 없이 일본제국주의의 전쟁 도발 책동이었다. 그러나 놈들은 수치스럽게도 민족의 존엄을 목숨으로 사수하는 용감한 중국 위병에 의하여 당장에 사살되었다. 그러자 나흘 후, 순양함 이즈모를 기함으로 일본 침략군의 함대가 오송구를 뚫고 황포강을 꾸역꾸역 거슬러 올라왔다. 대장 거리를 포근히 감쌌던 안일한 꿈, 어리석은 꿈은 대번에 산산쪼각이 나 버렸다. 공산당의 호소는 민심을 요동시키는 상투 수단이 아니라 중화민족 존망의 위기를 알리는 외침이고 경종이었던 것이다.

이날 새벽 선장이가 일찌기 일어나 소세를 마친 뒤에, 머리가 푸시

시해 가지고 침대에 길게 누운 채 능장을 부리며 담배를 피우고 있는 원 부관을 재촉하였다.

"원 형 어서 일어나우, 참모장 또 화내겠소."

"녠장할, 화를 내겠으면 내구 역정을 내겠으면 내구…… 내야 알 배 때기 있나. 나이 스물여덟에 밤낮 대위 부관이 뭐야? 임자가 내 말루 전하라구, 한 급 올려 주잖으면 오늘부터 무기한 사보타주에 돌입한다구."

원 부관이 볼멘소리로 투덜거리면서 할 수 없이 일어나기는 일어났다.

"임자 안전면도 좀 빌리자구. 내 껀 날이 무뎌 놔서……."

선장이가 서랍에서 안전면도를 꺼내 주며 "이럴 땐 수염이 텁수룩해야 참모장이 더 좋게 볼걸, 바삐 돌아치느라구 면도질할 사이두 없다구. 기특하다구." 하고 웃으니 원 부관은 "피, 게으르다구 욕이나 안 하면 다행이지." 하고 일소에 부쳤다.

선장이가 한 걸음 앞서 장교 식당으로 오는데 갑자기 공중에서 날카롭게 공기를 헤가르는 것 같은 소리가 나서 무슨 일인가 하고 고개를 쳐들어 보니 아무것도 눈에 뜨이는 것이 없었다. 그러나 다음 순간 굉장한 폭발성과 함께 땅이 들놀며 잇달아서 화약내와 화약내굴이 콱 안겨 왔다. 전후좌우에 연이어 떨어져 터지는 것은 폭탄이 아니고 포탄이었다. 폭격이 아니고 포격 — 함포사격이었다. 황포강에서 대장거리는 함포들의 사정 안에 들어 있었다.

한바탕 들이퍼붓고 나서 사격이 좀 뜨음해진 뒤에 보니 고대까지도 생기가 돌던 대장 거리가 삽시에 아비규환의 수라장으로 되어 버렸다. 형체 없이 무너져 버린 집들, 먼지로 뒤덮이고 연기에 휘감긴 집들, 온 거리에 성한 집이라군 눈에 보이는 게 거의 없었다. 날벼락같이 포탄으로 밭을 갈아 놨는데 남을 것이 무언가!

갈린 목소리로 고함을 치는 사내들, 얼빠진 사람 모양 멍하니 서 있는 노인들, 흐느껴 우는 아낙네들과 통곡을 하는 마누라들, 어린아이들의 울부짖음, 채 죽지 못한 사람들의 비명과 신음, 차마 눈을 뜨고는 볼 수가 없는 피투성이의 끔찍한 시체들……. 두개골에서 살가죽이 홀딱 벗겨져 풀귀얄 모양으로 땅바닥에 나동그라진 사람의 머리털, 한쪽 끝은 갈라진 배 속에 그대로 남아 있고 한쪽 끝만 연줄처럼 높이 전선줄에 올라가 걸려 있는 사람의 밸……. 선장이는 먼지범벅이 된 사람의 시체를 모르고 밟고 물큰하는 바람에 질겁을 하였다.

초연이 가시지 않은 생생한 폐허 속에 신 주임이 실신한 사람처럼 맨머릿바람으로 서 있는 것을 발견하고 선장이가 쫓아가 보니 신 주임 발밑에 그 안해와 아들의 시체가 피바다에 잠기어 가로세로 누워 있었다. 아저씨, 아저씨 하고 따르던 어린것의 참혹한 주검을 눈앞에 보고 선장이는 슬픔을 이기지 못하여 사나이의 울음을 울었다. 신 주임은 억이 막혀서인지 우는 선장이를 멀거니 쳐다보기만 하였다. 그 눈에는 한 방울의 눈물도 없었다.

'8·13'에서 맨 먼저 적의 포탄의 세례를 받은 조선 사람은 서선장 소위였다.

전쟁 상태에 들어간 사단 사령부는 아연 활기를 띠었다. 춘곤을 못 이겨 하품만 하던 사람들이 갑자기 서리찬 초겨울을 맞기라도 한 것처럼 정신들을 차렸다. 선장이는 더 참을 수가 없어서 직접 참모장을 찾아들어가 탄원을 하였다.

"화선으루 내려보내 주십시오. 중대루 내려보내 주십시오. 온몸의 피가 끓어 더는 참을 수가 없습니다. 원쑤들에게 직접 총탄을 들퍼

부어 줘야 이 속이 후련할 것 같습니다. 저 이제 스물두 살입니다. 후방에 앉아 있어선 무얼 합니까?"

참모장이 선장이의 격동된 얼굴을 물끄러미 보다가 타이르듯 "외국인 간부는 숫자가 적으니까 특별히 애호하라는 상부의 지시가 있어. 그래서 못 내려보내는 거야." 하고 달래었다.

"우리나라는 일본 강도에게 먹힌 지가 벌써 스물일곱 햅니다. 제가 나기 전에 벌써 망했습니다. 수치스러운 망국노루 살아 있느니 차라리 싸우다가 죽겠습니다!"

선장이가 격앙된 감정에 사로잡힌 것을 보고 참모장은 엄숙한 얼굴로 한동안 생각해 보다가 "좋아, 그럼. 맞갖잖으면 다시 올라올 셈 잡구 한번 내려가 보아." 하고 누그러들었다.

선장이가 참모장실에서 물러나와 행장을 수습하고 있을 때 원 부관이 488연대 연대장에게 내려보내는 참모장의 지령서를 가지고 왔다.

"왜, 전장 귀신이 되구 싶어 몸살이 나?"

선장이는 대꾸 않고 웃으며 지령서를 받아 쥐었다.

"야외연습인 줄 알아?"

"원 형, 신세 많이 졌소. 인연이 있으면 또 만납시다." 하고 선장이가 악수를 청하니 원 부관은 선장이의 손을 마주 잡고 못마땅한 듯이 "모를 일이야. 아무래두 모를 일이야." 하고 머리를 설레설레 저었다. 그리고 "조심하라구." 간곡히 당부를 하였다.

선장이가 연대를 거치고 또 대대를 거쳐 중대에를 내려와 보니 중대장은 중앙군교의 선배로서 중위 소대장에서 대위 중대장으로 갓 승진한, 얼굴에 주근깨가 박힌 사람인데 이름은 왕세영이고 고향은 호남 상덕이라고 하였다.

서선장 소위가 488연대 제2대대 제3중대 제2소대 소대장으로 임명이 되어 가지고 소대 성원들과 첫 대면을 하였다. 소대의 실급양 인원이 원래도 3개 분대 36명밖에 안 되던 것이요 며칠 전투에 셋이 죽고 셋이 중상으로 야전병원에 후송이 된 까닭에 모두 30명밖에 남지 않았는데, 그 가운데 또 머리와 팔에 피가 벌겋게 밴 붕대를 감은 경상자가 둘이 있어 실지로 제 몫을 감당할 만한 전투원은 겨우 스물여덟 그리고 각 분대를 갈라 맡은 하사관들도 중사 셋과 하사 셋이 있을 뿐 상사는 하나도 없었다(그중의 둘이 경상자 — 붕대를 감고 있었다). 경기관총 3정에 탄약이 충족한 것은 그나마 다행한 일이었다. 직계 부대라서 장비와 급양만은 방계 부대들에 비해 단연 우월했다.

선장이가 생후 처음 전호 속에서 병사들과 같이 생활하며 실전을 경험하였다. 그리고 '8·13'에서 맨 먼저 피를 흘린 조선 사람으로 되었다. 첫날 전투에서 당황망조한 중에 군관학교에서 애써 배운 '살인과학'이 실탄이 우박 치는 싸움터에서는 별로 소용에 닿지 않는다는 것을 깨달았다. 지식은 별로 없으나마 실전의 경험이 풍부한 고참 분대장들 앞에서 군관학교 졸업생이라는 선장이가 실수를 여러 번 하였다. 그래서 선장이는 '불치하문'으로 모든 것을 그들에게 물어 가며 하리라 마음먹었다(한 가닥 겸허심을 간직하고 있는 것이다).

선장이를 크게 고무하고 또 신심을 북돋아 준 것은 병사들의 낙관적 정신과 왕성한 사기였다. 적과 맞불질을 할 때 적개심에 불타는 그들의 눈에서는 푸른빛이 번쩍였다. 개개 다 성난 사자였다. 그러나 일단 전황이 좀 너누룩해지면 그들은 전호 속에 모여 앉아 고누를 두며 농지거리를 하는 것이었다.

"네 그 민며느리가 몇 살이냐? 이쁘냐?"

"시시한 소리 작작 지껄이구 어서 말이나 써라."

"같이 자 봤지?"

"허, 그 자식 거참."

"그건 왜 꼬치꼬치 캐묻니……. 샘이 나냐, 니?"

"아니, 너두 하나 얻어 줄 생각이 있어서 그런다."

"오, 그러니까 네가 재 아버지루구나."

"아니, 걔가 애 양아들이야."

"이것들이 정말!"

전호 속에서 기름걸레로 권총을 닦다가 등 뒤에서 이와 같이 지껄여대는 소리가 들려 선장이는 입가에 미소를 지었다. 그 대부분이 가난한 중국 농민의 아들인 그들은 일본 침략군과 마주 싸우는 전쟁마당에서 선장이의 믿음직한 전우 — 항일의 동지들이었다.

상해는 포성으로 날이 밝고 포성으로 날이 저무는 것 같았다. 황포강에 늘어선 일본 군함들과 장발규 부대가 지키는 포동의 포대들 사이에 포격전이 벌써 한 주일째 계속되었다. 선장이가 지휘하는 소대는 다른 소대, 다른 중대들과 함께 진격을 거듭하는 적들을 벌써 오륙 차나 물리쳤다. 선장이의 소대는 사상자가 없는 날이 없어서 며칠 어간에 30명이 24명으로 줄어들었다. 여느 소대들도 대개 비슷한 형편이었다.

가장 골치가 아픈 것은 적의 항공모함에서 날아오는 불악귀 같은 함재기들이 안하무인 격으로 기탄없이 제멋대로 발광적으로 폭격을 하고 또 기총소사를 하는 것이었다. 아군의 항공기는 수량상으로 절대적인 열세에 처해 있었다. 대공화력도 형편없이 미약하였다. 그래서 선장이네 소대의 기총 사수들도 여느 소대들에서처럼 대공사격을 할 때는 기관총의 양각을 전우의 어깨에 걸어 놓고 엉거주춤한 자세로 사격을 하였다. 지상의 적보다도 공중의 적이 더 막아 내기가 어려웠다.

이날 새벽 적의 함재기들이 먼저 머리 위에 날아와 미친 듯이 공대지 공격을 하고 난 뒤에 잇달아서 적의 지상 부대가 공격을 개시하였다. 자옥한 초연에 숨이 콱콱 막히는 전호 흉벽에 엎드려서 사격을 하다가 기총 사수 하나가 작탄에 머리를 맞고 소리도 없이 실그러져 넘어갔다. 손이 모자라서 만분 위급한 중에 소대장인 선장이가 재빨리 그 자리에 갈마들었다. 그러고는 카키색 군복에 싸인 원쑤들의 몸뚱이를 향하여 원한 맺힌 증오의 탄알을 부챗살 펴듯이 하였다. 한창 정신없이 쏴 갈기는 중에 왼쪽 견대팔에 단 부젓가락이 스쳐 지나가는 것 같은 아픔을 느꼈다. 탄창을 갈 때 소매 속이 척척하여 비로소 총을 맞은 것을 알았으나 당장 코앞에 들이닥치는 적들을 놓아두고 그런 것을 돌아볼 겨를은 없었다.

일단 적의 공격을 물리치고 나서 미적지근해진 빨병의 물을 마시고 숨들을 돌리는 차에 위생병이 뒤늦게 쫓아왔다. 피에 젖은 군복 소매를 수술 가위로 베 버리고 다친 팔에다 붕대를 감아 주어 선장이는 한쪽 소매가 없는 군복을 입고 제 딴에도 우스워서 껄껄 웃었다. 기진맥진해서 다리들을 뻗고 전호벽에 기대앉았던 부하들도 모두 따라 웃었다. 인제 이 소대 — 제2소대에 살아남은 전투원은 소대장까지 모두 합쳐 18명으로 줄어들었다. 한 분대가 푼한 병력이었다. 전호 속에서 점심들을 막 먹고 났을 때 증원 부대가 교대를 해 주러 왔다. 선장이는 지키던 전호를 내맡긴 뒤 소대를 거느리고 중대를 따라 대장 거리 못 미처에 산재한 동네들로 정돈 휴식을 하러 왔다.

때아닌 일본 해군 함포들의 일제사격에 놀라 깬 상해 시민들은 격발된 민족감정과 앙양된 애국 열정으로 항전 장병들에 대한 지원 운동에 일떠났다. 부유한 가정의 점잖은 부인네들이 거리에 세워진 금품 헌납대를 찾아와 금반지, 금팔찌를 빼 내놓는가 하면 이발사의 여남은 살 먹은 아들이나 택시 운전사의 소학교 다니는 딸이 속에 들어 있는 동전이 짤랑짤랑 소리를 내는 벙어리들을 들고 달려오기도 하였다. 그리고 백발이 성성한 할아버지가 지팽막대를 드던지며 찾아와 가지고 한평생 절의절식하여 모아 둔 돈을 저금통장채로 바치면서 "우리나라 장사들이 왜적의 침노를 막는 데 써 주시우. 나라가 없으면 집이 왜 있겠소이까." 하고 차탄하는 것을 듣고는 감격하지 않는 사람이 없었다.

　이렇듯 항전 장병들에 대한 위문 활동이 온 상해를 열풍같이 휘몰아치는 중에 댄스홀 메트로폴리스의 댄서 송일엽이 휘말려들지를 않을 리가 없었다. 그녀는 메트로폴리스의 번화한 밤 생활을 벌써 두 주일째 중단하고 파편이 날고 피가 흐르는 전쟁판을 동분서주하였다. 행동하기 간편하라고 투피스의 스커트를 벗어 버리고 양복바지를 갈아입고 또 뾰족구두를 벗어 버리고 정구화를 갈아 신었다. 이동 잡화점, 이동 식품점을 방불케 하는 트럭에 앉아 곳곳이 찾아다니며 싸우는 장병들을 격려하고 또 피 흘린 부상 장병들을 위문하였다. 그리고 애국적 상해 시민들의 푸짐한 선물을 전달하였다. 사치한 하늘색 운동 셔츠를 받아 들고 너무 좋아 입이 벌어지는 전사들을 볼 때, 또는 초콜릿과 과일통졸임을 양손에 받아 쥐고 싱글벙글 좋아하는 병사들을 볼 때, 송일엽은 아름다운 인생을 새삼스레 가슴으로 느꼈다. 이 세상에 사는 보람을, 삶의 참된 보람을 새삼스레 심장으로 느꼈다.

　이날 송일엽이 교원, 배우, 사회 활동가, 연예인들로 조직된 위문대의 남녀 성원들과 함께, 원래는 대장 거리에 있던 것이 포탄 벼락을 맞는 통에 부랴부랴 가근방 동네들로 소개한 사단 사령부를 먼저 찾아보고 또 그다음에 연대 본부를 위문한 뒤 다시 대대를 거쳐 중대로 내려왔다. '장'이나 '병'이나 다 위문을 해야 한다는 것이 위문대의 취지였으므로 상층을 빼놓고 하층만을 위문할 수는 없는 노릇이었다. 그리고 또 성한 사람은 빼놓고 다친 사람만 위문을 해도 아니 되었다.

바큇자국들이 섞갈려 나 평탄하지가 못한 길을 몹시 들추며 달리는 트럭. 송일엽이 그 트럭 운전실 뒤에 붙어 서서 앞을 바라보니 오른편 앞길에 그리 크지 않은 동네 하나가 나서는데 그 안팎에 군대들이 버걱버걱하도록 많았다. 동구길로 접어들어 가지고 조금 오려니까 왼손편에 자그마한 무슨 사당 하나가 있고 또 그 바로 옆에 웅장한 홰나무 한 그루가 솟아 있었다. 사당 옆에다 모여총들을 해 놓고 십여 명의 병사가 나무 그늘에 퍼더앉아 쉬고들 있었다. 그들의 지휘관인 듯싶은 젊은 장교가 앉지 않고 서서 무슨 주의를 주고 있는 모양인데 병사들은 그 말끝마다 번화스레 웃음보를 터뜨리군 하였다. 제3자가 보기에 벌써 화기애애한 분위기였다.

트럭이 앞에 와 멎어서니 누구의 명령도 없이 병사들이 죽 일어섰다. 한쪽 소매가 없는 군복을 입고 그 팔에다 붕대를 감은 젊은 장교가 시적시적 앞으로 맞아 나와 환영하는 뜻으로 거수경례를 하였다(오른팔은 성하였다). 트럭 위에서 그 장교를 서선장이로 알아보자 송일엽은 "미스터 서!" 급하게 부르며 얼른 길 위에 뛰어내렸다. 선장이가 반응이 좀 무디어 어리뻥해 섰는 중에 송일엽이 쫓아와 그 손을 꼭 잡았다. 운전실에서 내린 두 남자와 적재함에서 따라 내린 두 남자, 두 여자가 뒤에 와 서서 지켜보는 가운데, 나무 그늘에서 병사들이 신기히 여기

는 눈으로 바라보는 가운데, 4년 못 보는 동안에 표표한 청년 장교로 자라난 선장이의 여러 날 세수 못 한 얼굴을 송일엽은 정이 어린 눈으로 파고들듯이 들여다보았다.

48

8월 13일 일본 침략군의 함대가 황포강을 거슬러 올라온 뒤 불과 넉 달 만에 수도 남경이 함락되어 인류 역사상 그 유례를 보기 드문 대도 륙의 참극이 벌어졌다. 남경을 피바다 속에 잠근 야수들은 다시 서진을 시작하여 불과 몇 달 후 마침내는 군사 요충지 구강을 점령하기에 이르렀다. 구강까지 오면 철길의 대동맥과 물길의 대동맥이 교차되는 유서 깊은 무한삼진이 지척이다. 이렇듯 나라와 민족의 흥망지추에 수백만, 수천만 사람들의 입에서 하나의 외침이 터져 나왔으니 그것은 곧 '대무한을 보위하자!'였다. 세계의 눈이 이때 동방의 마드리드로 묘사되던 무한에 돌려진 것은 당연한 일이었다.

무창에는 장개석의 임시 대본영 — 행영이 설치되고 그리고 강 건너 한구에는 공산당의 대표부 — 팔로군 판사처가 설치되었다. 날마다같이 해가 서산에 기울어질 무렵이면(해를 등에 져야 눈이 부시지 않아 공중전을 하는 데 유리하므로) '정의의 검'이라고 불리는 소련 공군 의용대의 전투 폭격기 편대가 우렁찬 폭음을 울리며 무한 시민들의 머리 위를 날아 지나 구강으로 일본 침략군의 함정들을 폭격하러 가군 하였다. 이러한 정세하에서 조선의용대의 건립이 이루어졌으니 더 말할 것도 없이 거기에 망라된 것은 산해관 이남 각지에 흩어져 가지고 활동을 하던 조선 혁명자들 특히는 군사교육을 받은 청년층이었다.

'8·13'에서 부상당한 서선장이가 끝끝내 자기 부대와 운명을 같이 하며 양자강 남북안을 전전하던 중 구강과 대야 사이의 요충인 양신에서 불시에 사단 참모장 곽 소장의 소환을 받게 되었다. 이날 중대 본부의 통신병이 달려와 중대장이 얼른 좀 왔다 가란다고 전갈하여 선장이가 갑자기 또 무슨 일이 났나 하고 부지런히 달려가 보니 중대장 왕세영 대위는 "서 소위, 희소식이요." 하고 웃으며 걸상을 권한 뒤 대객에 초인사로 권연 한 가치를 뽑아 주다가 "오, 참 그렇지…… 안 피우지." 깨닫고 도로 제 입에 갖다 물고 성냥을 찾았다.

"대체 무슨 희소식입니까?"

"사단 참모부에서 소환 명령이 내려왔소. 소대의 일을 아주 인계해 주구 내일 해전에 도착하라는 명령이요. 인제 서 소위는 밤에 발편잠을 자게 됐소. 이게 희소식이 아니구 뭐요."

"후방에 들어가 발편잠을 자는 게 희소식입니까, 남들은 다 일선에서 싸우구 있을 때?"

"괜한 객기 부릴 것 없소, 굴러들어온 복은 그대루 받아들이는 게 수요. 가거든 원 부관한테 안부나 전해 주오. 그리구 인계는 잠시 1소대장에게 해 두시오. 갑자기 인계받을 사람을 구할 수가 없으니까."

서선장이가 자기 소대에 돌아와 생사고락을 같이해 온 부하들과 작별할 때 그중의 몇몇이 눈물이 글썽하여 얼굴을 돌리는 것을 보고 선장이도 자연히 눈시울이 뜨거워졌다.

"몸조심하구 잘들 있어."

"소대장님, 안녕히."

"우리를 잊지 마십시오, 소대장님."

"안녕히."

"안녕히, 안녕히."

소박한 사람들과 석별의 정을 나누는 데는 긴말이 필요 없었다.

"아, 서 소위. 그대를 소환한 것은 다름이 아니라……."

선장이의 거수경례를 받자 첫밧에 곽 참모장은 설명을 해 들리는 것이었다.

"그대네 사람들이 지금 무한에 모여 가지고 의용대를 건립할 준비들을 하구 있어. 그래서 그대네 사람들은 다 돌려보내라는 지령이 군사위원회에서 내려왔어. 그러니 신 주임한테 가 통행증을 떼구 그리구 여비두 타 가지구, 곧 떠나두룩."

전시였으므로 군인들이 통행증이 없이는 단독으로 행동을 못 하였다. 휴대한 무기도 그 종류와 수량을 통행증에 명기하는 것이 통례였다. 예컨대 '권총 1정' 따위.

선장이가 통행증까지 뗀 것을 알고 원 부관은 섭섭해 야단이었다. 신 주임과 둘이서 석별연을 베푼다고 선장이를 거리로 데리고 나왔다. 어느 술집 아늑한 뒷방에 들여앉혀 놓고 어디 가서 덜 밉지 않게 생긴 기생까지 하나 불러다가 선장이 옆에 앉히었다. 얼굴에 분가시가 돋은 그 기생은 원 부관이 시키는 대로 이 연회의 주빈 격인 선장이에게 특히 아양스레 부닐었다. 선장이가 기생의 아양 떠는 것을 잘 받아 주지를 않아 자리가 버성기는 것을 보고 능란한 원 부관이 한판 차리고 나앉아 기생에게 수작을 걸었다.

"여보게 춘매, 저 양반이 우리 사단의 으뜸가는 도덕군자신 걸 자네가 아직 잘 모르는 모양일세. 웬만한 수단으루는 녹여 내지를 못할 테니 미리 단단히 차비를 차리구 달라붙게."

"나중엔 별 기급할 소릴 다 듣겠네요. 차비가 무슨 차비란 말이예요." 하고 기생은 원 부관에게 곱게 눈을 흘겼다.

"여보게, 눈 흘기지 말구 내 말 좀 듣게. 향로를 하나 얻어다가 향불을 피워 놓구…… 자네 오늘 번 해웃값 있지? 그걸 다 전물루 바치게. 그러구 손이 발이 되두룩 한번 싹싹 빌어 보게. 지성이면 감천이라구 누가 아나, 혹시 또 말을 들어줄지."

"그건 나리가 늘 해 봐서 잘 아는 짓이구려. 난 그런 치사한 짓 할 줄 모르니 하구 싶거든 나리나 하시오."

"자네가 수단껏 저 양반의 오입길을 터뜨리면 내 신 주임께 말씀해 상급을 후히 주두룩 해 줌세. 자네 생각에 어떤가?"

"난 싫소. 상급이 욕심나거든 나리가 실컷 수단을 써 보시오."

기생의 만수받이하는 소리를 듣다가 신 주임이 배갈 잔을 내려놓으며 허허 웃어서 포도주 두 잔을 겨우 마신 선장이도 따라 웃으니 술자리에 화기가 감도는 것 같았다.

이튿날 선장이가 군용트럭에 편승하여 악성까지 오는데 길에는 적 점령구에서 빠져나온 피난민들이 남부여대로 살길을 찾아 떠돌아다니는 것이 끊임없이 눈에 띄었다. 일본 침략군이 이 나라 백성들에게 들씌운 재난을 단적으로 또 극명하게 보여 주는 비참한 화폭이었다. 악성에서는 무창까지 가는 군용트럭을 기다리느라고 하룻밤을 묵어야 하였다. 양자강에는 빈틈없이 기뢰가 부설되어(흡사 잘된 수박밭의 수박덩이들 같았다) 물길로는 갈 수가 없었다. 선장이가 길에서 중위 자동차사령 하나를 친하여 그의 소개로 어떤 허술한 여관에다 역시 허술한 방 한 칸을 얻어 놓고 저녁도 먹을 겸 구경도 할 겸 거리로 나왔다. 거리거리와 골목골목에 세간 나부랭이와 함께 한둔하는 피난민들이 버걱버걱하도록 많았다.

"나리, 한 푼만 줍쇼."

"이 어린것이 오늘 종일 굶었습니다요, 나리."

"저의 앞을 못 보는 어머니가 지금 다 돌아가시게 됐습니다, 나리."

이런 소리를 들을 적마다 선장이는 그냥 지나치지 못하였다. 허술하나마 자신은 방에서 자고 또 별다르지는 못하나마 자신은 식당에서 밥을 먹었다. 소맷동냥을 해 먹고 한뎃밤을 자야 하는 사람들에 비하면 곧 딴 세상 사람이었다. 선장이는 그들의 고난이 자신의 잘못으로 말미암은 것 같은 가책을 느꼈다. 선장이는 정직한 인간이었다. 인류의 고난에 외면을 하고 자기 하나의 안일만을 추구하는 짐승 매한가지의 인간이 아니었다.

가로등의 불빛이 희미하게 비끼는 어느 골목 안에서 끼끗한 젊은 여자 난민 하나와 국민당 군대의 하사관 하나가 밤거리의 흥정을 하는 것이 눈에 띄어 선장이는 가까운 집 그늘에 잠시 발을 멈추었다. 여자는 중고품 군대 담요 개킨 것 하나를 손에 들고 뒤적거려 보고 또 쓰다듬어 보고 하였다. 갑갑증이 난 하사관이 선뜻 결단을 내리지 못하는 여자에게 볼멘소리를 하였다.

"부족해?"

여자는 하사관을 흘끔 쳐다보고 말없이 다시 고개를 숙였다.

"신품이나 다름없어. 아무리 못 받아두 열 장은 받아, 열 장. 작자는 얼마든지 있어. 싫거든 고만두어."

자신처럼 인생의 막다른 골목에 들어선 '작자'가 얼마든지 있는 것을 잘 알고 있는 여자가 마침내 결심을 내리고 고개를 까댁였다. '열 장' 즉 10원을 놓칠까 봐 겁이 난 것이다. 이어 여자가 선셈해 받은 담요를 안고 앞을 서고 물물교환으로 흥정이 되어 초보적으로 만족한 하사관이 뒤를 서서 어둑컴컴한 골목 안으로 남녀 함께 사라졌다. 그 광경을 한동안 지켜보다가 선장이는 복잡한 심정으로 발길을 돌렸다.

'산 사람의 입에 거미줄 치랴.'

생각하다가 다시 입속말로 중얼거렸다.

"목구멍이 포도청이라더니!"

선장이가 무창에 도착하는 길로 즉시 사산 밑에 있는 군사위원회 접대소라는 데를 찾아와 보니 뜻밖에도 거기에는 '사로니카행동' 때 가짜 의사 노릇을 하던 말라깽이 윤대성이 기다리고 있었다. 소성 세 알이 박힌 대위의 영장을 단 윤대성이 전화를 걸고 있다가 문으로 들어오는 선장이를 눈결에 보고 수화기를 귀에 댄 채 웃으며 고개를 끄덕거려 알은체한 뒤 다시 하던 통화를 마저 하였다. 수화기를 걸자 윤대성이 얼른 일어나 책상을 둘러 나와 선장이의 손을 덥석 잡고 흔들며 "반갑습니다, 무사해서. 그런데 팔을 다쳤다더니 좀 어떻습니까?" 하고 살뜰하게 묻는 것이었다. 선장이가 일부러 대수롭지 않게 "껍질이 좀 벗겨진걸요, 아무렇지두 않습니다." 하고 웃으니 윤대성은 "다행입니다. 다행입니다." 하고 잡은 손을 더욱 힘주어 흔드는 것이었다.

책상을 사이에 두고 마주 앉은 뒤에 윤대성은 간단히 정황을 설명하고 또 갈 곳을 지시하였다.

"지금 각 전선에서 우리 동무들이 육속 모여드는 중입니다. 벌써 한 절반 모였습니다. 아직은 한구에 한군데, 무창에 한군데 따루따루들 갈라져 있습니다. 한구에서는 왜놈들의 이전 조계지에다 집을 잡았구 그리구 무창에서는 동호 풍경 구역 근처에다 잡았습니다. 서 동무는 호숫가엘 가야 헤엄을 실컷 칠 수가 있을 테니 그리루 가십시오."

윤대성이 선장이가 배꾼의 아들인 것을 잊지 않고 있어서 선장이를 물 가까이로 보내는 것이 우스워 갈 사람과 보내는 사람이 다 같이 하하 웃었다.

"서 동무, 커서 기계배의 선장이 되라구 아버지가 이름을 선장이라구 지어 주셨다는데 그게 정말입니까?"

"그런 소린 뉘게서 들었습니까?"

"양씨동 동무가 언젠가 그런 소릴 합디다……. 다들 들었는데 그때."

"조롱하는 사람이 한둘이 아닙니다. 이름이 우습다구. 나 있던 부대의 부관 하나는 숫제 미스터 캡틴이라구까지 부릅디다."

"미스터 캡틴, 아하하……. 좋지요, 미스터 캡틴!"

"우리 아버지가 한평생 손바닥만 한 돛배를 타구 고기잡이를 하는데 기계배 타구 고기잡이하는 게 어지간히 부러웠던 모양입니다. 그래 그게 원이 돼 아마 내 이름을 그렇게 지었나 봅니다."

"그럼 그게 정말이로구먼요. 얼마나 원이 됐으면 아들의 이름을 그렇게 지었겠습니까."

"우리가 현재 전선에서…… 우리의 전투기, 폭격기를 바라는 거나 비슷한 심정이었겠지요."

"전선에서 우리 공군력이, 형편없지요?"

"형편이 없으나 마나…… 공중은 완전한 무방비상태라구 해두 좋을 지경입니다. 전선의 방공은 영 점 오예요 영 점 오."

두 사람은 마주 보고 차탄해 마지않았다. 약소민족으로 태어난 것이 한스럽고 또 분하였다.

선장이가 동호 기슭에 있는 그 동네에를 와 보니 숲속에 민가 일여덟 채가 여기저기 흩어져 있는데 남쪽으로는 동호의 좁은 목을 격하여 무한대학이 마주 바라보이고 북쪽에 난 신작로와의 사이에는 고사포 진지가 엄폐되어 있었다. 우리 사람들은 민가 대여섯 채에 각각 방 두서너 칸씩을 얻어서 갈라 들었는데 매인당 참대로 짠 격자 침대 하나와 장방형의 모기장 한 채씩이 차례진 병영 쉼직한 집단생활을 하고 있었다(취사 일체는 취사병 둘이 도맡아 하였다).

고사포 진지는 무한대학을 보위하기 위한 것인데 이때 무한대학은 장개석의 행영의 부속 건물로 사용되고 있었다. 적의 폭격기들이 이 좋은 목표물을 단 한 번도 폭격하지 않은 것은 ─ 나중에 알게 된 일이지만 ─ 일본 놈들이 무한을 점령하면 저들의 군사령부를 설치할 심산에서였다(사실 그렇게 되었다).

청기와를 이은 흰색의 3층 건물이 그 청초한 자태를 동호 맑은 물 위에 거꾸로 비치고 섰는 풍정은 이루 형언할 수 없이 아름다웠다. 그 교정의 끝이 바로 천여 평방미터 너비의 수영장인데 그 삼면에는 한 획이 없는 입구자형으로 잔교가 놓였다(물 위를 거니는 산책로나 마찬가지였다). 수면보다 자칫 높은 그 잔교에는 역시 목조의 도약대들이 군데군데 세워져 있었다.

동호 서단 ─ 좁은 목의 막다른 곳이 수상비행장인데 거기에는 무한과 중경 사이를 하루에 한 번씩 왕복하는 쌍발비행정 ─ 수상여객기 한 대가 매여 있었다. 호면은 거룻배나 매생이 한두 척이 이따금 떠다닐 뿐 별천지같이 한적하였다. 옥에 티라면 가끔가끔 고사포가 요란하게 짖어 대는 것이었다. 고사포 소리만 아니면 전쟁은 어느 먼 서반구나 남반구에서 있는 일 같았을 것이다.

매 월요일 오전마다 무한대학 대강당에서 한 주일에 한 번씩 열리는 손중산기념회에서는 위원장 장개석이 훈유를 하는 까닭에 50인조 군악대가 멋거리진 환영곡을 울려서 맞은편 기슭에 사는 사람들까지 공연히 마음이 싱숭생숭해났다.

선장이가 온 것을 보고 다들 반겨 맞는 중에 양씨동이가 무엇보다도 먼저 "너, 다쳤다더니 괜찮냐?" 하고 물어서 선장이는 "그놈의 6점 8이 살가죽에다 인사만 치렀소." 하고 우스갯말로 대답하였다. '38식'의 구경은 6.8밀리이고 중국 군대가 사용하는 소총의 구경은 7.9밀리였다. 장준광이 옆에서 나서며 "나두 마찬가지야." 하고 제 군복의 바지가랭이를 끌어올려 보였다. 그의 종다리에도 적탄이 — 선장이 말대로 인사를 치른 자국이 뚜렷이 남아 있었다. 오셀로가 계제를 놓칠세라 얼른 앞으로 나서서 "자, 이 두 무훈 용사의 개선을 축하해 우리 다 같이 한잔할 것을, 본인은 엄숙히 제의한다." 하고 익살을 부렸다.

"먹자주의!"

"또 술타령이야?"

"찬성!"

"동의, 동의!"

"그놈의 먹자주의는 죽어두 못 고치는 모양이지?"

"세 살 적 버릇이 여든까지 간단 말 못 들어?"

"선장인 술을 못 먹으니까 어디 가 감주라도 좀 구해 와얄 텐데."

"그건 걱정 말아. 우리 주인집 마누라가 만성 위장병으루 감주만 먹구 산다. 내 얻어 오마."

한바탕 떠들썩 중구난방으로 지껄였다. 전선에서 긴장한 전투의 나날을 보내 온 이들에게는 긴장을 푸는 휴식이 절실히 필요하였다. 이른바 밤에 발편잠들을 좀 자야 하였다.

하지가 막 지나 이글이글 타는 해가 한껏 긴 데다가 무한은 중국의 유명한 '시루'였으므로 방 안에 가만히 앉았어도 땀이 자꾸 흐르는 판이었다. 그래서 씨동이의 발기로 대여섯이 어울려 맞은편 무한대학 수영장에를 가게 되었다. 헤엄에 자신이 있는 배꾼의 아들들인 씨동이와 선장이는 헤어 가고 그 나머지는 거룻배를 타고 가기로 하였다. 거룻배는 이웃 간에 삽이나 삼태기를 빌려 쓰듯이 손쉽게 빌려 쓸 수가 있었다.

씨동이와 선장이가 한창 헤어 나가는데 거룻배의 노를 젓던 오셀로가 "이봐, 선장이!" 하고 소리쳐 불러서 선장이가 물속에서 고개를 들고 쳐다보니 "이 노 좀 올라와 저으라구. 난 손에 설어서…… 틀렸어." 오셀로가 자담해 맡았던 사공의 역을 사퇴하였다.

"고것두 하나 못 저어?"

"보트 같으면 얼마든지 젓지 왜 못 저어? 이따위 촌놈의 노를 못 젓는단 말이지!"

오셀로가 그래도 입은 살아서 고패를 빼려 들지 않았다.

몸에서 물이 줄줄 흐르는 선장이가 노를 저어 가는데 이물에 앉았는 리정호가 자신의 아는 바를 자랑삼아 피로하였다.

"바루 저 낙가산 중턱에 이 대학 교수들의 사택이 있어. 아주 멋이 있는 3층 양옥들인데 장개석이가 지금 거기 들어 있어. 진성이두 거기 들어 있구, 곽말약이두 거기 들어 있구. 아, 그런데 전번에 보니까 글쎄 곽말약이가 중장이 아니겠어? 금판대기 영장에다 왕별을 두 알씩이나 박았지 뭐야……."

낙가산은 무한대학의 교사가 서 있는 언덕같이 나지막한 산이다.

"지금 이 수영장은 국민당 정부 요인들의 전용 수영장이나 다름없이 돼 버렸어."

"전용이거나 공용이거나, 우리야 알 배때기 있나."

"지당한 말씀."

"자, 다 왔다!"

아닌 게 아니라 반천연 반인공으로 된 거대한 풀 모양의 수영장에는 수영복을 입고 왔다 갔다 하거나 헤엄 챗것을 치고 있는 사람들 중에 유명짜한 인물들이 적잖았다. 얼굴이 곱살하게 생긴 진립부는 알락달락한 구명환을 띠고 물 위를 동동 떠다니고, 이름난 친일파이며 또 진립부와는 앙숙인 장군이는 물에 들어오지 않고 줄무늬가 간 파라솔 밑에 선선하게 앉아서 사이다를 마시고 있었다.

그중에서도 제일 우스운 것은 하응흠이었다. 선장이가 전에 군관학교에서 볼 때는 금판대기가 번쩍번쩍하는 영장을 달고 우쭐렁대어 그런지 아주 대단해 보이던 작자가 — 군정부장인가 참모총장인가 하는 작자가 — 이번에 보니까 헤엄은 하나도 칠 줄 몰랐다. 대가리가 무거운 망치나 한가지였다. 물 위에 조금도 뜨지 못하고 자꾸 가라앉기만 하였다. 할 수 없이 그 양돼지 같은 몸뚱이를 젊은 부관 둘이 하나는 두 팔로 가슴을 떠받들고 또 하나는 넙적다리를 떠받들고 물 위를 왔다 갔다 하는데 하응흠이 당자는 물 위에 엎드린 채 팔다리를 허우적거려 헤엄치는 흉내만 내었다. 그 장관의 수영 구경을 하느라고 선장이는 제가 헤엄칠 것을 잊었다.

49

달밤에 네댓이 거룻배를 타고 그림 같고 꿈 같은 동호에서 뱃놀이를 하다가 장준광이 제법 솜씨 있는 말주변으로 '8 · 13' 때 첫 전투에서 당황망조하던 이야기를 하여 사람들을 웃기었다.

"포탄이 머리 꼭대기에 무데기루 쏟아지는 바람에 질겁을 했지 뭐야. 귀를 꼭 막구 입을 헤 벌리구 전호 바닥에 납작 엎드려서, 바지에다 오줌을 싸는 것두 몰랐지 뭐야……."

이렇게 말하며 허둥지둥하던 꼴을 입짓, 몸짓으로 형용까지 해 보이는 바람에 좁은 배 위에서는 유쾌한 웃음판이 벌어졌다. 오셀로가 "나두 마찬가지야. 나중에 보니까 글쎄 군화 속에 오줌이 질컥질컥하잖아." 하고 한술을 더 떠서 씨동이가 웃으며 "인제 허풍 좀 고만 쳐!" 하고 손을 내저었다. 선장이가 옆에서 "살인범이 양간한 체하는군!" 하고 빈정거리니 오셀로도 지지 않고 "너는?" 하고 마주 빈정거렸다. 반역자를 아령으로 까 죽였거나 일본 경부를 권총으로 쏴 죽였거나 살인은 매한가지 살인이었다.

이어 네댓이 각기 다른 목청으로 신나게 '양산도'를 부르고 있을 때 달빛을 받아 거울 같은 호면을 수상비행장 쪽에서 요트 한 척이 미끄러지듯이 달려왔다. 그 요트가 선장이들의 거룻배 옆에 와 엇비스듬히 멎어서더니 그 위에 탄, 운동복 같은 것을 입은 남자가 한 손에 키를 잡은 채 "조선 동무들이 아닙니까?" 황해도 사투리가 약간 알리는 조선말로 묻는 것이었다. 씨동이가 여럿을 대표하여 선뜻 "네, 그렇습니다." 대답하고 다시 "그런데 동무는 누굽니까?" 하고 되물으니 그 남자는 "아, 나는 저 비행장에서 일하는 사람입니다. 동무들의 노랫소리를 듣구 반가와서 쫓아왔습니다." 하고 달뜬 어조로 대답하는 것이었다.

"비행삽니까?"

"네, 그렇습니다."

"그 비행장에 우리 사람이 많습니까?"

"아니, 나 혼잡니다. 고적해서 죽을 지경입니다."

정신적인 정배살이를 하고 있는 백의동포였다. '양산도' 소리에 끌리어 쫓아온 그의 심정은 헤아리고도 남음이 있었다. 비윗살 좋은 오셀로가 "우리두 비행기 한번 좀 태워 주지 않을랍니까?" 하고 교섭을 하니 그 비행사는 웃으면서 "좋습니다. 이 비행정이 하루 한 번씩 중경을 갔다 오는데, 손님들은 대개 다 장강에서 타구 내리니까…… 여기서 장강까지는 한 번씩 거저 태워 드릴 수 있습니다." 하고 선선하게 대답하였다.

"애개, 겨우 여기서 장강까지야? 고게 얼마나 된다구? 엎어지면 코 닿을 덴데!"

"그래두 한 5분씩은 타 보잖습니까?"

"5분!"

요트와 거룻배에서 동시에 웃음보가 터졌다.

국제 반파쇼 조직에서 주최한 대회가 한구에서 열렸는데 조선 대표단 성원으로 참가하였던 윤대성이 와 이야기하는 것을 듣고 선장이는 큰 감명을 받았다. 특히 대회 참석자들이 '국제가(인터내셔널가)'를 부르던 장면이 뇌리에 박혔다.

"피부색들이 다른 세계 각국 사람이 모였으니까 국제가두 다 각기 제 나라 말루 부릅디다. 영어, 노어, 프랑스어, 스페인어, 일어……. 우리야 물론 조선말루 불렀지요. 취주악대의 주악에 맞춰 부르는데 분위기가 장엄하기라니 뭐…… 온몸의 털구멍이 다 닫기는 것만 같습디다. 그런데 묘한 것은 끄트머리의 '인터내셔널'만은 다 똑같은 말루 '인, 터, 내, 셔, 널'이라구 부르잖겠습니까. 세계 공통의 언어라는 느낌이 가슴에 콱 안겨 옵디다.”

선장이가 자격이 부족하여 반파쇼 대회에는 참석을 못 하였지만 한구 황가화원에서 열린 총정치부가 소집한 회의에는 참석을 하였다. 이때 국공합작의 산물의 하나인 군사위원회 총정치부의 인원 구성을 볼작시면 — 부장에 진성, 부부장에 주은래, 황기상 그리고 제3청 청장에 곽말약, 대개 이러하였다.

조직의 지명을 받고 선장이와 리정호 둘이 갔는데 리정호는 이런 방면에 들어서는 선장이보다 까맣게 높은 선배였다. 두 사람이 황가화원 정문까지 왔을 때 마침 지프차(이때는 아직 지프차라는 말을 몰라서 다들 지휘차라고 불렀다) 한 대가 앞에 와 멎어서는데 보니 앞 좌석 운전사 옆자리에 난쟁이 진성이가 두 무릎 사이에 노획품 일본 군도를 짚고 젠체하고 앉았다. 일 년 반 전에 서안에서 호텔 지하실 맥주 상자 틈에 들어가 숨었다가 꼭뒤잡이를 당해 끌려나온 것은 이 진성이가 아니고 다른 진성이기라도 한 것 모양 우쭐하였다. 진성이는 이때 총정치부 부장 외에도 호북성 정부 주석에다 제9전구 사령장관에다 무한 위수사령까지 겸하고 있었다.

회장은 화원 안의 음악당인데 제3청 청장의 자격으로 곽말약이 사회를 하였다.

“내 말이 맞지?” 하고 리정호가 선장이의 옆구리를 직신거렸다. 아닌 게 아니라 곽말약은 대성이 두 알 박힌 영장을 달고 있었다. 선장이는 그 금판대기 영장을 보자 어쩐지 평소에 그 양반을 존경하던 마음이 폭 줄어드는 것을 느꼈다. 나중에 조선 청년 대표의 자격으로 그와 악수를 할 때도 예상 밖에 덜 감격하였고 또 그와 함께 영화를 찍을 때도 별로 흥분하지 않았다(촬영소들도 제3청의 관할하에 있었다).

돌아오는 길에 공습경보를 만났다. 둘이 가로수 밑에 들어서서 쳐다보니 빨간색 고약 표식을 그린 일본 공군의 급강하폭격기 여섯 대가 날아와 강 건너 무창의 엄폐된 군용창고를 — 어떻게 알았는지 — 번갈아들며 이악스레 폭격을 해 대었다. 적기가 나타나자 강 이편에 정박 중인 프랑스 구축함에서 빨간 방울 모양의 털실송이가 달린 수병모를 쓴 수병들이 부리나케 고사포의 커버들을 벗기더니 드립다 대공사격을 해 대었다. 저의 영공을 침범하였다고 그러는 모양인데 일본 공군기들은 가래지 않고 제 할 폭격만 다 하고는 그냥 기수들을 돌려 버렸다. 폭격당한 군용창고에서는 시꺼먼 연기에 싸여 삼단 같은 불길이 솟구쳤다. 폭격을 하거나 소사를 하거나 프랑스 조계 안은 태평이었다. 복잡한 정세하에서 진행되는 전쟁이었다.

선장이가 이해 여름 무창에서 만나 본 외국 사람들 중에 가장 인상이 깊은 것은 프랑스의 진보적 신문 〈위마니테〉의 두 기자 — 쟈크리 씨와 올리베 씨 그리고 일본 작가 가지 와타루 씨 부부였다.

프랑스 기자들은 조선의용대의 대장으로 내정된 김청산의 안내를 받아 동호 기슭까지 찾아왔는데 프랑스말을 통역할 사람이 없어서 영어를 사용하였다. 이때 처음 선장이는 외국 사람의 입에서 '코리안 볼런티어' 즉 조선의용대란 말을 들었다. 일본 파쇼의 침략에 대항하는 '코리안 볼런티어'의 탄생은 동방의 반파쇼 전선에 또 하나의 봉화가 오른 것을 의미한다고 그들은 말하였다. 그리고 휴대한 카메라로 사진들을 찍은 뒤에 본국에 돌아가면 〈위마니테〉에다 대대적으로 소개를 하여 전세계 반파쇼 전사들의 사기를 고무하겠다고 말하였다. 그들의 내방은 조선의용대(아직 대외적으로 선포하지 않은) 대원들의 사기를 크게 고무해 주었다. 우리의 벗은 전 세계 어디에나 있다는 것을 알려 주었기 때문이다.

가지 와타루 씨 부부와의 첫 상봉은 무창 성안 장지동 거리에서 그리 멀지 않은 어느 정원 연못가 플라타너스의 그늘에서 있었다. 가지 부인의 이름은 이케다 사치코라고 하는데 내외가 다 인물이 조촐할 뿐 아니라 옷차림까지 말쑥들 하였다. 가지 씨는 도쿄제국대학 졸업생으로 총정치부 제3청의 풍내초와 동기동창인데 제국주의의 침략전쟁을 반대하는 반전 작가였으므로 당국의 박해를 받아 내외 함께 중국으로 망명을 한 것이었다. 그들 내외와의 상봉은 선장이에게 매우 의의 있는 실물교육으로 되었다. 참전 이래 선장이는 왜놈이라면 무조건적으로 악귀, 살인귀로만 보여 이를 갈아 왔다. 그런데 바로 눈앞에 앉아 있는 두 일본의 지성인은 본국 정부의 침략전쟁을 반대하다가 그 박해에 못 이겨 우리 편으로 넘어오지 않았는가!

'이런 일본 사람두 있었구나!'

선장이는 시야가 갑자기 넓어진 것 같았다. 그와 동시에 가지 씨 부부에 대하여 동지적인 사랑까지를 느꼈다.

'얼마나 고상한 인간들인가!'

이야기를 나누는 중에 가지 씨가 일본의 걸출한 프로 작가 고바야시 다키지 생시의 전우였던 것을 알고 선장이는 더욱 감동하고 또 더욱 그를 존경하게 되었다.

한창 이야기에 열중하고들 있을 즈음 불시에 공습경보가 났다. 다들 잠시 흩어져 대피를 하는데 부근에는 대피호도 방공호도 다 없었다. 그래 그저 제각기 땅바닥에 엎드려 폭격기 편대가 무시무시한 폭음을 울리며 날아오는 것을 쳐다보기들만 하였다. 떨어져 내려오는 폭탄들이 날카로운 소리를 지르며 머리 위를 날아 지나 목표물들에 명중하여 벼락 치는 소리를 낼 때마다 엎드린 배 밑의 땅이 움찔움찔 들놀았다. 일본 공군의 야만적 폭격을 일본 사람하고 같이 겪는 선장이의 마음은 야릇하였다. 사치코 부인의 얼굴이 해쓱해진 것을 보고 선장이는 동정을 금할 수 없었다.

'얼마나 놀랐으랴!'

밤에 오락회에서 가지 씨는 짚고 다니는 호신용 개화장 속에서 칼을 빼 들고 칼춤을 추며 옛스러운 목소리로 시를 읊었다.

군영에 서리가 차니
가을 기운이 맑도다.
기러기 떼 날아 지나니
달은 적적 삼경이라.

그리고 사치코 부인이 '황성의 달'을 부를 때는 만좌가 다 같이 따라 불렀다.

봄날 고루에 베푼 꽃달임 잔치
순배가 돌고 돌아 달빛 우리니
낙락장송 가지를 헤치며 나온
그 옛날의 그림자 지금은 어디?

가지 씨 부부도 그렇고 조선의용대 젊은이들도 그렇고 일본제국주의가 망하지 않으면 고국 땅을 밟아 볼 수 없는 신세들이었다. 그들은 공통한 운명으로 얽힌 동지이고 또 전우였다.

간봄에 — 4월 29일 일본 천황의 생일날에 — 머리가 뜨거워난 적군은 무한 시민들의 항전의 의지를 꺾어 볼 속셈으로 전투기의 엄호를 받는 폭격기 편대를 대거 출동하여 무한삼진에다 위압적인 폭격을 가해 왔다. 그러나 어찌 알았으리, 매 떼 같은 '정의의 검' — 소련 공군 의용대 E-15와 E-16 전투기들이 내달아 올 줄을. 수십만 쌍의 눈이 지켜보는 가운데 무한 상공에서의 활극적 공중전은 20분 가까이 계속되었다. 그 결과 적들은 허무하게도 불과 십여 분 동안에 21대의 비행기를 격추당해 공중의 패잔병 꼴이 되어 가지고 창황히 도망질들을 쳤다. 우리 측의 손실은 5대. 휘황한 전과였다. 그 후부터 적의 중폭격기들은 야간 폭격을 위주로 하였다. 공중전을 피면할 목적에서였다.

그런데 여기서 울도 웃도 못할 활극이 벌어졌다. 프랑스 조계 안에 잠복한 적의 간첩들 또는 민족 반역자들이 신호탄을 쏘아 상공에 침입한 공중 강도들에게 폭격할 목표를 지시해 주는 것이었다. 그러나 프랑스 조계를 수색해 숨어 있는 악당들을 잡아낼 수는 없는 일이었다. 그러면 어떻게 할 것인가? 머리들을 쥐어짠 끝에 묘한 대책 하나가 강구되었다. 우리 편에서도 상응한 숫자의 인원을 조계 안에 들여보내어 간첩, 반역자들의 신호탄이 목표를 가리킬 때 그와 정반대되는 방향에다 또는 아무 데나 허턱대고 마구 신호탄들을 쏘아 올려 공중의 강도들이 갈피를 잡을 수가 없게 만들어 놓는 것이었다.

'이런 제기, 어느 장단에 춤을 추어야 한단 말이냐?'

이런 것을 이독공독이라고 한다. 적기가 무한 상공에 날아들기만 하면 탐조등의 광망이 거대한 장검처럼 밤하늘을 가르고 고사포탄들이 높은 하늘에다 탄막을 펼치는데 낮은 하늘에서는 푸른빛, 누른빛, 붉은빛, 흰빛의 가지각색 신호탄들이 난무하여 찬란한 불꽃놀이를 방불케 하는 성황을 이루었다. 이것을 바라보는 선장이는 우습기도 하고 슬프기도 하고 또 한편으로는 한심스럽기도 하였다. 개만도 못한 인간 쓰레기들은 어느 때나 또 어느 곳에나 있게 마련이었다. 그게 인간세상이었다.

50

선장이가 리정호와 함께 조직의 소개장을 가지고 한구에 있는, 총정치부에서 몰수한 일본 신문사의 활자를 보러 왔다가 시간이 늦어 나루를 건너지 못하여 태화 거리 숙소에서 하룻밤을 드새고, 이튿날 늦은 아침때 시계탑이 서 있는 강한관으로 도선을 타러 나왔다. 무창과 한구 사이의 도선은 이삼백 명씩을 태울 수 있는 작은 기선 두 척이 30분 간격으로 종일 오갔다. 뱃삯은 20전, 군인은 반할인하여 단돈 10전이었으나 그나마 표를 사고 배를 타는 군인은 거의 없었다. 배회사에서는 군인하고 쌈을 해 보았자 이길 승산이 없으니까 아예 단념하고 표를 사라고도 안 하고, 또 표를 보자고도 아니 하였다. 울며 겨자 먹기로 '군인 망나니들'을 거저 태웠다.

선장이와 리정호가 강한관을 바라보고 오는 중에 맞은편에서 느럭느럭 걸어오는 괴상한 행렬과 마주쳤다. 무언가 해서 가까이 오는 것을 여겨보니 놀랍게도 그것은 일본 포로병들의 행렬이었다. 무적 황군의 위풍과 사무라이 정신은 다 어디로 갔는지 가련하고도 초라한 몰골들이었다. 그런데 가관인 것은 다리를 다쳐서 잘 걷지 못하는 놈들은 인력거에다 태워서 우리 사람들이 끌고 오는 것이었다.

"저런! 아, 왜 저희끼리 끌라지 못하구 우리가 끌어?"

"애당초에 인력거가 왜 필요해? 저희끼리 업구 가래지!"

선장이와 리정호가 분개하여 서로 지껄였다.

"노예근성!"

"민족 자존심이 없는 놈들!"

"책임진 놈이 친일파가 틀림없어."

"하응흠이란 놈이 명령을 내렸는지두 모르지, 저의 상전이라구."

"일본 개!"

"늙은 일본 개!"

이렇게 욕을 해 놓고 우스워서 선장이와 리정호는 마주 보고 웃었다.

강한관 도선장에는 도선을 기다리는 사람이 남녀노소 뒤섞이어 와글와글하였다. 선장이와 리정호가 한옆에 와 서서 강한관의 시계탑을 쳐다보니 8시 20분이 조금 지났다. 선장이가 손목시계를 벗어 가지고 바늘을 맞추는 중에 까만색 승용차 한 대가 스르르 달려와 저 바로 앞에 서더니 높은 양반들 같아 보이는 사람 둘이 차에서 내리는데 하나는 회색 중산복을 입었고 또 하나는 영장을 달지 않은 군복을 입었다. 리정호가 선장이의 옆구리를 직신거리며 귓가에 입을 갖다 대다시피 하고 "보라구, 주은래다!" 하고 속삭였다.

'주은래' 소리에 귀가 번쩍 뜨여서 선장이가 얼른 눈을 들어 보니 아니나 다르랴 사진에서 본 것과 똑같은 얼굴이 지척에 있었다. 이때 진보적인 지식층 사이에 주은래의 인기는 에베레스트의 정상과 같아 비길 사람이 없었다. 선장이는 주은래를 가까이에서 보는 행복감에 잠기어 잠시 넋을 놓았다.

"그런데 이쪽의 저 군복을 입은 건 누구야?"

선장이가 귓속말로 물으니 리정호는 가볍게 머리를 가로흔들며 "모르겠어, 누군지 나두." 역시 귓속말로 대답하였다.

주은래가 아는 사람 하나를 만나 악수를 하고 마주 서서 웃으며 이야기를 나누고 있을 때 뒤에 섰던 얼굴빛이 음침한 군복 입은 주은래의 동행이 슬그머니 인총 중에 끼어들더니 눈 깜박할 사이에 종적을 감추었다. 그 해괴한 행동을 보고 선장이와 리정호가 다 같이 괴이쩍게 여기는 중에 주은래가 하던 이야기를 마치고 무심히 뒤를 돌아다보았다. 군복 입은 동행이 눈에 보이지 않았다. 영문을 몰라 주은래는 사람을 찾느라고 두리번두리번하였다. 그러나 아무리 찾아보아도 사람은 없었다. 종적을 감춘 사람이 있을 리 없었다.

그동안에 도선이 와 닿아 내릴 사람 다 내리고 또 오를 사람도 다 올랐다. 짧은 기적 일성을 울리고 배는 다시 안벽을 떠났다. 하회를 보느라고 선장이와 리정호도 덩달아 한배를 놓치었다. 승용차에서 운전사 같은 사람 하나가 내려와 주은래에게 나지막이 말 몇 마디를 하더니만 주은래는 사람 찾을 것을 단념한 듯 아무 말 없이 도로 차에 올라 온 길을 되돌아갔다.

선장이와 리정호는 무슨 영문인지 도무지 모를 일이었다. 처소에 돌아와 다른 친구들에게 목도한 사실을 그대로 옮기고 무슨 판국인지 알 만한가 하고 물어보았으나 아무도 납득이 갈 만한 해답을 주지는 못하였다.

이삼일이 지나 가지고 〈소탕보〉를 비롯한 각 신문들에 장국도가 국민당 편으로 넘어왔다는 보도기사가 대대적으로 실렸다. 그래도 선장이와 리정호는 자신들이 강한관 도선장에서 목도한 해괴한 일을 그것과 연관시켜 생각하지는 않았다.

9월 초에 동호반의 숙영지를 철거하고(발진티푸스가 돌아서) 전원 하구로 옮겨 왔다. 구름다리 밖 이전 일본인들의 고급 주택 구역에 집들을 노나 들었다.

선장이들 대여섯에게 차례진 집이라는 것은 아래층이 반지하실로 쓰이는 아담한 2층 양옥인데 출입문, 창문 할 것 없이 문이라는 문에는 다 풀색 페인트칠을 한 쇠그물 덧문(방충망)이 달려 있어 성가신 파리, 모기와 완전히 격리가 된 별천지였다. 한구 무슨 주식회사의 일본인 사장이 살던 집이라는데 보관이 어찌나 잘되었던지 서가에는 일문판 《세계문학전집》 36권 한 질이 고대로 꽂혀 있고 또 피아노에는 악보가 펼쳐진 채로 세워져 있는데 선장이가 들여다보니 그 피아노의 임자는 마스네의 '엘레지'를 탄주하다 말고 불시에 집을 버리고 한구를 떠난 모양이었다.

선장이가 얻어들은 말에 따르면 1937년 8월 초, 국민당 정부의 군사위원회는 군사 충돌에 비추어 양자강 하류의 병목인 강음을 봉쇄하여 양자강 안에 들어와 있는 일본 군함과 일본 상선들을 모짝 다 나포할 계획을 세웠다고 한다. 그런데 군사위원회 위원 중의 한 친일파가 몸에 지닌 무전기로 회의 결정을 적에게 직통한 까닭에 강음에 기뢰가 부설되기 48시간 전에 한구 일본 영사관에 철거 명령이 하달되었다고 한다. 한구에 거류하는 일본 사람들에게 한 시간 이내에 전부 양자강에 대기 중인 구축함에 승선하라는 벼락령이 내린 것은 바로 정오 ─ 점심때였다고 한다. 그래서 급살이 난 일본 거류민들은 입은 옷 입은 채로 먹으려던 밥들은 바케쓰에 쏟아 넣어 가지고 엎드러지며 곱드러지며 강가로 달려 나왔다고 한다. 거류민들을 만재하고 전속으로 내리닫는 일본 군함들은 강음 포대 밑에 기뢰 부설이 완료되기 두 시간 전에 아슬아슬하게들 호구를 벗어났다고 한다.

상해에 도착한 한구 일본 난민들이 중국 당국의 처사를 비난하는 보도기사를 대대적으로 실은 〈상해신문〉은 선장이도 당시 대장 거리에 주둔하고 있으며 읽어 보았다. 그 신문에는 '의지가지없는 난민들의 비참한 정경'이라는 것을 찍은 사진들도 여러 장 곁들여 실었다.

적에게 정보를 제공한 매국적은 후에 들추어 나서 남경 우화대에 끌려 나가 총살을 당하였는데 그 가족들까지 씨알머리를 없앴다고 한다. 고중에 다니는 딸이 그 아비의 언걸로 형장에 끌려 나와 총살을 당하는 것을 보고는 눈물을 흘리는 사람들까지 있었다고 한다. 그 후부터 군사위원회가 열릴 때면 무전기를 몸에 지니고 입장하는 것을 방지하기 위하여 위원장인 장개석이가 먼저 문 앞에서 두 손을 쳐들고 자신부터 몸뒤짐을 시키는 까닭에 회장에 들어가는 놈들은 누구나 다 몸뒤짐을 당하고야 들어간다는 것이었다. 이것은 다 선장이가 주워들은 이야기들이므로 어디까지가 사실이고 또 어디까지가 덧보탬인지는 알 수 없다. 가족까지 씨알머리를 없앴다는 대목과 장개석이가 두 손을 들고 몸뒤짐을 시킨다는 대목은 선장이가 듣기에 신빙성이 너무 좀 부족한 것 같기는 하나 그렇다고 또 아니라고 반박을 할 만한 반증도 없는 까닭에 선장이는 그저 '참고'로 삼기로 하였다.

일본인 사장의 딸(뒤져낸 앨범에서 피아노를 치던 게 딸인 것을 알았다. 희세의 미인이었다. 하긴 항시 이성에 대한 만성적 기근 상태에 처해 있는 총각들의 눈에 그렇게 비치었는지는 모르지만서도 하여튼) 마키노 사나에 양이 두고 간 물건들 중 일기장 한 책이 드러난 것이 아연 인기를 끌었다. 그 일기장은 대번에 조선의용대 총각들의 애독서, 필독서로 되어 머리가 커다란 총각 녀석들이 서로 제가 먼저 보겠다고 쌈질을 하기에 이르렀다. 일기장에 적힌 간단간단한 글들 중 특히 입입이 애송된 것은 다음 같은 한 구절이었다.

"아이 귀찮아, 또 월경이 왔네!"

조선의용대가 정식으로 발족하기 직전에 중공 대표 주은래 동지가 와서 축하의 뜻을 표하고 또 보고를 하였다. 그것은 후일 태항산 항일근거지에서 팽덕회 동지가, 여러 겹의 봉쇄선을 뚫고 들어온 조선의용대 동지들에게 환영의 뜻을 표하고 또 보고를 한 것과 아울러 조선의용군사에 특기할 대사였다(조선의용대는 후일 해방구로 넘어가 조선의용군으로 확대되었다).

머리를 막 깎은 주은래 동지가 강소성 북부의 사투리가 약간 알리는 말씨로 보고를 하는 동안 완전히 매혹된 청중 — 조선의용대 대원들은 개개 다 저도 모르게 숨소리를 죽였다. 주은래 동지는 두 시간에 걸친 정치 보고 가운데서 사회혁명과 민족해방의 관계 등 일련의 문제들을 풀이한 끝에 장국도가 도망친 전말도 언급을 하였다.

그 전말을 듣고 선장이는 기가 막혀 입을 딱 벌렸다. 옆자리에 앉았는 리정호를 돌아보니 리정호도 역시 입을 딱 벌리고 선장이를 마주 보는 것이었다. 선장이와 리정호는 우연하게도 한 역사적 사건의 목격자로 되었던 것이다. 알고 보니 그날 강한관 도선장에서 본, 주은래와 함께 승용차에서 내렸다가 이내 종적을 감춰 버린 군복 입은 낯모를 사람은 — 장국도였다!

장국도는 제멋대로 섬북을 떠나 무한으로 왔다. 주은래 동지는 한구에 설치되어 있는 팔로군 판사처에서 장국도와 여러 차례 간담하였다. 주은래 동지는 장국도에게 무산계급을 저버리지 말고 또 스스로의 신세를 조지지 말라고 간곡히 당부하였다. 그리고 당분간 조직을 떠나

가지고 자유로운 입장에 서는 것도 무방하니 제발 덕분 반동파에게 이용만 되지 말라, 이런 말까지 하였다. 이튿날 주은래 동지는 장국도와 함께 장개석을 보러 갔다. 이때 장개석의 임시 대본영 — 행영은 무창에 설치되어 있었다. 두 사람이 강한관 도선장에 와 도선을 기다리는 중에 주은래 동지는 아는 사람 하나를 만나 몇 마디 한훤수작을 나누게 되었다. 그런데 그 짧은 몇 분 동안에 등 뒤에 서 있던 장국도가 종적을 감추었다. 아무리 두리번거려도 장국도는 보이지를 않았다. 그러는 동안에 선객을 만재한 도선은 뱃줄을 감고 안벽을 떠났다. 이삼일 후에야 주은래 동지는 비로소 소식을 듣게 되었는데 당시 장국도는 혼자 몰래 뒷구멍으로 빠져 가지고 장개석이를 보러 갔다. 그 결과 장국도는 매수를 당하여 혁명을 배반하였다.

이삼일 후에 곽말약 청장이 와 보고를 하는데 선장이 머릿속에 오래도록 남은 것은 그가 소싯적에 처음 일본으로 건너갈 때 상해에서 배를 타고 간 것이 아니라 기차로 신의주에서 부산까지 조선 반도를 종단하여 부산과 시모노세키 사이를 연결하는 관부연락선을 타고 갔다는 것이었다.

조선의용대 대원들은 그 직위의 높고 낮음을 막론하고 한 달 급료가 일률적으로 20원이다. 물가가 오른 데 비하면 거의 '기아임금'이었다. 국민당 군대에 단독으로 나가 복무하면 여러 갑절 많은 급료를 받을 수 있었으나 그런 것을 헤아리는 '수전노'는 조선의용대 대원들 중에 하나도 없었다(하나도 없다는 것은 좀 어폐가 있다. 그 얼마 안 되는 급료를 꽁꽁 모아 두었다가 더러운 목적에 쓴 추물 하나가 있었다. 이것은 나중에 알게 될 것이다).

선장이와 장준광이 강안욕지라는 규모가 상당히 큰 목욕탕으로 목욕을 하러 갔다. 장준광이 주제넘게 "대중탕은 너무 좀 저급이야. 독탕

236

에 들어가자구." 신분에 어울리지 않는 과람한 제의를 하여 선장이는 좀 미타히 "아무려나." 끄는 대로 끌려들어 갔다. 독탕은 침대가 둘에 보트 모양의 사기를 올린 양식 목욕탕이 둘에 거울이 붙은 세면대가 하나에 또 깨끗한 욕의가 한 벌씩에 — 한마디로 말하여 — 고급이었다.

찻주전자를 들고 들어온 보이가 곱게 보이려는 것처럼 웃는 얼굴로 물었다.

"등을 밀어 드릴깝쇼?"

"아니, 고만두어."

목욕을 하고 나서 침대에 드러누워 쉬는데 또 들어와 물었다.

"발톱을 깎아 드릴깝쇼?"

"아니, 고만두어."

"안마를 해 드릴깝쇼?"

"아니, 고만두어."

"그럼 구두를 닦아 드릴깝쇼?"

"아니, 고만두어."

다 방색하였다. 더 말할 것도 없이 돈이 들까 봐서였다. 보이가 이 두거지 같은 욕객에게서는 우려낼 건데기가 없다는 것을 깨닫고 덜 좋아하는 기색으로 물러 나갔다. 옷들을 다 주워 입고 나서 장준광이 보이를 불렀다.

"계산서."

찻물까지 모두 해서 90전이었다. 장준광이 1원짜리 한 장을 꺼내 주고 거스름돈이 필요 없다는 뜻으로 손짓을 하였다. 팁 10전이 좀 약소하기는 하나 그렇다고 또 뭐 안 될 것도 없었다. 그런데 뜻밖에도 보이는 입을 실쭉하고 곧 제 위생복 호주머니에서 돈 10전을 꺼내어 앞상 위에다 탁 놓으면서 "우린 이런 팁을 받을 줄 모릅니다." 하고 비양스럽게 말하는데 그 말 뒤에는 '다랍게 10전을 내놔? 체!' 하는 뜻이 포함되어 있었다. 선장이가 미처 입을 열기 전에 장준광이 재치 있는 깎아치기 한 대를 안겨 주었다. 그는 "오, 그래? 거참 잘됐군!" 하고 앞상 위의 거스름돈 10전을 얼른 집어 호주머니에 도로 넣더니 선장이를 돌아보고 "자, 가자구." 말하고 태연스레 앞을 서서 걸어 나가는 것이었다.

선장이와 장준광은 감주 먹은 고양이 상을 하고 섰는 보이를 본체만체하고 현관까지 나오자 곧 배들을 그러안고 한바탕 웃어 대었다.

'가소로운 보이 놈!'

대무한을 보위하는 시민들의 사기를 고무하기 위하여 한구청년회관에서 연극 공연들을 하는데 조선의용대에서도 단막극 하나를 올리기로 하였다. 피치 못할 사정이라 선장이가 각본을 쓰고 리정호가 연출을 맡았는데 여자는 하나도 등장하지 않는 '남성극'이 되어 버렸다. 그래도 '서광' ── 이름만은 그럴듯하였다. 극의 종말에 가서 혁명군에게 통쾌하게 총살을 당하는 특무 역을 담당할 사람이 마땅찮았다. 이 사람 저 사람 물색하던 끝에 진경성이라는 중앙군교 광동분교(황포) 출신의 친구 하나를 선정하였다. 그런데 이 친구가 대번에 "못 해, 못 해! 특무 역은 못 해! 용사 역은 해두, 특무 역은 못 해. 죽어두 못 해. 못 한다면 못 하는 줄 알아!" 하고 머리를 송충이 대가리 내두르듯 하여 그 것을 설복하느라고 숱한 사람이 입을 닳리었으나 막무가내였다.

진경성이는 원체 사람이 좀 여덟 달이라 축에 못 들기는 하였으나 특무 역에는 안성맞춤이었다. 언젠가 한번 선장이가 놀리느라고 진경성이에게 짐짓 물어보았다.

"이봐 진경성, 자동차하구 자전거하구 어느 게 빨라?"

"그야 물론 자동차가 빠르지."

선장이가 일부러 다른 친구들을 돌아보며 "어, 이것들 좀 보라구. 이 치가 자전거보다 자동차가 더 빠르다는 거야!"하고 큰소리로 떠드니 다른 친구들이 알아차리고 능청스레 "저런 팔삭둥이, 자동차가 빨라?", "야, 이 바사기. 정말 자동차가 더 빠르냐?" 눈짓콧짓 다 해 가며 타박들을 주었다. 진경성이는 얼굴이 시뻘게져 가지고 "자동차가 더 빠르잖구! 자전거에다 비해? 더 빠르잖구!" 기가 나 제가 옳다고 우기는 것이었다. 이런 위인이다 보니 그 고집을 녹이기란 이만저만 힘이 들지가 않았다.

장관의 연극을 청년회 무대에 올려놓고 관객석에 쪼그리고 앉아 보다가 선장이는 얼굴이 뜨뜻해나서 몸 둘 바를 몰랐다. 형편이 없었다. 그러나 항일 전쟁에 외국 벗들이 참전하였다는 정치적 의의를 평가해 주어 이튿날 신문에 좋다는 극평이 자그마하게 한 토막 실리기는 하였다.

"야, 그 잘난 연극을 또 괜찮다구 했다야."

"중국 사람들이 워낙 대륙성이 돼 놔서 야박스럽겐 굴잖아. 커치(친절하다) 몰라, 커치?"

"남은 대사를 잊어 먹구 쩔쩔매는데…… 생전 어디 뒤에서 깨우쳐 줘야 말이지. 넨장할!"

"말 말아, 그놈의 대사가 어떡허다 중간 한 장이 떨어져 나갔지 뭐야. 그걸 찾느라구 나두 땀을 뺐다야."

"저런 탯덩이!"

"아하하! 뒤죽박죽이군!"

극평이 실린 신문을 들여다보며 받고차기로 지껄이고 있을 즈음 별안간 또 공습경보가 다급한 소리를 질러 대었다. 하지만 대피호를 찾아가는 사람은 하나도 없었다. 프랑스 조계는 프랑스제국주의를 덧들일까 봐 폭격을 삼가하고 또 일본 조계는 저희들의 재산이라고 아까와서(다시 또 와 살아야겠으니까) 폭격을 아니 한다는 것을 다들 잘 알고 있기 때문이다.

"저런, 저런…… 저게 어느 바루야?"

"강안정거장 아니야?"

"비슷해."

"저 지랄 좀 봐. 아주 막 미쳐 날뛰잖나!"

공중 비적들의 광란하는 꼴을 바라보다가 경보가 해제되기가 바쁘게 대여섯이 주먹들을 불끈 쥐고 현장으로 달려갔다. 집중 폭격을 받은 것은 과연 강안정거장이었다. 오히려 역사 건물은 별로 손상을 입지 않았으나 구내에 서 있던 군용열차가 참혹하게 당하였다. 온 데 송장 천지고 부상병 천지였다. 숱한 들것들이 동원되어 부상병과 일반인 부상자들을 실어 나르는데 선장이가 보니 그중의 한 들것에는 몽탕 끊어진 피투성이의 발목을, 신음 소리를 내는 그 임자와 함께 담아 가지고 갔다.

'저 발목은 갖다가 무얼 하려나?'

선장이가 괴이스레 여겼다. 아마 담아 가지고 가는 사람들도 경황없는 중에 그저 그 사람의 소유물이니까 의당 함께 담다 주어야지쯤 생각하는 모양이었다.

역전에 꽤 넓은 잡목림 하나가 있는데 그 속에 들여 매었던 군마들이 사오십 필 거의 전멸된 참상은 선장이를 뒤흔들어 놓았다. 채 죽지 않은 말들이 땅바닥에 드러누워(고삐가 나무에 매인 까닭에 고개들은 쳐들고) 물똥 피거품똥을 내갈기며 안간힘을 쓰고 있는 모양은 차마 눈을 뜨고 볼 수가 없었다. 자신의 꼭 죽을 운명을 모르고 있는 말의 핏발 선 눈과 눈이 마주칠 때 선장이는 눈길을 피하였다. 일본 강도에 대한 원한과 분격이 새삼스레 선장이 가슴속에서 용트림을 쳤다.

1938년 10월 10일에 조선의용대가 정식으로 발족하였는데 대장은 중외에 위명을 떨친 김청산이고, 제1지대 지대장은 내전에 참전하지 않으려고 연대장의 자리를 내놓고 중앙군교 광동분교에 전술 교관으로 갔던 방효삼이고, 그리고 제2지대 지대장은 중앙군교에서 선장이들의 소대장을 담임하였던 리익선이었다. 제1지대의 정치위원은 왕통이고 제2지대의 정치위원은 김학무인데 이 두 사람은 다 선장이의 군교 때 동기동창이었다. 그러나 정치적 식견은 선장이 또래보다 까맣게 높은 사람들이었다.

이날 발대식에 참석한 대원들 중에 '만록총중 홍일점'으로 여대원 하나가 있었으니 그 이름은 김위라고 하였다. 이때 중국 영화계에서 '영화 황제'라고 불리던 조선 사람 인기 배우 김염의 방년 23세의 누이동생이었다. 후에는 여대원이 많이 늘었지만 이날의 창립대원 중에는 여대원이 김위 하나밖에 없었다. 식순의 하나로 대원들에게 배지 하나씩 달아 주었다. 거기에는 '조선의용대(朝鮮義勇隊)'라는 한문 글자 다섯 자와 코리안 볼런티어(Korean Volunteers)라는 영어 글자 한 줄이 새겨져 있었다. 이어 제2지대에 각각 군기가 수여되었다. 그 군기 밑에 서서 대원들은 멸적의 기세 드높이 선서를 함으로써 민족의 사업에 충성을 다할 것을 다짐하였다.

그 후 대세가 기울어져 부득이 무한을 철수하지 않을 수 없게 되었을 때 조선의용대의 열혈남아들은 물색없이 그냥 물러나지 않고 적들에게 탁탁한 선물을 남겨 주기로 작정을 하였다. 그 전말은 조선의용대와 끊을래야 끊을 수 없는 인연이 있는 곽말약 선생더러 좀 서술해 주십사고 하자, 곽말약 선생은 그 저서 《홍파곡》에서 아래와 같이 서술하였다.

일본 조계는 원래 다 폭파해치우기로 결정하였던 까닭에 주민들이 싹 이사를 가 버려 더군다나 묘지같이 황폐하였다. 그러나 사람들의 이목을 끄는 것은 거리의 담벼락들과 길바닥에다 콜타르로 굵게 크게 일본글 표어들을 써 놓은 것이었다.

"병사들은 전선에서 피를 흘리고 재벌들은 후방에서 호사를 한다." 또는 "병사들의 피와 생명, 장군들의 금까치(무공)훈장." 이런 글귀들은 바로 안날 내가 지은 것인데 오늘 벌써 담벼락에 나타나고 급수탑에 나타나고 또 길바닥에 가로누웠다.

이것은 마땅히 조선의용대 벗들에게 치사를 해야 할 일이다. 그들은 철수를 불과 며칠 앞둔 시각에 동원되어 이 일을 도맡았다. 그들은 제3청에서 찍어 낸 '대적군 표어구호집'과 내가 임시로 지은 몇 가지에 근거하여 한구 시내에다 있는 힘껏 써 제끼고 있는 것이었다. 조선 벗들이 나서 주었기에 내 눈으로 본 바, 온 한구 시내가 글자 그대로 정신의 보루로 변해 버린 것이었다.

내 이 말은 결코 허풍을 떠는 것이 아니라 사실에 근거한 것이다. 후에 우리는 일본 포로들의 공술에서 알게 되었는바 적들은 무한을 점령한 뒤 그 표어들 때문에 여간 골머리를 앓지 않았다는 것이다. 그들은 옹근 사흘 동안 야단법석을 해서야 겨우 그 표어들을 다 지워 버렸다는 것이다. 그러나 거리에 써 놓은 것을 말끔히 지워 버렸다고 해서 머릿속에 이미 들어박힌 것도 말끔히 가셔졌다고는 말할 수가 없을 것이다.

나의 탄 자동차가 후성 거리를 지날 때 표어를 쓰는 사람들은 일에 열중하여 여념들이 없었다. 그들은 삼삼오오 짝들을 지어 콜타르 통, 뻥끼 통들을 들고 또 사다리들을 메고 촌분을 다투며 일에 몰두하고 있었다.

그것은 나를 가장 감동시킨 일막이었다. 그러나 동시에 또 그것은 나를 가장 참괴하게 만들어 준 일막이기도 하였다. 그들은 모두 조선의 용대의 벗들이었다. 그 가운데는 단 한 명의 중국 사람도 끼어 있지 않았다는 것을 나는 잘 알고 있었다. 우리 중국에도 일본말을 아는 인재는 적잖을 것이다. 일본 유학을 한 학생이 줄잡아도 몇십만 명은 될 테지? 그런데도 무한이 함락의 운명에 직면한 이 위급한 시각 우리를 대신하여 대적군 표어를 쓰고 있는 것은 오직 이 조선의 벗들뿐이라니!

51

서선장이 소속한 제1지대는 악양을 경유하여 막부산 전선으로 진출하게 된 까닭에 강한관 근처에서 기선에 올라야 하였다. 막부산은 호남성과 호북성의 성계를 이루는 장산으로 무창을 점령한 적군이 국도를 따라 장사로 내려오자면 반드시 거쳐야 하는 군사 요충지대였다.

선장이가 맨 나중에 배에 오르려고 막 발판에 한 발을 올려 디뎠을 때 아까부터 지팡막대를 짚고 멍하니 바라보고 섰던 백발이 성성한 노인 한 분이 몇 걸음 지척지척 앞으로 나오더니 선장이를 보고 "당신네가 떠나가면…… 우리는 어떡허라는 거요?" 하고 갈린 목소리로 묻는 것이었다. 원망하는 것 같기도 하고 나무라는 것 같기도 한 그 말 한마디에 선장이는 부끄럽고 또 한스러워 어찌할 바를 몰랐다. 자신이 도탄에 빠진 백성을 돌보지 않고 제 한목숨만 살겠다고 도망질을 치는 비겁쟁이로 생각되었다. 혼자 뒤에 떨어져 가지고 들이닥치는 일본 놈들과 한바탕 시가전을 벌이다가 죽어 버렸으면 통쾌할 것만 같았다.

"노인님, 우리는 곧 다시 돌아올 겁니다."

이런 말로 노인을 위안하는 외에 다른 도리가 선장이에게는 없었다. 노인은 강바람에 허연 수염을 불리며 말없이 고개만 절레절레 흔들었다.

뱃전 난간에 기대서서 차츰 멀어지는 고성낙일의 무한삼진을 바라보는 선장이는 통곡이 금세 목구멍에서 터져 나올 것만 같았다. "왜?" 하고 리정호가 와서 어깨를 건드렸다. 선장이는 심란하여 대꾸를 아니하고 그저 고개만 저었다. 리정호가 선장이의 마음속을 헤아리고 "이게…… 전쟁이라는 거여." 하고 위로하듯 말하는 그 말속에 무슨 철리가 담겨져 있기라도 한 것 같았다. 선장이가 침울한 얼굴로 "또 남경 같은 도륙이 벌어지면 어떡허지?" 하고 걱정하니 리정호는 "아니, 아니…… 그렇지는 않을 거야. 한구에는 프랑스 조계가 있으니까, 외국 사람들의 눈을 꺼려…… 그렇게는 못 할 거야. 못 하잖구!" 하고 잘라 말하는 것이었다.

"글쎄…… 그렇다면야 오죽이나 좋을까."

"두구 보라니, 내 말이 맞잖나. 남경서처럼 그렇게 못 해."

악양에서는 또 하나의 사기 떨어지는 소식이 제1지대 성원들을 기다리고 있었다 — '광주 함락!'

무창의 황학루와 더불어 세상에 그 이름 높이 난 악양의 악양루는 동정호의 물이 양자강으로 흘러드는 물목에 우뚝 서 있는데 그 누다

락에 올라서서 앞을 바라보면 하늘 끝 간 데까지 구불거리며 뻗어 올라간 양자강의 은띠 같은 물줄기가 한눈에 안겨 왔다. 참으로 웅대한 전망이었다. 그 악양루 난간에 홀로 기대서서 선장이는 차탄해 마지않았다.

'이런 큰 나라가 이 지경에 이르다니!'

'왜놈들이 광주를 점령하는 데 하루밤에 안 걸렸다구?'

선장이는 입이 썼다. 무능한 국민당 군대 장령들에 대한 경멸감으로 속이 곧 메스꺼울 지경이었다.

'밥벌레 같은 놈들!'

악양 거리는 가게 문들이 거의 다 굳게 닫혀 있어 죽음의 거리화하였다. 적기의 빈번한 폭격만 해도 견뎌 내기가 어려운 데다가 적의 함정들이 양자강을 거슬러 올라온다는 뜬소문 — 민족 반역자들이 유포하는 유언비어까지 겹쳐 민심이 흉흉하여 모두들 가근방 촌마을로 소개를 해 버린 것이었다. 이곳저곳으로 먹을 것을 뒤지러 다니는 개들까지 갈빗대가 앙상하게 드러났는데, 빈 가겟방 빈지짝 밑으로 새까만 고양이가 샛노란 눈으로 바깥 동정을 살피는 모양은 공연히 보는 사람의 몸에 소름이 끼치게 하였다.

악양서부터 막부산 전선까지는 육로로 도보 행군을 해야 하는 까닭에 군사물자를 실어 나를 말 몇 필을 우선 구해야 하였다. 그래서 주변의 마을들로 말을 사러 나가는데 선장이도 뽑히어 따라가게 되었다. 몇몇 기병과 출신과 포병과 출신이 말을 잘 아는 까닭에 주역들이 되고 선장이같이 말을 잘 모르는 축들은 보조원 노릇을 하였다. 중국은 자래로 남선북마였으므로 강남에서는 주요한 교통수단이 배였다. 말은 북방에 비하면 퍽 희귀한 편이었다.

여러 군데 돌아다녀 보았으나 말이 시원찮아 맘에 들지 않거나 또는 말은 맘에 들어도 값이 너무 틀려 흥정이 되지를 않아 공연히 반나절 좋이 헛다리품들만 팔았다.

"제기, 천리마를 구하는 거야? 짐이나 싣구 다닐 복마를, 아무런 거면 어때!"

"가만두어라, 기병대장이 되구 싶은 모양이다."

"부존니? 차파예프?"

"아니, 칭기즈칸."

"쥐뿔두 모르면서…… 입들이나 닥치구 좀 가만있어."

"이제 그놈, 순 도둑놈이다. 300원이 뭐야 글쎄? 날도둑놈 같으니!"

"칼을 들구 저 고개 밑에 가 앉았으라지."

"국민당 군대에 걸렸으면…… 눈에 불이 번쩍 나게 따귀를 떨린 지 두 벌써 옛날일 게다."

"따귀만? 말은 거저 끌어가잖구?"

"그러게 말이지."

"우리가 점잖게 대해 주니까 넘봐서 그러는 거여."

"그런 건 처음부터 으르딱딱거려 놔야 한다니까."

대여섯이 씩둑꺽둑 지껄이며 다음 동네에를 오니 오는 날이 장날로 그 동네 리(里)사무소 앞마당에서는 마침 도시 사람들로는 좀체로 보기가 어려운 행사가 벌어졌다. 한데다가 단을 모으고 또 휘장을 둘러치고,

"입대하는 것은 영광이다!"

"정부의 호소에 적극적으로 향응하자!"

"일본제국주의를 타도하자!"

"장 위원장을 옹호하자!"

이런 따위 표어들을 죽 붙여 놓고 대위 징병관이 입회하에 제비뽑기들을 하고 있었다.

징병은 적령자를 전부 뽑는 게 아니고 그중 일부만을 뽑는 까닭에 제비를 뽑히는 것이었다. 각탁 위에다 큰 꽃병만 한 첨통 하나를 올려 놓고 그 속에다 첨대 같은 것을 가뜩 꽂았는데 그것이 곧 제비였다. 시골 생장의 적령자들이 대개는 얼굴이 해쓱해 가지고 부들부들 떨며 조심스레 그 운명의 댓가지들을 뽑는데 개중에는 씁쓸한 얼굴로 대수롭잖게 덥썩 뽑는 축도 더러는 있었다. 그런 축들은 — 짐작하건대 — 농촌 구석에서 억년 해 보았자 그 식이 장식으로 신통할 게 하나도 없는 농사를 짓고 있느니 차라리 군대에 나가 총을 메고 우쭐렁거리며 바깥바람을 좀 쐬어 보는 것도 해롭지는 않을 거라고 생각들 하는 모양이었다. 사랑하는 아들이 불행하게 '응(應)'자를 뽑았다고 질금질금 눈물을 흘리며 앞치마 자락으로 콧물을 닦는 어머니가 있는가 하면 병정이 되어 보려던 기대가 어그러져 "제기." 하고 뒤통수를 긁으며 돌아서는 적령자도 있는 가운데 "자, 300원! 현금 300원……. 누가 우리 아들 대신 나가겠나?" 하고 만일의 경우에 대비하여 미리 준비해 가지고 왔던 돈뭉치를 내흔드는 살림이 오붓한 집 아버지도 있었다.

이때 잘사는 집들이 장정을 사서 제 자식 대신 내보내는 것은 합법적이었다. 그리고 아들을 여러 형제 둔 못사는 집에서 몸값을 받고 아들 하나를 대신 내보내는 것도 보통 있는 일이었다. 국민당 통치 구역다운 징병제도였다. 그런데 비참한 것은 일단 뽑히기만 하면 압송되는 죄인처럼 모두 한 줄에 묶여 가야 하는 것이었다. 압송하는 것은 물론 징병관과 그 수하의 무장한 병사들이다. 도타하는 것을 방지하기 위한 조처였다. 선장이는 불현듯 두보의 시 한 구가 머릿속에 떠올랐다.

신혼을 못 잊어 말고
어서 군대에 나가 주소서.

비참은 하여도 이 군대에는 나가야 하였다. 군벌들끼리 서로 잡아먹기를 하는 전쟁이 아니고 이족 침략자를 몰아내기 위한 민족 전쟁이기 때문이다. 생리사별하는 혈육들의 울음의 바다를 물끄러미 바라보며 선장이가 이와 같이 생각을 하였다.

제1지대가 악양을 떠난 다음다음 날 초경에 남강교에 다달아 보니 무창에서 장사로 통하는 국도는 꼬리를 물고 달리는 자동차들의 헤드라이트 불빛으로 대도시의 번화한 거리처럼 휘황찬란하였다. 낮에는 국도를 따라 저공비행을 하며 목표물을 이 잡듯 하는 적의 비행기를 피하느라고 쥐 죽은 듯 위장그물을 들쓰고 숨어 있어야 하는 군용자동차들이 어둠의 장막만 내리덮이면 일시에 살아나 가지고 길들을 조이기 때문이었다.

그런데 괴이한 것은 그 숱한 자동차들이 싣고 온 탄약상자를 어느 일정한 장소에 부리는 게 아니라 전선인 막부산 방향에서 후방인 평강 방향으로 양쪽 길섶에다 줄을 대다시피 부리는 것이었다. 선장이가 괴이스레 여기어 앞서가는 방효삼을 따라잡아 가지고 "대장 동무, 저건 어쩌자구들 저러는 겁니까?" 하고 물어본즉 방효삼은 말이 없이 그저 쓴웃음만 웃었다. "까닭을 모를 일이 아닙니까?" 하고 선장이가 잼처 물으니 방효삼은 그제야 "뒷걸음질을 치며 쓰려는 거지." 말하고 머리를 설레설레 저었다.

"아니, 미리 퇴각할 준비부터 한단 말입니까?"

"이 부려 놓은 탄약들이나 다 쓰구 퇴각을 하면 또 괜찮게."

"그 지경입니까?"

방효삼은 서글픈 얼굴을 하고 더 말을 아니 하였다. 국민당 군대의 전투력을 그는 너무나 잘 알고 있었다.

길가에는 버리고 간 빈집들이 숱하였다. 사람은 달팽이가 아니므로 피난을 가도 집을 떠메고 가지는 못하였다. 숙영을 하는데 선장이네 분대에 차례진 것은 주인 없는 지물전이었다. 전방에를 들어가 보니 주인은 쓰고 사는 집뿐만 아니라 재산까지도 즉 지물까지도 다 그대로 두고 몸만 빠져나갔다. 원래는 자물쇠가 잠긴 것을 어느 무지스러운 손이 비틀어 뜯고 들어와 벌써 하룻밤을 드새고 간 모양으로 방바닥에는 침대 대신, 요 대신 깔고 잔 백로지 축들이 낭자하였다. 집안은 어디를 가나 온통 종이 천지였다. 새하얀 종이 위에 시커면 신발 자국들이 어지러이 난 것을 보는 선장이의 마음은 흡사 마구잡이에게 능욕당한 처녀의 알몸을 보는 것과도 같이 애처로왔다. 아까와 가슴이 쓰릴 지경이었다.

새벽같이 또 행군을 시작하여 전선으로 향하는데 길가에 군데군데 화강석으로 쌓아 올린 첨성대 모양의 포대들이 서 있었다(첨성대는 신라 시대의 천문대로서 경주에 있다). 포대와 포대 사이의 간격은 오륙백 미터씩 인데 마주난 총으로 맞바라보게 되어 있어 개미 새끼 한 마리 새어 나가지 못하리만큼 완벽한 봉쇄선을 이루고 있었다.

"저 포대들은…… 뚱딴지같이, 무어 하는 거야?"

"글쎄 말이야."

"그래두, 무슨 용도가 있어서 세웠겠지? 한두 개두 아니구 저렇게 숱하게…… 끝이 없구먼그래."

대원들의 지껄이는 소리를 귓결에 듣고 앞서 가던 방효삼이 뒤를 돌아보고 웃었다.

"저게 대체 무어 하는 겝니까, 대장 동무?"

"그게 바루 장개석이의 걸작이요. 이른바 포대 정책의 산물이요. 소비에트 구역을 봉쇄하느라구 세웠던 거요. 이 일대가 바루 내전시의 상악공 혁명 근거지였소."

"이 지랄을 하느라구 일본 놈들이 나라를 떠가는 것두 내버려 두었구먼요."

누군가가 이렇게 말을 받으니 방효삼은 "먼저 안부터 다스린다는 게 당시의 구호였으니까." 하고 한마디 주를 달았다.

"망할 늦을 했구먼요."

"그러지만 않았더면…… 오늘날 이 지경으루까지 몰리지야 않았겠지." 하고 방효삼은 괴탄을 하였다.

낮전에 오른손 편 언덕배기 잔산 밑에 포실해 보이는 촌락 하나가 바라보였다. 대오는 일단 거기 들어가 숙영을 하고 그리고 지대장은 정치위원과 함께 부근의 국민당 군대 군단사령부를 찾아가 일을 의논하기로 작정이 되었다. 대오는 큰길을 벗어나 촌길로 잡아들었다. 무심히 앞을 바라보니 마을 뒤 잔솔이 듬성듬성한 잔산마루터기에 옹긋쫑긋 내민 사람들의 머리가 마치 호박산에 호박 열리듯 하였다. 그 사람들은 마루터기에 죽 엎드려 고개만 쳐들고 저의 마을을 향하고 들어오는 대오의 동정을 살피고 있는 모양이었다.

"대체 저것들이 저기서 무얼 하구 있는 거야?"

"우리를 구경하는 모양인가?"

"우리를 왜놈의 군대루 잘못 안 게 아니야?"

"설마……."

"그럼?"

까닭들을 몰라 하다가 짓궂은 장난을 일쑤 잘하는 오셀로가 짐짓 대오 앞에 나서서 우르르 쫓아가는 시늉을 하니 잔산마루터기에 엎드려 있던 사람들이 질겁하여 와 떼도망을 치는데 그 모양이 흡사 무엇에 놀란 떼 꿩이 깃들을 치며 날아나는 것 같았다.

연도에 대문짝만큼씩 한 포고들이 나붙은 것을 보며 왔는데 그 내용인즉 제9전구 사령장관 진성이가 관하 부대들에게 인부를 강제징용하지 말라고 신칙한 것이었다. 위반하는 자는 엄벌에 처한다고 명시되어 있었다. 그러나 전쟁판에 그런 포고에 찔끔하여 인부를 강제징용 못 할 군대는 거의 없었다. 부적을 붙이거나 '각항저방심미기(角亢氐房心尾箕)'를 외는 것쯤으로 귀신을 막아 내지는 못 하는 법이었다. 이때의 형편이 일단 인부로 끌려가기만 하면 몇 달간 고생하다가 놓여나는 것쯤은 약과요, 까딱하면 목숨마저 부지를 못하는 경우가 많았다. 그러니 백성들이 군복 입은 사람만 보면 상궁지조가 되는 것도 무리가 아니었다.

대오가 마을 안에를 들어와 보니 어느 집에고 남아 있는 것은 모조리 늙은 여자와 아이들뿐, 끌어다 부릴 만한 장정은 하나도 없었다(장정은 모두 뒷산에 피신하여 수시로 떼도망칠 준비들을 하고 있었다).

'허구한 날 이러구서야 사람이 어떻게 산담?'

선장이는 마을 사람들의 고된 운명에 만강의 동정을 기울였다.

집들을 노나 드는데 보니 담벼락 여기저기에 빨간 물감으로 또는 하얀 석회로 굉장히 크게 써 놓은 표어들이 눈에 띄었다.

'장개석을 사로잡아라!'

'백색 비적을 소탕하자!'

'소비에트 정권 만세!'

'주덕, 모택동을 사로잡자!'

'적색 비적을 토멸하자!'

'귀순하면 전도가 있다!'

내전 시기에 적아 쌍방이 들락날락하며 써 놓은 것을 지우지 않고 그대로 내버려 둔 것이었다.

내전이 좀 뜨음해지니 이번에는 또 항전, 죽어나는 것이 백성이었다!

강제징용이 무서워 인가에 붙지 못하고 한데 나가 해를 지우는 딱한 사람들을 안심시켜 데려 들어오는 일이 우선 급하여 정치위원은 숙영지에 남아 가지고 그 일을 알음하기로 임시 분공이 되었다. 지대장만 군단 사령부로 가는데 선장이가 지명이 되어 부관의 역을 담당하게 되었다.

방효삼이 군단장을 만나 협동작전에 관한 일을 타합하는 동안 선장이는 부관실에서 대령하게 되었다. 끼끗하게 생긴 군단장의 대위 부관이 붙임성 있게 선장이를 보고 "우리 여기 일본 포로병 둘이 있는데…… 한번 만나 보시겠소?" 하고 말을 내어 선장이는 선뜻 "일본 포로요? 한번 좀 봅시다." 하고 흥미를 가졌다. "말이 통하지 않아 아직 자세한 건 모르는데…… 금명간 장관 사령부루 올려 보낼 거요. 아무튼 데려다 구경이나 한번 하시우." 말하고 부관은 곧 호위병을 불렀다.

"그 일본 포로, 밥들 먹였나? 그럼 곧 가서 이리 데려오두룩."

호위병이 득돌같이 가서 데리고 들어온 두 일본 포로병은 상등병 하나와 일등병 하나인데 풀들이 죽어서 파김치가 된 데다가 여러 날 면도질을 못하여 수염들이 텁수룩한 게 몰골이 말이 아니었다. 걸상을 밀어 주며 앉으라고 하니까 어려워서 감히 앉지 못하고 주밋주밋하다가 선장이가 일본말로 "오가케나사이(앉으시오)." 하고 손짓을 하니 두 놈은 귀에 익은 저의 나라 말에 귀들이 번쩍 뜨이는 모양으로 여공불급하게 "하이(네), 하이." 하고 허리들을 굽실거리며 걸상 끝에 엉덩이를 조금씩 붙이는 것이었다.

선장이가 일본말로 말을 묻고 또 포로들이 순순히 그 묻는 말에 대답하는 것을 보고 선장이 옆에 앉았는 주인 부관과 문 옆에 섰는 호위병이 다 눈들이 휘둥그레졌다. 그들의 눈에는 한낱 부관에 불과한 선장이가 갑자기 대단한 인물로 보이는 모양이었다. 최소한 일본 유학생으로 보인 모양이었다.

"저 상등병은 나이가 스물다섯 살인데 입대하기 전에는 나고야시에 있는 어느 재봉침회사의 기능공이었구. 그리고 저 일등병은 스물세 살인데 나가노현 어느 양계장 주인의 막내아들이라오. 목숨들을 붙여 주느냐구 물어서 그 점은 안심해두 좋다니까 그렇다면 무어나 시키는 일을 다 하겠노라구 좋아들 하오."

선장이의 설명을 듣고 주인 부관은 연송 고개를 끄덕이고 또 호위병은 입을 딱 벌렸다.

"이 전쟁을 어떻게 생각하는가? 남의 나라를 쳐들어온 게 좋은 일이라구 생각하는가, 아니면 나쁜 일이라구 생각을 하는가?"

"글쎄올시다. 저희야 그런 걸 잘 모릅지요……. 상관이 시키는 대루 했을 뿐이니까요, 네."

"우리한테 붙들리면 코를 베구 눈을 도려낸다구 상관이 말하잖던가?"

"네, 말합디다. 상관이 그렇게 말하니까, 저희야 무얼 압니까……. 꼭 그런 줄만 알았습지요, 네."

"결혼들을 했는가?"

"아직, 아직 미장가전입니다."

"저 사람은?"

"저두 아직…… 멀었습니다."

"좋아하는 여자들은 있을 테지?"

두 포로병은 쑥스러운 듯 서로 한번 쳐다보고 곧 고개들을 숙이더니 대답을 아니 하였다.

"집 생각은?"

"집 생각은…… 안 하는 날이 없습니다."

"저두 마찬가집니다. 밤낮 집안 식구들의 꿈을 꿉니다. 한달음에 뛰어가구 싶은 생각뿐입니다."

방효삼이 타합을 마치고 작별을 고하여 군단장이 손님을 바래느라고 뒤따라 나왔다. 밖으로 나가자면 부관실을 거치게 되어 있었으므로 앉아 있던 주인 부관과 손님 부관이 다 같이 얼른 일어섰다. 두 포로병도 황망히 일어나 한옆으로 비켜섰다. 주인 부관이 얼른 군단장에게 다가가 귓가에 대고 몇 마디 속살속살하더니 배가 뚱뚱한 군단장이 "좋소." 하고 고개를 끄덕이고 바로 선장이에게 눈길을 돌렸다. 선장이는 차렷 자세를 하고 까딱없이 서 있었다.

"이름이 뭐지?"

자신에게 말을 묻는 군단장이 강서 사람인 것을 그 말씨에서 선장이는 선뜻 짐작하였다.

"서선장이라구 합니다."

"몇 살이지?"

선장이가 나이를 대었다.

"중앙군교 졸업생인가?"

"네, 그렇습니다."

"몇 기?"

선장이의 대답을 듣고 군단장은 바로 방효삼을 돌아보고 "방 대장, 어떨까요. 저 군을 우리에게 좀 빌려주시면? 일본말에 능통한 인재가 없어 곤란이 적잖소이다." 하고 의논을 걸었다. 방효삼이 웃으면서 "좋두룩 하시지요." 하고 인심 좋게 허락하여 선장이는 팔자에 없는 '수양 아들' 노릇을 하게 되었다.

선장이가 방 대장을 모시고 일단 숙영지에 돌아갔다가 행장을 수습해 가지고 다시 군단 사령부로 오니 군단장의 부관 — 모래 사 자 사가 성 가진 부관이 반색을 하였다.

"잘 왔소, 잘 왔소. 나하구 둘이 한방을 씁시다. 어서 내려놓으시오. 침대두 다 준비해 놓았소."

숙영지로 돌아가는 길에서 방효삼과 선장 사이에 아래와 같은 말이 주고받아졌다.

"다른 동무를 보내시지요. 전 싫습니다."

"군단장이 동무를 지명해 달랬는데 다른 동무를 바꿔 보내면, 어디 인사가 되우?"

"남들은 다 일선으루 나가는데 저 혼자만 뒤에 떨어지면 제 체면이 뭐가 됩니까?"

"이런 일에 체면이 왜 있어? 이것두 중요한 혁명적 임무니까 여러 말 말구 접수하시오. 그러구 내 보기에두 동무가 꼭 적임자요. 군단장이 바루 봤거든……. 사람을 보는 눈이 있단 말이야."

사 부관이 주인 노릇을 하느라고 선장이에게 여러 가지로 친절을 베풀는 중에 시골 구석에 보여 줄 만한 명승고적도 없고 하여 생각다 못한 나머지 사령부에서 초간히 떨어진 교회당으로 선교사를 보러 가자고 말을 내었다.

"영국 사람인데 중국말을 아주 썩 잘하우. 내 두어 번 가 만나 봤는데 인품이 그럴듯하더군."

"아무려나. 그렇지만 좀 싱겁지 않소. 볼일두 없이 덜레덜레?"

"싱겁기는! 서 형은 신앙이 뭐요, 예수교? 천주교?"

"난 불교요."

"불교? 그럼 안 되겠구먼!"

"아니요, 웃느라고 한 소리요."

"그럼?"

"난 아무 교두 안 믿소. 무슨 교든 교라는 건 도시 질색이요."

"나하구 같구면. 나두 교하구는 담을 쌓았소. 내가 믿는 건 재록신 하나밖에 없소."

"재록신……. 아하하!"

"그러지 말구 우리 예수교를 믿는 체하구 한번 가 봅시다."

두 가짜 교인이 문을 두드리니 바로 선교사 본인이 조용히 나와 맞았다. 마흔의 고개를 넘어선 전형적인 금발의 앵글로색슨이다. 테이블 위에는 등피를 맑게 닦은 탁상 남포가 놓였는데 그 포근한 불빛에 정갈한 방 안이 한결 더 안온해 보였다. 전쟁 통에 이런 데도 있었는가 싶었다.

사 부관이 그럴싸하게 선장이를 소개한 뒤 주객이 마주 앉아 한담하였다. 선장이가 "이렇게 물정이 소연한 때…… 선교사님은 귀국할 생각을 안 하십니까?" 하고 물어보니 선교사는 얼굴에 강개한 빛을 띠며 "신도들을 놔두구 어디를 간단 말입니까? 신도들은 거룩하신 하나님의 사랑하는 아들딸입니다. 나는 언제나 그들과 함께 있을 겁니다." 말하고 자비롭게 두 팔을 벌리며 경건한 눈으로 하늘에 계신 하나님을 우러러보았다(천정이 가리어 하나님이 직접 보이지는 않았다).

"그러나 만약시, 일본군이 들어온다면…… 조용할까요?"

"오, 그건 염려 없습니다. 우리는 대영제국의 국민이니까 일본군두 함부루 건드리지 못합니다."

선교사가 강한 긍지심을 가지고 대영제국을 들추는 바람에 선장이는 말머리를 돌렸다.

"선교사님, 고국을 떠나 이렇게 이역만리에 와 사시기가 고적하지 않으십니까?"

"아닙니다, 아닙니다. 고적하지 않습니다. 하나님은 항시 우리와 함께 계십니다."

사 부관이 갈마들어 선교사와 수작하는 동안 선장이는 방 안을 한번 둘러보고 나서 생각해 보았다. 그 살기 좋은 영국을 놓아두고 이런 전기도 없고 수도도 없고 다방도 영화관도 다 없는 낙후한 고장에를 와 사는 놈의 심리를 암만해도 알 수가 없었다. 종교의 탈을 쓴 제국주의의 침략 도구 노릇도 그리 쉬운 일은 아니라고 생각하였다. 사 부관하고 주고받는 말을 옆에서 들으니 선교사는 전지를 사용하는 라디오를 가지고 있어서 국제정세에도 밝았다. 런던의 비비시(BBC) 방송을 하루도 빼놓지 않고 꼭꼭 듣는다는 것이었다.

선교사를 방문하고 돌아와서도 사 부관은 흥이 미진하여 선장이에게 멜가방 속의 사진들을 꺼내 보이며 자랑을 늘어놓았다. 사 부관은 항주 사람이었다. 가죽잠바를 입고 오토바이를 타고 서호가에서 찍은 자기 사진도 보여 주고 또 제 연인의 사진도 보여 주었다. 사 부관의 눈에는 클레오파트라로 보일지 몰라도 선장이 눈에는 여자의 인물이 그닥잖아 보였다. 그러나 아주 현대적이고 또 반항적인 인상을 주는 여자인 것만은 사실이었다. 사진을 번드쳐 보니 그 뒷등에 여자의 글씨로 적혀 있기를 '공허공허 모두 다 공허' 이와 같이 적혀 있었다. 선장이가 적이 웃으며 "모두 다 공허? 뭐가 모두 다 공허란 말이요?" 하고 사 부관을 쳐다보니 사 부관은 "이 세상이 모두 다 공허란 말이지." 정색하고 대답을 하였다. 선장이가 빙그레 웃으니 사 부관은 "왜, 철학적이라구 생각잖소?" 하고 자랑스레 묻는 것이었다.

"모두 다 공허라면…… 그럼 사 형 당신두 공허요?"

사 부관은 선뜻 대꾸를 못 하였다. 선장이가 잼처 "모두 다 공허라면 그럼 그 공허가 지금 전쟁하고 있소? 우리가 모두 다 유령 같은 존재란 말이요?" 묻고 하하 웃으니 사 부관은 열적은 듯이 뒤통수를 긁적거리는 것이었다.

일본 병정 두어 놈을 사로잡은 데 재미를 붙인 군단장이 장마다 망둥이 날 줄 알고 미리 선장이를 심문관으로 붙들어 두었는데 그 후 산 일본 놈은 고사하고 죽은 일본 놈도 하나 생기는 게 없어 선장이는 군단 사령부에서 무료한 나날을 보내게 되었다. 포로의 혓바닥을 통하여 적정을 요해하자는 타산인데 그 혓바닥이 생겨 주지를 않으니 답답한 노릇이었다.

국민당 군대의 장령들과 고급장교들이 전방에서 후방보다 더 잘 먹는다는 말은 헛말이 아니었다. 사실상 군단 사령부나 사단 사령부에서 먼 후방 도시로 장을 보러 다니는 자동차들이 길에 그칠 날이 없었다.

군단 사령부에서는 사 부관이나 서선장 따위의 위급장교들이 먹는 상에도 언제나 꼭꼭 볶고 지지고 찌고 튀긴 반찬이 여섯 접시에 국 한 그릇이 놓였다. 조선의용대의 식사에 비하면 하나는 하늘이고 하나는 땅이었다.

조선의용대에서는 감자고 무고 두부고 당면이고 또는 시금치고 고기고 다 한데 넣어 부글부글 끓여서 잡채도 아니고 전골도 아닌 뒤범벅 괴물탕을 만들어 먹었다. 그 괴물탕을 퍼 담은 함석 양푼을 맨땅바닥에 놓고 네댓씩 둘러앉아 퍼먹는 것이 조선의용대의 식사였다. 헐벗고 굶주리는 겨레에 대하여 양심적으로 거리낄 게 하나도 없는 민족해방 전사들의 식사 — 풍찬노숙의 '풍찬'이었다. 군단 사령부에 옮겨온 뒤 선장이는 식사 때마다 고구마를 주식으로 하는 당지 농민들의 정경이 머릿속에 떠올라 마음이 언짢았다. 어린것들이 손에 들고 다니며 먹는 과자붙이라는 것도 — 자세히 들여다보니 — 모두 고구마를 썰어 말린 것이었다!

두보의 시는 천년이 지난 지금도 그 광채를 잃지 않았다.

주문 안에서는 술과 고기 썩어나고
길거리에는 얼어 죽은 송장 늘비하다.

이날 다저녁때 사 부관이 방으로 뛰어들어 와 호들갑스럽게 소식을 전하였다.

"여보, 서 형. 당신네 사람들이 대사평에서 적군과 부딪쳤다오. 통성으루 내려오는 적들과 맞붙었다오. 이제 막 보고가 올라왔소."

망국노의 쌓인 한을 풀어 보려는 조선의용대가 중국 땅 막부산 밑에서 숙적 일본 강도 군대와 결사전을 벌인 것이다. 선장이의 마음은 금세 새매로 변하여 대사평 싸움터를 향해 쏜살로 날아갔다.

52

양씨동이가 한 개 분대를 이끌고 지정된 지점에를 급히 달려와 보니 그것은 어린 잡동사니 나무들이 되는대로 자란 나지막한 언덕배기였다. 그 언덕배기 바로 밑을 굽이쳐 흐르는 그리 크지 않은 내에 교각 셋밖에 없는 콘크리트 다리 하나가 걸렸는데 숭양에서 통성으로 내려오는 적군을 여기서 한번 저지해 보자는 것이 아군의 작전계획이었다. 국도를 가로 끊고 지나간 이 내는 막부산에서 발하여 북으로 북으로 구불거리며 흐르다가 삼국시대의 고전장인 적벽을 왼편에 끼고 양자강에 합류되는데 그 이름을 육수라고 하였다. 그 육수 상류에 걸린 이 이름 없는 콘크리트 다리가 아군 폭파수들에 의하여 폭파되기 직전에 양씨동이와 그 분대는 득달을 한 것이다. 언덕배기에는 엉성하게나마 전호를 팠고 또 잎이 달린 생나무 가지로 위장도 하였다.

"여기 어느 분이 책임진 분입니까?"

씨동이가 맨 처음 맞다든 장교에게 말을 물으니 그 장교는 "중대장은 저기 계십니다." 하고 손을 들어 가리켰다.

저쪽 얕은 전호 속에 장교 하나가 서서 윗몸을 땅 위에 드러내 놓고 전화를 받고 있었다. 씨동이가 대오를 세워 놓고 혼자 성큼성큼 그 중대장에게로 걸어갔다. 수화기를 걸고 쳐다보는 중대장과 앞에 와 서서 내려다보는 씨동이의 입에서 동시에 "아니, 이게 누구여?", "아니, 너

공부장 아니냐?" 이런 말이 튀어나왔다. 중대장이 곧 몸을 솟구쳐 지면으로 올라왔다. 두 사람은 굳은 악수를 나누었다.

"증원을 와 준다는 게…… 너냐? 아까 대대 본부에서 전화가 왔더라, 조선의용대가 곧 당도할 거라구."

"여기 중대장이…… 바루 너냐?"

"우리 중대장은, 지난번 전투에 중상을 입었어. 그래 내가 지금 대리를 보고 있는 중이여."

"그렇구나. 아무튼 반갑다."

"정말 뜻밖이다, 이런 데서 만날 줄은."

군관학교 예비과 시절의 동창생들이 전쟁터에서 해후상봉을 한 것이다. 대리 중대장의 성이 공가인데, 공자의 동향인 산동 사람이 아니고 재정부장 공상희의 동향인 산서 사람이라고 해 군관학교 때 그의 별명이 '공부장'이었다.

"그래, 여기 형편이 어떠냐?"

"형편? 형편 말 말아. 죽을 지경이다."

"죽을 지경…… 어떻게?"

"계속 얻어맞구 계속 밀리구…… 이 목숨이 여태 붙어 있는 게 신기할 정도다."

"그 정도야?"

"좀 봐라." 하고 공부장이 손을 들어 대충대충 새로 판 전호를 가리켜 보였다.

"패잔병들의 혼성부대가 돼 버렸다."

고무바퀴식 반전차포가 한 문, 수랭식 막심중기가 한 정, 공기냉각식 체코중기 한 정, 각양각이한 경기가 대여섯 정. 씨동이가 둘러보니 위장을 한 중요한 화력기재가 눈에 띄는 게 대개 이러하였다.

"적은 지금 어디까지 왔다니?"

"정오까지는 여기 들이닥칠 걸루 알구 준비를 서두르는 중이다."

씨동이가 손목시계를 들여다보니 정오까지는 아직 두 시간 푼히 남았다. 이때 다부지게 생긴 하사관 하나가 언덕 아래에서 급한 걸음으로 올라오더니 공부장 즉 저의 중대장에게 "준비 다 됐습니다." 하고 보고를 하였다.

"음, 그래. 그럼 점화!"

중대장의 말 한마디가 떨어지자 그 하사관은 곧 전호에서 파낸 새 흙무지에 올라서서 언덕 아래를 향하여 두 팔을 가위질하듯 벌렸다 모았다 하였다. 신호를 확인하자 다리 위에서 이쪽을 바라보고 섰던 폭파수들이 하나만 뒤에 떨어지고 나머지는 다 들고뛰어 숨을 데를 찾았다. 남은 하나가 도화선에다 불을 다는 모양으로 잠시 지체하더니 이것도 곧 몸을 돌쳐 걸음아 날 살려라 도망질을 쳤다. 뒤이어 요란한 폭발성과 함께 콘크리트 다리의 중동이 뭉청 끊겨져 내려앉았다. 가까운 절벽과 먼 산에 부딪쳐 메아리가 겹겹이 일어났다. 놓을 때는 여러 달이 걸린 다리였지만 끊어 버리는 데는 단 반나절도 채 아니 걸렸다.

폭발성을 신호로 삼기라도 한 듯이 끊어진 다리 건너 산모퉁이 길에 남부여대한 피난민의 떼가 나타나 몰려오는 것이 바라보였다. 조금만 일찍 왔더라도 내만은 무사히 건너는 것을 한 걸음이 늦은 탓으로 욕들을 더 보게 되었다. 엎친 데 덮친다는 말은 이런 경우를 두고 하는 말일 것이다. 피난민들은 고대 난 폭발성을 무슨 대포알이 터지는 소리거나 폭탄이 터지는 소리로 잘못 안 모양이었다. 그래 더욱 황급하여 종종걸음을 쳐 몰려오는데 앞에 있는 다리가 끊어졌을 줄은 꿈에도 생각들 못 하는 모양이었다.

"다리는 못 건너오!"

"다리가 끊겼소!"

이편에서 건너다보고 소리들을 지르는데도 피난민들은 경황없는 중에 말을 못 알아듣는지 그냥 대고 몰려 내려왔다. 급기야 앞을 선 사람이 다리목에 다달았다. 그 사람은 눈앞에 벌어진 엄청난 광경에 깜짝 놀라 무춤 서더니 곧 뒤를 돌아보고 절망적으로 손을 내저으며 고함을 질렀다.

"다리가…… 끊겼소!"

피난민 속에서 여자들이 울음을 터뜨렸다. 그러자 어린아이들까지 덩달아 울음을 터뜨려 끊어진 다리목께는 온통 울음판으로 변하였다.

이윽고 피난민들은 냇둑을 돌아내려 와 물을 건널 차비들을 하였다.

"저 물이 얼마나 깊은가?" 하고 씨동이가 중대장 — 공 중위를 돌아보니 공 중위는 "깊은 데는 아마…… 어른들의 키루 젖가슴엔 찰걸." 하고 눈으로는 피난민들을 바라보며 대답하였다.

"우리가 내려가 건네줘야지."

"아니, 우리 사람을 시키지."

씨동이는 공 중위의 말을 귓등으로 흘려들으며 부리나케 대오가 머물러 있는 곳으로 달려 내려왔다.

아무리 강남이라도 가을 물은 역시 찼다. 조선의용대 대원들과 공 중위의 부하들이 거의 젖가슴에까지 오는 찬물 속에 들어서서 노인들과 여자들은 부축해 건네주고 어린아이들은 업거나 목말을 태워 건네는 중에 숭양 방향에서 적의 정찰기 한 대가 폭음을 울리며 안하무인 격으로 낮추 날아왔다. 물을 건너던 사람들이 경황하여 허둥지둥하기 시작하였다.

국도를 따라 날아오던 정찰기는 다리가 끊긴 것을 발견하고는 빨간 고약 표식이 그려진 날개를 한쪽으로 기울이며 소리개처럼 한 바퀴 빙 돌더니 지나는 결에 물을 건너는 사람들에게 드립다 기관총 소사를 가하였다. 이와 동시에 언덕배기 위의 기관총들도 일제히 대공사격의 탄막을 폈다. 정찰기가 곡예비행을 하여 오던 방향으로 되돌아가자 냇물 위에는 시체 둘이 떠내려갔다. 그러나 네댓 되는 부상자는 다 군인들의 등에 업혀 건너왔다. 의심할 바 없이 정찰기는 물을 건너는 것이 아녀자가 대부분인 평민들인 것을 알고 있었을 것이다.

피난민들을 건네주는 수선이 끝난 뒤에 젖은 옷들을 벗어 짜 풀밭에 널어놓고 조선의용대 대원들은 공 중위가 부하들을 시켜 날라다 주는 더운 밥, 더운 국으로 우선 배부터 채웠다. 밥을 먹고 나서 막 꾸덕꾸덕한 옷들을 다시 주워 입었을 때 마침맞게 적의 전투기들이 공중으로 달려들고 또 다리 건너 산모퉁이 길에 적의 선견대가 경탱크 한 대를 앞장세우고 나타났다. 하늘과 땅 사이에 그리고 또 땅과 땅 사이에 대번에 맞불질이 어우러졌다. 공중에서 떨어져 내려오는 폭탄이 전호 주위에 맹렬한 힘으로 흙구덩이들을 파헤치는 것과 동시에 기관총탄이 우박 쳤다. 경탱크는 끊어진 다리목까지 와 서서 소구경포로 연달아 포격을 가해 오고 또 그 뒤를 따라오던 보병들은 재빨리 산병선을 치고 길섶에 엎드려 일제사격을 가해 왔다.

아군은 공군의 엄호가 없는 것이 크게 불리하기는 하였으나 지형지물을 이용하여 미리 전호를 파 놓은 것이 유리하였다. 그리고 다리를 미리 폭파해치워 적군이 내를 건너기 어렵게 만들어 준 것이 더구나 큰 도움으로 되었다. 그러나 필경 적의 도하작전을 아주 저지하지는 못할 형편이었다. 시간을 얼마나 끄는가, 즉 얼마 동안 지탱을 하는 가로 맡겨진 임무를 잘 완수했나 못 했나 가늠을 하게 될 것이었다. 공 중위가 미리 준비해 놓은 탄약은 충족하였다. 탄약을 다 쓸 때까지 쏴 제낄 판이었다.

반탱크포의 사수가 연거퍼 네댓 발 갈겼으나 번번이 포탄은 빗나가 고 가증스러운 적의 탱크는 끄떡없이 계속 포격을 가해 왔다. 워낙 고 무바퀴식 반탱크포는 경편한 반면 사격할 때는 들놀기를 잘해 명중률 이 낮았다. 육중한 쇠테바퀴식만 못하였다.

적의 탱크가 계속 기승을 부리는 것을 보고 부아통이 터진 씨동이가 반탱크포를 향하여 빗발치는 탄알 속을 네발걸음으로 엉금엉금 기어 갔다. 인사체면 돌보지 않고 "나 좀 쏴 보자구." 말하며 포수를 한옆으 로 밀어내니 포수는 그 기운에 눌려 두말없이 자리를 내주었다. 씨동 이가 뒤에서 섬겨 주는 포탄을 막 받아들었을 때 방순에 기관총탄이 몰방으로 와 부딪쳐 튕겨져 나갔다. 그 소리가 귀청을 찢을 듯이 요란 하여 씨동이는 저도 모르게 목을 움찔하였다. 씨동이가 반탱크포를 쏘 는 데 자신이 있는가 하면 결코 그런 것은 아니었다. 부앗김에 앞뒤를 헤아리지 않고 그저 한번 달려들어 본 것이었다.

첫 방이 빗나가고 두 번째 방이 빗나갔을 때 씨동이는 난생처음 그 존재를 인정하지도 않는 하느님에게 빌고 싶었다.

'제발 좀 맞히게 해 줍소서!'

기적이랄밖에 없었다. 세 번째 포탄이 과연 명중을 한 것이다. 적의 탱크에서 시커먼 연기와 함께 불길이 훅 솟구치는 것을 보자 아군 진 지에서는 환호성이 터졌다. 그만큼 적군의 사기가 떨어졌을 것은 더 말할 것도 없는 일이다. 씨동이가 우연하게 공을 세워 가지고 속내 모르는 사람들에게 명포수 소리를 듣게 되었다. 그러나 그것쯤으로 이미 마련된 퇴각의 운명을 돌려세울 수는 없었다.

날이 저물었다. 어둠을 이용하여 도하작전을 감행하는 우세한 적을 고단한 병력으로 어찌 막아 낼 것인가. 공 중위가 대대 본부에 전화로 긴박한 전황을 보고한 뒤 대대장에게 품한즉 "적이 눈치채지 않게…… 조용히 곧 철퇴하두룩." 대대장이 까다롭게 굴지 않아 공 중위는 한시름이 덜렸다. 별빛 아래에서 씨동이가 "철퇴?" 하고 물으니 공 중위는 수화기를 걸고 "옥쇄를 하는 것만이 애국 군인은 아니겠지." 거뜬한 기분으로 대꾸하였다. 그리고 곧 전령병을 시켜 각 소대의 소대장들을 불러 모았다.

이보다 앞서 — 양씨동이가 적의 탱크를 까부시어 아군의 사기가 잠시나마 부쩍 올랐을 무렵 — 숭양 쪽으로 한 팔구 마장 떨어진 자그마한 주막거리에는 일본군 치중대의 트럭이 칠팔 대 멎어서 있었다. 다리를 끊어 놓고 도하를 저지하려는 중국군을 물리치고 공병대가 다리만 수복하면 곧 떠나려고 대기들을 하고 있는 중이었다. 이때 장준광이 소속한 분대는 전문적으로 적의 보급선을 교란할 임무를 띤 우군의 소부대와 함께 행동하고 있었다. 낮에는 적이 점령한 국도에 접근하기가 매우 어렵다. 그래서 언덕 뒤 같은 데 숨어서 박격포로 먼장질을 하는 수밖에 없는데 실상은 이것도 해롭지는 않은 방법이었다. 적의 눈에 띄지 않기 위하여 목표가 드러나는 노새 따위는 부리지 못하고 포고 포탄이고 다 사람이 메어 날라야 하는 것이 좀 성가시기는 하였다. 물론 자위할 경무기를, 소총이나 경기 따위는 휴대를 해야 하였다.

장준광이 힘자랑을 좀 해 볼 생각으로 제 총을 남을 주고 무거운 포신을 바꿔서 둘러메는 것을 보고 옆에서들,

"아주 제격이다."

"또 재구를 치지."

"고장왕이 세긴 세다."

중구난방으로 놀려 주는데 조선말을 못 알아듣는 우군들은 그저 덩달아 웃기만 하였다.

논틀밭틀로 편편히 걸어가던 장준광이 — 일부러 남의 말막음을 해 주려는 것 모양 — 공교롭게도 두더지굴을 디디고 휘청하는 바람에 몸을 가누려고 애를 쓰다가 더욱더 몹시 나가곤드라지며 메었던 포신을 동댕이쳤다. 이것을 보고 아니 웃는 사람이 없었다. 전쟁판에도 웃음은 언제나 따라다녔다.

"남이 다 안 디디는 데를…… 구태여 골라 디딜 건 뭐람!"

"그러게 고장왕이라지."

"괜찮다, 액땜 미리 잘 했다. 백 살 산다!"

장준광이 곧 툭툭 털고 일어나기는 하였으나 옹이에 마디로 발목을 접질러 포는 고사하고 총도 못 메고 그냥 절뚝절뚝 따라가게 되었다.

지형지물을 이용하여 소부대 전원이 주막거리에서 칠팔백 미터 떨어진 언덕 밑에까지 숨어들었다. 유리한 것은 내를 격한 것이었다. 언덕마루에는 쑥이 빈틈없이 자라서 몸을 숨기고 내다보기에는 안성맞춤이었다.

일본 병사들은 군국주의 교육과 신문, 잡지, 방송, 영화 따위의 영향을 받아 중국 군대란 의례히 황군만 보면 겁이 나 꽁무니에 돛을 달고 도망질을 치는 못난이들로 알고 있었다. 심지어 중국 군대가 성을 지키다가 일본군의 공격을 받고 다급해 등에 지고 다니던 종이 우산을 낙하산 삼아 펼쳐 들고 뛰어내리는 만화까지 나타났다. 비록 만화일망정 그 지경으로 중국 군대를 하잘것없는 것으로 묘사하였다. 그러하기에 적을 업신여겨 왕왕 경계를 소홀히 하다가 뜻밖에 봉패를 하는 일이 있었다.

적군 치중대 트럭들에 대한 기습작전을 준비하며 즉 박격포 2문을 자리 잡아 놓으며 말들을 주고받았다.

"저 주막거리에 우리 사람들이 있으면 어떡허지?"

"우리 사람이라니?"

"백성들 말이여."

"어느 정신 빠진 백성이…… 아직두 거기 남아 있담? 벌써 다 들구 뛴 지가 옛날이지."

"남아 있다면 친일 주구나 몇 놈 남아 있겠지."

"옳은 말이야."

"그렇지만 저 집들이 성할까, 포를 갈기면?"

"독을 보아 쥐를 못 친단 말인가?"

"군관학교에선 무얼 배웠나? 견벽청야, 초토화작전…… 몰라?"

준비가 다 된 뒤에는 또,

"칠백? 칠백오십?"

"팔백."

"팔백…… 비슷해, 그럼 팔백!"

이와 같이 눈어림으로 거리들을 측정하였다. 매우 원시적이긴 하였지만 하는 수 없었다.

지체 없이 첫 두 발의 박격포탄이 거의 동시에 포신강에서 사출되어 허공에다 몹시 휜 무지개다리를 놓으며 쌍둥이 자매처럼 목표물을 향하여 날아갔다. "쿵!" 잇달아 또 "쿵!" 떨어져 터지는 것을 보니 어지간하다. 잽싸게 넘고처진 앙각을 조금씩 교정하였다.

연달아 날아가 자동차고 집이고 닥치는 대로 박산을 내는 중에 날벼락을 맞은 적들이 머리를 싸안고 엎드러지며 곱드러지며 거미 새끼같이 흩어지는 것이 바라보였다. 트럭 한 대는 탄약을 실었던 모양으로 지축이 흔들리는 것 같은 굉장한 폭발성과 함께 일대 폭발을 일으켜 트럭이 아주 가루가 되어 날아가 버렸다. 나머지 트럭들은 불길에 싸이지 않으면 앉은뱅이들이 된 모양이었다. 무너져 버린 집과 불이 붙는 집. 주막거리는 삽시에 수라장으로 변하였다. 그것은 침략자에 대한 직접적인 회답이었다.

뜻밖에 큰 전과를 거둔 이들의 임무는 인제 한시바삐 본대 — 독립대대로 귀대를 하는 것이었다. 모두들 사기가 오르고 의기가 충천하여 (장준광의 접질린 발목도 한결 나은 것 같았다) 길들을 조이는 중에 우군의 병사 하나가 뒤가 급하다고 보고를 하여 대오를 영솔하는 장교가 "그럼 얼른 보구, 따라와." 허가하고 대오는 그대로 길 없는 길을 어관하여 — 물고기를 꼬챙이에 꿴 것처럼 줄지어 — 나아갔다.

대오가 초간히 왔는데도 뒤에 떨어진 병사가 따라오지를 아니하여 웬일인가 하고 뒤를 돌아보니 그 병사는 메었던 총을 내버리고 또 탄대를 끌러 버리고 그리고 허리에 찼던 칼(날창)까지 떼어 버리고 맨몸으로 천방지축 줄행랑을 치는 중이었다. 그 방향은 적국이 점령한 주막거리도 아니고 또 본대가 머무르는 금당 거리도 물론 아니었다. 그가 향하는 데는 바로 맥시 거리였다. 저의 집이었다. 추가 성 가진 그 병사는 원래 맥시 태생이었다.

추격이 시작되었다. 대오를 영솔하는 장교가 "왕유재, 1분대는 이리 가 뒤를 쫓아라!", "렴진발, 2분대는 저리 가 앞을 질러라!" 하고 손가락질하며 지휘하여 하사관들과 병사들이 이리저리 갈리어 뒤를 쫓고 또 앞을 질렀다.

제3분대와 조선의용대 대원들은 제자리에 머물러 추격자들이 두고 간 무기를 지키는데 그중의 두엇은 가서 탈주병이 풀밭에다 팽개치고 달아난 총과 칼과 탄대를 집어 가지고 왔다.

장준광이 총을 짚고 서서 바라보니 쫓고 쫓기고 하는 광경이 마치 활극 영화를 실지로 보는 것과 같았다. 뭇 몰이꾼에 쫓기는 노루 모양 갈팡질팡하던 탈주병은 급전환하여 평지를 버리고 동남쪽을 둘러막은 돌산으로 바라올랐다. 누에 한 마리가 엎드려 있는 것 같은 형상의 나지막한 그 돌산은 잔솔나무가 바위틈에 듬성듬성 박혔는데 중간쯤에 폭포 명색까지 하나 걸려 있어 풍경이 마치 금강산의 모형을 보는 것처럼 아름다왔다. 추격 활극은 무대를 곧 그 돌산 위에 옮겨 가지고 벌어졌다. 뒤를 쫓는 추격자와 앞을 지르는 추격자 사이에 들어 움치고 뛸 데가 없어진 탈주병이 칼 물고 뜀뛰기로 몸을 날려 폭포에 뛰어들었다. 영화도 이렇게 찍자면 아마 좀 어려울 것이다.

물초가 되고 또 파김치가 된 탈주병이, 이날의 연달은 전과에 상투가 국수버섯 솟듯 한 추격자들에게 붙들려 왔을 때 장준광의 머릿속은 여러 갈래의 내용으로 뒤얽힌 듯이 복잡하였다. 대오를 영솔하는 장교의 신문에 탈주병의 대답은 아주 간단명료하였다.

"집 생각이 나 견딜 수가 없어서 그랬습니다."

전쟁마당에서 무기를 버리고 붙들린 탈주병의 운명이 어떻다는 것을 그도 모를 리 없었다. 물론 알고 있었다. 알면서도 뛴 것이다. 죽음을 무릅쓰고 뛴 것이다. 원쑤의 집 생각!

일본 포로를 잡으면 묶으려던 포승줄로 결박을 지어 가지고 가면서 압송하는 병사 — 묶인 자의 조금 전까지의 전우 — 가 허리에 찬 칼을 빼어 그 뺨에 갖다 대며 "내 이따 이 칼루 죽여 주께, 응?"하고 정말인지 장난의 말인지 분간을 못 하게 말하는 것을 옆에서 듣고 장준광은 몸서리가 치는 것을 느꼈다. 사람이 사는 세상 같지를 않았다.

독립 대대 대대장 당 소좌는 혁혁한 전과를 올렸다는 소식에 너무 좋아 입이 벌어졌다. 그러나 탈주병을 붙들어 왔다는 궂은 소식을 듣고는 금세 얼굴빛이 험악해졌다. 전쟁마당에서의 탈주병은 공개적으로 처형하여 전 부대를 경계하는 것이 관례였기 때문이다. 전시인 데다가 또 적군의 후방이었으므로 독립 대대의 대대장은 사형까지를 포함한 군법을 시행할 권한을 가지고 있었다.

대대 전원을 정렬시켜 놓고 대대장이 훈유를 하였다.

"나라가 없으면 집이 있을 수 없다. 집을 지키자면 먼저 나라부터 지켜야 한다. 나라를 지키는 전쟁마당에서 무기를 버리구 도망치는 것은 나라를 배반하는 행위니까 용서가 있을 수 없다. 너두나두 다 집으루 도망을 치면…… 나라는 지킬 사람이 없지 않은가. 다들 이 이치를 깨닫구 내가 한 말을 명기하기 바란다."

간단한 훈유를 마치고 대대장은 곧 목청을 돋우어 가지고 "전대, 뒤로 돌아 섯!"구령을 불렀다. 전대가 일제히 '뒤로 돌아 섯'을 하고 보니 거기에는 벌써 임시 포진으로 형장이 마련되어 있었다.

십여 명의 병사가 총에다 날창을 꽂아 들고 한 획이 모자라는 입구자형으로 밖을 향하고 띠엄띠엄 늘어서고 그리고 뒷결박을 지은 탈주병은 등을 돌려대고 서 있는데 그 양어깨에 병사 둘이 양옆에서 각각 손을 얹고 있었다. 그 두 병사도 역시 날창 꽂은 총을 들었다.

책임진 장교가 손짓을 하자 두 병사가 곧 탈주병의 어깨를 밀고 앞으로 나가다가 이내 손들을 떼고 하나는 뒤에 처지고 하나만 따라 나갔다. 끝까지 가지 않고 중도에서 불시에 뒤따르던 병사가 탈주병의 잔허리를 발길로 내지르니 탈주병이 앞으로 폭 고꾸라졌다. 그 찰나에 병사가 꼬나든 날창을 힘껏 내지르니 탈주병이 째는 듯한 비명을 지르는데 등으로 들어간 날창 끝이 명치끝으로 나갔다. 날창이 오므라든 살에 물려 빠지지를 않으니까 잼처 고꾸라진 탈주병의 등판을 발로 한번 콱 차는 것과 동시에 쑥 잡아 뽑았다. 재차 날창이 몸뚱이에 들어갈 때 탈주병은 목구멍에서 피가 끓는 소리로 또 한 번 비명을 질렀다. 몸서리치는 단말마의 비명이었다. 그러나 세 번째 들어갈 때는 이미 숨이 졌는지 아무 반응이 없었다. 망나니 구실을 한 병사는 날창에 묻은 피를 죽은 자의 군복에다 썩썩 문질러 닦았다.

이 끔찍한 광경을 목도한 조선의용대 대원들 중에는 속이 뉘엿거려 저녁밥을 먹지 못한 사람이 몇이 있었다. 그리고 밤에 자다가 일어나 오줌을 누러 나갈 때 어두운 밖에를 혼자 나가지 못하고 옆에서 곤히 자는 사람을 흔들어 깨워 가지고 같이 나간 사람도 한둘이 아니었다.

이 무렵 오셀로 마점산의 분대는 통성을 지키려는 우군 부대와 함께 행동하였다. 국도에다는 물론이요 동북쪽으로 통하는 모든 길목에다 지뢰를 매설하느라고 분주하였다.

지뢰원을 조성하는 작업이 얼추 손 떨어진 뒤에 성안에 들어와 시가전을 하기에 알맞춤한 건물들을 물색하던 중 오셀로가 딱한 사정에 부닥쳤다. 한 집에를 들어가 보니 머리가 허연 노파가 손녀 하나와 손자 하나를 데리고 있는데 그 노파는 심한 관절염으로 다리가 불인하여 걸음을 잘 걷지 못한다는 것이었다.

"할머니, 아들은 없습니까? 며느리는 없습니까?"

오셀로가 물어보니 노파는 한숨부터 한번 쉬고 나서 "없쇠다. 아들두 없구 며느리두 없구…… 다 없쇠다." 하고 머리를 설레설레 저었다.

"다 어디들 갔습니까?"

"저승 갔지요. 돌림병으루 앓다가 다 저승 갔지요."

그 정상이 하도 가긍하여 오셀로는 한동안 말을 못 하였다.

"저 아이는 손녀니까? 몇 살입니까?"

"세는 나이루 인제 열네 살이라오."

"그럼 이 아이, 이 손자는요?"

"그놈은 열 살이요, 열 살. 철부지, 아무것두 모르는 철부지."

"그럼 할머니, 도대체 어떻게 살아 나가시우. 이 어린것들 데리구?"

"우리 큰손자가 미장일을 해…… 네 식구가 그럭저럭 연명을 하지요."

"네, 그래요. 그런데 그 큰손자는 왜 보이지 않습니까, 이런 위급한 때?"

노파가 빼빼 여윈 손으로 때가 낀 상 모서리를 탁 치고 "군대가 짐을 지워 데리구 간 지가 벌써 여드레짼데, 글쎄 아직두 돌아오지를 않으니…… 우린 어떻게 산다지요?" 하고 목멘 소리로 하소연을 하였다.

'또 강제징용!'

오셀로와 다른 대원들이 서로 얼굴을 마주 보았다.

"할머니, 어디 촌에 가 의지할 만한 일가친척이 없습니까?"

미구에 시가전이 벌어질 판인데 노인과 아이들이 피난을 가지 않고 남아 있다는 것은 말도 되지 않을 소리다.

"의지할 데가 있기야 있지마는, 내가 이 다리를 해 가지구 간다는 재간이 무어요. 조카네가 맥시 거리 못미처에 살구 있긴 하지마는……."

"거기가, 그 조카네가 살구 있다는 데가…… 예서 얼마나 됩니까?"

"30리요, 30리······. 그렇지 계화야?"

옆에 섰던 손녀가 그렇다는 뜻으로 머리를 까닥였다. 오셀로가 긴말 더 묻지 않고 곧 군복 호주머니에 손을 넣어 가진 돈을 몽땅 꺼내 들고 좌우를 돌아보니 다른 대원들도 통쾌하게 그 본을 따랐다. 오셀로가 모은 돈을 그대로 노파 앞에 밀어 놓고 그리고 옆에 섰는 손녀 아이에게 말을 일렀다.

"계화, 너 계화랬지? 우리가 이제 나가 외바퀴차 한 채를 얻어다 줄 테니 옷 보따리, 이불 짐 다 주워 싣구······ 할머니 모시구 곧 떠나두룩 해. 30리면 해 있어서 넉넉히 들어갈 테니까, 여기서 잠시라두 더 지체를 해선 안 된다. 알겠냐? 오빠는 차차 돌아올 테니까 걱정 말구 어서 떠나."

한동안이 지나서다. 건장한 일꾼 하나가 외바퀴차에다 세간짐과 노파를 갈라 싣고 계화와 그 사내 동생을 앞세우고 맥시 방향으로 떠나가는 것을 성가퀴 위에서 바라보는 조선의용대 대원들의 얼굴에는 회심의 미소들이 어리었다(계화는 앞가슴에 암탉 한 마리를 안았고 또 사내아이는 저의 형의 것인 듯싶은 큰 대삿갓을 등에 졌다).

적의 선두 부대가 통성 성 밖에 들이닥친 것은 이튿날 늦은 아침때였다. 안날 다소 반신반의하며 묻어 놓은 지뢰들이 이 정도로 은을 낼 줄이야! 앞장서서 돌진해 오던 경탱크가 첫코에 걸렸다. 지뢰가 터지는 바람에 무한궤도가 끊어져 앉은뱅이가 된 것이다. 지뢰탐지기를 든 놈들이 나와 얼쩡거리는 것은 기관총으로 답새기었다. 눈에 보이지 않는 지뢰원이 서너 시간 좋이 적군의 발을 한자리에 묶어 놓았다.

성안에를 들어와서도 적들은 마찬가지로 골탕을 먹었다. 애당초에 안전한 골목이라는 것은 존재하지를 않았다. 어디를 가도 지뢰가 밟히

274

었다. 어디를 가도 지붕마루에서 저격탄이 날아오고 또 수류탄이 날아 떨어졌다. 침략군은 호북성 최남단의 보잘것없는 이 읍거리 하나를 점령하느라고 무슨 요새 하나를 함락하는 것만큼이나 큰 피의 대가를 치러야 하였다.

방어하는 부대는 야반이 지나서야 성을 버리고 철퇴를 하였다. 샐녘에 막부산 기슭에 다달으니 짙은 안개가 낀 마을에서 개 짖는 소리가 났다. 그 소리가 불과 몇십 리 밖에서 전쟁판이 벌어졌다고 생각하기가 어려울 만큼 한적하게 들렸다. 중국은 확실히 큰 나라였다(몇 해 후에, 항일 전쟁이 일어난 지 네 해 만에, 조선의용대가 태항산 항일 근거지로 들어가기 직전에 산서 어느 산골마을에 숙영을 할 때 오셀로가 집주인에게 난리가 난 것을 아느냐고 물어보니까 주인이 놀라며 "녜? 또 난리가 났습니까? 이번엔 누구하구 누가 맞붙었습니까?" 하고 되물었다. '누구하고 누가'는 '어느 군벌과 어느 군벌이'라는 뜻).

군관학교 때 영창 속에 갇혀 가지고 중대장에게 징벌 기간을 연장해 달라고 쪽지를 써낸 바 있는 유명한 고집통이 윤지평이가 새삼스레 툴툴거렸다.

"더 버틸 만한데두 퇴군령을 놓는단 말이야, 망할 자식들!"

"그럼 혼자 남아 끝까지 해 볼 게지 따라오긴 왜 따라왔어?"

누군가가 비양스레 한마디를 쏘아붙였다.

"진짜 용사라면 아마 결김에, 지금이라두 되돌아서실걸."

"그렇게 된다면, 추도사는 서선장이가 있어야 지을 텐데……."

"아니, 리정호두 돼. 그런 추도사쯤은."

여럿이 받고차기로 놀려 주는데 오셀로가 정당한 말로 "아니야, 그건 다 까닭이 있는 거야." 하고 윤지평이를 돌아보았다.

"까닭이 있다구? 무슨 까닭이?"

"부대는, 국민당 군대 장령들의 밑천이란 말이야……. 군벌은 더 말할 것두 없구. 밑천이 거덜이 나면 빈털터리 사령 노릇을 해야 하거든. 빈껍데기 사령 노릇을 한단 말이야. 그러니 항전보다는 실력 보존에 더 큰 관심들을 돌릴밖에. 그들에게 철저한 항전을 바라는 건 무리야. 어려워."

오셀로의 설명을 듣고 윤지평이는 못마땅스레 고개를 외치고 더 말을 아니 하였다.

막부련봉에 아침노을이 붉게 비꼈다. 누군가가 중얼거렸다.

"아침노을 저녁 비라지……."

막부산 전선에서 전투에 참가한 조선의용대 대원들이 철퇴한 뒤에는 예외 없이 그들이 허뜨린 탄피와 함께 대적군 삐라들이 널려 있었다. 그 대부분의 내용인즉 일본 병사들에게 반전을 호소하는 것으로서 일본 병사들에게는 해로울 게 없는 선물이었지만 일본 장교들에게는 매우 골머리 아픈 선물이었다. '총부리를 그대네 상관에게 돌리라!' 이런 따위 불온한 내용들이 찍혀 있었으니까.

양자강 북안의 제5전구와 황하 남안의 제1전구로 전출한 제2지대 각 분대들의 경우도 이와 비슷하였다. 무릇 조선의용대가 — 적의 말을 빌려 — 출몰을 하는 곳에서는 다 그러하였다.

53

제1지대의 본부는 상계 거리 가까이에 설치되어 있었다. 상계는 주변의 농민들이 장을 보러 모여드는 장거리였다. 82사단 사령부와 상거가 불과 두어 마장밖에 안 되었으므로 지대장 방효삼은 날마다 출근을 하다시피 사령부에를 드나들며 전황을 요해하였다. 주로 참모장, 룽 소장과 일을 의논하고 타합하였다. 그런데 이날 참모장이 방효삼을 보자마자 "방 대장, 우리 사단장이 만나 뵙구 말씀할 게 있다시는데…… 지금 나하구 좀 같이 가십시다." 하고 말하여 방효삼은 "무슨 일인데요?" 하고 걸상에서 일어선 허우대 큰 참모장을 쳐다보았다.

"장관 사령부의 길 부참모장이 아까 아침에 전화루, 진 장관의 의사를 전달해 왔는데…… 조선의용대에 관한 일입니다."

진 장관이란 제9전구 사령장관 진성이를 말하는 것이었다.

"네, 그래요. 그럼 어서 가십시다."

사단장은 방효삼을 국제 전우라고 특별히 친절하게 대하였다. 사단장과 방효삼이 담화하는 동안 룽 참모장은 걸상에 앉지 않고 책상 옆에 서서 이따금 사단장의 말을 거들어 주군 하였다. 사단장이 전달하는 진 장관의 의사라는 것의 대의는 이러하였다.

지금의 전국으로 보아 막부산 전선에서의 아군의 전면적 철퇴는 불가피적인 것 같다. 조선의용대는 귀중한 국제 부대이다. 그러나 아직은 소부대이므로 실전의 의의보다는 그 정치적, 선전적 의의가 더 크다. 전투에서 희생이 나면 인원의 손실을 보충하기가 어려운 형편이므로 특히 아낄 필요가 있다. 그러므로 각 부대에 분산시킨 인원들을 모두 거두어들여 일단 장관 사령부 소재지까지 후퇴를 하는 것이 좋을 것 같다. 다른 뜻은 없다. 심사숙고하기를 바란다.

이 문제를 가지고 방효삼과 정치위원 왕통이 상의하였다.

"아마 뒤죽박죽 퇴각하는 꼴을 우리에게 보이구 싶지 않아 그러는 모양이요."

"창피해서요?"

"죽어두 '멘즈(체면)'는 돌봐야 하니까."

"그놈의 멘즈. 목매 죽은 귀신이 분을 바른다더니."

"아무튼 일단 철퇴는 하는 수밖에 없을 것 같소. 우리 단독의 힘으루 적의 진공을 막아 내지 못할 바에는."

"동무들이 아마 납득이 잘 안 가 할걸요."

"어떠허든 납득을 시켜야지. 진성이가 제 말 안 듣는다구 틀어지면…… 앞으루 공급을 받는 면에서 지장이 있을 테니까."

"우리는 항일을 하는 데두 곁방살이로구면요."

"이불 안 보아 가며 발을 펴야지……. 하는 수 있소?"

왕통은 쓴입을 다시고 더 말을 아니 하였다. 목숨을 걸고 정의의 전쟁에 뛰어들어서까지 남의 눈치를 보아야 하는 신세가 한스러워서였다.

이삼일 후, 각 부대에 분산되었던 제1지대 전원은 남강교 거리에 집결하여 행군을 시작하였다(남강교는 전국시대 초나라의 대시인 겸 정치가인 굴원이 몸을 던진 멱라강의 지류에 걸린 다리다). 교통수단이라고는 군용트럭밖에 없는데 군수물자를 부린 트럭들이 돌아갈 때는 중상을 입어 앉지 못하고 누워 가야 하는, 자리를 많이 차지하는 부상병들을 실어 날라야 하는 까닭에 성한 사람은 편승할 여지가 없었으므로 천생 도보 행군을 하는 수밖에 없었다. 능히 걸음을 걸을 만한 부상병들이 아다모끼로 트럭을 가로막고 야료를 부리는 광경을 도처에서 볼 수가 있었다.

매선, 평강, 옹강, 금정을 차례로 거쳐 사흘째인가 나흘째 되는 날 한낮 때 황화시에를 다달으니 멀리 바라보이는 장사의 하늘이 온통 연기로 뒤덮였다. 조선의용대 대원들은 까닭을 몰라 모두 눈들이 휘둥그래졌다. 얼마 더 아니 가 피난민들과 마주쳤다. 도망꾼의 봇짐 같은 보따리들을 메거니 지거니 한 남녀노소가 풀들이 죽어 가지고 길이 메게 몰려나왔다. 개중에는 말을 죽어라 하고 들어주지 않는 중돼지 한 마리를 싸릿개비로 때려서 몰고 오는 중년의 남자가 있는가 하면 또 헌 다래끼에 암탉 두 마리를 담아 가지고 오는 아낙네의 실심한 얼굴도 보였다.

"웬일들입니까, 대체?" 이편에서 묻는 말에 "온 장사가 불바다가 돼 버렸다오." 대답하며 손을 들어 방금 빠져나온 장사의 하늘을 가리켜 보이는 중늙은이의 얼굴에는 동란의 자취가 역력하였다.

"적군이 들어왔나요?"

"적군이요? 아니요."

"그럼 일본 비행기가 와 소이탄을 떨궜던가요?"

"아니요, 아니요."

"그럼 저렇게 큰불이 대체 어떻게 일어났단 말입니까?"

"우리 사람들이, 헌병하구 보안대가 석유 초롱을 들구 다니며 닥치는 대루 불을 놓는다구요."

"아니, 그건 어째서요?"

"어째선지, 우리 백성이…… 어떻게 압니까?"

참으로 놀라운 소식이었다.

피난민의 물결을 거스르다시피 하며 장사 교외에 이르니 하늘을 뒤덮으며 날아오는 불티 때문에 눈들을 뜰 수가 없었다. 적들의 정찰기 한 대가 날아와 불타는 장사의 상공을 빙빙 몇 바퀴 돌아보더니 어처구니가 없는 모양으로 그냥 날아가 버렸다.

2천 만의 인구를 가진 풍요한 호남성의 수부 ─ 유서 깊은 장사시가 불바다로 화한 광경은 오직 경심동백(驚心動魄) 넉 자로 형용할밖에 없었다. 폭군의 대명사로 쓰이는 로마의 황제 네로가 로마시에 지른 불이 이러하였을까? 나폴레옹의 침략군을 굶겨 죽이고 얼궈 죽이려고 러시아의 명장 쿠투조프가 모스크바에 지른 불이 이러하였을까? 지난 밤중까지만 해도 장사시 시민들은 하늘이 이런 재앙을 자신들에게 들씌울 줄은 미처 몰랐을 것이다!

불구뎅이 속에 숙영을 한다는 머리가 없어서 대오는 장사성을 오른손 편으로 끼고 돌아 칠리포라는 주막거리에 와 숙영을 하였다. 칠리포라는 것은 장사시에서 7리 떨어진 주막거리란 뜻이다. 민심이 황황한 중에 하룻밤을 드새고 나니 북쪽 하늘의 연기는 밤사이에 기세가 조금도 숙지지 않고 계속 충천하였다. 하긴 십만 가호의 한 개 도시가 잿더미로 화하는 데는 시간이 걸릴 것이었다. 아침식사가 끝난 뒤에 방효삼이 밤사이에 요해한 정황을 전원에게 알리었다.

"통성을 점령한 적군이 장사까지 밀구 내려올 거라는 진성이의 보고에 근거해 장개석이가 장사를 포기할 결심을 내렸는데 그냥 내주지 않구 쿠투조프의 고사를 본따서 초토화를 하기루 했다는 겁니다. 그래서 시민들에게는 미리 알리지두 않구 그저께 오밤중에 불시루 군경을 출동해서 계획적으루 시내 각처에 불을 지르기 시작했다는 겁니다. 그리구 장관 사령부는 이미 형산에 옮겨 앉았으니까 우리더러 곧 형산까지 따라오라는 겁니다."

이렇게 말하고 방효삼은 잇달아서 "그러니 우리는 다시 형산을 향해 행군을 계속해야 하겠습니다. 설영대는 양씨동 동무가 인솔하구 지금 곧 떠나 주십시오. 그리구 본대는 한 시간 후에 출발하겠으니 각기 길 떠날 채비들을 해 주기 바랍니다. 이상." 이와 같이 간단명료하게 지휘하였다.

군단 사령부에 빌려주었다가 도로 찾아온, 며칠 전 남강교에서 복대한 서선장이가 리정호를 돌아보고 "이러다가 정말 서장(티베트)으루 들어간단 소리가 나잖겠어?" 하고 웃으니 리정호도 "히말라야산 구경을 한번 하는 것두 해롭잖겠지." 하고 마주 웃었다.

비극과 희극은 꼬아 놓은 새끼줄처럼 서로 엇갈긴 두 가닥의 개념인 모양이었다. 장사를 내주려고 일껏 초토화를 한 위대한 군사전략가 장개석 각하의 일편고심을 몰라주고 일본 강도들은 수백 리 밖 통성에 주저앉아 가지고 장사는 넘어다볼 염도 아니 하였다. 이런 제기, 적군이 들어와야 20세기의 쿠투조프가 한번 돼 보지! 겁에 질린 진성이의 그릇된 전황 보고와 위대한 군사전략가로 중외에 이름을 들날려 보고 싶어 몸살이 날 지경인 장개석이의 허영심 때문에 하나의 멀쩡한 도시가 맥없이 날아가 버렸으니 이를 어쩐다?

장사는 곡창 호남의 곡물 집산지였다. 그러하기에 두 주일 후에 조선의용대가 장사로 되돌아왔을 때까지도 산더미 같은 벼무지들은 그냥 타고 있었다! 장사 시민의 피눈물로 엮어진 일장의 비극은 장개석이의 헛다리 짚은 초토화 희극과 엇갈겨 중국 전사에 길이 남게 되었다.

잿더미로 화해 버린 장사로 다시 내려올 때 조선의용대는 호사스럽게도 형산서부터 백석실이 두대박이를 타고 물 맑은 소상강을 거드럭거리며 내려왔다. 소상강의 늦가을 경치는 천하 으뜸이라고 해도 좋을 만큼 길손들의 간장을 녹여 주었다. 조선의용대와 앞서거니 뒤서거니 동행하는 다른 한 척의 두대박이에는 곽말약 청장 휘하의 항적연극대 제8대인가 몇 대인가가 타고 있었다. 조선의용대는 모두 정식으로 군사훈련을 받은 군인들이므로 행군을 하나 숙영을 하나 질서가 정연하였지만 그 연극대 친구들은 그렇지가 못하였다. 한마디로 말하여 뒤죽박죽이었다. 식사를 해야겠는데 식사 도구들도 마련이 되어 있지를 않아 쑥스러운 대로 동행하는 배에다 손을 내밀어야 할 지경이었다.

식사를 마친 뒤에 그들은 빌려 쓴 식사 도구를 말끔히 씻고 부시어 잘 썼다는 인사의 말과 함께 돌려왔다. 조선의용대의 내무 규정에는 '행군 시에는 식사 도구를 각자가 보관함'으로 되어 있었다. 그래서 의용대원들은 그 일괄 봉환한 식사 도구 중에서 각기 제 것을 찾아 가질 판이었다. 그런데 의용대의 식사 도구를 빌려 쓴 그 연극대에는 하늘에서 금세 날아내려온 선녀같이 예쁘게 생긴 젊은 여배우 하나가 있었다. 방명은 들어 보지 못했어도 그 아릿다운 용모야 총각, 노총각들의 주목의 초점으로 되지가 않을 수 없다. 그런 참에 장난꾼 하나가 찾아든 제 공기와 젓가락에다 우습강스레 쩍쩍 소리 나게 입을 맞추며 성명을 하기를 "바루 내 이걸루 그 아가씨가 밥을 먹었다나!" 한즉 "허튼수작!" 하고 다른 하나가 대번에 면박을 주었다.

"내 걸루 먹는 걸 내 이 눈으루 봤는데!"

이것을 계기로 숱한 짝사랑꾼들이 너도나도 각자의 독점권을 주장해 나섰다. 다들 제 걸로 먹었다는 것이다. 그러니 그 여자는 제 거라는 것이다. 떡 줄 놈은 아무 말 없는데 김칫국부터 마셔두 유분수지!

이러한 시기에 제1지대에 생김생김도 그렇고 학식, 교양도 그렇고 별로 두드러진 데가 없는 황기봉이라는 대원 하나가 있었다. 그도 남처럼 술도 잘 먹고 놀기도 잘하는 보통 인간이었다. 그런데 이치가 갑자기 바른길에 들어서서 성인군자가 될 결심을 하였는지 남하고 휩쓸리지를 않고 외톨로 삐어지기 시작하였다. 급료를 타도 뭍에 올라가 한잔할 생각을 아니 하고 혼자 오도카니 배에만 머물러 있었다. 그리고 뜸막 위에 군용지도를 펼쳐 놓고 종일 무슨 연구에 골몰을 하였다. 그러니 자연 친구들의 말밥에 오를밖에.

"왜, 갑자기 구두쇠가 한밑천 잡을 생각인가?"

"리태백이하구는 인제 그만 손을 끊을 작정이야?"

"저리들 물러서라구. 남은 지금 참모총장이 될 준비를 하고 있는데!"

"다들 모르는 소리다. '전략개론'을 집필하시는 중이다!"

아무리 놀려 주어도 황기봉이는 그저 싱글싱글 웃기만 하였다. 모두 못 들은 체 지도만 파고드는 것이었다.

"조사 연구 없이 함부루 지껄이지들 말아, 남은 지금 황자가 되려는 판인데."

"황자? 황자란 게 도대체 뭐 말라뒈진 게야?"

"군사전략가 몰라? 손자, 황자!"

배 안은 갑자기 웃음판으로 변하였다. 정 성화가 받치면 황기봉이는 사정을 하는 것이었다.

"제발 좀 내버려 둬 줘! 저희끼리 놀면 되잖아?"

이튿날 서선장이가 우연히 황기봉이가 돛대 밑에서 저의 그 곁에다 차는 모젤권총을 상의 속에다 차는 것을 보았다. 의용대는 정찰 활동을 하는 부대가 아니었으므로 휴대하는 무기는 언제나 정정당당하게 곁에다 차게 마련이었다. 황기봉이는 허리를 구푸리고 한 손으로 제 엉뎅이를 만져 보았다. 그리고 선장이께로 고개를 비틀고 웃으며 묻는 것이었다.

"곁으루 뵈니? 총끝이 드러나, 안 드러나?"

"왜, 갑자기 정보원 노릇이 하구 싶어?" 하고 선장이가 빈정거린즉 그는 "뵈나 안 뵈나만 말해." 하고 싱글거리며 대꾸를 하는 것이었다.

그리고 덧붙여 말하기를 "인간이란 경우에 따라, 눈치놀음두 할 줄 알아야 한다니까."

"황녀구리가 다르긴 하다."

황기봉이는 허리를 펴며 제법 의논성 있게 "아무래두 멜빵이 좀 느슨하지? 한 구멍 죄야겠다." 하고 또 싱글싱글 웃는 것이었다.

이튿날 아침, 의전례하여 모두들 뭍에 올라가 강뚝을 따라 달렸다. 행군 중의 아침 체조인 셈이다. 삼삼오오로 앞서거니 뒤서거니 오륙 마장, 칠팔 마장씩 달리고 나면 몸이 거뜬해지고 또 정신도 상쾌해진다. 그런 연후에 다시 배에 올라와 아침식사를 하면 밥맛이 좋기가 비길 데 없다. 각 반조(飯組)는 네 사람씩이다. 그런데 이날 아침 황기봉이네 반조 식구 하나가 목을 길게 늘이고 두리번거리며 들떼놓고 묻는 것이었다.

"우리 여기 어째 식구 하나가 모자라는구먼. 황기봉이가 안 보이니 웬일이야?"

그 말을 듣자 "물에 빠져 죽은 건 아니겠지." 누군가가 한마디 비꼬았다.

"기운이 뻗쳐 혼자 마라톤 경주를 하는 게지."

"배때기가 고프면 어련히 찾아오잖을라구."

그러나 황기봉이는 한 시간이 지나도 돌아오지를 않았고 또 두 시간이 지나도 돌아오지를 않았다. 의혹이 차차로 짙어 가는 중에 한낮 때가 다 되어 지대 본부에서는 마침내 긴급회의를 소집하여 사태를 분석하고 또 대응책을 강구하였다. 그 결과 황기봉이는 배반도주를 한 게 틀림이 없다는 결론에 도달하였는데 그 논거인즉 이러하였다.

첫째, 돈을 쓰지 않고 꽁꽁 묶어 둔 것은 도망질칠 노자를 장만한 것이었음.

둘째, 지도 연구에 골몰한 것은 도망질칠 노선을 선정하느라고였음.

셋째, 권총을 속에다 찬 것은 도망질치는 데 편리하라고였음(군인이 단독으로 여행할 때는 여행 증서에 기재가 없으면 무기를 휴대하지 못하므로).

이상과 같은 분석을 거쳐 진상이 명확해지자 사람들은 아연실색하여 개개 다 벌린 입을 다물지 못하였다. 제1지대 전체가 다 경각성이 발뒤꿈치같이 무디었다! 연일 가지가지의 수상한 거동을 눈으로 보면서도 빈정거릴 줄이나 알았지, 누구 하나 냉정히 분석해 볼 생각은 안 했으니까! 황기봉이가 배반도주를 한 것은 왕정위의 남경 괴뢰정부가 성립되기보다도 두서너 달 앞서서였다.

이때부터 조선의용대의 사전에는 새 단어 즉 '배반도주'라는 단어 하나가 더 늘었다.

즉각 추격대가 무어졌다. 영솔자는 정치위원 왕통. 다섯 사람 중에 서선장이도 들었다. 지대장의 명령으로 탈주자가 '항거하면 즉시 사살'하기로 하였다. 일행 다섯 사람은 급히 배를 강안에 갖다 대고 하륙하였다. 얼마 아니 가 지나가는 군용트럭 한 대를 만나 편승하고 주주로 직행하였다. 주주는 세 갈래의 철길이 교차되는 교통 요충지이다. 급기야 주주에를 다달아 보니 정거장 부근은 온통 폭탄 구뎅이 천지로 흡사 망원경으로 관측하는 달의 표면과도 같았다. 구뎅이가 큰 것은 직경이 십 미터에 깊이가 오륙 미터씩이나 되는데 바닥에는 물이 충충 괴었다.

주주에서 일행은 주둔군을 찾아가고 공안국을 찾아가고 또 지방행정기관을 찾아가 수소문해 보았으나 다 허사였다. 하여 이튿날은 기차로 강서 방면에 발을 뻗기로 하였다. 그런데 워낙 시원찮은 증기기관차가 때는 것까지 열등 석탄이라 달리는 속도가 형편없이 느릴 뿐더러 도무지 고갯길을 오르지 못하여 올라가다는 뒤로 미끄럼질을 치고 또 올라가다는 뒤로 미끄럼질을 치고 하였다. 선장이는 속에서 불이 나는 것을 겨우 참았다. 꼴을 보지 않으려고 눈을 감고 딱딱한 등받이에 몸을 기대었다.

굼벵이 열차가 천신만고로 예릉역에 당도하였을 때는 일행 다섯 사람이 모두 신심을 잃었다. 잔디밭에 가 바늘을 주우라지, 어디 가 붙잡는단 말이. 다섯 사람은 닭 쫓던 개 지붕 쳐다보는 격이 되어 버렸다.

예릉성 밖에서의 일이다. 선장이는 속에 쌓인 울분을 풀 길이 없어 잽싸게 권총을 빼어 황기봉의 배반도주와는 아무 상관도 없는 시꺼먼 도적고양이 한 마리를 쏘아 죽였다. 그 앙칼스러운 꼴이 공연히 비위에 거슬려서였다. 선장이의 그러한 돌연적인 거동을 보고도 동행들은 그저 덤덤히 서 있기만 하였다. 그들의 속도 역시 선장이처럼 울울하고 불쾌하였던 것이다.

그 후에 황기봉이 어떻게 되었는지는 아무도 모른다.

조선의용대가 장사에 돌아와 보니 타다 남은 거리거리에 벌써 복구 사업이 벌어졌는데 적의 폭격기가 날아와서는 종이 폭탄 — 삐라를 뿌리어 장사 거리에는 때 아닌 종이비가 내렸다. 백성들이 삐라를 줍느라고 우 달려들어 벼락 맞은 소 뜯어먹듯 하는 것을 경찰들이 못 하게 말리느라고 호통을 빼며 이놈 차고 저놈 차고 하는 활극이 도처에서 벌어졌다. 선장이가 한 장을 집어 보니 그 내용인즉 항일 용공 정책을 포기하고 일(日), 만(滿), 지(支) 3국이 제휴하여 신질서를 건립하여 함께 반공반소를 하자는 것이었다.

조선의용대는 부득이 남아서 복구 사업을 도와주게 되었는데 그동안에 해가 바뀌어 1939년이 되었다. 연초에는 일본 놈의 품속으로 도망질을 친 국민당 부총재 왕정위를 성토하는 대회가 열리고 또 시위 행진이 벌어졌다. 짚으로 만든 왕정위의 제웅을 불사르며 기세를 올리기도 하였다.

2월 초에 조선의용대는 다시 막부산 전선으로 진발하는데 그동안에 제9전구의 사령장관이 갈리어 역시 장개석이의 심복인 설악이가 진성이의 대신으로 왔다.

전선에를 나와 보니 적아 양군이 대치한 진지라는 게 그냥 평행선을 이룬 게 아니라 개 이빨처럼 들쭉날쭉 엇물려서 상거가 가까운 데는 오륙 미터, 먼 데는 이삼천 미터씩이나 떨어져 있었다. 적이 진격을 돌연히 중지한 까닭에 전투는 소강상태를 유지하고 있었다. 이따금 생각난 듯이 총성이 몇 방씩 들릴 뿐 사납던 기세가 숙어 들어 전선은 고자누룩하였다. 적아 양군이 다 그 사령부에 올려 보낸 전황 보고는 모름지기 이러하였으리라 — '막부산 전선 이상 없음'. 한마디로 말하여 삐라전을 전개하기에 알맞춤한 환경이었다. 이에 비추어 제1지대는 회의를 열고 삐라전의 문제를 집체 토의에 붙였다. 맨 먼저 정치위원 왕통이 좌중을 한번 둘러보고 나서 입을 열었다.

"적군은 비행기가 있으니까 삐라를 맘대루 갖다 뿌릴 수가 있지만…… 우리는 그런 수단이 없으니 어떡허면 좋겠습니까? 무슨 방법으루 우리의 대적군 삐라를 적군이 받아 볼 수 있게끔 하겠는지, 좀 토의를 해 보십시다."

리정호가 선등 "밤에 그놈들의 전호 턱밑까지 기어가 가지구 수류탄을 던지듯이 삐라 묶음을 던지는 게 어떻겠습니까?" 하고 제 생각을 말하니 왕통은 "그것두 한 방법이겠구……. 또?" 하고 다른 사람들을 돌아보았다.

"내 생각엔 동남풍이 몹시 부는 날, 바람에 날려 보내는 게 좋을 것 같습니다."

장준광의 이 의견에는 중구난방으로 반박이 튀어나왔다.

"아니, 풍속이 얼마나 되기에 삐라를 천 미터씩이나 날리누?"

"그렇게 하자면 아마 한 25미터는 불어야 할걸, 초속으루."

"25미터! 너를 날려 가라구 해라…… 25미터!"

"쉬, 잡담 금지!"

"그럼 장관 사령부에다 비행기 한 대만 보내 달라구 전보를 치는 게 어떨까요?"

"또 공상적 낭만주의."

"밑져야 본전이지."

선장이가 가만히 듣고 있다가 "아니, 그럴 게 아니라…… 연을 이용합시다." 하고 말을 내니 왕통은 귀가 솔깃한 모양으로 "연을 이용해? 어떻게?" 하고 선장이의 입을 쳐다보았다.

"큰 연을 만들어 가지구 거기다 삐라 묶음을 매달면 되잖겠습니까?"

"능히 날까?"

"대문짝만 한 연에다 삐라 몇십 장 묶은 거야 못 매달겠습니까?"

"하긴 그렇겠군."

"그럼 뿌리긴 어떻게 뿌리구?"

"선향 한 토막을 매달지요. 불을 붙여 가지구, 그 선향이 타들어 가면…… 삐라를 묶은 끈이 타서 저절루 끊어질 게 아닙니까."

"된 수야!"

"딴은 그렇겠군."

선장이의 제안이 좌중의 일치한 지지를 받았다. 그러나 연을 만드는 문제는, 더구나 대문짝만 한 연을 만든다는 기술적 문제는 해결이 아니 났다.

"어떡헌다?"

"제기, 혁명을 하는 데 연을 만드는 재주가 필요할 줄이야 누가 알았나."

"아니, 저…… 그치가 어떨까?"

"그치라니? 누구?"

"아, 왜…… 김문이 말이야."

"김문이? 그따위 술망나니……."

"아니야, 김문이가 연을 만들어 팔아서 집안 살림을 도왔다는 이야기를, 언젠가 하는 걸 들은 것 같아."

"맞아, 맞아……. 나두 들었어."

김문이는 술고래였다. 게다가 술버릇까지 좋지 못하여 술주정뱅이 질을 일쑤 잘하였다. 그가 이 회의에 참석을 못 한 것도 벌써 이틀째 창고 안에 갇히어 '반성'을 하는 중이었기 때문이다. 이때 김문이는 어둑컴컴한 창고 속에서 '내가 왜 또 술을 퍼먹구 그런 실수를 저질렀을까?' 후회의 벌레에 염통을 좀먹히며 고민을 하고 있었다.

'다시는 그러지 말아야지. 죽어두 다시는 그러지 말아야지.'

맹세를 땅땅 하고 있었다. 회한의 눈물로 그 홀쭉한 볼을 적시고 있었다.

그러나 '반성'이 풀려 가지고 한 주일만 지나면 그 식이 장식으로 그는 또 술을 퍼먹고 또 실수를 저지르게 마련이었다. 하지만 그 손을 빌려야만 일이 될 형편이라 할 수 없이 창고에서 데려 내다가 앞에 세워 놓고 왕통이 따졌다.

"김문 동무, 자신의 한 일을 어떻게 생각합니까?"

김문이가 서슴없이 "깊이 반성합니다. 다시는 이런 일이 없을 테니, 이번 한 번만 더 두구 보십시오. 절대루 없을 테니…… 두구 보십시오." 하고 말하는데 그 얼굴에는 비장한 결심의 빛이 떠올랐다.

김문이는 몸집이 작아서 열네댓 살 먹은 아이만밖에 안 되었다. 그래도 그 오목눈은 원숭이의 눈처럼 판득판득한 게 생기가 있었다. 그러한 그가 요 대목에서는 순교자와도 같이 경건해지고 또 무기형을 받은 죄수와도 같이 가련해졌다.

"김문 동무의 반성을 해제하는 데 다들 동의합니까?"

왕통이 이렇게 묻기가 바쁘게 만좌가 이구동성으로 외쳤다.

"동의합니다!"

김문이의 명연기에 감동이 되어 뻔히 속는 줄을 알면서도 다들 동의를 한 것이다. 김문이가 만좌를 향하여 감사하는 뜻으로 국궁 한 번을 하고 물러서려는 것을 보고 왕통이 "동무가 연을 만들 줄 안다지?" 하고 물으니 김문이는 "연? 떠우는 연?" 하고 손가락으로 천장을 가리키며 되물었다. 왕통이 그렇다고 고개를 끄덕이니 김문이는 대번에 "만들 줄 알잖구! 장수연, 반달연, 방패연, 가오리연, 초연, 발연, 꼭지연, 치마연, 박이연, 동이연……." 하고 연 이름을 한바탕 주워섬기고 나서 "연에 들어서야 박사지." 하고 흰목을 썼다.

웃음소리와 박수 소리가 어울려 터지는 중에 김문이는 가까이에 앉았는 오셀로에게 손을 내밀었다.

"담배 한 대만 달라구. 이틀 동안 죽을 뻔했다, 담배가 없어서."

김문이가 조수 둘을 데리고 이틀이 걸려 대문짝만 한 방패연 하나를 성공적으로 만들어 냈을 때 선장이와 리정호가 서로 보고 웃었다.

"저치야말로 20세기의 계명구도로군."

"계명구도가 아니라 연을 만드는 제연구도야."

"제연구도? 그 구도를 주도로 고치면 더욱 좋겠군그래."

"제연주도? 술 주 자 주도? 아하하, 제연주도!"

"아하하!"

김문이가 얼레에다 연줄을 감다 말고 "허파에 바람 들라, 작작들 웃어라!" 비양스럽게 말하며 꿀종지눈을 희번덕거렸다.

준비는 다 되었으나 한 가지가 모자랐다. 동남풍이 불어 주지를 않는 것이다.

"제갈량이 동남풍을 빌었다더니 우리가 바루 그 쪼로구먼."

삼국 시절에 제갈공명이 동남풍을 빌었다는 고전장 — 적벽이 예서 그리 멀지가 않았다.

"넨장, 개똥두 약에 쓸라면 없다더니."

"괜찮아. 좀 더 기다려 봐, 풍향은 수시루 바뀌는 거니까."

"늘어지기는 오뉴월 소불알일세."

"체, 무슨 뾰족한 수도 없으면서 같잖게."

"비렁뱅이끼리 자루 찢기야? 어서 더 해 봐라."

이튿날 한낮 때부터 기다리던 동남풍이 불기 시작하여 다들 아연 활기를 띠었다. 선장이가 좋아서 부지런히 연을 내다가 삐라 묶음을 매달고 또 선향 토막에 불을 달았다. 적군의 진지에다 삐라 비를 내려 줄 생각을 하니 가슴이 들먹거렸다. 그러나 이 세상에 쉬운 일은 하나도 없었다. 이론적으로는 꼭 될 것 같은 일이 의외에 장애가 많아 좀처럼 목적을 달할 수가 없었다. 두어 시간 착실히 헛애들만 쓰다가 바람 방향이 바뀌어 이날 일은 만사필로 한 장의 삐라도 적진에 뿌리지를 못 하였다. 적아 양군이 흥미를 가지고(심심한 전선에서 무슨 줄타기나 그네뛰기 라도 구경하는 것과 같은 심정으로) 지켜보는 가운데 망신만 하였다. 다들 맥 살이 나 입맛을 쩣혔다. 발기자인 선장이는 아주 파김치가 되었다.

나흘 동안 고심참담한 끝에 처음으로 한 번 성공을 하였을 때는 전 호 속에서 모두들 환호성을 올리고 박수를 쳤다. 그러나 실상은 예닐 곱 장의 삐라가 겨우 적진에 떨어졌을 뿐이었다. 선장이가 쌍안경으로 그것을 확인하였다. 그러나 적들은 그 삐라를 주우러 전호 속에서 기 어 나오지를 않았다. 첫째는 우리 저격수의 저격이 무서워서였을 것이 고 또 둘째는 저의 상관의 눈이 무서워서였을 것이다.

그런데 이튿날 아침에 다시 쌍안경으로 살펴보니 전호 바로 턱밑에 뿌려졌던 삐라들은 온데간데가 없었다. 밤사이에 적들이 내려와 집어 들어 갔는지 아니면 바람에 어디로 다 날아가 버렸는지 하여튼 한 장 도 남지 않고 다 없어졌다. 첫 성공에 기운을 얻어 계속 연날리기를 하 였으나 성공하는 확률은 극히 낮아 열 번에 한 번 폭도 될까 말까 하였 다. 차라리 야습을 나갔다가 적의 전호 밑에까지 박근하여 갖고 간 삐 라를 던지거나 뿌리거나 하는 것이 더 손쉽고 더 효과적이었다.

그동안에 전국이 바뀌어 적군은 전호를 굳히고 수세를 취하는 반면 에 숨을 돌린 아군은 빈번히 출격을 하게 되었다(주로 야습을 들이대었다).

춘분 전후에는 적의 후방을 교란하는 유격 활동이 활발해져 두 개의 독립 여단이 적후로 들어가 가지고 하나는 양방림에 또 하나는 횡석 에 각각 거점 즉 사령부를 설치하고 교통 요충인 남림교와 서갱 일대 를 출몰하며 기습작전을 감행하여 적에게 타격을 주었다. 조선의용대 가 그 유격 활동에 참가한 것은 더 말할 것도 없는 일이다.

남경 화로강에서 초면 인사도 하기 전에 서선장이의 만년필부터 가져다 분해해 보던 괴짜 — 리태성이가 이번에는 선장이와 같은 분대에 속하게 되었다. 그리하여 조선의용대 대원들은 두고두고 전해 내려갈 이야깃거리를 장만하게 되었다.

리태성이가 그의 명중률이 놀랄 만큼 높은 저격탄으로 적들에게 본때를 보이는 것은 아침에 해가 떠 가지고 저녁에 지는 그 어간 즉 낮에 한하였다. 일단 날이 저물기만 하면 그는 맥을 못 썼다. 아예 폐물이 되어 버렸다. 유감스럽게도 그는 밤눈이 어두운 야맹증 환자였던 것이다. 제아무리 사나운 댓닭도 해가 지면 어찌지를 못하는 것과 같은 이치였다. 그러므로 밤 행군은 그에게 있어서 저승으로 들어가는 귀관으로 되었다. 그래서 비타민 에이(A)와 돼지간을 숱하게 먹었건만 웬 까닭인지 도무지 효험을 보지 못하였다. 모지락스러운 야맹증은 그 식이 장식으로 계속 그를 괴롭혔다. 그러니 그가 어찌 고민을 하지 않을 건가!

밤에 행군을 하게 되면 그는 — 낮에 용맹을 떨치던 그는 — 청맹과니처럼 그저 앞의 사람이 하는 대로 따라 하는 수밖에 없었다. 앞의 사람이 멎어서면 저도 멎어서고 또 앞의 사람이 물도랑을 뛰어 건너면 저도 뛰어 건너야만 하였다. 몹쓸 장난은 여기서 시작이 되었다.

밤 행군을 하게 되었을 때 선장이서껀 몇몇 장난꾼이 미리 짜고 대거리로 리태성이 앞에 서기로 하였다. 그 결과 물도랑이 있어서 건너뛰는 것은 더 말할 것도 없거니와 아무것도 없는 편편한 땅에서도 훌쩍훌쩍 건너뛰어 하룻밤 사이에 무려 사오십 번이나 건너뛰게 되었다. 장난꾼들은 대거리로 건너뛰지만 리태성이는 처음부터 끝까지 다 도거리로 맡아 뛰었으니 어찌 고달프지가 않았으랴.

날이 밝은 뒤에 숙영하는 농가에서 대충 아침밥들을 먹어 치우고 죽

누워 잘 채비들을 하였다. 리태성이도 선장이 옆에 와 누웠는데 그는
그 긴 다리를 죽 뻗으면서 "별 망할 놈의 고장 다 봤지……. 웬 놈의 물
도랑이 그리두 많담!" 하고 혼잣말로 투덜거렸다.

그 소리를 듣고 선장이가 참을 수가 없어서 얼른 한쪽으로 돌아눕다
가 고만 웃음보를 터뜨렸다. 짬짜미한 친구들이 급히 선장이에게 눈짓
을 하였으나 이미 뒤늦었다. 리태성이가 순간에 눈치를 챈 것이다. 그
는 벌떡 일어나 앉아 눈방울을 굴리며 불만을 내뿜는 것이었다.

"어, 알구 보니 니들이 날 놀리느라구 한 짓이었구나! 못된 것들 같
으니라구!" 하고 그는 그 큰 주먹으로 선장이를 한 대 콱 쥐어박는 것
이었다.

"다 니가 주동이 돼 한 노릇이 앙이가?!"

리태성이는 한번 골탕을 먹은 뒤로는 아무도 믿지를 않았다. 다시는
그런 못된 것들에게 속임을 당하지 않으려고 단단히 마음을 먹었다.
그래서 그는 또다시 밤에 행군을 하게 되었을 때 앞사람이야 물도랑
을 뛰어 건너거나 말거나 아랑곳없이 예사 걸음으로 걸었다. 한즉 다
음 순간 그의 발목은 첨벙 물속에 빠졌다.

"이키나, 이건 진짜였구나!"

그 후 얼마 지나 가지고 선장이가 우리 총탄에 맞아 죽은 일본 병정
의 소지품을 뒤지다가 배낭 속에서 일본 어느 제약회사의 '하리바'라
는 상표가 붙은 정제 어간유 한 병을 뒤져내었다. 한 반병 착실히 남아
있는 것이었다(리태성이의 조카 리돈호는 적병의 시체에서 피에 젖은 속옷까지 홀
랑 벗겨 내어 빨아 입는 버릇이 있었지만 선장이는 께끄름해서 그런 짓은 종래로 안 하
였다. 군화는 더러 벗겨서 신어 보았지만). 선장이가 리태성이를 전위해 찾아
가 그 전리품 어간유정을 건네며 "이봐 꺽다리, 이걸루 그만 쓱싹해 버

리지." 하고 그의 어깨를 툭 쳤다. 리태성이는 금세 입이 벌어지며 "별 소릴 다 하는구먼. 쓱싹은 무슨, 내가 언제 골을 냈었남." 하고 그 자그마한 선물 — 야맹증 특효약을 받아 챙기는 것이었다.

54

독립 여단 사령부가 설치된 양방림은 양신을 거쳐 양자강으로 흘러드는 부수의 상류에 위치하였는데 거리도 오붓하려니와 주변의 농가들도 모두 기와집인 데다가 마을을 끼고 흐르는 물까지 맑기가 수정 같아 냇바닥의 조약돌이 손에 잡힐 듯하여 보는 사람의 마음을 아늑하게 해 주었다. 여단 사령부가 들어 있는 것은 거리에서 초간히 떨어진 무슨 큼직한 사당인데 그 마당가의 디딜방아에서 병정 둘이 쌀을 쓿고 있는 풍정이 전시같지 않게 한가로와 보였다. 사령부에서는 이렇게 다시 쓿은 옥백미로 밥을 짓는 것이었다. 그리고 상 심부름하는 근무병들로 전 여단에서 홍안의 미소년만을 골라 뽑은 까닭에 꽃 같은 색시들이 군복 차림을 하고 모젤권총을 엇메고 시중을 드는 것 같았다.

선장이가 리정호와 둘이서 냇가로 세수를 하러 나와 보니 동네 처녀 하나가 먼저 와 무슨 나물을 씻고 있었다. 둘이 서로 눈짓하고 물 위쪽에 가 세수를 하는데 일부러 칫솔질을 하고 뱉은 것을 허옇게 떠내려 보내니 나물을 씻던 처녀가 뾰로통하여 입속으로 종알거렸다. 그것이 재미가 있어서 두 총각이 짐짓 더 짓궂이 하니 골이 난 처녀는 발딱 일어나 나물 다래끼와 물이 흐르는 소쿠리를 들고 밉살맞은 두 놈팽이를 에돌아 물 위쪽으로 자리를 옮겨 앉았다. 두 총각도 지지 않고 곧 세면주머니들을 들고 처녀를 에돌아 물 위쪽으로 자리를 옮기니 처녀는 다래끼와 소쿠리를 놓아둔 채 눈을 흘기며 일어나 두 놈팽이의 더러운 세수가 끝나기를 기다렸다. 두 총각이 장관의 세수를 마치고 되돌아 들어오며 서로 쳐다보고 하하 웃으니 처녀는 못마땅하여 자꾸 종알종알 주둥이를 놀리며 다시 나물을 씻기 시작하는 것이었다. 시골 여자라도 고놈의 성질이 되우 나긋나긋하지가 않았다.

선장이가 "저런 걸 여편네루 삼았다간 큰일 난다니까." 하고 말하니 리정호는 "왜, 엄처시하 소리 들을까 봐?" 하고 말을 받았다.

"꼴을 보면 몰라? 바늘루 찔러두 진물 하나 나오지 않게 생겼는데. 아마 사내를 개떡 주무르듯 할걸."

"셰익스피어의 《말괄량이 길들이기》 왜, 모르나? 그렇게 길을 들여 가지고 살면 되지, 걱정이 뭐야."

"어, 참 그 말을 들으니 내 한 가지 생각나는 게 있구먼."

"생각나는 거 무어?"

"내 어렸을 때 일인데…… 우리 이웃에 여편네에게 꼭 쥐여 지내는 사내 하나가 있었어. 그게 여름이었는데, 밤에 더우니까 다들 멍석을 내다 깔구 둘러앉아 이야기장을 벌였지 뭐야. 그 집에선 일찌감치 불을 끄구 잠들을 자는 모양이더군. 그런데 불시에 그 사내가 열어 놓은 방문으루 후닥닥 뛰어나오잖겠어. 다들 놀라서 돌아보니 글쎄 그 사내가 홀랑 벗은 알몸뚱이루 꽁지가 빠지게 들구뛰는 게 아니겠어. 모두들 허리를 잡구 웃느라구 볼일을 못 봤지 뭐야."

리정호가 한바탕 깔깔 웃은 끝에 "여편네는 따라 나오지 않구?" 하고 웃음빛이 채 사라지지 않은 얼굴로 물으니 "여편네야 따라 나올 리 있나, 창피한 걸 아는 게." 하고 선장이도 웃음기가 다 가시지 않은 얼굴로 대답하였다.

남림교와 백예교 사이에서 소로길과 교차되는 길목 하나를 골라 삐라를 뿌리기로 의논이 맞았는데 그 길목인즉 그 일대를 정찰한 결과 얻어 낸 이른바 명당자리였다. 우군 부대 한 소대의 배합 밑에 선장이 일행이 숙영지를 떠난 것은 첫닭울이였으나 목적지에 당도하였을 때는 이미 어뜩새벽이었다.

우군들이 신기한 듯 바라보는 가운데 조선의용대 대원들은 재빨리 큰길에 올라가 크고 작은 각가지 삐라들을 길바닥에 죽 벌여 놓고 바람에 날아가지 못하게 하나하나 돌멩이로 지질러 놓았다. 부랴부랴 일을 마치고 일행은 곧 우군의 엄호대와 함께 한 200미터 떨어진 둔덕 뒤에 와 몸을 숨기고 동정을 살폈다. 적군의 트럭들은 야간을 제외하고는 언제나 빈번히 이 길을 오갔다. 그러므로 놈들이 우리의 삐라를 어떻게 대하는가 한번 보자는 것이다. 직접 눈으로 확인을 하자는 것이다.

기다리는 시간은 의례히 더디게 가는 법이다. 둔덕 뒤 풀밭에 가로세로 누워 있는 사람들이 모두 기다리기에 진력들이 났을 즈음에(연기가 나는 것을 저어하여 담배들도 못 피웠다) "사람!" 둔덕 위에 엎드려 망을 보던 장준광이 낮게 소리쳐 누웠던 사람들이 모두 벌떡벌떡 일어나 앉았다. 오셀로가 도마뱀같이 민첩한 동작으로 둔덕 위에 기어올라가 엎드려서 장준광의 손가락질해 보이는 데를 잠시 여겨보더니 이내 고개를 돌이키고 한 손을 뒤로 내흔들며 "아니야, 아니야. 적이 아니야." 하고 일어나 앉은 사람들에게 알려 주었다.

"소로길루 백성 하나가 염소 두 마리를 끌구 오는 중이야. 적이 아니야."

말하고 오셀로는 팔꿈치로 옆에 엎드려 있는 장준광을 한번 쿡 지르고 "저게 어디 적이야?" 하고 타박하였다.

"누가 적이랬어? 그저 사람이랬지."

장준광이 되받았다.

"제가 분명히 적이라구 해 놓구선."

"그 귓구멍이 어떻게 잘못되잖았어?"

"그냥 백성 하나가 오는 걸 가지구 호들갑을 떨건 무어야? 그래두 잘했다구."

선장이가 둔덕 위에 기어올라와서 "고만들 두어. 색다른 친구들이 무슨 일인가 해서 쳐다들 보는데." 하고 두 사람을 말린 뒤에 앞을 바라보니 뜻밖에 사태가 큰길에서 벌어졌다.

"아, 저런!"

백성이 끌고 오던 두 마리의 염소가 길바닥에 돌멩이로 지질러 놓은 삐라로 아침 요기를 하고 있는 것이다! 염소의 주인인 그 백성도 저의 염소들이 공것으로 요기하는 것을 해롭지 않게 생각하는 모양으로 염소들 목에 맨 줄을 느슨히 잡고 서서 구경만 하고 있었다. 오셀로가 적 후인 것도 잊어버리고 후닥닥 뛰어 일어나 손을 내저으며 고함을 쳤다.

"여보, 염소 끌구 어서 갈 길이나 가우!"

그러나 그 백성은 오셀로의 고함 소리가 들리지 않는 모양으로 아무 반응도 보이지를 않고 그저 염소들이 삐라를 차례차례로 먹어 나가는 것만 지켜보았다.

"저 망할 자식, 귀머거린가베?"

"그런지두 모르지. 귀가 절벽이 아니구서야 그렇게 큰 소릴 못 들었을 리 있나."

오셀로가 또 한 번 고함을 쳤으나 이번에도 역시 그 백성은 고개를 들지 않았고 또 돌아보지도 않았다. 언제 적의 트럭이 들이닥칠지 모르는 형편이므로 정황은 긴박하였다.

"귀머거리가 틀림없어, 망할 것!"

"리태성!"

리태성이가 소총을 거머쥐고 부리나케 둔덕 위로 달아 올라왔다.

"저 염소 한 마리 얼른 좀 제끼라구!"

선장이 말이 떨어지기가 바쁘게 리태성이는 "염려 말랑이." 자신만만하게 말하고 땅바닥에 엎드리며 곧 소총의 안전장치를 열었다. 이어 총성 한 방이 울리는 것과 동시에 큰길에서 아침 요기를 하던 염소 한 마리가 깩 소리도 못 지르고 나가너부러졌다. 리태성이는 과연 명사수였다(밤이 아니고 낮이었으므로). 횡액을 입은 염소 임자가 그제야 놀라서 사방을 두리번거리다가 둔덕 위에서 손을 내젓는 군인 둘을 보고 기절초풍을 하였다. 허둥지둥 죽은 염소를 껴들더니 삐라에 맛을 들인 산 염소를 발길로 걷어차며 오던 길로 되돌아서서 똥줄이 빠지게 달아나 버렸다. 주인이 귀머거리만 아니었던들 염소는 삐라 몇 장쯤 먹었다고 죽을 리가 없었다. 주인을 못 만난 탓으로 아까운 목숨을 잃었다고 할까.

뜻하지 않은 막간극이 상연되는 통에 분위기가 흥성흥성해져서 조금 전까지만 해도 적이 나타나기를 기다리느라고 진력이 났던 사람들이 모두 활기를 띠었다. 한 반 시간 더 기다려서야 남림교 방향에서 자동차 달려오는 소리가 차차로 가까와 왔다. 둔덕 뒤에 숨은 사람들은 아연 긴장해났다. 불독처럼 코가 짧고 뭉뚝한 카키색의 '토요타' 대형 트럭 한 대가 달려오는 것이 바라보였다. 무엇을 실었는지는 모르나 적재함에는 전투모를 쓰고 총을 거머쥔 왜병 하나가 곡식밭의 허수아

비 모양 홀로 서서 운전칸 지붕 너머로 전방을 경계하고 있었다.

삐라장을 벌여 놓은 데까지 오자 차가 갑자기 삑 급정거를 하더니 운전칸의 문이 덜컥 열리며 상등병쯤 되어 보이는 놈 하나가 펄떡 길 위에 뛰어내렸다. 그자가 와서 삐라들을 한참 들여다보더니 허리를 구 푸리고 한 장 한 장 주워 모았다. 그동안에 적재함에 서 있던 놈도 뛰 어내려와 한 손에 총을 쥔 채 삐라들을 주워 모으더니 대충 접어 가지 고 걸머멘 잡낭 속에 집어넣었다. 트럭이 다시 달리기 시작하였을 때 신명이 난 오셀로가 저도 모르게 뛰어 일어나서 "오, 이!" 하고 소리치 며 두 손을 흔드니 적재함의 놈이 돌아보고 마주 손을 흔들며 굽인돌 이를 돌아갔다.

"저 자식이 나를 보구 좋아하지 않는가!"

오셀로가 신기로와하며 감탄 비슷이 말하였다.

"마점산 장군을 알아본 게지."

마점산은 오셀로의 성명이다.

"아니야, 초록은 동색이야. 그놈두 먹자주의가 틀림없어."

오셀로의 먹자주의는 유명하였다.

"그 왜놈의 새끼 왜 한 방 갈길 생각을 안 하구 손을 흔들어."

"오셀로가 전장 귀신이 되면 그 기집애가 좋아서 깡충깡충 뛰라구?"

"어느 기집애가 좋아서 깡충깡충 뛰어?"

"아, 맥주병 찜질당한 기집애지 어느 기집애여?"

귀대하는 길에서 여럿이 받고차기로 이와 같이 오셀로를 시달구었다.

적후 활동에 차차 익숙해짐에 따라 의용대 단독으로 적의 치중 트럭 을 한번 습격해 보자는 의견이 고개를 쳐들게 되었다.

"해 보는 것두 좋지만 실패하는 날이면 망신인걸, 우군들 보는데."

리정호의 신중론을 "구데기 무서워 장 못 담글까!" 장준광이 되받고 또 "일승일패는 병가의 상사지. 망신이란 다 뭐 말라뒈진 거야!" 오셀로가 타박을 주는데 "넨장할, 되든 안 되든 한번 해 볼 판이지!" 리태성이까지 팔을 걷고 나서서 "그럼 우리 한번 해 보는 게 어때?" 하고 선장이가 좌중을 둘러보니 다들 좋다고 찬동을 하여 일은 마침내 하기로 작정이 되었다.

습격조는 이튿날 미명에 체코경기를 둘러멘 껑다리 리태성을 선두로 숙영지를 출발하여 백예교에서 한 오륙 마장 떨어진, 미리 선정해 두었던 지점으로 왔다. 큰길가에 토비들이 숨어서 목을 지키다가 지나가는 장군들을 떨었음 직한 잡목림 하나가 있어서 매복을 하기에는 십상이었다. 우리의 선조들은 일찌기 임진왜란 때에 벌써 매복전으로 침략자를 타격하는 영광스러운 전통을 이루었다. 리조 말년의 의병들도 역시 그러하였다. 그 전통을 이어받은 조선의용대는 지금 단지 그 활동 무대를 중국의 양자강 이남으로 옮겼을 뿐이다.

늦은 아침때가 지나도록 적의 치중 트럭은 한 대도 나타나지를 않고 반갑지도 않은 농민 둘이 휘청거리는 멜대 양쪽 끝에다 대둥구미 하나씩을 달고 큰길 건너 소로길에 나타났다. 큰길을 건너서 이리로 올 모양이다.

"이런 제기."

숲속에 은신한 사람들이 서로 돌아보고 쓴입을 다실 즈음 남림교 방향에서 자동차의 엔진 소리가 들려왔다.

"공교하기는 마디에 옹이로군."

오셀로가 못마땅해 한마디 툭 내뱉었다. 총질을 하다가는 애매한 농민들을 상할 염려가 있었다.

일본군의 트럭은 모두 석 대였다. 모두들 쥐 죽은 듯이 숲속에 엎드려 제발 어서 지나가 주기만을 바랐다. 멜대를 멘 농민들이 큰길에 올라서자 트럭들이 공교롭게 들이닥쳐 일본 군인들과 중국 농민들은 피차에 생각지 않은 상봉을 하게 되었다. 앞차가 빽 브레이크 거는 소리를 내며 멎어서니 뒤차들도 따라서 멎어섰다. 앞차의 운전칸에서 하사관 같아 보이는 놈 하나가 뛰어내리더니 어찌할 바를 몰라 허둥허둥하는 농민들 앞으로 뚜벅뚜벅 걸어왔다. 무슨 일이 벌어질지 몰라 숲속에서는 총가목을 단단히 틀어쥐고 숨들을 죽였다.

하사관 놈이 농민들이 멘 대둥구미를 와 들여다보더니 "오, 떵하오, 떵하오!" 하고 너털웃음을 치며 두 손을 내밀어 대둥구미에 담긴 것을 움키었다. 다음 차에서 역시 하사관 같아 보이는 놈 하나가 차창으로 전투모 쓴 대가리를 내밀고 "나니까(무어야)?" 하고 소리쳐 물으니 이쪽 하사관 놈은 손에 움킨 것을 앞으로 내들어 보이면서 "피단, 피단! 우마이조(맛이 좋다구)!" 하고 시시덕거렸다. 그 소리를 듣자 앞차와 중간차와 뒤차의 운전칸과 적재함에서 예닐곱 놈이 우르르 쏟아져 내려오더니 제각기 대들어 '피단' 즉 송화단을 움키는 것이었다.

뜻밖에 횡재를 한 왜놈들의 탄 자동차가 엔진 소리를 울리며 차례차례로 떠나가는데 손재수가 뻗친 두 농민은 그저 멀거니 쳐다보기들만 하였다(둘이서 한 50알은 잘 떼웠을 것이다). 맨 뒤차의 적재함에서 왜병 한 놈이 송화단에서 벗겨 낸 왕겨가 듬성듬성 박힌 석회 쪼각을 재수가 옴 붙듯 한 송화단 임자에게 던지며 히히닥거렸다. 이 광경을 숲속에 숨어서 지켜보는 의용대 대원들은 몸속의 피가 끓었으나 "급살을 맞을 놈들!", "에, 저놈들을 그저." 어찌할 방법은 없었다.

한 20분쯤 지나 이번에는 백예교 방향에서 자동차들이 달려오는데 보니 트럭 두 대에 사오십 명의 왜병들이 분승하였다. 이번에도 또 곱게 그냥 지나 보내는 수밖에 없었다. 숲속에 매복한 습격조가 조급증들이 날 즈음 남림교 방향에서 또 자동차 소리가 나길래 내다보니 꽁무니에 먼지가 꼬리를 길게 끌며 달려오는 것은 ― 한 대다. 보통 그러하듯이 적재함에 서서 운전칸 지붕 너머로 전방을 경계하는 보초병도 한 놈이다. 자, 때는 왔다! 자동차가 가까와 오자 경기를 꼬나든 리태성이가 번개같이 큰길로 뛰어나가며 자동차를 향하여 호통을 쳤다.

"도메로(세워라)!"

질겁한 운전병이 빽 급정거를 하는 것과 동시에 적재함 위에서 보초병이 한 방을 갈겼다. 리태성이의 왼쪽 귓방울이 뜨끔하는 순간 꼬나든 기관총이 불을 내뿜으니 적재함 위의 보초병이 상판대기에 몰방을 뒤어쓰고 나가너부러졌다. 그 통에 운전칸의 앞 유리도 윗부분이 깨어져 박산이 났다. 운전병이 차를 세우는 결에 문을 열어젖뜨리며 뛰어내려 걸음아 날 살려라 하고 도망을 쳤다. 그 등판에다 대고 리태성이가 또 한 번 방아쇠를 그러당기니 그놈은 두 팔을 쩍 벌리며 곤두박이를 쳤다. 리태성이의 군복 어깨는 귓방울에서 떨어지는 피로 점점이 물들었다.

운전사 옆에 앉았던 상등병 놈은 혼비백산하여 저항할 염도 내뺄 염도 다 못 하고 그저 멀거니 좌석에 앉아만 있었다. 오셀로가 문을 열며 곧 꼭뒤잡이를 하여 끌어내리는데 그놈은 허깨비처럼 끌려나오다가 휘뚝하더니 그대로 엉덩방아를 찧어 버렸다. 실로 이 모든 것은 다 눈깜박할 사이에 이루어졌다. 선장이 외 몇몇이 적재함에 올라가 대가리가 묵사발이 되어 가지고 뻐드러진 송장을 맞들어 길바닥에 내뜨리자 오셀로가 생포한 상등병의 엉뎅이를 떠밀어 적재함으로 올려보냈다.

"이놈 좀 맡으라구."

바로 이때 또 백예교 쪽에서 자동차 달려오는 소리가 났다. 분초를 다투어야 하였다. 선장이가 외쳤다.

"빨리빨리!"

리태성이는 적재함으로 올라오며 곧 경기의 탄창을 갈아 끼웠다. 상처에서 흐르는 피는 돌볼 겨를이 없었다. 리정호가 제일 찰찰하였다. 황급한 통에도 잊지 않고 쫓아가 엎어져 죽은 운전병의 군복 호주머니에 삐라 묶음을 밀어넣었다. 그리고 또 달려와서는 네 활개를 벌리고 죽어 자빠진 보초병의 호주머니에다도 삐라 묶음을 질러 주었다. 그는 어떠한 경우에도 삐라전을 잊지 않았다.

오셀로가 운전칸으로 뛰어오르자 리정호도 적재함으로 바라올랐다. 선장이가 운전칸의 지붕을 손바닥으로 쾅쾅 울리니 벌써부터 발동을 걸어 놓고 핸들을 틀어잡고 대기하던 장준광이 액셀러레이터를 밟았다. 트럭이 큰길을 벗어나 소로길로 꺾어 드니 차체가 풍랑 만난 배처럼 크게 뒤뚝거렸다.

적의 트럭 두 대가 달려오다가 길바닥에 엎어지고 자빠진 황군의 시체를 보고 놀라 급정거를 하고 둘러보니 한 대의 황군 트럭이 방장 숲을 끼고 논틀밭틀로 뺑소니를 치고 있는 중이었다. 앞차에서 뛰어내렸던 하사관이 무어라고 고함을 지르며 손을 한번 내젓고 차에 뛰어오르자 두 대의 트럭이 곧 큰길을 벗어나 가지고 하나는 앞을 서고 하나는 뒤를 서서 소로길로 꺾어 들었다.

추격전이 벌어졌다. 앞차의 적재함에 앉아 오던 네댓 놈이 38식으로 도망치는 차를 향하여 난사를 하였다. 몹시 들추는 차 위에서 마구 쏘는 총알이 잘 맞지는 않아도 그냥 내버려둘 수는 없었다. 도망치는 트럭 위에서는 리태성이가 짐짝 위에 경기를 걸어 놓고 드립다 맞불질을 하였다. 한동안 쫓고 쫓기고 하다가 추격자들은 아무래도 안 되겠던지(적의 활동 구역으로 깊이 들어가는 것은 위험하였다) 그만 차를 멈춰 세우고 천방지축 도망질치는 황군 트럭을 닭 쫓던 개 울 쳐다보듯 바라보기만 하였다. 입맛들이 썼을 것이다. 그러나 어찌하랴 잡히지를 않는데야.

추격자를 떼쳐 버리고 한 십 리 무사히 왔을 때 '고장왕' 장준광이 또 고장을 내 놓았다. 귀하게 자란 카키색 '토요타'가 난생처음 마구잡이에게 끌리어 험한 길을 달려서 그런지 투정을 부린 것이다. 아무리 달래도 막무가내로 떡 버티고 서서 움직여 주지를 않는 것이다. 장준광이 자동차 수리공으로서의 가진 재주를 다 부려 본 끝에 마침내 "이런 제기." 하고 고패를 빼었다. "윈새끼 내던졌군." 하고 뒤통수를 긁적거린 것이다.

이때에야 비로소 생각들이 나서 트럭에 실은 짐짝들을 살펴보니 마사무네(일본 청주)와 권연 그리고 각가지 통졸임과 과자붙이, 모두가 식료품이었다. 이것을 보자 모두들 갑자기 시장기가 났다. 오셸로가 선등으로 "우선 요기들이나 좀 하구 나서 보자구, 어때?" 하고 말을 내니 "지당한 말씀!", "먹자주의의 의견이 옳소!" 대번에 호응들 해 나서는 것을 선장이가 "술만은 우리 좀 삼가자구…… 아직 어떻게 될는지 모르니까." 하고 말하니 "지당한 말씀!", "그 의견두 옳소!" 우스갯말로 찬동들 하였다. 수시로 적의 내습이 있을 것을 고려하지 않을 수 없었기 때문이었다.

트럭 위에 둘러앉아 노획품으로 유쾌한 회식을 하는데 한쪽 구석에 쭈크리고 앉았는 일본 상등병은 어서 너도 좀 먹으라고 먹을 것을 집어 주어도 낙태한 고양이 상을 하고 받으려 하지 않았다. 아마 끌고 가 눈을 도려내고 코를 베고 하려는 줄 아는 모양이었다. 회식이 끝난 뒤에 리정호의 발기로 가까운 마을에 가 촌장을 불러내 가지고 마을 사람들을 운력을 시켰다. 장준광이 핸들을 잡고 네댓 마리의 물소가 앞에서 끌고 또 십여 명 사람이 양옆과 뒤에서 밀고 떠들썩하며 양방림까지 오는데 무슨 경사라도 난 것 같았다.

이튿날 독립 여단의 여단장 석 소장이 부대를 정렬시켜 놓고 조선의용대의 기지와 용감성을 따라 배워야 한다고 일장의 훈유를 한 다음 앞으로 나와 조선의용대의 멋진 전첩을 열렬히 축하해 주었다. 리태성이의 한쪽 귓방울이 떨어져 나간 데 대해서도 위문할 것을 잊지 않았다.

의용대는 노획품을 네 몫으로 나누어 한몫만 차지하고 나머지는 다 여단 사령부에 밀맡겼다. 자동차는 수리할 잡이도 없고 휘발유도 없고 또 몰고 다닐 만한 넓은 길도 없어 그냥 내깔렸다. 선장이가 자동차의 앞바퀴를 한번 툭 걷어차고 "이야말루 개발에 주석편자루군, 아무 쓸모가 없으니……. 임자를 잘못 만났지." 하고 웃으니, 리정호는 "카메라가 없는 게 유감스러운걸. 사진을 찍어 가지고 편집부에다 보냈으면 멋이 있겠는데." 하고 혀를 쯧 찼다. 리정호가 말하는 편집부란 〈조선의용대통신〉의 편집부를 말하는 것이었다.

"버젓하게 옆에다 포로병까지 하나 세워 놓구?"

"아, 그랬으면야 더욱 좋지. 넨장."

"사진은 없더라두 보도기사나 하나 써 보지."

"쓰잖구. 내 오늘 당장 쓸 테야."

이날 밤 잠들을 자는데 오셀로 마점산과 고장왕 장준광이 엇갈아 들락거리는 바람에 깊은 잠을 통 잘 수가 없었다.

"너절한 것들. 공짜라구 걸신스레 쓸어 넣더니만…… 보지!"

리태성이가 벽 쪽으로 돌아누우며 게두덜거렸다. 일본제 통졸임을 과식한 탓으로 마, 장 두 사람은 배탈을 만난 것이었다.

포로병을 신문할 때 선장이가 노획품 은사담배 한 갑을 피우라고 건네니 포로병은(하룻밤을 무사히 자고 난 까닭에 극도로 긴장하였던 정신상태가 한결 안정이 되었다) 황공한 듯이 두 손으로 받아 가지고 머리 위에 한번 공손스레 받들었다가 비로소 봉을 뜯었다. 한 가치를 뽑아내어 피우는데 황실 전용의 국화 문장이 찍히지 않은 쪽을 입에 물고 성냥을 긋는 것이었다. 선장이가 괴이스레 여겨 그 까닭을 물어보았더니 "피우다 남은 꽁초에 국화어문이 있으면 불경스러우니까요." 하는 대답이 그 입에서 나왔다. 선장이와 리정호는 고개를 여러 번 끄덕였다. 딴은 그럴 일이었다. 꽁초는 발에 밟히거나 아니면 밟아 뭉개는 것이었으니까.

신문은 서선장, 리정호 두 사람이 맡아 하였다. 신문하는 사람들이 얼굴에 웃음기를 띠는 것을 보고 포로병 요시오카 노보루는 한동안 주저주저하다가 어렵게 입을 떼었다.

"저, 두 분께 보여 드리구 싶은 게 하나 있는데…… 어떨는지 모르겠습니다."

"무언데? 주저 말구 어서 꺼내 보이라구."

요시오카 상등병은 곧 앞섶을 헤치고 속에 지녔던 부적 주머니를 꺼내어 아구리를 열더니 그 속에서 차곡차곡 접은 종이 한 장을 꺼내어 공손히 바치는 것이었다. 선장이가 받아서 펼쳐 보니 놀랍게도 그것은 아군이 발행한 '통행증'이었다. 그 통행증에는 일본글과 중국글로 무릇 이 통행증을 가지고 넘어오는 일본 군인은 환영을 받을 것이고 또 우대를 받을 것이라는 사연이 찍혀 있었다. 조선의용대가 갖은 방법을 다하여 적군의 눈에 띄게 한 바로 그 삐라들 중의 한 장이었다! 요시오카는 만일의 경우를 생각하여 그 통행증을 소중히 부적과 함께 몸에 지니고 다녔던 것이다.

"제 발루 걸어오지 않구…… 이렇게 붙들려 온 것두 됩니까?"

요시오카가 가장 알고 싶은 것이 바로 이것이었다(목숨이 왔다 갔다 하는 마당이었으므로).

"돼, 돼……. 괜찮아. 생명의 안전은 보장할 테니까, 염려 말아."

선장이의 명확한 보증의 말을 듣고 요시오카는 적이 마음이 놓이는 모양으로 얼굴에 화색이 돌면서 묻는 말을 수월스레 대답할 뿐 아니라 묻지 않는 말까지 아는 대로 다 지껄였다. 요시오카는 지바시 어느 중학교 교장의 막내아들로 대학시험에 미끄러져 한 해 더 시험공부를 하던 중에 징집이 되어 전선에를 나오게 되었다는 것이었다.

"우리 여기두 일본 사람이 적잖은데, 망명해 온 인텔리두 있구 또 포로된 장교, 병사들두 있구……."

선장이의 이 말을 듣고 요시오카는 "그렇습니까, 그러세요?" 하고 놀라며 그 눈에 반가운 빛을 띠었다. 절망적인 고독감에서 갑자기 풀려난 것이다.

'동포들이 있다니!'

"그들을 곧 좀 만나 봤으면 좋겠습니다."

"만나 보는 거야 어렵지 않지, 하지만 그보다두 통산으루…… 부대루 돌아갈 생각은 없는가?"

"네? 뭐라구요? 부대루요?" 하고 요시오카는 입을 딱 벌리더니 한참만에 "안 됩니다, 안 됩니다. 그건 안 됩니다. 절대루 안 됩니다." 하고 도리머리를 흔들었다.

"어째서?"

"어째서요? 이전에 저의 전우 하나두…… 나카무라 일등병두, 중국
군에 생포됐다가 놓여나 돌아온 적이 있습니다. 그렇지만 부대에서
는 그가 전사한 줄만 알구 벌써 그 유골을 내지(즉 일본)에 보낸 뒤였
으니까, 어떡헙니까. 처리할 수가 있어야지요……."

"아니, 살아 있는 사람의 유골이 어디서 나? 무슨 도깨비 같은 소리야?"

"하, 그건 잘 모르시는 말씀입니다. 우리 거기선 전사자가 많을 때는
그 시체들을 무더기루 쌓아 놓구…… 휘발유를 끼얹어 한목 화장을
해치우거든요. 그러니 어느 뼈가 어느 뼌지 알게 무업니까. 아무거
나 한 토막씩 유골 상자에 주워 담구 이름표를 붙이면 고만이지요."

"오, 그런 속내평이었구면." 하고 선장이와 리정호가 서로 돌아보고
웃으니 요시오카도 두 사람의 눈치를 살펴 가며 요공하는 웃음을 따
라 웃었다.

"그래, 그 돌아온 일등병은 어떻게 됐지?"

"어떻게 됐겠습니까, 처치해 버렸지요."

"처치를 해 버리다니?"

"쥐두 새두 모르게 없애 치웠습지요, 소문이 날까 봐."

"없애 치워? 죽였단 말인가?"

"네."

"저런!"

"그렇잖으면 어떡헙니까? 후방에서 알게 되면, 유골 상자의 비밀이
탄로날 텐데!"

"음."

"그러니 저두 돌아가기만 하면…… 모가지 뎅겅은 떼 놓은 당상입

니다." 하고 요시오카는 제 목에다 손칼치기 시늉을 해 보였다.

이날 오후에 쓴 리정호의 통신 보도에는 요시오카의 이러한 진술도 빠지지 않고 다 들어 있었다. 그 표제를 선장이가 아주 멋지게 달아 주었다. 왈 '적후 통신.'

이 무렵 막부산 전선에서는 — 양씨동이가 영솔하는 분대는 공교롭게도 지난가을 대사평에서 협동작전을 한 바 있는 공부장의 중대와 또 함께 출격을 하게 되었는데 이때 공부장은 이미 중위에서 대위로 승진을 하였다. 그는 워낙 빽이 든든한 데다가 사실상 하급 지휘관으로서의 지휘 능력도 일정하게 갖추었으므로 승진이 빨랐다. 그렇잖아도 전시에는 일반적으로 승진이 빠른 법이다. 이날의 공격 목표는 적군이 이미 점령을 한 통성의 전초기지였다. 젖통처럼 불룩하게 두드러져 나온 두 개의 민뻔뻔이 언덕마루에 구축해 놓은 화점이었다. 두 개의 화점이 의각지세를 이루어서 아군의 진격을 빈틈없는 화력으로 제압하는 까닭에 그 두 화점을 빼 버리는 게 급선무였다. 이날 전투에 투입된 병력은 모두 1개 연대 — 9개 보병 중대와 3개 기관총 중대 및 반개 포병 중대였는데 양씨동이의 분대는 선두 부대인 공 대위의 보병 중대와 함께 행동하였다.

적의 전초기지로 된 두 언덕은 본디 울창하지는 못하나마 잡동사니 나무들이 제법 보기 좋게 들어섰던 것을 적군이 감시할 시계(시야)와 사격할 시계를 틔우느라고 백성을 강제 동원하여 빤빤히 작벌을 하였다. 그 살풍경한 모양이 마치 아름다운 산천에 틀고앉은 악마의 소굴과도 같았다. 침략자들은 이 나라의 선량하고 근면한 백성들에게만 재난을 들씌운 게 아니라 그 수려하고 풍요한 국토에다까지 재난을 들씌웠다. 부드러운 봄바람이 솔솔 불어 품속으로 스며드는 이 좋은 날씨에 꽃달임을 하고 춤과 노래로 즐길 대신에 총으로 쏘고 칼로 찌르고 또 포탄과 폭탄을 터뜨리며 죽이고 죽고 해야 하는 인간들의 운명은 아무리 역사가 마련해 준 것이라 하더라도 비참하다고 아니 할 수가 없었다.

종래로 돌격 나팔 소리란 사람들로 하여금 전투에로의 충동을 걷잡지 못하게 하는 것이었다. 사람뿐만 아니라 군마까지도 그 소리를 들으면 머리를 높이 쳐들고 두 귀를 쫑긋 세우고 그리고 앞발 뒷발을 들먹들먹하였다. 이날의 돌격 나팔 소리가 귀청을 때리자 양씨동이는 걷잡을 수 없는 격정에 사로잡혀 탈토와 같은 기세로 달려 나갔다.

꼬나든 총끝의 날창들이 햇빛에 번쩍번쩍 찬빛을 반사하였다. 적아 양군의 기관총이 맹렬하게 맞불질을 하는 가운데 야포탄, 박격포탄이 싸움터를 점철하여 광란적 분위기를 더한층 들끓게 만들었다. 공격 부대가 입입이 "싸(죽여라)!" 외치는 소리가 성난 파도와도 같이 여기서 높았다 저기서 낮았다 하는 중에 맞은편의 적군도 지지 않고 "고로세(죽여라)!" 위압적으로 맞소리를 질러 대었다. 돌격 부대는 적의 화점들이 내뿜는 십자포화 속에 들었다. 열에 들떠 돌격해 들어가던 병사들이 전후좌우에서 픽픽 쓰러졌다. 공 대위가 모젤권총을 내두르며 "내 뒤를 따라라!" 소리치고 앞으로 뛰어나갔다.

"자, 올려 밀어라!"

고함을 지르다 말고 공 대위는 권총을 떨어뜨리며 털썩 엉덩방아를 찧었다. 씨동이가 눈결에 보고 쫓아와 들여다보니 벌써 군복 자락이 피에 젖었다. 쓰러지려는 것을 얼른 붙들어 주며 "공 형, 어디야? 맞은 데가 어디야?" 씨동이가 성급하게 물으니 "배……." 하고 공 대위는 아픔을 참느라고 입이 비뚤어졌다. 복부에 받은 총상이 제일 아픈 법이다. 공 대위의 친신 — 전령병이 달려왔다.

"중대장님!"

공 대위가 얼굴에 진땀을 흘리며 겨우 입을 열어 "지휘, 제1소대장……." 하고 분부하니 전령병은 눈물을 눌러 씻으며 "네, 알았습니다. 지휘는, 제1소대장!" 복창한 뒤 곧 우박 치는 탄우 속을 누비듯이 달려갔다. 씨동이가, 옆에 와 붙어 서서 "어때?" 하고 묻는 윤지평에게 "분대를 맡으라구." 말을 이르고 곧 달려들어 눈을 감고 늘어진 공 대위를 둘쳐업었다.

시각이 급하였다. 포화가 맹렬한데 겁을 집어먹어서인지 또는 부상병이 너무 많아 손이 모자라서인지 아무리 두리번거려도 위생병의 그림자는 눈에 띄어 주지를 않았다. 등에 업힌 공 대위는 조금만 들추어도 아파서 마지막 모지름을 쓰는 것처럼 신음 소리를 질렀다. 배에서 흐르는 피가 씨동이의 허리를 척척하게 적시었다. 간단없이 날아오는 탄알을 피하느라고 고개도 들지 못하고 허리도 펴지 못하고 거북스럽기 짝이 없게 엉거주춤한 자세로 붕대소를 찾아가야 하였다. 험한 길에서 발을 헛디디고 어푸러지면서도 등에 업힌 사람을 떨굴까 봐 손을 빼지 않아 코밀이를 해도 몹시 하였다. 천신만고로 붕대소를 찾아와 들것에다 내려 눕히니 공 대위는 출혈이 심한 탓으로 혼수상태에 빠졌다.

씨동이가 얼굴이 곱살하게 생긴 젊은 군의에게 "괜찮을까요?" 하고 물으니 군의는 "빨리!" 하고 제 수하의 간호병부터 독촉을 하고 나서 "수술을 해 봐야 알겠지만…… 아마 좀 어려울 것 같습니다." 사무적으로 씨동이의 물음에 대답을 해 주었다. 씨동이가 또 무슨 말을 물어보려 할 즈음에 간호병 하나가 핀셋으로 빨간약 묻힌 약솜을 집어 들고 오더니 제잡담하고 껍질이 벗겨져 피가 내밴 씨동이의 코를 문대었다. 보기 흉하게 주홍코를 만들어 가지고 싸움터로 되돌아오며 씨동이가 혼자 쓴웃음을 웃었다.

이날의 전투는 대첩이라고 해도 좋을 만하였다. 엄청난 대가를 치르기는 하였지만 원쑤의 화점들을 쑥대밭으로 만드는 데는 성공을 하였다.

어질더분한 전장을 청소하던 중에 씨동이가 귓결에 들으니 어디서 말다툼하는 소리가 났다. 무슨 일이 났나 하고 소리 나는 데를 찾아가 보니 고집통이 윤지평이와 리태성이의 조카 리돈호가 맞붙었다. 리돈호가 죽어 자빠진 일본 병정의 몸에서 군복을 벗기고 군화를 벗기고 또 피가 벌건 속내복까지 벗겨 내는 것을 총을 짚고 옆에 섰는 윤지평이가 그러지 못하게 밀막는 중이었다.

"야, 이놈아. 죽었으면 고만이지…… 악착스레 그게 무슨 짓이냐!"

"헤, 그런 거룩한 자비심은 두었다 이담에 느그 마누라한테나 베풀어 주어라."

리돈호는 비양스레 대꾸질하며 콧방귀를 뀌었다. 뱁새눈에 옥니박이인 그는 뱀을 잡아 매달아 놓고 껍질을 홀딱 벗겨 삶아 먹는 것쯤은 식은 죽 먹기로 하는 올차고 다부진 악바리였다. 군관학교 시절에 그는 야외연습에서 정찰병으로 나갔다가 뱀잡이를 하느라고 정찰 임무를 잊어 먹은 벌로 그 잡은 뱀을 총 끝에 매달아 메고 전 중대가 정렬하여 지켜보는 가운데 명예 위병대를 사열하듯이 이쪽 끝에서 저쪽 끝까지 '정보로 갓'을 해야 하였다. 그와는 달리 황소눈에 메기입을 한 윤지평이는 고집은 세어도 마음만은 무르고 어진 사람이었다.

리돈호가 끝내 팬티까지 벗기어 시체를 알몸을 만드는 것을 보고 윤지평이는 씨동이에게 리돈호를 손가락질해 보이며 "저거 사람이 아니야, 승냥이야." 하고 오만상을 짓는 것이었다. 나중에 리돈호는 그 피에 젖은 속내복을 제 손으로 말끔히 빨아 입고 코가 우뚝해 가지고 자랑을 하였다. 무슨 놈의 취미가 그렇게 야만적인지!

55

지대의 영도를 강화하기 위하여 반해량과 윤대성이 제1지대의 부지대장들로 임명되어 오는데 여대원 둘이 동행을 한다는 기별이 있은 뒤 십여 일 만에, 비로소 장사 연락처에서 내일 아침에 떠난다는 전화가 걸려 왔다. 군용트럭 편으로 갈 것이니까 늦어도 오후 서너 시쯤에는 당도하리라는 것이었다. 이때 제1지대는 안해 가을에 지대 본부를 설치하였던 상계 거리에 되돌아와 있으면서 각 부대에 분견하였던 전원을 불러들여다가 총화를 짓는 중이었다.

여대원들이 도착한다는 소식을 듣자 각 분대는 아연 분주살스러워졌다. 면도칼이 갑자기 세가 나고 또 빗, 솔 따위가 다 한몫을 보았다. 수염이 텁수룩해 가지고 때 묻고 꿰진 군복을 아무렇게나 입고 다니던 게으름뱅이들이 일심 정력을 기울여 몸닦달질들을 시작한 것이다. 그리하여 불과 몇 시간 뒤에는 다들 말끔한 신랑쟁이들이 되었다.

"야, 이게 우리 그 오셀로야? 난 또 게리 쿠퍼라구!"

전우들이 손채양을 하고 눈이 부신 듯 바라보며 놀려 주면 오셀로는 "인제 알았어, 내가 미남잔 걸?" 넉살 좋게 대꾸하고 "그년의 기집애 눈이 삐었군. 이런 훌륭한 인물을 몰라보구." 하고 동정하는 투로 이죽거리면 오셀로는 "느 형수 말이지." 하고 욕으로 오금을 박았다.

동행한다는 두 여대원이 누구인지를 몰라 다들 몹시 궁금하였다. 가르쳐 주는 사람이 있으면 감주 한턱쯤 내도 좋다고 생각들 하였다. 이 지방에는 감주가 흔하여 어디를 가나 감줏집이 있었다.

"반해량이 안해를 데리구 오는 거 아니야?"

"그런지두 모르지."

"그럼 또 하나는?"

"지대장 부인을 모시구 오는 건 아니겠지?"

"참말 그런가 보다."

"내 생각엔 그런 것 같잖아."

"그런 것 같잖으면 어드런 것 같아?"

"중경, 계림에 왜, 여대원이 한둘인가?"

이때 후방 가족들은 대개 중경에 있었고 의용대 지휘부는 계림에 있었다.

"그렇게 두리뭉시리루 말하지 말구 딱 찍어서 말을 해 봐."

"내 눈으루 보지 못한 걸 찍어서야 어떻게 말해."

"에끼, 이 바사기! 서울 가서 김 서방 찾겠다."

명절 기분으로 요제나조제나 고대들 하는 중에 급기야 트럭이 와 닿아 가지고 내리는 것을 보니 우람스럽게 생긴 반해량과 말라꽹이 윤대성의 뒤를 따라 차를 내리는 것은 군복 차림을 한 두 젊은 여자 — 금잉어같이 발랄한 송일엽과 선병질적으로 가냘픈 장옥연이었다. 장옥연은 남경 화로강에 있었던 까닭에 모르는 사람이 없었으나 송일엽을 아는 사람은 몇이 안 되었다. 서선장, 양씨동, 오셀로 마점산, 리정호, 장준광 외 몇몇 상해에서 모험활동을 하던 사람들만이 그녀를 알았다.

"저게 누구야?"

"글쎄, 모르겠는데."

"멋이 있구먼."

"여간내기가 아닌 성싶군."

이와 같이 서로 귓속말을 소곤거리는 중에 반해량이 앞으로 나서서 송일엽을 가리키며 "이분은 송일엽, 신입 대원……." 들떼놓고 소개를 하는데 오셀로가 싱글거리며 한 걸음 마주 나서서 "좀 더 구체적으루 소개를 해 주시면 좋겠습니다." 하고 익살스레 요청하여 다들 웃음을 터뜨리니 반해량은 할 수 없이 "우리 안사람의 올케 되는 이의 외사촌 동생." 하고 처가의 족지족을 다 대었다. 또다시 웃음판이 벌어지는데 개중에는 박수를 치는 싱검둥이까지 있었다.

"리정호, 리정호! 무얼 우물쭈물하구 있어?"

"야, 어서 나가 그러안구 키스나 한번 해라."

"내쾌! 리정호가 면도질을 유난스레 하더라니."

"크림까지 발랐지, 아마."

"저희끼리 무슨 짬짜미가 있었던가 보군."

"내흉한 놈, 밑구멍으루 호박씨만 까구."

받고차기로 이와 같이 리정호를 시달구면서도 다들 선장이만은 건드리지 않았다. 선장이와 송일엽의 관계를 아무도 모르기 때문이다. 선장이가 그 비밀을 사향 싸듯 싸고 또 싸서 냄새가 하나도 새어 나가지를 않은 것이다.

'8·13' 때 상해 근교에서 선장이가 팔에 부상을 당하여 한쪽 소매가 없는 군복을 입고 위문대의 일원으로 전선에를 나왔던 송일엽과 잠깐 동안 서로 만나 반긴 이래 만 이태 만에 해후를 한 두 사람이었다. 주위의 눈을 꺼리어 두 사람은 남들이 이상하게 보지 않을 정도로 오래간만에 만난 인사를 나누었다. 전에 한지붕 밑에서 살았고 또 같이 모험활동을 하였다는 것을 다들 아는 터였으므로 두 사람 사이에 사담이 각별히 길다 하더라도 자연스러워 보일 것이었다. 어디서나 잘 보이는 가까운 나무 그늘에 마주 서서 두 사람은 여러 해 밀린 이야기의 보따리를 다 털어놓았다.

선장이 먼저 "정말 뜻밖입니다. 대체 상해에서 언제 떠났습니까, 미스 송?" 하고 물으니 송일엽은 매혹적인 눈웃음을 치며 손가락 하나를 제 입술에 갖다 대고 "쉬. 동무, 일엽 동무……. 나두 이젠 어엿한 의용대 대원이예요." 하고 주의를 주었다. 그리고 "연초에 홍콩 경유루 중경에를 왔다가 이번에 계림을 거쳐 가지고 여길 나오는 길이예요." 하고 묻는 말을 대답한 뒤 "내가 이렇게 나타날 줄은 꿈에두 생각을 못 하셨죠?" 하고 호호 웃었다.

"애인리 식구들은 다 어떻게 됐습니까?"

"언니하구 이모두 다 같이 왔지요……. 지금 중경에들 기세요. 이모는 남시하구 씨름을 하느라구 세월 가는 줄 모르시는걸요."

"남시 엄마는 그럼?"

"남시 엄마는 부녀회에서 일을 하느라구 분주하지요. 이번에 우리가 가지구 온 위문품두 다 그 부녀회에서 해 보낸 거예요."

"미스터 리는, 아니…… 리춘근 동무는 어떻게 됐습니까?"

"그이가 우리를 중경까지 데려다주셨지요. 그렇지만 한 달포 묵구 되돌아가셨어요."

"되돌아가다니…… 어디루요? 상해루요?"

"녜, 물론이죠. 저, 조경산 동무를 아시지요? 그분하구 둘이서 가셨에요."

선장이는 강녕별장에서 당시 지도원이었던 조경산에게 사격술을 배우던 일이 생각났다. 조경산은 외양은 잔잔해도 날파람 찬 사람이었다.

"성재수 동무의 소식은 듣지 못했습니까?"

"선전부장? 그분은 신사군으루 넘어갔답디다."

"신사군으루?"

"네, 그렇게 들었에요."

"흠, 그예 그렇게 됐구면요."

"왜요, 무슨 일이 있으세요?"

"아니, 뭐 아무것두 아닙니다."

"그래, 전선 생활이 어때요?"

"전선 생활…… 그저 그렇지요. 그보다두 이번에 얼마 동안이나 두류하실 예정들입니까?"

"얼마 동안? 얼마 동안이 뭐예요. 아주 나왔는데."

"네? 아주 나왔어요? 난 또……."

"왜, 귀찮으세요?"

"아니, 귀찮기야 왜…… 환영입니다. 그렇지만 좀 위험한걸요."

"위험은 각오하구 나왔에요. 옥연이두 마찬가지예요. 후방에서 무어 합니까, 사람 갑갑증 나게. 편안히 앉아 만수무강을 누리느니 차라리 이리 뛰구 저리 뛰구 하다가 죽어 버릴래요. 정말이예요."

선장이가 변함없는 송일엽의 활달한 성질을 눈앞에 보고 적이 웃으며 "상해는 어떻습디까?" 하고 말머리를 돌리니 송일엽은 "상해? 상해 말두 마세요. 온통 왜놈들 판이지요. 눈꼴이 틀려 사람이 살 수가 있어야지요. 왜놈이라면 인제 아주 넌덜머리가 난다니까요." 하고 도리머리를 흔들었다.

밤에 환영회를 열고 모두 모여 즐거운 한때를 보내는데 여흥에서 단연 압도적으로 인기를 한몸에 모은 사람은 천만뜻밖에도 한구에서 연극을 준비할 때 특무 역은 죽어도 못 맡겠다던 그 진경성이었다. 이 반실이 같은 친구가 독연하는 '배뱅이굿'을 보고 허리를 잡지 않는 사람이 없는 중에 모두들 향토예술의 강렬한 숨결에 도취되어 황홀한 경지에서 한동안 헤어나지를 못하였다. 생김생김이 보잘것없는, 또 원숭이같이 생긴 진경성이가 그 천재적인 연기로 이렇게 사람들을 마구 잡아 휘두를 줄이야!

군입 다실 다과 중에 가장 신기한 것은 양서였다. 양서는 호남 지방의 특산으로 생기기는 고구마같이 생겼고 빛깔은 무우같이 희었다. 껍질은 바나나 껍질처럼 손으로 벗기게 되었고 살은 마름처럼 물이 많고 달았다. 흔하고 값이 싼 대중 식품으로 특히 외지 사람들에게 환영을 받았다. 이날 모임의 주인 격인 두 남자와 두 여자가 다 처음 먹어 보는 말하자면 진수성찬인 셈이었다.

모임에서는 또 후방 가족들이 보내온 위문품도 나눠 주었는데 그 속에는 발신인과 수신인의 성명을 밝혀 적은 편지 한 통도 들어 있었다. 이 편지가 웃음거리로 되었다. 수신인은 리현순이고 발신인은 김사엽인데 리현순이는 제1지대에서 나이 제일 어린 대원이고 또 김사엽은 노선배 김두봉 선생의 큰따님으로 방년 18세다.

장난꾼들이 달려들어 그 편지를 빼앗아다 펼쳐 본즉 거기에는 고운 여자의 글씨로 "어디서 뵈었던지 기억이 잘 나지 않습니다. 죄송합니다……." 이와 같이 적혀 있었다. 이 엉큼한 친구가 제 얼굴도 어디서 뵈었던지 기억이 잘 나지 않는다는 스승의 영애에게 뒷구멍으로 편지를 내어 짝사랑을 고백하였던 모양이다. 후추는 작아도 맵다더니! 부끄러워 낮을 못 드는 리현순 — 짝사랑에 외기러기를 모다들어 시달구느라고 한동안 왁자하니 웃고 떠들었다. 그리고 두고두고 놀려 주었다(후에 1941년 12월에 태항산에서 전사하는 바로 안날까지 놀려 주었다).

위문품 속에는 후방 가족들이 손수 바느질을 한 정성의 팬츠들도 들어 있었다. 그런데 리현순의 짝사랑 사건의 영향을 받아 — 조건반사가 이루어져 — 총각과 노총각들이 모두 제게 차례진 팬츠의 제작자를 김사엽 아가씨라고 단정하고 또 그것을 강렬히 주장들 해 나섰다. 그 가운데 사엽 아가씨가 만든 것도 한둘 혹은 두서넛 들어 있을 것은 상식적으로 판단할 수가 있는 일이었다. 그러나 그 많은 팬츠를 다 그 아가씨 혼자서 만들었다는 것은 말이 아니다. 그렇다면 어느 게 그 아가씨의 작품인지는 서명이 없는 한 알아낼 재간이 없는 것이다. 그것은 오직 하느님밖에 모르실 일이었다. 총각과 노총각들이 제각기 제게 그거라고 입심들을 겨루다가 나중에는 모두 지쳐 버려 아큐의 정신 승리법으로 저마다 승리자의 쾌감에 잠기어 잠들이 들었다.

송일엽과 장옥연의 출현은 제1지대에 이름 못 할 화기를 가져왔다. 회전축에다 윤활유를 치는 것과도 같은 고르로움을 가져왔다. 아침마다 반 시간씩 전원을 모아 놓고 조선, 중국, 소련의 혁명가요들을 가르치는데 그중에는 서정적인 것도 적잖았다. 장옥연이 애처로울 정도로 가냘픈 소프라노로 선창을 하거나 송일엽이 시름겨워 영탄하는 것 같은 메조소프라노로 선창을 하면 씩씩한 사내들의 높낮은 목소리가 그 뒤를 감싸 주며 따랐다. 그 우렁찬 노랫소리는 젊은이들의 피를 끓어 번지게 하고 그 비장한 노랫소리는 젊은이들로 하여금 민족의 운명에 대한 책임을 가슴 깊이 되새기게 하였다.

양씨동이가 포연탄우 속에서 업어 내온, 아랫배가 관통상을 입고 빈 사지경에 이르렀던 공 대위가 상당 후방병원에서 적어 보낸 '형의 덕에 내가 목숨을 건졌다'는 내용의 감사 편지를 받은 다음 날, 양씨동이는 지대장을 따라 우군의 사단 사령부에 출두하여 군사위원회에서 수여한다는 훈장을 받았다. 우군의 중대장 — 공 대위의 일명을 구원한 데 대한 표창이라는 것이었다. 훈장도 해로울 것은 없지만 그에 따르는 몇 상자의 소고기통졸임이 더욱 좋아 씨동이는 입이 벌어졌다. 씨동이가 벌어 온 통졸임으로 회식을 벌이고 기분들이 좋아 이 사람이 한마디 저 사람이 한마디,

"여게 씨동이, 이제부턴 전쟁판에서 전문적으루 사람만 업어 나르게."

"급이 높은 것만 골라 나르라구, 졸병은 소용없으니까."

"살아날 가망성이 보이는 것만 날라라, 아무거나 맹탕 나르다가 헛수고하지 말구."

이와 같이 한바탕 씨동이를 놀려 주었다. 그러나 강남 전선은 씨동이에게 다시는 부상병을 업어 낼 기회를 마련해 주지 않았다. 씨동이뿐만 아니라 다른 아무에게도 그런 기회는 다시 마련해 주지를 않았다. 전쟁이 교착상태에 들어가 애당초에 부상병이라는 게 존재하지를 않았기 때문이었다.

회의를 열고 정치위원 왕통이 정세를 분석하였다.

"적군이 공세를 취하지 않는 것은 피를 흘리지 않구 정치적으루 해결을 할 심산인 것입니다. 이렇게 보아서 틀림이 없을 것 같습니다. 남경에다 괴뢰정권을 세운 왕정위가 그 좋은 본보기가 아니겠습니까. 국민당 내부의 타협주의자들과 동요 분자들을 꾀어내자는 술책. 이렇게 보아서 틀림이 없을 것 같습니다. 싸우지 않구 적병을 굴복

시키는 것이 상수 중의 상수라구 손자두 말하지 않았습니까?"

이렇게 풀이하고 왕통은 장내를 한번 돌아보고 나서 다시 말을 이었다.

"그리구 우군들이 손끝 맺구 앉아서 파리만 날리구 있는 것은 각자의 실력을 보존하려는 데 그 의도가 있습니다. 이렇게 보아서 대개 틀림이 없을 것 같습니다. 밑천이 없어지면 빈털터리 사령 노릇을 해야 하니까요. 부대가 곧 밑천이란 말입니다. 그러니 강남 전선에서 우리가 원쑤들을 족칠 기회는 인제 다시는 있기가 어렵습니다. 이렇게 보아서 대개 틀림이 없을 것 같습니다."

매우 비관적인 분석이었다. 그러나 명석한 분석임에는 틀림이 없었다.

"그러니 우리는 할 일 없는 전선에서 엉거주춤해 가지구 무위도식을 하느니 차라리 가까운 어느 후방에 들어가 정돈 휴식을 하며 이론 학습이나 합시다. 때를 기다리며 힘을 기릅시다."

이리하여 제1지대는 막부산 전선에서 남쪽으로 백수십 리 떨어진 류양으로 이동을 하게 되었다. 몇 해 전에 각처에서 모여들어 군관학교를 들어가기 전에는 제각기 유아독존식의 개인영웅주의자였던 것이 여러 해 동안의 집단생활에서 규각들이 닳아 이제 와서는 다들 규율성 있는 혁명군인으로 되었던 까닭에 무슨 결의를 하든 행동을 하든 들쭉날쭉하는 일이나 말썽스러운 일이 거의 없었다. 일사불란이라고 형용을 해도 좋을 만하였다.

류양은 소상강의 지류인 류양하를 옆에 낀 읍으로서 일찌기 평강·류양 소비에트가 수립되었던 곳이다. 그 동문 밖에 회화나무가 우거진 절 하나가 있는데 그 절을 제1지대가 독차지하다시피 하고 들었다. 바로 눈앞을 흐르는 풍경이 수려한 류양하 백사장에는 모시를 필필이 널어 바래는 사람들이 그칠 새가 없었다. 모시는 본지 소산이 아니었지만 자고로 류양하 맑은 물에 한번 헹구어 넣어야만(수질 관계로) 빛이 고와진다고 하여 이렇게 가깝지도 않은 길을 수고스럽게들 찾아온다는 것이었다.

본지의 소산물은 딱총(폭죽)이었다. 그 거의 전부가 가내수공업인데 어느 집에를 가나 젊은 아낙네와 처녀들이 밀대로 부지런히 누런색의 종이를 미는 것을 볼 수가 있었다. 류양의 딱총은 국내에서만 유명한 게 아니라 국외에까지 널리 수출이 되었다. 조선에서 설밑에 팔던 딱총들에도 그 포장지에 한문 글자로 '류양' 두 글자가 찍혀 있던 것이 생각나 다들 입을 딱 벌렸다.

"그러다 보니 우리가 딱총의 본향을 찾아온 셈일세그려."

류양에서도 성벽을 허는 공사가 진행되고 있었다. 적을 막는 데는 별로 도움이 되지 않지만 일단 적이 점령한 뒤에 아군이 반공격을 하는 데는 장애로 된다는 이유에서였다. 공군과 포병의 역량이 미약하기 때문이다.

예정대로 이론 학습이 시작되었다. 아무 근심 걱정 없고 조용한 학습 환경은 더 말할 나위 없이 좋았다. 변증법적유물론과 유물사관을 비롯하여 《소련공산당사》,《레닌주의 제문제》 등등 그리고 그 밖의 마르크스레닌주의의 중요한 저작들을 섭렵, 정독하고 또 열렬히 토론들 하는 중에 술고래 김문이만은 소득이 극히 묘연하였다. 다시 말하면 그윽하고 멀어서 눈에 아물아물하는 것이다.

김문이가 학습이 시작된 지 달포 만에 하루는 선장이를 보고 묻기를 "이봐 선장이, 이 사대림(斯大林)이라는 게…… 이게 무슨 뜻이지?" 이와 같이 물은 것이다. 선장이가 하도 어이가 없어 한참 말을 못 하다가 짐짓 "아, 그거……. 그 사대림이란 건 말이야, 이것은 큰 수풀이란 뜻이라구. 알겠어? 이것은 큰 수풀." 하고 빗대 주니 김문이는 고개를 크게 끄덕이며 "오, 그런 뜻이었구먼. 이것은 큰 수풀. 인제 알았어." 하고 다시 열심히 스탈린의 《마르크스주의와 민족문제》를 파고들어 연구를 하는 것이었다.

유물변증법을 토론하는 시간에 '배뱅이굿'의 천재적 배우 진경성이가 다음과 같은 질문을 들이대어 만좌를 아연실색하게 만들었다.

"어떠한 사물이나 다 나선형으로 발전을 하는 법이라구 했습니다. 그렇다면 내 한 가지 좀 물어보겠습니다. 여기 청개구리 한 마리가 있다구 가정을 합시다. 그 청개구리를 이 진경성이가 구둣발루 꽉 밟았다구 합시다. 물론 청개구리는 질크러져 배창자가 터졌습니다. 그렇다면 이 청개구리가 장차 어떻게 나선형으루 발전을 할 것인지…… 납득이 가게끔 설명을 좀 해 주시기를 바랍니다. 이상!"

이에 대하여 마점산 오셀로가 선등으로 손을 들고 일어나 가지고 조선의용군사에 영원히 빛날 명답을 다음과 같이 주었다.

"어떠한 사물이나 다 나선형으루 발전을 하는 법이라구 했습니다. 그렇다면 나두 한 가지 좀 물어봅시다. 여기 진경성이 하나가 있다구 가정을 합시다. 그 진경성이를 이 마점산이가 구둣발루 꽉 밟았다구 합시다. 물론 진경성이는 질크러져 배창자가 터졌습니다. 그렇다면 이 진경성이가 장차 어떻게 나선형으루 발전을 할 것인가…… 납득이 가게끔 설명을 좀 해 주시기를 바랍니다. 이상!"

두 여대원 중에 장옥연은 진보가 여간 빠르지 않았다. 그러나 송일엽은 전연 진보가 없었다. 까맣게 뒤떨어졌다. 애를 써 봐도 되지 않으니까 나중에는 숫제 애도 쓰려 하지 않았다. 지대장 방효삼도 매우 힘이 들어 하였다. 그는 유능한 군사 인재였다. 그러나 마르크스주의에 들어서는 거의 초학자나 다름이 없었다. 그는 강렬한 민족감정을 가진 애국자였다. 그러나 이때까지 엄격한 의미에서 마르크스주의자는 아니었다. 부지대장 반해량도 마르크스주의 이론 학습에는 어지간히 당혹해하는 것 같았다. 정치위원 왕통을 비롯한 몇몇은 쟁쟁한 마르크스주의 이론가들이었다. 서선장이도 상당히 자신을 가지고 있는 축에 들었다.

류양극장 무대에 연극 하나를 올려놓자고 하여 안해 가을 한구에서 하던 것처럼 서선장이가 극본을 쓰고 리정호가 연출을 맡아 가지고 〈승리〉라는 소인극 하나를 만들어 내었는데 그 내용인즉 조선의용대의 막부산 전선에서의 활동을 극화한 것이었다. 진경성이가 이번에는 악한의 역을 말썽 없이 맡아 주어 배역 문제는 수월하게 해결이 되었다. 주인공의 역을 맡은 것은 '땅딸보'라는 별명을 가진 문명철이었다. 군관학교 시절에 한 교관이 수업 중에 그의 이름이 얼른 떠오르지 않아 손으로 가리키며 "저기 저 땅딸막한 학생…… 대답해 보라." 한 것이 기인이 되어 그는 죽는 날까지 그 땅딸보란 별명으로 불리게 되었다. 그러나 기실 그는 키가 작지도 않았고 또 딱 바라지지도 않았다. 〈승리〉는 주인공이 무대 위에서 장렬한 최후를 마치는 것으로 막이 내리는데 이 무대 위에서 가짜로 전사를 한 문명철이 후일 태항산 항일 근거지에서 진짜로 전사를 할 줄은 당시 아무도 몰랐다.

공연을 하루 앞두고 십여 명 사람이 텅 빈 극장에서 시연을 준비하고 있을 때 우발적인 사고 하나가 발생하였다. 최성장이라는 일본 헌병의 역을 맡은 친구가 권총을 만지다가 실수하여 오발을 한 것이다. 탄알은 정치위원 왕통과 나란히 앉아 서로 의견을 나누고 있던 선장이 바로 발 앞의 콘크리트 바닥을 깎으며 지나갔다. 콘크리트 바닥에서 불꽃이 튀는 것과 동시에 날카로운 총소리가 들렸다. 총을 맞을 뻔한 선장이는 오히려 놀라지 않았는데 오발을 한 일본 헌병의 복색을 한 최성장이가 되려 얼굴이 해쓱하게 질리었다.

뱁새눈이 빈대코 최성장이는 말 잘 타고 칼 잘 쓰는 호걸남아였다. 열여덟 살 적부터 테러 활동에 종사를 하였다는 그 경력만 보아도 알 일이다. 그는 한때 남경 영화촬영소에서 모험하는 장면을 찍을 때 배우의 대역을 담당하기도 하였다. 그러한 그가 낯빛이 그 지경으로 질렸을 제는 아마 어지간히 놀랐던 모양이다.

공연의 결과는 한구에서 처음 할 때보다는 다소 진보가 있기는 하였으나 역시 그리 만족스럽지가 못하였다. 그래도 이튿날 지방신문에서는 예의 도덕이 있다는 것을 보여 주려고서인지 억지로나마 좋다는 극평을 실어 주기는 하였다.

이에 관하여 리정호가 편집부에 보도기사를 써낸 것이 〈조선의용대 통신〉에 실린 것을 보고 다들 리정호를 시달구었다.

"연출은 개뿔같이 해 놓구 또 기사는 번지레하게 잘 쓴다."

"옥연이한테는 그래두 제가 잘한다구 나발통을 불어 댈 테지."

"전쟁판에서 그렇게 멋들어지게 죽는 걸 너 본 적 있니? 순 거짓말쟁이 같으니라구. 총 맞아 죽는 놈이 언제 그렇게 늘어지게 유언을 다 할 새가 있어!"

"각본이 원래 그렇게 돼먹었는걸 뭐!"

"두 놈이 다 한 박에서 켜 낸 바가지다."

"옳은 말이야."

애매한 선장이에게까지 불똥이 튀어 왔다.

이즈음부터 지대 내에는,

"여기서는 인제 볼장 다 봤다."

"북상하자."

"우선 제2지대하구 합류부터 하자."

"해방구루 넘어가야 한다."

"팔로군과 합류를 하는 게 유일한 출로다."

이와 같은 사상 조류가 대두를 하기 시작하였다.

류양 명물의 하나가 '냉면'인데 밀국수를 찬국에 만 것으로서 조선 냉면과는 풍미가 퍽 좀 다르기는 하나 더운 지방에서 더운 여름에 먹기에는 그저 그만이었다. 게다가 지방색이 농후한 냉방장치가 또 재미가 있었다. 천장에다 천쪼박들을 드리워 놓고 줄을 당겼다 놓았다 하면 그 천쪼박이 펄럭펄럭하며 바람을 일으키는 것이다.

이날 선장이랑 서넛이 냉면 추렴을 하고 돌아오는 길에 리강이 혼자 가는 것을 보았다. 그도 거리에 들어왔다 나가는 모양이었다.

"여보 리강 동무, 어디 갔다 오우?" 하고 선장이가 알은체하는데 리강은 흘끔 뒤를 한번 돌아보더니 그대로 제 갈 길만 갔다. 아무 대꾸도 아니 하였다. 선장이들 일행 서넛이 서로 돌아보고 눈짓을 하였다.

"또 발작했군."

"그런 모양이야."

"계림이나 중경이나 어디 멀직이 후방으루 들여보내야지……. 전방에 나와 있는 건 무리야."

"그러잖아두 지대 본부에서 무슨 토론들이 있는 모양이더군."

이와 같이 지껄이며 동문 밖에를 나서 보니 리강은 벌써 초간히 앞서 걸어가고 있었다.

이때로부터 오륙 년 전 상해에서 있은 일이다. 한번은 노련한 테러

분자 즉 독립투사 둘이 첩자 놈을 처단하러 가는데 신인을 육성할 목적으로 견습생 하나를 데리고 갔다. 그 견습생이 바로 혁명에 갓 참가를 한 리강 동무였다. 리강의 두 테러 선배는 잡아 치울 희생물 — 신세를 조진 첩자 놈을 옴짝 못 하게 양쪽에서 꽉 붙들고 리강에게 명령하였다.

"어서 이리 와. 그 권총의 실린더를 풀어! 요놈의 대가리를 겨누구…… 아니야, 총구멍을 바싹 들이대! 옳지, 쏴라! 겁내지 말아!"

리강은 겁이 나 죽을 지경이었으나 명령을 거역할 수 없어 마지못해 시키는 대로 하였다. 그 결과 그는 온몸에 선지피를 뒤집어썼다. 코를 거스르는 피비린내에 걷잡을 수 없이 구역질을 하였다. 그때부터 가엾은 리강은 거의 정신병 환자가 되다시피 하였다.

달마다같이 급료만 나오면 그는 의례 거리에 나가 다홍색 물감을 사다가는 자신의 안팎 옷과 침대보, 수건 따위에 몽땅 물을 들였다. 그러고는 그것들을 빨랫줄에 내다 널어 짜지 않은 빨래에서 다홍물이 핏물처럼 들게 하였다. 그런 연후에 걸상을 내다 놓고 혼자 앉아 흡족한 마음으로 그것들을 바라보는 것이다. 그의 이렇듯 해괴한 거동은 달마다 되풀이되고 또 해마다 되풀이되었다.

이 밖에 또 그는 매일 아침식사 때마다 자리에서 일어나서는 자신의 그날 갈기로 한 새 이름을 일동에게 통보를 하였다. 그것은 마치 군대의 군호처럼 날마다 갈릴 뿐 아니라 결코 또 중복이 되는 일도 없었다. 리강은 본시 붓글씨를 쓰는 데 뛰어난 재주를 가지고 있었다. 그래서 다들 무엇을 쓸 때면 늘 그의 손을 빌군 하였다. 그러나 함부로 엄벙덤벙 찾아가 가지고 "여보 리강 동무, 나 뭐 하나 좀 써 줘야 하겠소." 하였다가는 낙자없이 콧방을 맞았다. 그는 찾아온 사람을 거들떠보지도 않는 것이다. 오직 그날의 새 이름을 부를 경우라야만 상냥하게 그 사람의 청을 들어주는 것이었다. 그래서 누구나 그에게 무엇을 부탁하려면 먼저 돌아다니며 그의 그날 새로 간 이름부터 수소문을 해야 하였다.

신입 대원 20여 명이 떠난다는 전보가 계림 지휘부에서 왔다. 제1지대는 새 사람을 받아들일 준비에 한 이틀 잘 분주하였다. 급기야 당도한 것을 보니 그 구성 성분이 상당히 복잡하였다.

김광이라는 스물한 살 먹은 젊은 사람은 일본군 점령하의 상해에서 무턱대고 조선 항일 세력을 찾아 떠났다가 중국 측에 붙잡히어 스파이 혐의로 절강성 제기현 공안국에 억류가 되었던 것을, 중경을 떠나 금화를 경유하여 상해로 향하던 리춘근과 조경산이 구출하여 계림으로 보내왔다. 제기현 공안국장이 리 씨와 조 씨가 조선의용대 사람인 것을 알고 우리 여기 이러이러한 조선 사람 하나를 붙잡아 두었는데 어떻게 처리하였으면 좋을지 몰라 골머리를 앓고 있는 중이니 한번 만나 보잖겠느냐고 먼저 의논을 걸어왔더라는 것이다.

제주도 사투리로 말을 하는 중년의 남자 넷은 제주에서 발동선을 타고 고기잡이를 나왔다가 기관의 고장으로 배가 표류를 하던 중 산동반도 어느 지명도 잘 모르는 포구에 와 닿은 것을 중국 군대가 붙들어 가지고 배는 몰수하고 사람은 후방으로 압송을 하여 사천성 기강 포로수용소에 일단 수용이 되었다가 다시 조선의용대로 인도가 되었다는 것이다.

송지영이라는 서른 살 먹은 남자는 원래 서울 종로경찰서의 고등계 형사였는데 어느 날 정치범 하나를 연행하다가 놓치는 사고를 저질러 직무태만죄로 면직을 당하고 분연히 조선 항일 세력을 찾아 떠나 가지고 무사히 중경에 당도를 하였다는 것이다.

"그 정치범은 어떡허다 놓쳤습니까?" 하는 정치위원 왕통의 물음에 송지영은 전 지대 성원 앞에서 그날의 일을 이렇게 회고를 하는 것이었다.

"낙원동 그 사람의 하숙에서 연행을 하는데 인사동을 지나 종로 뒷길에 들어섰을 때 그 사람이 저를 설복을 하는 게 아니겠습니까……."

"무어라구요?"

"당신두 조선 사람인데 왜놈의 앞잡이 노릇을 하는 게 부끄럽지 않으냐. 나는 우리나라의 독립을 위해 목숨을 걸구 싸우는데 당신은 다 같은 조선 사람이면서두 이렇게 나를 왜놈에게 바치니……. 이게 그래 수치스러운 일이 아닌가. 이런 식으루 말입니다."

"그래, 어떻게 했습니까?"

"그 말을 듣구 가만히 생각해 보니…… 내가 이거 한심하구나, 사람 기와깨미로구나 하는 생각이 들잖구 뭡니까. 회심이 들더란 말입니다. 그래서 에라, 모르겠다. 까짓거 놓아주구 보자……."

청중들 속에서 "그거 잘했다!", "옳소!" 찬동하는 소리와 함께 박수가 터졌다.

"그래서 난 그 사람을 보구 말을 하기를…… 그럼 날 콱 떼밀어 저 시궁창에다 처박으시오, 그러구 뛰시오, 하잖았겠습니까. 거기가 바루 와이엠시에이(YMCA) 기독교청년회관 뒤였지요. 거기 시궁창이 아주 지저분하잖았습니까."

"그래, 어떻게 됐습니까?"

"그래 저는 시궁창에 처박히구…… 그 사람은 수갑을 찬 채 들구뛰었습니다."

만좌가 이 토막에서 활기를 띠었다.

"그러니 제 주제꼴이야 말이 아닐밖에요. 온통 시궁 범벅이 돼 가지구 서에를 들어갔습죠. 그렇지만 산 눈깔 빼먹을 놈들이 그렇게 어리무던하게 곧이들어 줍니까, 제 그 그럴싸한 거짓말을. 어림두 없지요. 그래 결국은 목을 잘리구 말았습니다."

이 밖에 또 유별난 것은 한 쌍의 청춘 남녀인데 남자는 길가 성을 가진 조선 사람이고 여자는 데라모토 아사코라는 조선말을 썩 잘하는 일본 여자였다. 여자는 조선 대전에서 큰 약방을 경영하는 일본 사람의 딸이고 남자는 그 약방에서 사환 노릇을 하던 사람인데 이 둘이 눈이 맞았다. 그래 완고한 부모의 반대를 피하여 손에 손을 맞잡고 도망을 친 것이 일본 관헌의 손이 미치지 않을 데로 자꾸 피해 오다 보니 결국은 중국 정부의 통치 구역으로 들어오게 된 것이었다. 데라모토 아사코는 자원하여 조선의용대에 입대를 한 유일한 일본 여자였다. 그리하여 제1지대에는 여대원이 둘에서 셋으로 늘어났다.

신입 대원 가운데는 서주에서 전투 중에 일본 병사들과 함께 아군에게 포로 된 조선인 통역 하나가 있었다. 황해도 사람으로 이름은 최치봉이고 나이는 스물여덟인데 사람이 대단히 매끄러워 보였다. 이 알량한 양반이 신입 대원들 속에서 속달속달 당치 않은 소리를 지껄인다는 반영이 있어서 어느날 정치위원 왕통이 한번 조용히 불러다 물어보았다.

"없습니다. 절대루 없습니다. 그건 누가 저를 무함하느라구 일부러 지어낸 말이 틀림없습니다. 전 절대루 없습니다. 제가 뭐 한두 살 먹은 어린아입니까, 그런 지각사니 없는 소릴 지껄이게. 없습니다. 절대루 없습니다."

최치봉이 생파리 잡아떼듯 하는 바람에 왕통은 속으로 좀 미타히 생각은 하면서도 "좋습니다. 그럼 돌아가 보십시오." 그냥 돌려보내었다. 그러나 사흘이 멀다 하고 또 반영이 들어왔다. 이번에는 제주도 발동선의 기관사가 용기를 내어 감히 왕통을 찾아들어온 것이다.

"여기 그대루 있다가는 생벼락을 맞을 테니 알아서 해라……. 이따위 소릴 지껄이지 뭡니까?"

"그래요? 그래, 무슨 생벼락을 어떻게 맞는답디까?"

"백만 황군이 밀구 들어오면 추풍낙엽이 될 판인데…… 항일이 다 뭐냐구요. 귀순하면 살길이 있다구요. 총 한 자루씩 들구 황군에 대항하는 건 버마재비가 수레를 막자는 격이라구요. 웃음거리라구요."

"그런 말을 할 때 또 누가 있었습니까, 같이 들은 사람이?"

"저하구 단둘이 강둑을 거닐며 한 말이니까 다른 사람이 아무두 듣지 못했습니다. 너 혼자만 알구 있어라, 아무한테두 말하지 말아라, 당부를 하던걸요."

"좋습니다. 그럼 가서 그 사람을 내가 좀 보잔다구 데리구 오십시오."

기관사가 정치위원의 분부를 받들고 곧 물러나와 최치봉을 보고 "최 동무, 정치위원이 동무를 좀 보자시우. 같이 갑시다, 나하구." 하고 말하니 최치봉은 대번에 낯색을 변하며 "나를 왜 보재?" 하고 뇌며 벌떡 일어나는 결에 총가로 다가가더니 잽싸게 총 한 자루를 거머잡았다(총끝에는 날창이 칼집에 든 채로 꽂혀 있고 또 칼집에는 둘둘 만 탄대가 꿰어 있었다). 그리고 다른 한 손으로 벽에 걸린 수류탄을 네댓 개 움키더니 미처 붙들 사이도 없이 와다닥 밖으로 뛰어나가는 것이었다.

기관사를 위시한 방 안의 사람들이 "어디루 가?", "섰거라!" 소리를 치며 따라 나오자 최치봉은 깨끗이 쓸어 놓은 넓은 마당을 단 몇 걸음에 뛰어 건너 산문으로 내빼려 하였다. 마침 거리에 나갔다가 돌아오던 몇 사람이 이것을 보고 얼른 두 팔을 벌리며 막아서니 최치봉은 황망히 몸을 돌치어 가까운 전각 안으로 뛰어들어갔다. 사람들이 급히 뒤따라 들어갔을 때는 최치봉이 이미 전각 안침 반자에 나 있는 인공(人孔)으로 더그매에 바라올라 가지고 사다리를 끌어올리는 중이었다.

"이놈아, 내려오나!"

"죽고 싶어 몸살이 나니?"

"썩 내려오지 못할까!"

뒤쫓아 들어온 사람들이 반자에 빠끔히 뚫린 사각형의 인공을 쳐다보며 소리치니 더그매 위의 최치봉은 제잡담하고 수류탄 한 개를 내리쳤다. 사람들이 질겁하여 와, 몰려나오자 수류탄이 터졌다. 사람은 하나도 상하지를 않았으나 맨 끝자리에 모셨던 부처가 애매하게 봉변을 당하여 만신창이가 되었다. 이 뜻하지 않은 폭탄 난리에 숙숙하던 절간이 발깍 뒤집혔다. 최치봉은 더그매를 점거하고 마당 쪽으로 난 뙤창구멍으로 총부리를 내밀었다. 마당에 웅기중기 모여 서서 쳐다보며 어서 투항하라고 소리치는 사람들을 향하여 냅다 총질을 하였다. 그리고 사람들이 돌진을 하려고 하면 수류탄을 내리쳐서 근접을 못하게 하였다. 나중에 참을 줄이 떨어진 양씨동이가 권총을 허리춤에 지르고 헛간에 가 사다리 하나를 들어다 기대 놓고 단신으로 올라가 해제끼겠다는 것을 지대장이 못하게 밀막았다.

"좀 더 두구 봅시다."

"두구 보면 무어 합니까, 아주 미쳐났는데. 미치지 않구서야 저럴 수가 있습니까?"

"모험할 필요는 없단 말이요."

정치위원과 부지대장들이 나무줄기 뒤에 숨어 서서 고개들만 내밀고 "총을 놓구 내려오면 용서할 테니 어서 내려오나!" 투항을 권유하기도 하고 또 "계속 항거하면 가차 없다.", "그래두 냉큼 내려오지 못할까!" 으르기도 하였다. 그러나 더그매 속에서 농성 투쟁을 벌이는 최가는 말로 할 대신에 7.9밀리 총탄으로 대답을 하였다. 계속 총질을 하여 사람이 붙어 서 있는 나무줄기의 껍질이 여러 군데 깎이고 벗겨지고 하였다. 지대 본부 성원들 — 지대장과 정치위원과 부지대장들이 한데 모여 잠시 의논한 뒤 지대장이 곧 양씨동이를 불렀다.

"기관총을 갖다가 제압하시오."

씨동이가 들었다 보았다 하고 달려가 경기 한 정을 들고 왔다. 장탄하여 꼬나들고 나무줄기 뒤에 붙어 서서 기회를 노리다가 최가가 뙤창구멍으로 또 총부리를 내미는 순간 방아쇠를 당겼다. 몰방을 얻어맞고 더그매 속은 잠잠해졌다. 한동안 기다려 보았으나 — 제사 때 합문하고 귀신의 식사가 끝이 나기를 기다리는 것처럼 그렇게 조용히 서서들 기다렸으나 — 소식이 감감하였다. 나중에 사다리를 맞들어다 기대 놓고 더그매에 올라가 보니 최가는 피의 늪 속에 코를 틀어박고 어푸러져 죽었다.

12월 중순에 제1지대에서 한 개 분대의 선발대가 북으로 떠나갔다. 그 종국적인 목적은 해방구로 넘어가 팔로군에 합류를 하는 것이었으나 우선 초보적으로 호북 제5전구에서 활약을 하고 있는 제2지대와 연계를 가지자는 것이었다. 제5전구의 사령장관은 리종인이고 그의 사령부는 한수가의 상업 도시 노하구(지금의 광화시)에 설치되어 있었다. 제2지대의 지대 본부도 거기에 있었다. 서선장이도 들어 있는 선발대의 명단이 발표되던 날 저녁때 선장이와 송일엽이 강둑 밑에서 조용히 만났다.

"나두 같이 갈 테예요. 나 혼자 여기 떨어져 있기 싫어요."

"지대 본부에서 일단 결정을 한 이상은 그대루 해야 합니다."

"난 싫어요."

"여기는 군댑니다. 사정이 통하지 않는 곳이예요. 결정에는 무조건 적으루 복종을 해야 한단 말입니다. 그러구 또 뭐 아주 갈라지는 것 두 아니구…… 곧 다시 만나게 될 텐데."

"곧 다시 만나게 될 텐데……." 하고 송일엽은 한마디를 받아 뇌고 "다시 만나게 될 때까지…… 사람 애말라 죽으라구요." 하고 선장이 가슴에 얼굴을 파묻고 흐느꼈다.

"인제 제발 이 이야긴 좀 고만합시다. 다른 이야기나 합시다."

"다른 이야긴 나 다 듣기 싫어."

"그러구 다른 여대원들은 다 남아 있는데, 혼자서만 부적부적 따라 간다는 것두 좀 무엇 하잖습니까?"

"무엇 하긴 뭐가 무엇 해!" 하고 송일엽은 반항적으로 얼굴을 되들 었다.

"따라가면 따라가는 게지!"

송일엽은 집체 관념이라는 게 거의 영이었다. 선장이는 그녀를 설복 하느라고 애를 먹었다. 입이 닳아야 하였다.

먼 길을 떠나는 일행이 남문 밖에서 배에 오르는데 송일엽이 잎 진 버드나무 밑에 망부석처럼 혼자 오뚝이 따로 서서 점도록 바라보았다. 흐름을 따라 장사로 내려가는 배 위에서 선장이는 가슴속에서 무엇인 가가 찢기는 것 같은 아픔을 느꼈다. 무중력상태에 놓인 것 같은 허전함을 느꼈다.

56

장사 소상강변에서 대기하는 수많은 돛배들 중의 한 척을 골라 가지고 뱃삯을 흥정한 뒤 일행은 배에 올랐다. 동정호를 건너 안향까지 가게 되었는데 북위 29도선에 걸쳐 있어 워낙 더운 지방이라 일 년 중 해가 제일 짧은 동짓머리인데도 날씨는 조선의 구시월 단풍놀이 때만밖에 안 하였다. 안향에서 배를 갈아타고 또 여러 날 걸려 태평구까지 와가지고 다시 양자강의 나루를 건너니 제2의 한구라고 불리는 말쑥한 도시 — 사시다. 사시 어느 허술한 여관 2층에서 묵은해를 보내고 새해를 맞이하였다. 다들 나이 한 살씩 더 먹어 선장이도 세는 나이로 스물다섯이 되었다. 항일 전쟁은 네해 째로 잡아들었다.

"이거 노총각들이 장가들기가 급하잖은가."

"장가가 급하기보다 아들이 늦었네."

"딸은 안 늦구?"

"일본 놈이 빨리 망해 주잖으면 이거 모두 몽달귀가 된단 소리가 나잖겠나."

"몽달귀란 게 대체 뭐 말라뒈진 거야?"

"몽달귀가 총각 죽은 귀신이지 말라뒈지긴 뭐 말라뒈진 게야!"

우스갯소리로 허전한 마음들을 달래고 부지런히 일어나 세수하고 아침밥들을 먹었다.

사시에서 다시 기선을 타고 양자강을 거슬러 올라가다가 날이 저물어 의도에서 하룻밤을 드새고(여울이 많아 어두우면 배가 잘 다니지를 못하므로) 이튿날 한낮이 좀 기울어서야 비로소 의창에 다달았다(의창과 양양 사이를 달리는 군용트럭에 편승을 할 계획이었다). 그런데 뜻밖에도 선창에는 모젤권총을 찬 국민당의 헌병들이 웅긋쭝긋 서 있잖은가! 이런 일이 있을 것은 의당 예측을 했어야 할 것인데 선장이는 데면데면하게도 금서 목록에 들어 있는 좌익 서적 몇 권을 휴대하고 있었다. 그래 어찌할 바를 몰라 혼자 왼새끼를 꼬다가 다른 선객들이 들을까 봐 조선말로 나직이 리정호와 의논하였다.

"어떡헌다?"

"생활서점 거야?"

"신지서점 것두 있어."

"또 다른 건?"

"외국어판이 한 권 있는데……."

"괜찮아, 그럼. 저것들은 다 까막눈이나 다름없는 밥병신들이야. 못들춰내."

아니나 다를까 리정호의 요량한 대로 그 얼간이들 중의 하나가 앞에 와 선장이의 풀어 보이는 짐 속의 책들을 집어 들고 한동안 뒤적뒤적해 보더니 무슨 탈을 잡지 못하겠던지 입속으로 웅얼웅얼 도깨비 씨나락 까먹는 소리를 하더니만 내키지 않는 듯이 경례 한 번을 붙이고 시들해서 저쪽으로 가 버렸다.

워낙 신중하고 경험 있는 출판업자인 추도분 선생과 그 동료들은 미리미리 마르크스, 엥겔스, 레닌 등의 글자를 모두 카를, 프리드리히 또는 일리치로 고쳐 놓았던 것이다. 그리고 또 책뚜껑은 모두 선장이가 제 손으로 리카도, 애덤 스미스, 헤겔 등으로 고쳐 놓았던 것이다. 선장이는 속으로 출판자의 주도한 용의에 심심한 감사를 드리지 않을 수 없었다.

의창에서는 항전 초기에 양자강을 봉쇄하고 억류한 일본 기선들을 볼 수 있었다. '가와사키마루', '후쿠오카마루' 따위의 선명도 고치지 않고 그대로 부리고 있는데 모두 톤수들이 높아 의창 이상은 더 올라가지를 못하는 모양이었다. 아닌 게 아니라 의창서부터는 강 너비가 현저히 좁아졌다. 의창에서는 차편을 기다리느라고 싱겁게 닷새씩이나 묵새겼다. 가까스로 양양성에 당도하였을 때는 하늘이 자욱하게 눈발이 섰는데 교회당의 뾰족탑이 옛 성에 어울리지 않아 눈에 거슬리었다. 양양에서 하룻밤을 드새고 이튿날 번성으로 건너가는데 한수의 굽이치는 강물이 성 기슭을 씻는 광경은 참으로 장관이었다.

"옛날 사람들이 이 강을 건너서 양양성을 친다는 건 불가능한 일이었겠는걸. 물살이 이렇게 센데 배를 갖다 댈 재간이 있어야지."

"상류 어느 좁은 데루 도하를 해 가지고 꽁무니를 들이치는 수밖에 없었겠구먼."

"아무튼 누가 이 성을 쌓았는지 머리를 썼어."

"제갈량이 쌓았는지두 모르지."

"정신 나간 소리 하지 말아. 전국시대부터 있었기 쉬운 성을 제갈량이 쌓았다구?"

"오, 참 융중이 예서 멀잖다지?"

"융중? 융중이 뭐야?"

"아, 제갈량이 은거했다던 융중두 몰라? 무식쟁이!"

"유비가 관운장, 장비를 데리구 세 번 찾아갔다는?"

"똑똑하구먼."

"그건 남양의 와룡강이 아니던가?"

"조신하게 좀 앉았어 유식쟁이, 배 뒤집어진다!"

"내버려 두라구, 물귀신이 되구 싶어 몸살이 나 그러는데."

이런 소리들을 지껄이며 한수를 건넜다.

양양 거리가 옛스러운데 비하여 번성은 상업이 발달한 서민의 거리라는 인상을 주었다.

이튿날부터는 도보 행군인데 목적지인 노하구까지 가려면 이틀을 가야 하였다. 눈발이 날리는 중에 삼삼오오 질서 없이 걸으며 또 씩둑꺽둑 지껄였다.

"리청천도 어지간한 대포쟁이야."

"어째서?"

"전에 만주에서 무장투쟁을 하던 때의 일이었대. 한번은 왜놈 토벌대 일곱 놈이 소로길루 줄을 서서 오더라나. 그래 덤불 속에 납작 엎드렸다가 다 지나 보내 놓구 뒤에서 소총 한 방을 갈겼다지 뭐야. 아 그랬더니 글쎄 일곱 놈이 일제히 뒤를 한번 돌아보더라잖아. 그리구 일시에 나가너부러지는 게…… 꼬챙이루 꿴 북어처럼 가지런히 한쪽으루 나가너부러지더라지 뭐야."

"아하하!"

"그런 천하의, 히히히! 아이구 배야!"

"허풍을 쳐두 유분수지……."

"북어쾌처럼 나가너부러져? 움후후!"

"축지법 한단 소린 않던가?"

"전설적 영웅을…… 어느 놈처럼, 제 입으루 불어서 만들잔 수작이지 뭐야."

"그래두 광복군의 총사령이 된다는 소문이 있더라니."

"아이구, 그럼 이거 또 숱한 왜놈들이 북어꿰미가 될 일 났구면."

"한 방에 일곱 놈씩?"

와하하 웃고 지껄이는 통에 길이 잘 붙었다.

"김구가 완고는 해두 반일 사상만은 철저해. 문자 그대루 불공대천의 원쑤야, 왜놈하군."

"그야 그렇지. 헌병 보조원 놈의 배를 가르구 날간을 내씹었다는데."

"지금 환진갑이 다 지났어두, 그 팔십 노모가 화가 나 장죽으루 두드리면 꿇어앉아 맞으면서 눈물을 뚝뚝 떨군다데."

"그렇지만 낙후하긴 뭐 형편없이 낙후하더라니."

"어떻게?"

"글쎄 루스벨트를…… 미국 대통령 루스벨트 말이야, 라사복(羅斯福)이라잖아. 한어를 우리 식으루 발음을 하는 거지 뭐야. 그리구 영국 수상 처칠은 구길이(丘吉爾)…… 난 듣다가 웃음이 나는 걸 참느라구 죽을 뻔 했다니까."

"라사복, 구길이……. 아하하!"

"본인들이 들었으면 기가 차겠군."

"그리구 일본 천황은 꼭 왜왕유인(倭王裕仁)이라구 얕잡아 부르데."

"그야 당연하지 뭐."

"아무튼 그놈의 영감, 체력두 보통이 아니야. 재작년 장사에서 그 자식…… 그 자식 이름이 뭐더라?"

"어느 그 자식?"

"김구한테 총을 쏘구 달아난……."

"오, 그 자식…… 리운한."

"그래그래, 리운한. 몸속에 그 자식이 쏜 총알이 세 알인가 네 알인가 들어박혔는데두 죽지 않구 살아난 걸 보면, 체력이 보통이 아니야."

"권총탄은 좀 작으니까."

"작아두 그렇지!"

"그때 아마 윤대성 동무가 위문단우루 갔지."

"갔어, 갔어! 장사까지 갔어."

"그렇지만 그놈의 얽음뱅이…… 좌익 서적만 보면 기가 나서 살라 버린다며?"

"히틀러의 본을 따는 게루군."

"히틀러는 무슨 놈의 히틀러! 진시황의 본을 딴 거지."

"장개석이 말을 할 때는 꼭 장개석 씨가, 하더라니."

"나두 들었어. 손중산은 꼭 손문 선생이라구 하구."

"그래두 리승만이 도적놈에 비하면 인격자야."

"그야 그렇지. 비교나 되나."

"리승만이 그 도둑놈이 임시정부의 국고금을 가루채 가지구 미국 기선에 오른 걸……."

"미국 기선엔 왜?"

"미국으루 도망을 치려는 거지. 그런 걸 최우강 선생하구 또 누구하고 쫓아가 따졌다지 뭐야. 그 서슬에 할 수 없이 착복했던 돈을 도루 게워 냈다대여."

"아니야, 다 게워 낸 게 아니라 일부만 게워 냈어."

"버젓이 특등실을 탔더래. 그자가 물 쓰듯 하는 그 돈이 다 국내에서 애국 동포들이 군자금으루 헌납한 거지 뭐야."

"임시정부 대통령 꼴 좋다."

"김구 발바닥만두 못한 놈이지!"

"너절한 놈!"

진득진득한 진눈깨비가 일변 날리며 일변 녹아서 길이 질어 걷기가 말째였으나 걷는 사람들의 지껄이는 소리는 줄곧 그치지를 아니하였다.

"내 보긴 류자명이두 본때가 있어."

"어느 류자명이?"

"어느 류자명이는 어느 류자명이야? 무정부주의자 류자명이지!"

"어떻게 본때가 있어?"

"그 사람…… 내 한번 보니까, 저수지 공사판에서 인부들하구 같이 막노동을 하잖겠어. 그러다가 쉴 참에 나무 그늘에 삽을 짚구 서서 연설을 하는데 수백 명 인부가 기침 하나 안 하구 귀들을 기울이지 뭐야. 인부들 속에서 인망이 여간만 높잖대."

"선동 연설은 그네들의 특기니까."

"리하유나 라월한이두 다 만만찮은 사람이지."

"다 류자명이의 고족제자들이 아닌가."

"다 표범 같은 사람들이지."

주막거리에서 호르래기 부는 소리가 났다. 점심 요기를 하고 다리를 쉴 때가 된 것이다.

태평점에서 하룻밤을 드새고 나니 하늘에 구름 한 점이 없는 쾌청 — 극상의 날씨였다. 하얀 눈으로 엷은 화장을 한 전원 풍경은 거칠고 아득하게 넓어 강남과는 다른 정취가 있었다. 한수를 옆에 끼고 거의 다 무너진 허술한 성벽으로 둘러싸인 노하구는 제5전구 사령장관 리종인의 사령부 소재지다. 제2지대의 지대 본부는 바로 한수가에 위치한 2층 건물에 자리 잡고 있는데 그 건물은 원래 어느 큰 상인의 소유였다고 한다. 피차 오래간만에 만나 가지고 상봉을 반기는 중에 선장이는 생각지 못한 얼굴 하나를 발견하고 저도 모르게 환성을 질렀다.

"아니, 이게 누굽니까?"

"오래간만입니다. 선장 동무."

만면에 웃음을 띤 그 사람은 7년 전에 상해에서 갈라진 성재수 — 당시의 선전부장이었다. 열렬한 악수를 나눈 뒤에 두 사람은 한수의 황막한 풍경이 한눈에 안겨 오는 창문가에 걸상을 옮겨다 놓고 마주 앉아 밀린 이야기를 서로 쏟아 놓았다.

"대체 언제 여기를 오셨습니까?"

"지난해 봄…… 아직 일 년이 채 못 됐습니다."

"신사군으루 넘어가셨다는 소식은 들었지만……."

"네, 신사군 부대를 따라 대홍산까지 왔다가 거기서 이리루 넘어왔습니다."

"어디 있습니까, 그 대홍산이란 산이?"

"여기서 동남쪽으루 한 2백여 리 떨어진 곳에 있는데, 거기 신사군의 근거지 하나가 있습니다. 리선넘 부대에 속하는."

이어 성재수는 대홍산 근거지에서 조선의용대 성원 몇을 만나 그중 한 사람에게 자신이 맡아보던 대적군과 과장의 직무를 떠맡기고 자신은 이리로 왔다는 것과 대홍산 근거지에는 아직도 대적군과 과장 외에 신사군의 중대장으로 활약하는 조선의용대 성원이 둘이나 있다는 것을 이야기하였다.

원래는 대우를 잘 내었으나 조선의용대가 든 뒤로는 살뜰히 손질을 하는 사람이 없어 거칠해진 가래나무 탁자 앞에서는 마점산 오셀로가 네댓 명 사람에게 자신의 강남 전선에서의 무용담을 신나게 피로를 하고 있었다.

"그 망할 놈의 화점을 악전고투 끝에 그예 짓마스구 뛰어들어 가 보니 그 속에서 끝끝내 저항하던 예닐굽 놈은 벌써 다 나가너부려졌지 뭐야. 발끝으루 툭툭 걷어차는데…… 야, 이것 봐라. 소고기통졸임이 한 반 상자 잘되게 남아 있잖아. 다른 건 다 팽개치구 그것부터 메어 내왔지. 죽 둘러앉아 그놈을 안주 삼아 노획품 마사무네루 전첩 축하연을 베풀었을밖에. 통졸임을 따려구 날창 끝으루 한번 콱 찍으니까 쏴, 괴상한 가스가 뿜겨 나오는데 그 냄새가 독하기라니! 다들 코를 싸쥐구 거미 새끼 모양 흩어졌지 뭐야. 위장한 독가스탄인 줄 알았단 말이야. 그러니 대소동이 일어났을밖에. 아연 긴장했지. 그런데 나중에 알구 보니까 고놈 한 놈만 바람이 들어가서 썩었던 모양이야. 다른 건 다 멀쩡하지 뭐야……."

이렇게 떠벌이며 오셀로가 그 당황망조하던 추태를 입짓 몸짓으로 형용을 해 보이는 바람에 둘러선 사람들은 모두 다 웃음보를 터뜨렸다. 오셀로의 무용담은 계속된다.

"빨병에 파편이 맞아 가지고…… 암, 내 대신 맞았지. 빨병에서 물이 흐르는 걸 난 내가 어디를 맞아 피가 흐르는 줄 알구 가슴이 덜컹 내려앉았지 뭐야."

또다시 웃음판이 벌어지는 중에 언제나 마르크스주의 이론가로 자처를 하는 리달이가 늘 하는 버릇으로 "앞에 달구 다니던 게 맞아 떨어진 줄 알았겠지." 하고 조롱하는 투로 말곁을 다니 오셀로는 짐짓 놀라는 체하며 "아니, 어떻게 그렇게 용하게 알아맞혀? 남의 속에 들어가 보지두 않구. 이론가가 다르긴 다르다!" 하고 비꼬아 경탄을 하였다.

웃음소리가 번화스러운 중에 여러 사람이 받고차기로 지껄였다.

"정말 고것만 똑 떨어져 나간 놈두 있다며?"

"총알에 눈이 있다구 가리구 사리구 하겠나, 아무 데나 맞으면 맞는 게지."

"그럼 그거 야단 아니야."

"야단은 무슨 야단, 죽는 놈두 있을라네."

"전쟁이 끝나면…… 이쁜 색시 하나 골라 가지고 시치미 뚝 따구 결혼을 해 놓구 본단 말이야. 사전에 신체검살 하자군 못 할 테니까."

"예끼 이 협잡꾼!"

모두들 낄낄거리며 흩어졌다.

저녁때 선장이가 행낭을 정리하다가 새로 산 치약 튜브에 먼지 같은 게 보얗게 앉은 것을 발견하였다. 본시 조금이라도 어지러운 것을 참지 못하는 성미인지라 곧 손수건을 꺼내어 튜브가 반들반들해질 때까지 자꾸 닦았다. 무슨 일이나 하기 시작하면 언제나 좀 지나치게 하는 버릇이 있어 이번에도 아마 좀 지나쳤던 모양이다. 옆에 앉아 상글거리며 구경을 하고 있던 강진세 얌전이가 참다 못해 충고를 하는 것이었다.

"속은 안 닦아? 속두 닦아야지!"

며칠 동안의 휴식이 끝나자 제2지대에서 원래 계획하였던 대로 〈조선의용대통신 한수판〉을 내는 일에 착수하였는데 서선장이와 강진세와 리정호가 책임을 지고 달라붙었다. 보도기사를 쓸 통신원으로는 윤곡흠, 김찬만, 리산조, 박문, 류문환, 림평, 심성운…… 이런 사람들이 있었으나 원고료는 일률적으로 지불하지 않기로 하였다. 경비를 염출할 방도가 없어서였다. 그러나 재무를 겸하여 맡아보는 강진세 작은아씨는 인정세태에 쇠배 어두운 몰풍정한 인간이 아니었으므로 때로는 간소한 위로연을 베풀어 그들의 노고를 풀어 주군 하였다.

'한수판'을 내는 한편 선장이들의 그 기구에서는 또 여러 종류의 대적군 인쇄물도 찍어 내었다. 즉 일본군과 피점령 구역에 거류하는 조선 사람들에 대한 삐라나 통행증(우리 편으로 넘어오는) 따위를 일, 조, 중세 가지 문자로 찍어 낸 것이다. 그리고 사업상의 필요로 하여 적 점령구에서 쓰이는 신분증명서, '양민증' 따위도 위조를 하였다. 미술가 장지광은 그 방면의 전문가로서 당자가 우스갯소리로 하듯이 그는 혁명의 계명구도였다. 장지광은 영국 신사의 풍도가 다분히 있는 예의 바른 사람이었으며 역시 선장이의 군관학교 동기생이었다. 그는 열여덟살 때 반일 테러 단체인 의열단의 활동 자금을 조달하다가 체포되어 강도죄로 일본 감옥에서 7년 동안 복역을 한 바 있는 전과자이기도 하였다. 그가 태어난 곳은 서반구 태평양상에 둥실 떠 있는 하와이 섬이었다.

봄. 새로 임명된 분대장 서선장이와 역시 새로 임명된 정치지도원 강진세가 영솔하는 한 개 분대가 수현 전선에 나가 활약하였다. 그들은 전호에서 불과 두어 마장밖에 안 떨어진 광서 부대의 대대 본부에 머무르며 대적군 선전 공작을 하였다. 광서군 장병들의 입버릇은 '듀나마', 조선말로 옮기면 '제미붙을'이었다. 그들은 그 고상한 낱말을 노상 입에 달고 있었다. 마치 중들이 나무아미타불이나 관세음보살을 외듯이.

남북으로 백여 리에 걸친 전선은 총포성이 잠잠하였다. 적아 양군의 구불구불한 전호는 상거가 불과 수백 미터. 매개 중대마다 저격수 몇 명씩을 포치하여 주야로 적의 동정을 감시하는 외에는 다들 평상시나 거의 다름없는 생활을 영위하고 있었다.

분대 성원은 때로 광서군 병사, 하사관들에게 일본말도 가르쳤다. '총을 바치면 목숨을 살려 준다', '우리는 포로를 우대한다', '일본 형제들 총부리를 그대네 지휘관에게 돌려 대라' 따위를 가르쳐 주었다. 그런데 괴이한 것은 그들이 정당한 말을 배우는 데는 혀가 제대로 돌아 주지를 않아 애를 먹이면서도 '바가야로(멍청이)' 따위의 욕설은 아주 수월히 배울 뿐 아니라 또 금세 써먹기까지 하는 것이었다. 그들은 전호 속에서 일본군 진지에다 대고 목청이 떨어지도록 그 아름답지도 못한 낱말을 외치는 것이었다. 그러면 맞은편에서도 지지 않으려는 일본 병사들의 똑같은 큰 목소리가 메아리치듯 들려오는 것이었다. "왕바단(개자식)!"

분대 성원들은 또 굉장히 긴 플래카드 하나를 마련하였다. 폭이 한 미터가량 되고 길이가 근 20미터나 되는 옥양목 온필에다 특대 붓에 진한 먹을 듬뿍 묻혀 가지고 문짝만큼씩이나 크게 일본글로 썼는데 그 내용인즉 — "일본 병사 형제들이여, 무엇 하러 머나먼 타국에 와 가지고 아까운 목숨들을 버리려 하는가?", "집안 식구들은 그대들이 돌아오기를 목이 빠지게 기다리고 있다", "어서 총부리를 그대네 상관에게 돌리라!"

분대 전원이 밤중에 적의 전호에서 150미터가량 되는 지점에까지 접근하여 여남은 개의 대막대기로 그 플래카드를 벌려 세워 놓음으로써 날이 밝으면 적군과 불가피적으로 마주 보게 할 심산이었다. 낮에는 쌍방의 저격수들이 엄밀히 감시를 하는 까닭에 아무도 적아 양군 진지 사이의 개활지대에 들어설 엄두를 못 내었다. 이날 밤 전원이 일을 마치고 돌아올 때까지도 하현의 달은 뜨지 않았다.

이튿날 새벽. 느닷없이 일어나는 요란한 기관총 소리에 분대 전원이 놀라 깨었다. 무슨 일이 났는지도 모르면서 다짜고짜로 총들을 거머쥐고 밖으로 뛰어나왔다. 그러자 그 미친 듯이 쏘아 제끼던 기총소사가 뚝 멎어 버렸다. 동이 트자 왜병들은 바로 코앞에 조선의용대가 밤중에 세워 놓은 그 초대급 플래카드를 발견하고 — 하룻밤 사이에 마법사의 버섯 모양 갑자기 자라난 그 초대급 플래카드를 발견하고 — 당황망조하여 그 플래카드에다 대고 미친 듯이 기총소사를 한 것이었다. 그러나 그들은 공연히 탄알만 허비하였다. 플래카드는 기관총탄에 쑤심질을 당하여 벌집같이 구멍투성이가 되어 가지고도 끄떡없이 거기 그대로 버티고 서서 일본 병사들에게 계속 반란을 호소하고 있었던 것이다.

어느 날 장준광이 방어선의 좌익을 담당하는 중대를 다녀와야 할 일이 생겼다. 대대 본부에서 그 중대까지는 너덧 마장밖에 안 되는 거리였지만 마음 좋은 광서 대대장은 한사코 장준광더러 자기의 밤빛 거세마를 타고 가라는 것이었다. 장준광의 말 타는 솜씨가 워낙 오죽잖아 그렇긴 하겠지만 어찌된 셈판인지 그가 타 본 군마들은 예외 없이 다 그의 솜씨를 꿰뚫어 보기라도 하는 듯이 그가 가까이 가기만 하면 의례 마뜩잖은 눈으로 그를 흘겨보는 것이었다. 광서 대대장의 그 밤빛 짐승도 역시 그런 태도로 장준광을 대하였다. 즉 마지못해 태운다는 것 같은 시들한 태도로 그를 대한 것이다.

장준광이 말을 타고 가는 길은 전호 바로 턱밑에 펼쳐진 과수원 사이로 나 있었다. 한창 망울이 진 배나무들이 보는 사람의 눈을 즐겁게 해 주는데 볕은 따사롭고 바람은 살랑살랑, 극상의 날씨였다. 슬렁슬렁 걸어가는 말 잔등에 호사스럽게 앉아 봄빛을 만끽하는 것은 일종의 향락이었다. 그러나 그렇게 안락한 시간은 그리 길지 못하였다. 일

수가 사나와서 장준광은 얼마 오래지 않아 매우 난처한 지경에 빠지게 된 것이다. 장준광의 그 향락 기분에 잠겨 있는 머리 위에 삐딱하게 씌워졌던 군모가 — 철딱서니 없이 — 배나무 가지에 걸려 '아차!' 땅바닥에 떨어진 것이다. 사달은 여기서 났다. 그는 휘파람을 획 불고 말 잔등에서 미끄러져 내려와 네댓 발자국 되돌아가 가지고 모자를 집었다. 그런데 그가 다시 돌아와 한 발을 등자에 걸고 올라타려고 한즉 그 망할 놈의 거세마가 되지 못하게 옆걸음질을 치면서 사람을 근접을 못 하게 하는 것이었다. 그러다가 나중에는 숫제 외면을 하고 제 가고 싶은 데로 갈 차비를 하였다.

장준광은 슬그머니 화가 나서 쫓아가 땅바닥에 질질 끌리는 고삐를 잡으려 하였으나 좀체 따라잡을 수가 없었다. 그가 걸음을 재게 떼면 그놈도 재게 떼고 또 그가 달면 그놈도 달았다. 그러다가 말과 사람 사이의 거리가 갑자기 벌어지면서 그놈의 유다 — 주인을 배반한 거세마 — 는 눈 깜박할 사이에 참호를 훌쩍 건너뛰어 개미 새끼 한 마리 얼씬거리지 않는 적아 진지 사이의 공한지에 들어섰다. 그놈이 숱한 사람의 눈이 지켜보는 가운데 고삐를 질질 끌며 버젓이 적진으로 달려갈 때 일이 너무나 돌연적이라 장준광이나 저격수들이나 다 눈들이 멀뚱멀뚱해 바라보기만 하였을 뿐 아무도 그놈을 쏴 죽일 궁리는 내지를 못하였다.

투항하는 군마가 적의 진지로 달려 올라가자 호박이 떨어진 적병들은 이게 웬 떡이냐 하고 저마다 손을 내밀어 고삐를 휘어잡았다. 이어 광명을 버리고 암흑을 따르는 유다는 바라보는 사람들 시야에서 꺼진 듯이 사라져 버렸다.

파김치가 되어 가지고 터덕터덕 걸어 돌아온 고장왕 장준광을 보고 분대 성원은 어처구니가 없어 다들 쓴입만 다셨다.

'대대장의 사랑하는 말을 잃어 버려 주었으니 이를 어쩌면 좋단 말이.'

그러나 광서 대대장은 수양이 있는 사람이었다. 그는 두말 않고 곧 그 말이 지뢰에 걸려 폭사를 하였다고 거짓 보고를 내는 것으로 일을 마무리었다.

〈조선의용대통신 한수판〉에 실린 보도기사 (1)

우리 분대는 적군과의 '대화'를 빈번히 진행하였다. 야밤을 타고 적진에서 백사오십 미터가량 떨어진 곳에까지 접근하여 수류탄 두 발을 터뜨려 적들의 주의를 환기시켰다. 말하자면 개막을 알리는 징 소리인 셈이다. 산 사람이 한밤중에 느닷없는 폭발성을 지척에 듣고 어떻게 무관심할 수가 있겠는가. 하물며 그 폭발성을 듣는 일본 병사들이 다 산 설고 물 설은 외국 땅에 끌려와 전호, 대피호 속에서 옅은 꿈을 맺어 보려는 젊은이들임에랴. '변성야야다수몽(邊城夜夜多愁夢)'이라잖는가!

'개막의 징 소리'가 울린 뒤에 우리는 메가폰으로 대화를 시작하는데 실로 메가폰이 없이도 말소리는 똑똑히 다 들린다. 우리는 유창한 일본말로 일본 병사들에게 착취자 자본가를 위해 아까운 목숨들을 버리지 말라, 고향에서 부모형제가 그대들을 떠나보낼 때 흘리던 눈물을 잊지는 않았겠지, 살아서 고향 땅을 밟아 볼 생각들을 안 하는가, '일장 공성만골고(一將功成萬骨枯)'란 말의 뜻을 아는가, 그대들의 해골이 전장터에 많이 널리면 널릴수록 그대네 상관들의 가슴에는 훈장이 늘어난다, 이와 같이 사리를 밝혀 타이른 다음 '총을 바치면 목숨을 살려 준다', '포로는 우대한다' 따위 아방의 정책을 낱낱이 설명하는 것이다. 그리고 끝으로 우리가 살포한 통행증의 효력과 사용 방법 등도 자세히 알려 주었다.

대화를 마치고 돌아설 때는 밤하늘에다 총 두 방을 쏘는 것으로 고별식 — 안녕히 주무세요 — 을 대신하였다.

이에 대하여 적들은 보통 속내를 알 수 없는 침묵으로써 대응을 하였다. 그것은 장교들의 단속이 심해 병사들이 옴짝달싹을 못 하는 것이라고 우리는 풀이하였다. 그렇더라도 한 놈 한 놈 다 귀를 틀어막고 땅바닥에 엎드려 있으라고는 못할 것인즉 필경 그 귓속으로 흘러드는 우리의 말소리는 막을 도리가 없을 것이다. 하물며 우리가 하는 말은 다 병사들의 소박한 진리임에랴. 일단 귓속에 들어가 박히면 적당한 온도에서 싹이 트고 또 뿌리가 내릴 것은 정한 이치다.

〈조선의용대통신 한수판〉에 실린 보도기사 (2)

우리는 사업상의 필요로 일본군 포로 몇 명을 데려다가 교양개조를 하였다. 계급의식의 계발로 하여 그들은 얼마 오래지 않아 곧 그들이 휘말려 든 전쟁의 침략적 실질을 깨닫게 되었다. 근로자들에게 있어서 진리란 결코 이해하기 어려운 것이 아니었다.

그중의 몇몇을 간략히 소개하면 다음과 같다.

오오다케 요시오, 32세, 재단가 출신.

노구치 에이사쿠, 27세, 기병 일등병, 농민 출신.

이토 스스무, 24세, 보병 상등병, 자전거회사의 기능공 출신(이 젊은 포로는 김찬만 분대 소속의 젊은 여자 포로 — 이무라 요시코를 짝사랑하는 중임).

한번은 우리가 대화를 하러 갈 준비를 하고 있는데 이토가 자진하여 저도 데리고 가 줄 것을 요청하였다. 우리는 두말없이 그도 데리고 가기로 하였다. 예의 '개막의 징 소리'가 울린 뒤에 이토는 자발적으로 나서서 그의 동포 즉 일본 병사들과의 대화를 시작하였다. 그는 먼저 자신이 소속하였던 것은 어느 부대였으며 무슨 병종이었으며 또 군직은 무엇이고 이름은 무엇이고 그리고 고향은 어디라고 자기소개부터 하였다. 그런 연후에 병사 형제들더러 모두 일떠나 이 죄악적인 침략전쟁을 반대하라고 호소하였다. 그리고 이런 수치스러운 약탈 전쟁에 목숨을 바치는 것은 부질없는 일이라고 결론을 지었다.

그런데 이때 천만뜻밖의 일이 생겼다. 그의 말이 채 끝나기도 전에 어둠 속에 괴괴하던 맞은쪽 전호 속에서 어떤 놈이 벼락같이 소래기를 지른 것이다.

"우라기리모노, 하지오시레!"

그 뜻을 그대로 우리말로 옮기면, "이 변절자야, 수치를 알아라!"

쥐 죽은 듯 고요하던 어둠 속에서 그 목소리는 그렇게도 가깝게 또 그렇게도 똑똑히 들려왔다. 우리는 그제야 밤중에 진행하는 우리의 사상 공세가 어떠한 기묘한 반응을 보이는가를 똑똑히 인식하였다. 그들은 듣기가 좋든 싫든 간에 호기심에 끌려 모두들 우리의 목소리를 귀담아듣고 있었던 것이다!

그러나 그 돌연적인 '소래기탄'은 면바로 이토의 목줄떼에 들어맞기라도 한 것처럼 이토는 꺽 하고 나오던 말이 목구멍에 걸려 가지고 한참 동안 후두암 제3기 환자 꼴이 되어 버렸다. 사후에 그가 술회를 했듯이 그는 그 순간 영혼이 날벼락을 맞은 것 같았던 것이다.

이윽고 이토는 첫 타격에서 소생이 되어 정신을 수습해 가지고 중동무이된 대화를 다시 계속하였다. 그러자 기다리고 있었기라도 한 듯이 성난 질타가 맞받아 날아왔다.

"다마레! 우라기리모노!"

그 뜻은, "닥쳐라! 이 반역자!"

이 두 번째 '소래기탄'은 이토를 완전히 때려눕혔다. 그는 대화를 더 계속할 맥이 나지 않아 그만 물러앉고 말았다. 어려서부터 군국주의 교육으로 훈도된 이토가 패전을 한 데 대하여 우리는 충분히 양해를 하므로 한마디도 그를 나무라지는 않았다.

이튿날 우리는 작전계획을 고쳐 짜고 이토 패장을 격려하는 한편 오오다케와 노구치더러도 가진 재주를 한번 부려 보라고 부추겼다. 그리고 동시에 20리 밖에 있는 김찬만 분대에다 전화로 청병을 하였다. 예상대로 원병은 한낮 때가 채 못 되어 도착하였다. 김위가 이무라 요시코를 대동하고 말을 달려온 것이다. 원래 청병을 할 때 우리는 바로 그 두 여자를 지명하였다.

〈조선의용대통신 한수판〉에 실린 보도기사 (3)

우리는 대적군 공작을 함에 있어서 의식적으로 '천황' 두 글자를 기피하였다. 누구를 막론하고 그 우상을 건드려서는 결코 좋은 결과가 있을 수 없다는 것을 경험에 의하여 알았기 때문이다. 일본 군인은 거지반 다 귀신 신 자 신도의 신봉자였다. 그런데 이 가소롭고 가공할 우상 — 천황이 바로 그들의 신주였던 것이다. 싸움소는 빨간 빛깔만 보면 성이 나 가지고 미쳐 날뛴다. 그와 마찬가지로 일본군 장병들은 누가 그 우상에다 침 한 방울만 튕겨도 성이 나 가지고 미쳐 날뛴다. 일단 그렇게 되는 날이면 제아무리 좋은 말을 해도 — 꾀꼬리, 종다리의 울음소리보다 더 달콤한 말을 해도 — 다 소용이 없다. 애당초에 귓속으로 들어가지를 않는 것이다. 그런 까닭에 우리는 그 맹목적인 숭배의 대상으로 되어 있는 우상을 잠시 기피하는 것이 상책이라고 판단을 하였던 것이다. 따라서 이토의 대화에서도 그렇고 오오다케와 노구치의 재담에서도 그렇고 '천황' 두 글자는 다 기피의 대상으로 되어 있었다.

밤에 우리 분대 전원은 제각기 무기와 메가폰을 들고 총출동하였다. 야색이 창망한 가운데 두 발의 수류탄의 폭발성이 정적을 깨뜨리자 특이한 레퍼토리가 상연되었다. 이팔방년의 이무라 요시코가 일본 어린이들이 즐겨 부르는 동요를 부르기 시작한 것이다. 그녀의 앳되면서도 애조를 띤 노랫소리는 포탄 구뎅이 천지인 황량한 전장 상공을 서서히 퍼져 나갔다. 우리의 그 조명도 없고 무대장치도 없는 밤중 노천 무대는 서로 대치한 적아 양군의 전호 사이의 거친 황무지에 차려졌다. 전방 150미터 지점에서는 일본군 청중들이 그리고 후방 250미터 지점에서는 중국군 청중들이 서로 원쑤가 져 가지고 억센 손아귀에 총과 칼을 단단히 틀어쥐고 귀들을 기울이고 듣고 있었다.

저녁노을 곱게 날이 저무니
산속의 절간에서 종이 울린다.
손에 손을 맞잡고 돌아들 가자
까마귀도 다 같이 돌아들 가자…….

이러한 야반의 가성에 어찌 원정군 무인들이 애를 끓지 않을 건가. 그것은 그들이 아이 적부터 늘 불러 온 핏줄 잇달린 노래였다!

다음 순서는 재담이었다. 오오다케는 본시 그것으로 밥벌이를 하던 사람이라 더 말할 것도 없거니와 노구치도 그가 육성한 제자이므로 꽤 할 만하였다. 이날 그들의 공연은 참으로 우스워 삶은 소도 웃다가 꾸레미를 터칠 만하였다.

세 번째 종목은 또다시 이토의 반전을 호소하는 대화였다. 그런데 이번에는 그도 단단히 결심을 한 바가 있었던지 아주 멋진 열변을 토함으로써 안날의 치욕을 깨끗이 씻었다. 이번에 그가 거둔 성공은 우리가 격려를 한 보람이라느니보다는 이무라 요시코가 옆에 있기 때문이라고 풀이하는 게 더 근사할 것 같다. 여자가 보는 앞에서 그래, 어느 못난이 사나이가 싸움에 지는 것을 달가워할 것인가. 이번에는 적들도 책략을 바꾸었는지 완전한 침묵으로 이에 대응하였다.

마지막 순서는 김위와 이무라 요시코의 합창으로 되는 '반딧불(올드랭 사인)' 즉 '이별가'. 그리고 폐막은 예에 의하여 밤하늘에 대고 쏘는 두 발의 총성 — 안녕히 주무세요.

총성의 여운이 캄캄한 하늘가에 사라지자 전선에는 또다시 정적이 깃들었다…….

57

조선의용대 제2지대에 중국공산당의 지하조직이 생긴 것은 성재수가 비밀한 사명을 띠고 온 뒤의 일이었다. 성재수는 중공 신사군 대홍산 정진종대 사령부 위원회의 파견을 받아 가지고 온 것인데 지하조직은 그를 중심으로 하고 차차 뿌리를 내리고 있었다. 성재수가 제9전구에서 북상해 온 대원 중에서 서선장이와 오셀로를 시련을 거친 믿음직한 동지로 지목한 것은 당연한 일일 것이다. 7년 전 상해에서 적에 대한 비타협성과 용감성을 보여 주었기 때문이다. 일본제국주의에게 피의 빚을 진 사람들을 아니 믿고 누구를 믿으랴. 그들은 일본제국주의자에게 붙잡히기만 하면 살인죄로 사형을 당할 것은 받아 놓은 당상이었다.

선장이와 마점산이 전후하여 지하당 조직에 흡수된 뒤 얼마 아니 하여 그들에게 하나의 임무가 맡겨졌다. 당 조직의 연락 임무를 띤 강진세를 호송하여 적구 나들이를 하라는 것이었다.

늦은 여름의 어느 날 세 사람은 대홍산을 향하여 길을 떠났다. 갈 적 올 적 다 비밀문서를 휴대해야 할 뿐 아니라 일본군의 점령 구역을 지나야 하므로 오셀로가 우스갯소리로 한 것처럼 사잣밥을 걸머지고 다녀야 하였다. 강진세는 전에도 수차 다녀 보았지만 선장이와 오셀로는 초행길이었다. 한수를 물길 따라 의성까지 배로 내려오고 그 나머지는 육로를 걸어야 하는데 이때 종상, 경산, 안륙 일대는 다 적군에게 강점되어 있었다.

세 사람은 아군의 최전선에 이르기까지는 군복 차림을 하였을 뿐 아니라 장관 사령부의 통행증을 휴대하였으므로 어디를 가나 거치는 게 없었다. 조선의용대의 특수한 성질 즉 국제적 성질로 하여 세 사람은 장관 사령부의 기입란이 공백으로 되어 있는 통행증을 수의로 사용할 수가 있었다. 게다가 또 세 사람은 그 '가장 거룩하신' 교장님의 '제자'들이었으므로 직계 부대에서는 열정적으로 맞고 바래고 방계 부대에서는 또 방계 부대 나름으로 감히 태만하지를 못하였다.

적구에 한 발을 들여놓는 그 시각부터 세 사람은 처처에서 신경을 써야만 하였다. 군복과 군모를 편복과 삿갓으로 갈아입고 쓰는 것은 더 말할 것도 없거니와 말도 될 수 있는 한 적게 해야 하였다. 당지의 사투리말을 배우느라고 하기는 했지만 까딱 잘못하면 이내 본바탕이 드러나기 때문이다.

세 사람이 거쳐 가는 장가집이라는 장터거리는 꽤 흥성흥성하였다. 선장이와 오셀로는 초행인 까닭에 각 점포들에 일본 상품이 그들먹이 들어찬 것이 몹시 놀라왔다. 제국주의의 총칼은 자본이 나갈 길을 개척한다는 말이 과시 헛말이 아니었다. 그러나 선장이는 이목이 번다한 장터거리를 한시바삐 벗어날 것만 바라는 터였으므로 그 이상 더 거기다 신경을 쓸 겨를은 없었다.

앞서 가던 강진세가 어느 자그마한 음식점 앞에서 걸음을 멈추더니 두 사람을 돌아보고 의논하는 어투로 묻는 것이었다.

"시장들 하잖아? 우리 아무 데나 들어가 요기를 좀 하구 갈까, 응?"

오셀로가 "아무려나." 하고 따라서 발을 멈추는데 선장이는 구석구석에 위험이 도사리고 있는 것 같은 장터거리에 한시도 더 머무르기가 싫어서 가타부타 말이 없이 그저 강진세의 얼굴을 한번 쳐다보기만 하였다. 얌전하면서도 약삭바른 강진세가 선장이의 속을 선뜻 짐작하고 "좋아, 그럼. 우리 요기할 걸 아무게나 좀 사 가지구 가면서 먹지?" 말하며 오셀로를 바라보니 오셀로는 "좋두룩 하는 게지." 두동싸게 말하며 고개를 한번 끄덕였다.

세 사람은 마을과 한 끈에 꿰는 소로길을 걸어가며 돼지고기 당면소를 넣은 찐만두로 끼니들을 에웠다. 강진세가 길에 오가는 사람이 없는 것을 보고 얼굴에 웃음기를 띠며 나직한 목소리로 선장이에게 "너무 생소해 좀 떨떠름하지?" 하고 묻는데 선장이는 쓴웃음을 웃으며 입술을 비쭉 내밀었다. 번연히 속으로 무섬증이 나는 걸 아닌 보살 하기가 쑥스러워서였다.

"처음엔…… 누구나 다 그런 법이야."

강진세가 양해하는 어투로 말하며 씩 웃는 바람에 선장이도 할 수 없이 따라 웃으며 "실상은 칼산지옥에 들어서는 느낌이 없지 않아." 하고 실토를 하였다. 오셀로는 데시근하게도 여기지 않으며 "어서 이 것들이나 까먹어라." 하고 보따리 속에서 수박씨 말린 것을 봉지채로 꺼내어 앞으로 내밀었다.

해가 서쪽 지평선에 가라앉자 얼마 오래지 않아 동쪽 하늘 끝 간 곳에서 희멀건 쟁반달이 불쑥 솟아올랐다. 모색이 창연한 중에 세 사람은 그리 멀지 않은 전방에 거뭇거뭇한 큰 마을 하나를 발견하고 거기가 밤을 드새기로 작정들 하였다. 그런데 세 사람이 길을 조일 즈음에 그 마을에서 홀지에 듣기만 해도 온몸에 소름이 끼치고 머리칼이 곤두서는, 무어라고 형언하기 어려운 비명 같은 것이 들려왔다. 의심할 바 없이 그것은 수백 명 남녀의 가슴팍에서 터져 나오는 절망적인 부르짖음이었다. 뿐만 아니라 그 부르짖음의 사이사이 무슨 속이 먹은 나무통 — 타악기 같은 것을 치는 소리도 섞이어 들려왔다.

선장이가 경황하여 미루어 헤아리기를 '일대 도륙이 시작된 거나 아닌가?' 다음 순간 그는 또 자신이 아프리카 오지의 열대밀림 속에서 창을 들고 활을 든 악귀 같은 야만인들의 습격을 받지나 않나 하는 환각에 사로잡혔다.

다행히도 멀지 않은 길가에 외딴집 한 채가 있어서 세 사람은 그 집에 가 주인을 찾았다. 집주인은 상냥히 길손들을 맞아들여 자리를 권하고 또 마시라고 끓인 물을 갖다 따라 주었다. 방은 그리 넓지 않으나 거두기는 말끔히 거두어서 흠잡을 데가 없었다. 주인의 나이는 한 쉰 되었을까. 그 생김생김이나 옷차림이 어뜩 보기에도 예사 농군 같지는 않았다.

강진세가 수인사를 마치고 잇달아서 저 건넛마을에서 대체 무슨 일이 났느냐고 주인에게 물어본즉 "아, 저 소리 말입니까? 네, 저건 지금 몹쓸 돌림병이 돌아서…… 두억시니를 몰아내느라구 저러는 겁니다." 하고 주인은 정색을 하고 손으로 두억시니를 몰아내는 형용까지 해 보이는 것이었다.

세 사람은 어이가 없어 서로 돌아보고 쓴웃음을 웃었다.

'노루가 제 방귀에 놀랐구나!'

선장이는 마음이 놓이는 한편 또 한심한 생각이 들어 눈살이 절로 쪼프려졌다.

'저 전염병이 창궐하는 마을의 우매한 백성들의 운명은 장차 어찌 될 것인가?'

강진세가 주인에게 미안하지만 저녁 한때 신세 좀 질 수 없겠느냐고 청을 든즉 주인은 선뜻 "좋습니다, 좋습니다. 시장들 하시더라두 조금 만 참구 기다려 주십시오." 허락하고 곧 일어나 안으로 들어갔다.

시장 끝에 저녁밥들을 달게 먹고 나서 강진세는 너무 약소해 미안하 다고 겸사하며 얼마간의 돈을 주인에게 건네주었다(괴이하게도 아방의 중 앙은행권은 적구에서도 통용이 되었다). 그런 연후에 폐를 끼쳐 미안하다고 재차 치사하고 보따리를 집어 드니 주인이 관곡하게 붙들며 하는 말 이 "이 앞에는 몇십 리 어간에 객줏집이구 주막거리구 다 없습니다. 인 제 날두 저물었는데 아무 데서나 하룻밤 드새시구…… 내일 어뜩새벽 에 저레 조반 요기까지 하구 떠나시면 좋지 않습니까."

주인의 말을 듣고 선장이와 오셀로는 길에 삐치어 다리맥이 없던 터 이라 속으로 옳구나 생각하고 집어 들었던 보따리들을 슬그머니 도로 내려놓았다. 그러나 뜻밖에도 강진세는 두 사람에게 넌지시 눈짓하고 보따리를 둘러메며 "고맙습니다, 주인어른. 그렇지만 우린 긴한 볼일이 있어 밤길을 좀 걸어야 하겠습니다. 그럼 안녕히 계십시오, 다시 또 뵙지요." 말하고 앞을 서서 밖으로 나가는 것이었다.

선장이와 오셀로는 그의 처사가 맞갖잖아 찜부럭을 부리고 싶었으나 하릴없이 그대로 따라나섰다. 세 사람은 길을 따라 십 분 좋이 잠자코 걷기만 하였다.

이윽고 강진세가 두 사람을 둘러보고 "고달프지들?" 하고 위로하여 묻는데 선장이는 앵돌아져 대꾸를 아니 하고 오셀로는 "남이 일껏 붙드는데 뿌리치구 나올 건 무어람." 하고 볼멘소리를 하였다. 강진세가 상냥스레 "그렇지만 이제 그 집주인의 친절이 너무 좀 지나치다구들 생각잖아?" 하고 물으니 오셀로는 "지나치긴 쥐뿔이 지나쳐!" 하고 게먹었다. 강진세는 한결 더 목소리를 낮추어 가지고 "이봐, 그러지 말구 내 말을 들어." 하고 차근차근 일깨워 주는 것이었다.

"피점령 구역 주민들은 일반적으루 근지가 분명찮은 사람에 대해선 될 수 있는 한 멀리하려구 애를 쓰는 법이야. 공연한 시비에 걸려들어 화를 입을까 봐서 말이야. 그런데 이제 그 사람은 부득부득 우릴 붙들어 묵히려는 거거던. 이게 그래, 수상하잖구 뭐야? 고런 꾀에 넘어갈 바보는 따루 있지!"

선장이와 오셀로는 저들도 모르게 이야기에 끌려들어 귀들이 솔깃해졌다.

"우리를 붙들어 묵혀 놓구 한밤중에 살그머니 일어나가 적병 한 분대를 청해 오면, 그 꼴 참 보기 좋겠다. 전에두 그런 예가 없지 않았거든. 여기는 적구야, 경각심을 잠시두 늦춰서는 안 돼."

선장이와 오셀로는 서로 쳐다보고 아무 말도 못 하였다.

"할 수 있나…… 오늘 밤은 한둔을 하는밖에."

강진세가 혼잣말처럼 지껄이는 것을 "풍찬노숙두 이야깃거리지." 오셀로가 셈평 좋게 뒤받았다.

세 사람이 몸에 지닌 무기라고는 모두 해서 권총이 석 자루뿐. 이렇게 단출하고 외로운 병력으로 들판에서 노숙을 해 보기는 참전 후 처음이라 선장이는 환한 달빛 아래 야색이 꿈속같이 으늑하건만 '머리 들어 명월 쳐다보고 머리 숙여 고향을 생각'할 흥취가 없었다. 눕자 곧 잠이 들어 코까지 고는 오셀로가 부럽기만 하였다.

샐녘에 원촌의 닭 우는 소리가 은은히 들려올 때 세 사람은 몸을 털고 일어나 또다시 길에 올랐다. 한낮 때가 거의 되어 앞길을 가로막는 어느 냇가에 다달았다. 내가 그리 넓지는 않아 기껏해야 한 팔구 미터쯤 될까. 물의 깊이도 어른의 키로 배꼽에 찰까 말까 할 정도다. 그런데 문제는 건널 다리가 없는 것이다. 세 사람은 할 수 없이 옷들을 벗고 물을 건널 차비를 하였다. 아, 그런데 이때…… 하느님 맙소서! 선장이는 심장이 돌연 고동을 멈춘 것 같았다. 바로 지척에, 백여 미터 하류에…… 스무 명쯤 되어 보이는 한 무리의 적병을 발견한 것이다!

그 일본 병정들은(어뜩 보았을 때는 경황하여 사람의 수효가 더 많은 것 같았다) 옷을 벗고 냇물에 들어서서 미역들을 감고 있는데 그중의 군복을 옳게 차린 한 놈만이 총을 들고 냇둑 위에서 보초를 서고 있었다. 그리고 바로 그 옆에 알몸으로 엉거주춤하고 서서 몸에 수건질을 하는 놈 하나가 있는데 꼴이 보초를 교대해 주려고 먼저 올라온 놈인 성싶었다.

강진세가 잽싸게 바지를 벗으며 선장이와 오셀로더러도 빨리 벗으라고 재촉을 하였다. 그러나 선장이는 마음이 몹시 급하고 당황하여 바지를 벗을 겨를도 없이 그냥 입은 채로 물속에 들어섰다. 이것을 보자 허리띠에 손을 대었던 오셀로도 "옜다, 모르겠다." 하고 선장이의 본을 따랐다.

"고인이 가라사대 '군자는 죽어도 관을 벗지 않는다'구 했거늘 내 어찌 혁명군인의 몸으루 아랫도리 벗은 송장이 될 것인가!"

사후에 생각이 나서 오셀로는 익살을 부리느라고 이런 소리를 하였다. 그러나 적군 보초의 턱밑에서 내를 건너게 된 고비판에서는 그의 말대로 "어느 하가에 케케묵은 천백년 전 고인을 다 생각해 내!"였던 것이다.

건너편 냇둑에 올라서자 강진세는 눈 깜박할 사이에 바지와 신발을 다시 입고 신고 오금에서 불이 나게 길을 조였다. 선장이와 오셀로는 물이 줄줄 흘러내리는 바지를 그냥 입은 채로, 물이 꼴딱 들어찬 신발을 그냥 신은 채로 부지런히 그의 뒤를 따랐다.

냇둑 위의 일본군 보초병은 세 사람을 발견하고도 무슨 별다른 반응을 보이지 않았다. 그도 그럴 것이 중국 백성 셋이 제 갈 길을 가고 있는데 거기 무슨 탈을 잡을 건데기가 있단 말인가. 그런데 싱거운 것은 그 옆의 하얀 세수수건을 든 벌거숭이 놈이었다. 보초는 오히려 가만 있는데 아무 상관도 없는 그놈이 도리어 중뿔나게 나서서 세 사람을 보고 손짓을 하며 돼먹지도 않은 중국말로 "오, 이! 니디니디 라이라이디유. 콰이콰이디 라이라이디유!" 하고 소래기를 지르는 것이었다.

'가기는 어디를 가?'

세 사람이 몸에 지닌 무기와 보따리 속의 군복(군복 차림을 하지 않고서는 국민당 군대의 방어선을 통과할 수가 없으므로 거치장스럽지만 군복은 가지고 다녀야 하였다)도 그렇지만 더욱이는 비밀문서들이 세 사람 위해 무슨 변명을 해 줄 거라구? 세 사람은 못 들은 체하고 계속 제 갈 길만 갔다. 같잖은 왜병 놈은 세 사람이 들은 체 않는 것을 보자 실 한 오리 안 걸친 알몸뚱이로 금세 쫓아올 시늉을 하였다. 세 사람은 지체 없이 삼십육계를 놓았다. 그러니 등 뒤에서는 뒤쫓는 발자국 소리 아닌 하하 웃는 웃음소리가 났다. 그 벌거숭이 왜병 망나니는 신명이 나서 철썩철썩 제 볼기짝을 두드리며 고함을 질렀다.

"니디 좌! 니디니디 좌!"

세 사람은 그제야 그 망나니가 자신들을 놀리느라고 그러는 줄 알고 걸음들을 늦추었다. 선장이가 뒤를 돌아보니 그 망할 개돼지 놈은 먼 발치기로 선장이에게 손짓, 몸짓으로 외설한 동작을 해 보였다.

'저 야만의 짐승!'

얼마 아니 가서 서남, 동북 방향으로 뻗은 군용도로 하나가 나섰다. 길섶을 따라 대막대기 전주를 세운 군용전화선이 늘어졌는데 그 높이가 불과 두어 미터밖에 안 되어 팔을 뻗으면 손이 닿을 만하였다. 도로는 무인지경처럼 잠잠하여 행인의 그림자도 차량의 그림자도 눈에 띄지를 않았다. 비록 창황 중이기는 하였으나 선장이는 속으로 괴이쩍어하였다.

'도대체 우리 부대는 무얼 하느라구 이 거저 주느니나 진배없는 전선도 걷어 가지를 않을까? 걷어 가면 일석이조가 아닌가!'

'국민당 군대 같으면 누가 시킬 때를 기다려? 벌써 어느 옛날에 다 해치웠지!'

이 수수께끼는 나중에 강진세의 해석을 거쳐서야 풀리었다. 적군은 전화선을 가설하던 당일에 벌써 그것을 보호할 책임을 인근 백성들에게 분담을 시켰던 것이다. 즉 일단 사고가 나면 그 구역을 분담한 백성들이 추궁을 받게끔 해 놓은 것이다. 그래서 신사군은 그 전화선을 절단하기는 고사하고 도리어 수고스럽게 보호를 해 주어야 할 야릇한 처지에 놓여졌다. 까딱 잘못하면 숱한 백성들의 목이 날아갈 판이었으므로(아닌 게 아니라 후에 선장이는 부대가 이동할 때 한 중대 지도원이 축 늘어진 왜놈의 전화선을 손으로 떠받치고 서서 그 밑을 통과하는 전사들에게 닿지 않게 조심들 하라고 당부하는 것을 보았다).

세 사람은 날랜 걸음으로 그 중국 경내의 일본 군용도로를 건넜다. 선장이와 오셀로의 흠뻑 젖은 홑바지는 넙적다리에 찰싹 달라붙어 우글쭈글 거북이 잔등 모양이 되었는데 물을 흠씬 먹은 편리화는 발을 옮길 적마다 질컥질컥 소리를 내어 톡톡히 망신들을 시켰다.

길섶을 따라 흐르는 물도랑에서는 밀짚모자, 대삿갓 따위를 머리에 쓰고 웃통들을 벗은 대여섯 명의 농부가 무자위로 묵묵히 논에다 물을 대고 있었다. 그 볕에 타 거무테테한 얼굴들은 탈바가지처럼 아무러한 표정이 없었다. 선장이와 오셀로의 아랫도리가 똑 무엇 같은 꼴을 보고도 보았는지 말았는지 그저 잠자코 무자위만 디디고들 있었다. 그들은 이족 침략군의 총칼 밑에서 마소와 같은 생활을 하고 있었다. 만약 그들에게도 분노가 있다면 그것은 아무도 엿볼 수 없는 가슴속 깊은 곳에다 간직해 두는 수밖에 다른 도리가 없을 것이다.

이날 밤 세 사람은 한 자그마한 농갓집에서 세상 모르고 잠들을 잘 잤다. 해가 댓 발이나 올라와서야 겨우 정신들을 차렸다. 그 집주인은 환갑이 지난 노인으로 성은 막을 두 자 두가요 식구는 양주뿐인데 농사를 지어 가지고 근근이 호구를 하는 형편이었다. 강진세 작은아씨는 한 일 년 전에 그 두 노인 내외를 수양부모로 정한 터였으므로 매번 지날결에는 꼭 하룻밤씩 들러서 묵군 하였다.

두 노인은 왜놈들을 미워하였다. 그래도 드러내 놓고 반대를 하지는 못하였다. 두 노인은 신사군을 동정하였다. 그래도 역시 드러내 놓

364

고 옹호를 하지는 못하였다. 하지만 강진세는 그들을 절대로 믿었다. 이번에 떠나오기 바로 이틀 전의 일이다. 강진세가 거리에 나가 금계랍 따위 나들이에 별로 소용이 닿지 않는 약품들을 사 모으기에 선장이가 그런 건 구입해 무얼 하느냐고 물었더니 강진세는 "우리 수양아버지네 거기는 의사구 약이구 다 구경을 못 하는 고장이야. 더구나 여름철에는 학질이 유행을 해 여간만 고생들을 하잖아. 농사철에 앓아서 일을 못 하면 한 해 생계가 낭패 아닌가." 하고 얼굴빛이 흐려졌다.

강진세는 진심으로 두 노인 내외를 공경하였다. 그래서 이웃에서들도 두 노인네는 수양아들을 잘 두었다고 모두 칭찬들 하였다. 순박한 두 늙은이는 수양아들과 그 동행들을 정말 친자식같이 살뜰히 돌봐주었다. 그 따뜻한 보살핌에 겨워 선장이는 불현듯 고국에서 외아들의 소식을 몰라 애타 하실 어머니의 생각이 났다.

'가엾은 어머니!'

하나밖에 없는 아들 선장이는 천리만리 먼 타국으로 떠나온 뒤 전쟁판에서 해가 바뀌고 또 바뀌어도 감감무소식으로 편지 한 장을 못 띄웠다.

이날 세 사람은 해가 떨어지기 전에 마지막 노정인 30리 평지 길과 20리 산길을 무난히 답파하여 마침내 목적지인 대흥산중의 종대 사령부에 득달을 하였다. 사령부에서는 여러 해 갈라졌던 여해암 키꺽다리와 해후상봉을 하였다. 여해암이의 별명은 '오줌대장'이다. 중앙군교에서 장개석 교장 각하의 훈유를 들으며 빨병에다 오줌을 눈 용사다. 그는 이때 신사군 대흥산 정진종대에서 대적군 공작과 과장으로 사업하고 있었다. 성재수의 후임이었다.

밤에 오셀로가 여해암이에게 안날 길에서 겪은 아슬아슬한 장면을 재미나게 묘사해 들리는데 강진세와 선장이는 한옆에 앉아 싱글거리기만 하고 말참례는 하지 않았다.

"어느 하가에 바지를 다 벗어, 그대루 물속에 들어섰지. 그런데 일수가 사나우려니까 젠장, 허둥지둥 물을 건너는 중에 무엇엔가 발이 걸려 휘뚝 나자빠지잖았겠나. 옹이에 마디지. 꼴깍꼴깍 물을 먹으면서 아무리 애를 써두 어디 일어나져야 말이지. 다행히두 작은아씨가 잽싸게 내 이 귀때기를 쥐어 당기기에 망정이지……. 그렇잖았더면 젠장, 거기 그냥 빠져 죽어 열사가 될 뻔했지 뭐야……."

오셀로가 너무 허풍을 떠니까 그제는 참을 수가 없던지 강진세가 웃음보를 터뜨리며 한마디 "또 시작했군!" 말하고 여해암을 돌아보며 "저거 하는 말 하나두 곧이들을 게 없어." 하고 손을 내저었다. "곧이들어?" 하고 여해암이는 익살맞은 눈으로 먼저 오셀로를 한번 보고 다시 강진세를 돌아보며 "저 인간이 콩으루 메주를 쑨다면 내가 곧이들을 줄 알아?" 하고 맞장구를 치는 것이었다.

네 친구는 서로 돌아보며 깔깔 웃었다. 방 안에는 눈에 보이지 않는 우정이 안개처럼 자욱해졌다.

이튿날 저녁 무렵에 마을 밖 잔산 밑 잔디밭에서 사령부 직속 단위의 전체 인원이 참가한 무슨 모임이 있었다. 세 사람이 초청을 받아 참가한 것은 더 말할 것도 없고 여해암 과장 관할하의 일본 포로 둘도 여해암이를 따라왔다. 포로들은 신사군의 초록색 새 군복을 입고 있어서 모르고 보면 신사군의 전사로 알기가 쉬웠다.

개회 벽두에 전체가 기립하여 '인터내셔널'을 불렀다. 그것은 선장이가 생후 처음 공개적인 집회에서 큰소리로 불러 보는 '인터내셔널' ─ 언제나 힘을 북돋아 주고 용기를 북돋아 주는 프롤레타리아의 노래였다. 그리고 또 선장이는 바로 그 회장에서 난생처음으로 자기 당의 깃발 — 망치와 낫이 수놓인 붉은기를 보았다. 격동되어 글썽한 눈물을 머금으며 선장이는 가슴속에 부풀어 오르는 파도를 가라앉히느라고 한동안 애를 썼다. 세 사람을 배행한 근무원 동지는 선장이의 격동한 모양을 보고 의미 있게 빙그레 웃었다. 그의 나이는 아직 스물이 채 못 되었어도 이런 경력으로 말하면 대여섯 살 나이 위인 선장이보다도 선배였다.

그 집회에서 선장이는 또 여자 부사령원 하나를 보았다. 그전 같으면 선장이로서는 군대에서 여성이 지휘관 노릇을 한다는 것은 상상도 할 수가 없는 일이었다. 그 여부사령원의 소경력을 선장이와 오셀로는 근무원 동지에게서 들었다. 세 사람이 대흥산에 두류하는 동안 식사, 세탁을 비롯한 모든 생활상의 허드렛일은 다 근무원 동지가 맡아서 해 주었다.

날마다같이 일기만 좋으면 의례히 해가 설핏할 무렵에 적군의 단엽 정찰기 한 대가 날아와 공중을 선회하군 하였다. 그 정찰기는 속도도 느리기가 시속 영 킬로미터가 아닌가 의심이 들 지경이었다. 하건만 지상에서는 단 한 방의 총도 쏘지를 않아 산골짜기는 쥐죽은 듯 괴괴하기만 하였다. 전술적인 의도에서 목표를 드러내지 않으려고 일부러 그러는 걸로 짐작이 가기는 하였으나 선장이는 그 오만무례한 정찰기를 통쾌하게 쏘아 떨구지 못하는 것이 못내 분하였다.

세 사람이 대흥산에 머무는 한 주일 남짓한 동안에 모두 스무남은 끼 식사를 하였는데 주식은 입쌀이었으나 반찬은 시종일관 숙주나물 한 가지뿐이었다. 그래서 선장이가 오셀로를 보고 "여기 취사 관리원 양반이 숙주나물에서 무슨 특수한 영양가를 발견해 낸 게 아니야?" 하고 웃으니 오셸로도 이죽거리며 "숙주나물집 아들인지도 모르지." 하고 맞장구를 쳤다.

"별명이나 하나 지어 주구 갈까 보다."

"무어라구?"

"비타민 에이(A)-제트(Z)."

"아하하! 만능비타민이란 말이지? 아하하!"

대홍산 근거지에서 중대장으로 활약하고 있는 조선의용대의 두 친구는 기회가 서로 어긋나 만나 보지를 못하여 아쉬웠으나 할 수 없는 일이었다. 대홍산을 떠날 임시하여 선장이는 소지품 중에서 손거울 하나와 접칼 하나를 근무원 동지에게 선사하여 다소나마 사의를 표하였다.

세 사람이 노하구에서 돌아와 미처 노독도 풀기 전에 낙양에서 사람이 와 흉보를 전하였다. 낙양 분대 분대장 리세영과 지도원 김정희가 형양 전선에서 한날한시에 전사를 하였다는 것이었다. 리세영이나 김정희와 남달리 가깝게 지내던 사람들 중에는 눈물을 흘리는 사람도 있었다. 다른 사람들도 다 심란해 말을 아니 하여 지대 본부는 갑자기 나간 집같이 썰렁해졌다. 망제 일체로 추도회를 열고 모두 비장한 마음으로 두 전우의 명복을 빌었다.

리세영의 후임으로는 '전쟁할 때' 문정이가 임명되었다. 문정이는 이때 조선의용대 연락원의 자격으로 제1전구 장관 사령부에 주재하고 있었다. 제1전구의 사령장관은 위립황이었다.

문정이가 새로 분대장에 취임한 뒤 한 달가량 지나 가지고 노하구에다 생각지 않은 호소식 하나를 전해 왔다. 문정이가 전 지대 대원들의 우편 대리인이 되어 준 것이다. 그는 위립황의 장관 사령부에 주재해 있으면서 조선의 가족들과 서신 거래를 할 수 있는 구멍수를 뚫어 낸 것이었다. 그 구멍수란 별게 아니라 프랑스제국주의의 강도질에 힘입는 것이었다. 이때 중국은 반식민지 상태에 놓여 있었으므로 그 우정권은 몽땅 프랑스제국주의의 손아귀에 들어가 있었다. 그리고 일본 강도는 아직 프랑스 강도에게 득죄를 할 생각은 없었다. 그래서 그것이 가능하였던 것이다. 프랑스 국기 — 삼색깃발이 나붓기는 우편열차가 중일 양군이 대치한 전선을 거침없이 통과하는 판국이었다.

중일 양국이 교전을 하는데 조선의용대는 중국 편에 선 까닭에 그 가족들은 거의 예외가 없다시피 다 전선 저쪽에 살고 있었다. 그래서 노구교 사변이 발생한 이래, 찍어서 말하면 '8·13' 이래 조선의용대 성원들은 모두 그 가족들과 연신이 끊겼다. 아무리 밤낮없이 총을 들고 전장을 달려 다닌다고 해도 역시 더운 피가 몸속에 흐르는 사람들인데 부모형제를 그리는 마음이 어찌 없으랴. 더구나 부모들은 위험한 일에 종사하는 자식들의 소식을 몰라 주야로 속을 태울 것이 아닌가. 옛사람도 '봉화연삼월(烽火連三月) 가서저만금(家書抵萬金)' 즉 전쟁이 오래도록 그치지 아니하니 집소식이 귀하기가 만냥 값이 나간다고 하잖았던가. 바로 이런 시기에 문정이가 특수한 역할을 놀게 된 것이었다.

모두들 기회를 놓치지 않고 여러 해 만에 집에다 편지들을 썼다. 나중에 알고 보니 문정이는 우편물 검열에 통과되기 쉽게 하느라고 그 숱한 조선문 편지들을 일일이 한문 편지로 번역을 해 가지고 부쳤던 것이다. 수고스럽게도! 그래서 달포씩 지나 가지고 받은 답장들에는,

백화체 한문으로 내리 적은 글을 보아 낸다는 재간이 없어 화교가 경영하는 주단 포목점에를 들고 가 좀 보아 달라고 청을 들었더니 서사인 듯싶은 사람이 두말없이 받아 들고 조선말로 번역을 해 가며 찬

찬히 읽어 주더라.

이와 대동소이한 사연들이 적혀 있었다. 서선장이는 고향 원산에서 누나 정실이가 보내온 답장을 받는 즉시 강남 전선에 있는 양씨동이에게 소식을 전하였다.

　형님네 집에서는 다들 무고하시며 원동이 형님은 벌써 장가들어 아들이 형제라오. 쌍년이 누나는 야마다가 뇌일혈로 죽은 뒤 내처 혼자 살다가 작년에 개가를 하는 즉시 상인인 남편을 따라 중국으로 들어왔다고 하오. 우리 집에서도 별고는 없는 모양이나 매부 한정희가 요시찰인으로 된 데다가 집안의 형세까지 크게 기울어져 파산 몰락의 지경에 이르렀다고 하오. 한선희는 김영하 선생이 출옥한 뒤 결혼하여 서울서 사는데 김영하 선생도 요시찰. 한선희는 아이낳이를 못 하는 모양. 한은희는 법전(법학전문학교)을 나와 변호사가 되었고 또 약방집 아들 곽복덕(뺑덕할미)이는 의전(의학전문학교)을 나와 개업의가 되었다오……

선장이는 반가운 누나의 편지 외에 생각지 않은 옛 친구의 편지 한 장을 받았으니 그는 곧 정실이에게 소식을 전해 들은 개업의 곽복덕이가 써 보낸 것이었다. 곽복덕이는 그 편지에서 선장이를 면려하기를 "선장 군, 우리는 동심협력하여 동아신질서의 확립을 위해 분투하세. 운운……." 곽복덕이가 말하는 '동아신질서'란 일본제국주의가 침략을 할 목적으로 내건 구호다. 선장이는 기가 막혀 벌린 입을 다물지 못하였다. 곽복덕이는 선장이가 항일 전사라는 것도 모르는 모양 또는 잊은 모양이었다.

이런 우습강스러운 편지를 받은 것은 선장이 하나만이 아니었다. 김찬만이도 그 형의 편지를 받아 들고 어이가 없어 웃어야 할지 울어야 할지 몰라 하였다. 그 형은 편지에서 동생을 타이르기를 "우리는 이미 창씨를 하여 '가나야마'가 되었으니 동생도 앞으로는 김씨 성을 쓰지 말고 '가나야마'를 쓰도록 하게. 명심하기 바라네. 운운……." 이른바 창씨란 것은 일본제국주의가 조선 민족의 얼을 말살하기 위하여 조작해 낸 망발이다. 그런데도 그 형님이란 양반은 제 아우가 무엇을 하는 사람인지도 모르는 모양 또는 잊은 모양이었다.

두 사람의 이 가관의 편지를 돌려 본 장난꾼들이 조신할 리가 없었다. 중구난방으로 떠들며 밤에 오락회가 있을 때 전체가 보는 앞에서 그 편지를 꼭 낭독을 해 들려야 한다는 것이었다. 등쌀에 못 이겨 선장이와 김찬만이가 일어나 각기 편지 한 통씩을 소리 내어 읽으니 그제는 좋아라고 손뼉들을 치면서 "걸작이다, 걸작!" 하고 웃음판을 벌이는 것이었다.

이 무렵에 리정호도 그 누이동생의 편지를 받았다. 그 누이동생은 소학교 교원이었다. 그런데 그 편지를 읽어 본 친구들은 거의 예외도 없다시피 다 리정호에게 달려와 가지고 누이동생의 얼굴이 이쁜가 미운가, 키가 큰가 작은가, 성정이 깔깔한가 부드러운가…… 꼬치꼬치 캐어 묻는 것이었다. 꼴을 보아하니 다들 낭만적 환상에 사로잡힌 모양이라 리정호는 짐짓 "미워, 미워. 아주 박색이야." 하고 단념들을 시켰다.

그러나 어디 곧이들 들어줘야 말이지. 부득부득 바른대로 말을 하라고 사람을 못살게 구는 것이었다. 리정호가 속으로 생각하기를 '에라, 인간의 일생이 얼마나 된다구 남의 속을 태워 주랴. 공연한 단련 받지 말구 속 시원히 원들이나 풀어 주자' 그래 말을 고쳐 가지고 "아니다. 실상은…… 소문난 미인이다." 하고 말해 주었더니 아니나 다를까 "그러면 그렇겠지!" 하고 그들은 매우 흡족하여 리정호를 놓아주고 싱글싱글하며 돌아서는 것이었다.

기실 리정호의 누이동생은 인물이 그리 예쁘지를 못하였다. 그래도 곧이들 들어주지를 않으니 하는 수 있나! 그런데 어찌 알았으리, 그로 인하여 하늘에서 복덩이가 떨어질 줄을. 보잘것없는 무명소졸이던 리정호가 갑자기 인기를 끌기 시작한 것이다. 이러저러한 친구들이 그를 찾아와서는 친해 보자고 수작들을 붙이는데 그 골자인즉 예외 없이 다 그 누이동생을 저를 달라는 것이었다.

"수천 리 밖에 있는 아이를 어떻게? 더구나 전선이 가루막히구 국경이 가루막혔는데……." 하고 리정호가 불가능한 일이라고 고개를 외치면 "아니 아니, 전쟁이 끝난 뒤에…… 귀국을 해 가지고 그러잔 말이지." 하고 그들은 낚싯줄을 길게 늘이는 것이었다. 오뉴월 소불알 떨어지면 구워 먹을 놈들도 다 많지.

"그럼 좋아, 그렇게 하지."

친구지간에 너무 각박하게 굴 수가 없어서 리정호는 누이동생의 혼사를 제 주장으로 정해 버리는 궁지에 빠졌다. 마르크스주의자답지 않게.

"틀림없겠지?"

"두말이 왜 있어."

그래도 그 멍청이 녀석은 마음이 안 놓여 기어이 리정호더러 수결을 두고 손도장을 찍으라는 것이다.

"그럼 약정이야."

"두말하면 군말이지."

인생 일생이 얼마나 된다고 야박스레 굴 것 있나, 빈껍데기 수표 한 장 선선히 떼어 주고 너도 좋고 나도 좋아 안 될 것 무에 있나.

그 멍청이 녀석은 체결한 협정을 공고화할 목적하에 굳이 리정호를 끌고 나가 천진 고기만두 한턱을 잘 내는 것이었다. 마치 그렇게 하면 저도 적탄에 맞아 죽지 않고 또 리정호의 누이동생도 영원히 딴 데로는 시집을 아니 갈 것처럼. 제가 내켜서 하는 대접을 어찌 아니 받으랴, 두말없이 따라나설밖에. 경사 기분에 잠시 도취되어 보는 것도 해로울 거야 없겠지.

한 달이 채 못 되어 리정호에게는 장래 매부가 예닐곱이나 생겼다. 천진 고기만두도 얻어먹으리만큼 얻어먹고 얼음사탕 연밥도 얻어먹으리만큼 얻어먹었다. 다 저희가 혼약을 공고화할 목적하에 자진해 갖다 바치는 거니까 누구를 나무랄 거야 없겠지.

그동안에 리정호가 한 일은 단 한 가지 즉 그들더러 절대로 비밀을 지켜라, 아무에게도 누설을 말고 당부를 하는 것뿐이었다. 그래서 그들은 시종 저만이 유일한 행운아 — 합격자인 줄 알고 저마끔 속으로 흐물흐물해하였던 것이다. 욕심에 눈이 어두운 멍청이들 같으니!

이해 추석을 제2지대 성원들은 난장판으로 쇠어야 하였다. 수현 전선에서 퇴각을 하다가 한가윗날을 맞이한 것이다. 퇴각하는 길에서 휘영청 밝은 달을 쳐다보며 "이런 제길할 놈의 팔자 좀 봤나." 하고 쓴입들을 다신 것이다.

전선에서의 태평한 나날이란 결국 살육과 살육 사이의 덧없는 쉴 참이었다. 어느 날 오전, 적의 진지 뒤쪽 그리 멀지 않은 곳에서 커다란 기구 하나가 서서히 떠오르는 것이 눈에 띄었다. 그것은 적군의 포병 관측소였다. 미구에 하늘땅을 뒤흔드는 듯한 무더기 포성이 울리는 것과 동시에 무수한 포탄들이 날카롭게 공기를 헤가르며 날아와 태평한 나날 — 덧없는 쉴 참은 박산이 나 버렸다.

일찌기 태아장 회전에서 적의 정예부대인 이다가키, 이소야 두 사단에 괴멸적인 타격을 줌으로써 명성을 떨친 바 있는 광서 부대의 통수, 리 장군이 이번에는 어쩐 일로 지휘가 신통치를 못하여 그만 망신스러운 패전을 하고 말았다.

사령부의 군사 회의에서 참모부 성원들과 소련 고문들이 작전지도를 앞에 놓고 한동안 분주하였다(이때 각 전구에는 대개 다 외국 고문들이 있었다). 그런데 그 고문들이 회의실 문밖으로 사라지기가 바쁘게 리 장군은 "너희는 군사는 알아두 정치는 모른다." 하고 뇌까리며 작전지도에다 고문들이 방금 꽂아 놓은 몇몇 부대 번호기들을 제 맘대로 이리저리 바꿔 꽂는 것이었다. 그 결과 적군의 주공 지점에서 멀리 떨어져 있던 방계 부대들이 곤두박질쳐 와 가지고 터진 구멍을 막아야만 하였다. 그와 반대로 리 장군의 직계 부대들은 험한 모퉁이에서 멀리 빼돌려진 까닭에 불벼락을 아니 맞게 되었다.

이러한 내막은 장관 사령부에서 '참고소식'을 맡아서 편집하고 있는 심성운이를 통하여 알게 되었다. 심성운이는 중앙군교에 입교하기 전에 상해 무선전신학교를 졸업하였다.

정치와 군사가 모순이 생기는 통에 방어선의 중앙은 돌파를 당하고 좌우 양익도 따라서 붕괴가 될 지경에 이르렀다. 그런데 어찌된 셈판인지 적은 얼마 아니 하여 곧 추격했던 부대들을 도로 다 거둬들였다. 그래서 전선은 다시금 원래의 대치 상태로 되돌아갔다.

처음에 적에게 밀리어 퇴각을 할 때 패군의 정형은 뒤죽박죽으로 혼란하였다. 기동성이 강한 적의 기병대에게 퇴로를 차단당할 염려가 불

무한 데다가 밤만 되면 지방 무장들이 자위를 하느라고 불문곡직 함부로 총질을 하는 통에 하룻밤 사이에도 몇 차례씩 놀라는 까닭에 거의 초목이 다 적병으로 보일 지경에 이르렀다. 선장이가 영솔하는 분대 전원도 지칠대로 지쳐 가지고 어느 길가 자그마한 잡목림 속에서 하룻밤 노숙을 하게 되었다. 오셀로가 맨 먼저 군복 외투의 깃을 단단히 여미고 풀밭에 드러누워 잘 차비를 하며 농담조로 말하는 것이었다.

"눕는 길루 곧 잠이 드는 건 바보가 아니면 영웅이야."

선장이는 비록 극도로 지치기는 하였지만 그래도 누워 가지고 한동안은 좀체로 잠을 이루지 못하였다. 그런데 정말 아닌 게 아니라 바로 곁에 누운 오셀로는 숨결도 고르롭게 이미 꿈나라 여행을 하고 있었다. 이튿날 꼭두새벽 날도 채 밝기 전에 모두 부지런히 일어나 길 떠날 차비들을 하였다. 그런데 그때에야 비로소 분대 성원 호유백이가 손련중 부대의 한 병사의 시체하고 하룻밤을 같이 잔 것을 알게 되었다(밤중에 숨이 진 모양이었다). 이것을 알자 모두들 중구난방으로 호유백이를 놀려 주었다.

"재수가 있겠구먼."

"상대자를 참 잘 골랐군."

"백 살 사는 건 인제 떼 놓은 당상일세."

"바로 옆에서 자는 놈이…… 사람이 운명을 하는 것두 몰라? 멍청이!"

한 주일이 지나서 생각지 않은 경사가 벌어졌다. 전구 사령부 소재지에 가지각색 꽃으로 장식을 한 아치들이 세워지고 잇달아서 승전을 경축하는 등불놀이가 성대하게 벌어진 것이다. 조선의용대 성원들은 눈을 끔벅끔벅하며 그 장관의 공연을 구경하였다. 그리고 우롱당하는 백성들을 마음속으로 동정하였다. 그들은 압박과 착취를 받는 것만으로는 부족하여 또 능멸을 당하고 기만을 당해야 하였다. 하건만 그 사령장관 각하께서는 매 월요일 오전에 거행되는 손중산기념회에서 불쌍한 당지의 백성들을 "이건 갈데없는 유태 구역이야! 자린고비들 같으니라구……." 분기가 충천하여 꾸짖었다.

조선의용대 성원들은 이번 패전을 몸소 겪었으므로 그 속내평을 너무나 잘 알고 있었다. 그래서 경축대회가 끝난 뒤 장관 사령부에서는 아무래도 좀 창피하였던지 대성 한 알짜리 정치부 주임을 조선의용대에 파견하여 사연의 자초지종을 설명하였다. 더 말할 것도 없이 양해를 얻을 목적에서였다. 그 소장 주임이 보고를 할 때 정치위원 김학무는 관례대로 회의 기록원 두 사람을 포치하였다. 그들 — 리달과 리정호는 처음부터 끝까지 기록원석에 단정히 앉아 맡은 바의 직책을 가장 충실히 수행하려는 듯이 부지런히 펜들을 달리고 있었다.

보고가 끝이 나서 예의 바르게 손님을 바랜 뒤에 두 기록원더러 여태 적은 것들을 한번 좀 읽어 들리라고 한즉 그들은 기꺼이 그 요청에 응하였다. 사람들은 그들이 읽는 것을 듣고는 다들 허리를 잡고 웃다가 나중에는 눈물까지 내었다. 그들의 그 엉터리 기록은 내용이 완전히 서로 다른 것으로써 하나는 처음부터 끝까지가 다 욕설인데 그 어휘의 풍부함과 다채로움은 가히 욕설대사전이라고도 할 만하였다. 그리고 다른 하나는 리백, 두보로부터 하이네, 마야콥스키에 이르는 동서고금의 이름난 시인들의 가지각색 시구들을 모은 것인데 동아에서 서구라파로 가로 뛰는가 하면 또 오늘에서 천년 전으로 세로 뛰어서 엉망진창 불성모양의 잡동사니였다.

58

1940년 말에서 그 이듬해 이삼월 사이에 화중, 화남 각 전장에 분산되어 있던 조선의용대의 각 지대들과 분대들이 육속 태항산 항일 근거지로 넘어 들어갈 태세를 갖추었다.

강남에서 북상한 제1, 제3 혼성 지대의 지대장은 방효삼이고 정치위원은 석정 그리고 부지대장은 반해량과 윤대성이었다(왕통은 한 개 분대를 영솔하고 절강 방면에 진출하여 활동하고 있었다). 제2지대를 영솔한 것은 지대장 리익선과 정치위원 김학무 그리고 부지대장 리자인 및 지하당 책임자 성재수였다.

이때 낙양 분대의 분대장은 문정이었으므로 그는 육속 당도하는 각 부대를 접대할 중임을 그 두 어깨에 짊어지지 않을 수 없게 되었다. 영사를 마련하고 급양을 보장하는 외에도 연락과 통신에 지장이 없도록 하는 문제 그리고 통행증과 도하 증명서의 교부 신청 등등……. 두서를 차리기 어려울 정도로 번다한 일이 한시에 들이닥치는 바람에 그는 밤이고 낮이고 팽이같이 팽글팽글 돌아야 하였다. 그런데 더욱 시끄러운 것은 그 모든 일을 다 잠시도 경각성을 늦추지 않고 국민당 정부 요원들의 이목을 피해 가며 해야 하는 것이었다. 문정이는 1940년 1월에 입당하였는데 사업상의 편의와 필요로 하여 그전부터 줄곧 제1전구 사령장관인 위립황의 사령부에 주재하고 있었다. 그리하여 한 조선인 중공 당원이 국민당 군대 사령부에 잠복해 있다는 기묘한 국면이 조성되었던 것이다.

서선장이는 소상강반에서 떠나 양자강을 건너고 또 한수를 거쳐 수천 리 먼 길을 발섭하여 수월찮게 황하 기슭에까지 와 닿았다. 옛말에도 "선비가 사흘을 갈라지면 눈을 닦고 다시 보아야 한다."고 했는데 하물며 문정이와 선장이는 3년 동안 즉 300여 개의 '사흘'이나 갈라졌던 셈이니 더욱 마땅히 눈을 닦고 다시 보아야 할 것이었다. 두 친구가 전쟁의 불길 속에서 오래간만에 다시 만났으니 반갑지가 않을 리 없다. 선장이가 너털웃음을 웃으며 문정이의 여윈 손을 마주 잡고 흔들었다.

"잘 있었나, '전쟁할 때'. 그런데 왜 살이 전연 안 올랐어? 죽을 제때에 안 주던가?"

선장이가 이렇게 예의 바르게 수인사를 하니 문정이도 그 홀쭉한 얼굴에 웃음이 가득하여 선장이의 손을 마주 잡고 흔들며 "맹추 왔나? 그런데 대가리가 그렇게 커다래 가지구두 아직 버릇을 못 배운 모양이지." 하고 입이 싸게 대꾸를 하는 것이었다.

문정이는 그처럼 바쁜 중에도 시간을 짜내어 따로 선장이를 초대하였다. 환영 연회라는 명목으로 둘이 오붓이 정주호텔에 가 양식으로 정식을 먹는데 전시라서 그런지 소고기고 닭고기고 생선이고 다 분량은 그리 푸짐하지가 못하였다. 그나마 문정이는 제 앞의 일인분을 다 먹지 못하였다. 그러한 정황하에서 선장이는 가까운 친구로서 사심 없는 원조의 손길을 뻗치지 않을 수 없었다. 문정이는 양손에 나이프와 포크를 갈라 쥐고 경탄해 마지않는 눈으로 선장이의 놀라운 먹새를 구경하고 있었다. 선장이가 바람이 구름을 걷듯이 눈 깜박할 사이에 제 것, 남의 것을 다 쓸어 버리자 문정이는 감동된 나머지에 진정으로 찬사를 보내었다.

"맹추, 너 그동안 통 굶어 살았구나. 급료 받은 건 다 뭘 했니?"

"그래두 난 너처럼 그렇게……." 하고 선장이도 예의 바르게 답사를 올렸다. "뼈하구 가죽만 남진 않았다. 이 가련한 허수애비야." 부드럽고 포근한 화기가 감도는 가운데 두 친구는 네 눈이 마주 보며 소리 내어 웃었다.

서안에 주류하고 있는 한국광복군과의 통일전선을 공고히 할 목적으로 친선 방문단이 떠나가는 데 선장이도 끼게 되었다. 단장은 제2지대 부지대장 리자인.

황하 북안의 풍릉나루를 점거한 적군이 기차가 얼씬만 하면 곧 강 건너로 포격을 가해 오는 까닭에 동관은 도보로 넘어야 하였다(군수물자를 실어 나르는 군용열차는 밤중에 불을 끄고 전속으로 통과하는 수가 더러 있었다). 그런데 '천하제일관'이라는 현판이 걸려 있는 관문이 웅장하기는 하여도 주변의 흙먼지가 어찌나 많이 쌓였던지 무릎까지 푹푹 빠져서 걷기가 여간만 말째지가 않았다.

다리가 좀 짧은 축인 박문이가 먼지투성이가 되어 가지고도 "이건 모래 사 자 사막이 아니라, 티끌 진 자 진막이군그래." 하고 우스갯소리를 하며 허우적이고 있는데 키걱다리 리태성이가 웃으며 "내 좀 업어다 줄까? 자, 어부바." 하고 등을 돌려 대니 박문이는 "짝귀 놈이 잘 너덜댄다." 욕을 하고 침을 퉤 뱉었다.

서안역에 내린 것은 12월 31일 오후 2시가 조금 지나서였다. 한국광복군의 서안 지대 본부는 역에서 도보로 한 20분 걸리는데 어마한 삼문 앞에 권총을 찬 광복군의 위병이 서 있었다. 삼문 바로 안에 서 있는 깃대에는 태극기가 달려서 삭풍에 펄럭이고 있었다. 선장이의 가슴속에서는 케케묵은 대한제국의 국기 — 태극기를 너절하게 보는 마음과 민족 독립의 상징으로 보지 않을래야 않을 수 없는 태극기에 끌리는 마음이 서로 뒤얽혀 가지고 용트림을 쳤다. 참으로 야릇한 심정이다. 이런 모순된 감정에 사로잡힌 것은 선장이 하나만이 아니었다. 마르크스주의자로서의 조선의용대 대원들은 누구나 다 그러하였다.

밤에 강당 겸 식당에서 환영회가 열렸는데 식탁만 있고 걸상은 없는지라 식사도 서서 해야 하고 또 오락회도 서서 해야 하였다. 안배된 침실들에는 널마루식 침상들이 놓여 있어 오륙 명씩 칠팔 명씩 죽 드러누워 자게끔 되어 있었다. 아침에 눈을 뜨니 1941년, 새해였다.

"작년에 사시에서 원단을 맞았지?"

"그러구 보니 양자강에서 일 년이 걸려 황하까지 왔구면."

"그럼 내년엔…… 압록강인가?"

"압록강? 쉬어라, 이놈아. 신강 구경이나 안 하게 되면 다행인 줄 알아라."

"거 누구야, 정월 초하룻날부터 패배주의 독소를 퍼뜨리는 게?"

"재수 없게!"

"부젓가락으루 집어내라!"

"숙청!"

"토벌!"

떠들썩 지껄이며 일어나 찬물로 세수들을 마치기 바쁘게 호르래기 소리와 함께 "국기 게양!" 하고 외치는 소리가 들렸다.

주인인 광복군과 손님인 의용대가 다 같이 정렬하여 거수경례를 하고 주시하는 가운데 태극기가 아침 하늘에 서서히 떠올랐다. 다음 순서는 '애국가'의 제창인데 선장이는 그 애국가를 부르면서 이름 못 할 감격에 휘감겼다. '인터내셔널'을 부를 때와는 달리, 야릇한 감격이었다.

광복군의 서안 지대 지대장 라월한은 현직의 국민당 헌병 대위였으므로 영장에 소성이 셋이 박힌 제복을 입고 까만 장화를 신었다. 작달막하고 호리호리한 키의 암팡진 사나이로 나이는 서른의 고개를 막 넘은 성싶었다. 그는 이름난 무정부주의자인데 상해에서 일본 경찰에 체포되었다가 압송 도중에 목숨을 걸고 모험을 하여 구사일생으로 탈주에 성공을 한 용사였다. 일본제국주의와는 철천지 원쑤였으나 독일의 히틀러를 은근히 숭배하여 히틀러의 저서《나의 투쟁》을 특히 애독하였다. 정신이 온전한 사람의 눈으로 보면 이해하기 좀 어려운 '대립물의 통일'이었다. 그런데 또 그는 로마의 대웅변가 키케로도 무색할 만한 웅변가 — 아니, 열변가였다. 무정부주의자건 민족주의자건 심지어는 마르크스주의자들까지도 그의 연설을 듣고는 감동이 아니 될래야 아니 될 재간이 없었다. 비록 일시적일망정.

라월한은 중앙군교 8기 졸업인가 9기 졸업이었으므로 선장이들보다 까맣게 높은 선배였으나 조금치도 젠체하는 태도가 없었다. 그는 상급도 시인하지 않고 하급도 시인하지 않고 또 중앙집권제도 시인하지 않는 평등주의적 무정부주의자 — 철저한 무정부주의자였다.

선장이가 라월한의 집무실에서 서가에 꽂힌 두 권의 일문판《나의 투쟁》을 발견하고 좀 빌려 보자고 청한즉 라월한은 "어서 갖다 보십시오, 어서 갖다 보십시오." 선선하게 응낙을 하고 웃으며 한마디를 덧붙이는 것이었다.

"한번 읽어 볼 가치가 있는 책이지요."

선장이가 날강도의 자백서와도 같은《나의 투쟁》을 다 읽고 돌려주러 가니 라월한은 웃으며 "어떻습니까, 읽은 감상이?" 하고 묻는 것이었다.

"글쎄요, 무어라고 말했으면 좋을지 모르겠습니다."

"그 투쟁하는 방법이 비상하잖습니까? 우리가 따라 배울 점이 있다구 생각하잖습니까?"

"글쎄올시다."

"의용대 동무들은, 물론 마르크스주의자들이니까 수긍을 안 할 겁니다만…… 솔직히 말해 난, 마르크스주의자들의 정치적 신념에 대해선 이해가 잘 가지를 않습니다. 물론, 사람이란 다 저마끔의 신념이라는 게 있는 거니까……. 자, 담배. 안 피운다구요? 아주 얌전하시군."

라월한은 웃으며 권연 한 가치를 피워 물고 슬쩍 말머리를 돌리는 것이었다.

"서안의 명물이 양고기 떡국인데 잡숴 봤습니까?"

"네, 눈 꾹 감구 한번 먹어 봤습니다."

"눈을 꾹 감다니?"

"양고기를 처음 먹어 봐서요."

"오, 누린내 때문에? 아하하!"

선장이가 침실로 돌아오며 라월한의 휘하에 있는 젊은이들의 장래가 어찌 될 것인지 염려하는 마음이 없지 않았다. 라월한이 자신의 부하들이 붉은 물이 옮을까 봐 의용대 대원들과의 접촉을 은근히 단속하는 까닭에 쌍방은 다 흉금을 터놓고 이야기해 볼 기회를 끝내 가지지 못하였다. 한마디로 말하여 친선 방문은 소기의 성과를 거두지 못하고 말았던 것이다.

이때 조선의용대 대원들의 세계관은 극히 단순하여 무릇 항일하는 사람은 다 영웅호걸이요, 안 하는 연놈은 다 개돼지였다. 그러므로 광복군이 전선에서 멀리 떨어진 후방 — 서안에 주류하고 있으면서 실력을 보존하는 데만 신경을 쓰는 게 매우 못마땅하게 생각이 되었다.

"광복군 치들은 항일합네 하구 들어앉아 그저 밥들만 축을 내는군."

"누가 아니래여."

"우리를 곧 손님마마 배송하듯 하잖아, 고놈의 라월한이."

"마르크스주의를 천연두루 아는 모양이지?"

"깜찍한 놈 같으니, 환송 연설을 하면서 가장 석별의 정을 못 이기는 척하구…… 눈물까지 흘려 보이잖아."

"고런 연극쟁이 같으니라구!"

"그래두 난 그때 눈시울이 다 뜨거워나던걸, 감동이 돼서."

"뻔히 속는 줄을 알면서두 고놈의 혓바닥엔 다들 녹는단 말이야."

"아무튼 난놈은 난놈이야."

서안을 떠나 화산을 향하고 달리는 열차 속에서 방문단 성원들은 이와 같이 지껄이며 다들 어이없는 웃음을 웃었다.

갓 북상해 온 제1, 제3 혼성 지대는 낙양 시외에 주류하고 먼저 온 제2지대는 시내에 주류하였는데 선장이는 사업상의 필요로 제2지대에 그대로 남아 있게 된 까닭에 송일엽을 조용히 만날 기회가 좀체로 없었다. 두 사람은 류양에서 갈라진 지도 일 년이 넘었다. 햇수로 따지면 3년째였다. 쉽지 않게 단둘이 한 번 만났을 때 소삽한 골목길을 발이 가는 대로 걸으며 서로 그린 정회를 그들의 식으로 이야기하였다.

"그동안에 키가 더 크잖으셨에요?"

"무슨……."

"아니, 참말이예요. 이만큼은 더 크셨에요." 하고 송일엽은 선장이 군모 채양 밑에다 손바닥을 가로 대보였다.

"그동안에 이론 학습을 좀 했습니까?"

"이론 학습? 어디 머릿속에 들어와 줘야지요. 그저 엄벙덤벙 지냈에요."

"옥연 동무가 좀 도와주지두 않던가요?"

"왜요, 도와줬지요. 애를 썼지요. 그렇지만 듣는 사람이 소귀에 경 읽기니까 어떡해요. 호호!"

송일엽은 기분이 이른 봄날의 종다리와도 같이 명랑하였다.

"해방구에 들어가면 생활수준이 형편없이 낮아질 텐데……."

"남들두 다 그러구 사는데 나라구 못 살라구요. 염려 마세요."

"끼니마다 조다짐이라는데……."

"조밥은 누가 못 먹는다구 해요."

선장이가 말머리를 돌렸다.

"황하는 건널 때두 또 따루따루 건너게 될 모양인데……."

"또요?" 하고 송일엽은 눈이 상큼해지며 "혁명 대오는 왜 이렇게…… 개인의 자유란 게 하나두 없지요?" 하고 입이 뾰족해졌다. 선장이가 걸음을 멈추고 "여기가 어딘가?" 하고 앞뒤 골목을 두리번거리니 "나두 몰라요, 가는 대루 따라가니까요." 하고 송일엽도 앞뒤를 두리번거리는 것이었다.

좁고 으슥한 골목길에는 갈빗대가 앙상하게 드러난 개 한 마리가 고개를 떨어뜨리고 꼬리를 늘어뜨리고 풀이 죽어 가지고 제 갈 길을 가고 있을 뿐 사람의 그림자는 보이지를 않았다. 송일엽이 홀지에 선장이의 등을 꽉 그러당겨 가슴에 붙이고 입을 한 번 쪽 맞추었다. 선장이는 놀라서 여자의 젖가슴을 두 손으로 떼밀고 앞뒤를 살펴보았다.

"왜요?"

"누가 보면 어쩌려구!"

"보면 어때요?"

"보면 어때요……."

선장이는 뒷말을 잇지 못하였다.

1941년 강남 갔던 제비가 돌아올 무렵 제2지대 정치위원 김학무가 영솔하는 선발대가 낙양을 출발하여 해방구에로의 길에 올랐다. 선장이도 선발대에 편입이 되어 가지고 떠나는데 제1의 행선지는 합간이라는 곳이었다. 합간은 하남, 산서 어름에 위치한 임현 땅에 있었다. 한걸음 앞서 떠난 제1, 제2 혼성 지대가 그 합간 거리에서 오륙 마장 떨어진 한 부락에 주류하고 있는데 거기에 가서 그들과 합류를 할 계획이었다.

의용대 성원들은 일찌기 아무도 그 출중하지 못한 문정이가 전원이 북상을 할 때 관건적 역할을 놀 줄은 예측하지를 못했다. 시대가 영웅을 낳는지, 아니면 질풍이 불어야 억센 풀을 아는지 아무튼 죽고 사는 문제가 걸려 있는 고비판에 그는 일약 판국을 주름잡는 풍운아로 되었다. 그래서 그런지 그의 홀쭉한 얼굴도 금빛의 후광이 엇비낀 듯 생기가 발랄해 보였다(그는 조선의용대 두 개 지대와 여러 분대 전원을 자신까지 네 패로 나눠 가지고 띠엄띠엄 떠나보내는데 여섯 달에 걸쳐 한 사람의 손실도 없이 안전하게 다 태항산 항일 근거지로 전이를 시켰다).

선발대가 행장을 다 수습한 뒤 점호를 해 본즉 이게 웬일이냐, 사람 하나가 모자라지 않는가. 아무리 찾아보아도 없었다. 그 신비스럽게 돌연히 자취를 감춰 버린 사람은 다름아닌 황민이었다. 황민이의 별명은 '큰애기'인데 멋따기꾼이었다. 그의 돌연한 실종은 사람들의 마음을 먹장구름으로 뒤덮어 버렸다. 참으로 예상일이 아니었다. 큰 방축도 개미구멍으로 무너진다는 말이 있잖은가!

선발대를 전송하려고 장관 사령부에서 총총히 달려온 문정이는 얼굴이 해쓱해져 가지고 한동안 말을 못 하였다. 의심할 나위 없이 그것은 배반도주였기 때문이다. 국민당의 헌병대가 의용대 영사에서 너덧 마장밖에 안 되는 거리에 있으니 걸어서 갔다 온대도 한 시간이 채 안 걸린다. 그러나 선발대는? 화살은 이미 시위에 먹여들었으니 아니 쏘래야 안 쏠 수가 없는 형편이다. 그래 모두 속으로는 떨떠름하면서도 칼 물고 뜀뛰기로 결연히 길을 떠나지 않을 수가 없었다.

나중에 알게 된 일이지만 황민이는 생활이 간고한 해방구로 갈 생각이 없어서 출발 명령을 받는 즉시 영사를 벗어나 가지고 정거장으로 달려가 첫차를 타고 서안에 주류하는 우익 군대 — 한국광복군으로 도망을 쳤다. 그렇지만 그는 의용대의 행동 계획을 아무에게도 누설을 하지는 않았다. 그는 단지 '가난뱅이 공산당'을 싫어했을 뿐 항일의 종지는 변함이 없었던 것이다.

급기야 선발대가 맹진나루에 당도해 보니 벌써부터 군대에 징용이 된 황하의 크고 작은 선박들은 전부 초만원을 이루어 말과 사람과 군용물자가 한군데 붐비어 복대기를 치고 있었다. 군사 관리 당국이 총대에만 의거해 유지하는 질서가 뒤죽박죽임은 대번에 알리었다. 하긴 뒷문거래가 성행하는 바람에 가뜩이나 혼잡한 국면이 더더구나 혼잡한지도 모를 일이었다.

아무튼 판국이 그런 까닭에 예상 외로 두 시간 이상이나 나루터에서 지체를 하게 되어 모두들 조바심을 하였다. 영솔자인 김학무가 총지휘관을 찾아 가지고 반나절이나 교섭을 하였으나 결국은 요령부득으로 나룻배는 여전히 차례지지 않았다. 다들 속을 지글지글 끓이고 있을 즈음에 홀지에 구성이 나타났다. 문정이가 온 것이다. 문정이는 선발대를 떠나보내 놓고 나서도 도무지 마음이 놓이지를 않아 안절부절못하다가 마침내 마음을 고쳐먹고 부랴부랴 뒤쫓아 온 것이었다. 문정이가 오자마자 옭혔던 매듭은 미처 손을 대기가 무섭게 풀려 나갔다. 그는 군복 앞가슴에 단 장관 사령부의 출입증을 가지고 어리석은 국민당 관리들을 혼쌀내었던 것이다.

선발대를 태운 배가 뱃줄을 감은 뒤에 문정이는 혼자 꼼짝 않고 방축 위에 서서 차차 멀어지는 배를 점도록 바래었다. 선장이는 탁류가 끓어번지는 황하의 강물을 엇비슥이 건너가며 뒤뚝거리는 두대박이 위에서 차차 작아지는 그의 호리호리한 모습을 내처 바라보았다. 그러는 중에 선장이는 홀제 가슴속에서 뜨거운 그 무엇이 북받치는 것을 느꼈다. 그것은 문정이에 대한 그의 진지하고도 은근한 우정이었다.

강을 건넌 뒤에 또 하나 시끄러운 것은 괴뢰군이 길목을 지키는 봉쇄선들을 넘어야 하는 것이었다. 그래서 선발대는 노상에서 한 소좌 대대장이 영솔하는 방병훈 부대의 소부대와 짝을 무었다. 이 소부대는 반 개 중대의 병력으로서 탄약, 의약품 따위 군대물자를 수송하는 중이었다. 그들은 또 곁다리로 자기 부대의 장교 가족 몇 사람도 호송하는데 개중에는 전족을 한 여자까지 하나 있었다.

첫 봉쇄선을 십여 리 앞둔 한 촌락에서 그 대대장의 부관이 당지의 거동이 수상스러워 보이는 작자 하나와 이마를 맞대고 반나절이나 수군수군하더니 마침내 흥정이 이루어진 모양으로 약간의 길세 즉 통행세를 수수하였다. 나중에 안 일이지만 그 수상스러워 보이는 작자는 괴뢰군과 국군 사이에 흥정을 붙이고 그 구전으로 생계를 유지하는 거간꾼이었다. 역시 마찬가지로 돈만 있으면 귀신도 부릴 수 있는 세상—동취로 오염이 된 세상이었다.

"여러분, 이젠 맘 놓구 휴식들 하십시오."

대대장이 웃는 낯을 선장이들에게 돌리고 말하는 것이었다.

"일찌감치 저녁식사를 해치우구 땅거미만 지면 곧 떠나기루 하십시다. 모든 게 다 순조로우니 안심들 하십시오."

그러나 미구에 현실은 일이 그렇게 순조롭지가 않음을 증명하였다. 따라서 마음을 놓는 것도 너무 좀 일렀다.

달 없는 밤이 몹시 어두운 데다가 길까지 험하여(내쳐 조약돌투성이의 마른 냇바닥을 걸어야 하였다) 그 전족을 한 군대 가족 여자는 촌보를 옮기기가 어려울 지경이었다. 나중에 정 안 되겠으니까 선발대 성원들인 정엽(별명은 목사)이와 림평(별명은 가물치)이가 자진해 나서 가지고 양쪽에서 곁부축을 해 주었다.

어둠 속을 더듬으며 봉쇄선 근처에까지 왔을 즈음에 무슨 까닭인지 대오가 불시에 멎어 버렸다. 움직이지 않는 대오 속에 서서 기다리는 동안 선장이들은 원인을 몰라 답답도 하거니와 적습이 우려되어 적잖이들 긴장도 하였다. 이윽고 선두에 섰던 부관이 허둥지둥 달려와 대대장을 찾았다.

"무슨 일이야?"

조급증이 난 게 분명한 대대장이 음성을 푹 낮추어 가지고 물었다.

"대대장께 보고드립니다. 저 벼락 맞을 날강도 놈들이 글쎄 웃돈으루 천 원 두 개를 더 얹어야 놔 보내겠답니다!"

"흥정은 이미 다 됐는데 또 새삼스레 무슨?"

"누가 아니랍니까. 그 악당 놈들이 생눈깔을 뽑으려 드는 겁지요!"

부관은 젖 먹던 밸까지 뒤집혀 자꾸 씨근덕거렸다.

"한 푼두 더는 못 얹어. 가서 말해, 한 푼두 더 못 얹는다구!"

대대장이 단호한 태도로 분부를 하였다.

그러나 부관은 이내 또 숨이 턱에 닿아 가지고 진동한동 되달려오는 것이었다.

"안 된답니다. 안 된다구 딱 잡아뗍니다. 글쎄 저 날강도 놈들이 한 푼두 덜해선 안 된다구 배짱을 튕기니 이를 어쩝니까?"

"어찌긴 무얼 어째? 짓쳐 나가지! 개새끼들, 안 돼? 짓쳐 나가!"

대대장은 천둥같이 화가 나 가지고 이렇게 소래기를 질렀다. 그리고 이어 전대에 명령하기를 "날창 꽂앗!", "실린더 풀엇!" 형편을 보아하니 일장의 유혈 충돌은 불가피적이라 선발대도 따라서 액운을 면치는 못할 모양이었다. 그래서 모두들 마음을 가다듬고 미첩에 박두한 결사전을 맞이할 준비들을 갖추었다.

어둠 속에 서슬 푸른 살기가 갑자기 들어차 사람들은 산비가 오려고 누각에 바람이 가득해진 것 같은 긴장감에 사로잡혔다.

그러나 세세 대대 '삼국', '수호'의 정신으로 도야되었고 또 군웅할거의 틈바구니에서 단련이 된 그들은 인정에 통달하고 또 변통수가 영롱하였다. 괴뢰군 장병들은 무른 땅으로 알고 박으려던 말뚝이 너럭바위에 부닥친 것을 알고는 얼른 태도를 일변하여 웃는 얼굴로 얼렁뚱땅해 넘기는 것이었다.

"다 같은 겨레끼리 집안쌈 할 것 뭐 있소? 자자, 어서들 건너가시오."

그런데 밤 행군하는 대오의 꼬리가 막 봉쇄선 ─ 적의 군용도로를 다 건너서자 별안간 등 뒤에서 요란한 총성이 일어났다.

"저런 망할 놈들!"

선장이는 저도 모르게 입에서 욕이 튀어나왔다.

"괜찮소. 저건 행차 뒤의 나발이요. 왜놈들 들으라구 일부러 해 보이는 수작이요."

뱃속이 유한 대대장이 상가롭게 말하며 선장이의 어깨를 툭 쳤다.

아니나 다를까 그 숱한 총알들은 다 하늘 구경을 올라가는 모양으로 사람 근처에는 단 한 알 얼씬거리지도 않았다.

급기야 제1지대가 주류하는 지점에를 당도해 보니 부락은 규모가 어지간히 크지만 물 구경을 통 할 수 없는 메마른 곳이었다. 마을 앞의 시내라는 것도 바닥이 바싹 마른 조약돌투성이의 모래톱이었다. 주민들은 부득불 오류 마장이나 떨어진 이웃 마을에 가 나귀바리로 물을 실어 날라야 하는데 그 우물의 깊이가 또 놀랄 만큼 깊어서 들여다보는 사람으로 하여금 '혹시 이건 지옥까지 맞뚫리지나 않았나?' 하는 의혹을 품게 하였다.

각 집에서 쓰는 이른바 세숫대야라는 것은 보통 국사발보다도 한 3분의 1쯤은 더 작은 걸작품들이었다. 따라서 의용대 대원들이 마시는 물도 엄격한 배급제로 매인당 하루에 군용컵으로 하나 — 500그램이었다. 혹시 실수를 하여 쏟뜨리기나 하면 제 일수가 사나운 걸로 자인을 하고 목구멍에서 단내가 나는 하루를 견뎌야 하였다. 죽어도 보충은 안 해 주는 게 법이니까. 얼굴은 매일 아침 육칠 마장 떨어진 개울까지 달려가 가지고 씻어야 하였다. 가문 때는 다들 체내에 수분이 부족한 탓인지 걸핏하면 코피가 나군 하였다. 그 고장 민가들은 지붕이 모두 평평하였다. 비가 올 때면 주민들은 그 노대식 지붕에 고이는 빗물을 수채로 받아 가지고 독에다 채워 놓고 기름이나 술처럼 두고두고 조금씩 퍼내 썼다.

어느 날 한낮께 희한하게도 비가 한바탕 쏟아졌다. 그 바람에 구경 거리 하나가 생겼다. 제1지대의 마덕산이와 주동운이 두 친구가 눈 깜박할 사이에 옷들을 홀딱 벗어 버리고 알몸으로 뛰어나가 마당에 서서 빗물로 샤워욕을 시작한 것이다. 그런데 두 사람이 전신에 — 머리

꼭뒤에서 발뒤꿈치까지 — 듬뿍 비누칠을 했을 때 갑자기 비가 그치고 비가 그치자 이내 구름이 걷히고 구름이 걷히자 또 곧 해가 났다. 그러니 두 욕객은 삽시간에 비누졸임으로 돼 버릴밖에. 마덕산, 주동운 두 친구가 매시근하여 머리에 말라붙은 비누거품을 입이 쓴 듯이 마른 손으로 비벼 떨구는 모양을 보고 선장이는 허리를 잡고 웃다가 눈물까지 내었다. 선장이가 눈치코치 모르고 좀 지나치게 웃은 모양인지 마덕산이는 몹시 맞갖잖은 듯 선장이에게 눈을 흘기며 두덜두덜하였다.

"남은 속이 상한다는데…… 저 좋아하는 꼴 좀 봐라, 저열한 인간!"

이삼일 지나서의 일이다. 지대 본부에서 부른다고 하기에 선장이가 가 본즉 방효삼 지대장과 마주 대하고 앉아 무슨 이야기를 나누고 있던 남자가 벌떡 일어서며 "선장 동무!" 하고 반가운 소리를 지르더니 얼른 앞으로 나와 선장이의 손목을 덥석 잡는 것이었다. 선장이가 다시 보니 "아, 이게 누굽니까!" 홍군 따라 원정 2만 5천 리, 섬서 북부에 와 있던 김봉구였다.

방 지대장이 두 사람의 서로 반기는 모양을 한동안 물끄러미 보다가 웃으며 "몇 해 만에들 만났나, 한 칠팔 년 되잖았나?" 하고 물으니 김봉구는 "가만있자……." 하고 선장이를 보고 "그게 33년 여름이었지, 아마……. 아니, 34년이었던가?" 하고 물어서 선장이는 "33년 맞습니다." 하고 머리를 까딱였다.

"그럼 올해가 41년이니까……." 하고 김봉구는 손가락을 꼽으며 입 속으로 "4, 5, 6, 7, 8, 9, 10, 11……." 세어 본 다음 방효삼에게 고개를 돌리고 "8년입니다. 꼭 8년……. 모두가 꿈속만 같습니다." 하고 그 묻는 말을 대답하였다.

"8년……. 하루도 조용할 날이 없는 8년이었군. 내전에 항전에……."

"정말입니다. 정말 복잡다단한 세월이었습니다."

방효삼이 생각난 듯 "자, 어서들 앉으시오. 우리 앉아서 이야기합시다." 하고 손짓하여 두 사람은 비로소 각각 걸상 하나씩을 끌어당겨다가 앉았다.

"지금 태항산에는 주덕 총사령이 계시겠지요?"

원정 2만 5천 리의 풍상고초를 겪어 그 얼굴에 강의한 의지력이 조각처럼 새겨진 김봉구를 경모의 정이 어린 눈으로 바라보며 선장이가 이렇게 물으니 김봉구는 "아니." 하고 빙그레 웃었다. "그럼요?" 재차 묻는 선장이뿐 아니라 노성한 지휘관인 방효삼까지 낙심이 되는 것을 보고 김봉구는 적이 웃으며 "주 총사령은 다시 연안으루 들어가셨습니다." 하고 방효삼과 선장이의 얼굴을 반반씩 갈라보는 것이었다.

"그럼 지금 태항산엔?"

"팽덕회 장군이 계시지요."

"오, 팽덕회 장군……."

세 사람이 이야기를 나누는 중에 두 정치위원 — 석정과 김학무가 말소리를 앞세우고 방 안에 들어서서 선장이는 얼른 일어나 걸상을 내놓고 좁은 방에서 옆걸음질하여 물러나왔다. 팽덕회 장군의 몸을 받아 밀행해 나온 김봉구와 지대 영도자들 사이에 요담이 있을 터이었다.

이튿날 이른 새벽 기상을 한 직후에 의용대는 놀라운 사실을 발견하였다. 부락 전체가 국민당 군대에게 철통같이 포위를 당한 것이다. 부락을 에워싼 병사들의 간격이 한 미터씩이나 될까. 팔을 벌리면 서로 손을 맞잡을 만한 거리였다. 물샐틈없다는 형용은 아마 이런 걸 두고 하는가 싶었다.

'바람이 어디루 새어 나갔나?'

'짓쳐 나갈 준비를 해야지!'

놀라서 서로 돌아보고 또 제각기 의혹을 품으며 망설이고 있을 즈음에 홀지에 포위한 부대의 한 중대장이 뒤에 전령병 하나를 딸리고 급한 걸음으로 걸어왔다. 그는 가까이 오자 "어느 분이 귀 부대의 수장이십니까?" 하고 깍듯이 묻는 것이었다.

방효삼이 두어 걸음 앞으로 나섰다. 피차에 거수경례를 나눈 뒤에 그 중대장은 미안스러워하는 어투로 "여러분을 놀래 드려 대단히 죄송합니다. 간밤에 이 부락에 탈옥을 한 강도 집단이 잠복을 했다는 소식이 들어와서, 놈들이 뜰까 봐 이렇게……." 하고 사유를 설명하는 것이었다.

알고 보니 일장의 헛소동이라 방효삼이 속으로는 은근히 한시름을 덜면서도 겉으로는 시치미를 떼고,

"천만에, 천만에. 수고들 하십니다. 그렇다면 우리두 한팔 도와드리면 어떨까요?"

"아니 아니, 그럴 필요는 없습니다. 용의만은 고맙습니다. 그럼 전이만 물러가겠습니다. 안녕히!"

그 중대장이 되돌아가 버리자,

"난 꼭 김봉구 동무를 잡으러 온 줄 알았네."

"나두."

"공교롭기는……."

"팔로군이 잠복을 하잖나, 강도 집단이 잠복을 하잖나, 복잡한 세상이로군."

제각기 한마디씩 지껄이며 흩어졌다.

며칠 후 낙양 전구 사령부에 전보를 칠 일이 생겨 심성운이가 방병훈의 집단군 사령부로 가는데 선장이와 함께 가게 되었다. 두 사람이 사령부 근처에까지 왔을 즈음 홀지에 서남 방향에서 국민당 군대의 소형 단엽수송기 한 대가 날아오더니 사령부에서 오륙 마장 떨어진 간이비행장에 와 내렸다. 길에서 마침 봉쇄선을 넘을 때 동행하였던 곡가 성 가진 소위를 만났기에 인사 끝에 "저 비행기는…… 누가 타구 오는 거요?" 하고 물어보니 곡 소위는 "군의 월비, 현금을 싣구 오는 거지요. 그리구 대립이가 파견한 정보부 요원 따위두 아마 싣구 왔기가 쉽지요." 하고 입을 비쭉하였다. 이때 대립이는 군사위원회 통계국 — 남의사의 우두머리로 서슬이 푸르렀다.

두 사람은 통신 중대에서 랭가 성 가진 대위 중대장과 첫인사를 하였는데 그가 비록 성은 랭가라도 사람은 결코 차지 않아 여간만 따뜻하게 두 사람을 대해 주지 않았다. 선장이는 거기서 신기한 무전용 발전기 하나를 보았는데 그 발전기에는 두개의 파란 뺑끼칠을 한 금속 손잡이가 달려 있어 가지고 송수신이 다 끝날 때까지 병사 둘이 마주 앉아 보트의 노를 젓듯이 계속 그 손잡이를 저어야 하였다.

전보를 친 뒤 얼마 오래지 않아 문정의 답전이 날아와 방 지대장은 절름발이 방 총사령을 가 만나 보아야 할 일이 생겼다. 겉으로는 의용대가 장차 전개할 대적군 공작을 어떻게 그들의 군사행동에 배합시키는가를 상론하러 간다고 내세웠지만 실상은 딴 목적이 있었다. 즉 방가를 직접 만나 드레질을 해서 부대의 허실을 파악함으로써 봉쇄선을 돌파하고 해방구로 넘어 들어가는 데 유리한 조건을 창조하자는 것이다. 한데 그런 절충을 하자면 그에 상응한 틀도 차리고 또 위의도 갖추어야 하였다. 그래서 방 지대장은 여럿 총중 두 사람을 골라 뽑아 가지고 선장이는 부관으로 꾸미고 장준광이는 호위병으로 꾸몄다.

방 총사령과 방 지대장 두 주객이 한훤수작을 마친 뒤에 차를 드리고 또 담배를 권하는 것까지 보고 선장이는 외실로 물러나왔다. 외실에서 등대하는 방병훈의 부관이 손님들더러 어서 앉으라고 자리를 권하였으나 장준광은 제 '신분'을 고려하여 감히 앉지 못하고 그냥 서 있었다. 선장이는 속으로 재미나게 웃으며 권하는 의자에 버젓이 걸터앉았다.

'역시 부관 노릇을 하는 게 득이야.'

그러나 영국 권연 '트리 캘슬'을 권하는 것만은 사절하고 받지 않았다. 피울 줄 모르는 담배를 피우다가 사레라도 걸리면 망신이겠기에.

한참 앉아 대령을 하다가 선장이가 잠깐 밖에 나갔다 들어와야 할 필요를 느꼈다. 주인인 진짜 부관이 어디를 가시려느냐고 물어서 그저 잠깐 좀 볼일이 있다고 가짜 부관인 선장이가 대답한즉 그는 얼른 의자에서 일어나며 제가 안내를 하겠다고 극진한 호의를 보여 주었다. 선장이는 그럴 것 없다, 혼자라도 찾을 수 있다고 밀막고 얼른 복도로 나왔다.

선장이가 길을 잘못 든 것 같아 머뭇거리고 있을 즈음 홀지에 오른손 편 방문에 드리운 흰 포장이 바람에 펄렁하였다. 그 순간 선장이는 저도 모르게 숨을 들이그었다. 눈결에 그 방 안에 사람 셋이 앉아 있는 것을 보았다. 그중의 하나는 안경을 쓴 양복쟁이고 나머지 둘은 군복을 차려입은 일본군 장교였다. 비록 눈결에 피뜩 본 것이긴 하지만 새매같이 날카로운 선장이의 눈초리는 절대로 못 속인다. 선장이는 너무 몹시 놀라는 통에 나오려던 오줌이 도로 다 들어가 버려 다시는 밖에 잠깐 나갔다 들어올 필요를 느끼지 않았다.

방문에다 문짝 대신에 흰 포장을 드리우는 것은 중국 군대의 전통적 습관.

선장이가 얼른 발길을 돌이켰다. 되돌아 들어오는 결에 여전히 앉지 못하고 서 있는 장준광에게 눈짓으로 군호를 하였다. 장준광은 알아차리고 재빠르게 허리에 찬 권총을 더듬어 보았다. 아연 긴장해나서 경계 태세를 취하였다. 선장이는 내색하지 않고 태연스레 앉아 책상 위의 그림책을 뒤적거리며 머릿속으로는 꼬리를 물고 일어나는 가지가지의 추측을 윤전기 모양 급속도로 돌렸다.

'이게 대체 웬일일까?'

'있을 수 없는 일, 절대루 있을 수 없는 일!'

이윽고 후보 매국 역적 방 절름발이가 일어나 손님을 바래는데 음흉하고 교활하기 짝이 없는 놈이 말은 또 번지레하게 잘하여 싱글벙글 웃으며 선장이까지 한바탕 치살렸다.

"방 대장, 저 젊은 군의 인물이 준수하구먼요." 하고는 선장이를 보고 "스물 몇이지?" 하고 묻는 것이었다.

영사로 돌아오는 길에서 선장이가 방금 목격한 사실을 방효삼에게 반영하였다. 장준광이는 옆에서 따라오다가 선장이의 하는 말을 듣고는 너무도 놀라와 벌린 입을 다물지 못하였다. 한참 만에야 부르짖듯 "그런 일이 있었는가! 난 또 무슨……." 하고 머리를 설레설레 저었다.

"꼬락서닐 보아하니, 방가 절름발이가 아무래두 반변을 할 모양이군."

한동안 걷다가 방효삼은 비로소 이렇게 한마디를 내뱉었다. 그리고 또 동안 뜨게 한마디 덧붙이는 것이었다.

"그자가 지금 우릴 돌볼 겨를이 없을 테니, 우리한텐 차라리 잘된 셈이지."

(아니나 다를까. 방병훈이는 그 후의 역사가 증명을 했듯 반변을 하여 자신의 집단군 전원을 끌고 적에게로 넘어가 수치스러운 매국 역적으로 되었다.)

59

이날 제1, 제2, 제3 혼성 지대 전원은 한 시간 앞당겨 저녁식사를 하였다. 식사를 서둘러 끝내는 길로 또 부랴부랴 행장을 수습하여 길 떠날 차비들을 하였다. 지대 본부에 큼직한 공물 상자 서넛이 있었는데 그것들도 드다루기 쉽게 얽어매 가지고 몇 사람씩 패를 갈라 번갈아 가며 목도를 하기로 하였다.

이윽고 전원이 마을 밖 와지에 집합을 하자 방 지대장이 정식으로 "오늘 밤 우리는 전원 보초망을 뚫고 해방구로 넘어간다." 하고 선포를 하는데 그 의용은 엄숙하기가 짝이 없었다.

모색이 창연한 가운데 전대가 숙연하여 기침 소리 하나 들리지 않는 중에 선장이 옆에 서 있던 키가 호리호리한 영화배우 출신의 최재가 긴장한 동작으로 코허리의 안경을 바로 썼다. 행군이 시작되었다.

길잡이는 팔로군(기실은 제18집단군) 총사령부에서 지하 연락망을 통하여 파견해 온 조선 동지 — 김봉구, 일명 호철명이었다. 달도 없고 별빛도 안 보이는 침침칠야에 의용대는 모두 세 겹의 보초선을 통과해야 하였다. 어둠 속에 은신하고 있는 보초들이 느닷없이 날카로운 목소리로 군호를 물을 적마다 선두에 선 김봉구는 웅글고 두드러진 목소리로 대답하는 것이었다.

"흐렸다 개었다!"

그것은 바로 이날 밤 방병훈 집단군 전군의 군호였다. 관군의 철비를 열 수 있는 합법적이면서도 비법적인 무형의 열쇠였다.

밤새도록 기구한 산길을 더듬고 또 더듬은 끝에 마침내 먼동이 텄다. 그리고 얼마 오래지 않아 동녘 하늘에 등적색 구름에 싸인 아침 해가 서서히 떠올랐다. 선장이는 그제야 비로소 산아래 골짜기에 백 명도 더 되는 초록색 군복을 입은 사람들이 의용대가 서 있는 산등성이를 쳐다보며 손을 흔들고 또 모자를 흔드는 것을 똑똑히 보았다.

'오, 저것은 팔로군. 우리의 마중을 나온 팔로군이다!'

선장이는 난생처음 자유로운 땅을 디디었다. 왜냐면 그의 조국이 망하던 그해에 그의 어머니도 겨우 열다섯 살 홍안의 부끄럼 타는 소녀였으니까.

'아, 태항산! 세상에서도 빈궁하고 또 세상에서도 부요한 태항산아, 우리는 그예 네 품속에 뛰어들었다!'

긴장하게 건밤을 새우고 나니 죽을 지경 고단하여 다들 밥술을 놓는 길로 촌 사무소 뜰 안에 가로세로 쓰러져 가지고 세상모르고 잠들을 잤다. 실컷 자고 눈을 떠 보니 해가 한낮이라 목이 타는 것같이 말라 끓여 식힌 물을 군용컵으로 셋소처럼 들이켰더니 비로소 정신기가 돌았다.

선장이는 박문이하고 둘이서 미역을 감으러 떠났다. 세면주머니 하나씩을 들고 마을을 나와 개울가에 다달으니 경치가 아름답기라니 금강산과 거의 맞먹을 정도다. 개울물은 산중의 공기처럼 맑고 또 깨끗하였다. 그러나 물이 너무 얕아 발목이나 겨우 잠길까, 시원히 미역을 감기에는 적당찮은 것이 흠이라면 흠이었다.

두 사람이 개울가의 오솔길을 따라 슬렁슬렁 아래쪽으로 내려가다가 다행하게도 깎아지른 듯한 석벽 밑에 아주 이상적인 목욕탕 하나를 발견하였다. 그것은 개울을 향한 면을 돌로 쌓은 반천연, 반인공의 타원형 목욕탕으로서 크기는 두 사람이 동시에 몸을 잠그기에 알맞춤하였다. 그리고 물은, 맑기가 곧 레몬사이다였다! 두 사람은 너무도 기뻐 땀 배인 옷들을 후닥닥 벗어 팽개치고 다짜고짜로 뛰어들었다. 심장이 막 얼어들 것처럼 쩡하였다.

5분이 채 못 되어 그 맑던 레몬사이다는 뜨물 빛깔의 비누사이다로 변하였다. 금세 감은 머리에서 물이 줄줄 흐르는 박문이가 두 눈을 씀벅거리며 흥이 나 가지고 건의를 하였다.

"야, 이거 기분이 정말 좋구나. 우리 징건히 들어앉아 노독을 좀 풀자구."

"두말하면 군말이지. 난 이런 물엔 빠져 죽어두 한이 없다니까."

역시 금세 감은 머리에서 물이 줄줄 흐르는 짝패 — 선장이가 두 눈을 씀벅거리며 시원스레 동의를 하였다.

그러나 좋은 세월은 그리 오래지가 못하였다. 미구에 나이 지긋해 보이는 촌사람 하나가 빈 물통이 대롱거리는 멜대를 메고 이쪽으로 걸어오는 것이 눈에 띄었다. 그 사람은 선장이들의 화청지 — 양귀비의 목욕탕 — 앞까지 오자 깜짝 놀라 눈이 휘둥그레지더니 벌린 입을 다물지 못할 뿐 아니라 멜대를 내려놓을 것마저 잊어버린 모양이었다.

두 사람은 처음에 무슨 영문을 모르는 까닭에 '시골뜨기란 하는 수 없군!' 속으로 못마땅히 여겼다. 그러나 곧 깨달았다. 번개같이 깨달았다.

'아뿔싸!'

두 사람이 향락을 누리던 나머지에 빠져 죽어도 한이 없겠다던 그 화청지……. 그것은 마을 사람들이 기대어 생명을 유지하는 샘터였다!

두 사람은 허둥지둥 비눗물에서 뛰어나와 물이 흐르는 몸을 닦을 겨를도 없이 황망히 옷들을 주워 입고는 백배사죄를 올리고 또 올리고 하였다. 그 사나운 몰골을 촬영기로 촬영을 하였다면 아마 채플린도 탄식을 하고 제가 졌다고 일등 희극배우의 영예를 물려줄 것이다. 그러나 유감스럽게 그 일장의 희극도 그 후에 잇달아 빚어낸 가지가지 희극의 한낱 서막에 불과할 줄이야.

십여 일 후, 어느 맑게 개인 날 오전이다. 팔로군 총사령부 소재지인 태항산중의 동욕 거리 자그마한 광장에서는 심상찮은 집회가 열렸다.

"조선 동지 환영 대회."

대회에 참가한 것은 총사령부 직속의 각 기관 일꾼들 외에도 일본인, 베트남인, 필리핀인 등이 있어서 마치 무슨 국제적 성질의 대회와도 같았다. 그렇지만 그 집회를 가진 목적은 국민당 통치 구역에서 봉쇄선을 뚫고 해방구로 들어온 조선의용대를 환영하기 위한 것이다.

대회에서 환영사를 한 것은 팽덕회 동지였다. 선장이는 팽덕회 동지의 검박한 옷차림과 강의한 용모 그리고 호매하고도 힘진 말소리에 넋을 놓다시피 하였다. 공경하는 마음이 샘솟듯 하였다.

"나는 18집단군 70만 장병을 대표해 여러분을 열렬히 환영합니다……."

"우리 무기고의 문은 여러분 앞에 활짝 열릴 것입니다. 맘대루 고르구 맘대루 가져가십시오……."

체구가 우람스러운 정치부 주임 — 라서경 동지도 선장이는 이날 처음 보았다.

환영 대회가 끝이 나자 예정대로 의용대는 무기고로 가 신입 대원들에게 나눠 줄 무기를 골랐다. 그런데 그 무기고의 바로 이웃은 문틀만 있고 문짝이 없는 군량창고였다. 그 허술한 창고 안에 통옥수수가 산더미처럼 쌓였는데 중간을 널빤지 두어 쪽으로 칸막이를 건너질렀다. 그 상징적인 칸막이의 양쪽이 다 매한가지 통옥수수인데도 거기에 세워진 팻말들은 각기 달라 하나에는 '군량', 다른 하나에는 '사료'라고 뚜렷이 표시가 되어 있었다. 의용대 — 해방구의 '신입생'들은 제각기 두석 자루씩의 총을 메고 그 앞에 서서 서로 돌아보며 벌린 입을 다물지 못하였다. 놀랍기도 하고 또 우습기도 해서였다. 그래도 선장이는 감동적인 친절감을 느꼈다.

'과연 팔로군이 다르긴 하구나.'

'오직 고매한 품격을 지닌 인민의 군대만이 간고한 생활을 달게 받을 수 있다.'

오후에 팽덕회 장군은 조선의용대를 환영하는 '연회'를 베풀었다. 네 사람 앞에 고기반찬 한 양푼씩. 그리고 밥은 강조밥이고, 술은 없었다. 그러나 '신입생'들을 정말 놀라게 한 것은 연회에서 쓰는 식기와 수저 따위를, 밥공기와 젓가락을, 고하를 막론하고 다 각자가 지참을 해야 하는 것이었다. 국민당 군대에서는 사단 사령부나 여단 사령부 같은 데는 말할 것도 없고 적군과의 상거가 불과 몇 마장밖에 안 되는 전선의 대대 본부와 연대 본부에서도 장교들이 술과 고기에 묻혀 사는 것을 선장이는 싫증이 나도록 보아 왔다. 그래서 다시 한번 가슴속 깊이 느꼈다.

'이거야말루 진정 혁명을 하는 군대로구나.'

의용대는 동욕 거리에서 육칠 마장 떨어진 상무촌이라는 큰 부락에 자리 잡게 되었는데 그 같은 부락에 또 다른 단위 하나가 있었으니 그것은 곧 태항산 로신예술학교였다.

이날 저녁 무렵 날씨가 여간만 시원하지가 않았다. 선장이는 리정호, 오셀로, 장준광들과 함께 시냇가를 거닐었다. 그런데 마침 중도에서 이 역시 시냇가를 산책하는 로신예술학교의 몇몇 여학생과 마주치게 되었다. 그녀들도 거지반 다 자신들처럼 대도시에서 왔다는 것을 알고 있었기에 그들은 일부러 짓궂게 먼 산을 바라보며 불렀다.

안해는 낭군을
전선으로 떠나보내네.

이때 널리 불리던 선성해의 노래 중의 한 대목이다. 그런데 어찌 알았으리, 그 몇몇 고대의 여걸 아닌 20세기의 목란들이 꼬물도 수줍어하는 티가 없이 서로 눈짓을 하더니 아주 당당하게 맞불러 댈 줄을…….

어머니는 아들더러
왜적을 치라시네.

선장이들은 손을 바짝 들었다. 과시 그녀들은 그들 '신입생'들의 선배임이 틀림이 없었다.

사람이란 생활수준이 높아지는 것을 깨닫는 데는 더디어도 낮아지는 데는 민감한 모양이었다. 팔로군에서는 입쌀은 고사하고 좁쌀도 모자라 통옥수수를 삶아 먹는 날이 계속되었다. 그리고 콩나물, 숙주나물은 고사하고 소금도 없어서 산나물 맨삶이를 끼니마다 먹어야 하였다. 그제야 선장이는 지난날 자신의 식도관이 얼마나 유치하고 천박하였는지를 깨닫고 복에 겨워 저지른 잘못을 뼈아프게 뉘우쳤다. 그리고 신사군의 그렇게 훌륭한 취사 관리원을 '비타민 에이-제트'라고 타박한 죄를 톡톡히 받아 싸다고 시원스럽게 자인을 하였다.

조선의용대가 태항산으로 들어온 뒤 얼마 오래지 않아 진기로예변구 정부 즉 산서, 하북, 산동, 하남 변구 정부가 건립이 되어 의용대는 그 경축 대회에 참가하는 영예를 지니게 되었다. 변구 정부 초대의 주석은 양수봉 동지인데 그는 남이 말하는 것을 들을 때면 손바닥을 쪽박같이 오그려 가지고 귓바퀴에 대고 유심히 듣는 버릇이 있었다. 그래서 선장이는 양 주석이 가는귀가 먹지 않았나 의심하였다. 이날 밤의 산골짜기는 설맞이 기분으로 흥성흥성 들끓었다. 수없이 줄달은 횃불들, '양걸춤' — 중국식 농악무 — 에 성수가 난 사람의 물결……. 이것이 정말로 사면을 적군에게 에워싸인 적후 사령부 소재지 동욕이란 말인가, 의심이 들 지경이었다.

경축 기간에 로신예술학교의 사제들도 연극을 공연하였는데 산골에 전등이 없었으므로 가스등을 가지고 무대조명을 하였다. 그런데 그 기술이 어찌나 고명한지 효과는 아주 만점이었다. 그들이 무대에 올린 것은 조우의 《일출》, 고골의 《검찰관》 따위였다(《검찰관》의 주인공 홀레스타코프는 극의 내용에 따라 매번 다 무대에서 진짜 닭다리 하나씩을 뜯어먹게 되므로 다들 그 역을 담당한 배우의 팔자를 부러워하였다).

무대에 올린 것 중에 국민당을 풍자한 것 하나가 있었는데 그 내용이 여간만 우습지가 않았다. 중경 어느 요인의 관저에서 두 도련님이 복습인가 예습인가를 하고 있는데 가정교사가 우리 중국에는 왜 공산주의가 맞지 않는지 그걸 말해 보라고 한즉 큰도련님이란 게 머리를 쥐어짠 나머지에 대답한다는 소리가 "기후 때문이 아닙니까?" 그 대답을 듣고 선장이는 너무 우스워 자발없이 큰 소리로 깔깔 웃었다.

그 바람에 주위의 사람들이 모두 선장이를 돌아보았다. 그 선장이 바로 옆에 앉았던 강진세 작은아씨가 무안하여 얼굴이 금시에 홍당무가 되어 가지고 팔꿈치로 선장이의 옆구리를 직신직신 건드렸다. 그렇지만 선장이는 기분이 날 것같이 거뜬하여 웃음이 절로 터져 나오는 것이었다. 극의 내용이 워낙 우습기도 하려니와 그보다도 태항산의 자유로운 공기가, 해방구의 친절한 분위기가 샴페인처럼 상쾌한 향미를 갖다 안겨 웃음이 절로 터져 나오는 것이었다.

의용대에서는 팽덕회 동지를 초청하여 강연을 듣기로 하였다. 한마을에 사는 로신예술학교 사제들도 다 청해다 함께 듣기로 하였다. 그들의 인수는 기실 그리 많지가 않아 모두 합해도 한 백 명 되나 마나 하였다. 팽 장군은 말을 타고 왔는데 뒤에 딸린 것은 단 한 명의 경위원뿐이었다. 선장이는 그토록 단출한 행차를 눈앞에 보자 가슴속에 경앙하는 마음이 들물처럼 벅차는 것을 느꼈다. 그리하여 깨달았다.

'지도자급 인물의 위신이란 틀을 차려 세워지는 게 아니다. 아니, 오히려 그것은 반비례한다.'

그전에 선장이는 팽덕회 장군을 우스갯소리란 걸 통 할 줄 모르는 엄격한 장군으로만 알고 있었다. 그런데 팽 장군은 뜻밖에도 첫 시작부터 웃음이 만면하여 해학적인 어투로 말머리를 떼는 것이었다.

"이제 내가 오다가 길에서 우리 전사 둘을 만났는데 내가 누구인 줄을 뻔히 알면서두 경례를 안 하고 그저 히죽 웃기들만 한단 말입니다. 깃두 여미지를 않아 헤벌쭉한 데다가 걸음새두 씩씩하지가 못하단 말입니다. 지금 우리 팔로군은 규율이 너무 물러 야단입니다. 적군에 비해 퍽 못하지요. 적군의 규율은 엄격하기가 뭐 여간만 아닌데……."

선장이는 얼른 제 깃을 어떤가 손으로 더듬어 보았다. 강진세가 눈결에 선장이의 하는 짓을 보고 빙그레 웃었다.

팽 장군은 잠시 말을 끊고 장내를 죽 한번 둘러보았다. 그 모습은 위엄스러운 장군이라느니보다는 순박한 농민이라는 게 더 알맞을 것 같았다.

"그렇기는 하지만." 하고 팽 장군은 다시 말을 이었다.

"우리는 적을 이겨 낼 신심을 가지구 있습니다. 그건 어째서? 적군의 엄격한 규율은 강박적으루 세워진 것입니다. 그러므로 장병들 사이에는 근본적인 이해 충돌이 있습니다. 그것은 조화할 수 없는 모순입니다. 그러나 우리는 어떻습니까? 우리의 규율은 무릅니다. 확실히 무릅니다. 하지만 우리는 상하가 일치합니다. 우리의 전사들은 자신의 해방을 위해 싸우구 있습니다. 이것이 바루 우리가 반드시 이길 힘의 원천입니다!"

팽 장군은 제기된 문제들을 하나하나 풀이한 끝에 이런 우스갯소리까지 하는 것이었다.

"여러분은 내 등이 이렇게 굽은 것을 보구 아마 속으루들 웃을 겁니다, 사령원이란 게 왜 저 모양이야!"

사람들 속에서 집이 금세 떠나갈 듯한 폭소가 터졌다.

"우리 집은 살림이 너무 구차해 나는 여남은 살 적부터 힘든 일을 해야 했습니다. 밤낮 무거운 짐을 지구 메구 하다나니 사람이 어디 자랄 새가 있어야지요. 그래서 결국은 이 모양이 된 겁니다."

선장이는 가슴속에 다시 한번 격앙된 난류가 벅차는 것을 느꼈다.

조선독립동맹의 전신인 화북조선청년연합회가 결성이 되자 선장이는 그 선전부에서 일을 하게 되었다. 선전부에는 남다른 특권 하나가 있었으니 그것은 밤에 석유 등잔을 무제한 맘대로 켤 수가 있는 것이었다. 다른 단위나 기구들에서는 일률적으로 취침 전 반 시간 동안 평지기름불을 켜야 하였다. 그것이 팔로군 전군에서 시행이 되고 있는 내무규정이었다. 팔로군의 생활이 얼마나 간고한지는 여기서도 가히 그 일단을 엿볼 수가 있었다.

선전부의 석유 등잔은 류신이 '깽깽이'가 도맡아 건사를 하였다. 날마다 기름을 붓고 또 등피를 닦고 하였다. 그런데 한번은 그가 출장을 갔다가 칠팔일 만에 돌아와 본즉 그 언제나 깨끗이 거두어 새말갛던 등피가 새까맣게 그을어 똑 마치 무슨 굴뚝과도 같았다. 그는 하도 어이가 없어 쓴웃음을 웃으며 그 등피를 뽑아 들고 일변 닦으며 일변 선장이들더러 묻는 것이었다.

"내가 영영 돌아오잖았더라면 어떡헐 뻔했지?"

선장이들은 웃으며 이구동성으로 단언을 하였다.

"어떡허긴 뭘 어떡해? 안 켜구 살지!"

이때부터 작곡가 류신 동지는 일언반구의 군소리도 없이 종신직 등잔 관리대신의 영예로운 칭호를 달게 받았다. 그는 선전부장 겸 당소조의 조장이었다.

한번은 선전부가 들어 있는 주인집에 불상사가 생겼다. 그 집에서 놓아먹이는 면양 중의 한 마리가 산에 올라가 풀을 뜯어 먹다가 실족하여 낭떠러지에서 굴러떨어져 죽은 것이다(꼭은 모르겠지만 실연이나 생활고 또는 염세에 기인한 자살은 아닌 성싶었다). 그래 집주인은 류신이에게 교섭을 하기를 — 고깃값을 절반만 치러 주면 제가 맡아 깨끗이 손질해 먹도록 해 주겠다는 것이었다. 류신이는 흐름 따라 배 몰기로 선심을 썼다. 어서 그러라고 선선히 동의를 한 것이다. 선장이들은 중대장급 즉 대위급이었으므로 급료가 매달 3원 50전 기남은행권(하북성 남부은행권)이었는데 그 돈으로는 적사탕(홍탕) 반 근 즉 여덟 냥을 겨우 살 수가 있었다. 그래서 선전부 성원들은 호주머니를 톡톡 털어 모아 그 양고 깃값을 치러 주었다. 늦은 저녁때 집주인이 소래기로 여러 소래기 담아 내온, 낭에서 투신자살을 한 양의 고기를 보니 온 데 푸릇푸릇 멍이 들어 여간만 가관스럽지가 않았다. 그래도 그들은 출출한 김에 산해진미 맞잡이로 포식들 하였다.

히틀러가 돌연 배신적인 반소전쟁을 발동하였다는 소식이 태항산을 진감하였다. 첫 단계에 소련 군대는 구풍같이 맹렬한 전격전의 예봉을 막아 내기가 어려워 부득이 자꾸만 뒤로 물러나지 않을 수 없었다. 나치스의 전차들은 소련 국토 깊숙이 밀고 들어왔다. 이때 일본제국주의 강도는 아직 그 광망한 태평양전쟁을 발동하지 않았다. 의용대는 비록 태항산에서 긴장한 전투의 나날을 보내고 있었으나 그들의 초조한 마음은 밤낮없이 머나먼 소독전쟁 제1선에 날아가 있었다. 왜냐하면 그것은 위대한 레닌이 창건한 최초의 사회주의 공화국 하나만의 운명에 관한 일이 아니었기 때문이다.

의용대는 정치 공세의 한 부분으로 '일본군 병사들에게 고함', '조선 동포들에게 고함' 따위의 일본글과 조선글로 된 삐라를 대량적으로 찍어 내었다. 그런 연후에 그것들을 지하 연락망을 통하여 적 점령 구역에 갖다 살포를 하였다. 그런데 이때 근거지 안에는 인쇄 설비라는 게 마련이 없어 다들 부득이 원시적인 석판인쇄에 매달려야 하였다. 비록 인쇄는 그렇게 어설퍼도 그것이 거두는 효과는 매우 신통하였다. 많은 조선 청년들과 학도병들이 그 원시적인 방법으로 찍어 낸 삐라에 끌리어 죽음을 무릅쓰고 항일 부대로 넘어온 것이다. 그러한 삐라들을 기초하는 일은 김학무가 총적인 책임을 졌는데 그것은 그가 지대의 정치위원이었을 뿐 아니라 일어, 영어, 한어에도 다 능통하였기 때문이다.

선장이는 '일본군 병사들에게 고함'의 초안을 잡을 때 의도적으로 독일군 사상자의 수를 십 퍼센트 가량 불려 놓았다. 그것은 소독 양군 사이의 공방전의 격렬함과 태항산의 낙후한 석판인쇄 그리고 또 그것이 살포될 때까지의 속도의 비례를 감안하여 한 노릇이었다. 하긴 보다 결정적인 동기로 된 것은 선장이의 가슴속에서 불타는 사랑과 미움이었다. 그러나 심사 때 김학무는 고개를 가로흔들었다. 선장이가 맞갖잖은 어투로 "왜?" 하고 물으니 "공보의 숫자대루 하지." 하고 김학무는 미소를 머금고 대꾸하는 것이었다.

"이 맹추야, 석판인쇄가 굼벵이 천장하듯 하는 데다가 찍어 낸 걸 아지트까지 날라가재두 두 주일은 좋이 걸려. 그동안에두 독일 놈들은 계속 무리죽음을 할 텐데…… 안 그래? 그렇다면 삐라가 적의 손에 쥐어질 때는 이미 역사적 문헌으루 돼 버리잖구 뭐야!"

선장이는 기가 나서 제 주장을 내세웠다. 그와 김학무는 중앙군교의 동기동창으로 너나들이하는 사이였으므로 다급한 모퉁이에서는 '맹추' 소리가 입에서 튀어나오기가 일쑤였다.

"이봐, 내 말을 좀 들어. 임자두 괴벨스가 천하에 황당한 놈이라구 웃은 적이 한두 번이 아니지? 그런데 아직 멀쩡히 살아 있는 놈들을 억지루 저승 장부에 올리면 그게 뭐가 돼? 우리두 괴벨스의 아류가 돼 버리잖는가! 하물며……." 하고 김학무는 웃으며 초고의 마지막 줄을 가리켜 보이는 것이었다.

"이게 있잖은가!"

거기에는 또렷이 '1941년 8월 30일'이라고 적혀 있었다.

전국이 소련에 대단히 불리하게 되었을 때 선전부에서는 한빙 동지에게 목전의 세계 형세를 분석해 줄 것을 요청하였다. 한빙 동지는 러시아 태생으로 중앙군교 때의 교관이었다. 이야기는 밤저녁에 선전부에서 회의가 끝난 뒤에 시작이 되었다. 선전부의 몇몇 젊은 축은 책상가에 둘러앉아 전심치지, 이 지구가 도대체 어느 길을 어떻게 걸어서 내일로 넘어가는가에 귀들을 기울였다. 책상 위의 밝은 등잔불(류신이가 출장을 가지 않은 증거)은 선장이들의 엄숙한 얼굴을 조용히 비추고 있었다.

"지금 유럽은 초연과 먼지구름 속에 잠겨 있어 들리는 건 고함 소리와 폭발성뿐입니다."

한빙 동지는 등잔불을 잠시 지켜보고 나서 나지막한 목소리로 말을 잇는 것이었다.

"그렇지만 전 세계의 마르크스주의자들은 그 초연과 먼지구름이 가라앉은 뒤에 와륵 더미로 화해 버린 문명사회의 폐허 위에 여기저기 붉은기들이 나붓기는 것을 내다봅니다. 다시 말해 새 사회주의 나라들이 일떠설 것을 내다본단 말입니다."

선장이가 류신이를 쳐다보았다. 류신이도 선장이를 마주 보았다. 그들은 가장 간난한 시각에 승리한 내일의 웅위롭고도 장려한 세계를 눈앞에 보는 것 같았다. 그것은 인적기 없이 괴괴한 태항산중의 한 마을의 한 집 안의 외로운 등잔불 밑에서의 일이었다.

문정의 수기 (1)

1941년 가을, 팔로군 낙양 판사처(통칭 낙판)는 비밀히 위립황 장관 사령부 참모처의 소위 참모 왕모(중앙군관학교 제13기 졸업생)를 통하여 나더러 '낙판'에 일이 있으니 오늘 밤 좀 다녀가라고 전갈을 하였다. 밤에 내가 가 본즉 '낙판' 일꾼이 전달하기를 조선의용군 지휘부에서 무전이 왔는데 나더러 곧 낙양을 떠나 태항산으로 들어오란다는 것이었다. 나는 벌써부터 학수고대하던 일이 드디어 닥쳐온지라 너무도 흥분하여 건밤을 새우다시피 하였다(이때 방효삼의 부인 리수운과 반해량의 부인 전보경도 나와 동행하려고 낙양에서 대기를 하고 있었다).

이튿날 나는 조선의용대 각 분대가 대부분 황하 이북의 화북 전선에서 활약하고 있다는 것을 핑계 대고, 시찰을 가겠으니 도하증과 통행증을 발급해 달라고 곽기기 참모장에게 신청을 하는 한편 짝을 무어 동행을 하기 위해 화북 전선으로 떠나는 부대 인원들을 물색하였다. 마침 방병훈 부대의 대대장(하얼빈 사람) 하나를 알게 되었는데 그 사람은 장관 사령부에 와 군의 월급(현금)을 타 가지고 부대로 돌아가려는 참이었다. 이때 그들의 집단군은 황하 이북 임현 부근에 주둔하고 있었다. 임현은 산서, 하남 두 성의 경계가 맞닿는 어름에 위치하고 있는데 거기서는 태항산 해방구가 지척이었다. 그래서 나는 그와 동행할 날짜를 어림잡아 약정을 하였다. 왜냐하면 우리는 다 도하증과 통행증을 발급받아야 길을 떠날 수가 있었기 때문이다.

미구에 내 증명서가 먼저 내려와 나는 곧 '낙판'을 찾아가 떠날 날짜를 알리고 또 조선의용군 지휘부에 무전으로 통지해 줄 것을 부탁하였다. 한즉 '낙판' 일꾼은 가는 길에 중국 동지 몇 사람을 좀 데리고 갈 수 없겠느냐고 의논을 걸어왔다. 지난번에 떠나오라는 전보를 받았을 때

'낙판' 책임 동지에게 나는 길을 잘 모르는데 혹시 '낙판'에 누가 동행할 사람이 없겠느냐고 물어본 적이 있었으므로 나는 두말없이 쾌히 응낙을 하였다. 내가 그렇게 선뜻 응낙을 한 것은 도하증이나 통행증의 기입란이 모두 공백인 까닭에 인수를 내 맘대로 기입을 할 수가 있었기 때문이다. 그저 덧거리로 기입된 사람들이 조선의용대 대원인 체만 하면 되는 판이었다.

의논이 합치되자 그 '낙판' 일꾼은 곧 곽대광이란 사람을 불러다가 나에게 소개한 다음에 건의를 하기를 — 곽대광은 우리 판사처에서 태항산 총사령부로 갈 20명 인원의 책임자다, 그러니 문정 네가 대장이 되고 곽대광은 부대장이 되라, 그리고 총책임은 너 문정이 지고 전대를 영솔하는 것이 좋겠다. 그래 나는 그 즉석에서 곽대광과 떠날 날짜와 시간 그리고 집합 장소를 약정하고 갈라졌다.

예정한 날짜에 우리는 방병훈 부대의 그 대대장과 그가 영솔하는 수십 명 병사들과 만나 동행하게 되었는데 우리 대오에는 여대원이 셋씩이나 들어 있었다. 우리는 무사히 황하를 건너고 또 적군의 봉쇄선들을 통과하여 조작현 정부 소재지인 중조산중의 한 대부락에 이르렀다. 물론 거기는 국민당의 통치 구역이다.

동행한 대대장과 그의 부하들은 부락 안에 사처를 정하였고 우리 30여 명은 현정부에서 몇 마장 떨어진 자그마한 마을에 여장들을 풀었다. 그러나 나는 국민당 정부 인원들이 알게 되면 의심을 살 것이 염려되어 즉시 곽대광과 의논한 뒤 내 전령병 한화성이와 '낙판' 사람 하나를 데리고 자주적으로 국민당 현장을 찾아갔다.

나는 현장을 만나 명함을 건네고 또 수인사를 마친 다음 우리 조선의용대가 당신네 현을 거쳐 전선으로 대적군 공작을 나가는데 귀 현에 폐를 끼치게 되어 미안하다고 얼렁뚱땅하였다. 그러니까 현장은 매우 뜨겁게 나를 대해 주며 귀한 손님들이 마을 밖에 사처를 잡다니 그게 어디 될 말인가, 어서 옮겨 들도록 하라, 저녁에 박주나마 차려서 여러 분을 모시겠다, 그래야 우리도 주인 된 체면이 설 것이 아니냐고 하였다. 나는 현장님의 호의는 매우 감사하다, 그러나 적의 봉쇄선을 넘느라고 일행이 모두 지쳐 이미 휴식들을 하고 있으니 다시 옮기는 수선을 피울 것은 없다고 그럴싸하게 응수해 넘겼다. 우리가 사처로 돌아와 얼마 오래지 않아 현장은 전인을 부리어 전선으로 나가는 외국 벗들을 위로한다고 노획품 소고기통졸임 따위를 푸짐히 보내왔다.

여기서부터는 국민당 군대가 관할하는 산로를 가야 하는데 방병훈 부대의 대대장 일행과는 동행할 필요가 없게 되어 우리는 우리대로 따로 행군 노선을 선정해야 하였다. 나는 양계소와 손초를 행군 참모로 임명하여 그들로 하여금 행군 노선을 선정하도록 하였다.

문정의 수기 (2)

진성, 호관, 평순 등지를 지난 뒤에 우리는 국민당 군대의 방비 구역을 벗어날 준비를 하였다. 보초선을 넘어 해방구로 들어가기 전에 우리는 두메산골에 자리 잡은 한 자그마한 마을에 들어 가지고 우선 손초에게 길잡이 — 당지의 농민 하나를 딸려서 팔로군 부대를 찾아가 연계를 하도록 하였다. 이튿날 그 길잡이 농민은 손초의 편지를 몸에 지니고 혼자 돌아왔다. 그 편지를 뜯어 본즉 자기가 온 길이 국민당 군대가 없어 퍽 안전하니 이 편지를 전하는 길잡이 농민을 앞세우고 곧 떠나오기를 바란다, 산등성이 하나만 넘으면 그 맞은바래기 산등성이가 곧 해방구인데 거기까지 마중하는 부대를 파견할 테니 안심하고 행동하라, 이런 사연이 적혀 있었다.

손초의 기별을 받고 우리가 막 길 떠날 차비를 하고 있을 즈음에 불시에 국민당 군대의 한 부대가 우리 마을로 꾸역꾸역 밀려들었다. 우리는 모두들 긴장해나지 않을 수가 없었다. 나는 즉시 덤비지 말고 다들 도로 들어가 누워 자는 체하라고 지시한 뒤 전령병을 데리고 자주적으로 그 국민당 군대의 지휘관을 찾아갔다.

나는 그 지휘관(소좌 대대장)에게 명함을 건네고 또 자기소개를 한 다음에 그럴싸하게 꾸며 대기를 나는 조선의용대의 일부 대원들을 인솔하고 방병훈 부대로 가는 길인데 동행하는 대대장 일행의 걸음이 더디어 우리는 먼저 여기 와 휴식하며 그들이 오기를 기다리는 중이라고 하였다. 그 지휘관은 내 말을 유심히 듣고 나더니 우리가 길을 잘못 들었다고 하면서 낙양 장관 사령부에 중앙군교 졸업생이 몇이나 있으며 그들의 이름은 무어며 또 직함은 무엇 무엇인가고 바로 나를 떠보려 들었다. 나는 막히는 데 없이 그가 묻는 사람들의 근황을 다 이야기하고 나서 그도 중앙군교 졸업생인가고 물어보았더니 그렇다고 하기에 나도 역시 중앙군교 졸업생이라고 자기소개를 하였다. 그리하여 우리는 곧 서로를 동학 즉 동창이라고 부르게 되었다.

지휘관이 나를 집 안으로 청해 들이기에 나는 들어가 자리 잡아 앉는 길로 다시 진일보하여 장관 사령부에 있는 중앙군교 졸업생들의 근황을 소상히 이야기해 들렸다. 내 이야기에 빈구석이 없을 뿐 아니라 내 군복 가슴에 제1전구 장관 사령부의 출입증이 붙어 있는 것을 보고 더는 의심할 나위가 없는 모양으로 그의 미타해하는 기색은 현연히 풀렸다.

그제야 그는 군용지도를 꺼내어 펼쳐 놓고 일일이 가리켜 보이며 너희가 택한 길은 대단히 위험하다, 산 하나만 넘으면 곧 '팔로'네 구역이다, 그러니 내가 우리 사람 몇을 파견하여 너희를 안전한 지대까지 인도해 주겠다고 하였다. 나는 아니, 번폐스레 그럴 필요는 없다, 이젠 방향을 알았으니 우리끼리도 능준히 찾아갈 수가 있다, 정 어려우면 당지의 길잡이를 얻어도 되니 염려 말라고 그의 호의를 밀막았다. 그는 제사람을 파견하여 우리를 인도해 주겠다던 주장을 더는 고집하지 않았다. 그리고 또 그제야 비로소 실토하기를 자기들은 보초선에 교체를 하러 가는 부대이므로 중화(中火)만 하고 곧 다시 떠나간다고 하였다. 그가 점심식사를 같이하자고 붙들어 나는 하릴없이 그 자리에 물러앉아 점심 한 끼 대접을 받았다.

그들이 떠나가는 것을 바랜 뒤에야 비로소 나는 사처로 돌아왔다. 내가 돌아올 때까지 우리 사람들은 모두 꼼짝 않고 누워서 자는 체를 하고들 있었다. 내가 다녀온 경과를 이야기하니 그제야 모두들 안도의 숨을 내쉬었다. 당일 오후에 우리는 다시 그 길잡이 농민을 앞세우고 깊은 골짜기 하나를 건너 맞은쪽 산등성이에 바라올랐다. 골짜기의 바싹 마른 냇바닥을 달아 건널 때 우리는 국민당 군대의 정탐 두 놈과 맞닥뜨렸다. 그중의 한 놈은 우리를 보자 걸음아 날 살려라 뺑소니를 쳐 버려 한 놈밖에 못 붙들었다. 붙들린 놈도 허리춤에 권총을 차고 있었다.

우리는 드디어 팔로군 주둔지에 들어섰다. 한 개 중대의 병력이 우리를 마중 나왔다. 우리는 모두 격동되어 말이 나오지 않았다. 어떤 사람은 너무도 기뻐 감격의 눈물만 자꾸 흘렸다. 오직 한 사람 — 내 전령병 한화성만이 무슨 영문을 몰라 어리둥절하였다. 우리는 사전에 우리의 행동과 목적을 그에게 알리지 않았던 것이다. 동행한 이들이 그에게 알아듣기 쉬운 말로 계급교육을 해서야 비로소 그는 사상이 소통되어 좋아라고 날뛰었다(1942년 한화성이는 태항산 항일대학에서 적의 '토벌'을 만나 일떠나 응전을 하다가 애석하게도 전사를 하였다). 거기서부터는 팔로군 전우들의 극진한 보호 밑에 아무 근심 걱정 없이 행군을 계속하여 마침내 전원 무사히 태항산 동욕 거리 조선의용군 지휘부에 도착을 하였다.

근 반년 동안이나 갈라졌던 두 친구가 참신한 환경 속에서 다시 만나게 되었으니 어찌 반갑지가 않으랴. 선장이는 반가운 나머지에 태항산의 명물인 감 몇 개를 마련하여 '전쟁할 때' 문정이를 대접하였다. 말하자면 환영연인 셈이다. '석상'에서 선장이가 선배의 자격으로(오륙 개월 먼저 태항산의 땅을 밟았으므로) 타일렀다.

"여기서는 감을 먹을 때 껍질을 벗기잖구 먹는 게 법이니 그리 알라구."

문정이는 군말 없이(입향순속이란 말의 뜻을 어렴풋이나마 알고 있었으므로) 껍질채로 한입 베물더니 대번에 오만상을 찌프렸다.

"어퉤, 법이구 나발이구 다 모르겠다. 넨장!"

이렇게 뇌까리고 그는 호주머니에서 접칼을 꺼내더니 벗겨서는 안 된다는 감 껍질을 제멋대로 벗기기 시작하였다.

연회가 끝난 뒤에 즉 감을 다 먹고 나서 문정이는 군복 자락을 떠들고 허리에 찬 권총을 자랑스레 드러내 보였다. 전에 그가 차던 것과는 달리 전연 생소한 것이었으나 선장이는 짐짓 시치미를 따고 예사롭게 물었다.

"그것두 또 언제 칼집처럼 빈껍데기나 아니야?"

"무슨 빈껍데기?"

"속에 탄창이 없는……."

예사로운 어투로 선장이가 주석을 달았다. 문정이는 제잡담하고 권총을 빼어 선장이 손아귀에 척 쥐여 주었다.

"보구 말해. 눈을 비비구 똑똑히 보구 말해."

틀림없는 신품 콜트, 검푸른빛이 섬섬하다.

"훔친 거지?"

여전히 예사로운 어투로 선장이가 물으니 문정이는 업신여기는 태도로 입술을 비쭉하였다.

"그럼 협잡을 한 거구나!"

선장이가 단정을 내렸다.

"맹추 같으니! 남두 다 저 같은 줄 알구, 뭐나 더럽게만 해석을 한단 말이야."

문정이는 분개하여 여지없이 선장이를 타박하였다.

"품격이 저열하기가 똑 뭐 같은 게……."

그래도 태항산의 맑은 추색은 의연히 매혹적이었다. 그에게 있어서 또 선장이에게 있어서 그리고 모든 전우들에게 있어서도.

60

상무촌에 홀애비 늙은이가 하는 우동집 하나가 있는데 이 늙은이가 성질이 어찌나 괴팍한지 마음이 내키면 문을 열고 마음이 들이키면 문을 닫아 버리는 까닭에 그 우동 한 그릇 사 먹기가 마치 무슨 제비를 뽑아 경품을 맞추기만큼이나 어려웠다. 단칸방에 헌 각탁 하나와 긴 걸상 두 개가 놓였는데 밀가루를 반죽하는 안반틀과 우동을 삶는 솥 이런 것들도 다 한옆에 붙어 있고 걸려 있고 하였다.

밀은 제 손으로 심어서 제 손으로 빻은 것이라 밀가루가 희지는 못

해도 — 우동 발을 손으로 쳐서 늘이는 까닭에 — 질기기는 고무줄같이 질겼다. 고기붙이고 남새붙이고 무슨붙이고 간에 고명이라는 것은 애당초부터 없고 또 간장도 소금도 고춧가루도 다 없는 맹탕 우동인데 단 한 가지 쳐 먹는 게 있었으니 그것은 곧 식초였다. 이 식초도 역시 그 영감태기가 제 손으로 담근 것이다. 값도 싸지가 않아 40전 — 거의 돼지고기 3냥 값이었다. 이런 장관의 우동집으로 반해량이 안해 전보경과 송일엽 그리고 선장이를 데리고 와 회식을 하는데 이 네 사람이 이렇게 한상에 둘러앉아 보기는 상해 애인리 42호에서 있은 이래 여덟 해 만에 처음이었다. 넷이 다 군복을 입고 태항산 속의 이런 누추한 우동집에서 마주 앉게 되리라고 8년 전에야 어느 누가 꿈이나 꾸었으랴.

"남시는 어떡허구 이렇게 혼자 오셨습니까?"

선장이가 묻는 말에 전보경은 웃으며 "석정 선생 부인이 데리구 연안으루 갔지요. 김두봉 선생이 가시는 편에 딸려 보냈에요." 하고 그 남편을 한번 돌아보았다.

"이모를 떨어지려구 해요?"

"그래두 어떡해요? 이모는 갈 수 없구……."

말하는 전보경의 얼굴에 애처로와하는 빛이 스치었다.

"올해 몇 살인가요?"

"일곱 살이예요. 인제 세는 나이루."

"헤, 일곱 살! 벌써 그렇게?"

"그러면이요, 인제 학교 갈 나인데요."

"언니, 오빠들이 많아서 괜찮아."

반해량이 안해를 안심시키는 뜻으로 이렇게 말하는데 송일엽이 옆에서 "언니, 오빠라니요?" 하고 물어서 전보경이 남편 대신으로 "두봉 선생댁 해연이, 방 부사령댁 애련이, 석 정위(정치위원)댁 룡문이, 그리구 우강 선생댁 동수……." 하고 주워섬겼다. 송일엽이 "응, 그럼 괜찮긴 하겠구먼. 친구가 많아서." 하고 고개를 끄덕이니 반해량은 "괜찮잖구, 괜찮잖구. 그러구 또 석정 부인이 어떤 이라구." 하고 극력 염려 없음을 내세웠다. 그래도 전보경이 "그렇지만 양쪽 이가 다 벌레가 먹어서, 치과엘 다니다 말았는데……." 하고 얼굴빛을 흐리니 반해량은 짐짓 "사람두 참, 걱정두 팔자지. 연안엔 왜 치과두 없나? 굴속에서들 산다니까…… 아주 사람이 못 살 텐 줄 아는 모양이군." 하고 너스레웃음을 웃는 것으로 안해를 눌렀다.

이윽고 때가 끼고 이가 빠진 막사발에 수북수북 담은 우동이 네 사람 앞에 제각기 한 그릇씩 놓여졌다. 묵은 손때가 짙게 묻은 젓가락 명색을 제각기 집어 들고 먹기 시작하는데 전보경이 한입 먹어 보더니 대번에 "아이고." 하고 젓가락을 도로 내려놓았다. 반해량이 우동을 입에 넣고 우물거리며 "왜?" 하고 안해를 돌아보니 그 안해는 "이거 어디 먹겠에요? 아주 맹탕인데." 하고 어이없는 웃음을 웃었다. 반해량도 웃으며 "혁명을 하려면 맹탕두 먹을 줄 알아야지. 저는 뭐 별사람인가? 남두 다 먹는데……." 하고 거짓으로 안해를 나무랄 때 "자요." 하고 선장이가 성냥갑 하나를 상 위에 꺼내 놓으니 "그게 뭐예요?" 하고 전보경은 그 성냥갑과 선장이의 얼굴을 번갈아 보았다. 선장이가 웃으며 "나트륨과 염소의 화합물, 속칭은 소금. 솔트, 두 유 노우(소금, 아시오)?" 하고 엄지손가락으로 속 갑을 밀어내니 그 속에 담긴 것이 거무스름한 돌소금이라 전보경은 "어머!" 하고 기가 차 하였다.

네 사람은 다 같이 웃으며 선장이의 비상용 돌소금 덕으로 우동 한 그릇씩을 달게 먹었다.

조선의용대가 조선의용군으로 강화 발전된 뒤에 처음으로 하북성 남부 석고산 일대에 진출하여 활동하던, 윤대성이 영솔하는 독립 지대가 적국 점령하의 한단성 안에 편복한 대원들을 잠입시켜 가지고 조선 청년 셋을 쟁취하는 데 성공을 하였다. 그 세 청년이 의용군 지휘부에 도착한 다음 날 밤하늘을 찌를 듯이 우뚝 솟은 해묵은 느릅나무 밑에서 대낮같이 밝은 가스등을 켜 달아 놓고 신입 대원들을 환영하는 모임을 가졌다. 그 모임에서 세 청년은 걸머지고 온 류색 속의 선물들을 바치는데 그중의 둘 — 심청과 김파륜은 "우린 항일 군대에 약품이 결핍하단 말을 들었습니다. 그래서 가진 돈을 몽땅 털어 이렇게 약품을 사 가지구 왔습니다. 받아 주십시오." 하고 류색에 그들먹한 각가지 약품들을 내놓았다. 그리고 또 하나, 양견은 "저는 이런 걸 가지구 왔습니다." 하고 갓 출판된 부피가 굉장히 큰 문세영사전 —《조선어사전》을 꺼내 놓았다.

'이 얼마나 갸륵한 마음씨들이냐!'

그들의 선물은 요란한 박수갈채로 받아들여졌다.

전사들의 웃음소리와 흥겨운 노랫소리가 서로 어울려 들썩한 중에 새 전우들은 황홀한 눈으로 주위를 둘러보았다. 마지막 무렵에 흥이 난 장난꾼들이 달려들어 김학무 — 서른이 가까운 구둣솔 같은 수염이 자란 지대 정치위원을 마구 끌어내 왔다. 끌려 나온 김학무는 재촉하는 박수 소리 속에 몹시 수줍어하며 누구나 익히 아는 동요를 나직이 불렀다.

착한 애기 잠 잘 자는 베갯머리에

어머님이 홀로 앉아 꿰매는 바지
꿰매어도 꿰매어도 밤은 안 깊어.

　의용군 전사들의 마음은 고요히 나래 치고 삭막한 기억 속에 아득한
어린 시절의 정경이 떠올랐다. 일 년 열두 달 밤낮없이 싸움터를 짓달
려 다니는 우둔쟁이들에게도 그리운 고향은 있었다. 잊지 못할 혈육과
친지들은 있었다. 용장한 군가만이 사람의 마음을 뒤흔드는 것은 아
니었다. 선장이는 이름 못 할 감격 속에 가뭇없이 잦아들었다. 태항산
중에서 아득히 먼 고향 — 원산 바다의 간내 풍기는 파도 소리를 들었
다…….
　최재와 다른 몇몇 친구들은 태항산에 들어온 뒤 얼마 오래지 않아
천연으로 된 훌륭한 수영장, 소 하나를 얻어만났다. 반공에 솟은 석벽
밑에 맑은 냇물이 괴어서 이루어진 것인데 한복판은 물의 깊이가 한
길이 넘었다. 그들은 오랜 가뭄 끝에 물을 본 오리 떼처럼 앞을 다투어
옷을 벗어 내동댕이치고 물속에 뛰어들어 씻고 헤고 또 자맥질을 하
였다.
　그러나 그들은 곧 다음과 같은 의외의 사실에 부닥치게 되었다. 즉
그들이 불시에 뛰어드는 통에 물속에서 한유를 하고 있던 거물급 메
기 — 여메기들이 놀라 이쪽저쪽으로 갈팡질팡을 한 것이다. 그놈의
여메기들은 개개 다 크기가 거물급이라고 형용을 하는 것도 오히려
부족할 만큼 무지무지하게 컸다. 최재는 난생처음 그렇게 큰 괴물을
눈앞에 보고 슬그머니 무섬증이 나기는 하였으나 다른 물덤벙술덤벙
들이 환성을 지르며 날뛰는 바람에 덩달아 섭쓸려 들게 되었다. 뒤죽
박죽으로 포위 토벌 작전을 벌인 끝에 장난꾼들은 그예 무지스럽게

큰 여메기 두 놈을 붙들어 내고야 말았다.

이때의 태항산은 술도 없고 소금도 없는 더군다나 입쌀이나 맛내기 따위는 보고 죽을래도 없는 고장이었다. 하지만 그런 것쯤은 이들 산아귀들의 맹렬한 식욕에 추호의 영향도 끼치지는 못하였다. 그들은 식인종처럼 벌거벗은 채 냇가 모래톱에 모닥불을 피워 놓고 둘러앉아 그 두 마리의 어획물을 기분 좋게 다 구워 먹어 버렸다. 기분이 좋았을 밖에!

그러나 어찌 알았으리, 이때 인근 마을에 사는 농민 하나가 먼발치에 서서 이 야단스러운 모꼬지를 유심히 엿보았을 줄을.

알고 본즉 그 소 속의 메기, 여메기들은 춘추 진문공 당년부터 세세 상전으로 당지 토배기 농민들에게 비, 는개, 눈, 우박 따위를 좌우하시는 하늘의 수도관리국장 ― 용왕님으로 보호와 존중을 받아 왔다. 그래서 그들은 요절이란 게 무엇인지 비명횡사란 게 무엇인지를 모르고 살았으며 따라서 개개 다 천명을 누릴 수가 있었다. 그들이 체포니, 고문이니, 전쟁이니, 학살이니 하는 따위의 문명적 행위와는 아무러한 인연도 없는 세외도원에서 유연자득하여 기름이 지고 살이 찌는 원인이 바로 거기에 있었던 것이다. 그러므로 최재들의 돌연적 습격은 그들에게 있어서는 미증유의 일대 재액이 아닐 수 없었다.

최재들은 용왕의 고기를 흡족하게 포식들 하고 나서 무사히 하룻밤을 지내었다. 그런데 이튿날 점심시간에 예상 못한 후과가 나타났다. 방효삼 부사령이 자리에서 일어나 장내를 둘러보며 묻는 것이었다.

"어제 저 아래 소에 나가 메기를 잡아먹었었다는 게 누구요?"

최재는 그 묻는 말에서 심상찮은 것을 감촉하고 마지못해 일어나 목구멍 속에서 끌어당기는 목소리로 "접니다." 대답은 하면서도 웬 영문을 몰라 좀 어리둥절하였다.

"또 누가 있소?"

최재는 고개를 떨어뜨리고 입을 함봉하였다.

"대여섯 되더라구, 마을 사람들이 주둔군 사령부에 등장을 갔단 말이요."

어제 그 식인종 아귀들이 마지못해 하나씩 둘씩 여기저기서 일어섰다.

"식사가 끝나는 대루 내게루들 좀 오시오."

방 부사령은 옹긋쫑긋 서 있는 용고기 추렴꾼들을 둘러보며 안온한 어조로 말을 일렀다.

"이젠 고만 앉아 식사들이나 하시오."

메기잡이에 기세를 올렸던 어제의 용사들이 도로 앉아 밥을 먹기는 해도 입맛들을 젖히어 밥이 모래알처럼 깔깔했을 것만은 의심할 바 없는 일이다.

"동무들은 군중 규율을 위반했소, 영향이 아주 좋지 못하오."

지휘부에서 방 부사령은 물덤벙술덤벙들에게 엄숙히 말하는 것이었다.

"아까 오전에 여단 사령부에 일을 보러 갔을 때 여단장이 친히 내게다 귀띔을 해 준 말이요. 그가 비록 웃으며 넌지시 깨우쳐 주기는 했지만서두…… 난 송구해 몸 둘 바를 몰랐소. 모르구 한 일이니까 더 말은 않겠소만, 금후에는 각별히 명심들 해 주기 바라오. 민중이 아직 각성을 못 했으니 어떡허우. 유심론의 시장은 아직두 넓단 말이요."

용고기를 잘못 먹은 아귀들은 모두 자라목이 되어 가지고 어떤 축은 몰래 혀까지 내두르며 천천히 지휘부에서 물러나왔다.

일은 그것으로 일단락 지은 것 같아 보였다. 그런데 웬걸! 심청이 워낙 바르지 못한 용왕님께서는 그예 죄재들에게 대가를 치르게 하고야 말 작정인 성싶었다. 그는 유심론 시장을 확보하기 위하여 온 여름 단 한 방울의 비도 내리지 않을 작정으로 '까짓거, 땅 위의 곡식이야 되거나 말거나 나하구는 상관이 없으니까' 천상의 수도꼭지를 아주 닫아 버렸다.

그러나 단 하루도 낟알이 없이는 살 수 없는 땅 위의 백성들은 죽을 지경이었다. 속들을 지글지글 끓이며 꼬박 한 달을 기다렸어도 새파란 하늘에는 병아리 반쪽만 한 구름 한 점도 보이지를 않았다. 그러니 살 수 없게 된 백성들이 왜 용왕님께서 노염이 나서 벼력을 내리시는 거라고 생각을 아니 하게 되겠는가.

'살아서 펄펄 뛰시는 걸 마구 잡아 구워 처먹지를 않았는가!'

그 결과 필연적으로 기우제를 지내게 되었는데 근방 촌백성들의 사활을 좌우하는 중대사인 까닭에 거기에는 추호의 소홀함도 있어서는 아니 되었다. 그래서 조직에서는 아래와 같이 결정을 하였다. 즉 촌백성들을 안무하기 위하여 함부로 용왕님을 잡아먹은 죄인들을 기우제에 참례시켜 속죄를 하게 한다. 가련한 신세가 되어 버린 그 몇몇 유물론자들은 쓰다 달다 말이 없이 그저 네네, 하라는 대로 할밖에 없었다.

죄재는 두 손에 향연이 가물거리는 향로를 받들고 빈틈없이 착실히 비빌 이 행렬을 따라 산에 오르고 또 산을 내리고, 남들이 하는 대로 따라서 국궁하고 절하고 또 무엇 하고 무엇 하고…… 갖은 멍텅구리 노릇을 다 하였다. 제정신 없이 그렇게 반나절을 하고 나니 죽을 지경 일밖에. 그래서 그는 속으로 굳게 맹세하기를 '또다시 메기고기를 먹으면 내가 사람이 아니다. 어물전에서 파는 것두 안 먹을 테다' 그리고 탄식을 하였다.

"젠장할. 그 잘난 것 좀 얻어먹구, 이게 그래 무슨 놈의 망신이람!"

이 무렵 윤대성이 영솔하는 독립 지대는 석고산 일대에서 맹활약을 하고 있었다. 한단성 안에서 조선 청년 셋을 쟁취한 데 기운을 얻어 이번에는 무안에 둥지를 틀고 있는 적의 헌병 분견소를 요정 낼 계획을 세웠다. 그 행동대의 골간으로는 노련한 테러분자들인 양씨동이와 마점산 오셀로가 선정이 되었다.

허술한 각탁 둘레에 군복 차림을 한 세 사람과 농민 복색을 한 얼굴이 해사하게 생긴 사람 하나가 둘러앉아 쑥덕공론을 하고 있는데 군복을 입은 세 사람은 윤대성, 양씨동, 마점산이고 그리고 농민 복색을 차린 사람은 리명선이다.

"어디 이 동무들두 다 듣게 요해한 정황을 한번 이야기해 보십시오."

윤대성의 말에 "네." 대답하고 리명선이는 당지의 농민식으로 머리에 썼던 때 묻은 수건을 벗어 가지고 얼굴부터 한번 닦고 나서 자신이 가짜 양민증을 달고 성안에 들어가 여러 날 걸려 수탐해 온 정황을 보고하였다.

"헌병 분견소를 들이친다는 건 거의 불가능한 일입니다. 바루 그 맞은편…… 길 하나 건너가 보병 중대의 병사란 말입니다. 보초가 스물네 시간 지켜 서 있는 코앞에서 무슨 일을 어떻게 한단 말입니까. 그러니 달리 요정을 내는 수밖에 없습니다. 그놈의 분견소는 헌병 오장(하사) 한 놈과 통역 한 놈 그리고 서사 한 놈, 이렇게 세 놈으루 구성이 됐는데 통역은 조선 놈이구 서사는 중국 놈입니다."

말하는 중간에 양씨동이가 "뒷문두 없는가, 그놈의 분견소에?" 하고 지형지물을 물으니 리명선이는 머리를 가로흔들고 "뒷문? 없어." 대꾸하고 다시 중동무이된 말을 잇대어 하였다.

"무안성 밖에 며칠거리루 장이 서는데…… 그 장마당을 세 놈이 가끔 나와 돌아보는 일이 있습니다. 장마다 나오는 건 아니지만. 그런데 나올 때는 세 놈이 다 편복을 하구 나옵니다. 그러니 해치우려면 장날 대낮에 큰길에서 해치울 수밖에 없을 것 같습니다."

"대낮? 대낮두 좋지 뭐." 하고 오셀로가 어깨를 으쓱거리니 "그렇다면 사로잡을 수두 있잖겠나?" 하고 양씨동이는 먼저 리명선이를 쳐다보고 다시 윤대성을 돌아보았다.

"아니, 가만들 좀 있으시오. 내 이 문제를 먼저 우군 부대 대대장과 한번 좀 의논을 해 보구, 그리구 우리 다시 토의를 하기루 합시다."

윤대성은 이렇게 말하고 "어떻습니까?" 하고 양씨동이와 오셀로의 의향을 물었다. 두 사람이 좋다고 고개 끄덕이는 것을 보고 윤대성은 다시 리명선이를 향하여 "수고했습니다. 어서 돌아가 푹 쉬십시오." 하고 위로해 말하였다.

다음다음 장날이다. 사복 차림을 한 일본 헌병 오장 사카이가 역시 사복 차림을 한 조선인 통역 류동호와 중국인 서사 왕가를 데리고 장마당을 돌아보러 나왔다. 사카이와 류동호는 겉으로 보이지 않게 허리춤에 권총들을 찼다. 사람이 워낙 잔약하게 생긴 왕가가 상전을 모시고 장마당을 한 바퀴 돌아보고 무슨 낌새를 채었는지 공연히 불안해하며 빨리 성안으로 돌아가기를 조이는 눈치라 무사도 정신으로 도야가 된 사카이 오장과 호걸풍의 류 통역은 서로 돌아보고 "저 겁쟁이 좀 봐라.", "정말 못난 녀석입니다." 비웃고 둘이 같이 껄껄 웃었다. 3등 국민인 왕가는 1등 국민인 오장과 2등 국민인 통역이 뒤에서 비웃거나 말거나 혼자 앞서서 부지런히 걷기만 하였다. 그 고집스레 서두르는 모양이 마치 무엇에 쫓기는 놈과도 같았다.

"지나인이란 할 수가 없군."

오장의 말에 "누가 아니랍니까." 류 통역은 맞장구를 쳐 비위를 맞춰 가며 두 사람은 예사로이 느럭느럭 걸었다. 왕가 못난이에게 본을 보여 주려고 일부러 더 천천히 걸었다.

대낮의 큰길이건만 장이 아직 파할 때가 멀어서인지 행인이 드물다 느니보다 거의 없었다. 오장과 통역이 산책 기분으로 얼마를 왔을 즈음 불시에 잔등패기에 무엇인가 딱딱한 것이 쿡 와 닿는 것 같더니 "우고쿠나(꼼짝 마라)!" 하는 무시무시한 경고가 귓전을 때렸다. 두 사람이 깜짝 놀라 엉겁결에 고개를 돌이켜 보니 두억시니같이 험상궂게 생긴, 머리에 수건을 쓴 두 놈이 등 뒤에 바싹 붙어 서서 목자를 부라리는데 잔등패기에 들이댄 것은 권총부리가 틀림이 없었다. 무사도 정신으로 도야된 사카이 오장이 대번에 "으악!" 소리를 지르며 앞으로 내닫는데 불 채인 중놈 달아나듯 하였다.

그러자 두 두억시니 중에 형님뻘이 되어 보이는 놈이 제잡담하고 권총 한 방을 내갈기니 뒤통수에 명중탄을 얻어맞은 사카이 오장은 두 팔을 쩍 벌리며 앞으로 푹 고꾸라져 그만 끝장이 나 버렸다. 앞서 가던 왕가는 이 무서운 광경을 한눈 돌아보자 곧 저 혼자 걸음아 날 살려라 뺑소니를 쳐 버렸다. 류동호는 얼혼이 빠져 가지고 동생뻘이 되어 보이는 두억시니가 달려들어 저의 허리춤에 지른 권총을 잡아채는데도 남의 일같이 그저 덤덤히 서 있기만 하였다.

"걸어라!"

놀랍게도 그 두억시니가 이번에는 또렷한 조선말로 명령을 하였다. 류동호의 머릿속에는 바로 며칠 전에 사카이가 하던 말이 피뜩 떠올랐다.

"불령선인들이 요새 빠루(팔로)하구 부동해 별 지랄을 다 하는데 우리두 정신을 바싹 차려야겠다니."

'아뿔싸, 내가 그 악당 놈들에게 걸렸구나! 인제 나두 볼장 다 봤다.'

류동호는 갑자기 다리맥이 풀려 걸음걸이가 허청허청해졌다.

두 두억시니는 죽을상이 된 류동호를 재촉하여 앞세우고 사카이가 엎어져 뻐드러진 데까지 오더니 형님뻘이 되어 보이는 두억시니가 송장의 허리춤에서 권총을 뒤져내고 또 잊지 않고 그 손목에서 시계까지 벗겨 내었다. 익숙한 솜씨였다. 늘 해 본 놈 같았다. 류동호는 사카이의 대갈통에서 흘러나와 길바닥에 고인 선지피를 보자 소름이 오싹 끼쳤다. 그리고 또 어떡하다 정신을 수습하고 다시 보니 저를 납치해 가는 두억시니가 원래의 둘에서 어느새 곱절 넷으로 늘어났다.

이날 밤 윤대성은 호젓한 촛불 밑에서 한 놈을 사살하고 한 놈을 생포해 온 양씨동이와 마점산이와 다른 두 대원 그리고 리명선이의 공적을 지휘부에 보고하려고 부지런히 펜을 달리었다.

그러나 전쟁에도 — 세상만사가 다 그러하듯이 — 성공이 있으면 실패가 있고 기쁨이 있으면 또 슬픔이 있는 법이었다. 백주대낮에 무안성 밖 대로상에서 사로잡은 헌병대 통역 류동호를 태항산중의 지휘부로 압송하는 일행이 동욕에 채 와 닿기도 전에 비보 하나가 꼬리에 달리다시피 하여 뒤따라왔다. 한단성 안에 아지트를 만들어 놓고 삐라 공작을 하는 한편 조선 청년들을 포섭하고 있던 마덕산이가 희생이 된 것이다.

한단성 안에 조선인 개업의가 경영하는 '평안의원'이라는 병원이 있었다. 그 병원에서 약제사로 일하는 오가 성 가진 조선 청년이 있었다. 그 청년에게 맡겨 두었던 삐라 묶음을 찾아 가지고 아지트로 돌아오다가 마덕산이는 그날 길거리에서 우연히 황협군 순찰대의 검문을 받았다. 그는 그동안 일이 계속 순리로왔던 까닭에 저도 모르는 사이에 경각심이 풀려 좀 느슨해졌던 것이다. 몸수색을 당하게 되자 마덕산이는 칼 물고 뜀뛰기를 아니 할 수가 없게 되었다.

'몸을 뒤지면 삐라 묶음이 나오구 또 권총이 나올 것 아닌가!'

그는 번개같이 권총을 빼어 막 옷자락에 손을 대는 놈의 배때기를 한 방 갈겼다. 그놈은 "악!" 소리를 지르며 두 손으로 배때기를 부둥키고 두 무릎을 꿇으며 엎드러졌다. 마덕산이는 날쌔게 몸을 빼치어 칼 박고 삼칸뛰기로 도망질을 쳤다. 등 뒤에서 "저놈 잡아라!" 소리와 호루라기 소리 그리고 총성이 뒤섞여 일어났다.

죽어라 하고 뛰는 중에 갑자기 앞길에 전투모를 쓰고 총을 든 일본 병들이 나타났다. 마덕산이는 그놈들을 피하여 얼른 옆 골목으로 빠졌다. 그러나 얼마 아니 가 가지고 또 골목이 메게 마주 달려들어오는 한 무리의 적병과 맞닥뜨렸다. 궁지에 빠진 마덕산이는 어느 길가 집에서 지붕을 고치느라고 벽에다 사다리를 기대어 놓은 것을 보고 얼른 달아가 그 사다리를 타고 지붕으로 바라올랐다. 지붕 위에서 얼쩡거리던 기와쟁이와 그 조력꾼이 권총을 손에 든 놈이 지붕으로 올라오는 것을 보고 초풍하여 대번에 무릎들을 꿇고 부들부들 떨었다. 마덕산이는 손을 내저으며 "겁내지 마시오, 겁내지 마시오!" 안심을 시키고 곧 지붕에서 지붕으로 건너뛰기 시작하였다.

얼마 동안 건너뛰다가 지붕이 다하여 아래를 굽어보니 거리와 골목이 일본군과 황협군 그리고 경찰과 구경꾼으로 바글바글 끓고 있는데 입입이 외치는 소리가 다 자신을 잡으라는 소리였다. 옴치고 뛸 데라고는 없었다. 지붕 위에서 발깍 뒤집힌 한단 거리를 내려다보며 마덕산이는 자신의 운이 다한 것을 깨달았다.

'에라, 이럴 바엔 혁명 전사다운 최후를 마치자!'

결심을 내리자 그의 눈앞에는 고향에 계신 어머니 — 사랑하는 어머니의 인자하신 모습이 클로즈업되어 가지고 나타났다. 그는 아직 미장가 전의 노총각이었다.

마덕산이는 몸에 지녔던 삐라 묶음을 꺼내어 잽싸게 노끈을 끌렀다. 그리고 길바닥에서 모두 고개를 뒤로 젖히고 쳐다보며 술렁거리는 사람들을 향하여 그 삐라를 냅다 뿌렸다. 삐라가 확 퍼져 분분히 흩날리는 것을 보고 마덕산이는 손에 든 권총을 핏줄이 펄떡펄떡 뛰는 저의 관자놀이에 갖다 대었다. 이어 한 방의 총성이 모든 것을 앗아 가 버렸다.

남경 화로강에서부터 불러 내려온 추도가 '산에 나는 까마귀야'는 소련 인민들이 레닌을 추모하여 부르는 노래에다 가사만을 갈아 붙인 것이었으므로 조선의용군의 독자적인 추도가를 제정할 필요가 있어 그 임무가 선전부에 내려졌다. 서선장이가 가사를 맡아 짓고 류신이가 작곡을 담당하게 되었는데 딱한 것은 악기 명색이 하모니카 하나밖에 없는 것이었다. 류신이가 그토록 소중히 간직하던 깽깽이 — 바이올린은 날벼락 같은 반'토벌' 통에 박산이 나 버렸던 것이다.

선장이와 류신이가 새 추도가를 온양하는 중에 뜻밖에 마덕산이의 흉보가 날아들었다. 적들이 한단 거리에 '적비'라고 쓴 팻말을 세우고 그 밑에다 마덕산이의 시체를 사흘 동안 기시경중(棄市警衆) 하였다는 말을 듣고 선장이는 속이 얼얼하였다. 그는 마덕산이와 군교 때부터의 단짝이었다. 강남 전선에서도 줄곧 같이 화선을 넘나들었다.

마덕산이는 경상남도 창원 사람으로 '새타령'을 사투리말로 "새까 새까 날아든다." 하고 잘 불렀다. 그는 낙천가였다. 혁명적 낭만주의자

였다. 단짝인 선장이에게 수삼 차나 자신의 실연담 — 어떤 처녀에게 말을 걸었다가 콧방 맞던 이야기를 하고는 매번 다 "고년의 가시내." 하고 쓴웃음을 웃군 하였다. 그 딱친구 마덕산이의 추도회에서 부를 추도가를 자신이 짓게 될 줄을 선장이가 어찌 알았으랴!

사나운 비바람이 치는 길가에
다 못 가고 쓰러지는 너의 뜻을
이어서 이룰 것을 맹세하노니
진리의 그늘 밑에 길이길이 잠들어라
불멸의 영령.

동욱 거리와 상무촌 사이에 자그마한 문루 하나가 서 있다. 그 문루 위에 올라가 나란히 앉아 류신이가 하모니카로 같은 절을 자꾸 되풀이해 불며 작곡에 열중하는 동안 선장이는 턱을 괴고 깊은 회상에 잠겼다. 마덕산이와 함께 겪은 가지가지 일들이 그의 머릿속을 주마등처럼 지나갔다. 태항산으로 들어오기 전에 임현의 물 귀한 마을에서 빗물로 샤워욕을 하다가 갑자기 비가 그치고 해가 나 온몸이 비누졸임이 된 것을 보고 선장이가 배를 부둥키고 웃었다고 골이 나 눈을 흘기며 두덜두덜하던 마덕산이의 모습이 선하게 안겨 왔다.

'그때 마덕산이는 나를 저열한 인간이라구 타박을 했거니.'

생각하자 선장이는 실소를 금할 수 없었다. 마덕산이는 더운 사람이었다. 정이 두터운 사람이었다.

61

찬황 경내의 야초만은 태항산록에서 불과 십여 리 떨어진 장거리인
데 일본군은 거기다 태항산 항일 근거지를 겨냥하는 전초기지 — 거
점을 구축해 놓고 시시로 '토벌대'를 출동하여 근방의 촌락들을 교란
하군 하였다.

팔로군에는 이때 항공기는 물론이요 예사 산포, 야포도 없는 터이라
적의 가시철조망으로 둘린 포대를 공격하여 뿌리를 뽑아 버리자면 엄
청난 희생이 날 것을 각오하지 않으면 안 되었다. 그래서 의용군 참모
장 김봉구와 새로 편성된 제1지대를 영솔하는 지대장 반해량은 태항
산중의 장거리 정욕에서 우군 부대의 지휘원들과 함께 작전회의를 가
지고 구체적인 방안을 짰다. 그 결과를 김 참모장은 제1지대 전원을
마을 밖 와지에 모아 놓고 둔덕 위에는 보초를 세워 놓고 조선말로 설
명을 하였다. 이러한 조치를 취한 것은 작전계획이 혹시 밖으로 새어
나가지 않을까 염려해서였다. 적군의 점령 구역에서 가까운 장거리에
사는 주민들을 다 믿을 수는 없었기 때문이다. 적군과 내통하는 간세
배는 백미에 섞인 뉘 같은 존재였다.

"그러니까 우리는 전원이 몽땅 일본 군복, 일본 무기로 몸차림을 해
야겠습니다. 우군의 군수 부문에서 노획품 일본 장비를 우리의 요구
대로 공급해 주겠다는 확약을 받았습니다. 그러니까 우린 잠시 일본
황군이 좀 돼 보잔 말이지요……."

김 참모장이 이렇게 말하자 대원들 속에서는 유쾌한 웃음보가 터졌
다. 둔덕 위의 보초는 그 웃는 까닭을 몰라 잠시 멍하니 와지를 내려다
보았다.

"그리고 행동은 물론 야습입니다. 야초만 거점과 찬황 본대 사이의 군용전화선을 절단하는 것으로 작전이 시작되는데…… 전화선이 끊기면 양쪽이 다, 야초만과 찬황이 다 이변이 생긴 걸 알게 될 게 아닙니까. 그렇게 되면 야초만의 적들은 곧 전투태세를 갖출 게구 찬황 본대에서 즉시 증원대를 파견할 게 아닙니까. 적의 증원 병력은 우군의 한 개 대대가 중도에서 저지하기로 이미 약정이 됐습니다. 그러니까 우린 전력을 다 야초만을 습격하는 데다만 기울이면 됩니다. 말하자면 도급을 맡은 셈이지요……."

대원들 속에서 또 유쾌한 웃음집이 터졌다.

"그러니까 우린 찬황 본대에서 달려온 증원 부대루 위장을 하구 정정당당하게 쳐 놓구 놈들의 포대루 들어가잔 말이지요……."

이 말에 대원들은 술렁거리며 서로 돌아보고 혹 팔도 뽐내고 어깨도 으쓱으쓱하였다. 구체적인 포치는 반 지대장이 하는데 그도 역시 유쾌한 기분이 옮아서 "증원 대장 일본군 중위의 역은……." 하고 대원들을 둘러보다가 서선장이에게 눈을 멈추고 "서선장 동무가 맡두룩." 말하고 다시 예사 말소리로 "장교 차림을 일없이 잘 하십시오. 밤중이라구 대수 차렸다간 들통이 나기 쉽습니다. 놈들두 바지저고리가 아니니까 반드시 탐조등으루 비춰 보구 확인을 하구서야 받아들일 테니까." 하고 덧붙였다.

며칠이 지나서다. 전투모, 철갑모를 쓰고 일본 군복을 입고 그리고 38식을 들거니 메거니 한 제1지대 대원들은 서로 마주 보고 포복절도를 하느라고 볼일들을 못 보았다.

군조(중사) 차림을 한 장준광이 차렷 자세를 하고 서선장이에게 "나카무라 주이도노(중위님)!" 하고 경례를 붙이니 중위로 가장한 선장이가 "아, 다나카 군소카(중사나)." 하고 거만스레 고개를 한번 끄덕여서 또다시 유쾌한 웃음판이 벌어졌다.

"우리 가장무도회나 한번 해 보까?"

"여자두 없이?"

"총각, 홀애비 무도회!"

"아니, 쪽발이 무도회……."

"와하하!"

"자, 춰라!"

"쿵차차 쿵차차."

"하하하!"

"쿵차차 쿵차차……."

다들 신명이 난 것이다. 혁명적 낭만주의는 언제나 조선의용군과 더불어 있었기 때문이다.

조선의용군에서는 조직부 성원이건 선전부 성원이건 할 것 없이 다 전투에는 일반 대원들과 같이 참가를 하기로 되어 있었다. 뿐만 아니라 돌격으로 넘어갈 때에는 반드시 지도원이 전투 서열 앞에 나서서 "공산당원은 두 발자국 앞으루!" 명령하여 공산당원들을 앞장세우는 것이 관례로 되어 있었다. 공산당원들은 그것을 당연한 일로 알고 있었다. 솔선하여 적진에 뛰어들지 않는 공산당원은 두었다 무엇 할 것인가! 그런 것은 공산당원의 자격이 없는 것으로 그들은 알고 있었다.

한 개 지대의 조선의용군과 한 개 대대의 팔로군의 협동작전이 시작되었다. 쪼각달이 헌 이불솜 같은 쪼각더미구름 — 편적운 속을 들어갔다 나왔다 하며 숨바꼭질을 하는 초가을밤, 찌륵찌륵 풀벌레 우는 소리가 마냥 구슬펐다.

　팔로군 부대는 찬황에서 육칠 마장 떨어진 다리목 좌우에 매복을 하고 어김없이 쏟아져 나올 증원대를 요격할 만단의 준비를 갖추었다. 조선의용군은 야초만에서 네댓 마장 떨어진 곳에서 전화선을 절단해 놓고 한 시간가량 기다렸다가 찬황 본대에서 증원을 온 것처럼 속여 가지고 포대의 문을 열게 하자는 꾀였다. 그런데 뜻밖의 일이 생겼다. 전화선을 끊어 놓고 때를 기다리는 중에 희미한 달빛 아래 큰길을 따라 한 마리의 개가 야초만 쪽에서 쏜살로 달려오는 것이 눈에 뜨인 것이다.

　"저거 군용견 아니야?"

　"맞다."

　"쏴라!"

　칠팔 명 사람이 그 군용견을 향하여 난사를 하였으나 개는 맞지 않고 납작 엎드려서 살살 기다가 별안간 다시 뛰기 시작하는데 이번에는 큰길을 벗어나서 들판으로 내달았다. 눈 깜박할 사이에 군용견은 자취를 감추어 버렸다.

　"고거 참, 훈련이 제대루 됐는걸."

　"놓쳐 버렸으니…… 이걸 어쩌지?"

　"찬황 본대루 쪽지를 전하러 간 게 틀림이 없는데……."

　여럿이 지껄이는 중에 동쪽 — 찬황 쪽에서 불시에 총성이 크게 일어났다. 보나 마나 우군의 대대가 찬황에서 쏟아져 나온 적의 증원병을 족쳐 부시는 소리일 것이다. 콩 볶듯 하던 총성이 뜨음해지기를 기다려 가지고 서선장이를 선두로 한 의용군의 대오는 야초만 포대를 향하여 급행군하는 시늉을 하였다.

불안에 싸여 증원대가 와 주기만을 고대하던 포대의 보초장이 큰길에서 차츰 가까와 오는 — 일부러 들으라고 내는 — 뭇사람의 발자국 소리를 듣자 급히 탐조등을 켜 가지고 비추어 보며 "다레카(누구냐)?" 하고 날카롭게 수하를 하였다. 탐조등의 광망에 눈이 부신 서선장이가 손채양으로 눈을 가리며 일본 장교의 위엄스러운 목소리를 꾸며 가지고 "이상 없느냐?" 하고 빈틈없는 일본말로 꾸짖듯이 되물으니 포대 위의 보초장은 반가운 목소리로 "네, 이상 없습니다. 상관님!" 여공불급하게 대답하고 잇달아서 "잠깐만 좀 기다려 주십시오, 곧 소대장님께 보고하겠습니다." 하고 분주히 서두르는 눈치였다. 탐조등 불빛에 제 눈으로 확인을 한 일본 군복과 일본 총칼 그리고 제 귀로 분명히 들은 장교의 거만스럽고 위엄스러운 일본말에 보초장은 이것저것 더 생각해 볼 필요를 느끼지 않은 모양이다. 고마운 증원대로 믿어 의심을 하지 않는 것이다.

지체 없이 소대장의 지휘로 포대의 육중한 문이 안으로 열리며 곧 병사들이 나와 통로를 가로막았던 장애물(가시철조망 바리케이드)을 들어 옮겼다. 증원대가 들어올 길을 틔워 놓는 것이다.

"이거 밤중에 수고 많으십니다."

말하며 반가이 앞으로 나와 맞아들이려는 소대장을 선장이는 제잡담하고 권총으로 쏘아 눕혔다. 그것이 돌연적 습격의 신호로 되었다.

불의의 습격을 받고 경황망조하면서도 완강히 저항하는 적병과의 육박전은 그리 오래 걸리지는 않았다. 지휘관이 선등으로 거꾸러진 까닭에 그들은 대가리 없는 용이 돼 버렸던 것이다.

접전이 끝난 뒤에 보니 생포된 것은 중상자 하나와 경상자 둘뿐이고 그 나머지는 다 장렬한 개죽음들을 하였다. 장렬한 개죽음이라고밖에는 달리 더 어떻게 형용을 할 수가 없는 죽음들을 하였다. 주관적으로는 장렬하였지만 객관적으로는 너절하였으니까.

가짜 일본군 — 의용군 대원들은 얼굴에 피가 튀고 군복이 피에 젖고 또 날창에 피칠들을 하여 서로가 보기에도 무시무시하였다. 선장이는 죽어 넘어진 적병들의 소지품을 뒤지다가 한 놈의 잡낭 속에서 수진본(문고본) 책 한 권을 얻어 보았다. 무조건 호주머니에 집어넣었다. 태항산에서는 책이 여간만 귀하지가 않았기 때문이다.

적군의 증원대를 물리쳐서 작전 임무를 완수한 우군 부대가 큰 손실을 입지 않고 무사히 돌아왔다. 이렇게 깔끔한 승리는 극히 드문 일이었다. 실전에서는 주도세밀하게 짠 작전계획도 뒤죽박죽이 되는 경우가 왕왕 있었기 때문이다. 두 부대가 함께 달려들어 포대를 철저히 파괴한 연후에 불까지 콱 질렀다. 리정호는 두어 사람을 데리고 거리 안을 온 데 돌아다니며 대적군 삐라를 붙이느라고 분주하였다. 철퇴할 때 팔로군의 한 개 소대는 포대에서 초간히 떨어진 부속 건물에서 위안부 너덧을 붙들어 가지고 갔다. 그들도 침략자로 간주하는 모양이었다. 노획한 무기, 탄약 및 기타 장비가 몇 무더기 잘되는 것을 적아 양군의 부상병들과 함께 — 양민증을 앞가슴에 단 야초만의 백성들을 운력을 시켜 가지고 — 들것, 멜대 따위로 다 실어 날랐다.

밝는 날 코가 비뚤어지게 실컷 자고 눈들을 떠 보니 다저녁때다. 선장이가 생각이 나 호주머니를 뒤져 보니 노획품 수진본이 나오는데 놀랍게도 그 표지에 찍힌 것은 일본글이 아니고 한글이다. 김동인의 단편집이었다. 표지를 번져 보니 안표지에 네모난 도장 하나가 찍혀 있는데 한문자로 넉 자, 김전학성. 선장이는 기가 막혀 머리가 떨떨해졌다.

'그럼 그게 조선 사람이었나? 지원병이었구나!'

'아무리 모르구 한 일이라두…… 이역만리에서 동포를 죽이다니!'

선장이는 야릇한 비애에 잠겼다.

이튿날 그 단편집·중에서 〈발가락이 닮았다〉는 매우 기발한 제목의 단편 하나를 우선 읽어 보았다. 선장이는 읽으면서도 또 읽고 나서도 쓴웃음이 절로 나왔다. 성병으로 생식기능을 상실한 한 남자가 행실이 부정한 그 안해가 낳아 놓은 아이를 자기 아이로 믿으려고 애를 쓰는데 닮은 데가 하나도 없어서 무진 고민을 한 끝에 마침내 아이의 발가락이 저를 닮았다고 내 아들이 틀림없다고 좋아하는 내용이었다.

선장이는 망국의 비운을 아랑곳없이 너절한 소설을 써 가지고 민중의 의지를 마비시키는 부르주아 문인들의 소행이 가증스러웠다. 선장이가 이런 생각 저런 생각을 하고 있을 즈음에 불시에 밖에서 와자지껄하는 소리가 났다. 무슨 일인가 하고 일어나 나가 보니 우군 부대에서 야초만 습격 때 붙들어 온 위안부 넷을 조선의용군에 떠맡기러 왔다. 몸에 야한 색깔의 화복 — 일본 옷을 입고 머리는 쑥바구니가 된 여자 넷이 어줍은 몸가짐으로 마당가에 서 있었다. 일본 여자들인 줄 알고 붙들어 갔는데 알고 보니 조선 여자들이라는 것이다. 그러니 너희가 맡으라는 것이었다. 뜻밖의 선물에 반 지대장이 어이가 없어 한동안 쓴웃음만 웃고 섰다가 할 수 없이 인수를 하는데 마지못해 인수증까지 써 주었다. 상대방이 그것을 요구해서였다.

"싱거운 자식들, 부질없이 저런 건 무엇 하러 붙들어 오누!"

"글쎄나 말이지. 저희가 붙들어 왔으면…… 구워 먹든 삶아 먹든, 저희가 할 게지……."

"저 주체궂은 것들을 데려다간 어떡허지?"

"낸들 아나? 대장이 어떻게 처리할 테지."

"아야, 인물이 어쩌면…… 저 지경들 못났니?"

"메주야, 호박이야…… 절구통이야?"

선장이가 다시 보니 아닌 게 아니라 개개 다 추녀였다. 추녀도 이만
저만한 추녀가 아니었다. 박색 중의 상 박색들이었다. 옆에 섰던 리정
호가 머리를 설레설레 저었다. 선장이와 마주 보고 쓴웃음을 웃었다.

"적의 포대를 치러 나왔다가…… 이런 덤을 받게 될 줄을 누가 알았
어?"

"세상사란 다." 하고 선장이는 생활의 철리를 깨닫기라도 한 것 같은
대꾸를 하였다.

"맺구 끊은 듯이 가쯘하겐 되지를 않는 모양이지?"

주체궂은 네 여자는 곧 동욕 지휘부로 호송이 되었다.

제1지대는 달포 가량 찬황 일경을 전전하다가 길가 풀덤불에 무서
리가 하얗게 내려앉을 무렵 일단 동욕 지휘부에 귀환을 하였다. 동욕
에 당도해 보니 석고산에 나가 있던 독립 지대도 사나흘 먼저 돌아와
있었다. 그동안에 네 여자는 김위와 장옥연 그리고 전보경과 송일엽이
주로 맡아 교양을 하였다. 또 무안에서 붙잡아 온 헌병대 통역 류동호
는 박문이가 책임지고 또 교양을 하였다. 네 여자의 이름은 무슨 순이
무슨 옥이…… 거의 다 비슷비슷하여 까딱하면 섞갈렸다. 그 이름이
서로 비슷비슷한 여자들에 대하여 장옥연과 송일엽은 선장이와 리정
호에게 이렇게 이야기하였다.

"아주 불쌍한 여자들이예요. 두메산골에서 자라서 소학교두 못 다
녀 봤다지 뭐예요. 가난에 쪼들리다 못해 팔려 나온 여자들이예요.
인물이 미우니까 후방에선 팔리지 않구…… 그래 전방으로 밀려 나

온 거래요. 전방에선 기갈이 들어 가지고 인물을 가리구 사리구 할 계제들이 못 된다나요. 그 무지스런 녀석들을 하루에 이삼십 명씩, 삼사십 명씩 치르구 나면 허리를 통 쓸 수가 없다잖아요. 밥 먹을 틈두 없어 가지고 누운 채 주먹밥으루 끼니를 에우는 때가 종종 있다는 거예요. 이게 그래, 인간 생지옥이 아니구 뭐겠에요. 지내 보니까 어찌나들 순박한지…… 곧 산속에서 자란 도라지나 더덕이예요. 그렇게들 꾸밈없구 직실하구, 천연스럽단 말이예요."

장옥연의 이야기에 송일엽이 발을 달았다.

"그러구 일들을 어찌나 잘하는지, 산에 나무를 하러 가면…… 어느 상머슴꾼이 따라오겠어요. 우리 따위는 애당초에 두름으루 엮어두 안 된다니까요."

"일본 강도 놈들에게 무참히 짓밟힌 희생양이 아니겠어요? 그런 여자들을 인물이 좀 못생겼다구 해서…… 천하구 배운 게 없다구 해서, 우리가 업신여겨 차별대우를 한다면…… 그건 수치스러운 일이예요. 안 그렇게들 생각하세요?"

"나두 절대루 그 여자들 편이예요. 모두들 성병이 있어 가지고 하루 걸러루 병원을 다녀야 하니, 얼마나 가엾었어요…… 정말이지."

선장이와 리정호는 인간 수업에서 한 과를 더 배운 것 같아 숙연해졌다.

몇 해 후, 류동호가 화선 입당을 할 때의 술회

저는 정말이지 일본제국주의의 앞잡이 노릇을 하는 게 부끄러운 일이란 걸 몰랐습니다. 뿐만 아니라 일본 헌병대의 통역 노릇을 하는 걸 영광으루 생각하구 자랑으루 생각했습니다. 그러게 처음 붙들려 왔을 때는 반감과 증오심으루 가슴이 막 터질 것 같았습니다. 금세 죽을 것만 같았습니다. 팔로군의 군복을 보나 미투리를 보나 또 무기를 보나…… 깔보이기만 했습니다. 속으루 비웃었습니다. '저 꼴을 해 가지구두 또 전쟁을 하겠다구?' 다 온전한 사람으루 보이지를 않았습니다. 정말 무슨 비적 떼 같아만 보였습니다(이때 조선의용군의 군복과 무기도 팔로군과 똑같았다. 단지 깃발만은 태극기를 들었다).

그러던 어느 날이었습니다. 시사보고란 걸 한다구 저더러두 같이 앉아 들으라구 해, 머리를 수굿하구 한옆에 가 앉아 들었습니다. 무슨 개나발을 부나 어디 한번 좀 들어 보자 하는 속셈이었지요. 그런데 놀랍게두 그렇게 하찮아 보이던 사람의 입에서 다르다넬스 해협이 어떻구 비시 정권이 어떻구 하는 소리가 튀어나오는 게 아니겠습니까. 분석이 명확하구두 또 세밀하지 뭡니까. 논리가 정연하지 뭡니까. 저는 정말이지 너무나 의외로와, 혀를 횈횈 내둘렀습니다. '저런 게 다 여기 있었는가!' 하구 말입니다.

저는 그때부터 고패를 빼기 시작했습니다. 차차차차 그들을 존경하기 시작했습니다. 오랜 시간의 교양을 거쳐 가지고 자신의 전비를 뉘우치게 됐습니다. 철저히 뉘우치게 됐습니다. 아는 것이 힘이었습니다. 혁명 대오는 정말루 못 쓸 것을 녹여서 쓸 것으루 만드는 도가니였습니다. 저는 그때부터 자기의 수치스러운 과거를 씻어 버리려구 항일 전쟁에 용감히 뛰어들었습니다. 물불을 헤아리지 않구 전투 서열에 섰습니다. 그리하여 오늘에 이르렀습니다…….

태항산은 감 고장일 뿐만 아니라 호두 고장이기도 하였다. 산과 골짜기가 온통 감나무와 호두나무로 뒤덮여 있었다. 그리고 집들은 거의 다 평지붕이었다. 집집마다 그 평지붕에다 감을 널어 말릴 때는 온 마을이 빨간 지붕 천지로 변하여 마치 무슨 동화의 세계에라도 들어선 것 같은 정취를 자아내었다. 그렇지만 산서 군벌 염석산의 통치 시기에 세금을 십여 년분씩이나 앞당겨 징수를 당한 백성들의 살림은 마련이 없었다.

어느 날 장준광이가 뒷산 골짜기에 흐르는 실도랑으로 내복가지를 빨러 나갔다. 이때 동욕 거리에 나가면 세숫비누는 파는 것이 없어도 빨랫비누는 파는 것이 있었다. 그래서 자연 그 '일광표' 빨랫비누는 세숫비누로도 쓰였다. 칫솔은 다 모지라진 것에다 웃돈을 얹어 주면 재생품 하나를 바꿀 수 있었다. 그리고 무슨 횟가루 같기도 하고 또 귀리 가루 같기도 한 정체를 알 수 없는 치분 명색도 파는 것이 있기는 하였다. 장준광이가 화장, 세탁 양용 비누로 빨래를 다 하고 일어서니 출출한지 허전한지 아무튼 배 속이 좀 공허한 느낌이 있었다. 그런데 마침 또 바로 맞은켠 산밑에는 먹음직스러운 감들이 가지가 휘도록 주렁주렁 달린 감나무가 서 있지를 않은가. 기회를 노리고 있던 요사한 악마가 옳다구나 하고 장준광이의 귀에다 대고 소곤거렸다.

"괜찮다니까. 슬쩍 몇 개 따 먹으면, 누가 알 거라구?"

《서유기》에 나오는 저 유명짜한 조연 배우 — 저팔계도 왕왕 이런 악마의 속삭임에 마음이 흔들리군 하지 않았던가. 장준광 — 20세기의 저팔계도 그와 마찬가지였다. 고만 깜박 속아 아차 실수로 계율을 깨뜨리게 된 것이다. 팔로군 부대에서는 백성들의 지푸래기 하나도 건드려서는 아니 되는 게 군율이었다.

장준광이가 감을 따 먹을 마음이 골똘하여 실도랑을 훌쩍 건너뛰어 감나무 밑으로 성큼성큼 걸어가 손을 뻗쳐 보았으나 나뭇가지가 생각

442

밖에 높아 손이 잘 닿지를 않았다. 그래 그는 몸을 바짝 움츠렸다가 풀떡 뛰어오르며 번개같이 한 개를 움켜 땄다. 멋진 동작이었다. 완전한 성공이었다.

의용군에서는 매 토요일 날 밤마다 각 분대별로 생활회를 가졌다. 다들 자신의 지난 한 주일 동안의 잘못을 내놓고 이야기하였다. 그런데 이날 장준광이는 별로 내놓을 만한 거리가 없어서 그저 씁쓸한 얼굴로 앉아 남들이 하는 말을 듣고만 있었다. 그저 가만히 앉아만 있으니까 맞은편에 앉았던 가물치 림평이가 "준광 동무는 뭐 말할 게 없습니까?" 하고 재촉하는 어투로 묻는 것이었다. 장준광이는 사람이 워낙 좀 데면데면한 축이라 그 묻는 뜻을 한번 새겨 보지도 않고 "네, 뭐 별루 말할 게 없습니다." 하고 예사롭게 대답하였다.

"그럼 내 한 가지 좀 물어보겠습니다. 내가 빗봤는진 모르겠지만, 지난 화요일 날 낮전에 어떤 사람이 저 뒷산 실도랑 건너 감나무 밑에서 농구 연습을 하는 것 같던데……." 하는 림평이의 익살맞은 말에 장준광이는 비로소 깨도가 되어 "아, 네." 하고 얼굴이 대번에 홍당무가 되었다.

어느 날 서선장이가 머리를 좀 감으려고 냇가에를 나와 보니 거기에는 벌써 먼저 나와 머리를 감는 사람 하나가 있었다. 땅딸보 문명철이었다. 선장이가 다시 보니 아 이런, 그 보기 좋던 반고수머리를 홀딱 깎아 민대머리가 돼 버리잖았나!

"아니, 어떻게 된 셈이야? 갑자기 속세가 싫어져 중이라도 돼 볼 생각인가?"

선장이가 웃으며 물어보니 문명철이는 막 삭도질하여 새파랗게 된 중머리를 손바닥으로 쓱쓱 문지르며 "겨울엔 더운물이 없는데…… 머리 감기가 귀찮잖아?" 하고 게면스레 쓴웃음을 웃었다.

"땅딸보가 다르긴 하다." 하고 선장이는 어이없는 웃음을 웃었다.

"그럼 봄에 나가선 어떡헐 작정이야?"

"봄에 나가선? 봄에 나가서야 또 기르지 뭐."

"가을이 되면 홀딱 깎구 봄이 되면 또 기르구?"

"응."

"인제 알구 보니 네가 사람이 아니라 낙엽교목이구나. 감나무 따위, 호두나무 따위."

"감나무, 호두나무두 좋지그려, 나만 편하다면."

두 사람은 마주 보고 껄껄 웃었다. 국민당 통치 구역에서는 더운물 걱정을 아니 해도 되고 또 끼니마다 조다짐, 옥수수다짐을 아니 해도 되었다. 그렇건만 그들은 자진하여 이 태항산으로 들어왔고 또 태항산의 빈궁을 달게 받았다. 아니, 오히려 그 빈궁을 자부심을 가지고 대하였다. 영광스럽게들 생각을 하였다.

태항산 농민들의 가을걷이는 말 그대로의 일대 전역이었다. 신문은 연일 적의 '토벌'이 임박했으니 일손을 다그치라고 경종을 울리고 그리고 일을 도와 나선 군대들은 손에 손에 낫을 들고 곡식밭으로 내달았다. 나뭇잎과 풀이 무성할 때 적들은 감히 태항산 깊은 골짜기를 넘겨다보지 못하였다. 우거진 숲속에서 날아오는 저격탄을 막아 낼 재간이 없었기 때문이다. 하여 잎이 지고 풀이 마르기를 기다렸다가 쳐들어오는 것이었다. 그러므로 가을걷이는 반'토벌' 작전의 서막이었다.

농민들은 군대의 적극적인 협조하에 번개같이 타작한 곡식들을 모두 자신들만이 알고 있는 산속 은밀한 동굴 속에다 갖다 감추었다. 적들이 쳐들어와서도 들추어내지 못하게. 실상 열에 아홉쯤은 들추어내지 못하였다. 곡식을 다 치우고 나면 젊은 농민들은 민병으로 일변하여 총을 메고 교련을 하고 사격 연습을 하였다. 그리고 쇳물을 부어서 지뢰를 만들었다.

조선의용군의 각 지대도 각 군분구로 갈리어 떠나갔다. '집중된 적의 역량에 대하여 재빠른 분산으로' — 이것이 팔로군과 의용군의 유격전법이었다.

의용군의 각 지대는 정도에 오르기 전에 들고 나갈 깃발 문제로 한바탕 곡절을 겪었다. 혈기방장한 젊은 축들이 망치와 낫을 수놓은 붉은기를 들고 나갈 것을 강경히 주장해 나섰기 때문이다. 총사령 김무정과 정치위원 박일운은 단독으로 결정을 짓기가 어려워 팽덕회 동지를 찾아가 함께 의논하였다.

팔로군 총사령부에서 돌아온 박일운은 팽덕회 장군의 의견을 자중하여 이렇게 강경파를 설득하였다.

"팽 장군의 의견두 역시 마찬가집니다. 우리나라가 망하기 전에 쓰던 깃발이 무슨 깃발이었는가구 물으시기에 태극기였다구 우리가 대답을 올렸더니……. 그렇다면 지금두 그 깃발을 써야지요. 그래야 호소력이 있을 것 아닙니까. 조국을 광복하자면 민중이 익히 아는, 전 민족이 익히 아는, 민족 독립의 상징으로 될 만한 깃발을 내세워야 할 게 아닙니까. 그래야 민중이 기꺼이 따라올 게 아닙니까. 붉은기는 아무리 좋더라두 민중의 눈에는 설단 말입니다. 민중을 이탈하기가 쉽습니다. 조선의용군의 젊은 군들이 너무 좀 급진적인 것 같습니다. 이렇게 말씀하구 팽 장군은 허허 웃으십디다. 그리구 또 말씀하시기를 우리 홍군두 국민당과 통일전선을 뭇느라구 국민혁명군으루 개칭을 하구 붉은별 모표를 떼기루 했을 때 숱한 전사들이 눈물을 뿌리며 불응했지요. 그렇지만 혁명의 길은 직선이 아니구 곡선이니 어떡헙니까. 그러니 돌아가 젊은 군들을 잘 설복해 가지고…… 태극기를 높이 쳐들두룩 하십시오. 사회주의, 공산주의는 나중에 할 일이구 우선 나라의 독립부터 쟁취를 해 놓구 봐야잖겠습니까. 이렇게 말씀하며 팽 장군은 답답한 듯이 머리를 설레설레 저으십디다. 그러니 동무들두 머리를 좀 식혀 가지구 다시 한번 생각해 보는 게 어떻겠습니까?"

조선의용군의 각 지대가 태극기를 높이 추켜들고 "조선 독립 만세!"를 목청껏 외치며 싸움터로 달려 나간 이면에는 이와 같은 곡절이 있었다.

62

이해 겨울 반 '토벌' 작전에서 서선장, 마점산 등은 반해량 지대에 소속되어 원씨현 경내로 진출하고 또 양씨동, 리태성 등은 윤대성 지대에 편입이 되어 내구현 경내로 진출을 하였다. 그리고 리정호, 박문 등은 리자인 지대에 소속되어 멀리 평원구로 진출을 하여 심현, 무강 일대를 전전하게 되었다. 근 20명으로 불어난 여대원들은 윤곡흠이 영솔하고 우군의 야전병원을 따라 이동하기로 하고 그리고 부업 생산으로 기르던 돼지들은 김문이가 '돼지사령'이 되어 거느리고 우군의 후방부에 합류하기로 하였다(태항산에는 술이란 것이 먹고 죽을래도 없었으므로 김문이가 술주정뱅이질을 할 염려는 만만 없었다). 대원들은 가지고 다니기 불

446

편한 물건들을 전부 땅속에 파묻고 일후에 돌아와 찾기 쉬우라고 표적들을 해 두었다.

선전부의 공문서와 사무용품 따위를 함께 파묻으며 류신이가 "길이 길이 잠들어라, 불멸의 화필." 하고 추도가 흉내를 내어 다들 웃는데 미술가 장지광이가 "방소 꺼린다, 그 입 좀 닥쳐라." 하고 참 반 거짓 반으로 탄해 나섰다. 탄피에 양털을 꽂아 가지고 맨 그 화필들은 장지광의 수제품이었다.

"체, 화필이 임자 대신 죽어 주면 액땜이 되지, 방소를 왜 꺼려?"

"그러게 말이지. 반실이 같은 게 잘두 알았지."

"반식자우환 몰라?"

류신이와 박문이와 선장이가 중구난방으로 몰아세우니 장지광이는 "야, 이 떼거지들 좀 봐라." 하고 손으로 "훠이." 새 떼 쫓는 시늉을 하였다.

밤, 잎이 거의 다 진 호두나무 밑에서 선장이와 송일엽이 조용히 작별의 인사를 나누었다. 쪼각달이 호두나무 가지에 얽히어 은근하게 비치는 태항산의 밤경치는 자못 아름다왔다.

"견우직녀두 아니구 이게 뭐예요. 글쎄, 밤낮 갈라졌다 만났다 갈라졌다 만났다……."

"남두 다 그런걸요."

"누가 남의 말 하쟀어요, 우리 말 하쟀지."

선장이가 입을 다물고 가만히 있으니까 송일엽은 "내 팔자 탓인지 일본 놈들 탓인지……." 하고 킥 웃었다.

"윤곡흠 동무는 노련한 지도 일꾼이니까 그의 말만 들으면 실수 없을 겁니다. 그러구 그 애인 조영숙 동무 말입니다. 그 동무두 국내에

서 파업을 조직, 지도하다가 감옥살이까지 한 노투사니까…… 그 지
도를 좀 많이 받두룩 하십시오, 이번 기회에.”

송일엽이 말머리를 돌리기 겸 “자요.” 하고 선장이 손에다 무엇 하나
를 쥐여 주었다.

“이게 뭡니까?”

“털양말…… 보세요. 내 조끼치마를 풀어 가지고 뜬 거예요.”

“괜히 그건 왜 풀어요? 두구 입잖구!”

“군복을 입는데, 조끼치마는 해 무어 해요? 오호호!”

“그래두요…….”

“남은 실로는 스웨터를 떠서 연안에다 보내 줄래요, 남시한테. 고 어
린 게 가엾잖아요? 엄마를 떨어져 가지고. 나 같으면 아이 따라 연안
가지 남편 따라 여긴 안 오겠다.”

송일엽의 입에서 심사 틀린 말이 섞여 나오는 것을 보고 선장이가
적이 웃으며 “그래두 착한 여자지요.” 하고 두둔하는 어취로 말하니
송일엽은 대번에 “변함없는 숭배자시군!” 하고 눈이 샐쭉해졌다.

아침에 일어나는 길로 선장이가 선전부 사무실 겸 침실에서 행장을
수습하고 있을 때 느닷없이 양씨동이가 찾아왔다.

“웬일이요. 벌써 다 꾸렸소, 짐을?”

“뭐 꾸릴 게 있니? 아무렇게나 해서 걸머지면 떠나는 게지.”

“난 아직 세수두 못 했소.”

“옛다, 이거.”

“뭐요, 그게?”

선장이가 받아 보니 노획품 붕대 주머니다. 구급용으로 일본병들이
하나씩 꼭 몸에 지니고 다니는 것이었다.

"이걸 날 주군…… 어떡헐 작정이요?"

"내야 나가서 또 하나 얻지, 걱정이냐!"

씨동이는 검은 얼굴에 흰 이를 드러내 보이며 싱긋 웃었다. 그리고 덧붙여서 한마디 "조심해." 당부하고 돌아서 나가다가 "오, 참." 하고 되돌아서서 "간밤 꿈에 쌍년이가 보이잖겠니, 별일이야." 하고 고개를 한번 흔들고 그대로 가 버렸다.

리자인 지대가 마령관에서 하산하여 임성, 찬황, 고읍, 백양 네 고을의 중심점이 되는 압합영 부근에서 려정조 부대의 두 개 대대와 함께 적군 점령하의 평한선을 넘은 것은 교교한 찬 달빛이 온 누리에 가득 찬 한밤중이었다. 적군이 철길 양편에 깊고 넓은 차단호를 파 놓고 그리고 철길을 따라 우뚝우뚝 솟아 있는 망루에서 감시를 하는 까닭에 공병 역할을 하는 전사들이 재치 있게 발판을 놓아 주지 않으면 부대의 통과는 거의 불가능하였다. 소리 소문 없이 맡은 일을 충실히 해내는 그 전사들은 실로 전진하는 부대의 앞길에 가로놓인 모든 장애물을 없애 주는 '열쇠'의 역할을 하였다.

평원구의 좋은 점은 조밥, 옥수수밥을 먹지 않고 밀것을 먹는 것이었다. 소금도 과히 귀하지가 않은 것이었다. 그 대신에 거의 날마다같이 숙영지를 옮기는 것은 성가셔 죽을 지경이었다. 적군에게 꼬리를 밟히지 않기 위해서였다. 적군하고 숨바꼭질을 하며 사는 거나 마찬가지였다. 이가 있으면 꼭 폐도 있다는 말이 과시 옳았다. 태항산에서는 험한 밥을 먹는 대신에 숙영지만은 여러 달씩 한군데 붙박혀 살 수가 있었다.

리정호와 박문이가 밀짚 북데기 위에서 잠이 깨어 누운 채 소근소근 지껄였다.

"밥은 여기서 먹구 잠은 태항산에서 잔다면 좀 좋아."

"꿩 먹구 알 먹잔 수작인가."

그들은 이때 심현, 무강 일대를 맴돌고 있었다. 분산된 적을 보면 덮치고 집중된 적을 보면 피하였다. 참새 떼처럼 모아들었다가는 흩어지고 흩어졌다가는 또 모아들었다. 그것이 유격전이었다.

"난 잠이 부족해 머리가 다 멍하다니까."

"그거야 차차 습관이 되면 괜찮겠지."

"벼룩은 태항산보다 좀 적은 것 같지?"

"좀이 뭐야, 퍽 적지."

태항산에서는 세숫물을 떠 놓으면 대야에 금세 새까맣게 벼룩이 뛰어들었다.

"겨울이 돼 그런지두 모르지."

"그것두 있겠지."

"광동서는 겨울에두 모기장을 치구야 잔다며?"

"거기 모기장은 침대에 딸린 것이지, 장식품처럼."

이날 오후 리 지대장은 긴급회의를 소집하고 전체 대원들에게 비상한 소식을 알리었다.

"일본 해군 항공대가 지난 8일 새벽, 하와이의 진주만을 기습해 가지고 미국 함정들에 심대한 손실을 입혔답니다……."

대원들은 아연 긴장해나서 모두 리 지대장의 입만 바라보았다. 리자인 지대장은 호리호리한 몸매에 홀쭉한 얼굴에 눈까지 가늘었다. 그러나 강기와 활력이 언제나 온몸에서 넘쳐나는 사람이었다. 그는 중앙군교 10기 보병과 졸업생이었다.

"일본제국주의는 그예 남진을 단행했습니다. 사회주의 소련에다가 아니라 제국주의 미국에다 불을 걸었습니다. 레닌의 논증은 또 한 번 실증이 됐습니다. '자본주의 국가 발전의 불평형법칙'은 다시 한 번 그 투철함을 전 세계에 과시했습니다. 제국주의 강도들은 서루 물어뜯느라구 다른 것을 돌볼 겨를이 없습니다. 전국은 우리에게 대단히 유리하게 전변되구 있습니다…….'

회의가 끝난 뒤에 박문이가 사기가 부쩍 올라 리정호를 돌아보고 "이러다간 나두 정말 멀잖어…… 내 그 약혼녀를 만난단 소리가 나잖겠나?" 하고 싱글벙글하였다. 리정호가 "약혼녀? 언제 그런 게 다 있었는가?" 하고 의아쩍어하니 박문이는 짐짓 "그럼 없어?" 하고 흰목을 썼다.

"금시초문인걸."

"금시초문? 흥! 네 그 장옥연이 따위는 와서 신발을 들구 따라다닌 대두 불요다, 어림없이."

"희떱기는 까치 뱃바닥일세. 어디 사진이나 좀 보자구, 얼마나 이쁜가."

이제까지 옆에서 시물시물 웃으며 보고 있던 진국환이가 갑자기 소리 내어 웃으며 말참례를 하였다.

"사진 보면 꿈에 보인다……. 볼 생각 말아라. 수레바퀴에 치인 맹꽁이 상이더라, 나 봤다."

"참말이야?"

"내가 언제 거짓말하던가? 편지까지 다 읽어 봤는데. '장연 최 참봉댁 맏손녀와 혼인을 정하였으니 그리 알아라.' 아버지가 썼더라, 붓글씨루."

박문이는 황해도 해주 사람인데 그 부친은 요부한 부재지주였다.

"그게 언제야?"

"남경 있을 때지 언제야."

"남경 있을 때? 그게 어느 옛날이야. 그럼 인젠 다 늙어 꼬부라졌겠구나."

"저치가 전장 귀신이 되면…… 까막과부가 되겠지, 봉건 가정이니까."

리정호와 진국환이가 서로 지껄이는 소리를 듣고 박문이는 "똥 본 오리처럼 잘두 지절댄다." 하고 진국환이의 어깨를 한번 탁 쳤다. 진국환이는 하하 웃고 "아니다. 실상은……." 하고 실토를 하였다.

"저치가 그때 편지를 받구 골이 나서 사진을 쪽쪽 찢어 버린 걸 내가 한 쪼각 한 쪼각 주워 모아 가지고 제 모습대로 한번 붙여 봤다. 아주 얌전하게 생겼지 뭐야."

"그럼 이제라두 늦지 않으니 얼른 편지를 띄워라. 기다리라구, 곧 간다구."

리정호가 흥감스레 말하고 깔깔 웃으니 진국환이와 박문이도 깔깔 따라 웃었다. 일본제국주의가 태평양전쟁을 발동하였다는 소식이 그들에게는 승리가 가까와 온다는 낭보로 받아들여졌던 것이다. 일제가 북진을 단행하면 소련이 복배수적으로 크게 어려움을 겪어야 할 것이기 때문에 그들은 은근히 근심을 하고 있었다. 그래서 '남진' 한마디에 안도의 숨을 쉬고 기분들이 명랑해진 것이다.

한 나달 지나서의 일이다. 다저녁때 한 개 분대가 유림에서 네댓 마장 떨어진 자그마한 주막거리에 정찰을 나와 보니 마침 한 대의 승용차, 검은색 포드가 머리를 서쪽 — 석가장 쪽으로 두고 멎어서 있었다. 이 길은 창주와 석가장을 연결하는 간선도로였다(석가장의 지명을 이때 점령군은 석문시로 고쳤다). 국방색 국민복을 입고 고깔 모양의 전투모를 쓴 운전사가 주막집에 들어가 라디에이터에 채울 물 한 초롱을 얻어 들고 막 나오는 중이었다. 운전석에는 양장을 한 젊은 여자 하나가 앉아 있다. 그리고 뒷좌석에는 양복 차림의 나이 지긋한 콧수염을 기른 뚱뚱이와 국민복 차림의 서르나문 된 남자가 타고 있었다.

'야, 이게 웬 떡이냐.'

한 개 분대 근 20명 무장대원이 불시에 달려드니 운전사는 초풍하여 물초롱을 떨어뜨리고 엉덩방아를 찧고 그리고 자동차 안의 남녀 세 사람은 모두 실색하여 옴짝달싹을 못 하였다. 콧수염 기른 뚱뚱이의 손가락 사이에서 타고 있는 권연이 알릴 듯 말 듯 떨렸다. 눈 깜박할 사이에 남녀 네 사람을 차에서 끌어내고 또 땅바닥에서 잡아 일으켜 앞세우고 곧 자리를 떴다. 뒤에 남은 몇 사람은 리정호와 함께 뛰어다니며 삐라를 붙이고 또 몇 사람은 박문이와 함께 자동차에 불을 질렀다. 말끔한 새 자동차가 순식간에 불길에 휩싸이는 것을 본 박문이가 "우등불 모임이나 한번 했으면 좋겠다." 하고 웃으며 불 쪼이는 시늉을 하니 "소불알은 안 구워 먹구?" 누군가가 옆에서 한마디 빈정거렸다.

걸음을 통 못 하는 남녀 네 사람을 앞에서 끌고 뒤에서 떠밀다시피 하며 논틀밭틀로 숙영지에를 돌아오니 벌써 밤이 이슥하였다. 사내 셋은 한방에 몰아넣고 여자 하나는 따로 가두고 보초에게 말을 이른 뒤 잘 차비들을 하였다.

밝은 날 아침에 먼저 사내 셋을 신문해 본즉 콧수염 기른 뚱뚱이는 일본의 이름난 토목건축회사 하자마구미의 석문출장소 소장이고 젊은 남자는 건축기사 그리고 나머지는 여비서와 운전사였다.

"어디를 가는 길인가? 아니면 어디를 갔다 오는 길인가?"

"창주에 볼일이 있어서…… 저 사람을 데리구 갔다 오는 길입니다."

"군의 일루?"

"아닙니다, 아닙니다……. 군하구는 아무 상관두 없는 일입니다. 민간 일입니다. 순전한 민간 일입니다."

콧수염 뚱뚱이는 군의 일이 아니라는 발명을 부엏게 하였다. 박문이가 씩 웃고 짓궂이 "여기 남아 우리하구 같이 지낼 생각은 없는가? 우리 일을 맡아 해 볼 생각은 없는가?" 하고 떠보니 콧수염 뚱뚱이는 괴상야릇한 얼굴을 하고 대답을 못 하였다. 건축기사는 식혜 먹은 고양이 상을 하고 고개를 옆으로 돌렸다. 운전사는 두 상전의 눈치만 보았다.

박문이와 리정호는 신문을 일단 마치자 바로 여비서를 가두어 놓은 집으로 왔다. 여자는 안날 저녁녘 경황없는 중에 본 기억이 있는 것 같은 두 젊은 군인(그녀의 생각대로 표현을 하면 두 젊은 공산 비적)이 문을 열고 들어서는 것을 보자 깜짝 놀라는 눈치였다. 얼른 구들 구석에 피해 가 무릎을 쪼크리고 앉아 오돌오돌 떠는데 그 덜 밉지 않은 얼굴은 백지장같이 창백하였다.

"무서울 것 없으니 진정하구 편히 앉으시오."

박문이가 부드러운 일본말로 안심을 시키는데 여자는 두 사람의 얼굴에 악의가 없는 것을 보고 적이 마음이 가라앉는 듯 눈치는 여전히 살피면서도 앉음앉음을 편히 하는 체하고 또 떠는 것도 좀 덜 떨었다. 두 사람은 구들 끝에 걸터앉았다. 박문이가 짐짓 상가롭게 한마디 건네어 보았다.

"이름은요?"

"네?"

여자는 너무 긴장하여 묻는 말의 뜻을 못 알아들은 게 분명하였다.

"못 알아들으셨소? 이름이 무어냐구 물어봤는데……."

"아, 네. 저…… 야나가와 아키코라구 합니다."

"야나가와 아키코……." 하고 되뇌고 박문이는 리정호와 얼굴을 한 번 마주 보고 나서 다시 물었다.

"고향은요?"

"고향 말입니까? 네, 저 고향은…… 인천입니다."

"인천이라니…… 조선 인천?"

"네, 그렇습니다."

"인천이 출생진가요?"

"네."

박문이와 리정호는 또 한 번 얼굴을 마주보았다.

"그럼 학교는 어디를?"

"경성여고예요. 경성여고를 나왔에요."

서울 재동에 있는 경성여고는 조선 여학생들이 다니는 공립학교다. 박문이가 놀라서 저도 모르게 조선말로 "그럼…… 조선분입니까?" 하고 소리치듯 물으니 여자는 잠시 얼떨떨한 눈으로 박문이를 쳐다보다가 갑자기 울음을 터뜨리며 "조선분들이십니까?" 하고 곧 무릎걸음으로 다가드는 것이었다. 지옥에서 부처를 만난 것으로 여기는 모양이었다.

나중에 알고 보니 스물셋인 류명자는 하자마구미에 입사를 한 지가 이제 겨우 돌이 지났다.

당일로 지대 본부에서는 다음과 같이 결정을 지었다.

일본 남자 셋은 쓸데없는 것이니 곧 돌려보내기로 한다. 조선 여자 하나는 포섭할 대상이 되므로 남겨 두기로 한다.

다저녁때 무장대원 대여섯이 주막거리가 멀리 바라보이는 데까지 일본 사람들을 데려다주는데 갈라질 때 박문이가 콧수염 뚱뚱이더러

"저 주막거리까지 가면 오가는 군용트럭들이 있을 테니까 손을 들어 세워서 타구 가시오. 다들 당신네 사람이 아니요. 어려울 것 없겠지. 그리구 여비서는 조선 사람이니까 우리가 맡았다구…… 당신네 영사관에 가 신고를 하시오." 하고 말을 이르는데 옆에 섰던 리정호가 삐라한 묶음을 그 호주머니에 밀어 넣어 주며 "야스다 소장, 약소하지만 이건 전별하는 뜻으루 드리는 선물이니 그리 아시오." 하고 말하여 사람들을 웃겼다.

이튿날부터 류명자는 부단히 이동하는 항일 부대를 따라 내키지 않는 전투 행각을 부득이 하였다. 박문이가 책임지고 교양을 하는데 여자는 매번 다 고개를 다소곳하고 듣고 있다가 박문이의 말이 다 끝나면 의례 판에 박은 것 같은 말로 비대발괄을 하는 것이었다.

"말씀은 잘 알았에요. 그렇지만 이번만은 그대루 돌려보내 주세요. 부모님을 만나 뵙구…… 말씀을 여쭙구…… 다시 오겠에요. 꼭 다시 온다니까요. 네, 선생님."

아무리 타일러도 막무가내였다.

"말씀은 잘 알았에요. 그렇지만 이번만은 그대루 돌려보내 주세요. 부모님을 만나 뵙구…… 말씀을 여쭙구…… 다시 오겠에요. 꼭 다시 온다니까요……. 네, 선생님."

소귀에 경 읽기였다. 땅 팔 노릇이었다. 귀신은 경문에 막히고 사람은 인정에 막힌다지만 류명자 씨만은 아무것도 막히는 게 없었다. 약석이 무효였다. 자갈을 솥에 넣고 삶고 또 삶고 하는 거나 마찬가지였다. 절대로 익지 않았다. 그 상이 장상으로 "말씀은 잘 알았에요. 그렇지만…… 네, 선생님."을 되풀이하는 것이었다. 똑같은 말을 끈질기게 곱씹고 또 곱씹고 하는 것이었다.

성미가 느슨한 편인 박문이도 나중에는 고패를 빼었다. 할 수 없이 리 지대장에게 사실대로 전말을 보고하였다. 리 지대장은 "참 별난 여자 다 봤군." 하고 한참 생각해 보다가 고개를 들고 "까짓거 돌려보낼까? 공연히 끌구 다니며, 귀찮게시리." 하고 박문이의 의향을 물었다.

"아무려나 좋두룩 하시지요."

거치른 남자들의 세계에 연연한 여자 하나가 끼이면 오죽 좋으랴. 그렇지만 당자가 굳이 싫다니, 아쉽기는 하지만 부득이한 일이었다. 박문이가 그길로 가 여자에게 오늘 밤 돌려보낼 테니 그리 알라고 미리 일러 준즉 여자가 좋아서 어쩔 줄을 모르며 "선생님 고맙습니다, 고마와요." 백배사례를 하는데 박문이는 밉상스럽기도 하고 또 한편으로는 마음이 허전하도록 아쉽기도 하였다.

밤, 뭇별로 장식된 밤하늘에 심현성 성가퀴의 윤곽이 뚜렷이 드러나 보이는 데까지 와 가지고 박문이가 걸음을 멈추니 류명자도 발을 멈추고 또 호송하는 대원들도 따라서 걸음들을 멈추었다.

"자, 여기서부터는 혼자 가시오. 저기 저 성문을 향하구 꼿꼿이 걸으면 됩니다. 우린 여기서 무사히 들어갈 때까지 지켜볼 테니까, 안심하구 행동하십시오. 내가 일러 준 대루 하십시오. 그럼 자, 안녕."

마지막 작별의 인사로 굳은 악수를 나누는데 여자의 손의 땀기가 박문이 손바닥에 오래도록 남아 가서 주지를 않았다.

여자가 얼마 동안 앞으로 걸어 나가다가 멈칫 서서 잠시 망설이는 듯, 무슨 생각을 먹었는지 홀지에 되돌아오지 않는가! 박문이의 가슴은 높이 뛰놀았다. 걸어오던 여자가 또 멈칫 서서 잠시 망설이더니 다시 돌아서서 성문을 향하고 조심조심 걸어갔다. 박문이는 갑자기 다리 맥이 풀리는 것 같았다. 어둑컴컴한 성문의 문루에서 날카로운 수하가 날아내려 왔다.

"다레카?"

그러자 류명자가 박문이에게 배운 대로 하는 대답이 어둠 속에서 또렷이 들렸다.

"팔로군에 납치당했던 하자마구미 석문출장소의 야나가와 아키코가 돌아왔습니다."

문루에서 두런두런하는 소리가 났다. 한참 만에 "좋다. 그럼 두 손을 들구…… 그 자리에 서서 기다려라." 거친 목소리가 위협적으로 대답을 주었다. 그리고 또 한동안이 지나서 굳게 닫힌 성문 틈으로 불빛이 어른거리더니 이내 삐걱하고 성문이 사람 하나 겨우 들어오리만큼 열렸다. 두 손을 높이 쳐든 여자의 그림자가 성문 안으로 사라지자 성문은 다시 삐걱 쾅당 육중한 소리를 내며 굳게 닫혀 버렸다. 성문 틈으로 어른거리던 불빛도 사라졌다. 만뢰가 구적한데 밤하늘에서 별찌 하나가 지평선을 향해 줄을 그으며 내리꼰졌다. 박문이의 가슴은 가을 뒤의 목화밭처럼 어수선산란하였다.

63

형대성 안 일본 헌병 분견소와 일본군 여단 사령부에서 그리 멀지 않은 거리에 다카야마라는 창씨 성(본성은 고)을 가진 조선 사람 형제가 경영하는, 아사히라는 간판을 내건 이발소가 생겼는데 영업이 어지간히 잘되었다. 고객은 주로 조선 거류민, 일본 관헌, 일본 거류민들인데 어느 고장의 이발소도 다 그러하듯이 이 아사히이발소도 곧 할 일 없이 심심한 사람들이 모여들어 한담설화를 하는 장소로 되었다.

이때 형대에 사령부를 설치한 일본군 여단의 여단장은 조선인 홍사익 소장이었으므로 형대에 거류하는 조선 사람들은 공연히 코가 우뚝하였다. 아닌 게 아니라 형대의 일본 관헌이나 일본 거류민들도 다른 데서처럼 조선 사람을 반도인이라고 함부로 다루지는 못하였다. 홍사익 각하의 간접적인 덕택임이 분명하였다.

아사히라는 간판이 일본인과 친일파들에게 친절한 느낌을 주어서 그런지 얼마 오래지 않아 곧 부대와 헌병대의 조선인 통역들이 일본 사람들과 함께 단골손님으로 되었다. 그들의 입을 통하여 다카야마 형제는 헌병 분견소와 여단 사령부의 밥 끓고 죽 끓는 것을 눈으로 보듯이 알고 지내었다. 여단 사령부에 하야시라는 창씨 성(본성은 림)으로 불리는 스물네 살 먹은 조선인 통역 하나가 있었는데 다 같은 신의주 사람이라고 해서 특히 이발사 형제와 가깝게 지내었다.

어느 일 없는 밤저녁에 이발소로 놀러 왔던 하야시가 마침 이발소가 조용한 것을 보고 이런 이야기 저런 이야기 하던 끝에 웃으면서 "내 지난번 장군묘에 토벌을 나갔다가, 희한한 걸 하나 얻어 보잖았겠소." 하고 말하여 큰 다카야마가 "무슨 희한한 거, 어떤?" 하고 흥미를 가지며 물으니 하야시는 유리창으로 내비치는 불빛에 희읍스름한 거리를 한번 내다보고 나서 장화목에 손을 디밀더니 착착 접은 종이 한 장을 꺼내었다.

"이런 거요."

"그게 뭔데요?"

불갈구리로 난로를 쑤시던 작은 다카야마도 불갈구리를 손에 쥔 채 목을 늘이고 들여다보았다.

"아니, 그게 무슨…… 삐라가 아닌가요?" 하고 큰 다카야마가 놀라니 하야시는 얼굴에 뽐내는 기색을 띠며 주인 형제를 반반씩 갈라보았다.

"대체 무슨 삐란데요?"

"글쎄 태항산 속에……." 하고 하야시는 목소리를 푹 낮추어 가지고 "우리 사람들이 있다는 게 정말이란 말이요." 하고 소근소근 말하였다.

"우리 사람이라니요?"

"조선 사람, 조선의용군이란…… 항일 부대가 있단 말이요."

주인 형제가 다 같이 놀라며 "아니, 그게 웬 말이요?" 하고 서로 돌아보기만 하고 더 말을 잇지 못하니 하야시는 "쉬, 걔들이 알았다간 내 이 목두 아마……." 하고 삐라를 보라고 큰 다카야마에게 건네주었다.

글머리에 서로 어기친 태극기 한쌍이 눈에 번쩍 띄는 그 삐라에는 또렷한 한글로 '조선 동포에게 고함'이라고 찍혔는데 아닌 게 아니라 글의 끄트머리에는 '조선의용군' 다섯 자가 분명하지가 않은가!

다카야마 형제가 덤덤히 서서 마주 보기만 하는데 하야시는 큰 다카야마의 손에서 삐라를 잡아채듯이 하여 얼른 접은 금대로 도로 접어 가지고 장화목에다 밀어 넣었다. 그리고 탄식조로 "우리 민족은 죽지 않았소. 죽지 않구 아직두 살아 있단 말이요. 삐라에 찍힌 태극기를 보는 순간 난 제 나라를 도루 찾은 것 같아서…… 속이 다 쩡합디다. 그런데 제길할, 난 여기서……." 하고 하야시는 주먹으로 제 가슴을 한번 콱 박고 "왜놈의 통역 노릇을 하구 있단 말이야!" 하고 통탄을 하는 것이었다. 사람이란 울적한 감정은 알아줄 만한 사람에게 다 털어놓아야만 속이 후련한 법이었다.

나중에 돌아갈 때 하야시 통역은 "말씀 안 해두 다들 아시겠지만…… 이런 일은 두 형제분만 알구 계시우. 입 한번 잘못 뻥긋했다간 큰일 나는 세상이니." 당부를 하고 갔다.

통역이 돌아간 뒤에 다카야마 형제는 한동안 멀거니 마주 보고 섰다가 "저거 우리 속을 떠보느라구 저러는 건 아니겠지?", "설마……." 하고 서로 지껄였다.

"그럼 어떡헌다?"

"어떡허다니?"

"한번 시험적으루 포섭을 해 볼까 말이야."

"해 보자구 까짓거. 사람은 미더워. 통역이라구 뼛속까지 다 민족 반역자란 법이야 없겠지."

"아까 그 한탄을 하는 게…… 바이 거짓스럽진 않지?"

"진정이야, 내 보기엔…… 진정이야. 고민 속에서 방황하구 있다는 게 환히 알리던데 뭐."

사람들이 보는 데서는 형님 동생 하던 두 사람의 말씨가 어느새 너나들이로 변하였다.

"그럼 한번 해 보자구."

"좋겠지."

아사히이발소가 조선의용군의 아지트인 것을 아는 사람은 형대성 안에 몇이 없었다. 그 몇 사람도 큰 다카야마의 본성명이 우지강이고 작은 다카야마의 본성명이 림상수인 것은 모르고들 있었다. 두 사람은 본시 이발사 출신이었다. 그래서 이러한 변장이 가능하였고 또 이러한 착상을 할 수가 있었던 것이다. 그들은 아사히이발소를 차려 놓고 뒷구멍으로 애국적인 조선 청년들을 포섭하고 삐라 공작을 하고 그리고 정보 수집까지를 하고 있었다.

이때 중국의 묵은 동전을 수매해다가 일본 군수산업 부문에 납입하는 바람이 불어 돈벌이에 눈이 뒤집힌 어중이떠중이들이 인근의 장거리와 마을들을 가을 중 쏘대듯 하였는데, 그중의 한 사람이 형대성 안의 아사히이발소와 서황촌 부근에 주류하는 윤대성 지대와의 사이를 연결하는 선일 줄을 성문을 지키는 일본병들이 어찌 알았으랴. 자전거 짐받이에 동전 마대를 싣고 형대성 문을 무상출입하다시피 하는 그 반도인 동전 장수 시라가와(본성은 백)는 우자강과 림상수가 아사히이발소를 차려 놓고 포섭에 성공을 한 첫 번째 대상자였다.

12월 31일, 이해도 마지막 가는 날 밤에 서황촌에 주류하는 윤대성 지대에서는 우등불 모임을 가지고 한바탕 뛰놀았다. 일본군은 양계장의 닭 모양 날만 어두우면 조만해서 밖에는 나올 염을 못 하고 성안이나 포대 속에 들어박혀 있는 까닭에 맘 놓고 오락을 즐겨도 무방하였다. 각기 다른 여러 목소리가,

붉은 해 동방에 고루 비치고
자유의 신 마음껏 노래 불러
......
항일의 봉화 태항산상에 타오른다.

한 노래를 때로는 우렁차게 또 때로는 구슬프게 불러 댈 때 부르는 사람들의 가슴속에서는 격정의 파도가 사납게 일었다가 서정의 멀기가 느리게 쳤다가 하는 것이었다. 이 밤을 자면 1942년, 항일 전쟁도 여섯 해째로 접어든다. 아, 언제나 끝이 날 것인가 이 전투의 나날. 우등불 둘레에 둘러앉은 사람들의 얼굴에 불빛이 우줄우줄 춤을 추어 표한한

인디언의 전사들을 방불케 하는데 양씨동이가 촉경생정(觸景生情)으로 고향 이야기를 내놓았다.

"우리 원산서는 이맘때두 제주도 해녀들이 바닷가에다 이렇게 불을 피워 놓구 물속에 들어가 굴조개두 따구 갈미(광삼), 해삼두 잡지. 추우면 나와서 불을 쬐구 또 들어가구 추우면 나와서 불을 쬐구 또 들어가구…… 종일 그렇게 하는데, 한참씩 자맥질을 했다가 물 위에 솟아올라 가지고 가뒀던 숨을 몰아쉴 때는 그 소리가 마치 무슨 고동 소리와도 같지……."

"이 불에다 그놈의 갈미나 좀 구워 먹었으면 오죽 좋아…… 넨장할."

"우리 거기선 날걸루들 먹지."

"그 문둥이 같은 걸 징그러워서 날걸루야 어떻게 먹누."

"징그럽긴 뭐가 징그러워, 뱀을 다 잡아먹는 인간이."

"괜히 양간한 체해 보는 수작이지."

"감이구 배구 다 우리나라 꺼보단 월등 크지만 맛은 아무래두 좀 못하거든."

"잉어나 메기 같은 것두 다 그렇지 뭐. 크기야 우리나라 것에다 비해 몇 배 더 크지. 그렇지만 맛은, 아무래두 못해. 해감내가 난단 말이야."

"메기 말 말아, 혼이 났다."

"아, 용왕님을 잡아먹었는데 버력을 안 받아?"

"아하하!"

"용왕 고기!"

"그때 향로를 받들구 꽁무니를 따라다니는 꼴 참 보기 좋더라니."

"돼지고기두 그렇지 뭐. 작아두 우리나라 돼지고기가 고소하지."

"먹는 것만? 여자두 우리 여자들이 상냥하지. 사근사근하구 부드럽
구……."

"연연하구 말랑말랑하구……."

"아이구 죽겠다!"

"그 자식, 공연스레 남의 맘을 휘저어 놓잖나."

"쉬, 고향 생각은 금물!"

"야, 말 말아. 속상한다."

"그러게 빨리빨리 따후이로자춰(고향을 되찾다) 해야지."

"하오(좋아), 따후이로자춰!"

한동안 받고차기로 지껄이다나니 밤이 이윽하였다. 속들이 출출하
였다. 망년회를 맨입으로 지낼 수는 없는 노릇이었다. 제각기 전대에
넣어 가지고 다니는 옥수수 미싯가루를 더운물에 풀어 가지고 요기들
을 하였다. 조선의용군식의 밤참이었다. 말 그대로의 풍찬노숙이었다.

한구를 떠난 북평행 열차가 안양까지 왔을 때는 벌써 해가 서산에
너울너울 지고 있었다. 트렁크 하나와 바스켓 하나를 양손에 갈라든
서른 살가량의 젊은 여자가 많지 않은 여객들과 함께 차에 올라 가지
고 빈자리를 찾느라고 이리저리 휘둘러볼 때 가까운 좌석 창가에 아
들 같아 보이는 네댓 살짜리 사내아이와 마주 앉았던, 이 역시 서른 전
후의 젊은 여인이 얼른 아이를 끌어당겨 안으며 어서 와 앉으라고 손
짓을 하였다. 갓 오른 여자는 고개를 까닥여 치사하고 곧 트렁크와 바
스켓을 선반에 올려놓은 뒤 까만색 오버코트를 입은 채로 걸앉더니
시름없는 얼굴로 황혼이 비끼는 창밖의 전야를 바라보았다.

맞은편 좌석에 앉았는 여인의 아들아이가 "엄마, 나 과자." 하고 엄

마를 조르는 것을 듣고 갓 오른 여자는 비로소 얼굴을 아이 엄마에게로 돌리고 "조선분이세요?" 묻고, 대답도 기다리지 않고 곧 일어나 선반에 얹었던 바스켓을 들어 내려 무릎 위에 놓고 뚜껑을 열었다. 투명한 종이 봉지에 든 카스텔라 하나를 꺼내어 어린아이에게 건네며 "애기 몇 살?" 하고 상냥하게 물었다.

"아니, 고만두세요. 여기두 있어요."

아이 엄마가 밀막는 것을 "내버려 두세요." 갓 오른 여자는 듣지 않았다.

"다섯 살입니다. 아주머니 고맙습니다, 인사를 해야지. 이애는……."

"다섯 짤입니다."

"고맙습니다는?"

"고맙쯥니다."

"오호호! 정말 귀여우네요. 이름은요?"

"인석입니다, 대답을 해야지."

"인쩍입니다."

"오호호, 대답을 아주 썩 잘하네요."

차칸에서 오다가다 만난 두 여인이 피차에 조선 사람인 것을 안 뒤에는 잠깐 동안에 십년지기 맞잡이로 친숙해졌다. 만리이역인 까닭이다.

"어디 사세요?"

"신향이예요."

"네, 신향이요. 그래, 지금 어디를 가시는 길이세요. 애기를 데리구 이렇게?"

"북평 오빠네 집엘 다니러 가는 길이예요."

"네, 북평으루요. 그럼 왜 바깥어른하군 같이 가시잖구?"

"아이 아버지야 어디 그럴 겨를이 있어야지요."

"사업이 무척 바쁘신 모양이군요."

"되지 못한 영업이 괜히 분주만 하지요."

"무슨 영업을 하시는데요?"

"잡곡 도매를 한답니다."

"녜, 잡곡 도매…… 좀 좋아요."

"좋긴 뭐가 좋아요, 사람 골만 빠지지."

어린아이가 물을 먹겠다고 하여 그 엄마는 열차원이 끓인 물을 고대 따라 놓은 찻잔을 들고 홀홀 불어 식혀 가지고 한 모금씩 한 모금씩 아이를 먹였다. 어린아이가 물을 다 마시고 먹다 남은 카스텔라를 저의 엄마를 주었다. 그리고 호주머니에서 딱지를 꺼내 가지고 혼자 노니 그동안 중동무이되었던 두 여인의 이야기가 다시 이어졌다.

"그래, 댁에선 어딜 가시는 길이지요, 혼자서?"

"고향으루 돌아가는 길이예요."

"고향이 어디신데요?"

"원산이예요."

"원산? 함경도 원산?"

"녜."

"그런데 바깥어른이랑 애기랑은 다 어떡허시구요?"

"아이는…… 없어요."

"녜, 애기가 없어요. 그럼 바깥어른은요?"

"바깥양반은…… 세상 떴에요."

"아니, 어떡해서요?"

"안양…… 안양 아시죠? 안양서 살았는데, 바깥양반은 내처 삼륜차를 몰구 수매를 다녔지요. 그런데 지지난달에 호두를 수매하러 나갔다가, 팔로군이 묻어 놓은 지뢰에 걸려 가지고…… 폭사를 했답니다."

"어머, 저걸 어쩌지요."

"사람이구 차구 다 박산이 나 버렸지 뭐예요."

"아이고, 가엾어라."

"다 내 팔자지요. 팔자를 험하게 타구난 탓이지요. 그래 생각다 못해…… 끈 떨어진 조롱박이 돼 버렸으니, 할 수 있에요. 살림을 되는대루 걷어치우구, 고향에나 돌아가 볼까 해서…… 이렇게 떠났지 뭐예요."

"정말 안되셨네요."

"전남편 명색은 뇌일혈인가 무언가루 덜컥 죽어 버리구, 이번 건 또 이번 것대루 날벼락을 맞아 죽구……."

"그래, 고향엘 돌아가신다면?"

"아무두 없에요, 고향에두. 어머니하구 단둘이 살다가 어머니까지 세상을 떴으니…… 혈혈단신 외도토리예요."

"참말 딱하시네요."

열차는 어느덧 한단을 지나 북으로 북으로 줄기차게 달리고 있었다. 차창 밖은 인제 아주 캄캄해져 먼 인가촌의 불빛만이 깜박거렸다.

"저, 성씨를 어떻게 쓰시죠?"

"손가예요. 손쌍년이라구 해요. 이름이 우습지요? 우리 할아버지가 지어 주신 거예요."

"어머, 우리 아이 아버지하구 동성이시네요. 그이두 손씬데요."

"네, 그래요. 거참 반갑습니다."

"그렇지만…… 혼자 고향엘 가셔선 어떡허나요?"

"어떻게든 되겠지요. 설마 산 사람의 입에 거미줄이야 칠라구요."

참으로 딱한 사정이었다. 동정을 금치 못하는 여자와 그 동정을 받게 된 여자가 다 입을 다물고 고르로운 차바퀴의 율동에 몸만 흔들리고 있었다. 열차가 어느 불빛 밝은 역구내에 들어서며 서서히 멎어섰다.

"예가 어딘가요?"

"형대야요."

"형대…… 형대에두 우리 사람이 많이 있다지요?"

"그렇단갑디다."

"이러다간 석문은…… 한밤중에나 지나겠네요."

"열한 시 몇 분이라지요, 아마."

신발을 벗겨서 한옆에 눕혀 놓은 어린아이는 쌔근쌔근 곤하게 잠이 들었고 오르내리는 사람들의 발걸음은 분주살스러웠다. 일본인 열차 장이 부랴부랴 달려와 출입문 바로 옆의 좌석에 앉았는 승객들을 딴 데로 옮기게 하여 자리를 비워 놓자 군도 차고 권총 메고 누른색 소가 죽 장화를 신은 일본 헌병 셋이 저벅저벅 차칸으로 걸어 들어오는데 수갑 채운 청년 둘을 중간에 세웠다. 머리들이 헝클어진 두 청년을 차 창 밑에 하나씩 갈라 앉히고 바로 그 옆에 헌병 둘이 각각 붙어 앉았 다. 그리고 인솔자로 보이는 하사관은 통로 건너 넓은 좌석에 혼자 따로 편히 앉았다.

두 여인은 다른 승객들과 마찬가지로 어마한 분위기에 짓눌려 숨들도 크게 쉬지 못하였다. 쌍년이의 앉았는 좌석하고는 비슥맞은쪽인데 어떡허다 압송되는 두 청년과 눈길이 마주칠 때면 쌍년이는 이름 못 할 동정과 숭모로 가슴이 마구 죄어드는 것 같았다. 얼마나 씩씩한 모 습들인가. 얼마나 철학적인 깊이를 가진 얼굴들인가. 얼마나 태연한 몸가짐들인가. 쌍년이는 불현듯 밤중에 보따리 하나를 들고 망명길에 오르던 양씨동이의 생각이 났다. 경찰에 체포되어 가던 한 진사댁 장손 — 정실이의 남편 — 한정희의 생각이 났다. 그리고 또 선장이의 담임선생이던 김영하 선생의 생각도 났다.

'저이들은 필시 우리 독립군들일 거예요.'

쌍년이와 맞은 좌석의 아이 엄마는 입들은 다물고 눈으로만 말을 주고받았다.

'틀림없어요. 얼마나 훌륭한 젊은이들인가요.'

열차가 쉬지 않고 달려 관장 못미처까지 왔을 즈음이다. 기관차가 느닷없이 기적을 울리며 앞으로 나아가지도 않고 또 뒤로 물러서지도 않고 그저 선자리에서 자꾸 허우적거리기만 하였다. 객차 안의 사람들이 모두 무슨 영문을 몰라 의아쩍어하는 중에 별안간 객차의 출입문을 와락 밀어붙이며 총을 든 사람들이 뛰어들었다. 선두에 선 얼굴이 시커먼, 권총을 든 팔로군과 통로 건너 좌석에 따로 앉았던 헌병 하사관이 눈 깜박하는 일순간에 서로 대고 맞총질을 하였다. 하사관은 배를 부둥키고 푹 어푸러지고 팔로군의 왼편 팔목에서는 선지피가 주르르 흘렀다. 쌍년이는 그 얼굴이 시커먼 팔로군을 한눈 보자 소스라쳐 일어나며 소리를 지르지 않으려고 손수건 쥔 주먹으로 입을 막았다.

동전을 수매하러 다니는 사라가와가 짐받이에 마대를 실은 자전거를 타고 부랴부랴 서황촌 근처의 지대 본부를 찾아왔던 것은 두 주일 전의 일이다. 그가 가져온 소식은 온 지대를 뒤흔들어 놓았다. 형대성 안의 아지트 — 아사히이발소가 적들에게 불의의 수색을 당하는 통에 다카야마 형제로 위장을 하였던 우자강과 림상수가 꼼짝 못 하고 체포되었다는 것이다.

"이 일을 어쩌지?"

"이걸 어떡헌다?"

얼굴빛들이 노래져 가지고 아무리 궁리를 해 보았자 헌병대에 갇힌 사람을 빼내 온다는 재간은 없었다. 한 개 여단이나 쏟아져 들어간다면 또 모를까 그 외에는 구출을 할 묘리가 없었다……. 속수무책으로 속들을 지글지글 끓이는 중에 하루가 지나고 이틀이 지났다. 사흘이 지나고 닷새가 지나고 또 한 주일이 지났다. 두 주일째 되는 날 늦은 아침때 연락원 시라가와가 또 자전거를 타고 진동한동 달아와 보초장을 앞세우고 지대장실에를 들어서는데 숨이 턱에 닿았다.

"오늘 밤차루 떠난답니다."

시라가와가 밑도 끝도 없이 외치는 말을 미처 해득 못 한 윤 지대장이 "밤차루 떠나? 뭐가?" 하고 재차 물으니 시라가와는 가쁜 숨을 돌린 뒤에 비로소 "다카야마 형제 말씀입니다." 하고 주사를 말하였다.

"오, 어디루?"

윤 지대장과 보초장이 다 같이 놀랐다.

"석가장으루 간답니다. 석문헌병대에서 벌써 압송할 헌병들이 내려왔답니다. 하야시 통역이, 하야시 통역 아십지요? 하야시 통역이…… 새벽같이 쫓아와 일러 주면서 빨리 가 알리라구 당부를 하잖겠습니까. 그렇지만 성문이 열려 줘야 나옵지요. 그러구 또 너무 일찍 서두르면, 의심을 받기가 쉽겠구……. 그래서 이렇게 늦어졌습니다."

"수고했습니다, 백 동무."

윤 지대장은 너무도 고마와 시라가와의 손을 덥석 잡고 흔들고 또 흔들고 하였다.

'동전 수매를 하는 애국자! 이 얼마나 대견한가!'

시라가와는 우러러보는 윤 지대장이 너무나 뜨겁게 동지적으로 대해 주는 데 감격하고 또 황송하여 잠시 몸 둘 바를 몰라 하였다.

윤 지대장이 곧 비상소집을 해 가지고 구출할 방도를 강구하는데 격앙한 동지들이,

"열차를 습격합시다."

"무조건 습격해야 합니다."

"시각을 천추해선 안 됩니다."

"총출동합시다."

"간나새끼들, 본때를 보여 줍시다."

"시간이 촉박한데 서둘러야 합니다."

"현장까지 가재두 여러 시간이 걸리잖겠습니까?"

입입이 습격을 하자고 주장하여 의제는 책장 한 장을 뒤지듯이 간단하게 구체적인 작전계획을 세우는 데로 넘어갔다.

"열차를 멈춰 세울 방도부터 토의를 해 봅시다." 하는 윤 지대장의 말에 여러 사람이,

"물론 궤도를 폭파해야지요."

"아니, 레일 한 개를 들어내는 게 더 좋습니다. 요란스럽잖구."

"그렇게 되면 기차가 탈선을 할 텐데?"

"위험합니다, 그 방법은."

"탈선은 재미적습니다. 우리 사람까지 상할 염려가 있습니다."

중구난방으로 나서는 것을 양씨동이가 "내 말부터 좀 듣구 나서, 내 말부터 좀 듣구 나서……." 하고 손을 내저어 누르고 자신의 생각한 바를 이렇게 피로하였다.

"열차를 멈춰 세우는데…… 폭파를 한다든가 레일을 들어낸다든가 하는 건 다 하지하책입니다. 우리 사람을 구해 내는 게 이번 작전의 목적인 이상 더더구나 쓸 수 없는 방법입니다. 내가 전에 원산총파업 때 철도 노동자들에게 배운 게 있습니다. 그때 외지에서 모집해 오는 파업깨기꾼들을 저지하려구 기차를 중도에서 멈춰 세우는데 원산 철도 노동자들은 우둔한 방법을 써서 경찰 놈들에게 구실을 주지 않으려구 교묘한 방법을 썼습니다. 구배가 심한 지점을 골라 가지고 레일에다 몇십 미터 잘 되게 모빌유를 잔뜩 발라 놨습니다. 그랬더니 미끄러워서 그놈의 차바퀴가 자꾸 공전을 하잖겠습니까. 생전 기관차가 앞으루 나갈 재간이 있어야 말이지요. 다급해난 기관사 놈이 모래 통의 모래를, 언덕을 올라갈 때 쓰는 모래를…… 드립다 쏟습디다. 결국 올라가긴 가까스루 올라갔지만 동안이 착실히 걸리더란 말입니다. 그러니 우리두 이번에…….

씨동이가 말을 다 마치기도 전에,

"그거 참 된 수요."

"옳소!"

"절대 찬성!"

열렬한 분위기 속에 만장일치로 가결이 되었다.

시간이 촉박하므로 지체 없이 행동으로 넘어가는데 윤 지대장의 포치로 더러는 차단호를 넘을 발판을 마련하고 또 더러는 기름을 구하러 나갔다. 윤 지대장은 양씨동이와 리태성이를 데리고 뒤에 남아 가지고 시라가와에게 그가 이번 행동에서 맡아 할 역할에 대하여 상세히 이야기를 해 들렸다. 시라가와를 납득시켜 돌려보내고 나니 해가 한낮 때다. 장만한 발판은 그런대로 쓸 만하였으나 기름은 모빌유가 없어서 대용품으로 유채기름과 돼지기름을 듬뿍 구해 들였다.

열차를 습격하려고 떠난 대오는 해 질 녘에 관장에서 오륙 마장 떨어진 촌락에 들어가 저녁을 지어 먹고 한동안 휴식한 뒤 야음을 타고 행동을 개시하였다. 먼촌의 개 짖는 소리를 들으며 유령의 행렬처럼 기척 없이 사전에 미리 정찰하여 선정한 지점에 접근을 하였다. 십여 명 사람이 번갈아 목도질해 온, 한쪽 끝에 긴 삼밧줄이 달린 널판대기를 도개교처럼 차단호 가장자리에 60도 각으로 세웠다가 천천히 줄을 주어 발판을 놓았다. 이제 열차가 통과할 시각 — 9시 20분까지는 반 시간이 채 못 남았다. 대원들은 꼬리에 꼬리를 물고 발판을 건너며 곧 철둑 양옆에 매복을 하였다. 여기는 구배선 — 철길이 어지간히 경사가 진 지점이다. 씨동이 지휘하에 칠팔 명 사람이 두 패로 나뉘어 준비해 온 유채기름과 돼지기름을 레일 안쪽 절반에다만 몇십 미터 잘 되게 마구 발라 나갔다. 두 가지 성질이 다른 기름으로 레일을 아주 범벅을 만들어 놓았다.

먼 형대역에서 기차가 떠나는 기적 소리가 들려오자 윤 지대장은 허리를 구푸리고 각 분대의 분대장들을 하나하나 찾아다니며 다시 한번 주의를 주었다.

"저항만 하면 가차 없이 해치우시오. 기관사두 마찬가지요. 순종하면 살려 주구, 안 하면 해치우시오. 일반 여객들을 상하지 않두룩."

이윽고 앞등으로 철길을 눈부시게 비추며 열차가 달려왔다. 매복한 사람들은 제각기 총을 배 밑에 깔고 납작납작 엎드려 얼굴을 땅에다 파묻었다. 이런 것을 모르고 기세 좋게 달려오던 기관차는 기름을 덕지덕지 발라 놓은 구배선에 서슴없이 들어섰다. 그러나 얼마 못 올라가서 곧 차바퀴가 헛돌이를 시작하였다. 육중한 기관차가 선 자리에서 허우적거리는 양은 마치 무슨 마귀의 술법에라도 걸린 것 같아 매우 신기스러웠다.

웬 영문을 모르는 기관사와 화부가 눈들이 휘둥그래져 얼굴을 마주 보는 순간 꿈에 보일까 무섭던 팔로군들이 기관사실로 뛰어올랐다. 그리고 다짜고짜로 총부리를 들이대며 "세워라!" 호통을 치는 것이 아닌가. 혼비백산한 화부는 손에 들었던 부삽을 얼른 놓고 들라고도 하지 않은 두 손을 ― 영화에서 본 대로 ― 번쩍 들었다. 기관사는 부들부들 떨면서 저를 겨눈 총구멍에다 눈을 못 박은 채 거의 본능적인 동작으로 제동기를 더듬었다.

열차가 멎어서느라고 덜거덩거릴 때 끝으로 세 번째 객차의 승강구의 문이 안으로 덜컥 열렸다. 근처에서 대기하고 있던 양씨동이를 선두로 손에 총을 든 습격대원들이 우르르 차에 뛰어오르니 문을 열어 준 사람 ― 시라가와가 얼른 한옆으로 비켜서며 맞은편 차칸의 출입문을 턱짓으로 가리켰다. 씨동이가 알아차리고 서너 걸음에 달아가 문을 와락 밀어붙이며 차칸으로 뛰어들었다. 오른편 좌석에 따로 앉았던 헌병 하사관이 재빨리 권총을 빼 들었다. 일순간의 맞불질. 헌병 하사관은 배를 맞고 푹 어푸러지고 씨동이는 왼편 팔목에 총알을 맞았다.

뒤따라 들어온 리태성이와 윤지평이는 다른 대원들과 함께 와락 대들어 눈 깜박할 사이에 두 헌병의 무장을 해제시켰다. 그리고 눈들을 부라리며 "열쇠!", "냉큼 열지 못할까!" 으르딱딱거리니 두 놈 중의 한 놈이 꼼짝없이 열쇠를 꺼내어 우자강, 림상수 두 사람의 차고 있는 수갑을 잘칵잘칵 열어 주었다. 그러자 우자강이와 림상수는 벗겨 준 수갑을 재치 있게 두 헌병의 손목에다 되잡아 채워 주었다. 그리고 한 놈의 손에 쥐인 수갑 열쇠를 홱 잡아채었다. 정치투쟁, 무장투쟁이란 원

래 이렇게 전변이 급작스러운 법이다. 이때 양씨동이는 바로 눈앞에 까만색 오버코트를 입은 젊은 여자 하나가 서 있는 것을 피뜩 보았다. 그 여자와 씨동이의 네 눈이 마주쳤다. 번개같이 알아보았다.

"쌍년이!"

소리치며 씨동이가 한 발을 앞으로 내디디는 찰나에 등 뒤에서 총소리 한 방이 났다. 날아온 총알은 씨동이의 잔등어리를 뚫고 들어와 면바로 심장에 박혔다. 씨동이는 쌍년이 발밑에 머리를 처박듯이 하며 고꾸라졌다. 소리 한번 지를 겨를도 없었다. 씨동이를 쓰러뜨린 흉탄은 고대 그의 총알에 배때기를 맞고 어푸러졌던 헌병 하사관이 몸을 겨우 일으키고 최후 발악으로 쏜 것이었다. 분이 치민 리태성이가 헌병 하사관 놈의 등판에다 거꾸로 잡은 총창을 콱 내리박으니 그놈은 돼지 멱따는 소리를 지르고 곧 사지를 폈다.

쌍년이가 무너앉으며 씨동이의 주검 앞에 두 무릎을 꿇었다. 덧없고 애달픈 열두 해 만의 해후상봉이었다.

64

한 개 대대 병력의 보위를 받으며 야전병원은 극히 느린 속도로 이틀 가고 하루 쉬고 이틀 가고 하루 쉬고 하면서 완완히 이동을 하였다. 제 발로 걷지 못하는 환자가 태반이었으므로 적의 습격만 받으면 그 후과는 생각만 하여도 끔찍하였다. 청장하의 서쪽 줄기를 따라 석갑 방향으로 하루에 이삼십 리, 삼사십 리씩 굼벵이 걸음을 하는데 의약품이 극도로 결핍한 데다가 급양까지 마련이 없어 놔서 환자들도 죽을 지경이려니와 의료 일꾼들 또한 죽을 지경이었다. 한 가지 정신적인 위안이라면 "이래두 2만 5천 리 원정 때에 비하면 하늘과 땅입니다. 기운들을 냅시다." 하는 지도원들의 설복과 격려의 말이었다.

조선의용군 여대원들은 모두 보조 간호원 노릇을 착실히 잘하였다. 총을 들고 일선에 나가 싸우는 동지들에게 미안해서도 몸을 사리거나 게으름을 부릴 수는 없는 일이었다. 병원 당국이 부상당한 일본 포로들도 일시동인하는 것을 보고 송일엽이 "저따위들을 저렇게 극진히 대우를 해선 무엇 한다지? 일손이 딸려 죽을 지경인데!" 하고 입술을 비쭉 내미니 전보경이 웃으며 "팔로군의 정책이 그런 걸 뭐." 하고 가볍게 받아넘기는데 "별놈의 정책두 다 많지." 하고 송일엽은 눈을 샐쭉하였다.

"포로를 우대하면, 목숨을 살려 준다는 걸 알게 되니까…… 적들두 막다른 지경에서 결사적으루 저항을 하잖거던요. 그러니 결국은 우리한테 유리하지요."

장옥연이 세탁한 붕대를 나무와 나무 사이에 건너 맨 빨랫줄에다 널며 알기 쉽게 설명을 하니 송일엽은 코웃음을 치며 "왜놈두 우리 사람을 사로잡으면 저렇게 우대를 해 줄 줄 알구?" 하고 엇나갔다. 장옥연은 그 가시 돋친 비양조를 못 들은 체하고 그저 붕대만 널어 나갔다. 그는 송일엽의 그러한 성질을 잘 알고 있는 터였다. 전보경도 공연히 덧들이지 않으려고 입을 다물고 일손만 다그쳤다. 이들은 피고름으로 범벅이 된 붕대들을 시냇가에 가지고 나와 빨아 널어 말려 가지고 다시 감는 일을 하고 있었다. 송일엽은 나이 아래인 장옥연이 자기보다 아는 것이 월등 많을 뿐더러 남들도 다 자기보다 장옥연을 더 높이 보고 또 미덥게 여기는 것이 고까와서 저도 모르게 속이 늘 좀 꼬부장하였다.

한동안이 지나서다. 다 마른 붕대들을 걷는 족족 부지런히 도로 말고 있을 즈음 웬 낯선 군인 둘이 쥐대기로 만든 들것 명색에다 꼬마 전사 하나를 담아 가지고 시내에 놓인 징검다리를 건너오는 것이 눈에 띄었다. 송일엽이 동정심과 호기심에 끌리어 일손을 놓고 얼른 마주 나가 들것을 들여다보았다. 고열에 시달리는 꼬마 전사는 눈을 감고 누워서 콧날개를 자꾸 발름발름하고 있었다. 송일엽이 들것을 따라 옆걸음으로 걸으며 뒤선 전사에게 물어보았다.

"병이 났나요?"

그 전사는 얼굴이 환한 여전사가 말을 묻는 바람에 부끄러워서 얼굴을 붉혔다. 고개를 들지 못하고 눈을 아래로 깔고 "녜." 대답을 하였다.

"무슨 병인가요?"

"무슨 병인진…… 우리 잘 모릅니다."

"몇 살인가요?"

"글쎄요. 여남은 살 됐겠지요."

들것을 맞들고 가는 전사들도 자세한 것은 모르는 모양이었다.

"아이, 가엾어." 하고 송일엽은 돌아와 다시 일손을 쥐며 한숨을 지었다.

꼬마 전사가 입원을 하러 오는 통에 다들 마음이 언짢아져 그저 묵묵히 일손들만 다그쳤다. 여대원 중에서 일을 가장 억척스레 잘하는 것은 야초만 습격 때 붙들어 온 위안부 — 무슨 옥 무슨 순들이었다. 형편없이 어지러운 빨래를 하면서도 그녀들은 얼굴에 절로 떠오르는 행복감을 감추지 못하였다. 인간 생지옥에서 구원을 받은 기쁨 속에서 삶의 참된 보람들을 느끼고 있는 것 같았다.

조선의용군 소속의 유일한 일본 여자 — 데라모토 아사코의 존재는 일본군 부상병들에게 더없는 고무로 되었다. 팔로군 의료 일꾼들의 백 마디 말보다도 데라모토 아사코의 한마디 말이 더 큰 영향을 그들에게 미쳤다. 필경은 핏줄기가 잇닿은 동포였다.

"우린 장차 어떻게 됩니까?"

일본군 부상병들이 가장 궁금히 여기는 것은 자신들 장래의 운명이었다. 목숨을 빼앗기지 않으리라는 데 대하여는 이젠 어느 정도 자신들이 생겼으나 그것만으로는 종시 마음이 다 가라앉지를 않는 것이었다.

"여러분께서 건강을 회복하신 뒤에는 대개 아마 반전동맹으루 넘어가시게 될 겁니다."

데라모토 아사코의 말에 귀에 선 명사가 섞여 나오니 부상병들은 모두 신경을 돋우었다.

"뭡니까, 그 반전동맹이란 게?"

"우리 사람들루 조직이 된 반전단체…… 차차 아시게 될 겁니다."

"그런 게 있습니까, 여기?"

모두들 금시초문이었다. 부상병들은 서로 얼굴을 돌아보았다.

"있습니다. 이 죄악적인 전쟁을 종식시키기 위해 그들은 지금 맹활약을 하구 있습니다."

중국 군복을 입은(팔로군의 군복과 조선의용군의 군복은 똑같았다) 동포 여성의 입에서 이와 같이 야무진 말이 나오는 것을 듣고 부상병들은 '이런 세상두 있었구나!' 벌린 입을 다물지 못하였다. 참으로 꿈도 꾸어보지 못한 미지의 세계였다.

"그럼 왜 당신은…… 데라모토 씨는, 그 반전동맹인가에 가담을 하잖았습니까?"

"저는 이미 조선의용군의 한 성원이니까 구태여 그럴 필요를 느끼지 않아섭니다. 반전동맹이나 조선의용군이나 다 이 침략전쟁을 반대해 싸우는 건 마찬가지니까요. 저는 현재 이름두 권혁이라는 조선 이름을 쓰구 있습니다. 제가 이런 이치를 지금 이 자리에서 다 말씀을 드려두 여러분께선 수월히 받아들이시질 못할 테니까…… 앞으루 차차 알아듣기 쉽게 말씀을 드리겠습니다. 그리구 당면 문제는 하루바삐 건강들을 회복하시는 겁니다."

일본군 부상병들의 눈에 데라모토 아사코는 곧 천사로 보였다. 구세주로 보였다. 그들 가운데는 데라모토 아사코를 황국을 반대하는 비국민이라고 욕을 하는 사람이 하나도 없었다. 그런 편견을 가지기에는 너무나 순직한 햇내기들이었다.

송일엽은 이날부터 아이낳이를 못 해 본 여자의 배설할 데 없던 본능적인 모성애를 꼬마 전사에게 아낌없이 쏟아부었다. 열세 살 먹은 꼬마 전사 — 왕소성은 어느 부대 한 중대장의 시중을 드는 근무병이었는데 회귀열을 앓아 들것에 실려 와 입원을 한 것이었다. 송일엽이 그 어린 생명을 구원하기 위하여 밤잠도 자지 않고 헌신적으로 간호를 하는 모습은 성스러울 정도였다. 송일엽의 사람 됨됨이를 잘 알고 있는 전보경도 그녀에게 이런 성모마리아 같은 일면이 있는 줄은 일찌기 몰랐다.

이동하는 야전병원은 석갑에서 네댓 마장 떨어진 큰 부락까지 와 가지고 임시 거점으로 병원 마을을 새로 차렸다. 그리고 달포가량 지나서 어린 회귀열 환자 왕소성이 거의 기적적으로 건강을 회복하였다. 송일엽은 대견하여 설과 생일을 겸쳐 맞은 것 모양, 기분이 명랑해졌다. 어린 퇴원 환자가 반'토벌' 작전으로 동에 번쩍 서에 번쩍하는 본

부대와의 연계가 끊겨 복대를 할 수가 없게 되자 병원 당국에서 아이를 당분간 붙들어 두고 잔심부름을 시키기로 결정을 하니 송일엽은 더욱 마음에 합당하여 입이 한껏 벌어졌다. 잃었던 아들을 도로 찾기라도 한 것마냥 좋아하였다.

송일엽이 아이의 꿰진 군복을 기워 주고 또 떨어진 단추를 달아 주며 옆에 데리고 앉아 도란도란 이야기를 주고받았다.

"고향이 어디랬지?"

"지천 아시죠? 섬서 지천……. 지천서 나서 지천서 자랐에요."

"지천이 어디쯤이야?"

"황하에서 그리 멀잖아요. 한성에서두 그리 멀잖구."

아이가 소명하여 지리를 분명히 대건만 송일엽은 지리 지식이 빈약하여 지천이 어디 가 박혔는지를 듣고도 몰랐다. 아무튼 중국 땅 어디겠지쯤 가량 잡고 지리과는 그 정도로 책장을 덮었다.

"집에 엄마 아버지 다 기신가?"

"다 돌아가셨에요."

"다 돌아가셨어? 그럼 누구하구 같이 살았지?"

"누나 집에 얹혀 있었에요."

"오, 누나 집에……. 누나는 아이가 여럿인가?"

"아니요, 젖먹이 하나밖에 없었에요."

"응. 그래, 입대한 지 얼마나 되지?"

"인제 일 년이 좀 넘었에요."

"공부는 못 했나?"

"소학교를 한 이태 다녀 봤에요."

"그래, 누나가 귀여워하던가?"

"그러면이요. 하나밖에 없는 동생인걸요."

"그럼 매부는?"

"매부두 마찬가지예요. 그렇지만 살림이 워낙 구차해 놔서요. 통 마련이 없는걸요."

"그래, 입대한 뒤엔 무얼 했지?"

"우리 중대장 동지의 시중을 들었에요."

"줄곧?"

"네, 줄곧." 하고 받아 뇌며 왕소성이 미간을 찡그려서 송일엽이 "왜?" 하고 그 미간 찡그리는 까닭을 다우쳐 물으니 왕소성은 "제가 없어서…… 우리 중대장 동지가 어떻게 지내시는지 모르겠에요." 하고 근심스레 대답을 하였다.

"오호호! 중대장 동지가 뭐 어린앤가?"

"그래두요. 밤마다 취침 전엔 꼭 더운물루 발을 씻어야 하는데…… 하루두 빼놓잖구 지가 꼭꼭 떠다 드린걸요."

송일엽은 무사기하고 고지식하고 또 책임심이 강한 꼬마 전사의 말에 적이 감동이 되어 나오던 웃음이 도로 들어갔다. 그 결에 말머리를 돌렸다.

"급료는 얼마지?"

"1원 50전이예요. 우리는…… 일률적으루 1원 50전이예요."

송일엽은 기본급료 3원 50전에다 생리적 조건을 고려하여 여동지들에게만 따로 지급이 되는 보조비 50전을 합하여 매달 4원씩 받고 있었다.

"그래, 그 돈은 무엇에다 쓰지?"

"용돈으룬 50전만 딱 쓰구…… 그 나머지는 다 모아 두었에요."

"모아 두어? 이담에 커서 장가갈 때 쓰려구?"

송일엽이 싱글거리며 놀려 주니 아이는 얼굴을 붉히며 고개를 숙였다. 송일엽이 짓궂이 "왜 말을 안 하지? 그 돈을 모아선 무얼 하려느냐구 묻는데." 하고 둘째손가락으로 아이의 이마를 콕 찌르니 아이는 겨우 고개를 들고 "인편이 있을 때…… 누나한테 부쳐 주려구요, 구차하게 지내는데……." 하고 말하는 것이었다.

"오, 누나한테……."

송일엽의 얼굴에서 대번에 웃음기가 가셨다. 아이의 갸륵한 우애에 코허리가 찡해진 것이다.

두 사람의 이야기는 차차로 가리산지리산이 되다가 나중에는 밤 행군하는 데로 번지었다.

"밤새두룩 내처 걷기만 하니까 졸려서 사람이 어디 견딜 수가 있어야지요. 그래 우리 또래는 거지반 다 눈을 감구 그저 앞사람만 따라 걷지요. 그러다가 발을 헛디디구 낭벼랑에서 떨어져 죽은 아이까지 있다지 뭡니까?"

"어머, 저걸 어쩌지!"

"그래서 우리 중대장 동지는 밤 행군을 할 때…… 제 혁띠에 줄을 매가지고 그 한끝을 당신 혁띠에다 비끄러매군 하셨지요."

"오호호! 서루 떨어질까 봐?"

"그렇게 하면…… 원길을 벗어났다가두, 줄에 끌려 다시 들어오니까요."

"오호호! 등산대원들이 로프를 서로 잡아매는 거와 마찬가지구면."

"등산대원이 뭡니까?"

"등산대원이 산에 오르는 운동가지 뭐야."

"그런 운동가두 있습니까? 전 처음 듣습니다."

"낙하산을 타구 비행기에서 뛰어내리는 운동가두 다 있는데."

"헤, 그렇습니까?" 하고 꼬마 전사는 쌍까풀진 두 눈을 동그랗게 떴다.

"자, 인제 다 기웠으니 어디 한번 입어 봐요." 하고 송일엽은 아이의 군복을 훌훌 털어서 건네주었다.

한왕진을 점령한 적군의 한 갈래가 석갑 방향으로 내려온다는 소식을 접한 야전병원 마을은 자못 긴장해났다. 환자들을 안전한 데로 옮기는 문제가 시급하였기 때문이다. 마을에서 너덧 마장 떨어진 곳에 천연으로 된 큰 동굴 하나가 있어서 중환자는 담가로 실어 나르고 경환자는 제 발로 걷거나 곁부축을 하고 모두 그 동굴로 향하는데 윤곡흠 지휘하의 조선의용군 여전사들은 하루 동안에 몇 고팽이씩 가파른 산길을 오르내려서 은을 내었다. 특히는 위안부 출신의 무슨 옥 무슨 순들의 활약이 눈부시었다. 그녀들은 남자와 같이 담가로 환자를 실어 나르면서도 힘들다는 소리 한마디를 하지 않았다.

손이 모자라 쩔쩔매던 원장이 달려와서 "이렇게 수고들 해서 어쩌나, 이렇게 수고들 해서 어쩌나." 하고 손바닥을 맞비비다가 또 진둥걸음으로 달려가는 것을 보고 환자 하나를 곁부축하고 가던 전보경이 무슨 옥 무슨 순들을 부러워하는 어투로 "다 같은 사람인데…… 우린 왜 이런 약골일까." 하고 역시 환자를 곁부축하고 오는 장옥연을 돌아보니 "누가 아니래요." 하고 장옥연은 가쁜 숨을 들이그으며 어깨를 들먹거렸다. 장옥연은 몸이 가냘프기로 소문이 났다. 두 눈을 다 붕대로 감아서 앞을 못 보는 환자를 곁부축하고 가파른 길을 앞서서 돋우 밟던 송일엽이 뒤를 돌아보고 "우리두 촌생장이었더면…… 무어 못할게 있어." 하고 꿰진 소리를 하였다. 누구나 또 무엇이나 자기보다 낫

다기만 하면 승벽을 부리는 게 그녀의 타고난 천성이었다.

밤, 환자들을 대충 다 안치한 뒤에 가늘고 낮은 말소리도 굉장히 웅글게 들리는 우중충한 동굴 속에서 가물가물하는 평지기름불을 가운데 놓고 다들 와서 둘러앉기를 기다려 가지고 윤곡흠이 부드러운 바리톤으로 말을 이었다.

"지금 형세를 보아하니…… 적군은 금명간 들이닥칠 모양입니다. 그러니 우리두 한두 사람 간호병으루 전투부대에 참가를 했으면 어떨는지. 실지 용도두 용도려니와 그보다두 정치적 영향이 더 클 것 같아서 그럽니다. 외국 벗들두 우리와 함께 있다는 이 한 가지 사실이 전투원들의 사기를 고무할 것은 의심할 바 없습니다. 어떻습니까, 여러분의 생각은?"

말이 미처 떨어지기가 바쁘게 송일엽이 선등으로 손을 들고 "내가 가겠어요." 하는데 장옥연도 선뜻 "저두 가겠습니다." 하고 그 뒤를 따랐다. 잇달아서 칠팔 명의 여대원들이 너도나도 가겠다고 지원을 하니 윤곡흠은 손을 내저어 누르고 "내 생각에두 송일엽, 장옥연 두 분이 가시는 게 워낙 좋겠습니다." 말하고 다시 "그럼 내 이제 가서 그런 취지루 원장하구 의논을 해 보겠습니다. 다른 의견이 없으면 고만들 헤어지시죠." 하고 바로 일어나 굴 밖으로 나갔다.

이튿날 늦은 아침때다. 위생 가방들을 메고 전투부대로 떠나가는 오륙 명 일행 중에 송일엽과 장옥연도 끼었다. 실심한 얼굴로 청처짐하게 뒤를 따라오는 꼬마 전사 왕소성에게 송일엽이 손을 내저었다.

"인제 고만 들어가요. 곧 또 만나게 될 텐데 뭘……."

엄마의 사랑이란 것을 모르고 자란 아이는 저를 따뜻이 보살펴 주는 송일엽에게 정이 들어 갑자기 갈라지게 된 마당에서 마음이 몹시 허전하였던 것이다.

산모퉁이 길을 돌아서다가 뒤를 돌아보니 아이는 풀기 없이 서 있던 자리에 그대로 서 있었다. 송일엽이 어서 들어가라고 또 한 번 손을 내저었다. 그리고 속이 상하여 "아이구, 내 이 원쑤 년의 팔자야." 하고 혼자 푸념을 하였다. 장옥연이 그 마음을 헤아려 "아이가 정이 있게 굴더니만……." 하고 동정하여 말하니 "누가 아니래여." 하고 송일엽은 무엇을 떨어 버리기나 하려는 것처럼 고개를 잘래잘래 흔들었다.

얼마 동안 말이 없이 걷다가 송일엽이 손수건을 꺼내려고 군복 호주머니에 손을 디미니 무슨 종이쪽지 같은 것이 손에 만져졌다. 무언가 하고 꺼내 보니 헌 종이를 차곡차곡 접은 것이다. 괴이스레 여기며 부지런히 펼쳐 보니 속에 든 것은 두 장의 기남은행권(하북성 남부은행권), 2원이다.

"아이고." 하고 송일엽은 어이가 없는 한편 속이 언짢아 한동안 말을 못 하였다.

"왜요, 어떻게 되셨에요?"

장옥연이 까닭을 물어서야 비로소 송일엽은 기가 차 하며 "고 깜찍한 게 글쎄……." 하고 손에 쥔 지전 두 장을 내흔들어 보이며 하소연하듯 말하는 것이었다.

"내가 일전에 용돈으루 돈 2원을 싫다는 걸 억지루 손에다 쥐여 주었지 뭐야. 제가 받는 급료는 누나한테 부쳐 주겠다며 꽁꽁 묶어 두구 절대루 헐지를 않는다니까. 아, 그랬더니 글쎄 요 깜찍한 것이…… 아까 떠나올 때 어물어물 내 옆에 와 부닐잖겠어. 그러더니 어느 틈에 이렇게 그 돈을 도루 내 호주머니 속에다 넣어 놨지 뭐야."

"참말 깜찍하네요."

장옥연이 적이 감동이 된 어조로 말하는데 송일엽은 호 한숨을 짓고 다시 더 말이 없이 하염없는 생각을 더듬는 것이었다.

무장 부대의 주요 목적은 적을 다른 데로 유인하여 비전투 단위인 야전병원을 엄호하는 것이었다. 그래서 이 부대는 여느 부대들처럼 동에 번쩍 서에 번쩍 신출귀몰하는 전법을 쓰지 않고 그와 반대로 목표를 일부러 드러냄으로써 적의 이목을 제게다 끌기를 일삼았다. 적에게 얻어맞기 쉬운 목표물로 될 것은 미리 각오를 한 바였으므로 이 부대에 딸린 위생병들의 임무는 특히 어렵고 또 중하였다. 아니나 다를까 이튿날 늦은 아침때 누른색 군복들을 입은 일본군은 노략질한 근거지 농민들의 농우 칠팔 마리를 앞세우고 골짜기가 좁다고 꾸역꾸역 밀려들었다. 노략질한 소들은 몰고 다니다가 잡아먹기도 하고 또 짐바리로도 쓰는데 그보다 더 긴요한 것은 앞세우고 다니며 지뢰밟기를 시키는 것이었다. 팔로군과 민병들의 지뢰전술에는 혼이 하도 많이 나 봐서 겁들이 되우 나는 모양이었다.

유인 기만전술로 적을 골짜기 밖으로 끌어내기 위하여 매복에 실패한 것 같은 가상을 조성하느라고 부대는 백주대낮에 적이 보는 앞에서 거미 새끼같이 흩어지기도 하고 또 때로는 무모한 요격을 감행하는 체도 해야 하였다. 동굴 속에 피신한 환자들의 안전을 위하여 부대는 위험을 무릅쓰고 또 희생을 무릅써야만 하였다. 송일엽과 장옥연은 가냘픈 여자의 몸으로 그러한 복새판에 끼어들어 정신없이 이리 닫고 저리 닫고 하면서도 간호병의 직책을 다해야만 하였다.

이날 전투 중에 송일엽이 한 부상병의 관통상 입은 견대팔을 황급히 처치하느라고 거치적거리는 군복 소매를 수술 가위로 썩둑썩둑 잘라 버렸다. 처치가 끝나자 앳돼 보이는 얼굴에 솜털이 보르르한 그 전사는 놓았던 총을 성한 손으로 얼른 다시 거머쥐고 부지런히 일어섰다. 그것을 보자 송일엽은 불현듯 '8·13' 때 상해 근교에서 부상당한 선장이가 한쪽 소매가 없는 군복을 입고 거수경례를 붙이던 모습이 눈앞에 떠올랐다. 송일엽의 머릿속에 추억의 섬광이 피뜩하는 순간 십여 미터 밖 바위너럭에 박격포탄 한 알이 날아와 쾅 터졌다. 튀어 난 파편한 쪼각이 쌩하고 날아와 송일엽의 손등을 스치는 듯 따끔하더니 이내 이쑤시개 모양의 좁고 짧은 상처에서 피가 쪼르르 흘렀다. 과즉 손칼에 조금 다친 정도였다. 장옥연이 이것을 눈결에 보고 재빠르게 달아왔다.

"어디 다치잖았에요?"

"생채기가 좀 났나 봐."

"어디 봐요."

송일엽이 대수롭지 않게 다친 손을 앞으로 내밀어 보이며 "이것두 영예의 부상으루 쳐 줄라나?" 하고 우스갯소리를 하였다.

"아니예요. 그래두 처치를 해야지요." 하고 장옥연은 곧 대들어서 재치 있게 빨간약을 바르고 또 붕대를 감아 주었다.

"간호병이라는 게 제가 먼저 붕대를 감았으니…… 꼴좋다."

"그래두 천만다행이예요. 난 귀가 다 먹먹한걸요. 바루 등 뒤에서 터지는 바람에."

"그놈들이 대체…… 무슨 목표를 보구 쏜 거야, 그저 맹탕 쏜 거야?"

"목표는 무슨 목표예요. 둔덕이 가려서 아무것두 보이지를 않는데…… 그저 맹탕 쏴 본 거겠죠."

"얼뜨게 그따위 눈깔 먼 포탄에 얻어맞다니…… 아이, 분해!"

밤을 자고 나니 몸이 좀 이상한 것 같아 송일엽이 곁에 누운 장옥연을 돌아보고 "내 얼굴이 왜 자꾸 다는 것 같구먼." 하고 좀 미심쩍어하니 장옥연은 "어디." 하고 송일엽의 얼굴을 가만히 들여다보다가 "열이 있나 봐요." 하고 바로 손을 내밀어 이마를 짚어 보더니 "어머, 따갑네요!" 하고 놀라며 벌떡 일어앉았다.

당일 오후 고열에 시달리는 송일엽이 담가에 실려 가지고 장옥연의 호송을 받으며 야전병원 — 동굴에 와 닿았을 때는 이미 교근이 꼿꼿해져서 입을 벌리지 못하였다. 그리고 얼굴의 근육들이 강직성 경련을 일으켜 가지고 모두 푸들푸들 떨었다.

진찰을 마친 원장이 영솔자인 윤곡흠을 한옆으로 끌고 가 귓속말로 소곤거렸다.

"파상풍입니다. 파상풍균은 바늘에 찔린 자리루두 감염이 되지요. 그런데 문제는…… 병원에 약이 없는 겁니다. 항독소혈청이 없단 말입니다. 속수무책입니다. 참으로 유감스럽습니다."

"다른 약으루는 안 됩니까?"

원장은 천천히 고개를 가로흔들었다.

"그럼 희망이 없단 말씀입니까?"

원장은 입을 다물고 대답을 아니 하였다.

"정말 희망이 없습니까?"

윤곡흠이 안타까이 다우쳐 물으니 원장은 말이 없이 천천히 고개만 끄덕였다.

전보경이 붉어진 눈으로 의식 잃은 환자를 정신없이 지켜보다가 옆에 서 있는 장옥연의 팔꿈치를 잡아당겼다.

"어떡허지?"

장옥연도 눈물이 글썽하여 전보경을 마주 보기만 하였다. 한참 만에 속삭이듯 "오늘 밤을 넘기지 못할 거래요." 말하고 고개를 외쳤다. 꼬마 전사 왕소성은 자꾸 흘러내리는 눈물을 주먹 쥔 손등으로 이리 씻고 저리 씻고 하면서 박은 듯이 서서 사랑하는 외국 아주머니의 임종을 애통해하였다.

송일엽은 말 한마디 남기지 못하고 자정이 되기 전에 운명을 하였다. 밝은 날 초초히 내다 묻은 뒤에 전보경과 장옥연이 고인의 유물들을 정리하다 보니 그 속에 연안에 있는 어린 남시에게 보내 주겠다고 틈틈이 뜨던 재킷이 들어 있었다. 알맞춤한 예쁜 단추를 구하지 못하여 단추를 달지 못한 채.

65

원씨현은 하북성 서남단에 위치하여 태항산의 험준한 산줄기를 경계로 산서성과 맞닿았다. 평한선상의 평범한 한 매듭인 원씨읍에서 서쪽으로 40리를 가면 남좌라는 장거리가 나서고 거기서 또 서쪽으로 한 십 리를 더 가면 태항산록에 산재한 말썽 많은 부락들이 나선다. 선웅채니 왕가장이니 또는 흑수하니 호가장이라니 하는 따위의 이름으로 불리는 그 부락들은 이때 밀물에 가라앉았다 썰물에 드러났다 하는 해변가의 바위와도 같은 존재였다. 일본군, 황협군이 들어왔다 나갔다 또 팔로군, 조선의용군이 들어왔다 나갔다 하는 통에 이리 치이고 저리 부대끼고 하면서 그 부락의 백성들은 그날그날을 살아 나가야 하였기 때문이다. 그런 까닭에 각 촌의 촌장도 꼭꼭 둘씩이 있어서 하나는 전문적으로 일본군, 황협군을 응대하고 또 하나는 팔로군과 조선의용군을 맡아 가지고 응대를 하였다. 적군이 그저 거쳐 가기만 할 때는 그래도 또 괜찮지만 양편 군대가 맞다들어 접전이라도 벌이는 날이면 백성들은 고래 싸움에 새우 등이 아니 터지지를 못하였다.

반해량 지대는 팔로군 한 개 대대와의 협동작전으로 적군의 전초기지인 남좌 거리를 자꾸 뒤흔들어 놓았다. 반 '토벌' 작전에서 공격은 가장 좋은 방어였다. 낮에는 일본군과 황협군의 연합 부대가 거리 밖으로 쏟아져 나와 가지고 주변의 마을들로 돌아다니며 분탕질을 치고 또 밤이면 팔로군과 조선의용군이 적군의 포대를 에워싸고 기세를 올렸다. 날이 어두우면 적군은 가시철조망을 둘러친 구축 밖으로 나오기를 꺼리고 또 날이 밝으면 항일 부대가 구축물 가까이에 접근하는 것을 삼가하였다. 말하자면 낮은 침략군의 세상이고 밤은 항일군의 독차지인 셈이었다.

이날 밤 남좌 포대 둘레의 구축물을 에워싼 뒤 반 지대장의 지시로 '밤중의 대화'를 하려고 서선장이가 입에다 손나팔을 대고 "일본 병사 형제들!" 하고 부르니 '오냐, 어디 맛 좀 봐라' 하는 듯이 포대 중간층 총안에서 기관총을 냅다 갈겼다. 어두운 가운데 불아가리에서 불을 뿜는 광경은 무섭다기보다는 찬란해 보인다고 형용을 하는 게 더 적절할 것 같았다.

한바탕 지랄스레 쏴 지르다가 뜨음해진 틈에 선장이가 다시 "그대들의 원쑤는 우리가 아니라 그대네 상관이다!" 하고 소리치니 포대 속에서 웬 놈의 걸직한 목소리가 댓바람에 "낭킨무시메, 쿠소데모구라에(빈대 새끼야, 똥이나 먹어라)!" 하고 욕사발을 퍼부었다.

일본 병정들은 팔로군을 — 너무 미워 — '빈대 새끼'라고 욕들을 하였다. 그들의 말대로 하면 팔로군이 '낮에는 어느 구석에 가 처박혔는지 꼴두 볼 수가 없다가, 밤만 되면 빈대 새끼처럼 기어 나와 가지고 잠두 잘 수 없게 사람을 못살게 군다'는 것이었다. 그래서 이날 밤 남좌 포대의 적병도 약이 올라 빈대 새끼라고 욕질을 한 것이었다.

선장이가 그대로 지지 않고 목청을 가다듬어 가지고 "그렇지만……." 하고 말문을 열자 또 자지러진 총소리가 일어났다. 더 말을 못 하게 방해를 하려는 게 분명하였다.

포대를 에워싼 항일군은 "이놈들 나오기만 해 봐라, 아예 그저……." 땅벼락같이 벼르고, 에워싸인 일본군은 또 일본군대로 포대 속에서 "이놈들 날만 밝아 봐라, 아예 그저……." 역시 땅벼락같이 벼르기만 할 뿐 승부는 좀체로 날 꼴이 아니었다. 성미 접접한 오셀로 마점산이가 조급증이 나서 "넨장할, 이럴 때 화염방사기나 하나 있었으면 좀 좋아." 하고 두덜거리니 옆에 엎드려 있던 누군가가 "박격포 하나두 없는 주제에 화염방사기는 다 뭐야." 하고 핀잔스레 지껄였다.

"화염방사기루 놈들을 덴둥일 만들어 주려구?"

"왜놈더러 널 덴둥일 만들라구 해라."

"쉬, 고만들 지껄여!"

지껄이던 소리가 쑥 들어갔다.

반 지대장이 우군의 대대장과 만나 잠시 의논한 뒤 포대 주위의 포위망은 그대로 두고 따로 주민들을 거리 남쪽 끝 빈터에 — 적의 총격을 받지 않으려고 — 모아 놓고 점령군에 대한 적개심과 애국주의 사상을 고취하기로 하였다. 전사들이 곧 여러 조로 나뉘어 집집이 돌아다니며 회장으로 나오라고 문을 두드리며 소리쳤다. 총소리에 놀라 쥐 죽은 듯 집 안에 엎드려 있던 사람들이 — 주로 호주들이 — 마지못해 문을 열고 나오기는 나왔으나 모두들 도살장으로 끌려가는 소걸음을 하였다. 그중의 약삭바른 축은 그래도 앞가슴에 달았던 '양민증'을 떼어 감출 의사까지 냈으나 대부분은 어리벙벙하여 그대로 달고 나왔다.

으스름달밤에 돌이 울퉁불퉁한 빈터에 옹기중기 모여 선, 대부분 팔짱들을 지른 칠팔십 명 사람에게 선전원이 알아듣기 쉽게 좋은 말을 많이 하였으나 반응은 거의 소귀에 경 읽기나 다름이 없었다. 바다에 돌을 던지는 거나 마찬가지였다. 그도 그럴 것이 날이 밝기 전에 항일 부대는 ― 아무리 좋더라도 ― 철퇴를 아니 하지 못할 것이기 때문이다. 그리고 자신들은 또다시 일본군의 지배 세력 밑에서 고된 목숨을 살아야 하겠기 때문이다. 집이고 땅이고 다 버리고 항일 군대를 따라 간다면 또 모를까 그러지 못할 바에야 까딱 잘못하다가는 '비적과 내통'하였다는 죄명으로 목이 달아날 판인데 어찌 신중히 처신들을 하지 않았을 것인가. 무리도 아니었다. 그것은 피점령 지구에서 죽지 못해 사는 백성들의 목덜미에 메워진 고된 멍에 ― 고된 운명이었다.

한편 포대를 포위한 의용군은 총칼을 잔뜩 꼬나쥐고 적군이 군중 집회를 훼방하러 나오기만 기다렸다. 그러나 허사였다. 놈들은 훼방하러 나오기는커녕 총 한 방도 쏘지 않았다. 허탕을 치고 맥살이 빠진 의용군이 반 지대장의 명령으로 포위망을 풀고 돌아설 때 오셀로가 찜부럭을 부렸다. 적의 포대에다 대고 푸짐한 욕설을 퍼부은 것이다. 그 욕설이 하도 걸어서 다들 짜그르르 웃어 대는데 우군의 장병들은 일본 말을 못 알아듣는 까닭에 같이 따라 웃지를 못하였다. 의용군 성원들은 한바탕 그렇게 웃고 나니 찌뿌드드하던 속이 한결 후련해지는 것 같았다.

조선의용군의 출현은 일본군 조선인 여단장 홍사익 각하의 골칫거리로 되지 않을 수가 없었다. 그의 휘하의 9개 대대 27개 중대가 담당한 구역 — 원씨에서 형대, 한단을 거쳐 자현에 이르는 철도연선이 '하 필이면 조선 빨갱이들의 공격 목표로 될 건 뭐람!' 이야말로 기괴한 인 연이었다. 이국만리에서 다 같은 배달민족이 서로 총칼을 마주 겨누다 니! 홍사익 여단장은 자신이 대일본제국에 충성을 다한다는 것을 실 지적 행동으로 보이기 위해서도 비상한 결심을 내리지 않을 수가 없 었다.

'이 망할 자식들을 모조리 때려잡아 박살을 내야지!'

그럼에도 불구하고 그 대역무도한 악당들은 거리낌 없이 출몰을 하 잖는가! 제 세상처럼 함부로 날뛰지를 않는가! 이건 정말 뉘 비위를 긁는 모양인가? 참으로 복통이 터질 노릇이었다. 이런 판에 불붙는 데 부채질하기로 조선의용군이 기탄없이 남좌 거리에 쳐들어와 포대를 에워싸고 또 바로 그 턱밑에서 군중집회까지 열었다니 홍사익 소장은 울화가 치밀어 전투모를 벗고 머리를 식히지 않으면 머리털이 눌을 지경이었다. 기침에 재채기로 그날 밤 남좌 포대는 탐조등까지 고장이 나 적들에게 더욱 얕보였다는 것이 아닌가!

'어디 보자 이놈들!'

홍사익 각하는 모주 먹은 돼지 벼르듯 조선의용군을 별렀다.

반해량 지대가 남좌 거리를 한바탕 뒤흔들어 놓고 전원 무사히 선옹 채 마을로 돌아왔을 때는 이미 자정이 가까웠다. 촌장이 그때까지 자 지 않고 있다가 숙수를 동독하여 행군가마에 뜨끈뜨끈한 수제비를 그 들먹하게 끓여 내다 화톳불 피운 마당 한가운데다 놓아 주었다. 그리 고 또 일꾼들을 시켜 먹음직스러운 감을 광주리에 수북이 담아내었다. 그런 연후에 친절스레 돌아다니며 "수고들 하셨습니다.", "자, 식기 전 에…… 어서들 드십시오." 따뜻하게 인사를 차렸다.

선장이가 출출한 김에 한 사발 두둑이 담아 가지고 우선 한입 떠먹어 보니 가루는 밀가루인데 국은 맹탕이다. 간이 하나도 들지 않았다. 이곳 백성들도 허구한 날 소금 구경을 통 못 하고 살았다. 선장이가 대번에 입맛이 젖히어 께적께적하는데 청탁을 가리지 않는 장준광이와 오셀로는 앉은 자리에서 게 눈 감추듯 세 사발씩을 제껴 치웠다. 장준광이가 손등으로 입을 닦으며 뒤로 물러앉아 "에이, 이담에 전쟁이 끝나거든⋯⋯ 소금밭에나 가 살겠다." 하고 지껄이니 오셀로도 뒤로 물러앉아 손등으로 입을 닦으며 "난 물에 빠져 죽어두 짠물에 빠져 죽지 민물엔 안 빠져 죽을란다." 하고 뒤받았다. 그들도 맹탕만은 어지간히 역겨운 모양이었다.

한 사발을 겨우 먹은 선장이가 "말 한 마리 다 먹구 말고기 냄새난다 잖아?" 하고 빈정거리니 오셀로가 지지 않고 "한 마리를 먹었거나 두 마리를 먹었거나 냄새가 나는 걸 난다구야 말 못 해? 별놈의 수작 다 들어 보겠다." 하고 되받았다. 장준광이는 탄하지 않고 싱글싱글 웃으며 "감에선 또 무슨 냄새가 나나⋯⋯ 어디 하나 먹어 보까." 하고 땅바닥에 퍼더앉은 채 팔을 늘이어 감 하나를 집었다. 선장이가 웃으며 "배 두 사람 믿구 살지." 하고 혼잣말로 지껄이니 오셀로도 웃으며 "아니야, 저것의 배때기는 아무것두 안 믿구 사는 무신앙 배때기야." 하고 말깃을 달았다. 그 소리가 우스워서 모두들 짜그르르 웃어 대니 뒷거둠질을 도와주고 있던 촌장이 무슨 영문을 몰라 두리번두리번하였다. 반 지대장이 얼른 촌장에게 손을 내저으며 "아닙니다, 아닙니다. 저희끼리 우스갯소리를 하구 웃는 겁니다." 하고 설명을 하였다.

분대별로 여러 집에 갈리어 반밤을 드새고 나니 동녘 하늘에 해가 벌써 높이 떠올랐다. 태항산 원줄기에서 갈라져 내달아 온 지맥 하나가 선웅채 마을 바로 옆에까지 와 가지고 무춤 서 버리는 바람에 몹시 가파른 뾰족산 모양의 누에머리가 이루어졌는데, 그 꼭대기에 올라서면 눈앞을 가로막는 것이 없어 이름 없는 개천과 갈래 많은 촌길이 얼기설기 얽힌 전야가 한눈에 안겨 왔다. 그것은 인간세상의 보초병들을 위하여 하늘이 마련해 준 천연의 망루였다.

늦은 아침들을 먹고 난 뒤에 선장이와 오셀로 그리고 장준광이가 어울려 슬렁슬렁 마을을 돌아보았다. 누에머리에서는 우군의 보초가 적군이 나타날 방향을 엄밀히 경계하고 있었으므로 비번인 사람들은 공연히 덩달아 긴장할 필요는 없었다. 어느 집 앞에 이르렀을 때 마침 촌생장치고는 곱게 늙은 할머니 한 분이 손녀 같아 보이는 서너 살짜리 계집애 하나를 데리고 막 밖으로 나오는 중이었다. 세 사람이 지나가는 길에 보니 계집애가 입은 옷은 허술해도 얼굴 생김생김이 얌전하기가 곧 라파엘의 그림에 나오는 날개 돋친 애기천사다.

"아이, 이뻐!"

선장이가 제잡담하고 달려들어 그 애기천사를 반짝 쳐들어 올리니 놀란 애기천사는 "나이나이(할머니)!" 하고 할머니를 부르며 울음을 내놓았다. 선장이가 "울지 마, 울지 마…… 애기 이쁘지, 애기 이쁘지." 하고 어르며 안은 아이를 둥개질을 치는데 옆에서 할머니도 손녀의 얼굴을 가까이 들여다보고 웃으며 "괜찮다, 괜찮다…… 아저씨가 널 이쁘다구 그런다. 괜찮다." 하고 같이 달래었다.

아이가 울음을 그치기를 기다려 가지고 선장이가 "애기 몇 살?" 하고 물어보니 아이는 대답을 아니 하고 그 할머니가 대신 "세 살입니다…… 어서 대답을 해야지." 하고 손녀를 똥겨 주었다.

"쩨 짤."

496

"오, 쩨 짤. 이름은?"

"쓰얼(넷째)입니다…… 대답을 해야지."

"쯔얼."

"오, 쯔얼. 우리 쯔얼 똑똑하지. 지금 그래, 어디루 가는 길이지?"

"고모 집에 갑니다…… 대답을 해야지."

"고모 찝에……."

아이는 할머니가 똥겨 주는 대로 토막말을 하는데 그 눈에 아직도 매달려 있는 한 방울의 눈물이 아침이슬 모양 반짝였다.

세 젊은이가 돌려 가며 아이를 안고 둥개질을 치고 또 뺨들을 비벼 보고 나서 땅에다 내려놓을 때 선장이가 돈 30전 — 전 재산 — 을 그 조꼬만 손에 쥐어 준즉 할머니는 황망히 손을 내저으며 "이러지 마시우. 이러지 마시우." 하고 밀막았다. 선장이가 "가만 내버려 두십시오, 할머니." 말하는 동안에 오셀로와 장준광이도 각각 푼돈을 꺼내어 아이에게 덧보태 주었다.

대고 사양하는 할머니 손에 손녀의 손목을 끌어다 쥐어 준 뒤 세 사람이 손짓을 하며,

"자이젠, 쓰얼."

"자이젠, 자이젠……."

"쓰얼, 자이젠."

작별인사를 하니 할머니에게 손목을 끌리며 아장아장 걸어가던 쓰얼이 할머니가 시키는 대로 뒤를 돌아보고 "자이젠, 자이젠." 고사리 같은 손을 흔들었다.

"조렇게 이쁜 애기는 처음 봤는걸."

"정말 어쩌면 고렇게두 이쁠까."

오셀로와 장준광이가 감탄해 마지않는데 "전쟁판에서 어린 생명이…… 무사해얄 텐데." 선장이가 미타스레 혼잣말을 지껄였다.

"전쟁, 전쟁…… 망할 놈의 전쟁!"

"언제나 끝이 난다지, 이 빌어먹을 놈의 전쟁!"

"언짢은 이야긴 인제 고만들 둬. 다른 이야기하자구."

탄식 섞어 지껄이며 세 사람이 또 한 골목을 막 꺾어 돌았을 때다. 깎아지른 누에머리에서 불시에 적습을 알리는 신호총 소리가 울렸다. 연거퍼 세 방. 세 사람은 본능적 동작으로 재빨리 발걸음들을 돌치자 용수철에 튕긴 것처럼 숙소를 향하고 내달았다. 총을 가지러 가는 것이다. 바로 이때 앞길 멀지 않은 곳에 포탄 한 발이 날아와 터졌다. 작렬하는 소리와 함께 땅이 울렸다. 골목길에 떨어진 그 포탄은 나지막한 토담 하나를 무너뜨렸는데 그 무너진 토담 밑에 어지러이 흩어진 흙덩이 속에 아랫도리가 반나마 묻힌 시체 둘이 나딩굴었다. 쓰얼과 그 할머니 — 고대 고사리 같은 손을 흔들며 "자이젠, 자이젠." 하던 그 쓰얼과 그 할머니였다!

화약내가 코를 거스르는 가운데 세 사람은 무춤하고 서로 얼굴을 마주 보았다. 그러나 그들은 지체 없이 그 두 구의 시체를 뛰어넘어야 하였다. 선장이가 눈결에 언뜻 보니 골목길 왼손 편 포탄 파편으로 곰보가 돼 버린 회벽에 피에 젖은 조꼬만 종이돈 한 장이 찰싹 달라붙어 있지를 않은가!

'쓰얼 손에 쥐여 주었던 거구나!'

걷잡을 수 없이 왈칵 쏟아지는 눈물을 주먹 쥔 손등으로 눌러 닦으며 선장이는 쏜살로 내달았다. 연거퍼 날아오는 포탄들이 여기저기 떨어져 터지는 중에 세 사람은 탄환같이 숙소에 뛰어들었다. 선장이와 장준광이는 총과 탄대와 수류탄 주머니를 그리고 오셀로는 경기관총을 각각 거머잡자 곧 되돌쳐 나왔다. 세 사람은 가파른 누에머리를 다른 전우들과 서로 앞을 다투어 바라올랐다. 조선의용군과 팔로군이 고지를 점령하려고 서두르고 있을 즈음 선옹채 마을의 민병 소대는 주민들을 피난시키기에 분주하였다. 싸움은 벌어졌다.

적군은 박격포와 중기, 경기의 엄호사격을 받으며 부락에로의 돌진을 수삼 차 시도하였으나 능선을 따라 포진한 조중 연합 부대의 내리갈기는 무쇠우박에 번번이 좌절을 당하고 창황히 뒤로 물러났다. 무적황군의 작전이 홍사익 여단장 각하의 주관적 의도대로 그렇게 순리롭지는 못하였다. 적들은 마침내 부락으로 곧장 돌입할 것을 단념하고 공격 목표를 괘씸스럽고 밉살스러운 누에머리로 바꾸었다.

"자, 올려 밀어라!"

군도를 휘두르며 장교 녀석이 호령을 하는 소리가 능선에 엎드려서 단 총신을 식히고 있는 선장이 귀에도 똑똑히 들려왔다. 선장이는 제꺽 다시 장탄을 하였다. 산병선을 치고 게바라오르는 적병 중의 한 놈을 겨냥하고 이를 악물고 방아쇠를 당겼다.

'쓰얼의 몫이다. 받아라!'

청천백일하에 총알이 우박 쳐 싸움은 가일층 백열화하였다. 무명의 고지 — 누에머리를 적에게 빼앗기면 선옹채는 무방비상태에 놓인다. 그렇게 되면 마을은 삽시에 쑥대밭이 될 것이고 또 도랑물은 벌겋게 핏물로 변할 것이다. 경기 사수 오셀로가 뒤에서 섬겨 주는 탄창을 갈아 끼며 "네 원쑤를 갚는다. 쓰얼…… 봐라!" 악증풀이하듯 혼잣말을 하는데 바로 그 곁에 엎드려 사격을 하는 장준광이도 어린 천사 — 쓰얼을 무참히 학살한 야수들에 대한 복수의 일념으로 방아쇠를 당기고 또 당겼다.

해가 한낮이 가까와 오자 보람 없이 사상자만 숱하게 낸 무적 황군은 수치스러운 퇴각을 아니 할 수가 없게 되었다. 적군이 죽은 놈, 다친 놈들을 모두 거두어 가지고 — 맞들고 업고 곁부축하고 — 죽지가 부러져 패퇴를 하는 꼴을 내려다보고 승전에 고무된 항일 전사들은 너무 좋아 어쩔 줄을 모르며 날뛰었다. 쓰얼의 복수전을 통쾌하게 해낸 선장이는 채양 밑에 함빡 내돋은 식은땀을 손등으로 닦으며 만족한 웃음을 싱긋 웃었다.

반해량 지대장과 우군의 대대장이 만면에 웃음이 가득해 가지고 굳은 악수를 나누니 능선에 웅긋중긋 서서 바라보던 전사들이 모두 다 손에 잡은 총을 높이 쳐들며 환호성을 올렸다.

우군 대대장이 "반 대장, 우리는 뒤에 남아 가지고 민병 소대를 도와 피난했던 주민들을 안돈시켜야겠습니다. 그러구 전장두 좀 청소를 해야겠구요. 그러니 의용군 동지들은 한 걸음 앞서 떠나십시오. 우린 늦어두 내일 아침 일곱 시까진 대어 갈 테니까…… 어떻겠습니까?" 하고 의논성 있게 말하여 반 지대장은 선뜻 "좋습니다, 그렇게 하시지요.." 응한 뒤 다시 "그렇지만, 우리두 남아서 좀 거들어 드리면 어떨까요?" 하고 의향을 물으니 우군 대대장은 손을 내저으며 "필요 없습니다. 필요 없습니다. 우리 사람만 해두 넉넉합니다. 어서 내려가 점심식사들이나 하시구 곧 떠나두룩 하십시오. 가서 푹들 좀 쉬십시오. 내일 또 하루 수고를 하셔야겠는데." 하고 친절하게 말하였다.

선용채에서 서남쪽으로 십여 리 떨어진 호가장에서 다음 날 군중대회가 열리는데 반해량 지대와 우군 대대도 전원이 다 함께 참가를 하기로 되었다.

반해량 지대가 왕가장을 거쳐 호가장까지 왔을 때 벌써 짧은 겨울해가 설핏해져서 집집이 저녁연기가 오르고 있었다. 오륙 명씩 칠팔 명씩 여러 집에 갈라져 자리들을 잡는데 류빈이라는 신입 대원이 주인집 노인이 쓰려고 미리 짜서 헛청간에 모셔 둔 관을 보고 "야, 이것 봐라." 하고 신기해하더니 곧 짊어졌던 배낭을 관 뚜껑 위에 털썩 벗어 놓고 "난 오늘 밤 이 특등 침대에서 좀 자야겠다." 하고 싱글싱글 웃었다.

류빈이는 문정이가 제4진 즉 마지막 대오를 영솔하고 태항산으로 들어올 때 데리고 온 사람인데 원래는 한국광복군 서안 지대 소속이었다고 한다. 그의 말대로 하면 광복군이 전선에서 멀리 떨어진 후방에만 머물러 있는 것이 시답잖아 분연히 탈퇴를 하고 제일선에서 싸우고 있는 의용군으로 넘어왔다는 것이다.

"괜찮겠지요, 분대장 동무. 나 여기서 자두? 오늘 밤엔 나 보초 근무두 없을 텐데." 하고 류빈이가 저의 분대장인 류신이를 보고 조르듯이 말하니 류신이는 "왜, 죽기가 시각이 바빠서?" 하고 웃음의 소리 한마디를 하고 나서 "맘대루 하라구." 허락한 뒤 "그렇지만 밤중에 무섭다구…… 남들이 곤히 자는 방 안에 뛰어들진 말라구, 공연스레." 하고 뒤를 다졌다.

"염려 마십시오, 그런 건. 사내 쳇것이 고만 담력두 없을라구요, 헤헤! 아침 기상 때까지 오줌 한번 안 누구 단숨에 내리 잘 테니 두구 보십시오." 하고 류빈이가 장담을 하니 류신이는 웃으며 "어디 두구 보자, 흰소린가 아닌가." 하고 곧 대원들의 자리를 안배하러 안으로 들어갔다.

마당에 우등불을 피워 놓고 둘러앉아 저녁밥들을 먹은 뒤에 그대로 눌러앉아 노래들을 부르는데 처음에는 장엄한 '인터내셔널'을 부르다가 비꾸러져 '방아타령'을 부르고 '방아타령'에서 또 비꾸러져 '사발가'를 부르다가 '사발가'에서 아주 비꾸러져 유행가 나부랭이를 잡스럽게 불러 대며 한동안을 즐기었다.

옥상 즉 평지붕에 보초를 세워 놓고 잠들을 자려고 헤어지는데 밤안개가 어찌나 짙은지 팔다리에 휘휘 감길 것 같았다. 짙은 안개에 가리어 달도 안 보이고 별도 안 보이고 길도 산도 다 안 보였다. 모든 것이 흐리멍텅한 혼돈세계 같은 밤이었다.

다들 고단하여 세상모르고 잠들을 자고 있을 즈음 류신이네 분대가 들어 있는 집 캄캄한 헛청간에서 조심스러운 부스럭 소리가 났다. 뚜껑을 들어 내려놓은 관 속에서 잠을 자던 류빈이가 몽유병자처럼 부시시 일어나더니 기척 없이 각반을 치고 탄대를 두르고 또 총까지 집어 들었다. 그리고 반쯤 열려 있는 사립짝을 소리 없이 빠져나와 짙은 안개 속으로 유령처럼 사라졌다.

남좌 거리 어느 빈지를 꽉 닫아걸고 불을 끈 포목전에서 벽시계가 땡, 땡, 열두 점을 칠 때 총을 든 류빈이의 수상쩍은 그림자가 일본군 포대 앞에 나타났다. 우중충한 포대 위에서 감시의 눈을 번득이던 보초가 날카롭게 수하를 하는데 그 옹골찬 목소리가 몸서리가 치도록 무시무시하였다.

"동아상사에서 출장을 나갔던 신용순이가 돌아왔습니다!"

류빈이가 똑똑한 일본말로 이와 같이 대답을 하니 포대 위에서는 한동안 잠잠하다가 별안간 탐조등의 눈부신 광망이 내리비쳐 류빈이에게 초점을 맞추었다. 자세히 살펴보는 모양이더니 이윽고 명령이 떨어져 내려왔다.

"총을 거꾸루 메구 뒤루 돌아서라. 그리구 두 손을 높이 쳐들구, 선

자리에서 기다려라!"

'동아상사'라는 것은 일본군 특무기관의 간판용 별칭이다. 따라서 이 경우에 쓰이는 '출장을 나갔던'이란 말은 적지에 '파견되었던' 또는 '잠복하였던'이란 뜻이다. 그러니까 류빈이는 일본 특무기관의 파견을 받고 항일 부대 안에 잠복하였던 밀정 신용순인 것이다.

첫닭울이에 경무장을 한 일본군 한 개 중대가 역시 한 개 중대의 황협군을 뒤딸리고 류빈 즉 신용순의 길잡이로 호가장을 향하고 몰려왔다(흑수하까지만 여러 대의 트럭에 분승을 하고 그 나머지 길 6킬로는 도보 행군을 하였다). 괘씸스럽고 말썽스러운 조선의용군을 모짝 잡아치워 앙갚음도 하고 또 후환도 없애자는 것이었다. 이때 짙은 안개 속에 잠긴 호가장 마을은 쥐죽은 듯 괴괴하였다. 옥상의 보초도 그 가시거리가 50미터가 채 못 되었으므로 청맹과니나 별로 다를 바가 없었다.

샐녘에 장준광이가, 좋아서 캐드득거리는 쓰얼을 데리고 상해 어느 공원이라는 데를 가 회전목마를 태우는 꿈을 꾸는 중에 무엇이 와 어깨를 흔들어 깨워서 "누구야 이거? 남이 좀 자지두 못하게……." 하고 퉁명을 부리니 "보초, 보초. 교대 시간이야. 얼른 일어나!" 하고 그 사람은 어깨를 더욱더 흔들었다. 장준광이가 누운 채 거슴츠레한 눈을 뜨고 "서던 김에 한 시간 마저 서라구. 내 이담에 품앗이해 주께." 하고 사정을 하니 그 사람은 "잔소리 말구 어서 일어나!" 사정을 잘 들어줄 꼴이 아니었다.

"다음번에 갚아 주면 되잖아?"

"후 장날 소다리 먹으려구, 이 장날 개다리 먹지 말란 수작이야?"

"인심 사납게 굴지 말아."

"인심 노래두 할 때가 있지. 냉큼 일어나!"

옆에서 자던 누군가가 "안면 방해다. 아가리를 좀 닥쳐라!" 하고 핀둥이를 주니 난번 보초는 제잠담하고 대들어 장준광이의 덮고 자는 담요를 잡아 벗겼다.

장준광이가 하품을 하며 옥상에 올라와(이 고장 농가의 지붕은 모두 평지붕이다) 헤작한 앞섶을 여미고 또 느슨한 탄대를 고쳐 매었다. 그리고 총에다 장탄을 한 뒤에 실린더가 걸렸나 안 걸렸나 다시 한번 만져 보았다. 아주 가까운 곳에 잠이 덜 깬 촌놈의 수탉이 "꼬끼오, 골⋯⋯." 의무적으로 울어서 때를 알렸다. 희끄무레한 먼빛이 비쳐 오는 가운데 새벽바람이 차차로 아침 안개를 몰아내기 시작하였다.

장준광이가 진저리를 치고 비로소 맑은 정신이 들었다. 눈을 들어 전방을 바라보니 동구길에 흡사 무엇들이 — 똑똑히 보이지 않는 무엇들이 — 꾸역꾸역 몰려들어오고 있는 것 같았다. 정신이 번쩍 들어 다시 보니 '아, 적군이다!' 장준광이가 거의 본능적으로 총 한 방을 내갈기니 그것을 기다리기나 하였던 것처럼 사면팔방에서 총소리가 콩 튀듯 하였다. 불효의 기습작전 — 호가장은 일본군과 황협군에게 삼면 포위를 당한 것이다!

아침 안개가 걷히며 말며 하는 가운데 처절한 혈투가 벌어졌다. 안 날 선옹채 전투에서 깔끔한 승리를 거두는 바람에 기분이 들뜨고 머리가 뜨거워져 일시 경각성을 늦추었던 반해량 지대는 피로써 그 대가를 치러야 하였다.

적탄이 빗발치는 속에서 각반도 미처 치지 못한 오셀로가 지붕으로 기어오르는 결에 경기를 걸어 놓고 냅다 응사를 하였다. 선장이는 손에 잡히는 대로 거머쥐고 올라온 수류탄 주머니 셋을 얼른 내려놓고 수류탄 아홉 개를 던질 수 있게 벌여 놓은 다음 총에다 제꺽 장탄을 하였다. 뭐가 뭔지 분간을 못 할 지경의 혼전이었다. 선장이는 바로 옆에서 오셀로가 쏴 지르는 기관총 소리에 귀가 먹먹해져 가지고도 꿇어 사격 자세로 닥치는 대로 쏘아 갈겼다. 내가 너를 죽이지 않으면 네가 나를 죽이는 판이었다.

"모두 다 서쪽으루 짓쳐 나가자!"

"서쪽으루, 서쪽으루 짓쳐 나가자!"

반 지대장의 연거퍼 외치는 소리가 들려오는 중에 오셀로가 다 쏜 탄창을 제걱 뽑아 내밀며 "빨리!" 소리쳐 재촉하니 뒤에서 탄창을 생겨 주던 리현순이가 "없소. 그게 다요!" 하고 절망적으로 맞받아 소리쳤다.

지붕 위의 기관총이 이른바 불아가리를 다물자 적들은 물꼬를 터친 것처럼 골목 안으로 쏟아져 들어왔다. 오셀로가 기관총을 내깔리고 수류탄으로 대들었다. 리현순이도 날쌔게 수류탄을 거머쥐었다. 수류탄 두 개가 포물선을 그리며 날아내려가 선후하여 터지니 총창을 번뜩이며 달려들던 적병 대여섯 놈이 비명을 지르며 엎어지고 자빠지고 하였다. 하지만 그것으로 눈들이 발갛게 뒤집힌 적군의 맹공격을 좌절시킬 수는 없었다. 재차 수류탄 하나를 집어 들었던 리현순이가 수류탄을 떨어뜨리며 앞으로 푹 꼬꾸라지더니 그대로 아래로 굴러떨어졌다. 원쑤의 탄알이 머리에 명중을 한 것이다. 그와 동시에 또 한 알의 적탄은 오셀로의 명치를 꿰뚫고 나갔다. 적병들이 와르르 마당 안으로 쏟아져 들어왔다.

농촌집은 거릿집과 달라 지붕에서 지붕으로 뛸 수가 없다. 위기일발의 순간 명치와 잔등어리로 피를 쏟는 오셀로가 수류탄 두 개를 한 손에 껴잡고 도화끈을 잡아채는 결에 "야, 이 개새끼들!" 벼락 치듯 소리를 지르며 적병들의 대가리 위에 뛰어내렸다. 고막을 찢는 작렬성. 오셀로와 적병들의 동귀어진(同歸於盡), 다 같이 박살이 나 버렸다. 선장이가 이빨을 악물고 남은 수류탄들을 마저 내려칠 때 부락 주변에서 불시에 "싸!" 함성이 대작하며 콩 볶듯 하는 총소리가 들려왔다.

'원병이 왔다!'

'팔로군이 왔다!'

우군의 대대가 약정한 시각보다 한 시간이나 앞당겨 들이닥친 것이다. 생각잖은 원병의 출현에 당황망조한 적병들이 물찌듯이 빠져나가기 시작하였다. 엎드러지며 곱드러지며 도망질들을 치기 시작하였다. 무적 황군의 체면이 밑씻개가 되어 가지고 땅바닥을 굴러다녔다. 선장이가 그제야 정신을 수습하고 제 손에 쥔 것을 다시 보니 다급한 통에 마지막 한 개의 수류탄으로 알고 거머쥐었던 것이 수류탄이 아니고 어디서 굴러온 허름한 신골방망이였다.

적군을 물리친 뒤에 점검을 해 본즉 반해량 지대의 손실은 전사가 넷, 중상이 둘 그리고 경상이 여섯이었다. 그 밖에 실종된 대원 하나가 있어서 온갖 군데를 다 찾아보았으나 종시 나타나 주지를 아니하였다. 그도 그럴 것이 그 신비스럽게 종적을 감춰 버린 대원 — 류빈이는 이때 본성명 신용순이로 되돌아 갔기 때문이다(그 후 신용순이는 동아상사의 사원으로 복직을 하여 상여금을 탁탁하게 타 가지고 흥청망청하느라고 세월 가는 줄을 몰랐다).

네 주검 중에서도 마점산 오셀로의 주검은 차마 눈 뜨고 볼 수가 없을 정도로 참혹하였다. 시체들을 산밑에 그러묻은 뒤에 선장이가 무덤을 향하여 군모를 벗고 머리를 숙이니 옆에 섰던 장준광이도 따라서 고개를 숙였다(그는 난투장에서 군모를 어디다 날려 보냈는지 맨머릿바람이었다).

다른 전우들도 다 숙연히 머리를 숙였다.

　태항산에서의 이와 같은 전투의 나날이 언제까지 계속이 될는지는
아무도 몰랐다.

1984년 12월

김학철 연보

1916년

11월 4일, 함경남도 원산에서 누룩 제조업자의 아들로 태어남, 당시 이름은 홍성걸. (식민지 조선 함경남도 덕원군 현면 용동리, 현재 원산시 용동.)

1917년 (1세)

11월, 러시아사회주의 10월혁명 일어남.

1919년 (3세)

3월, 조선 3 · 1운동. 5월, 중국 5 · 4운동.
11월, 김원봉 길림성에서 의열단 조직.

1922년 (6세)

아버님 홍두표의 타계로 홀어머니 김상련(28세) 슬하에서 삼 남매가 자람. 여동생 성선, 성자.

1924년 (8세)

4월, 원산제2공립보통학교 입학.

1929년 (13세)

1월, 원산총파업. 3월, 원산제2공립보통학교 졸업. 서울 외갓집(관훈동 69번지) 도움으로 서울 보성고등학교 입학.

11월 3일, 광주학생운동.

1931년 (15세)

9월, 중국 9·18사변. 일본, 중국 동북3성 점령.

1932년 (16세)

4월, 윤봉길 상해 홍구공원 의거에 큰 충격을 받음.

1934년 (18세)

서울 보성고등학교 졸업. 이상화의 〈빼앗긴 들에도 봄은 오는가〉와 입센의 《민중의 적》 영향으로 빼앗긴 땅을 총으로 찾으려 결심. 문학지 〈조선문단〉에 소설 한 편 써냈다가 퇴짜 맞음. 다시는 소설을 안 쓰기로 결심함.

1935년 (19세)

상해 임시정부를 찾아 중국 상해로 망명. 상해에서 심운(일명 심성운)에 포섭되어 의열단에 가입. 석정(본명 윤세주)의 영도 아래 반일 지하 테러 활동 종사. 상해에서 리경산(일명 리소민)과 친해짐.

7월, 조선민족혁명당 성립.

1936년 (20세)

조선민족혁명당 입당. 당시 조선민족혁명당 중앙 본부 소재지는 남경 화로강(花

露崗). 행동대 대장은 로철룡(일명 최성장), 대원으로는 서각, 라중민, 왕극강, 안창손, 김학철 등. 행동대는 상해에서 반일 테러 활동 전개. 조선민족혁명당 김원봉의 편지를 가지고 김구 선생을 만남. 화로강의 동료로는 반일 애국자 최성장, 반해량(리춘암), 로철룡, 문정일, 정율성, 로민, 김파, 서휘, 홍순관, 한청, 조서경, 리화림, 안창손, 라중민 등. 루쉰 선생을 몹시 숭배하여 리수산과 함께 여반로(呂班路) 루쉰 선생 저택 문앞까지 갔다가 용기 부족으로 돌아옴.

1937년 (21세)

7월, 중국 호북 강릉 중앙육군군관학교(황포군관학교, 교장 장개석) 입학. 당시의 교관으로는 김두봉(호 백연), 한빈(일명 왕지연), 석정, 왕웅(본명 김홍일), 리익성, 주세민. 김두봉, 한빈, 석정의 진보적 사상 영향으로 마르크스주의자가 됨. 동창생으로는 문정일, 리대성, 한청, 조서경, 홍순관, 리홍빈, 황재연, 요천택, 리상조 등.

7월 7일, 노구교사건 중일전쟁 발발.

1938년 (22세)

7월, 중앙육군군관학교 졸업하고 소위 참모로 국민당 군대에 배속.

10월, 무한에서 조선의용대(조선의용군의 전신, 총대장 김원봉) 창립, 창립 대원으로 제1지대 소속. 조선의용대 창립 대회에는 무한 팔로군 판사처 책임자 주은래와 국민혁명군사위원회 정치부 제3청 청장 곽말약 참석.

화북 항일 전장에서 분대장으로서 활약, 전우로는 김학무, 문명철, 문정일 등.

1939년 (23세)

상반년, 호남성 북부 일대에서 항일 무장 선전 활동 전개.

하반년, 호북성 제2지대로 옮겨 중국 국민당 제5전구와 서안 일대에서 교전.

1940년 (24세)

8월 29일, 중국공산당에 가입.

1941년 (25세)

연초, 조선의용대 제1지대원으로서 낙양 일대에서 참전.

여름, 화북 팔로군 지역으로 들어가 조선의용군 화북 지대 제2분대 분대장으로 참전.

12월 12일, 하북성 원씨현 호가장 전투에서 일본군과 교전 중 부상, 포로가 됨.

태항산 시기 항전 일선에서 가사, 극본 등 창작. 김학철 작사, 류신 작곡 〈조선의용군 추도가〉, 김학철 극본, 최채 연출 〈등대〉 등.

1942년 (26세)

1월부터 4월까지 석가장 일본 총영사관에서 심문받음. 당시 '일본 국민'으로 10년 수감 판결, 죄명은 치안유지법 위반.

5월, 북경에서 열차로 부산까지, 부산에서 다시 배를 갈아타고 일본으로 연행. 일본 나가사키형무소에 수감. 단지 전향서를 쓰지 않는다는 이유로 총상당한 다리를 치료받지 못함. 옥중에서 같이 수감된 송지영(KBS 전임 이사장)과 알게 됨.

1943년~1944년 (27세~28세)

일본 나가사키감옥 수감.

1945년 (29세)

수감 3년 6개월 만에 왼쪽 다리 절단.

8월 15일, 일본 항복.

10월 9일, 맥아더사령부의 정치범 석방 명령으로 송지영 등과 함께 출옥. 송지영과 함께 서울로 감. 송지영의 소개로 소설가 리무영을 알게 됨. 리무영은 김학철의 문학 '계몽 스승'이 됨.

11월 1일, 조선독립동맹 서울시위원회 위원으로 좌익 정치 활동을 하면서 소설 창작 활동. 문학가동맹에서 조벽암, 리태준, 김남천, 리원조, 안희남 등을 알게 됨.

12월 1일, 처녀작 단편소설 〈지네〉를 서울 〈건설주보〉에 발표.

1946년 (30세)

서울서 창작 활동. 〈균렬〉(〈신문학〉 창간호), 〈남강도구〉(〈조선주보〉), 〈아아 호가장〉(〈신천지〉), 〈야맹증〉(〈문학비평〉), 〈밤에 잡은 부로〉(〈신천지〉), 〈담배국〉(〈문학〉 창간호), 〈상혼〉(〈상아탑〉), 그 밖에 〈달걀(닭알)〉, 〈구멍 뚫린 맹원증〉 등 십여 편 단편소설을 서울에서 발표.

11월, 좌익 탄압으로 부득이 월북.

1947년 (31세)

로동신문사 기자, 인민군 신문 주필로서 창작 활동.

경기도 인천시 부평 사람 김혜원(본명 김순복) 여사와 결혼.

단편소설 〈정치범 919〉, 〈선거 만세〉, 〈적구〉, 〈똘똘이〉, 〈꼼뮨의 아들〉 등을 신문, 잡지에 발표. 중편소설 〈범람(氾濫)〉 조선문학예술총동맹기관지 〈문학예술〉에 발표.

1948년 (32세)

2월, 외아들 김해양 출생, 인천 부평.

외금강휴양소 소장 맡음. 이때 김일성이 어린 김정일을 데리고 수차 찾아옴.

고골의《검찰관》번역 출판, 시나리오로 개편. 황철, 문예봉 등 연출 준비 완료, 전쟁으로 중단. 정율성과 합작하여〈동해어부〉,〈유격대전가〉등 창작.

1950년 (34세)

6·25 한국전쟁 발발.

10월, 압록강을 건너 중국행, 국경에서 문정일의 도움을 받음.

1951년 (35세)

1월부터 중국 북경 중앙문학연구소(소장 정령)에서 연구원으로 창작 활동.

1952년 (36세)

10월, 주덕해, 최채의 초청으로 연변에 정착.

연변문학예술계연합회 주비위원회 주임으로 활동.

중편소설《범람》(중문), 단편소설집《군공메달》(중문) 인민문학출판사 출판. 루쉰 단편소설집《풍파》번역, 연변교육출판사 출판.

1953년 (37세)

6월, 연변문학예술계연합회 주임직 사퇴하고 전직 작가로 창작 활동.

단편소설집《새집 드는 날》연변교육출판사 출판. 정령 장편소설《태양은 상건 하를 비춘다》번역. 루쉰 중편소설집《아큐정전》번역, 연변교육출판사 출판.

1954년 (38세)

장편소설《해란강아 말하라》(상, 중, 하) 연변교육출판사 출판.

1955년 (39세)

루쉰 중편소설집 《축복》 번역, 연변교육출판사 출판.

1957년 (41세)

반동분자로 숙청당해 24년 동안 강제노동에 종사.

단편소설집 《고민》 북경민족출판사 출판. 중편소설 《번영》 연변교육출판사 출판.

1961년 (45세)

북경 소련대사관 진입 시도 사건.

1962년 (46세)

주립파 장편소설 《산촌의 변혁》(상) 번역, 연변인민출판사 출판.

1964년 (48세)

주립파 장편소설 《산촌의 변혁》(하) 번역, 연변인민출판사 출판.

1966년 (50세)

중국 문화대혁명 시작.

7월, 홍위병의 가택수색으로 개인숭배, 대약진을 비판한 장편소설 《20세기의 신화》 원고 발각, 몰수.

1967년 (51세)

12월부터 《20세기의 신화》를 쓴 죄로 징역살이 10년.

연길 구치소(미결), 장춘 감옥, 추리구 감옥 감금, 복역.

1977년 (61세)

12월, 만기 출옥. 향후 3년간 반혁명 전과자로 실업.

1980년 (64세)

12월, 복권. 24년 만에 64세의 나이로 창작 활동 재개.

1983년 (67세)

전기문학 《항전별곡》 흑룡강조선민족출판사 출판.

1985년 (69세)

11월, 중국작가협회 연변 분회 부주석으로 당선.

《김학철단편소설집》 료녕민족출판사 출판.

1986년 (70세)

중국작가협회 가입.

장편소설 《격정시대》(상, 하) 료녕민족출판사 출간.

전기문학 《항전별곡》 한국 거름사 재판.

1987년 (71세)

《김학철작품집》 연변인민출판사 출판.

1988년 (72세)

장편소설 《격정시대》(상, 중, 하), 《해란강아 말하라》(상, 하) 한국 풀빛사 재판.

1989년 (73세)

1월 29일, 중국공산당 당적 회복.

9월 22일~12월 18일, 월북 후 첫 서울 나들이. 12월, 부부 동반 일본 방문.

보고문학 《김일성의 비서실장 고봉기의 유서》 한국 천마사 출판. 단편소설집 《무명소졸》 한국 풀빛사 출판. 산문집 《태항산록》 한국 대륙연구소 출판.

1991년 (75세)

6월 21일~7월 3일, 서안 옛 전우 서휘, 강진세 등을 방문.

1993년 (77세)

5월~7월, 부부 동반 일본 방문.

1994년 (78세)

3월, KBS해외동포상(특별상) 수상. 2월~4월, 부부 동반 한국 방문.

산문집 《누구와 함께 지난날의 꿈을 이야기하랴》 한국 실천문학사 출판.

1995년 (79세)

자서전 《최후의 분대장》 한국 문학과지성사 출판.

1996년 (80세)

산문집 《나의 길》 북경민족출판사 출판. 장편소설 《20세기의 신화》 한국 창작과비평사 출판.

12월, 창작과비평사 초청으로 한국 방문 출판기념회 참석.

1998년 (82세)

4월, 장춘 〈장백산〉 잡지사 방문.

6월, 우리민족 서로돕기 운동본부 초청으로 서울 방문.

10월, 서울 보성고교 초청으로 한국 방문. '자랑스러운 보성인' 수상.

《무명소졸》 료녕민족출판사 재판. 〈김학철 문집〉 제1권 《태항산록》, 제2권
《격정시대》 연변인민출판사 출판.

1999년 (83세)

10월, 우리민족 서로돕기 운동본부 초청으로 서울 방문.

〈김학철 문집〉 제3권 《격정시대》, 제4권 《나의 길》 연변인민출판사 출판.

2000년 (84세)

5월, NHK 서울지사 초청으로 서울 방문.

2001년 (85세)

한국 밀양시 초청으로 한국 방문. 석정(윤세주 열사) 탄신 100주년 기념 국제학술
회 참석. 서울 적십자병원 입원.

2001년 9월 25일 오후 3시 39분, 연길시에서 타계. 유체는 화장하여 두만강에
뿌려짐. 일부는 우편함에 담아 동해바다로 보냄. 우편함에는 '원산 앞바다 行 김
학철(홍성걸)의 고향 가족, 친우 보내 드림'이라고 씀.

산문집 《우렁이 속 같은 세상》 한국 창작과비평사 출판.

2005년

8월 5일, '김학철 · 김사량 항일문학비' 중국 하북성 호가장 옛 전투장에 세움.

2006년

11월 4일, 중국 연변 도문시 장안촌 용가미원에 '김학철문학비' 건립.

장편소설 《격정시대》(1 · 2 · 3) 한국 실천문학사 출판.

2007년

《김학철 평전》(김호웅, 김해양) 한국 실천문학사 출판.

2009년

중국 내몽골사범대학 내 중국소수민족문학관에 '김학철 동상' 건립.

2014년

중문 〈김학철 문집〉 제1집 출판.

2020년

일문 〈김학철 선집〉 제1집 출판.

2022년

《격정시대》(상, 하), 《최후의 분대장》(〈김학철 문학 전집〉1~3권) 한국 보리출판사 출판. 이후 〈김학철 문학 전집〉 4권~12권(보리출판사) 순차로 출판 예정.

김학철 문학 전집 제 2권
격정시대 하

2022년 8월 15일 1판 1쇄 펴냄

글쓴이 김학철
편집 김로미, 박은아, 이경희, 임헌 | **디자인** 서채홍, 이종희
제작 심준엽 | **영업** 나길훈, 안명선, 양병희, 원숙영, 조현정 | **독자 사업(잡지)** 김빛나래, 정영지
새사업팀 조서연 | **경영 지원** 신종호, 임혜정, 한선희
인쇄와 제본 (주)상지사P&B

펴낸이 유문숙 | **펴낸 곳** (주)도서출판 보리 | **출판등록** 1991년 8월 6일 제9-279호
주소 (10881)경기도 파주시 직지길 492
전화 031-955-3535 | **전송** 031-950-9501
누리집 www.boribook.com | **전자우편** bori@boribook.com

ⓒ 김해양, 2022

값 25,000원

보리는 나무 한 그루를 베어 낼 가치가 있는지 생각하며 책을 만듭니다.

ISBN 979-11-6314-246-1 04810
      979-11-6314-244-7 04810(세트)

내몽고 자치구

심양(봉천)

단둥

하북성

북경(북경)

산해관

태항산맥

산서성

석가장

연안

한단

산동성

낙양

섬서성

하남성

강소성

서안

안휘성

남경

노하구

양자강

호북성

무한

강릉

중경

절강성

호남성 북부

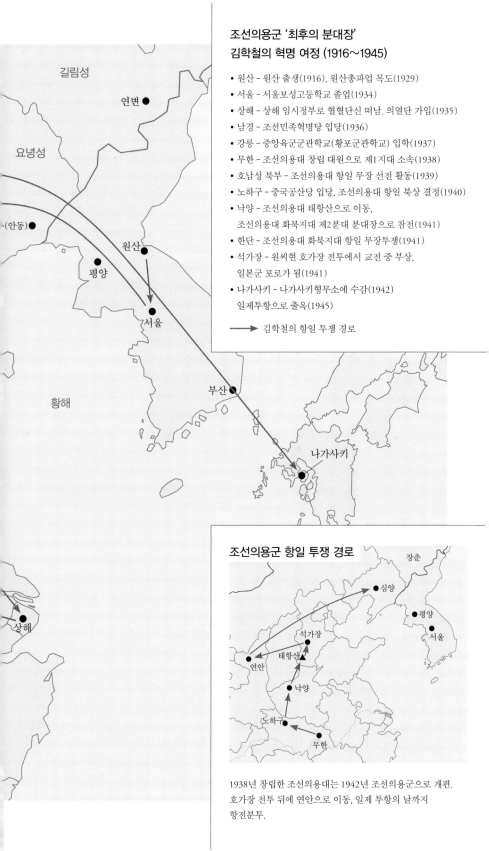

조선의용군 '최후의 분대장' 김학철의 혁명 여정 (1916~1945)

- 원산 - 원산 출생(1916), 원산총파업 목도(1929)
- 서울 - 서울보성고등학교 졸업(1934)
- 상해 - 상해 임시정부로 혈혈단신 떠남. 의열단 가입(1935)
- 남경 - 조선민족혁명당 입당(1936)
- 강릉 - 중앙육군군관학교(황포군관학교) 입학(1937)
- 무한 - 조선의용대 창립 대원으로 제1지대 소속(1938)
- 호남성 북부 - 조선의용대 항일 무장 선전 활동(1939)
- 노하구 - 중국공산당 입당, 조선의용대 항일 북상 결정(1940)
- 낙양 - 조선의용대 태항산으로 이동,
  조선의용대 화북지대 제2분대 분대장으로 참전(1941)
- 한단 - 조선의용대 화북지대 항일 무장투쟁(1941)
- 석가장 - 원씨현 호가장 전투에서 교전 중 부상,
  일본군 포로가 됨(1941)
- 나가사키 - 나가사키형무소에 수감(1942)
  일제투항으로 출옥(1945)

→ 김학철의 항일 투쟁 경로

조선의용군 항일 투쟁 경로

1938년 창립한 조선의용대는 1942년 조선의용군으로 개편.
호가장 전투 뒤에 연안으로 이동, 일제 투항의 날까지
항전분투.